MARIE LACROSSE
KaDeWe
Haus der Wünsche

GOLDMANN

Marie Lacrosse

KaDeWe
Haus der Wünsche

Roman

GOLDMANN

Sollte diese Publikation Links auf Webseiten Dritter enthalten, so übernehmen wir für deren Inhalte keine Haftung, da wir uns diese nicht zu eigen machen, sondern lediglich auf deren Stand zum Zeitpunkt der Erstveröffentlichung verweisen.

Es war dem Verlag leider nicht möglich, sämtliche Zitatquellen zu ermitteln. Eventuelle Rechteinhaber wenden sich bitte an den Verlag.

Penguin Random House Verlagsgruppe FSC® N001967

1. Auflage
Originalausgabe Juni 2023

in der Penguin Random House Verlagsgruppe GmbH,
Neumarkter Str. 28, 81673 München
Dieses Werk wurde vermittelt durch die
Montasser Medienagentur, München.
Gestaltung des Umschlags und der Umschlaginnenseiten:
UNO Werbeagentur, München
Umschlagmotiv: © Joanna Czogala/Arcangel Images;
The History Collection/Alamy Stock Photo; AKG-Images;
FinePic®, München
Redaktion: Marion Voigt
BH · Herstellung: ik
Satz: Uhl + Massopust, Aalen
Druck und Bindung: GGP Media GmbH, Pößneck
Printed in Germany
ISBN 978-3-442-20639-1

www.goldmann-verlag.de

Meinem 86-jährigen Vater gewidmet,
einem der ersten Leser
von KaDeWe Band 1, Haus der Träume

Was in allen Stockwerken des Kaufhauses den imponierenden Eindruck hervorruft: die Überfülle der wie aus einem unerschöpflichen Zauberkasten hervorquellenden Waren ähnlicher Art und tausendfacher Nuancierung.

Max Osborn in seiner Festschrift zum 25-jährigen Jubiläum des KaDeWe im Jahr 1932

In Scharen strömen die Käufer [...] hinein, lassen sich von all dem falschen Glanze blenden und vom Juden betrügen. Der deutsche Kaufmann aber, dessen langjährige Erfahrung für gute Ware bürgt, verhungert langsam, weil er niemand bemogeln will.

Völkischer Beobachter über Warenhäuser in jüdischem Besitz, am 13. Juli 1928

Der Schoß ist fruchtbar noch, aus dem das kroch.

Aus dem Theaterstück Der unaufhaltsame Aufstieg des Arturo Ui von Bertolt Brecht, 1941

Dramatis Personae

*Es werden nur die für die Handlung bedeutsamen Figuren aufgeführt. Historische Persönlichkeiten sind mit einem * gekennzeichnet.*

Rieke Krauses Familie

Rieke Krause, älteste Tochter
Peter Hauser, ihr Verlobter
Käthe Krause, ihre Mutter
Otto Krause, ihr verstorbener Vater
Susanne, genannt **Sanni**, ihre jüngere Schwester
Fritz Zimmer, Lebensgefährte von Käthe Krause

Judith Bergmanns Familie und Hauspersonal

Judith Bergmann, einzige Tochter
Paul Bergmann, ihr Vater, kaufmännischer Leiter des KaDeWe
Rebekka Bergmann, ihre Mutter
Johannes Bergmann, ihr verstorbener Bruder
Martha, Köchin
Lisa, Hausmädchen

Familie Jandorf

Adolf Jandorf*, ehemaliger Besitzer des KaDeWe
Helene Lehmann*, seine Verlobte und spätere zweite Ehefrau
Harry Jandorf*, sein einziger Sohn

Familie Tietz

Oscar Tietz*, 1923 verstorbener Gründer der Hermann Tietz OHG
Betty Tietz*, Ehefrau von Oscar Tietz und stille Teilhaberin der OHG
Hermann Tietz*, Onkel von Oscar Tietz; Mitbegründer und Namensgeber der Firma
Georg Tietz*, ältester Sohn und leitender Geschäftsführer der OHG
Martin Tietz*, jüngerer Bruder von Georg Tietz; Mitgeschäftsführer der OHG und Leiter des KaDeWe nach dem Verkauf durch Jandorf
Dr. Hugo Zwillenberg*, Mitgeschäftsführer der OHG; Schwager von Georg und Martin Tietz
Elise Zwillenberg*, geborene Tietz, Ehefrau von Hugo und stille Teilhaberin der OHG

Personal im KaDeWe

Gunter Perl, leitender Textileinkäufer im KaDeWe, später für den ganzen Konzern
Esther Weinberg, Erste Verkäuferin in der Damenkonfektion
Eva Sperber, Verkäuferin in der Damenkonfektion
Else Lemke, Erste Verkäuferin in der Damenwäscheabteilung
Erika Dehner, Erste Verkäuferin in der Damenschuhabteilung

Gitta Lenz, verheiratete **Schubert**, Erste Verkäuferin bei den Damenaccessoires
Marianne Böhmer, ihre Nachfolgerin
David Loewenberger*, Abteilungsleiter der Damenmode

Historische Persönlichkeiten von Bedeutung für den Roman *(in alphabetischer Reihenfolge)*

Anni Böning*, Model
Heinrich Brüning*, Reichskanzler des ersten Präsidialkabinetts von 1930 bis 1932
Charlotte Dietrich*, ab 1927 Leiterin der Sozialen Frauenschule
Marlene Dietrich*, Schauspielerin; Durchbruch im April 1930 mit dem Tonfilm *Der blaue Engel*
Klara Engwicht*, Bewohnerin von Meyers Hof
Harald Frowein*, Textilfabrikant aus Elberfeld
Greta Garbo*, Schauspielerin und Kundin im KaDeWe
Joseph Goebbels*, Gauleiter der Nazis in Berlin-Brandenburg ab 1926; nach der Machtübernahme Propagandaminister
Paul von Hindenburg*, Reichspräsident der Weimarer Republik
Adolf Hitler*, Begründer und Führer der NSDAP
Dr. Hilde Lion*, jüdische Wissenschaftlerin und Leiterin der von Alice Salomon gegründeten Frauenakademie
Marinus van der Lubbe*, angeblicher Brandstifter des Reichstages im Februar 1933
Dr. Alice Salomon*, Gründerin der ersten Sozialen Frauenschule in Deutschland und der Deutschen Akademie für Soziale und Pädagogische Frauenarbeit, der ersten Frauenhochschule
Prof. Max Sering*, Professor für Staatswissenschaften an der Friedrich-Wilhelm-Universität in Berlin

Alexander Tumarkin*, Vermieter von Meyers Hof ab Januar 1930
Horst Wessel*, Sturmführer der SA; Dichter des Horst-Wessel-Lieds
Elsbeth Zander*, Gründerin des Deutschen Frauenordens, einer später in der NS-Frauenschaft aufgegangenen nationalsozialistischen Frauenorganisation

Weitere handlungstragende fiktive Personen

Frau von Auer, ostpreußische Gutsbesitzersfrau und Kundin im KaDeWe
Gregor Eckstein, Mitglied der SA; ehemals Hausdetektiv im KaDeWe
Max Köhler, Sprecher des Mieterrats von Meyers Hof
Melchior Rühl, Mitglied des Nationalsozialistischen Deutschen Studentenbundes
Daniel Wilson, englischer Journalist
Hermann Wolters, Sturmführer der SA; ehemals Verkäufer im KaDeWe

Prolog

Im KaDeWe

Ende Januar 1927

»Es freut mich außerordentlich, gnädige Frau, dass wir etwas Passendes für Sie gefunden haben.«

Während sich Frau Kommerzienrat Berlach, eine langjährige, zahlungskräftige Kundin, aufs Neue von allen Seiten in einem der goldumrahmten Spiegel des Anprobesalons in der Damenkonfektion betrachtete, warf Rieke einen verstohlenen Blick auf die Uhr.

Mittlerweile war es kurz vor acht. In weniger als einer Viertelstunde würde das KaDeWe schließen. Dann sollte Rieke offiziell in ihre neue Position als Aufsichtsdame eingeführt werden. Nicht nur ihre Vorgesetzten, sondern die gesamte Belegschaft der Rieke unterstellten Abteilungen würden an der Zeremonie teilnehmen.

»Oder entscheide ich mich doch für das dunkelblaue Modell?«, wandte sich Frau Berlach zu Riekes nicht gelindem Entsetzen an ihre Tochter, die sichtlich gelangweilt in einem der mit dunkelrotem Samt bezogenen Sessel herumrutschte.

»Oh Gott, Mutter, nein«, antwortete die junge Frau. »Du hast jetzt fast eine Stunde lang mindestens ein Dutzend Abendkleider anprobiert. Und wir waren uns doch bereits einig, dass dir dieses dunkelgrüne am besten zu Gesicht steht. Es passt wunderbar zu deinen grünen Augen und betont deine Figur vorteilhaft.«

»Dieser Meinung Ihres Fräulein Tochter kann ich nur zustimmen, gnädige Frau«, sagte Rieke. Sie war dankbar dafür, dass die Tochter nicht erneut auf das »Hüftgold« ihrer Mutter hingewiesen hatte. Denn diesem Argument hätte sie aus Respekt für die Kundin widersprechen müssen.

Nun hoffte sie, dass man ihr die zunehmende Nervosität nicht anmerkte. Schließlich hatte sie die Frau Kommerzienrat in ihrer bisherigen Stellung als Erste Verkäuferin der Damenkonfektion stets persönlich bedient. Nur aus diesem Grund hatte sich Rieke auch heute bereitgefunden, die Dame selbst zu beraten. Natürlich ohne zu ahnen, dass sie deshalb womöglich noch zu spät zu ihrer Einführungszeremonie kam.

Dies muss sich in Zukunft ändern, nahm Rieke sich vor. Sie spürte, dass ihre Mundwinkel von ihrem aufgesetzten Lächeln bereits zu schmerzen begannen. Verkaufen gehört nicht mehr zu meinen eigentlichen Aufgaben als Aufsichtsdame.

»Ich bin sicher, auch Papa wird das Modell gefallen«, insistierte Frau Berlachs Tochter. Im Gegensatz zu Rieke gab sie sich keine Mühe, ihre Ungeduld zu verbergen. »Außerdem macht das Kaufhaus in wenigen Minuten zu. Du hast gar keine Zeit mehr, das Dunkelblaue noch einmal anzuziehen. Also spute dich! Die Verkäuferinnen möchten bald Feierabend machen.«

Besser hätte Rieke ihre eigenen Gedanken nicht ausdrücken können. Aber das hätte ihr nicht einmal in ihrer neuen Vorgesetztenfunktion zugestanden. »Die Wünsche der Kunden stehen immer im Mittelpunkt unserer Aktivitäten«, erinnerte sie sich an den Leitspruch, den sie schon vor vielen Jahren zum ersten Mal gehört hatte, als sie als einfaches Kassenmädchen ins KaDeWe gekommen war.

Einen Moment lang sah es trotzdem so aus, als ob Frau Berlach ihrer Tochter widersprechen wollte. Dann gab sie mit einem tiefen Seufzer nach. »Na gut, Klara. Ich hoffe, dass du recht behältst. Morgen will ich das neue Abendkleid im Opernhaus tragen. Dann werde ich ja sehen, was man davon hält.«

»Ich glaube, damit wirst du die Sensation des Abends«, versicherte ihr Klara. Und Rieke fügte hinzu: »Sie können das Modell selbstverständlich umtauschen, gnädige Frau, wenn Sie im Nachgang doch nicht damit zufrieden sind.«

Zum Glück war sie als Aufsichtsdame befugt, einer solventen Kundin ein solch großzügiges Angebot zu machen. Denn in der Regel konnte man bereits getragene Kleidung nur dann umtauschen, wenn sie einen während des Verkaufs unbemerkten Mangel aufwies.

Jetzt endlich begab sich Frau Berlach in die Umkleidekabine und zog den rotseidenen Vorhang zu. Fünf Minuten später, die Rieke wie eine Ewigkeit vorkamen, kam sie in ihrem schicken dunkelbraunen Wollkostüm wieder heraus. Es stammte ebenfalls aus dem KaDeWe.

Rieke begleitete Frau Berlach noch zur nächstgelegenen Registrierkasse und verabschiedete sich von ihr. Dann ging sie so rasch, wie es ihr ihre neue Würde erlaubte, die rechte Marmorfreitreppe mit dem grazilen Bronzegeländer ins Erdgeschoss hinab. Dort schlüpfte sie durch die unauffällige Personaltür, um sich im Souterrain für die bevorstehende kleine Feier noch etwas zurechtzumachen.

Wenig später schlug Rieke das Herz bis zum Hals, als sie sich im Damenumkleideraum des KaDeWe ein letztes Mal im Spiegel betrachtete. Sie biss sich leicht auf die Lippen und kniff sich in die Wangen, um etwas Farbe hineinzubekommen.

Obwohl sie keinen Gebrauch von dem »Beruhigungsmittel« gemacht hatte, das ihr Fritz Zimmer, der Lebensgefährte ihrer Mutter Käthe, am Vorabend zugesteckt hatte, zerbiss sie ein Pfefferminzbonbon, um ihren Atem aufzufrischen. Den Flachmann mit dem Branntwein verwahrte sie in ihrem Spind, sie wollte ihn Fritz unberührt zurückgeben.

Zwar nahm sie ihre neue Rolle als Aufsichtsdame nach dem Ausscheiden ihrer Vorgängerin Frau Liebermann schon seit

Jahresbeginn ein. Am Monatsende würde sie auch mit dem dazugehörigen stattlichen Gehalt entlohnt werden. Es hatte sich allerdings hingezogen, bis die Umverteilung aller neuen Posten im KaDeWe abgeschlossen war. Dazu gehörte zuoberst die Aufnahme von Dr. Hugo Zwillenberg in den Kreis der Geschäftsführer. Als ausgebildeter Jurist übernahm er auch für die ehemaligen Jandorf-Kaufhäuser die Aufgaben des Konzernjustiziars, wie Rieke von Judith Bergmann bei ihrem letzten Treffen erfahren hatte.

»Mein Vater bekommt also eine neue Position«, erzählte Judith. »Auf Empfehlung von Adolf Jandorf wird ihm die kaufmännische Leitung des KaDeWe übertragen. Sein Vorgänger ist mit sofortiger Wirkung freigestellt, erhält jedoch sein volles Gehalt bis zum offiziellen Beginn seines Ruhestands.«

»Das ist aber sehr großzügig«, freute sich Rieke.

»Auch hierfür zeichnet Adolf Jandorf verantwortlich«, erklärte Judith. »Mein Vater hat mir gesagt, dass Jandorf die Hälfte der dadurch entstehenden Unkosten aus seinem Privatvermögen tragen wird. Wusstest du eigentlich, dass Gunter Perl auf den Posten des kaufmännischen Leiters gehofft hat und nun leer ausgeht?« Die Schadenfreude in Judiths Stimme war deutlich.

Rieke schüttelte den Kopf. »Ich habe zwar einige Gerüchte gehört, aber nichts darauf gegeben«, gab sie zu.

Judith grinste. »Martin Tietz hat mir im Vertrauen gesagt, dass Gunter diesbezüglich sogar bei ihm und seinem Bruder Georg vorstellig geworden ist. Doch nach Rücksprache mit Adolf Jandorf hat man sich dann für meinen Vater entschieden. Und Martin wird der neue Leiter des KaDeWe«, hatte sie Rieke bei dieser Gelegenheit gleich mit informiert.

Die Verzögerung, mit der Rieke offiziell als Aufsichtsdame eingeführt wurde, lag jedoch nicht daran, dass man die neuen Leitungsfunktionen im KaDeWe erst bekannt machen musste. Dies war bereits in der ersten Geschäftswoche des neuen Jahres geschehen.

Doch wie schon aus dem gemeinsamen Kommuniqué von Jandorf und Tietz hervorgegangen war, mit dem sie Anfang Dezember den Verkauf des Jandorf-Imperiums an die Hermann Tietz OHG veröffentlicht hatten, erhoffte man sich von der Zusammenlegung der Geschäfte natürlich auch Einspar- und Rationalisierungsmöglichkeiten. Deshalb würde Rieke heute nicht nur als neue Aufsichtsdame der Damenkonfektion und der Damenwäscheabteilung vorgestellt werden.

Ausgerechnet Gunter Perl hatte, möglicherweise um sich zu profilieren, bereits kurz nach Bekanntgabe des Kommuniqués vorgeschlagen, auch die Abteilungen für Damenaccessoires aller Art aus dem gehobenen Preissegment und sogar die Damenschuhabteilung unter die Leitung einer einzigen Aufsichtsdame zu stellen. Rieke hatte er dabei allerdings wohl nicht im Auge gehabt.

Deren neuer Verantwortungsbereich erstreckte sich nun fast über das ganze erste Stockwerk. Die Umstrukturierung samt dem damit verbundenen Umzug von feinen Lederwaren, Seidenschals und ähnlichen Luxusartikeln aus dem Erdgeschoss hatte sich auch dadurch angeboten, dass Harry Jandorf als Abteilungsleiter der Strumpfwaren zum 1. Januar ausgeschieden war. Das gehörte zu den Vertragsbedingungen von Tietz. Alle Mitglieder der Familie Jandorf hatten nach dem Verkauf ihre Posten aufgegeben.

Im Erdgeschoss waren jetzt nur noch Artikel für die weniger solvente weibliche Kundschaft verblieben. Dazu zählten Kittelschürzen, Wollstrümpfe und einfache Baumwollkleider. Als Erste Verkäuferin für diese ebenfalls neu gebildete Abteilung hatte Gunter Perl perfiderweise ausgerechnet Esther Weinberg empfohlen. Das war Riekes tüchtigste Verkäuferin. Sie hatte sie eigentlich für ihre eigene Nachfolge in dieser Position in der Damenkonfektion im Sinn gehabt. Doch als leitender Textileinkäufer war Perl weiterhin Riekes direkter Vorgesetzter und hatte das Sagen.

Obwohl Esthers bereits erfolgte Versetzung ihre Sorge verstärkte, der erweiterten Verantwortung in ihrer neuen Position nicht gewachsen zu sein, freute Rieke sich für ihre jüdische Kollegin. Deren Ehemann hatte nämlich gerade aufgrund der antisemitischen Einstellung seines Arbeitgebers seine Stelle in einer Anwaltskanzlei verloren. Esthers mit der Beförderung verbundene Gehaltserhöhung konnte das Ehepaar daher gut gebrauchen.

Noch einmal warf Rieke einen nervösen Blick in den Spiegel ihres Spinds und danach auf ihre Armbanduhr. Es war jetzt zwanzig nach acht. Die feierliche Einführung war für Punkt halb neun Uhr anberaumt. Dem Personal war eine Anwesenheitspflicht auferlegt worden, sodass alle die Überstunden vergütet bekamen.

Da öffnete sich die Tür zum Umkleideraum. Das neue Lehrmädchen hastete herein.

»Fräulein Krause«, keuchte sie außer Atem. »Gut, dass ich Sie endlich gefunden habe. Herr Bergmann bittet Sie, noch einmal kurz in seinem Kontor vorbeizuschauen, bevor die Feier beginnt.«

Paul Bergmann musterte Rieke freundlich, als sie sein Büro betrat. Als langjähriger Personalleiter des KaDeWe hatte er ihre Karriere fast von Anfang an verfolgt. Es hatte ihm immer imponiert, wie fleißig Rieke war und mit welchem Durchhaltevermögen sie auch die widrigsten Umstände überwand. Nun hatte sie sich aus ihren ehemals ärmlichen Verhältnissen emporgearbeitet und konnte wahrlich stolz auf sich sein.

Darüber hinaus hatte sie sich im Lauf der Jahre vom grauen Mäuschen zu einer attraktiven Frau entwickelt. Der hellblonde Bubikopf stand ihr gut, ihre dunkelbraunen Augen bildeten einen attraktiven Kontrast dazu. Sie trat heute weitaus selbstbewusster auf als in früheren Zeiten. Das konservative schwarze Kleid, das jede Aufsichtsdame im KaDeWe tragen musste, konnte ihrer Erscheinung daher keinen Abbruch tun. Selbst jetzt nicht, wo ihr flackernder Blick eine gewisse Nervosität verriet.

»Sie wollten mich sprechen, Herr Bergmann?« Auch ihre Stimme zitterte leicht.

Paul stand auf, reichte Rieke die Hand und wies ihr einen Platz in seiner Besprechungsecke zu. »Ich wollte nur noch kurz den Ablauf der bevorstehenden Zeremonie mit Ihnen durchgehen, Fräulein Krause. Ich werde zuerst eine Laudatio auf Ihre bisherigen Verdienste halten, die Ihrem zukünftigen Personal – das sind ja nun immerhin fast fünfzig Bedienstete – verdeutlicht, warum Sie diesen wichtigen Posten erhalten haben. Denn für eine Aufsichtsdame, zumal eine Vorgesetzte von gleich vier großen Abteilungen, sind Sie noch recht jung. Und einige Ihrer zukünftigen Untergebenen kennen Sie noch kaum.«

Paul hatte sich im Vorfeld noch einmal ausführlich mit Riekes Personalakte beschäftigt und wusste, dass sie erst im kommenden Sommer dreißig Jahre alt würde. Normalerweise waren Aufsichtsdamen mindestens zehn Jahre älter.

Zu seinem gelinden Amüsement färbten sich Riekes bleiche Wangen rosa. »Ich bin mir dieser Ehre sehr bewusst, Herr Bergmann. Und werde alles in meiner Macht Stehende tun, um mich des Vertrauens würdig zu erweisen, das Sie und die Geschäftsführung des KaDeWe in mich setzen.«

»Das bezweifle ich nicht, Fräulein Krause. Sobald ich meine Einführungsrede beendet habe, möchte ich Ihnen das Wort erteilen, damit auch Sie einige Worte an Ihre Mitarbeiterinnen richten können. Mit etwas Glück ist dann auch schon unser Geschäftsführer Martin Tietz zu uns gestoßen.«

»Herr Tietz wird ebenfalls anwesend sein?« Nun schwang ein Unterton von Panik in Riekes Stimme mit.

»Natürlich, sofern es ihm seine anderen Verpflichtungen erlauben. Schließlich sind Sie eine der wichtigsten, wenn nicht die wichtigste Aufsichtsdame im KaDeWe. Dass auch Sie eine kleine Rede halten sollen, war Ihnen doch sicherlich bewusst, Fräulein Krause?«, fragte er angesichts von Riekes ängstlichem Blick.

Sie nickte und knetete dabei nervös ihre Hände. »Ich war ja bereits bei der Verabschiedung von Frau Liebermann dabei, die ebenfalls einige Worte zu uns sprach. Insofern wusste ich es zwar nicht genau, aber es trifft mich auch nicht unvorbereitet.«

Paul schwankte innerlich zwischen Ärger auf Gunter Perl und Bewunderung für Rieke. Er hatte Perl ausdrücklich angewiesen, mit Rieke über ihre Einführung zu sprechen. Wie gut, dass er sich heute noch einmal rückversichert hatte, ob sie über alles im Bilde war. Als sich ein verschmitztes Lächeln um Riekes Mundwinkel stahl, gewann seine gute Laune angesichts ihrer nächsten Worte wieder die Oberhand.

»Gestern Abend habe ich diese kleine Rede sogar zu Hause geprobt«, sagte sie. »Meine Familie war jedenfalls davon angetan. Trotzdem hat mir der Mann meiner Mutter sogar einen Flachmann mit Branntwein mitgegeben, um mich zu beruhigen. Ich habe natürlich keinen Gebrauch davon gemacht«, beeilte sie sich hinzuzufügen.

Paul verbiss sich ein Lachen. »Ich bin sicher, Sie werden die Situation hervorragend meistern. Einen Hinweis möchte ich Ihnen trotzdem noch geben. Nach Ihnen werde ich auch Ihrem unmittelbaren Vorgesetzten, Herrn Gunter Perl, das Wort erteilen. Aus mir unerfindlichen Gründen scheint er mir mit Ihrer Berufung nicht ganz einverstanden zu sein. Können Sie sich einen Reim darauf machen?«

Rieke schüttelte etwas zu schnell den Kopf, was Paul nicht entging. Doch da die Zeit bereits fortgeschritten war, wollte er nicht weiter in sie dringen. »Dann lassen Sie uns jetzt aufbrechen, Fräulein Krause. Draußen wartet noch eine Überraschung auf Sie.«

»Ich versichere, dass ich Ihnen allen jederzeit eine gerechte und aufmerksame Vorgesetzte sein werde. Wenn Ihnen etwas auf dem Herzen liegt, scheuen Sie sich nicht, sich an mich zu wenden. Ich werde mich nach Kräften bemühen, für jedes Problem eine gute Lösung zu finden. Und nun wünsche ich uns eine erfolgreiche Fortsetzung unserer bereits so gut begonnenen Zusammenarbeit.«

Sobald Rieke gemerkt hatte, dass ihre Worte Anklang bei der Zuhörerschaft fanden, wobei sowohl Paul Bergmann als auch Martin Tietz ihr einige Male anerkennend zugenickt hatten, war ihre Stimme immer fester geworden. Zum Schluss hatte sie sich nicht einmal mehr an ihre mühsam auswendig gelernte Rede gehalten, sondern frei heraus gesprochen.

Beifall brandete auf. Rieke sah zuerst zu Judith Bergmann hinüber, die begeistert mitklatschte und den rechten Daumen zum Zeichen der Zustimmung hob. Judiths Teilnahme an dieser kleinen Feier war die Überraschung, die ihr Vater Rieke angekündigt hatte. Es tröstete sie darüber hinweg, dass Peter Hauser, mit dem sie sich an Silvester verlobt hatte, nicht anwesend war.

Rieke hatte nicht gewagt, Gunter Perl um Peters Teilnahme zu bitten. Peter war Tischlermeister und leitete die hauseigene Schreinerei des KaDeWe, die unter anderem für die Anfertigung von Hilfsmitteln zur Dekoration zuständig war. Zwar hatte er in diesem Zusammenhang oft in der Damenkonfektion zu tun und in den übrigen Abteilungen, für die Rieke jetzt zuständig war. Aber sie hätte ihre private Beziehung zu Peter offenlegen müssen, um den Wunsch nach seiner Teilnahme gegenüber Perl zu begründen, und war davor zurückgescheut.

Denn die Verlobung war für Rieke zunächst nur das Signal an Peter gewesen, dass sie aus ganzem Herzen beabsichtigte, mit ihm zusammenzubleiben. Eine schnelle Hochzeit zog sie allerdings nicht in Betracht, was Peter zwar bedauerte, aber mittrug. Das konnte sie Perl natürlich nicht mitteilen.

Deshalb befürchtete sie, dass Perl, wenn er von der Verlobung erführe, sie in der Erwartung einer baldigen Heirat und darauffolgenden Schwangerschaft als Aufsichtsdame von Anfang an nicht ernst nehmen würde. Denn nach den Konventionen des KaDeWe musste jede schwangere Mitarbeiterin im Verkauf ausscheiden, sobald die ersten Anzeichen dafür sichtbar wurden.

Jetzt ließ Rieke ihren Blick über die Gruppe ihrer Verkäuferinnen schweifen. Jedes Gesicht wirkte entspannt und freundlich auf sie. Ihre langjährigen Kolleginnen aus der Damenkonfektion und -wäscheabteilung lächelten ihr sogar herzlich zu.

Als der Beifall verebbte, ergriff Martin Tietz das Wort. »Auf Ihre wunderbare Rede sollten wir zuerst das Glas erheben«, schlug er zu Riekes Überraschung vor. Zwar stand der Sekt schon bereit, er sollte aber eigentlich erst nach der Rede von Gunter Perl ausgeschenkt werden. Der blickte entsprechend säuerlich drein, während zwei Servierkräfte aus dem Erfrischungsraum die Gläser füllten und herumreichten.

Rieke nahm einen tiefen Schluck, nachdem Martin Tietz persönlich einen Toast auf sie ausgebracht und alle Versammelten ihr zugeprostet hatten. Bis auf Gunter Perl. Der trank zwar, hatte aber vorher sein Glas demonstrativ nicht erhoben. Ob das noch jemandem außer ihr selbst aufgefallen war, wusste Rieke nicht. Aber sie verspürte erneut einen Anflug von Beklemmung. Leicht würde Gunter Perl es ihr als Vorgesetzter auch ohne Kenntnis ihrer Verlobung nicht machen. Das wurde ihr wieder einmal mit aller Deutlichkeit bewusst.

Auf ein Zeichen des Geschäftsführers trat Perl vor. Seine Rede war im Gegensatz zu der von Paul Bergmann denkbar kurz gehalten.

»Auch ich gratuliere Ihnen zu Ihrer neuen Position, Fräulein Krause, und ich hoffe, dass Sie den vielfältigen Aufgaben, die jetzt auf Sie zukommen, trotz Ihrer noch jungen Jahre gewachsen sein werden.«

Aus dem Augenwinkel bemerkte Rieke, dass Bergmann die Stirn runzelte. Aber er wahrte die Form und unterbrach Gunter Perl nicht. Judith, die neben ihrem Vater stand, zog eine missbilligende Schnute.

Dann wandte sich Perl an die Belegschaft. »Meine Damen, auch Ihnen wünsche ich alles Gute für Ihre Zusammenarbeit mit Fräulein Krause. Und sollten Sie einmal etwas zu beanstanden haben, wissen Sie ja, wo Sie mich finden. Scheuen Sie sich nicht, davon Gebrauch zu machen!«

Damit trat Perl einen Schritt zurück, um anzuzeigen, dass er mit seiner Ansprache fertig war.

Während Riekes Beklemmung wuchs, sah Bergmann sich jetzt offenbar doch genötigt einzugreifen und trat vor. »Ich bin sicher, das wird nie notwendig werden, Herr Perl«, betonte er ausdrücklich. »Fräulein Krause besitzt unser volles Vertrauen, sonst hätten wir uns ja nicht für sie entschieden.« Dann winkte er den Servierdamen, die zwischenzeitlich geleerten Gläser erneut zu füllen. »Deshalb lassen Sie uns noch einmal auf das Wohl von Fräulein Krause trinken und hernach entspannt in unseren Feierabend auseinandergehen.«

»Deine Rede hat mir sehr gut gefallen«, lobte Judith, als sich die Menge der Verkäuferinnen zerstreut hatte. »Und lass dich von Gunter Perl nicht ins Bockshorn jagen! Mein Vater wird notfalls seine schützende Hand über dich halten und den Kerl in seine Schranken weisen.«

Rieke seufzte. »Das Leben könnte so wunderbar sein, wenn es nicht immer wieder solche Hemmnisse gäbe. Aber dein Vater weiß noch immer nichts über die Intrige, die zum Tod deines Bruders geführt hat?«, vermutete sie.

Judith schüttelte den Kopf. »Nein. Und so soll es auch bleiben. Wir sind schon genug damit gestraft, dass meine Mutter einfach nicht über Johannes' Selbstmord hinwegkommt.«

Rieke legte Judith spontan die Hand auf den Arm. »Das tut

mir sehr leid für euch. Man sagt doch, die Zeit heile alle Wunden.«

Judith zuckte mit den Schultern. »In diesem Fall nimmt sich die Zeit sehr viel Zeit«, antwortete sie. »Aber man soll die Hoffnung nicht aufgeben.« Sie blickte sich um. »Nun entschuldige mich bitte, meine Liebe. Ich habe Martin Tietz noch gar nicht begrüßt und möchte ein paar Worte mit ihm wechseln.«

Rieke sah Judith nach, die mit strahlendem Gesicht auf Martin zutrat, der ihr Lächeln erwiderte. Nach der furchtbaren Erfahrung mit Gunter Perl wäre ihr ein neues Glück wirklich zu gönnen, dachte sie. Hoffentlich ist ihr die Liebesgöttin dabei holder als in der Beziehung zu diesem Schuft.

Missmutig packte Gunter Perl einige Unterlagen in seine lederne Aktenmappe. Dass Bergmann ihn in aller Öffentlichkeit in die Schranken gewiesen hatte, stieß ihm gewaltig auf.

Es würde ihn jedoch nicht davon abhalten, Rieke Krause scharf im Auge zu behalten und ihr nicht die kleinste Verfehlung durchgehen zu lassen. Schließlich war er selbst nicht nur mit ihrer Berufung keineswegs einverstanden gewesen. Sondern er verdächtigte Rieke schon lange, über seine Machenschaften um den verstorbenen Bruder seiner ehemaligen Verlobten Judith Bergmann Bescheid zu wissen.

Gunter hatte seinen damaligen Rivalen Johannes mit dessen Homosexualität erpresst, um ihn dazu zu nötigen, den Posten als Einkäufer der Damenkonfektion im KaDeWe aufzugeben und Gunter den Vortritt zu lassen.

Dass der Bursche sich daraufhin feige das Leben nehmen würde, hatte Perl zwar nicht einkalkuliert. Es war ihm jedoch durchaus recht gewesen. Immerhin war er dadurch zum alleinigen Textileinkäufer im KaDeWe geworden. Zu seinem großen Ärger war er unter der Ägide von Adolf Jandorf jedoch nicht mehr weiter aufgestiegen. Auch nach dem Wechsel der

Geschäftsführung war er erst einmal leer ausgegangen, was er wahrscheinlich ebenfalls Jandorf verdankte.

Gunter verließ gerade sein Kontor, das gegenüber dem der Geschäftsleitung lag, als auch Martin Tietz aus seinem Büro trat. Er war allein, weder Judith noch Paul Bergmann begleiteten ihn. Gunter überlegte noch hektisch, ob er die Gelegenheit nutzen sollte, um Tietz anzusprechen, als der schon von sich aus das Wort ergriff.

»Was ist Ihnen denn für eine Laus über die Leber gelaufen, Herr Perl?«, fragte er schnörkellos. »Was haben Sie gegen Rieke Krause als Aufsichtsdame einzuwenden?«

Gunter spürte zu seinem Ärger, dass er errötete. Er nahm Ausflucht zu einer Halbwahrheit. »Das hat nichts mit Ihnen zu tun, Herr Tietz«, versicherte er. »Meine Irritation rührt daher, dass Herr Jandorf mich in seine Entscheidung, Fräulein Krause für diese Position zu empfehlen, nicht einbezogen hat.«

Martin Tietz runzelte die Stirn. »Ja, hätten Sie denn etwas dagegen gehabt, Herr Perl? Halten Sie Fräulein Krause für ungeeignet für diesen verantwortungsvollen Posten?«

Die Gedanken rasten durch Gunters Kopf. Sein Instinkt riet ihm, jetzt nicht über Rieke Krause herzuziehen, da er sich dadurch möglicherweise in Misskredit bringen könnte. Schließlich hatte Martin Tietz ihrer Beförderung zugestimmt.

»Fräulein Krause ist noch sehr jung«, wich er aus. »Ob sie ihrer Stellung gewachsen ist, wird erst die Zeit zeigen.«

Martin Tietz grinste spöttisch. »Meines Wissens ist Fräulein Krause nur ungefähr zwei Jahre jünger als ich«, antwortete er. »Und kennt das KaDeWe schon als Kassenmädchen seit ihrer Jugend. Während ich gerade erst die Leitung dieses in aller Welt berühmten Kaufhauses übernommen habe. Ich hoffe doch sehr, Sie halten mich ob meines Alters dafür nicht ebenfalls für ungeeignet.«

Ein rascher Blick zeigte Gunter, dass Tietz seine Worte zum Glück nicht ganz ernst zu meinen schien.

»Ich wäre nur sehr gern ebenfalls nach meiner Meinung gefragt worden«, räumte er ein. Dann entschloss er sich zur Flucht nach vorn. »Und Sie wissen ja, dass ich mir auch selbst erhofft hatte, nach der Übernahme der Jandorf-Kaufhäuser durch Hermann Tietz weiter aufsteigen zu können.«

»Sie bekleiden einen der wichtigsten Posten als Einkäufer im gesamten Konzern«, hielt Martin Tietz ihm entgegen. »Und haben ihn erst seit wenigen Jahren inne, soweit ich unterrichtet bin. Ein weiterer Aufstieg zum kaufmännischen Leiter, wie Sie ihn sich gewünscht haben, hielten wir vonseiten der Geschäftsführung daher für verfrüht.«

Gunter riss sich zusammen. Martin Tietz in dieser Hinsicht zu widersprechen, kam ihm nicht opportun vor. Denn schon aufgrund seiner Seniorität, erst recht wegen seiner jahrzehntelangen Erfahrung als Personalleiter und Konzernjustiziar im Jandorf-Imperium, musste den neuen Geschäftsführern der mittlerweile fast sechzig Jahre alte Paul Bergmann zwangsläufig als die geeignetere Person für diese Position erschienen sein. Perl war fast genau zwanzig Jahre jünger.

Während er noch überlegte, was er antworten sollte, fuhr Tietz fort. »Dass Sie ein überaus großes Talent als Einkäufer haben, wurde mir bereits vor einigen Monaten bewusst. Sie erinnern sich doch an unser Treffen in Dahlem?«

»Ich erinnere mich«, bestätigte Perl. Im Herbst des vergangenen Jahres hatte er gemeinsam mit Adolf Jandorf an einem großen Geschäftsessen teilgenommen. Nach seiner Diskussion mit einem Lieferanten hatte dieser einer erheblichen Preisreduktion zugestimmt. Danach hatte sich Martin sehr lobend über Gunter geäußert.

»Ich bin daher sicher, dass Sie Ihren Weg im Unternehmen Hermann Tietz gehen werden.« Martins Tonfall bekam jetzt etwas Endgültiges. Gunter erinnerte sich daran, über den jüngsten Geschäftsführer des neuen Eigners gehört zu haben, dass er bei Themen, die ihn nicht persönlich berührten, rasch die Geduld verlor. Leider traf dies offenbar auch auf Gunters Aufstiegswünsche zu.

Tatsächlich wandte Martin sich bereits zum Gehen. »Kommt Zeit, kommt Rat, Herr Perl. Seien Sie versichert, ich werde Sie im Auge behalten und für Ihren nächsten Karriereschritt zu gegebener Zeit auf Sie zukommen. Und nun wünsche ich Ihnen einen geruhsamen Feierabend. Ich bin etwas in Eile, denn ich habe noch eine Verabredung.« Diese Worte sprach Martin schon über seine Schulter hinweg, ohne Gunter zum Abschied die Hand zu reichen.

Ob er merkte, dass er seinen leitenden Textileinkäufer frustriert zurückließ, konnte Gunter nicht einschätzen. Vielleicht war es Martin Tietz aber auch völlig gleichgültig.

Teil 1

Hoffnung und Aufbruch

(1927 bis 1928)

Kapitel 1

Haus Vaterland

12. Februar 1927

Als Judith das Themenrestaurant Rheinterrasse im Vergnügungspalast Haus Vaterland am Potsdamer Platz an der Seite von Martin Tietz betrat, fiel ihr angesichts der Kulisse erst einmal ein kleiner Stein vom Herzen.

Nur zu gut war ihr noch der peinliche Besuch im Etablissement Himmel und Hölle in Erinnerung. Im Hölle genannten Restaurantteil war sie vor einigen Jahren mit Gunter Perl gewesen. Dessen Ausstattung war einer mittelalterlichen Version dieses Orts der Verdammnis nachempfunden, was sie anfangs noch amüsiert hatte. Doch die dem Abendessen folgende Nacktrevue nach Motiven des Marquis de Sade hatte sie zutiefst abgestoßen. Zumal sie bei dieser Gelegenheit auch noch Rieke Krauses Schwester Sanni als Nacktdarstellerin erkannt hatte. Seither mied Judith solche Lokalitäten tunlichst.

Als Martin Tietz sie vor einigen Tagen eingeladen hatte, seinen Geburtstag mit ihm am heutigen Abend im Haus Vaterland nachzufeiern, reagierte sie daher mit gemischten Gefühlen. Einerseits freute sie sich sehr darüber. Denn bislang war sie Martin, von dem sie sich durchaus angezogen fühlte, nur in größeren gesellschaftlichen Zusammenhängen begegnet.

Auch die Feier zu seinem gestrigen zweiunddreißigsten Geburtstag, an der sie gemeinsam mit ihrem Vater teilgenommen hatte, war dabei keine Ausnahme gewesen. Obwohl Martin ihr mehr Zeit gewidmet hatte als der Vielzahl seiner anderen Gäste, hatten sich ihre Kontakte vor den neugierigen Augen der Festgesellschaft abgespielt. Heute jedoch würden Judith und Martin zum ersten Mal allein sein, wenn auch der Schicklichkeit halber ebenfalls an einem öffentlichen Ort.

Andererseits hatte Judith auch eine leichte Beklemmung gespürt, nachdem Martin seine Einladung ausgesprochen hatte. Zum Glück hatte er ihr ein Prospekt von Haus Vaterland in die Hand gedrückt und ihr die Auswahl des Themenrestaurants überlassen, in dem sie zunächst zu Abend essen wollten.

Er selbst hatte die Spanische Bodega oder das ungarische Czardas-Restaurant vorgeschlagen. Dort gab es offenbar jedoch leicht bekleidete Animierdamen, die gegen eine Gebühr mit den männlichen Besuchern tanzten. Beide Örtlichkeiten kamen für Judith daher nicht infrage.

Der sichtlich enttäuschte Martin hatte ihr daraufhin den bayerischen Löwenbräu-Biergarten nahegelegt. Judith, die kein Bier mochte, sagte der ebenfalls nicht zu. So war es dann schließlich die Rheinterrasse geworden.

Jetzt blickte sie sich erleichtert um. Die Ausstattung dieses Restaurants war durchaus attraktiv, mit der ansprechenden Darstellung einer rheinischen Landschaft und Protagonisten, die in keiner Weise anzüglich wirkten.

»Ich wusste gar nicht, wie schön es am Rhein ist«, sagte sie lächelnd zu Martin, als sie an dem für sie reservierten Tisch unmittelbar neben dem nachgestellten Rheinufer Platz nahmen. »Hier ist es ja richtig romantisch. Diese Örtlichkeit soll es wirklich geben, wenn man dem Prospekt glauben darf.«

Auch Martin sah sich jetzt um. »Von diesem Felsen dort, den man die Loreley nennt, habe ich tatsächlich schon gehört. Ob es auch die gegenüberliegende Burg namens Rheinfels gibt, weiß ich allerdings nicht.« Er sah Judith mit einem Blick aus seinen fast schwarzen Augen an, der ihr ein Flattern im Magen bescherte. »Vielleicht sollten wir ja einmal dorthin reisen und es selbst herausfinden.«

Judith erwiderte Martins Blick und hoffte, dass sie nicht errötete. »Das wäre ganz wunderbar, Martin.« Sie duzten sich schon seit einiger Zeit. »Die Loreley ist sehr bekannt. Um sie rankt sich eine Sage, die Heinrich Heine in ein Gedicht gefasst hat.«

»Aha.« Martin wirkte ein wenig ratlos. Schon bei früheren Gelegenheiten war Judith aufgefallen, dass er nicht besonders belesen war.

»Ich meine den jüdischen Dichter«, erklärte sie. »Bestimmt hast du schon einmal von ihm gehört. Seine Werke werden auf jedem Gymnasium im Deutschunterricht besprochen.«

Martin grinste. »Deutsch war in der Schule nicht gerade meine Stärke.«

Gerade trat der Kellner mit den Speisekarten an den Tisch und ersparte Judith dadurch eine Erwiderung.

»Was können Sie uns denn empfehlen?«, fragte Martin.

Der Kellner verbeugte sich leicht und wies dann mit seiner weiß behandschuhten Hand auf die erste Seite der Karte.

»Wenn Sie rheinisch deftig, aber gleichzeitig sehr schmackhaft essen möchten, empfehle ich unser Abendmenü.«

»Grüne-Bohnen-Suppe als Vorspeise, hernach einen Rheinischen Sauerbraten mit Kartoffelklößen und Apfelrotkohl«, las Martin wenig begeistert vor. »Den Grießpudding zum Dessert nehme ich auf keinen Fall. Trotz des Kirschragouts mit Zimt. Grießbrei habe ich schon als Kind gehasst.«

»Was ist ein Rheinischer Sauerbraten?«, erkundigte sich Judith.

»Der echte Rheinische Sauerbraten wird aus in Essigmarinade eingelegtem Pferdefleisch hergestellt«, antwortete der Kellner. Als Judith zurückzuckte, ergänzte er: »Aber wir bieten ihn auch mit Rindfleisch an, wenn das der Dame mehr zusagt.«

Judith nickte erleichtert. »So ist es. Meinerseits würde ich daher gern das Menü probieren. Mit dem Sauerbraten aus Rindfleisch bitte«, fügte sie vorsichtshalber hinzu.

»Haben Sie auch ein Rindersteak?«

Der Kellner verneigte sich wieder leicht. »Selbstverständlich, mein Herr. Als Beilage empfehle ich eine im Ofen gegarte Kartoffel mit Kräuterquark.«

Martin winkte ab. »Lieber nur mit einem Salat. Und das Steak bitte halb durchgebraten. Was für Vorspeisen gibt es noch?«

»Wie wäre es mit einer cremigen Tomatensuppe?«

»Sehr gut«, stimmte Martin zu. »Ob und was ich zum Dessert nehme, entscheide ich nach dem Essen.«

»Wünscht die gnädige Frau auch einen Rheinwein zu ihrem Mahl?«, fragte der Kellner. »Dann rate ich nämlich zu einem Riesling. Die Trauben stammen aus einer Weinlage über St. Goar.« Er machte eine Handbewegung in Richtung der Kulisse. »Das ist dieser Ort hier, gleich unter der Burg Rheinfels.«

Während Judith zustimmend nickte, lehnte Martin ab. »Weißwein passt nicht zum Steak. Ich hoffe, Sie führen auch einen veritablen Spätburgunder.«

Einen Moment lang befürchtete Judith, der Abend könne ein Misserfolg werden. Offensichtlich fühlte Martin sich im Restaurant Rheinterrasse nicht besonders wohl.

Gerade stimmten die in ländliche Tracht gekleideten Musiker, die auf einer kleinen Bühne inmitten der Burg platziert waren, ein Lied an. Judith erkannte sowohl die Melodie als auch den Text.

»*Ich weiß nicht, was soll es bedeuten, dass ich so traurig bin*«, sang sie leise mit.

Dann wandte sie sich wieder an Martin. »Horch! Das ist dieses Gedicht von Heinrich Heine. Ein Komponist hat es vertont. Es behandelt die Sage von der Loreley. Das soll der Name einer Jungfrau mit goldblondem Haar gewesen sein.«

»Einer Jungfrau? Ich dachte, es wäre ein Felsen.«

»Im Gedicht von Heine kämmt eine Frau auf der Spitze des Felsens ihr langes blondes Haar und singt dabei betörend. Die Rheinschiffer, die ihr zuhören, achten nicht mehr auf die gefährlichen Klippen und versinken im Fluss.«

»Also ein männermordender Vamp«, entgegnete Martin nüchtern, weshalb Judith darauf verzichtete, zu erwähnen, dass dieses Lied als Inbegriff der Rheinromantik galt. Ihr Herzschlag beschleunigte sich, als Martin sie erneut mit einem intensiven Blick bedachte und dabei sagte: »Blonde Frauen mag ich ohnehin nicht besonders gern. Mir sind die Schwarzhaarigen lieber.«

Nun fühlte Judith ihr Gesicht heiß werden. Das Gefühl vertiefte sich noch, als Martin hinzufügte: »Vor allem, wenn sie so ein wunderbares Kleid tragen wie du heute. Es steht dir fantastisch. Ist es nicht das, was du auch schon bei unserer ersten Begegnung angehabt hast?«

Judith freute sich, dass sich Martin daran erinnerte. In der Tat war das rotseidene Modell ihr Lieblingsabendkleid. Rieke Krause hatte es ihr seinerzeit für die Abschiedsfeier von Adolf Jandorf verkauft.

Das Kleid wies einen raffinierten asymmetrischen Schnitt auf. Das ärmellose Oberteil war rund um den Ausschnitt mit einem komplizierten Muster in Schwarz bestickt. Ab der linken Hüfte war das Oberteil schräg geschnitten. Darunter lugte ein knielanger plissierter Rock hervor. Am Saum waren Oberteil und Rock ebenfalls mit schwarzen Stickereien verziert.

Im dreieckigen Ausschnitt trug Judith einen goldenen, mit Diamantsplittern besetzten Anhänger an einem schwarzen Samtband, das Geschenk ihrer Eltern zum letzten Weihnachtsfest. Judiths schwarze Locken fielen ihr bis auf die Schultern, ein mit roter Seide bezogener und mit schwarzem Strass besetzter Reif hielt ihr das Haar aus der Stirn. Hochhackige rote Pumps, schwarze Seidenstrümpfe und eine schwarze Spitzenstola vervollständigten das Ensemble.

Der Clou war jedoch der rote Lippenstift. Lippenstifte wurden neuerdings in der Parfümerieabteilung des KaDeWe in großer Auswahl angeboten. Judith hatte ihn passend zu ihrem Abendkleid ausgesucht und benutzte ihn heute zum ersten Mal, um ihre herzförmigen Lippen zu betonen.

»Jedenfalls bist du die am besten angezogene Frau im ganzen Saal«, setzte Martin sein Kompliment fort. Wieder suchte er ihren Blick. »Und mit deinen strahlenden dunkelblauen Augen noch die schönste dazu.«

Eine Stunde später hatten sie den Hauptgang beendet und überbrückten die Zeit bis zu Judiths Dessert mit einem rheinischen Eiswein, der auch Martin mundete. Nach dem Essen wollten sie in den Palmensaal hinüberwechseln, um zu tanzen.

Der Zeitpunkt erschien Judith günstig, um Martin ihr Geburtstagsgeschenk zu überreichen. Nach seiner Einladung hatte sie sich dazu entschlossen, dem Geschenk ihres Vaters, silbernen Manschettenknöpfen mit Martins Initialen, eine dazu passende Krawattennadel hinzuzufügen. Alle Schmuckstücke stammten aus der Juwelierabteilung des KaDeWe.

Während die Musikkapelle erneut ein rheinisches Lied anstimmte, zog Judith das aufwendig verpackte Schächtelchen aus ihrer Handtasche und überreichte es Martin. Der nahm es ganz überrascht entgegen.

»Aber du hast mir doch schon etwas geschenkt. Zumindest dachte ich, die Manschettenknöpfe seien ein Präsent der gesamten Familie Bergmann.«

Judith lächelte stolz. »Ich verfüge schon seit einigen Jahren über ein ansehnliches eigenes Gehalt. Ich habe Lehraufträge in Psychologie und Pädagogik an der Friedrich-Wilhelm-Universität und an der Sozialen Frauenschule von Alice Salomon. Ich kann mir also durchaus ein eigenes Geburtstagsgeschenk für dich leisten.«

Martin sah etwas verlegen aus. »So war meine Einladung

an dich aber nicht gemeint, Judith. Dass ich auf ein weiteres Geschenk aus war. Und noch dazu so ein wertvolles«, ergänzte er verblüfft, nachdem er das Päckchen geöffnet hatte. »Schade, dass ich die Krawattennadel nicht gleich anstecken kann. Sie ist wunderschön.«

Missmutig sah er an seinem schwarzen Abendanzug hinunter, zu dem er ein blütenweißes Hemd mit steifem Kragen und einer schwarzen Fliege trug.

»Du wirst sicher noch viele Gelegenheiten haben, die Nadel zu tragen«, tröstete ihn Judith.

Ihre Blicke trafen sich erneut. Wieder spürte Judith das Ziehen in der Magengrube. Obwohl Martins schwarze, zurückgekämmte Haare schon leichte Geheimratsecken aufwiesen, gefiel er ihr mit seinen schwarzen Augen, der markanten Nase und den schmalen Lippen außerordentlich gut. Mit einer einzigen Ausnahme.

Jetzt ritt sie der Teufel. Sie beschloss, das einmal anzusprechen. »Ich wollte dich schon seit längerer Zeit etwas fragen«, begann sie kryptisch. »Erlaubst du es mir?«

Martin nickte erstaunt. »Schieß los!«

»Aber du darfst es mir nicht übel nehmen.«

»Jetzt machst du mich aber wirklich neugierig. Nein, ich nehme dir die Frage genauso wenig übel wie die Auswahl dieses Themenrestaurants. Du weißt ja, dass ich lieber woanders hingegangen wäre. Aber bislang finde ich unseren Abend auch hier sehr schön.«

Während die Kapelle das Lied »Warum ist es am Rhein so schön?« anstimmte, holte Judith tief Luft. Ihre Frage zurückziehen konnte sie jetzt nicht mehr. Also entschloss sie sich, direkter zu werden.

»Du bist ein sehr attraktiver Mann, Martin«, begann sie. »Nur eine Sache verstehe ich nicht. Warum trägst du als jüdischer Geschäftsmann den gleichen Schnurrbart wie dieser widerwärtige Fanatiker und Antisemit Adolf Hitler?«

Einen Moment lang wirkte Martin verdutzt, dann lachte er auf. »Warum nicht? Diese Barttracht ist im Moment sehr modern und gefällt mir gut. Ich denke nicht im Traum daran, mich von einem solch üblen Zeitgenossen wie diesem Hitler an etwas hindern zu lassen, was ich tun möchte.«

Judith ging ihr letztes Gespräch mit ihrem Vater durch den Kopf. Paul Bergmann nahm die Bedrohung durch die Nationalsozialisten sehr ernst und hatte ihr sogar anvertraut, dass er sie für den ausschlaggebenden Grund hielt, warum Adolf Jandorf sein Unternehmen an Tietz verkauft hatte.

Während sie noch überlegte, ob sie diesen Einwand äußern sollte, argumentierte Martin schon weiter. »Glaub mir, liebe Judith, diese Nazis sind nur eine vorübergehende Erscheinung. In einigen Jahren sind sie höchstens noch als Kinderschreck zu gebrauchen. Wir, die Familie Tietz, wären jedenfalls niemals so weit gekommen, wenn wir uns von solchen Leuten hätten einschüchtern lassen. Antisemitismus gibt es in Deutschland schon lange. Trotzdem haben es sowohl mein Vater als auch mein Onkel geschafft, aus kleinsten Verhältnissen heraus ihre Warenhausimperien aufzubauen.«

Judith entschied sich, das buchstäblich »haarige« Thema Barttracht nicht weiter zu vertiefen, und ging auf Martins letzte Aussage ein.

»Ja, es ist wirklich überaus erstaunlich, dass zwei so große Kaufhauskonzerne aus ein und derselben Familie hervorgegangen sind. Sind die Unternehmen vergleichbar oder ist ›Hermann Tietz‹ größer als ›Leonhard Tietz‹?«

Eigentlich kannte sie die Antwort schon aus Gesprächen mit ihrem Vater, sie vermutete aber, dass es Martin freuen würde, sich dazu zu äußern. So war es auch.

»Seit der Übernahme der Jandorf-Warenhäuser ist die Hermann Tietz OHG der größte Warenhauskonzern in Familienbesitz auf dem europäischen Festland«, wiederholte er stolz eine Aussage, mit der das Unternehmen bereits kurz nach dem Kauf geworben hatte. »Lange Zeit waren die Firmen meines Vaters Oscar und meines Onkels Leonhard ungefähr vergleichbar. Doch jetzt sind wir am Imperium meines Onkels vorbeigezogen. Wir haben fast zwanzig Standorte, davon allein zehn in Berlin. Mit dem KaDeWe als neuem Juwel unseres Unternehmens.«

»Hat dich das an der Übernahme der Leitung gereizt?«, fragte Judith mit einem leicht spöttischen Unterton.

Martin bemerkte es gar nicht. »Natürlich«, antwortete er offen. »Das KaDeWe ist nicht nur das einzige Kaufhaus im Berliner Westen, also an einem außerordentlich guten Standort, wo es keine Konkurrenz in unmittelbarer Nähe gibt. Es wird auch das einzige Kaufhaus bleiben, das seinen Namen behält. Alle anderen Jandorf-Häuser heißen mittlerweile Tietz. Natürlich sticht das KaDeWe allein dadurch aus der Masse unserer Warenhäuser heraus.«

»Also wird sich dort gar nichts ändern?«

»Vorläufig nicht. Wir tragen uns zwar mit einem bestimmten Gedanken, aber der ist noch nicht spruchreif. Nicht einmal dir gegenüber, Judith.«

Plötzlich schlug er sich an die Stirn. »Doch, eine Sache ändert sich sogar schon bald.« Er kramte in seiner Jacketttasche nach einem Notizblock und riss einen Zettel ab. »Dies war die bisherige Abkürzung, wie du weißt.« K. d. W., las Judith, was er aufschrieb. »Und so soll es in Zukunft heißen.«

Martin kritzelte das Wort »KaDeWe« auf den Zettel. »Die neue Lichtreklame für sämtliche Außenfassaden habe ich schon bestellt.«

Judith war beeindruckt. »Diese Abkürzung ist wirklich sehr viel eingängiger.«

»Und du wirst sehen, das wird unter meiner Leitung nicht die letzte Innovation sein.«

Wieder einmal bemerkte Judith, leicht unangenehm berührt, dass Martin manchmal zum Prahlen neigte. Doch der folgende Gesprächsverlauf ließ sie dieses Gefühl rasch verdrängen.

»Ich möchte damit in die übergroßen Fußstapfen meines Vaters treten. Habe ich dir schon erzählt, dass er es war, der Orangen in Berlin vom Luxusgut zu einem Obst gemacht hat, das sich heute nahezu jedermann leisten kann?«

Genau in diesem Moment servierte der Kellner Judiths Dessert. Während sie den Grießpudding mit dem schmackhaften Kirschragout genoss, holte Martin aus.

»Das war lange vor Beginn des Weltkriegs. Da kam mein Vater auf die Idee, Ware, darunter auch Orangen, waggonweise zu bestellen und zu Schleuderpreisen anzubieten, um damit eine breite Käuferschar für seine Warenhäuser zu gewinnen. Apfelsinen kosteten damals fünfzig Pfennig das Stück. Deshalb konnten sich nur die Wohlhabenden dieses Obst leisten. Aber mein Vater bestellte direkt beim Erzeuger in Spanien mehrere Eisenbahnwaggons dieser Früchte und bot sie dann für fünf Pfennig an. Seither sind sie für jedermann in Berlin erschwinglich.«

Judith verschluckte sich fast vor Verblüffung. Erschwinglich für jedermann? Das musste sie unbedingt richtigstellen.

»Das kaufmännische Talent deines Vaters war sicher bewundernswert, Martin. Aber viele Bewohner Berlins können sich bis heute keine Orangen leisten. Für die arme Bevölkerung ist Obst aller Art noch immer fast unerschwinglich. Das Geld reicht höchstens einmal für ein paar verschrumpelte Äpfel. Ich weiß, dass Orangen sehr gesund sind. Als ich noch in den Tagesstätten gearbeitet habe, war ich sehr dankbar dafür, dass ich von Adolf Jandorf Orangenspenden für die Kinder erhielt.«

Dass auch Gunter Perl Judith Zitrusfrüchte gespendet hatte, ließ sie unter den Tisch fallen. Heute hielt sie diese Großzügigkeit für einen der Charakterzüge des »Wolfs im Schafspelz«, der Perl zweifellos war.

»Mithilfe der Orangen und anderer nahrhafter Lebensmittel konnte ich sogar beweisen, dass sich die Gesundheit der Kinder, die diese regelmäßig aßen, nachhaltig besserte. Über das dazugehörige Forschungsprojekt habe ich meine Abschlussarbeit an der Uni geschrieben.«

Plötzlich kam ihr eine Idee. »Weißt du eigentlich, dass Alice Salomon kürzlich eine Frauenakademie gegründet hat? Auch dort plane ich ein Forschungsprojekt. Über das Thema ›Die Familienverhältnisse von Kindern in Kindergärten und Horten‹. Dazu möchte ich wieder Daten in den Einrichtungen erheben, die ich schon von früher her kenne. Orangen als Mitbringsel für die Kinder wären mir daher überaus willkommen.«

Martin verstand den Wink mit dem Zaunpfahl sofort. »Dann will ich dafür sorgen, dass es dir daran nicht mangelt, Judith. Das verspreche ich dir.«

Gerade verdunkelte sich das Licht im Saal wieder. Ein weiteres Mal stand die Sensation in der Rheinterrasse bevor: die stündliche Simulation eines Gewitters mit Blitz, Donner und Wolkenbrüchen. Zwar schützten Glasscheiben die Gäste davor, nass zu werden, aber für Judith und Martin war es nun schon das dritte Gewitter. Der Erlebniswert war damit dahin und Martins Vorschlag nur folgerichtig.

»Doch nun iss endlich auf, Judith, und lass uns in den Palmensaal wechseln. Mir ist nicht mehr nach reden zumute, jetzt möchte ich endlich mit dir tanzen.«

Drei Stunden später saßen Martin und Judith eng aneinandergeschmiegt auf dem Rücksitz eines Taxis. Geredet hatten sie in der Tat nur noch recht wenig. Stattdessen waren sie sich, insbesondere bei Foxtrott und Langsamem Walzer auch körperlich näher und näher gekommen.

Schließlich hatte Martin die Initiative ergriffen und Judith auf die Terrasse geführt. Hoch über dem unter dem Nachthimmel hell erleuchteten Berlin hatte er sie in die Arme genommen und leidenschaftlich geküsst. Nun waren sie in stillschweigender Übereinkunft auf dem Weg in seine Wohnung.

Heute Nacht würde Judith nicht in die Villa Bergmann in

Charlottenburg zurückkehren, wo sie noch immer wohnte. Und wenn mir irgendjemand darüber Vorhaltungen machen will, verweise ich einfach darauf, dass ich im nächsten Monat dreißig Jahre alt werde, dachte sie trotzig. Mama wird sich ohnehin freuen, wenn ich endlich wieder in festen Händen bin.

Damenkonfektionsabteilung im KaDeWe

März 1927

»Fräulein Krause! Fräulein Krause!«

Rieke überprüfte auf Weisung von Gunter Perl gerade den Bestand an einem bestimmten Pariser Modellkostüm, das sich im vergangenen Monat sehr gut verkauft hatte. Sie zog missbilligend die Augenbrauen zusammen, als eine junge Verkäuferin, die erst kürzlich in der Damenkonfektion begonnen hatte, hastig auf sie zueilte und sie darüber hinaus schon aus zehn Meter Entfernung anrief. Zum Glück war es noch früh am Tag. Um diese Uhrzeit hielt sich erst wenig Kundschaft im ersten Stockwerk auf.

»Fräulein Sperber«, sprach Rieke die Verkäuferin an und hob gebieterisch die Hand, als diese sofort losplappern wollte. »Sie sind noch sehr jung und erst wenige Wochen bei uns in der Damenkonfektion. Deshalb merken Sie sich bitte: Eine Mitarbeiterin dieser noblen Abteilungen rennt nicht durch das Stockwerk. Geschweige denn, dass sie laute Rufe ausstößt. Für heute sei Ihnen verziehen. Doch beim nächsten Vorfall dieser Art müsste ich Sie ernstlich tadeln.«

Die junge Frau errötete und schlug sich verlegen die Hand vor den Mund. »Verzeihen Sie bitte, Fräulein Krause! Es wird nicht wieder vorkommen. Aber was ich Ihnen zu sagen hätte, scheint mir sehr wichtig zu sein.«

Rieke lächelte und nickte Eva Sperber ermutigend zu. Sie erprobte sich noch in der richtigen Mischung aus Strenge, mit der sie als Aufsichtsdame für Zucht und Ordnung in ihrem Verantwortungsbereich zu sorgen hatte, und herzlicher Freundlichkeit, die sie für ein gutes Arbeitsklima als unverzichtbar erachtete.

Immerhin senkte Fräulein Sperber jetzt die Stimme. »Ich glaube, wir haben Greta Garbo gerade als Kundin in der Schuhabteilung. Die Schauspielerin«, fügte sie erklärend hinzu, als Rieke vor Erstaunen der Mund offen blieb.

Rieke sammelte sich. »Ich weiß, wer Greta Garbo ist, Fräulein Sperber. Aber ich dachte, sie sei schon längst in Amerika tätig.«

»Das ist sie auch«, erwiderte Eva eifrig. Sie sah sich um und senkte noch einmal die Stimme, obwohl niemand in der Nähe war. »Aber es heißt, sie sei nach dem Erfolg ihres letzten Films in einen Streik für eine höhere Gage getreten. Der Film heißt in Amerika *Flesh and the Devil,* auf Deutsch hieße das ›Fleisch und der Teufel‹. Aber hier bei uns hat man ihm einen ganz langweiligen Titel gegeben. Er läuft im UFA-Palast unter dem Namen *Es war*. Fast hätte ich mir den Film deshalb gar nicht angesehen, bis ich las, dass die Garbo mitspielt.«

Rieke hob wieder die Hand, um Eva Sperbers Redefluss zu unterbrechen. »Jetzt weiß ich zwar, dass Sie in Ihrer Freizeit eine eifrige Kinobesucherin sind.« Sie selbst machte sich nicht viel aus den recht populären Stummfilmen. »Aber leider weiß ich noch nicht, was Sie mir eigentlich mitteilen wollen.«

»Entschuldigung, Fräulein Krause.« Eva sah sich noch einmal um. »Also, Frau Garbo scheint inkognito in Berlin zu sein. Nicht wegen des Films, bei der Premiere hier war sie nicht dabei. Aber sie arbeitet ja derzeit nicht und kann deshalb reisen. Jetzt will sie Schuhe im KaDeWe kaufen. Aber«, Eva sprach so leise, dass Rieke sich ihr entgegenneigen musste, »aber sie hat doch so große Füße. Man sagt, Schuhgröße 43. Und«, sie stockte und holte tief Luft.

»Und?«, hakte Rieke ungeduldig nach.

»Und ich glaube, Frau Dehner macht das nicht so geschickt. Wahrscheinlich hat sie die Garbo gar nicht erkannt.«

Was hatten Sie denn eigentlich in der Schuhabteilung zu tun?, lag es Rieke schon auf der Zunge zu fragen, als sie sich auf das Wesentliche besann. Sie erinnerte sich flüchtig an eine große, sehr schlanke Dame, die ihr Gesicht halb im ausladenden Pelzkragen ihres Wintermantels, halb unter dem Schleier eines Glockenhuts verborgen hatte. Diese eng am Kopf anliegenden Hüte, die bis über die Ohren reichten, waren in dieser Saison groß in Mode.

Die Dame war vor ungefähr zwanzig Minuten, gleich nach der Öffnung des Warenhauses um acht Uhr, schnellen Schritts durch die Damenkonfektion in Richtung Schuhabteilung geeilt. Rieke hatte sie nicht erkannt. Offensichtlich auch die Erste Verkäuferin Frau Dehner nicht, wenn Eva Sperber recht hatte.

Rieke zögerte keinen Moment länger und winkte Fräulein Sperber, ihr zu folgen. Wenn wirklich Greta Garbo im KaDeWe einkaufen wollte und gerade schlecht bedient wurde, könnte daraus leicht ein Skandal werden.

Obwohl die Garbo Berlin seinerzeit rasch wieder verlassen und während ihres Aufenthalts nur einen einzigen, wenn auch sehr erfolgreichen Film gedreht hatte, war die gebürtige Schwedin in der Hauptstadt überaus populär. Nicht auszudenken, wenn eines der notorischen Klatschblätter Wind davon bekäme, dass sie unzufrieden mit dem KaDeWe gewesen war. Noch dazu in einer Abteilung, die unter Riekes Aufsicht stand. Ein gefundenes Fressen für Gunter Perl, dachte sie grimmig.

So schnell es sich mit den Gepflogenheiten der vornehmen Damenabteilungen vertrug, eilte sie mit Eva Sperber im Schlepptau zur Schuhabteilung, die unseligerweise am entgegengesetzten Ende des Stockwerks lag.

Schon von Weitem hörte sie die leicht quäkende Stimme der Ersten Verkäuferin Frau Dehner. Sie war eine verbittert wirkende Frau Mitte vierzig, die ihren Ehemann im Krieg verloren hatte. Trotz dieses schweren Schicksalsschlags hätte Rieke Frau Dehner nicht als Verkäuferin eingestellt. Schon gar nicht als Erste Verkäuferin. Aber da sie die Schuhabteilung samt Personal als Aufsichtsdame übernommen hatte, war ihr gar keine Wahl geblieben.

»Bei Ihrer Schuhgröße ist unsere Auswahl leider nicht so groß wie bei normalen Frauenfüßen, gnädige Frau«, hörte Rieke Frau Dehner jetzt zu ihrem Entsetzen sagen. »Da bleibt Ihnen leider nur die Alternative, sich mit einem der vorhandenen Modelle zu begnügen oder eine kleinere Schuhgröße zu wählen. Auf die Gefahr hin, dass Sie nicht so gut darin gehen können. Es heißt nicht umsonst: Wer schön sein will, muss leiden.«

»Ich merke schon, Sie können mir nicht weiterhelfen.« Gretas Stimme klang rauchig mit einem leichten Akzent, der ihre ausländische Herkunft verriet. »Wie schade! Es heißt doch immer: Im KaDeWe findet man alles, dort sucht man nie etwas vergeblich.«

Rieke straffte den Rücken und trat vor. »Das ist auch unser Anspruch, gnädige Frau. Hier gibt es für alles eine Lösung. Darf ich fragen, womit ich Ihnen behilflich sein kann?«

Mit einem vernichtenden Blick auf Frau Dehner fügte sie hinzu: »Ich bin die Aufsichtsdame und werde mich ab jetzt persönlich darum bemühen, Sie zufriedenzustellen.«

Im letzten Moment verbiss sie sich die Anrede »Frau Garbo«, obwohl sie Greta jetzt ebenfalls an ihren ausdrucksvollen dunkelbraunen Augen mit den langen Wimpern erkannt hatte, die durch den zarten Tüllschleier ihres dunkelgrünen Glockenhuts schimmerten.

Sie wandte sich an Frau Dehner. »Sie assistieren mir bitte dabei, meine Liebe. Fräulein Sperber wird ebenfalls helfen, wenn es nötig sein sollte.« Sie wandte sich wieder an die Garbo. »Möchte die gnädige Frau noch einmal einen Moment lang

Platz nehmen?« Rieke wies einladend auf den bequemen Polstersessel, aus dem sich die Schauspielerin bereits erhoben hatte.

Die blieb unschlüssig stehen. Gewillt, die Situation noch zu retten, setzte Rieke nach. »Womit dürfen wir Ihnen denn dienen?«

»Ich hoffte, Sie hätten schwarze Pumps für mich. Zum Ausgehen für abends.« Zu Riekes Freude setzte sich Greta wieder. »Von meinen Pumps ist der Absatz abgebrochen. Sie taugen nicht mehr. Doch die beiden Modelle, die mir gezeigt wurden, sagen mir nicht zu. Sie wirken wie Schuhe für alte Frauen. Auch die Farbe passt nicht.«

Rieke gab Frau Dehner einen Wink. »Zeigen Sie mir bitte, was Sie bislang angeboten haben!«

Frau Dehner bückte sich mit verkniffener Miene zu zwei Schuhkartons hinunter, die sie bereits geschlossen hatte. Rieke erkannte die Schuhgröße »43« darauf.

»Hier bitte!« Wenn Blicke töten könnten, wäre Rieke auf der Stelle leblos zu Boden gefallen. Später, riss sie sich zusammen, später werde ich ein ernstes Wort mit Frau Dehner zu reden haben. Jetzt gab es Wichtigeres.

In der Tat waren die Modelle überaus hässlich. Rieke wunderte sich, dass das vornehme KaDeWe solche plumpen Schuhe überhaupt führte. Beide Paare waren Schnürschuhe mit groben Schuhriemen. Eines bestand aus braunem Wildleder und wirkte wie ein Wanderschuh. Auch das zweite dunkelgraue Paar konnte man beim besten Willen nicht als elegant bezeichnen, obwohl es einen kleinen breiten Absatz hatte.

»Frauen mit solch großen Füßen suchen in der Regel einen flachen Schuh, um darin ihre Arbeit bequem verrichten zu können«, würde sich Frau Dehner später verteidigen.

Auch ohne dieses Argument schon zu kennen, beschloss Rieke, das Gespräch mit dem Einkäufer für Lederwaren zu suchen. Sollte er sich weigern, eine Auswahl eleganter Schuhe für große Größen zu bestellen, würde sie sich an ihren gemeinsamen Vorgesetzten Gunter Perl wenden. Doch jetzt galt es erst einmal, in der aktuellen Situation das Richtige zu tun.

»Hat man Ihnen auch Pumps in kleineren Schuhgrößen gezeigt?«

Greta nickte. »Ja, doch das einzige vorrätige Paar in Größe 42 gefällt mir ebenso wenig.«

»Aber es gab ein Modell, das Ihnen zusagte?«, hörte Rieke heraus.

»Ja, sogar zwei Paar in der nächstkleineren Größe. Ich habe beide anprobiert. Doch meine Füße waren darin völlig eingezwängt. Damit könnte ich nicht einmal gehen, geschweige denn tanzen.«

Rieke wandte sich wieder an Frau Dehner. »Bringen Sie die Pumps trotzdem noch einmal her!«

»Das hat keinen Zweck«, protestierte die Garbo und schien schon im Begriff, sich wieder zu erheben. »Diese Schuhe probiere ich nicht noch einmal an. Das tut mir zu weh und ruiniert womöglich noch meine Seidenstrümpfe.«

»Anprobieren ist auch nicht nötig, Frau Gar…, äh, gnädige Frau. Ich habe eine Idee, die ich weiterverfolgen möchte.«

Frau Dehner brachte die Paare und setzte sie etwas zu fest vor der Garbo ab.

»Gesetzt den Fall, die Schuhe hätten die richtige Größe. Welches Paar würde Ihnen besser gefallen?«

Die Garbo warf Rieke einen verwunderten Blick zu. Dann überlegte sie eine Weile und zeigte schließlich auf einen Pumps mit zarten Riemchen über dem Fußrist und einem ungefähr fünf Zentimeter hohen schmalen Absatz, der nach unten hin spitz zulief.

»Dieser Schuh wäre schon nach dem ersten Tragen ruiniert«, mischte sich Frau Dehner ungefragt ein. »Da er eben eindeutig zu klein ist. Die Spannung auf den Riemchen wäre zu groß, sie würden reißen. Das habe ich der Dame auch schon gesagt.«

Rieke brauchte all ihre Beherrschung, um der Ersten Verkäuferin nicht rüde ins Wort zu fallen. Doch sie war sich ihrer Vorbildfunktion bewusst. Unhöflichkeit in Gegenwart dieser wichtigen Kundin und der jungen Verkäuferin Eva Sperber würde auf sie selbst zurückfallen.

»Ich danke Ihnen für Ihren Hinweis, Frau Dehner«, sagte sie stattdessen. »Aus diesem Grund hatte ich auch etwas ganz anderes im Sinn. Fräulein Sperber! Würden Sie bitte in die Schuhwerkstatt laufen und Herrn Wilkins herbeiholen?«

»Derweil kümmern Sie sich doch bitte um die gerade eingetretene Kundin!«, wies sie Frau Dehner an, die erneut den Mund geöffnet hatte, wahrscheinlich für ihren nächsten Einwand. So konnte Rieke sie jetzt unauffällig loswerden.

Nach zehn Minuten, in denen Rieke wie auf glühenden Kohlen stand, da Greta ungeduldig mit dem Fuß wippte und immer wieder auf ihre Uhr sah, kam Eva mit dem ältlichen Herrn Wilkins zurück.

Adolf Jandorf hatte den Schuhmachermeister seinerzeit wie Riekes Mutter Käthe aus dem Warenhaus am Weinberg ins KaDeWe mitgenommen. Dem unauffälligen, bescheiden auftretenden Mann sah man nicht an, dass er ein wahrer Meister seines Fachs war.

»Lieber Herr Wilkins.« Riekes herzlicher Tonfall war echt. »Ich möchte Ihre Dienste für eine sehr wichtige Kundin in Anspruch nehmen. Könnten Sie dieses Pumpsmodell in der passenden Schuhgröße herstellen?« Sie hielt ihm einen der Riemchenschuhe entgegen. »Sagen wir, bis übermorgen früh?«

Der Mann wiegte sein fast kahl gewordenes Haupt. »Ich kann es versuchen, wenn ich alles andere stehen und liegen lasse«, sagte er dann. »Doch ich müsste die richtigen Maße bei der gnädigen Frau nehmen.«

Rieke lächelte erleichtert und wandte sich an die Garbo, um deren Einverständnis einzuholen. Doch noch war eine letzte Hürde zu nehmen.

Wieder machte Greta Anstalten aufzustehen. »Eine Maßanfertigung wird mich sicher eine astronomische Summe kosten«, protestierte sie. »Lassen Sie es gut sein, meine Dame. Ich schätze Ihre Bemühungen, aber ich gehe doch lieber zu Wertheim und schaue, was es dort gibt.«

Rieke reagierte spontan. »Das KaDeWe ist allzeit bestrebt, alle Kundinnen zufriedenzustellen. Da wir Ihr gewähltes Modell nicht in der richtigen Größe vorrätig haben, kostet Sie die Maßanfertigung natürlich keinen Pfennig mehr als das reguläre Paar.«

»Das war ganz fantastisch, Fräulein Krause. Von Ihnen kann ich wirklich noch eine Menge lernen«, schwärmte Eva Sperber, nachdem die Garbo das KaDeWe zufrieden verlassen hatte.

Rieke war es nicht ganz so leicht ums Herz. Sie ahnte, dass die Maßanfertigung ein Vielfaches des regulären Preises kosten würde, und befürchtete einen Tadel von Gunter Perl, dem sie dies bei ihrer wöchentlichen Berichterstattung natürlich nicht verschweigen durfte. Aber davon sollte die junge Eva nichts wissen.

Daher neigte Rieke dankend den Kopf. »Das freut mich zu hören, Fräulein Sperber. Schließlich haben Sie ja noch etliche Berufsjahre vor sich.«

»Oder auch nicht«, antwortete Eva zu Riekes Überraschung. »Wussten Sie gar nicht, dass die Garbo auch einmal in einem Warenhaus gearbeitet hat? Das war in Stockholm in einer Hutabteilung, wo sie auch Hüte für den Katalog präsentiert hat. Dabei wurde sie dann entdeckt. Das ist noch gar nicht so lang her.«

Rieke war für einen Moment verdutzt, dann musste sie sich ein Lachen verbeißen »Und solch einen Werdegang erhoffen Sie sich ebenfalls, Fräulein Sperber? Sie möchten Schauspielerin werden?«

Eva errötete. »Für mein Leben gern! Oder …«, sie stockte.

»Oder halten Sie mich nicht für hübsch genug dazu?« Ihre Stimme schwankte.

Rieke überlegte kurz, was sie darauf antworten sollte. Eva Sperber war sogar sehr hübsch. Mit ihren goldblonden Haaren und blauen Augen entsprach die Zwanzigjährige perfekt dem aktuellen arischen Schönheitsideal. Dass sie jüdisch war, sah man ihr nicht an.

Schließlich entschloss sich Rieke zu einer salomonischen Erwiderung. »Sollten Sie wirklich hier im KaDeWe entdeckt werden, wäre dies zweifellos Ihrem guten Aussehen zu verdanken. Doch leider ist die Wahrscheinlichkeit nicht sehr hoch. Also werde ich mich weiterhin bemühen, eine ausgezeichnete Verkäuferin aus Ihnen zu machen. Sie kennen doch das Sprichwort: Der Spatz in der Hand …«

»… ist besser als die Taube auf dem Dach«, seufzte Eva. »Ich werde mein Bestes geben, um Sie nicht zu enttäuschen, Fräulein Krause.«

Warenhaus Tietz am Alexanderplatz

Ende März 1927

»Herr Bergmann, ich habe Sie, offen gestanden, heute hierhergebeten, um Ihre Einschätzung darüber zu hören, wie gut mein Bruder Martin das KaDeWe leitet. Natürlich bitte ich Sie, Stillschweigen über unser Gespräch zu bewahren. Nicht umsonst habe ich als Treffpunkt mein Kontor vorgeschlagen, anstatt dazu ins KaDeWe zu kommen.«

Paul Bergmann war von Georg Tietz' Anliegen nicht unbedingt überrascht. Als der ihn gestern telefonisch eingeladen hatte, ohne den Grund dafür zu nennen, hatte er sich schon etwas Ähnliches gedacht. Denn worüber sonst hätte Georg mit ihm reden wollen, wenn nicht über die Qualität der Leitung des

KaDeWe durch Martin? Schließlich kannte Paul das Kaufhaus seit seiner Eröffnung vor zwanzig Jahren und war als kaufmännischer Leiter und damit zweithöchster Vorgesetzter natürlich in der Schlüsselposition, das beurteilen zu können.

Trotzdem war Paul nicht ganz wohl in seiner Haut. Georg forderte ihn mehr oder weniger offen zur Illoyalität gegenüber seinem unmittelbaren Vorgesetzten auf. Die Situation wurde dadurch nicht einfacher, dass Paul tatsächlich nicht überzeugt war, Martin mache seine Sache bislang besonders gut.

Auch aus diesem Grund stellte er zunächst eine Frage. »Was möchten Sie denn genau wissen, Herr Tietz?«

Georg seufzte und schien nach den richtigen Worten zu suchen. Wieder einmal fiel Paul auf, dass sich die beiden Brüder schon äußerlich wenig glichen. Georg war sechs Jahre älter als Martin und von kräftigerer Statur. Sein bartloses Gesicht war fleischiger, die Augen von hellerer Farbe als die seines Bruders. Nur seine Haare waren ebenso wie die von Martin fast schwarz.

Aber der größte Unterschied zwischen den Brüdern Tietz lag zweifellos in der Ausstrahlung. Georg Tietz wirkte viel seriöser als Martin. Genau so, wie man sich einen Geschäftsmann, der einen großen Warenhauskonzern leitete, vorstellte.

Martin dagegen hatte etwas Jungenhaftes an sich. Er war stets zu Scherzen aufgelegt und nahm es auch mit den Arbeitszeiten nicht so genau. Oft erschien er morgens erst gegen zehn Uhr im KaDeWe und verließ es lange vor Ladenschluss.

Pauls Ambivalenz wurde außerdem dadurch verstärkt, dass Judith zu Hause mittlerweile offengelegt hatte, dass Martin und sie liiert waren. Und es auch bereits »zum Äußersten gekommen« war, wie seine Frau Rebekka Paul gegenüber betreten angemerkt hatte.

Allerdings gab sich Rebekka der Hoffnung hin, dass ihre nunmehr dreißigjährige Tochter bald endlich unter die Haube kommen und ihr Enkel bescheren werde. Auch wenn es ihr mittlerweile wieder etwas besser ging, hatte Rebekka den Tod ihres ältesten Sohnes Johannes noch nicht verwunden und wünschte sich allein deshalb eine Vergrößerung der Familie.

Paul war sich dagegen nicht im Klaren darüber, ob ihm Martin als Schwiegersohn wirklich willkommen wäre. Natürlich war er die weitaus bessere Wahl im Vergleich zu Judiths vorigem Liebhaber Gunter Perl. Aber Martin hatte etwas von einem Luftikus an sich. Dazu passte, dass man ihm zahlreiche flüchtige Affären nachsagte.

»Bevor ich Ihre Frage ganz offen beantworte, möchte ich Ihnen darlegen, warum ich gerade Sie als Verbündeten gewinnen möchte«, ergriff Georg schließlich das Wort. »Zum einen hat es natürlich damit zu tun, dass es im Augenblick nicht ausgeschlossen ist, dass wir in absehbarer Zeit sogar in eine familiäre Bindung zueinander treten.«

Also wusste auch Georg Tietz mittlerweile von der Liaison zwischen Martin und Judith.

»Wichtiger ist mir jedoch, dass ich einen Kompromiss eingegangen bin, als ich meinen Bruder auf seinen eigenen Wunsch hin mit der Leitung des KaDeWe betraut habe. Das erschien mir einerseits eine übersichtlichere Aufgabe zu sein als diejenigen, die mein Schwager Hugo und ich selbst wahrnehmen. Wir übernehmen die Verantwortung für all unsere Warenhäuser, nicht nur für die in Berlin, sondern im ganzen Reich. Das bedeutet harte Arbeit, wie Sie sich sicher vorstellen können.«

Paul nickte und verkniff sich ein Grinsen. Offenbar hielt auch Georg seinen Bruder nicht für jemanden, der die Arbeit erfunden hatte.

»Andererseits«, fuhr Georg fort, »ist das KaDeWe das bekannteste Warenhaus im Konzern. Es zieht sogar Touristen aus aller Welt an und hat an Bekanntheit unser Warenhaus hier am Alexanderplatz und auch unser Stammhaus in der Leipziger Straße schon vor der Übernahme weit überholt. Der Konzern kann es sich also nicht leisten, dass es dort irgendeine Form von Misswirtschaft gibt.«

»Misswirtschaft kann ich, zumindest für den Augenblick, ausschließen, Herr Tietz«, versicherte ihm Paul. »Als kaufmännischem Leiter obliegt mir die Aufsicht über die Einkäufer und das Budget, das ihnen zur Verfügung steht. Außerdem behalte ich natürlich die Umsätze im Auge. Ich würde also sofort merken, wenn es gravierende Missstände in einer Abteilung gäbe.« Er zögerte kurz. »Jedoch, wenn Sie mir diesen Vorschlag erlauben, würde ich Ihren Herrn Bruder eher mit repräsentativen Aufgaben betrauen als mit gravierenden geschäftlichen Entscheidungen. Bisher hat er eine solche allerdings nach meinem Kenntnisstand auch noch nicht getroffen.«

Anstatt einer Antwort öffnete Georg Tietz eine Aktenmappe und zog ein Papier heraus, das er Paul schweigend reichte. Es war eine Rechnung über fünfzehntausend Reichsmark. »KaDeWe-Schriftzug als Lichtreklame«, las Paul. Er war verwirrt.

»Darf ich Sie um eine Erläuterung bitten?«

Georg schnaubte. »Mein Bruder hat ohne Rücksprache mit mir oder Hugo eine neue Abkürzung für das *Kaufhaus des Westens* kreiert. Und dann gleich die dazugehörige Lichtreklame für die Außenfassaden in Höhe dieser Summe bestellt. Eine Rechnung über diesen Betrag muss ich natürlich als Hauptgeschäftsführer freigeben. Unser Vater Oscar hätte weiland einen Tobsuchtsanfall über solch eine Eigenmächtigkeit bekommen.«

Paul fühlte sich hin- und hergerissen. »Ich kann natürlich nachvollziehen, Herr Tietz, dass Martin diese Idee mit Ihnen hätte absprechen sollen. Ich selbst hätte ebenfalls gern davon gewusst«, gab er zu. »Aber der neue Schriftzug gefällt mir in der Tat sehr viel besser als die ehemalige Abkürzung. Und ihn mit einer modernen Lichtreklame an den Außenfassaden bekannt zu machen, ist nur die logische Konsequenz aus dieser Idee.«

»Ich habe mir natürlich ebenfalls die Umsatzzahlen der Monate seit der Übernahme angesehen«, räumte Georg ein.

»Wenn ich Sie richtig verstanden habe, sind sie in Ordnung, oder nicht?«

»Nach allem, was ich weiß, ja. Die Umsätze sind vergleichbar mit denen des vergangenen Jahres, die Weiße Woche im Februar war sogar ein noch größerer Erfolg.«

»Dann möchte ich Ihnen einen Vorschlag machen, Herr Bergmann, der einerseits Martin nicht vor den Kopf stößt, andererseits aber ähnliche Alleingänge in Zukunft zumindest erschwert. Was halten Sie davon, wenn wir uns monatlich hier am Alexanderplatz zu gemeinsamen Besprechungen treffen, wir drei Geschäftsführer und Sie als kaufmännischer Leiter unseres wichtigsten Warenhauses?«

»Damit bin ich sehr gern einverstanden, Herr Tietz«, freute sich Paul.

»Das ist gut. Dann werde ich meinem Bruder unter vier Augen die Auflage machen, dass er alle Investitionen, die, sagen wir, zweitausend Reichsmark überschreiten, erst in diesem Gremium vorstellen muss. Sie wissen allerdings offiziell nichts davon.«

Auch damit war Paul einverstanden. Es bestätigte ihm ein weiteres Mal, dass die drei Nachfolger des Firmengründers Oscar Tietz einen moderneren Führungsstil pflegten als der ehrwürdige, im Jahr 1923 verstorbene Patriarch.

Schon vor der Übernahme hatte sich Paul natürlich mit der Geschichte des Warenhauskonzerns Tietz vertraut gemacht. Auch Oscar Tietz war, vergleichbar mit Adolf Jandorf, ein Selfmademan gewesen, wie es modern so schön hieß. Begonnen hatte Oscar mit einem kleinen Kurz- und Weißwarengeschäft in Gera, wobei ihm sein Onkel Hermann das Startkapital von tausend Mark zur Verfügung gestellt hatte.

Wie Jandorf hatte sich auch Oscar von Anfang an die Prinzipien moderner Warenhäuser zu eigen gemacht. Es gab feste Preise für alle Artikel, über die nicht gefeilscht werden konnte. Da die Ware direkt beim Produzenten bestellt wurde, waren die

Preise allerdings im Vergleich zu herkömmlichen Geschäften so günstig, dass der Gewinn hauptsächlich über die große Menge des Absatzes erzielt wurde. Dadurch brachte auch eine kleine Gewinnmarge pro Artikel letztlich eine ansehnliche Summe ein.

Der Kunde musste seine Einkäufe gleich in bar bezahlen. Im Gegenzug war er nicht dazu verpflichtet, mit dem Betreten des Geschäfts auch etwas zu kaufen.

Obwohl seine Verwandten, ebenfalls Kaufleute, die alle aus einem kleinen Ort namens Birnbaum in der heute polnischen Provinz Posen stammten, Oscar aufgrund seiner neuartigen und daher für sie unverständlichen Geschäftsgepflogenheiten viele Steine in den Weg legten, setzte er sich schließlich durch. Im kritischsten Moment, gleich zu Beginn seiner Laufbahn, war seine Cousine und spätere Ehefrau Betty mit dreihundert Mark ihres Ersparten in die Bresche gesprungen. Damals hatte Onkel Hermann auf Drängen seiner Brüder sein Startkapital samt dem damit bereits erzielten Gewinn wieder aus dem Geschäft in Gera zurückgezogen.

Doch Oscar ließ sich durch keinen Rückschlag entmutigen und ging seinen Weg als Kaufmann ebenso konsequent weiter wie Adolf Jandorf. Im letzten Jahrzehnt des vergangenen Jahrhunderts hatte er weitere Filialen in Weimar, Hamburg und München eröffnet, wo er auch das erste moderne Warenhaus einrichtete.

Im Jahr 1900 wagte er dann den Sprung nach Berlin und gründete das heutige Stammhaus in der Leipziger Straße. Es konnte sich dort behaupten, obwohl der Standort in unmittelbarer Nähe des bekannten Warenhauses von Georg Wertheim lag.

Im Unterschied zu Adolf Jandorf waren Oscar Tietz' Söhne keine Enttäuschung für ihn. Er berief sie und den Mann seiner jüngsten Tochter schon einige Jahre vor seinem plötzlichen Tod in die Geschäftsführung seines Konzerns. Vorher hatte er dafür gesorgt, dass Georg und Martin eine fundierte Ausbildung im kaufmännischen Bereich erhielten, unter anderem durch mehrere Auslandsaufenthalte.

Dennoch schien Oscar den Söhnen und dem Schwiegersohn nicht ganz so viel Mitspracherecht eingeräumt zu haben, wie Paul bislang vermutet hatte. Darauf wies die heutige Bemerkung von Georg hin.

Oscar Tietz selbst war offenbar zeit seines Lebens ein recht bescheidener Mann gewesen. In der Beziehung zu seinem Onkel Hermann, der wieder, sogar ohne erneute finanzielle Einlagen, in sein Geschäft eingestiegen war, erlebte er weitere Höhen und Tiefen. Trotzdem benannte Oscar seinen Konzern nicht nach sich selbst, sondern nach dem inzwischen längst verstorbenen Onkel Hermann Tietz OHG.

Worüber Paul seit der Übernahme ab und zu nachgegrübelt hatte, war allerdings, ob auch Oscar Tietz das Jandorf-Imperium übernommen hätte. Denn die Hermann Tietz OHG hatte sich dafür, wollte man den in Finanzkreisen kursierenden Gerüchten Glauben schenken, tief verschuldet. Insbesondere für das KaDeWe hatte man einen hohen Preis entrichten müssen. Kein Wunder, dass Georgs besonderes Augenmerk auf diesem prestigeträchtigen Objekt lag.

»Dann ist das also abgemacht, lieber Herr Bergmann«, beendete Georg nun das Gespräch.

Auf dem Weg zur Tür fügte er noch eine Bemerkung hinzu: »Martin trägt sich sogar mit dem Gedanken, das KaDeWe völlig umzubauen und um mehrere Stockwerke zu erweitern. Eine solch gravierende Entscheidung könnte er natürlich auf gar keinen Fall an uns vorbei treffen. Umso besser, dass wir uns im gemeinsamen Austausch in Zukunft ein Bild darüber machen werden, ob Martins Idee Hand und Fuß hat oder ob es sich dabei lediglich um ein Luftschloss handelt.«

Kapitel 2

Soziale Frauenschule in Schöneberg

April 1927

»Und so vertraue ich Ihnen, liebe Charlotte, diesen wichtigen Teil meines Lebenswerks an. Im sicheren Wissen, dass Sie die Soziale Frauenschule mit dem gleichen Herzblut und der gleichen Begeisterung leiten werden wie ich selbst.«

Während Charlotte Dietrich, an die Alice Salomon ihre letzten Worte gerichtet hatte, unter dem brausenden Beifall des Auditoriums aufstand und sich nach allen Seiten verneigte, verstärkte sich Judiths ungutes Gefühl.

Wie alle Lehrkräfte nahm auch sie an dieser Feierstunde teil, während der Alice die Leitung der Sozialen Frauenschule, die sie im Jahr 1908 als erste Einrichtung dieser Art gegründet hatte, endgültig in die Hände der Dietrich legte. Schon seit zwei Jahren teilte sie sich diese Aufgabe mit ihr.

Judith selbst hatte in den Jahren des Weltkriegs ihre Ausbildung an der Sozialen Frauenschule absolviert. Dank dieser Qualifikation konnte sie danach an der Friedrich-Wilhelm-Universität studieren. Heute war sie dort am Lehrstuhl ihres Doktorvaters, Professor Max Sering, eine der wenigen weiblichen Dozenten.

Mit dieser Laufbahn war Judith nicht nur in die Fußstapfen ihrer verehrten Mentorin Alice Salomon getreten, sondern hatte sie sogar überflügelt. Auch Alice verfügte über einen Doktortitel. Sie war sogar eine der ersten Frauen mit dieser

Qualifikation im damaligen Kaiserreich gewesen. Alice hatte jedoch nie an der Universität gelehrt.

Stattdessen hatte sie sich auf den Aufbau der Sozialen Frauenschule konzentriert, die jungen Mädchen und Frauen die Berufsqualifikation für eine Tätigkeit in der öffentlichen Wohlfahrt vermittelte. Inzwischen wurde dieses Modell in ganz Deutschland nachgeahmt.

Alice hatte sich auch in einer Vielzahl anderer nationaler und internationaler Kontexte für Frauenrechte engagiert. Doch mit ihrer Gesundheit war es in den letzten Jahren nicht zum Besten bestellt. Nachdem sie im Jahr 1925 auch noch die erste Hochschule für Frauen gegründet hatte, die Deutsche Akademie für Soziale und Pädagogische Frauenarbeit, forderte ihr Körper seinen Tribut für die beständige Überlastung.

Während Charlotte Dietrich nun ans Rednerpult trat, um ihrerseits eine Ansprache an das Publikum zu richten, ließ Judith die Gedanken zu ihrem Gespräch mit Alice zurückschweifen, das sie erst vor wenigen Tagen geführt hatte.

Eigentlich hatte Judith Alice in ihrer wöchentlichen Sprechstunde aufgesucht, um ihr neues Forschungsprojekt mit ihr zu besprechen. Doch zunächst hatte Alice Judith von der bevorstehenden Übergabe der Leitung unterrichtet und zu der heutigen Feierstunde eingeladen.

»Mein Hausarzt hat mir dringend angeraten, meine beruflichen Aktivitäten zu reduzieren«, begründete sie ihren Entschluss. »Meine Darmentzündung ist bereits chronisch geworden. Jetzt kommen auch noch Herzprobleme hinzu. Wenn ich nicht besser auf mich aufpasse, bin ich bald gänzlich arbeitsunfähig, fürchtet er.«

Judith war bestürzt gewesen. »Das tut mir unendlich leid, liebe Alice. Ich wusste nicht, dass es so schlimm um Sie steht.«

Schon seit Judith nach Abschluss ihres Studiums im Jahr 1924 ihre Lehrtätigkeit an der Sozialen Frauenschule aufgenommen hatte, nannten sich die beiden Frauen beim Vornamen, auch wenn sie bei der förmlichen Anrede »Sie« geblieben waren.

Alice hob die Schultern. »Ich wollte es ja auch selbst lange nicht wahrhaben. Aber nun muss ich mich eben nach der Decke strecken und die Leitung der Schule ganz an Charlotte Dietrich abgeben«, wiederholte sie.

Judith versuchte, sich ihren Schock nicht anmerken zu lassen.

»Die Studienleitung der Frauenakademie wird Frau Dr. Hilde Lion übernehmen. Sie wird auch Ihre Forschungsarbeit betreuen, wenn Sie damit einverstanden sind«, fuhr Alice fort.

Das wiederum war Judith recht. Die jüdische Wissenschaftlerin Hilde Lion kannte Judith zwar nur flüchtig, sie war ihr im Gegensatz zu Charlotte Dietrich jedoch sympathisch. Trotzdem fragte sie vorsichtshalber nach: »Ist denn Frau Dr. Lion ebenfalls damit einverstanden, dass ich mit meinem neuen Forschungsprojekt jetzt schon beginne?«

Da die Frauenakademie auch für bereits berufstätige Frauen ein zweijähriges Aufbaustudium anbot, hatte sich Judith schon im Oktober 1925, dem Monat der Eröffnung, dazu eingeschrieben. Ihre Lieblingsfächer Psychologie und Pädagogik, die während ihrer Universitätsausbildung nur zu den Nebenfächern gezählt hatten, wählte sie nun als Studienschwerpunkt, und sie freute sich, dass sie in jedem Seminar Neues dazulernte und für ihre Lehrtätigkeit an der Uni verwenden konnte.

Darüber hinaus hatte sie während ihres Hochschulstudiums eine fundierte Ausbildung als Sozialwissenschaftlerin am Lehrstuhl für Staatswissenschaften von Professor Sering erhalten. Dort hatte sie bereits eine empirische Abschlussarbeit geschrieben und nachgewiesen, dass eine bessere Ernährung auch den Gesundheitszustand von Kindern aus armen Verhältnissen verbesserte.

An diese Forschungstätigkeit wollte sie nun an der Frauenakademie anknüpfen. Alice Salomon hatte ihr erlaubt, mit ihren ersten Erhebungen schon vor Abschluss ihres Aufbaustudiums zu beginnen.

»Von Hildes Einverständnis gehe ich aus, Judith«, versicherte ihr Alice nun. »Aber wenn Sie möchten, kann ich sie auch noch einmal darauf ansprechen. Wie weit sind Ihre Planungen denn mittlerweile gediehen?«

»Sie wissen ja, dass ich mich für das Thema der Familienverhältnisse von Kindern in Kindergärten und Horten entschieden habe«, erklärte Judith. »Das interessiert mich nicht nur am meisten, sondern ich habe durch meine frühere Tätigkeit noch Kontakte zu den entsprechenden Einrichtungen.«

Mit der Gründung eines eigenen Forschungsbereichs an der Frauenakademie hatte Alice Salomon auch dessen übergeordnete Thematik definiert. Sie lautete »Bestand und Erschütterung der Familie in der Gegenwart«. Die ersten sechs Themen waren bereits an interessierte Wissenschaftlerinnen vergeben worden.

»Haben die Einrichtungsleiterinnen der neuen Datenerhebung denn schon zugestimmt?«, fragte sie Judith.

Die nickte. »Die der beiden Kindertagesstätten am Bülowplatz und in der Grenadierstraße sind einverstanden. Die Leiterin des Kinderhorts konnte ich noch nicht erreichen, da sie erkrankt war. Aber ich bin überzeugt, sie macht ebenfalls mit.«

Alle drei Einrichtungen lagen im Scheunenviertel, einem der ärmsten Stadtteile Berlins.

»Jetzt muss ich nur noch die Mütter der Kinder darum bitten, dass sie an der Studie mitwirken. Denn wenn ich die Familienverhältnisse in den Mittelpunkt meiner Forschungsarbeit stellen möchte, brauche ich ja in erster Linie die Auskünfte der Eltern, insbesondere der Mütter. Mit deren Einverständnis kann ich die Familien auch zu Hause besuchen, um ältere Geschwister oder sogar den einen oder anderen Vater zu befragen.«

»Wenn es denn einen Vater gibt«, wandte Alice ein. »Denn

insbesondere im Hort werden sich viele Kinder von Müttern befinden, die die Familie allein ernähren und daher bis spät in den Abend berufstätig sein müssen.«

»Das ist leider sogar schon bei etlichen Kindern in den Kindergärten der Fall«, entgegnete Judith. »Auch hier sind viele Mütter alleinerziehend. Allerdings nicht mehr, weil sie ihren Ehemann im Krieg verloren haben, sondern weil die Männer Frau und Kinder verlassen, wenn ihnen die Last der Fürsorge zu schwer wird. Denn obwohl es den Menschen in Deutschland seit der Überwindung der Hyperinflation im Schnitt eigentlich besser geht, gilt dies nicht für alle Teile der Bevölkerung.«

Alice nickte traurig. »Ja, nach wie vor ist der Wohlstand ungleich verteilt. Immerhin verhandelt man inzwischen darüber, eine Arbeitslosenversicherung zu gründen, zu deren Finanzierung Arbeiter und Arbeitgeber gleichermaßen beitragen. So eine soziale Absicherung für Erwerbslose wäre ein großer Fortschritt.«

»Ich hoffe auch, dass es bald dazu kommt. Aber denken Sie auch an die Frauen, die ihrerseits den Ehemann oder Lebensgefährten verlassen, weil er trinkt oder gewalttätig ist. Einige Kinder in den Einrichtungen, in denen ich tätig werden möchte, stammen sicher auch aus solchen Familienverhältnissen.«

»Dann hoffe ich sehr, dass Sie möglichst viele Mütter finden, die zur Zusammenarbeit bereit sind, damit Sie sich einen guten Einblick verschaffen können.«

»Oh, daran hege ich wenig Zweifel«, lächelte Judith. »Martin Tietz, einer der neuen Eigner des KaDeWe, hat mir Orangen in unbegrenzter Menge versprochen. Wie Adolf Jandorf unterstützt auch er meine sozialen Aktivitäten. Jedes Kind einer Familie, die sich für meine Studien zur Verfügung stellt, erhält täglich eine solche Orange. Und nach jedem Gespräch bekommen die Mütter auch Früchte für ihre anderen Kinder und natürlich für sich selbst und die anderen erwachsenen Familienmitglieder.«

»Das ist wirklich sehr großzügig von Herrn Tietz«, staunte Alice. »Und völlig uneigennützig?« Sie musterte Judiths Gesicht intensiv.

Die spürte, dass sie errötete. »Da Sie es ja ohnehin bereits vermuten, kann ich es auch gleich offen zugeben. Martin Tietz und ich sind seit einigen Wochen liiert.«

»Dann hoffe ich für Sie, dass Ihr neuer Partner Ihre Rolle als berufstätige Frau auch in Zukunft akzeptieren wird.«

Judith entging Alices skeptischer Unterton nicht. Salomon selbst war unverheiratet und damit auch kinderlos geblieben, um ihre Berufstätigkeit ungehindert ausüben zu können.

»Dafür werde ich schon sorgen«, erwiderte Judith leichthin, ohne wirklich sicher zu sein, wie Martin auf Dauer zu ihrer Selbstständigkeit stehen würde. »Aber jetzt habe ich noch eine andere Frage«, lenkte sie rasch auf ein unverfänglicheres Thema. »Ihre Teilnahme an der Internationalen Konferenz für Soziale Arbeit ist von Ihren gesundheitlichen Beeinträchtigungen hoffentlich nicht betroffen?«

Alice schüttelte lächelnd den Kopf. »Wenn es nach mir geht, nicht. Ich möchte mich ja noch nicht aufs Altenteil zurückziehen. Bei der Vorbereitung darf ich doch weiterhin auf Ihre Unterstützung hoffen, nicht wahr?«

Die Konferenz sollte nächstes Jahr im Juli in Paris stattfinden. Alice Salomon war mit der Organisation des Bereichs Soziale Berufsausbildung betraut worden. Judith half ihr schon seit Längerem bei der dafür erforderlichen Korrespondenz, zum Beispiel was die Absprache der Themen mit den überwiegend weiblichen Rednern betraf.

»Darauf können Sie selbstverständlich zählen, Alice«, versicherte ihr Judith. Dann entschloss sie sich doch noch dazu, das Thema anzusprechen, das ihr auf dem Herzen lag.

»Ihre Wahl von Frau Dr. Lion als Studienleiterin der Frauenakademie kann ich vollkommen nachvollziehen. Jedoch … jedoch«, sie suchte nach den richtigen Worten.

»Jedoch nicht die von Charlotte Dietrich als Leiterin der Sozialen Frauenschule?«, vollendete Alice ihren Satz.

»So ist es«, bestätigte Judith.

»Auch hier bin ich mir absolut sicher, dass Frau Dietrich meine Arbeit in meinem Sinne fortsetzen wird«, entgegnete Alice entschieden, ohne Judith nach den Gründen für ihre Bedenken zu fragen.

Deshalb war ihr nichts anderes übrig geblieben, als gute Miene zum bösen Spiel zu machen.

Jetzt hatte Charlotte Dietrich ihre Rede beendet und dankte dem Auditorium für den Beifall. Wohl oder übel reihte sich Judith in die Reihe der Gratulanten ein, um Charlotte zu ihrer neuen Position zu beglückwünschen.

Während sie darauf wartete, an die Reihe zu kommen, versuchte sie noch einmal, sich über die Gründe für ihr schlechtes Gefühl gegenüber Charlotte klarzuwerden. An Fakten konnte sie es bislang nicht festmachen. Es blieben eher vage Eindrücke.

Irgendwie wirkte Charlotte, ganz anders als Alice, in ihrem Engagement für eine Berufstätigkeit von Frauen im sozialen Bereich nicht aufrichtig auf sie. Womöglich hatte sich Charlotte bei Alice eingeschmeichelt und spielte ihnen allen etwas vor.

Vielleicht kam Judiths ungutes Gefühl aber auch daher, dass Charlotte schon rein äußerlich das Gegenteil von Alice Salomon war. Im Gegensatz zu vielen Lehrkräften und Alice selbst war Charlotte Dietrich nicht von jüdischer Herkunft. Sie war groß gewachsen und blond. Ihre Gesichtszüge waren ebenmäßig, auch wenn man sie nicht als schön bezeichnen konnte. Da sie sich sehr gerade hielt, vermittelte sie öfter den Eindruck, von oben auf ihre Gesprächspartner herabzusehen.

Alice war dagegen mit ihren nunmehr fast fünfundfünfzig Jahren schmächtiger geworden und ging oft gebeugt, möglicherweise infolge ihrer häufigen Leibschmerzen. Graue Strähnen durchzogen ihre braunen Haare, um die graublauen Augen hatten sich viele Fältchen gebildet. Besonders ihre große Nase, ein oft Juden zugeschriebenes Merkmal, war unübersehbar.

Aber vielleicht ist das auch der Grund für mein Unbehagen, dachte Judith nun. Dieser zunehmende Terror der Nazis mit ihrem immer deutlicher gezeigten Antisemitismus. Vielleicht finde ich deshalb manche Personen, die den verqueren rassischen Vorstellungen dieser Partei entsprechen, zu Unrecht unsympathisch.

Mit diesem Gedanken setzte sie, als ihre Vorgängerin fertig war, ein strahlendes Lächeln auf und trat mit ausgestreckter Hand auf Charlotte Dietrich zu. »Auch ich gratuliere Ihnen von Herzen zu Ihrer neuen Position und freue mich auf eine wunderbare Zusammenarbeit«, sagte sie in der Hoffnung, dass es überzeugend genug klang.

Charlotte musterte sie mit einem undefinierbaren Gesichtsausdruck. Ihr eigenes Lächeln wirkte auf einmal starr. »Davon bin ich überzeugt, Fräulein Bergmann«, antwortete sie.

Dann reichte auch sie Judith die Hand. Sie lag weich und schlaff darin wie ein totes Tier.

Im KaDeWe

April 1927

Mit verkniffener Miene hastete Gunter Perl die Treppe zum ersten Stockwerk empor und nahm dabei immer zwei Stufen auf einmal. Er wollte zu Rieke Krause.

Gerade hatte er sich eine Standpauke von Martin Tietz anhören müssen. Der war vor einer halben Stunde aus dem Warenhaus am Alexanderplatz zurückgekommen und hatte seine Vorzimmerdame geschickt, um Gunter in sein Kontor zu bestellen.

»Ich habe soeben erfahren, dass die Lichtreklame mit dem

modernen Schriftzug des KaDeWe in zwei bis drei Wochen geliefert und montiert werden kann«, war Tietz grußlos mit der Tür ins Haus gefallen. »Begleitend dazu werden wir eine große Anzeigenkampagne starten, um zu diesem Anlass so viel Publikum wie möglich ins KaDeWe zu locken. Bis dahin muss jedoch insbesondere in den Damenabteilungen noch einiges modernisiert werden.«

Bevor Gunter nachfragen konnte, fügte Martin übellaunig hinzu: »Darum hätten Sie sich schon längst einmal kümmern müssen, Herr Perl. Ich habe mir gerade ein eigenes Bild gemacht. Die Verkäuferinnen für Damenmode im ersten Stockwerk sehen wie Vogelscheuchen aus. Ihre Kleidung ist völlig veraltet. Wie will man darin unsere anspruchsvollen Kundinnen erfolgreich beraten?« Er verzog verächtlich den Mund.

»Auch die Dekoration im ersten Stock ist nur als langweilig zu bezeichnen«, fuhr er mit seiner Tirade fort. »Ich erwarte von Ihnen, dass Sie umgehend Abhilfe schaffen. Dafür haben Sie, von jetzt an gerechnet, genau drei Wochen Zeit. Dann werden die Anzeigen geschaltet, ganzseitig in jeder großen Berliner Zeitung. Also, worauf warten Sie noch? Machen Sie sich umgehend ans Werk!«

Damit hatte er Gunter wie ein lästiges Insekt aus seinem Büro gescheucht.

Der ahnte zwar, dass irgendetwas am Alexanderplatz passiert sein musste, was Martin jetzt an ihm ausließ. Dass es sich um die gerade erwähnte Anzeigenkampagne handelte, konnte er jedoch nicht wissen. Die hatte Tietz nämlich eigenmächtig in Auftrag gegeben und damit gegen die Auflage verstoßen, Ausgaben ab einer bestimmten Höhe nur nach Absprache im Leitungskreis zu tätigen.

Georg Tietz hatte Martin für dieses Versäumnis gerüffelt und ihm nahegelegt, sich erst einmal zu versichern, ob das Innere des KaDeWe dem modernen Äußeren denn entspreche, bevor er so viel Geld für Werbung zum Fenster hinauswarf.

Gunter hatte seinerseits nicht vor, Rieke Krause etwas von seinem Anpfiff mitzuteilen. Im Gegenteil, falls er Martin Tietz nicht zufriedenstellen konnte, wollte er dafür sorgen, dass der Schwarze Peter an ihr hängenblieb.

Wenig später ging Rieke ihrem Vorgesetzten mit klopfendem Herzen in das kleine Zimmer voran, das ihr als Aufsichtsdame zustand, um ihre Bürotätigkeiten zu erledigen. Zu gut war ihr noch Perls Kritik in Erinnerung, die er erwartungsgemäß wegen der teuren Maßanfertigung der Pumps für Greta Garbo an ihr geübt hatte.

»Mach dir nichts draus, Rieke«, hatte Judith Bergmann sie damals bei einem ihrer Treffen getröstet. »Martin hätte das bestimmt gutgeheißen. Soll ich ihm davon erzählen?«

Rieke hatte dieses Angebot erschrocken abgelehnt. Gunter würde ihr das Leben noch schwerer machen, wenn er wüsste, dass sie ihn über Judith bei Martin Tietz verpetzte. Und der würde ihrer Einschätzung nach eines Dauerkonflikts zwischen Rieke und Gunter bald überdrüssig werden, was möglicherweise zu ihren Ungunsten ausginge.

Nun versuchte sie nach Kräften, sich ihre Aufregung nicht anmerken zu lassen. »Was möchten Sie denn mit mir besprechen, Herr Perl?«, ergriff sie mutig das Wort.

Der sah einen Augenblick lang so aus, als wolle er sie allein ob der Dreistigkeit, zuerst zu sprechen, zur Minna machen. Dann nahm er jedoch Abstand davon.

Er setzte sich demonstrativ auf Riekes Stuhl hinter ihren kleinen Schreibtisch und wies ihr den Platz gegenüber an. »Ich beauftrage Sie damit, auf der Stelle für neue Dienstkleidung Ihrer Verkäuferinnen zu sorgen. Die jetzige Tracht ist schon lange nicht mehr zeitgemäß.«

»Das erstaunt mich jetzt sehr, Herr Perl«, erkühnte sich Rieke zu erwidern. »Denn Herr Jandorf hat uns erst vor wenigen Jahren erlaubt, die bodenlangen, hochgeschlossenen Kleider durch die heutigen zu ersetzen. Das kann höchstens drei oder vier Jahre …«

»Ja, ja! Das war unter der Ägide dieses Bergmann«, schnitt Perl ihr das Wort ab.

Die Erwähnung von Johannes, Judiths Bruder, der Riekes damaliger Vorgesetzter und Perls Konkurrent gewesen war, versetzte ihr einen Stich. Unbändige Wut auf Perl stieg in ihr auf, die sie gewaltsam zurückdrängen musste. Seine nächsten Worte hörte sie trotzdem nur noch wie durch einen Nebel.

»Auf jeden Fall wünscht unser Geschäftsführer persönlich eine modernere Aufmachung Ihres Personals. Also sorgen Sie dafür! Wie Sie das machen, bleibt Ihnen selbst überlassen. Sie haben genau drei Wochen Zeit.«

Die Gedanken rasten durch Riekes Kopf. »Welches Budget steht mir zur Verfügung?«, fiel ihr als Erstes ein.

Gunter stutzte und machte dann eine wegwerfende Handbewegung. »Solange Sie keine goldbestickten Brokatkleider auswählen, dürfen Sie ruhig aus dem Vollen schöpfen.«

Trotz ihrer Aufregung musste sich Rieke eine Grimasse verbeißen. Als erfahrener Textileinkäufer hätte Gunter eigentlich wissen müssen, dass Brokatstoffe in der Regel nicht noch zusätzlich bestickt wurden. Aber natürlich äußerte sie sich nicht dazu.

»Unsere jetzigen Kleider sind aus robusten Seidenstoffen gefertigt. Ich gehe davon aus, dass dies auch für die zukünftige Tracht so sein darf?«

»Ja, ja«, sagte Perl erneut. »Wählen Sie aber Stoffe aus den Vorräten des KaDeWe!«

Woher denn sonst?, schoss es Rieke durch den Kopf. Laut stellte sie eine letzte Frage: »Darf ich auf die hauseigene Schneiderwerkstatt zurückgreifen? Da die Angelegenheit doch so eilig ist?«

»Auch das ist mir recht«, schnappte Gunter. »Solange die Aufträge unserer Kundinnen darunter nicht leiden.«

Also ein Himmelfahrtskommando, kam Rieke ein Begriff in den Sinn, den ihr Lebenspartner Peter Hauser oft in Erinnerung an seinen Fronteinsatz im Weltkrieg verwandte.

Doch es kam noch schlimmer. »Und sorgen Sie außerdem für eine ansprechendere Dekoration im ersten Stock! Martin Tietz hat sich heute Morgen persönlich darüber beklagt, dass die Abteilungen, die Sie beaufsichtigen, todlangweilig wirken. Hier erwarte ich spätestens zum Ende der nächsten Woche veritable Vorschläge.«

Mit diesen Worten stand Gunter auf und verließ den Raum, ohne sich von Rieke zu verabschieden.

Riekes und Peters Wohnung in Meyers Hof

April 1927, am gleichen Abend

Es war schon fast elf Uhr abends, als Rieke müde die Tür ihrer Zweizimmerwohnung im Vorderhaus von Meyers Hof aufschloss. Bereits seit dem vergangenen Jahr wohnte sie gemeinsam mit ihrem Lebensgefährten Peter in dieser Unterkunft, die sich die beiden dank ihres guten Gehalts im KaDeWe leisten konnten.

Anders als die Wohnungen in den insgesamt sechs Hinterhäusern entsprachen die im Vorderhaus modernen Ansprüchen. Sie verfügten über elektrisches Licht und ein eigenes, wenn auch kleines Badezimmer.

Peter kam Rieke bereits im Flur entgegen. Er sah besorgt aus. »Warum kommst du denn so spät, Rieke? Es hätte nicht viel gefehlt, und ich wäre zurück zum KaDeWe gegangen, um nach dir zu suchen.«

Nach ihrem gemeinsamen Dienstschluss um acht Uhr hatte Rieke Peter heute Abend nach Meyers Hof vorgeschickt, mit den Worten, sie hätte noch etwas Wichtiges zu erledigen. Erst jetzt klärte sie ihn darüber auf.

»Ich war noch bis zehn Uhr in der Ullstein-Schnittmusterabteilung beschäftigt. Und du weißt ja, dass abends die U-Bahn seltener fährt. Von den Bussen gar nicht zu reden. Ich bin von der Invalidenstraße an zu Fuß gelaufen.«

»Du meine Güte«, stöhnte Peter. »Das war aber sehr leichtsinnig. Dir hätte sonst was passieren können! Zumal du irgendwas mit dir schleppst, das einen Straßenräuber durchaus interessieren könnte.« Er wies auf die schwere Tasche in Riekes Hand.

»Ich habe den Katalog für die neuesten Kleidermodelle dabei«, erklärte Rieke. »Natürlich unbefugterweise. Ich muss ihn morgen zurückbringen. Aber ich wollte dir unbedingt zeigen, für welche Modelle ich mich entschieden habe, und deine Meinung dazu hören.«

Erst angesichts von Peters verwirrter Miene fiel Rieke auf, dass er noch gar nicht wissen konnte, womit sie sich in den letzten Stunden beschäftigt hatte. Während sie in der Wohnküche ein spätes Abendessen einnahmen, erzählte sie ihm von Gunter Perls Auftrag.

Sobald der Tisch abgeräumt war, schlug sie den Katalog nacheinander an drei markierten Stellen auf. »Was meinst du, eignet sich eines dieser Kleider als neue Tracht für die Verkäuferinnen im ersten Stock?«

Peter betrachtete die Modelle mit gerunzelter Stirn. Schließlich zeigte er auf ein Kleid mit einem dreieckigen Ausschnitt und einem kleinen weißen Kragen. »Das hier gefällt mir am besten. Der weiße Kragen ist mal etwas anderes als das ewige Schwarz.«

Rieke fühlte sich zum ersten Mal seit dem Gespräch mit Gunter Perl wieder etwas besser. »Dieses Kleid gefällt mir auch am besten. Eine Kette würde gut dazu passen. Unter Herrn Jandorf durften wir Verkäuferinnen zwar keinen Schmuck tragen. Aber darüber würde ich mich jetzt einfach hinwegsetzen. Die Kette könnte zum Beispiel aus unechten weißen und schwarzen Perlen bestehen. Ich bin noch rasch an den Vitrinen der Schmuckabteilung im Erdgeschoss entlanggelaufen. So etwas haben sie dort auf Vorrat.« Sie überlegte weiter. »Lange Ärmel müssen wir wohl beibehalten, fürchte ich, aber bei diesem Modell sind sie elegant gerafft, ebenso wie die Partie um die Taille. Ich habe mir auch den dazu empfohlenen Seidenstoff bereits angeschaut. Er ist robust, wirkt aber gleichzeitig anmutig.«

Peter betrachtete die Zeichnung im Katalog noch einmal intensiv. »Irgendetwas ist bei den Schultern anders«, bemerkte er.

»Gut beobachtet«, lobte ihn Rieke. »Da werden kleine Polster eingenäht, dadurch wirken sie breiter. Das ist der neueste Schrei in dieser Saison.«

»Und die Länge?«

Rieke seufzte. »Hübsch wäre es, den Rock kurz unter dem Knie enden zu lassen. Aber daran könnte ein Teil unserer Kundschaft Anstoß nehmen. Also sollte es eine Länge von zehn Zentimetern unter dem Knie sein. Und anstatt der bisherigen schwarzen Strümpfe möchte ich hautfarbene vorschlagen. Das bringt wohlgeformte Waden besser zur Geltung.«

»So wohlgeformte wie deine, meinst du?« Peter grinste begehrlich. Dann schien ihm noch etwas Wichtiges einzufallen. »Wodurch wird sich deine Aufmachung als Aufsichtsdame denn von dem unterscheiden, was die einfachen Verkäuferinnen anhaben?«

»Ach herrje, in der ganzen Hektik habe ich darüber noch gar nicht nachgedacht.« Riekes Miene verdüsterte sich. »Vielleicht nehme ich hochwertigere Seide? Aber bemerken unsere Kundinnen diesen Unterschied? Jetzt auch noch für mich ein Modell auszusuchen, das sich von dem der Verkäuferinnen deutlich, aber nicht zu deutlich absetzt …« Ihre Stimme erstarb.

»Vielleicht gibt es ja eine ganz einfache Lösung«, beruhigte Peter sie. »Was hältst du davon, verschiedene Halsketten zu tragen? Die einfachen Verkäuferinnen erhalten einen Anhänger an einem schlichten Silberkettchen. Die Ersten Verkäuferinnen dann vielleicht die unechte Perlenkette, die Aufsichtsdame dagegen ein echtes Schmuckstück. Was meinst du?«

Rieke überlegte. »Das klingt gut. Aber ob Gunter Perl dem zustimmt?«

Peter winkte ab. »Den würde ich gar nicht fragen. Überhaupt kommt es doch darauf an, dass Martin Tietz zufrieden ist. Könnte deine Freundin Judith dir nicht dabei helfen?«

Erst jetzt wurde Rieke klar, wie groß die Gefahr war, dass Perl selbst eine gute Idee ablehnen würde, weil sie von ihr kam. Um sie womöglich danach bei Martin Tietz anzuschwärzen.

»Du hast recht, Peter. Ich rufe Judith gleich morgen früh aus dem KaDeWe an und bitte sie vorbeizuschauen.« Dann kam ihr noch ein Gedanke. »Und wenn Judith das Modell samt den Accessoires gefällt, bitte ich sie um ihre Rückendeckung bei Martin und bestelle gleich ein Musterkleid in meiner Größe in der Schneiderwerkstatt. Perl hat mir grundsätzlich freie Hand bei allem gelassen. Das nutze ich einfach aus.«

»Genau, Rieke«, stimmte Peter zu. »Und jetzt sollten wir endlich zu Bett gehen!«

Doch Rieke schüttelte den Kopf. »Das ist noch nicht alles.« Dann erzählte sie ihm von Perls Anweisung, auch die Dekoration im ersten Stock ansprechender zu gestalten. »Wie ich das bewerkstelligen soll, ist mir allerdings ein Rätsel.«

Peter musste nicht lange nachdenken. »Lass uns doch morgen durch die Abteilungen wandern und überlegen, wo wir mal etwas ganz Neues ausprobieren könnten. Die Tischlerwerkstatt liefert ja ohnehin Teile für die Dekoration. Als ihr Leiter kann ich dann gleich alles umsetzen lassen.«

Rieke war mit einem Mal leicht ums Herz. »Das machen wir gleich zu Arbeitsbeginn«, stimmte sie zu. »Jetzt ist es wirklich Zeit fürs Bett. Sonst sind wir morgen so unausgeschlafen, dass uns gar nichts Rechtes einfällt.«

Sie zwinkerte Peter zu. »Zumal dir ohnehin noch gar nicht nach Schlafen zumute ist, wenn ich deinen Blick richtig deute.«

Kapitel 3

Käthe Krauses Wohnung in Meyers Hof

Dienstag, 3. Mai 1927

»Also, wohl ist mir bei dieser Sache ganz und gar nicht«, kommentierte Riekes Mutter Käthe die Pläne von Fritz, ihrem Lebensgefährten, und Peter, Riekes Verlobtem. »Dass dieser Goebbels morgen ausgerechnet in den Pharussälen zu seinen Anhängern sprechen will, ist eine unglaubliche Provokation. Aber er wird natürlich seine SA-Schlägertruppen dabeihaben. Das riecht geradezu nach Krawall.«

»Aba irjendwer muss dem Jesindel in seinen braunen Uniformen wat entjegensetzen«, protestierte Fritz. »Erst vorjestern is ihr Anführer, dieser Hitler, zum ersten Mal in Berlin uffjetreten. Und jetz hat sich dieser Gauleiter, dieser Joseph Goebbels, ausjerechnet den Saal für seine Rede ausjesucht, den sonst die KPD benutzt. Dit is doch keen Zufall!«

Fritz Zimmer war der Einzige in der Runde, der in Riekes Anwesenheit noch Berliner Dialekt sprach. Da es im KaDeWe seit jeher gefordert wurde, dass die Verkäuferinnen Hochdeutsch sprachen, hatte sich Rieke dies schon lange angewöhnt. Auch ihre Mutter Käthe, die einst die Putzkolonne im KaDeWe geleitet hatte, sprach Hochdeutsch mit ihrer Tochter. Ebenso wie Peter, insbesondere seit er die Leitung der Tischlerwerkstatt übernommen hatte und in dieser Funktion auch immer wieder selbst mit Kunden in Berührung kam.

»Natürlich ist das kein Zufall«, schloss sich Rieke zunächst

Fritz' Meinung an. »Die Nazis begeben sich mit Absicht in die Höhle des roten Löwen. Deshalb hat Mama recht«, schwenkte sie dann auf Käthes Linie ein. »Das artet sicher wieder in eine jener Saalschlachten aus, wie es in jüngster Zeit schon so viele gab. Aber ihr seid doch gar keine KPDler, sondern SPD-Mitglieder. Warum mischt ihr euch ein?«

»Weil Zivilcourage auch parteiübergreifend nötig ist«, erwiderte Peter. »Je mehr Anhänger der KPD *und* der SPD in die Pharussäle kommen, desto eher werden diese Nazis erkennen, wer hier im Wedding das Sagen hat.«

»Und wenn euch etwas passiert?«, wandte Rieke ein. »Übermorgen wollen Martin Tietz und Gunter Perl die neue Dekoration besichtigen. Sie ist wunderschön geworden, Peter. Willst du das jetzt aufs Spiel setzen, indem du bei dieser Veranstaltung riskierst, in eine Schlägerei zu geraten und dabei vielleicht sogar schwer verletzt zu werden?«

Peter legte Rieke beschwichtigend die Hand auf den Arm. »Ich verspreche dir, dass ich höchstens mündlich gegen das Geschwätz dieses Goebbels protestieren werde. An Gewalttätigkeiten jeder Art beteilige ich mich nicht.«

»Dit versprech ick ooch«, schloss sich Fritz an.

Rieke konnte ihrer Mutter allerdings am Gesicht ablesen, dass sie genauso wenig beruhigt war wie sie selbst.

Pharussäle im Wedding

Mittwoch, 4. Mai 1927

Als sich der Raum im Erdgeschoss des Gebäudes in der Müllerstraße mehr und mehr füllte, wurde es Peter immer mulmiger zumute.

Es war viele Jahre her, seit er als Achtzehnjähriger zum ersten Mal in diesem Saal gewesen war. Damals hatte Karl Liebknecht, im Jahr 1909 noch Mitglied der im Kaiserreich politisch verfolgten SPD, hier eine seiner Haftentlassungen gefeiert.

Nach dem Ende des Weltkriegs hatte Liebknecht die KPD gegründet. Peter war aus Protest gegen Liebknechts und Rosa Luxemburgs Ermordung im Januar 1919 zunächst eingetreten, einige Jahre später jedoch wieder zur SPD gewechselt. Seither hatte er die Pharussäle, die Hochburg der KPD im Wedding, nicht mehr betreten.

Seine Entscheidung, die KPD zu verlassen, hatte Peter bis heute nicht bereut. Denn sein Verdacht, dass die Kommunisten in Deutschland dem stalinistischen Regime in Moskau immer höriger würden, hatte sich bestätigt.

Doch die NSDAP war ihm als überzeugtem Sozialisten noch viel suspekter als die KPD. Insbesondere ihr Antisemitismus stieß ihn zutiefst ab. Auch deshalb war es für ihn eine Frage der Ehre gewesen, sich mit einigen anderen SPD-Mitgliedern aus Meyers Hof den dort lebenden KPDlern anzuschließen. Gemeinsam waren sie heute Abend von der Mietskaserne aus in die Müllerstraße gegangen, ohne jede der sonst üblichen Sticheleien zwischen den mittlerweile konkurrierenden Parteien.

Peter wusste, dass der Saal im Erdgeschoss des Veranstaltungsgebäudes maximal tausend Personen fasste. Um eine solch große Menge aufnehmen zu können, waren alle Stühle und Tische an die Wände gerückt worden. Doch schon jetzt, bevor die Rede des Berliner Gauleiters der NSDAP, Joseph Goebbels, begonnen hatte, war der Raum überfüllt. Die Menschen, überwiegend Männer, drängten sich dicht an dicht. Überall wurden die roten Fahnen der Kommunisten und die Hakenkreuzfahnen der Nationalsozialisten geschwenkt.

Peters Hoffnung, dass die roten Parteien aufgrund ihrer großen Anhängerschaft im Wedding in der Überzahl sein würden, hatte sich nicht erfüllt. Im Gegenteil gewann er zunehmend den Eindruck, dass die SA, die Sturmabteilung der NSDAP, wie sich diese notorischen Schläger nannten, sogar die Mehrzahl der Besucher stellte.

Schon wurden von beiden Seiten Beleidigungen des politischen Gegners durch den Saal gebrüllt. Auch Egon Tietschke, der mit seiner Familie auf dem gleichen Flur des vierten Hinterhauses von Meyers Hof wohnte wie Käthe und Fritz, beteiligte sich lebhaft an den Verwünschungen.

»Macht'n Abjang, ihr Backpfeifenjesichter!«, rief er immer wieder zu den SA-Leuten hinüber, die nur knapp zehn Meter entfernt von den Meyers-Hof-Bewohnern standen. »Sonst zieh'n wir euch die Hammelbeene lang! Ihr habt hier nüscht zu suchen!«

Der Lärm wurde infernalisch, als Goebbels hinter das Rednerpult auf der erhöhten Bühne am Kopfende des Saals trat. Die Buhrufe der KPD mischten sich mit dem tosenden Beifall der SA zu einer einzigen Kakofonie. Erst nach fünf Minuten beruhigte sich die Menge so weit, dass Goebbels mit seiner Rede beginnen konnte.

Von seinem Platz im hinteren Drittel des Saals aus konnte Peter Joseph Goebbels nur undeutlich erkennen. Doch auch aus dieser Entfernung war für ihn offensichtlich, dass der Chefpropagandist der Nazis dem Idealbild des arischen Germanen mitnichten entsprach: Goebbels war klein, Peter schätzte ihn auf höchstens ein Meter fünfundsechzig. Jedenfalls überragten die SA-Männer, die offenbar als Leibwache zu beiden Seiten des Rednerpults standen, ihn mindestens um Haupteslänge. Goebbels war auch nicht blond und blauäugig, sondern dunkelhaarig mit ebenfalls dunklen Augen. Anders als die Mehrzahl seiner Anhänger im Saal trug er keine SA-Uniform, sondern einen grauen Zivilanzug mit weißem Hemd und schwarzer Krawatte.

Als der Gauleiter zu sprechen begann, richtete er das Wort wie selbstverständlich nur an die anwesenden Nazis. Dass auch viele Kommunisten im Saal waren, schien er komplett zu ignorieren. Ungeachtet seines eigenen Aussehens schwadronierte er von der arischen Rasse, die allen anderen menschlichen Rassen weit überlegen sei. Daher stünde es den Ariern zu, über die sogenannten Untermenschen zu herrschen.

Die Juden dagegen gehörten vom Antlitz der Erde getilgt, scheute er sich nicht, offen zu verkünden. Sie seien für alles Elend des deutschen Volks verantwortlich, hätten dafür gesorgt, dass der Weltkrieg verloren worden sei, und danach die Wirtschaft bis hin zur Hyperinflation ruiniert.

Trotz seiner Abscheu lauschte Peter diesen Parolen so intensiv, dass er die Worte, die der neben ihm stehende Egon Tietschke ihm zuraunte, anfangs gar nicht verstand.

»Wat haste jesagt?« Wenn sich Peter nicht in Riekes Gesellschaft befand, fiel auch er ab und zu in den Berliner Dialekt zurück.

»Een scheener Arier is dit, mit'm Klumpfuß, wie et heeßt!«, verstand er erst nach dem zweiten Nachfragen.

Peter war erstaunt. Das hatte er noch nicht gewusst. Sehr wohl jedoch, dass die Nazis Menschen mit jeder Art von Verkrüppelung als minderwertig ablehnten.

Nun begann Goebbels erneut vom Urbild des deutschen Germanen zu salbadern. Und das Unglück nahm seinen Lauf.

»Ja, mit dem Klumpfuß biste wahrlich dit Urbild von so 'nem jermanischen Jüngling«, schrie Egon nun aus Leibeskräften. »Ick für mein Teil find dir widerlich!« Da Goebbels gerade eine winzige Redepause machte, war Egons Stimme weit im Saal zu hören.

Während die KPD-Genossen in brüllendes Gelächter ausbrachen und auch Peter grinsen musste, fanden die in der Nähe stehenden SA-Leute Egons Bemerkung alles andere als lustig. Heftige Stöße nach allen Seiten austeilend, drängten sie sich durch die Umstehenden. Zwei von ihnen ergriffen Egon an den Oberarmen, während zwei andere auf ihn einzuprügeln begannen.

Egon blutete bereits aus Mund und Nase, als Peter und die in der Nähe befindlichen KPD-Kameraden aus ihrer Erstarrung erwachten. Anfangs mit bloßen Fäusten, später mit Stuhl- und Tischbeinen aus dem zerschlagenen Mobiliar droschen die feindlichen Gruppen aufeinander ein. Auch Fritz und Peter wurden angegriffen und setzten sich schließlich notgedrungen zur Wehr.

Wieder einmal kam Peter seine Fronterfahrung zu Hilfe. Er teilte mehr Schläge aus, als er empfing. Dabei verlor er Fritz aus den Augen.

Erst als er dessen durchdringenden Schrei hörte, fuhr er herum. Gerade noch rechtzeitig, um zu sehen, dass ein bulliger SA-Mann auf seinem Rücken herumtrampelte.

Wohnung der Hausers in Meyers Hof

In der Nacht zum 5. Mai 1927

»Und die Ärzte meinen, Fritz wird womöglich nie wieder laufen können?«

Während Rieke den Waschlappen erneut in kaltes Wasser tauchte, um Peters zugeschwollenes linkes Auge damit zu kühlen, liefen ihr die Tränen ununterbrochen über die Wangen.

»Wahrscheinlich ist das so«, murmelte Peter. »Und das ändert sich auch nicht dadurch, dass du mich das immer wieder fragst.«

Rieke schluchzte auf. »Mama und ich haben euch davor gewarnt, dort hinzugehen.«

»Vorwürfe nutzen nun auch nichts mehr, Rieke. Vor allem Fritz nicht. Auf dem Weg ins Spital hat er mir gesagt, dass er sich nur mit bloßen Händen verteidigt hat. Das SA-Schwein hat ihm zuerst von hinten ein Tischbein über den Schädel gezogen und ist dann auf seinen Rücken gesprungen, als Fritz am Boden lag.«

»Wird der Schuft denn wenigstens zur Rechenschaft gezogen?«

Peter hob die Schultern. »Wahrscheinlich nicht. In dem Tohuwabohu konnte man Angreifer und Verteidiger schließlich beim besten Willen nicht mehr unterscheiden. Auch viele SA-Männer sind schwer verletzt worden. Insgesamt spricht man von mindestens fünfzig Teilnehmern, die ins Krankenhaus eingeliefert werden mussten. Auch Egon Tietschke gehört dazu. Er hat sich einen Arm und ein Bein gebrochen.«

»Wenigstens wird er irgendwann wieder gehen können«, weinte Rieke.

»Aber bis dahin hat er längst seine Arbeit verloren. Er hat Frau und drei Kinder, denen jetzt der Ernährer fehlt. Das jüngste ist doch gerade mal drei Wochen alt.«

Rieke fehlten die Worte, um etwas zu erwidern. Es war genau so gekommen, wie sie und Käthe befürchtet hatten. Ihre Mutter war sofort nach Peters Rückkehr ins Spital geeilt, um bei Fritz zu sein. Das war mittlerweile etliche Stunden her.

Auch Rieke und Peter hatten in der Nacht bislang kein Auge zugetan. Beide hatten bereits abgesprochen, eine Magenverstimmung vorzutäuschen und sich für den nächsten Tag im KaDeWe krankzumelden. Für beide war es in all den Jahren der erste Tag, an dem sie an ihrem Arbeitsplatz fehlten.

Zum Glück gab es mittlerweile in der Brunnenstraße eine öffentliche Telefonzelle, von der aus sie das Personalbüro und Gunter Perl davon unterrichten wollten, sobald das KaDeWe öffnete. Dabei wollte Rieke Perl auch gleich darum bitten, die Besichtigung der neuen Dekorationen um einen Tag zu verschieben. Hoffentlich ging es Peter dann wieder gut genug, um den Aufbau am Freitag selbst zu beaufsichtigen.

Denn dass sie beide ihre gut bezahlten Stellen im KaDeWe behielten, erschien Rieke nun wichtiger denn je. Aufgrund seiner schweren Verletzung war es höchst unwahrscheinlich, dass Fritz wieder als Vorarbeiter in die AEG-Apparatefabrik zurückkehren könnte.

Mit viel Glück würde er wenigstens eine kleine Invalidenrente erhalten. Doch die würde für die ständig steigenden Lebenshaltungskosten vorn und hinten nicht ausreichen. Obwohl Rieke damit rechnete, dass sich ihre Mutter Käthe selbst in dieser furchtbaren Situation sträuben würde, Hilfe von ihr anzunehmen, würde ihr letztlich nichts anderes übrig bleiben.

Was für ein schlimmes Schicksal, ging es ihr jetzt durch den Kopf, und sie schluchzte erneut. Der erste Mann ein Schläger und Säufer, der zweite wird zum Krüppel geschlagen. Ich wollte wahrlich nicht mit ihr tauschen.

Damenmodeabteilungen des KaDeWe

Samstag, 7. Mai 1927

Genau um zehn Uhr am Vormittag sahen Rieke und Peter Martin Tietz die Treppe zum ersten Stock heraufsteigen. Zu Riekes großer Freude war Judith Bergmann an seiner Seite. Das war wahrscheinlich der Grund, warum Martin diesmal pünktlich war.

Gestern waren Rieke und Peter wieder an ihrem Arbeitsplatz erschienen. Zum Glück stellte hier niemand infrage, dass sie wirklich an einer Magen-Darm-Infektion gelitten hatten. Eine solche Krankheit kam oft so schnell, wie sie auch wieder ging.

Sein blaues Auge hatte Peter unter einer schwarzen Klappe verborgen, er schützte vor, an einem Gerstenkorn zu leiden. Nur Gunter Perl hatte dies spöttisch kommentiert, während er sich bereits gestern Abend die neuen Dekorationen angeschaut hatte. »Mir scheint, dass Ihre Anfälligkeit für verschiedene Leiden in jüngster Zeit zugenommen hat, Herr Hauser.«

Über die Dekorationen an sich hatte er allerdings kein Wort verloren. Immerhin auch kein kritisches, tauschten sich Rieke und Peter am Abend bei der Rückfahrt nach Meyers Hof erleichtert aus. Denn die Oberhoheit über alle Veränderungen im Bereich der Textilien lag im KaDeWe bei Gunter Perl als leitendem Einkäufer, der in dieser Funktion gleichzeitig Abteilungsleiter der Damenmode im ersten Stockwerk sowie Vorgesetzter aller anderen Abteilungsleiter im Textilbereich war. Zwar hatte er Peters Zeichnungen abgesegnet, aber das war keine Garantie dafür, dass er die Umsetzung ebenfalls guthieß.

Immerhin lenkte die heutige Begutachtung von Peters Dekorationen Rieke von den traurigen Neuigkeiten um Käthes Lebensgefährten Fritz ab. Er hatte zwar die Operation gut überstanden, würde aber tatsächlich von der Hüfte an abwärts gelähmt bleiben.

Für alle, die Anteil an Fritz' Schicksal nahmen, war es nur ein geringer Trost, dass man die NSDAP und damit auch ihre Schläger aus der SA aufgrund der diesmal extrem gewalttätigen Auseinandersetzungen in den Pharussälen, die ja von ihr ausgegangen waren, bereits am nächsten Tag in Berlin verboten hatte. »Das ist nicht das erste Mal«, hatte Peter skeptisch angemerkt. »Wir werden ja sehen, wie lange das Verbot diesmal hält. Zumal es nur für Berlin gültig ist.«

Martin Tietz schüttelte Rieke, Peter und Gunter Perl, der rechtzeitig hinzugestoßen war, die Hand und wandte sich zuerst an Rieke.

»Nachdem mir die neuen Kleider für Ihre Verkäuferinnen bereits so außerordentlich gut gefallen haben, bin ich jetzt gespannt auf die Dekorationen, mit denen wir die Abteilungen für Damenmode noch attraktiver für unsere Kundinnen machen. Wollen Sie mir gleich zeigen, was Sie bei der Tischlerwerkstatt in Auftrag gegeben haben?«

Rieke wollte schon zustimmen, als Judith ihr einen stummen Hinweis gab, bei dem sie nur die Lippen bewegte. In ihrer

Nervosität hätte Rieke diesen Tipp ihrer Freundin fast vergessen.

»Sehr gern, Herr Tietz. Doch darf ich Ihnen zum neuen Erscheinungsbild der Verkäuferinnen noch einen letzten Vorschlag machen?«

»Nur zu, Fräulein Krause. Soviel mir Herr Perl berichtet hat, wird Ihr gesamtes Personal die neue Tracht bereits ab dem nächsten Montag tragen. Also pünktlich zu dem Zeitpunkt, zu dem die neue Lichtreklame in Funktion genommen wird und eine große Anzeigenkampagne startet.«

Rieke öffnete schon den Mund, als Martin etwas hinzufügte. »Ich hoffe doch sehr, auch die neuen Schuhe sind rechtzeitig geliefert worden?«

Rieke bejahte lächelnd. »Sie sind da, Herr Tietz, und jede meiner Verkäuferinnen konnte sie, zusammen mit dem Kleid und den Accessoires, bereits anprobieren. Zu unserer großen Freude sind die neuen Schuhe viel bequemer als die ehemaligen Riemchenschuhe.«

»Und sehen darüber hinaus eleganter aus«, warf Martin sich stolz in die Brust. »Wie gut, dass ich diesen Vorschlag noch beisteuern konnte.« In der Tat stammte die Idee, geschlossene schwarze Pumps mit niedrigem Absatz zu den neuen Kleidern zu tragen, von Tietz selbst. Und in der Tat ging man viel besser darin, was Rieke bereits ausprobiert hatte, bevor sie die Schuhe in der jeweils passenden Größe für ihr Personal bestellte.

Denn wenn man, wie alle Angestellten in der Damenkonfektion, den ganzen Tag auf den Beinen war, schwollen die Füße besonders an heißen Tagen gegen Abend an. Die Riemchen des Vorläufermodells hatten dann recht heftig ins Fleisch geschnitten. Das würde bei den neuen Schuhen nicht mehr passieren.

»Aber Sie wollten ja auch noch etwas ergänzen«, gab Martin Tietz Rieke das Wort zurück.

»Es geht dabei um eine Einzelheit, die wie das Tragen von

Schmuck in der Vergangenheit nicht gewünscht war«, begann sie vorsichtig.

»Ach, Papperlapapp«, fiel Tietz ihr ins Wort. »Unter meiner Leitung wird vieles anders, das wissen Sie doch schon.«

»Bislang war uns allen das Schminken verboten«, ließ sich Rieke nicht aus dem Konzept bringen. »Doch jetzt kommt der Lippenstift groß in Mode. Ich habe mich gestern in der Parfümerieabteilung davon überzeugt, welch riesige Farbauswahl dort angeboten wird. Wenn wir als Verkäuferinnen ein dezentes Rot auflegen dürften, würde das unsere Aufmachung noch attraktiver machen.«

»Und Sie könnten auch gleich unsere Kundinnen dazu bringen, zur neuen Kleidung den passenden Lippenstift auszusuchen«, strahlte Martin.

Rieke verzichtete diskret darauf zu erwähnen, dass sie das Gleiche im Sinn gehabt hatte. Die Vorschläge rund um den Lippenstift stammten ursprünglich von Judith, die Rieke erlaubt hatte, sie als ihre eigenen auszugeben.

»Das ist eine ganz wunderbare Idee, Herr Tietz«, stimmte sie stattdessen zu und hoffte, dass sie genügend begeistert klang. »Allerdings bräuchten wir dazu einige Kollektionen mit der gesamten Auswahl. Wenn einer Kundin ein Lippenstift zu ihrer neuen Kleidung zusagt, können wir sie gleich an die Parfümerieabteilung im Erdgeschoss verweisen. Oder bei besonders wichtigen Kundinnen eines unserer Lehrmädchen losschicken, um das entsprechende Produkt zu besorgen.«

»Dann ist das ja abgemacht«, antwortete Tietz, ohne Gunter Perls gerunzelte Stirn überhaupt zu bemerken. Offensichtlich wäre dieser auch gern nach seiner Meinung gefragt worden. »Wie viele Kollektionen brauchen Sie denn?«

»Ich denke, vier bis fünf müssten es schon sein«, ergriff Perl die Gelegenheit beim Schopf, sich jetzt selbst einzubringen. »Die Kollektionen sollten an verschiedenen Stellen des Stockwerks zur Verfügung stehen. Bei der Tages- und der Abendgarderobe natürlich, aber auch bei Accessoires wie Hüten und Seidenschals. Auch hierzu könnte der passende Lippenstift empfohlen werden.«

»Sehr gut. Dann sorgen Sie dafür, dass die Kollektionen am Montag früh zur Verfügung stehen, Herr Perl«, fertigte Martin seinen leitenden Textileinkäufer kürzer ab, als es dessen wichtiger Position entsprach. Rieke wusste allerdings, dass Martin jeden seiner Untergebenen auf diese Weise behandelte, unabhängig von der jeweiligen Stellung in der Hierarchie des KaDeWe. Trotzdem verzog Gunter Perl zu ihrer heimlichen Schadenfreude säuerlich den Mund.

»Selbstverständlich«, antwortete er ebenfalls so kurz wie möglich. »Aber nun sollten wir die erste Dekoration in Augenschein nehmen.«

»Dann möchte ich Sie zuerst in die Abteilung für Hüte und Seidenschals führen«, schlug Rieke vor. Mit Peter hatte sie sich eine bestimmte Choreografie für die Präsentation überlegt, mit dem Höhepunkt seiner Kreationen am Schluss.

Des Überraschungseffekts wegen waren alle Dekorationen rundherum von Ständern mit Laken umgeben, um sie, auch für die interessierte Kundschaft, zunächst zu verbergen. Nun trat Peter vor und schob den vorderen Ständer der ersten Dekoration beiseite.

»Oh!« Der Laut klang wie Musik in Riekes und Peters Ohren.

Peter hatte in der Tischlerwerkstatt ein Regal mit zwei schräg verlaufenden Brettern herstellen lassen. Die Zwischenräume waren mit Stoff verkleidet. Auf den Regalbrettern selbst hatte er auf Ständern Köpfe einschließlich der Hälse von Schaufensterpuppen in aufsteigender Reihenfolge montiert.

Auf dem unteren Regalbrett richteten nun zehn solcher Köpfe ihren Blick nach rechts oben. Jeder Kopf trug einen der neumodischen Glockenhüte, wobei Rieke die Farbfolge arrangiert hatte. Am unteren Teil des Bretts sah man dunklere Hüte, je weiter es nach oben ging, desto heller wurden die Farben bis hin zu Cremeweiß.

Um den Hals einer jeden Puppe war ein zum Hut passendes Seidentuch geschlungen. Auf dem Stoff unter dem Regalbrett hingen auf Haken Handschuhe in der Farbe des Glockenhuts.

Die fünf Puppenköpfe auf dem oberen schräg verlaufenden Regal waren nach links ausgerichtet. Jede Puppe auf diesem Brett trug ein anderes Hutmodell, da Glockenhüte nicht jeder Frau zusagten. Wieder waren Halstücher und Handschuhe farblich auf das Hutmodell abgestimmt.

»Das ist nun wirklich ganz wunderbar«, lobte Martin Tietz begeistert. »Wie kamen Sie denn auf diese Idee, Fräulein Krause?«

»Von mir stammt nur die Idee, Hüte ansprechender zu dekorieren. Die Umsetzung verdanke ich allein Herrn Hauser.«

Martin drehte sich zu ihm um. »Sie sind doch Tischler von Beruf, oder nicht?« Ohne Peters Antwort abzuwarten, stellte er die nächste Frage: »Wo haben Sie denn so etwas Kreatives gelernt?«

Peter errötete leicht und verbeugte sich. »Gelernt habe ich das nicht, verehrter Herr Tietz. Aber ich hatte schon immer Spaß daran, etwas Neues auszuprobieren. Der Entwurf von Hilfsmitteln zur Dekoration hat mich auch schon vorher mehr interessiert als die Herstellung oder Reparatur der gängigen Möbel.«

»Da kannst du wirklich von Glück sagen, lieber Martin, einen Mann mit solch vielfältigen Talenten im KaDeWe zu beschäftigen«, mischte sich Judith ein.

»Das ist wahr, meine Liebe«, stimmte Tietz zu, worauf Peter noch tiefer errötete.

»Nun bin ich noch mehr gespannt darauf, was als Nächstes kommt. Wohin gehen wir jetzt?«

»In die Blusenabteilung, Herr Tietz«, antwortete Rieke. »Hier rechts entlang, es sind nur wenige Meter.«

Die Dekoration in der Blusenabteilung war offenbar rund, wie man anhand der angebrachten Laken erkennen konnte. Diesmal handelte es sich um drei einzelne Teile. Peter, Rieke und Gunter zogen je eine der Verkleidungen beiseite.

»Chapeau!« Judith schlug sich vor Entzücken die Hände auf den Mund. »Was für ein wunderbares Arrangement, nicht wahr, Martin?«

Der suchte offensichtlich zuerst nach Worten. »Ungeheuer innovativ! Ungeheuer kreativ!«, schloss er sich dann Judiths Lob an und wandte sich zu Peter. »Sie wissen ja, dass ich mit Warenhäusern quasi aufgewachsen bin. Aber eine derartige Präsentation verschiedener Blusen habe ich noch nie gesehen. Wie kamen Sie denn darauf?«

Peter räusperte sich. »Die Blusen sind bisher auf Ständern hintereinander aufgehängt. Um einen Eindruck davon zu gewinnen, wie eine Bluse aussieht, muss die Kundin sie herausziehen und sich vorhalten. Oder sie sogar anprobieren, um ihre Wirkung einschätzen zu können, hat mir Fräulein Krause erklärt.«

»Bei dieser Dekoration muss die Kundin nur noch an den runden Tischen entlangwandeln. Dann kann sie jedes Modell von allen Seiten begutachten«, ergänzte Rieke.

»Die Ausstattung der Tische mit einer Befestigung für die Puppen war überhaupt kein Problem«, fuhr Peter fort. »Ich habe die Beine der Schaufensterpuppen abmontiert, da man für die Präsentation der Blusen ja nur den Oberkörper benötigt, und sie in der Mitte der Tische angebracht. Die Modelle hat natürlich Fräulein Krause ausgewählt.«

Rieke hatte zwei langärmelige und eine Kurzarmbluse in verschiedenen Farben, Stoffen und Stilrichtungen drapiert, um die Vielfalt des Angebots zu unterstreichen.

»Rund um jede Puppe liegen die dazugehörigen gefalteten Blusen, geordnet nach Größen. So kann sich jede Kundin gleich die passende Größe aussuchen. Mir als Aufsichtsdame fällt es außerdem leichter, den Überblick über den Bestand zu behalten.«

»Wunderbar! Wunderbar!«, wiederholte Tietz. Dennoch sah er sich danach mit zusammengezogenen Augenbrauen um. »Warum wird denn nicht jedes unserer Modelle auf diese Weise präsentiert? Das KaDeWe wird doch mehr als drei verschiedene Arten von Blusen führen?«

Diesmal antwortete Judith, um erst gar keine Verlegenheit aufkommen zu lassen. »Martin!«, sagte sie mit leisem Tadel, aber lächelnd. »Man wollte doch erst wissen, ob dir diese Art der Dekoration zusagt.«

»Natürlich, natürlich sagt mir das zu.« Martin Tietz klang tatsächlich so, als hätte man das wissen sollen. »Können nicht alle unsere Blusen auf diese Weise präsentiert werden?«

»Dazu wird der zur Verfügung stehende Platz leider nicht ausreichen«, meldete sich jetzt wieder Gunter zu Wort, offensichtlich froh, dass er auch etwas beitragen konnte. »Ich schätze, wir können maximal zehn solcher runden Tische aufstellen. Aber es ist doch sicherlich möglich, die Bekleidung der Puppen wöchentlich zu wechseln, um dem Publikum, sagen wir, innerhalb eines Monats die Mehrzahl unserer Modelle einmal vorzuführen?«

»Selbstverständlich ist das möglich, Herr Perl«, antwortete Rieke.

»Dann sind Sie persönlich dafür verantwortlich, dass dies auch geschieht.«

Während Rieke nickte, sah Tietz sich bereits ungeduldig um. »Und nun kommt der Höhepunkt, vermute ich?«

»So ist es, Herr Tietz.« Mit klopfendem Herzen ging Rieke der übrigen Gesellschaft voran in die Abteilung für Abendgarderobe. Hier würden sie die gewagteste der Dekorationen zeigen. Rieke und Peter hatten lange darüber diskutiert, sich aber schließlich zu dieser entschlossen.

Als Rieke den Vorhang vor den fünf, mit verschiedenen

Abendroben ausstaffierten Puppen zurückzog, bemerkte sie, dass Martin Tietz zuerst verständnislos darauf starrte. Zum Glück erkannte Judith sofort den Clou dieses Arrangements.

Wieder schlug sie entzückt die Hand vor den Mund. »Schau einmal Martin, nicht nur auf die Puppen mit den Abendkleidern, sondern auf die Schattenfiguren aus Pappe dahinter! Jeder Scherenschnitt stellt eine andere Kategorie von Mann dar. Siehst du dort den Geschäftsmann mit Zylinder und Gehrock? Daneben den Dandy und daneben wiederum den Offizier? Den Sportsmann und den Abenteurer? Als ob eine jede dieser Damen mithilfe ihres Abendkleids den Mann ihrer Träume zu finden hofft.«

»Ah!«, machte Martin. »Jetzt erkenne ich das auch!« Er überlegte kurz. »Aber für Kundinnen, die so schwer von Begriff sind wie ich, müsste es einen Hinweis auf die Besonderheit dieser Dekoration geben. Könnte man nicht ein Schild aufstellen mit einem Text à la ›Die Traumrobe für den Traummann‹ oder so ähnlich?«

»Was hast du für wunderbare Ideen, Martin!«, antwortete Judith so rasch, als ob sie verhindern wolle, dass ihr jemand zuvorkäme. Dann wandte sie sich an Rieke. »Da fällt Ihnen doch bestimmt etwas ein, Fräulein Krause?«

In der Öffentlichkeit des KaDeWe siezten sich die Freundinnen natürlich.

Rieke nickte eifrig. »Bestimmt fällt uns etwas ein, Fräulein Bergmann.« Dann richtete sie ihren Blick auf Herrn Tietz. »Und ich bin überaus glücklich darüber, dass Ihnen die Entwürfe von Herrn Hauser, zu denen ich jeweils nur die Garderobe beigesteuert habe, so gut gefallen.«

Martin lächelte Rieke flüchtig zu und wandte sich dann an Gunter. »Wer verantwortet eigentlich im Moment die Dekoration hier im KaDeWe?«

»Die jeweiligen Aufsichtsdamen sind für die Entwürfe verantwortlich, die der Abteilungsleiter dann genehmigen muss.

Auch die Gestaltung von Schaufenstern mit der entsprechenden Ware obliegt dem Abteilungsleiter. Natürlich mit Unterstützung der entsprechenden Hilfsabteilungen.«

»Also liegt die Verantwortung immer bei jemand anderem, wenn ich Sie richtig verstehe, Herr Perl?«

»So ist das, Herr Tietz.« Mit seiner nächsten Bemerkung erreichte Gunter wahrscheinlich das Gegenteil von dem, was er beabsichtigt hatte. »Das entspricht den Traditionen im KaDeWe.«

»Nun, dann ist es schon wieder an der Zeit, mit diesen Traditionen zu brechen«, entgegnete Tietz. Er drehte sich zu Peter um.

»Herr Hauser, hiermit ernenne ich Sie zum Chefdekorateur für das gesamte KaDeWe. Suchen Sie sich einen Nachfolger für den Leiter der Tischlerwerkstatt, und benennen Sie mir bis zum Anfang der nächsten Woche, wie viele Mitarbeiter Sie für Ihre neue Aufgabe benötigen. Ab sofort verantworten Sie mir jegliche Dekoration. Auch und insbesondere die der Schaufenster.«

Vor dem Deutschen Theater in Berlin

5. Juni 1927

»Ich freue mich sehr, dass dir das Stück gefallen hat, Peter. Es sollte ja eine Überraschung sein, die du magst.« Rieke hängte sich bei ihm ein, während sie den Weg in Richtung U-Bahn nahmen.

Peter warf Rieke einen zärtlichen Blick zu. »Eine größere Freude hättest du mir wirklich nicht machen können. Du weißt ja, dass ich mit Theaterstücken sonst nichts anfangen kann. Erst recht nicht mit einer Oper oder Operette. Aber dieser Krimi hat mir wirklich Spaß gemacht. Bis zum Ende habe ich keine Ahnung gehabt, wer der Hexer ist.«

Rieke lächelte still in sich hinein. In einer Mittagspause hatte sie die euphorischen Kritiken nach der Premiere des Schauspiels *Der Hexer* von einem britischen Schriftsteller namens Edgar Wallace in der Zeitung gelesen. Sofort war ihr der Gedanke gekommen, ob dies nicht ihr Geschenk zu Peters mittlerweile auch offizieller Beförderung zum Chefdekorateur des KaDeWe sein könnte.

Deshalb war sie gleich zur Theaterkasse im Erdgeschoss des KaDeWe geeilt, wo es Karten für alle großen Bühnen Berlins gab. Leider wurde sie enttäuscht.

»Alle Vorstellungen der nächsten vierzehn Tage für dieses Kriminalstück sind restlos ausverkauft«, erklärte ihr die Verkäuferin. »Die Karten für die Sonntagsvorstellungen sind sogar bis Ende Juni weg.«

Doch dann war Rieke das Glück hold gewesen. Zwei Karten für den heutigen Sonntag waren zurückgegeben worden. Die nette Verkäuferin hatte sich gleich an Rieke erinnert und sie benachrichtigt. Es waren gute Plätze, dem Ereignis angemessen, das es zu feiern galt.

Ganz so schnell, wie es Martin Tietz bei der Präsentation ihrer Dekorationen angeordnet hatte, war es mit Peters neuer Stelle dann doch nicht gegangen. Zunächst hatte es einige Zeit gedauert, seinen Stellvertreter in der Tischlerwerkstatt als Nachfolger einzuarbeiten.

Viel zeitraubender war es jedoch gewesen, sich mit den einzelnen Abteilungsleitern im KaDeWe auseinanderzusetzen. Nur Gunter Perl, der ja selbst bei Martins Anordnung dabei gewesen war, hatte sich mit verkniffener Miene gefügt. Obwohl er damit auch die Hoheit über die Dekoration der Textilabteilungen im Erdgeschoss verlor, insbesondere über die von ihm in früheren Jahren erfolgreich vergrößerte Herrenkonfektion. Bei den meisten anderen Abteilungsleitern hatte Peter jedoch zunächst auf Granit gebissen.

Einige von ihnen kannten ihn überhaupt nicht, andere trotz

seiner langjährigen Mitarbeit nur flüchtig. Sich von einem einfachen Handwerksmeister diesen wichtigen Teil ihrer Aufgabe streitig machen zu lassen, sahen die meisten daher anfangs nicht ein.

Schließlich war Werbung jeder Art, vor allem die Gestaltung der Schaufenster, die Visitenkarte des KaDeWe und nicht unerheblich für das, was verkauft wurde. Nachdem er mehrere Tage lang wie gegen Windmühlenflügel gekämpft hatte, war Peter wohl oder übel diesbezüglich bei Martin Tietz vorstellig geworden.

Der hatte nicht nur eine offizielle Verlautbarung über Peters neue Rolle im ganzen Haus verschickt, sondern ihn am Samstag vor einer Woche auch persönlich vor den versammelten Abteilungsleitern als Chefdekorateur eingeführt. Als einzige Aufsichtsdame war Rieke dazu eingeladen worden.

»Meine Dame, meine Herren«, hatte Tietz seine Rede begonnen. »Das KaDeWe ist zwar das berühmteste Kaufhaus Berlins. Aber genau aus diesem Grund muss es mit der Zeit gehen. Reklame, insbesondere unter Verwendung von elektrischem Licht, ist das wichtigste Mittel, um neue Kunden anzulocken und langjährige immer wieder aufs Neue zu begeistern. Dazu bedarf es eines Spezialisten, der nicht nur über handwerkliches Geschick verfügt, sondern auch über die kreativen Ideen, um diese anspruchsvolle Aufgabe zu erfüllen. Davon, dass Herr Peter Hauser, der schon seit über einem Jahrzehnt im KaDeWe mitarbeitet, dafür der geeignete Mann ist, konnte ich mich selbst überzeugen. Und ich bin gleichfalls überzeugt, dass dies auch so bleiben wird.«

Unter vier Augen hatte Tietz Peter danach noch die Auflage gemacht, sich in einer der Fortbildungen, die die AEG in Berlin anbot, über den Einsatz von elektrischem Licht bei der Schaufenstergestaltung sachkundig zu machen.

»Mir hat nicht nur der Inhalt des Stücks gut gefallen«, sagte Peter nun. »Sondern auch das Bühnenbild. Ich habe mir überlegt, wie ich das Prinzip der indirekten Beleuchtung auf unsere Schaufenster übertragen könnte. Dann wären sie sozusagen die Bühne für unsere Artikel.«

Rieke unterdrückte ein Seufzen. »Und ich dachte, du hättest endlich einmal abgeschaltet.« Sie boxte ihn spielerisch gegen den Oberarm.

»Das habe ich auch, keine Sorge. Hättest du gedacht, dass ausgerechnet dieser pensionierte Inspektor von Scotland Yard oder wie diese englische Polizeidirektion heißt, der Hexer ist?«

»Der richtige Inspektor war er ja nicht. Der Hexer hat sich als Meister der Tarnung eine Maske übergestreift und sich damit für diesen Polizisten ausgegeben.«

»Täuschen und tarnen«, murmelte Peter vor sich hin. »Je nachdem, wo man hinschaut, ergibt sich ein anderes Bild. Auch das werde ich bedenken, wenn ich Schaufenster entwerfe.«

Rieke puffte Peter erneut gegen den Arm. »Das ist das erste Mal überhaupt, dass wir beide ausgehen. Wir wollen den Abend doch noch im Aschinger am Alexanderplatz ausklingen lassen. Und deshalb bestehe ich darauf, dass du jetzt die Arbeit bis morgen früh erst einmal vergisst.«

Kapitel 4

Wohnung von Adolf Jandorf in der Tiergartenstraße

November 1927

Als Judith mit ihren Eltern die Wohnung von Adolf Jandorf in der Tiergartenstraße betrat, war sie sehr neugierig.

Nicht nur, weil sie Adolf seit seiner Abschiedsfeier im KaDeWe kurz vor Weihnachten des vergangenen Jahres nicht mehr gesehen hatte. Sondern vor allem, weil seine Einladung zu ihrem heutigen Besuch recht geheimnisvoll geklungen hatte:

Lieber Paul, liebe Rebekka, liebe Judith,

da Ihr zu meinen langjährigsten Freunden zählt, möchte ich Euch persönlich eine große Neuigkeit in meinem Privatleben mitteilen, bevor Ihr es aus den Zeitungen erfahrt. Bitte kommt dazu am nächsten Sonntag gegen vier Uhr am Nachmittag zu einem gemütlichen Treffen in meine Wohnung. Ich verspreche, es wird einen köstlichen Kuchen geben.
Herzlichst

Adolf Jandorf

Nicht einmal Judiths Vater Paul, der sich im Lauf des Jahres ab und zu mit Jandorf getroffen hatte, konnte sich einen Reim darauf machen. Immerhin trieb die Neugier auch Judiths Mutter Rebekka aus ihrer selbst gewählten Isolation nach dem

Selbstmord von Johannes. Seit mehr als drei Jahren war sie in eine schwere Melancholie verfallen und hatte die Villa in Charlottenburg, eine Zeit lang sogar ihr Zimmer, nicht mehr verlassen.

»Wahrscheinlich hat Harry endlich die Frau gefunden, die er heiraten will«, spekulierten Rebekka und Judith noch auf der Fahrt in die Tiergartenstraße. Trotzdem wunderten sie sich über Adolfs Geheimniskrämerei.

»Dass er befürchtet, mit einer Verlobung Harrys meine Gefühle zu verletzen, wenn er mir das nicht persönlich mitteilt, glaube ich nicht«, überlegte Judith. »Denn seinerzeit habe ich unsere Verbindung selbst gelöst. Und das nie bereut.«

»Auch dass Harry eine neue Beschäftigung gefunden hat, kann nicht der Grund dieser Einladung sein«, sagte Rebekka. Adolfs einziger Sohn hatte in dessen Konzern nie eine tragende Rolle gespielt und war ihres Wissens seit der Übernahme der Jandorf-Warenhäuser durch Hermann Tietz ohne Beschäftigung.

Schließlich wurde Paul, der am Steuer des Mercedes saß, das Getratsche zu viel. »Nun wartet doch einmal ab, was Adolf uns sagen möchte. Wir sind doch gleich da.«

Als sie die Treppe zur Neunzehn-Zimmer-Mietwohnung der Jandorfs hinaufgestiegen waren, empfing sie an der Tür eine adrett gekleidete, etwas mollige junge Frau. Niemand der Bergmanns kannte sie. Daher hielten sie alle für die Haushälterin. Dem war tatsächlich so. Umso überraschender war die Neuigkeit, die Adolf ihnen am Kaffeetisch schließlich mitteilte.

Er winkte der jungen Frau, die bislang Getränke und Kuchen serviert hatte, sich mit an den Tisch zu setzen. »Ich darf euch heute Fräulein Helene Lehmann vorstellen«, spannte er seine Gäste nicht länger auf die Folter. »Ich habe sie ursprünglich als Haushälterin eingestellt. Als Pensionist verbringe ich jetzt natürlich viel mehr Zeit in meinen eigenen vier Wänden als früher. Und so sind wir beide uns schließlich nähergekommen.«

Judith und Rebekka warfen sich einen überraschten Blick

zu. Ihren Verdacht bestätigte Adolf sofort. »Deshalb habe ich nun, sieben Jahre nach dem Tod meiner geliebten Margarete, beschlossen, mich erneut zu vermählen. Zu meiner großen Freude hat Helene meinen Antrag angenommen.«

Einen Moment lang herrschte verblüfftes Schweigen am Tisch. Paul Bergmann fasste sich zuerst: »Dann darf ich dir, lieber Adolf, und Ihnen, Fräulein Lehmann, meinen herzlichen Glückwunsch zu dieser Entscheidung aussprechen.«

Nachdem Rebekka und Judith sich der Gratulation angeschlossen hatten, konnte Rebekka ihre Neugier nicht länger zügeln. »Wann dürfen wir denn mit der Hochzeit rechnen?«

Genau in diesem Moment klingelte es erneut. Helene sprang auf, um dem Ankömmling zu öffnen.

»Das wird Harry sein«, vermutete Adolf. Dann beantwortete er Rebekkas Frage. »Es dauert wahrscheinlich noch etwa ein Jahr. Denn Helene ist evangelisch, aber bereit, zum jüdischen Glauben überzutreten. Doch dazu bedarf es natürlich zuerst einer Einweisung durch unseren Rabbiner und danach der feierlichen Aufnahme in unsere Glaubensgemeinschaft. Erst dann ist der Weg für unsere Eheschließung frei.«

»Lieber Adolf, halten Sie das denn für zeitgemäß?«, platzte Rebekka heraus. »Helene ist doch sicher mehr als dreißig Jahre jünger als Sie. Und angesichts des zunehmenden Antisemitismus geht sie ein erhebliches Wagnis ein, wenn sie ihren eigenen Glauben ablegt.«

Paul sah seine Frau missbilligend an. »Ich bitte dich, Rebekka. Darüber steht uns beim besten Willen kein Urteil zu.«

Judith fühlte sich innerlich hin- und hergerissen. Einerseits teilte sie die Bedenken ihrer Mutter, andererseits empfand sie deren Argumente ebenfalls als taktlos.

Doch Jandorf lächelte wissend. Er hatte anscheinend mit solchen Einwänden gerechnet.

»Das Gleiche hat mich Harry auch schon gefragt, Rebekka. Denn Helene ist fünfundzwanzig und damit sogar zweiunddreißig Jahre jünger als ich. Doch glauben Sie mir bitte, wir haben beide intensiv über unsere zukünftige Verbindung nachgedacht. Helene ist Vollwaise und hat keine näheren Anverwandten. Auf die Befindlichkeit ihrer Familie muss in diesem Fall also keine Rücksicht genommen werden. Aber damit Helene als meine zukünftige Ehefrau in meiner großen Familie akzeptiert wird, sollte sie zum jüdischen Glauben übertreten. Ich selbst bin zwar nicht allzu religiös. Doch für meine Brüder und ihre Familien gilt das nicht.«

In diesem Augenblick kamen Helene und Harry herein. »Was halten Sie denn von alledem?«, eröffnete Harry das Thema erneut nach der Begrüßung.

»Wir haben die Brautleute bereits beglückwünscht«, betonte Paul, offensichtlich in der Befürchtung, Rebekka könne ihre Bedenken wiederholen.

Doch Harry reagierte ganz anders, als sie alle erwartet hatten. »Ich finde die Verwandlung meines Vaters sehr erstaunlich, seitdem er sich zur Ruhe gesetzt hat. Du bist viel gelassener geworden«, wandte er sich direkt an Adolf. »Und dass du dein Leben noch einmal richtig genießen möchtest, ist nicht nur verständlich, sondern sei dir von Herzen gegönnt. Schließlich bist du erst siebenundfünfzig Jahre alt.«

Jetzt nahm auch Helene wieder neben ihrem Verlobten Platz und legte ihre Hand auf die seine. »Auch ich für meinen Teil bin sehr glücklich«, sagte sie mit leiser Stimme. »Meine Eltern sind gestorben, als ich noch sehr jung war. Ich wuchs bei einer entfernten Verwandten auf, die mich die Hauswirtschaft lehrte. Willkommen fühlte ich mich dort allerdings nie. Deshalb war es für mich bereits eine wunderbare Gelegenheit, Adolfs Haushalt versorgen zu dürfen. Das werde ich übrigens auch nach unserer Hochzeit tun.«

»Aber das brauchst du doch gar nicht, Helene«, widersprach Harry. »Vater hat wahrlich Geld genug, um eine ganze Heerschar von Dienstboten zu engagieren.«

»Für die groben Arbeiten wie Bödenschrubben und Waschen ist mir das recht. Dafür haben wir auch jetzt schon Zugehfrauen. Aber das Kochen und alle leichteren Hausarbeiten möchte ich weiterhin selbst erledigen. Sonst würde ich mich ja zu Tode langweilen.«

»Darin gleicht Helene meiner ersten Frau Margarete«, schmunzelte Adolf zufrieden. »Auch sie hat bis zu ihrer tödlichen Erkrankung für ihr Leben gern gekocht und gebacken.«

»Und Helene macht das genauso gut.« Harry kaute mit vollen Backen. »Ist dieser Nusskuchen nicht göttlich?«

Judith lächelte still in sich hinein. Harry schien sich seit der Zeit ihrer Verlobung kaum verändert zu haben. Dann stach sie der Hafer.

»Und womit verbringst du nun deine Zeit, Harry?«, fragte sie.

Ihr Vater warf Judith einen tadelnden Blick zu, wahrscheinlich in der Annahme, dass *sie* nun ein heikles Thema berührt hatte. Doch wieder wurden die Bergmanns überrascht.

»Mein Vater hat mich mit seiner Vermögensverwaltung betraut«, erklärte Harry, wozu Adolf lächelnd nickte. »Dabei lässt er mir sogar weitgehend freie Hand. Selbst wenn ich eine Entscheidung treffe, die ihm im ersten Moment gar nicht genehm ist.«

»Was für eine Entscheidung könnte das sein?« Judith ließ ihrer Wissbegier ob dieser überraschenden Entwicklung jetzt freien Lauf.

»Ich habe ein Grundstück am Kleinen Wannsee erworben und möchte meinem Vater darauf ein Landhaus bauen lassen. Genauer gesagt, wurde mit dem Bau bereits begonnen, damit das Haus als Sommersitz schon im nächsten Jahr zur Verfügung steht. Es wäre dann die erste Wohnimmobilie, die mein Vater sein Eigen nennt.«

Adolf seufzte gespielt theatralisch. »Mit Immobilien hatte ich eigentlich mein ganzes Geschäftsleben lang genug zu tun.

Deshalb habe ich privat immer zur Miete gewohnt. Die Wohnung hier werde ich auch auf jeden Fall behalten. Aber da sich Harry bei diesem Landhaus um alles kümmert, um den Eintrag ins Grundbuch und was sonst noch alles zu erledigen ist, und den Bau sogar selbst beaufsichtigt, habe ich mich schließlich breitschlagen lassen. Auch weil meine Liebste so entzückt von der Idee ist, die Sommer am Wasser verbringen zu können.« Er warf Helene einen zärtlichen Blick zu.

»Und was machst du, liebe Judith?«, wandte er sich dann an sie. »Von deinem Vater weiß ich, dass du noch immer an der Universität bist und darüber hinaus an der neu gegründeten Frauenakademie studierst.«

»Mit dem Aufbaustudium bin ich gerade fertig geworden, Herr Jandorf. Und ich durfte schon vorher ein neues Forschungsprojekt beginnen. Es betrifft die Familienverhältnisse der Kinder in den Einrichtungen, die Sie seinerzeit so großzügig unterstützt haben.«

»Und was sind deine ersten Eindrücke?« Dann stutzte er. »Oder muss ich jetzt Sie sagen?«

Judith schüttelte lächelnd den Kopf. »Keineswegs, Herr Jandorf. Sie kannten mich doch schon als kleines Mädchen. Aber um Ihre Frage zu beantworten, ein erstes, sehr interessantes Ergebnis habe ich durch meine Gespräche mit den Müttern bereits vorzuweisen.«

Sie machte eine kleine Pause und trank einen Schluck Tee.

»Und das wäre?«, tat Jandorf ihr den Gefallen nachzufragen.

»Ich habe bislang geglaubt, die meisten Mütter der Kinder in den Tagesstätten und Horten seien alleinerziehend und müssten daher Geld verdienen, anstatt sich um ihre Kinder kümmern zu können. Oder beide Eltern seien berufstätig, weil das Einkommen sonst nicht reicht. Aber das ist gar nicht immer der Fall. Es gibt eine Gruppe von Müttern, die zwar die Alleinverdiener in der Familie sind, weil die Väter gerade keine Arbeit haben. Trotzdem erwarten die Männer, dass sich die Frauen neben ihrer Berufstätigkeit noch um Haushalt und Kinder kümmern. Aus diesem Grund sind auch solche Mütter gezwungen, ihre Kinder tagsüber in Obhut zu geben. Obwohl es an sich eine häusliche Betreuung gäbe.«

»Das ist wirklich ein interessantes Ergebnis«, kommentierte Jandorf. »Aber sicher sind die Familien insgesamt nicht mehr so arm wie während und kurz nach dem Krieg.«

»Zum Teil leider doch, Herr Jandorf. Wie damals bei den Untersuchungen im Rahmen meiner Abschlussarbeit für die Universität gewinne ich die meisten Probanden für meine Gespräche durch eine Orange. Die Kinder in den Einrichtungen erhalten sie täglich, deren Familien mindestens einmal wöchentlich pro Mitglied.«

»So, so«, äußerte Adolf. »Die Familie Tietz tritt also auch in dieser Hinsicht in meine Fußstapfen?«

Bevor Judith antworten konnte, mischte sich Harry ein. »Man munkelt, du seist mit Martin Tietz liiert, Judith. Ist das wahr?«

Judith spürte, dass sie errötete. »Es ist wahr.«

»Und wird er dich heiraten?«, fragte Harry taktlos nach.

»Das wird sich beizeiten finden«, fertigte Judith ihn in einem Tonfall ab, der deutlich machte, dass sie das Thema im Augenblick nicht vertiefen wollte.

Es war Helene, die die Situation entspannte, bevor sich ein peinliches Schweigen ausbreiten konnte. »Wer möchte noch ein Stück Kuchen? Oder Tee und Kaffee?«

Nur Harry streckte Helene seinen Teller entgegen. »Aber die Hochzeitstorte wirst du am Ende nicht auch noch backen wollen?«, neckte er sie.

Helene lächelte strahlend. Erst jetzt fiel Judith auf, wie attraktiv sie mit ihren dunkelblonden Haaren und grünen Augen war. »Im Augenblick habe ich das nicht vor«, antwortete sie. »Aber nur, wenn wir eine wunderbare Lokalität für unsere Hochzeitsfeier finden, in der es auch gute Torten gibt. Ich hoffe doch, dass Sie alle unsere Gäste sein werden?«

Der Rest des Nachmittags verlief in fröhlichem Geplauder über geeignete Restaurants in Berlin und weitere unverfängliche Themen.

Damenkonfektionsabteilung im KaDeWe

November 1927

»Fräulein Krause! Bitte kommen Sie schnell mit mir!«

Rieke, die gerade den Bestand der Negligés in der Damenwäscheabteilung überprüfte, schreckte zusammen. Eva Sperbers Stimme klang so drängend wie beim Besuch der Garbo im März. Aber gemäß Riekes damaliger Ermahnung sprach sie leise, fast flüsternd. Rieke hatte sie auch nicht kommen hören.

»Was gibt es denn?«, erkundigte sie sich. Die junge Verkäuferin wirkte sehr betreten.

»Ein versuchter Ladendiebstahl«, raunte sie. »Ausgerechnet von Frau Bankdirektor Weilmann. Das ist eine langjährige Kundin.«

»Ich weiß«, antwortete Rieke und verkniff sich ein Lächeln ob der überflüssigen Erklärung. »Ich kenne Frau Weilmann sicher schon mehr als zehn Jahre.« Dann ging ihr der Ernst der Lage in voller Tragweite auf. »Was hat sie denn angeblich entwendet?«

»Es dürften zwei Paar Handschuhe sein. Ich habe die Dame dabei beobachtet und natürlich sofort die Erste Verkäuferin der Accessoires informiert. Und die bittet Sie jetzt, schnellstmöglich zu kommen.«

»Diese Angelegenheit müssen wir aufgrund der gesellschaftlichen Stellung der Dame mit äußerster Diskretion behandeln. Trauen Sie sich zu, mich auf dem Weg in die betroffene Abteilung leise ins Bild zu setzen?«

Eva Sperber nickte. Während sie das Ereignis im Flüsterton schilderte, ergab sich für Rieke rasch ein Bild.

Die Frau Bankdirektor hatte zunächst einige Wintermäntel anprobiert. Mit dem, der ihr am besten gefallen hatte, war sie danach zu den Accessoires gegangen und hatte sich mehrere, dazu passende Pelzkragen und sechs Paar Handschuhe zeigen lassen.

Eva Sperber hatte Fräulein Gitta Lenz, der Ersten Verkäuferin der Accessoires, assistiert und die Handschuhe gemäß den Wünschen der Kundin aus den Schachteln genommen und ihr vorgelegt. Frau Weilmann hatte alle Paare umständlich anprobiert und dabei mehrere Male in ihre große Handtasche und unter den Mantel gegriffen. Dabei hatte sie Eva zwar den Rücken zugekehrt. Die hatte diese Bewegungen allerdings im Spiegel, vor dem die Kundin stand, beobachtet, ohne genau erkennen zu können, was diese tat.

Dann hatte Frau Weilmann offenbar ein Ablenkungsmanöver inszeniert. Sie schickte Eva noch nach passenden Seidenschals. Da sie so lange für die Auswahl der Accessoires brauchte und die Abteilung wegen einer Erkältungswelle unterbesetzt war, kümmerte sich die Erste Verkäuferin schließlich um eine weitere Kundin und überließ Eva die Bedienung von Frau Weilmann.

Die entschied letztlich, nur den Wintermantel zu erwerben, und warf die Accessoires in wildem Durcheinander auf die Verkaufstheke. Eva merkte trotzdem schnell, dass ein grünes und ein beiges Paar Handschuhe fehlten, beides neue Saisonware aus feinem Leder.

Sie war Frau Weilmann zunächst nachgeeilt, da sie glaubte, die Kundin hätte die Handschuhe irrtümlich eingesteckt. Die hatte das aber empört bestritten. Zum Glück war in diesem Moment die Erste Verkäuferin wieder hinzugekommen und von Eva kurz über den Sachverhalt unterrichtet worden.

»Und dann hat Fräulein Lenz mich gebeten, Sie so rasch wie möglich herbeizuholen«, schloss Eva ihren Bericht ab.

Gerade rechtzeitig. Jetzt waren sie an der Verkaufstheke angekommen, hinter der verschiedene Accessoires, in Schachteln verpackt, in den Regalen lagen.

Wie von der Tarantel gestochen, fuhr Frau Weilmann zu Rieke herum. »Ich werde mich bei Ihrem Vorgesetzten beschweren, Fräulein Krause. Man hält mich hier widerrechtlich fest. Ohne jeden Grund.«

»Das ist sicher ein Missverständnis«, antwortete Rieke zunächst diplomatisch. »Sie wurden lediglich gebeten, etwas zu warten, um ein Missgeschick aufzuklären. Aber nun bin ich ja da, um alles zu regeln.«

Vor den Ohren von Frau Weilmann ließ sich Rieke von der Ersten Verkäuferin den Sachverhalt nochmals erläutern und gab vor, ihn zum ersten Mal zu hören. Neues erfuhr sie dabei nicht. Aber Fräulein Lenz, die Rieke für eine ihrer besten Kräfte hielt, war routiniert genug, um jeden verfänglichen Begriff, insbesondere »Verdacht auf Diebstahl« zu vermeiden. Sie sprach lediglich davon, dass die zwei Paar Handschuhe vermisst würden.

»Vielleicht sind sie versehentlich in Ihre Handtasche geraten«, versuchte Rieke zunächst, den Vorfall gütlich zu bereinigen. »Als Sie nach einem Taschentuch oder einem Handspiegel suchten.« Wenn Frau Weilmann jetzt nachgab und man die Handschuhe fand, wollte sie sie ungeschoren davonkommen lassen.

Doch so leicht machte es ihr die Frau Bankdirektor nicht. »Das ist nicht der Fall«, schnappte sie. »Was unterstellen Sie mir?«

»Irren ist menschlich«, blieb Rieke gelassen. »Erlauben Sie uns denn, einen Blick in die Tasche zu werfen?« Es war ein braunes Ungetüm aus Krokodilleder.

»Unterstehen Sie sich!«, blieb Frau Weilmann hartleibig. »Natürlich weigere ich mich.«

Schon wurden die ersten Kundinnen auf die Auseinandersetzung aufmerksam und kamen neugierig näher. Mit möglichst unbewegter Miene, wie sie hoffte, wog Rieke blitzschnell die Alternativen ab.

Beide Paar Handschuhe gehörten zu den teuersten, die das

KaDeWe gerade führte. Jedes Paar kostete achtzig Mark. Dem Kaufhaus würde also ein beträchtlicher Schaden entstehen, wenn die Ware gestohlen würde.

Warendiebstähle hatten zudem in diesem Jahr stark zugenommen. Die Buchhaltung hatte daher auf Anweisung von Martin Tietz persönlich ein strenges Auge darauf, ob der Warenbestand den Verkäufen entsprach. Insbesondere Luxusartikel wie diese Handschuhe standen im Fokus der Aufmerksamkeit. Alle Aufsichtsdamen und Abteilungsleiter waren angewiesen, jeden Diebstahl zur Anzeige zu bringen.

Da gerade in den Damenmodeabteilungen vieles auf ungeklärte Weise verschwand, hatte Tietz sogar zwei Hausdetektivinnen eingestellt, um notfalls auch Leibesvisitationen bei verdächtigen Kundinnen durchführen lassen zu können.

Allerdings kaufte Frau Weilmann regelmäßig im KaDeWe ein, und das seit vielen Jahren. Wenn sie in ihrem umfangreichen Freundeskreis behauptete, hier zu Unrecht des Diebstahls bezichtigt worden zu sein, wäre dies sehr schlecht für den Ruf des Kaufhauses. Nicht nur Frau Weilmann würde nicht mehr erscheinen. Immerhin war sie die Ehefrau des Direktors der renommierten Disconto-Gesellschaft, die ihren Sitz gleich um die Ecke am Wittenbergplatz hatte.

»Könnten die Handschuhe denn versehentlich in eine der Manteltaschen geraten sein?«, machte Rieke einen weiteren gütlichen Versuch.

»Mitnichten«, schnaubte Frau Weilmann, griff mit beiden Händen in die Taschen und stülpte sie heftig von innen nach außen. Die Taschen waren leer, doch dabei riss das Seidenfutter der linken Manteltasche ein.

»Da haben Sie die Bescherung!«, kreischte die Frau Bankdirektorin. Dann begann sie den Mantel aufzuknöpfen. »Glauben Sie ja nicht, dass ich dieses durch Ihre Schuld beschädigte Teil jetzt noch erwerbe.«

Sie zwängte sich aus dem Mantel und warf ihn trotzig zu

Boden. Als sie sich aufrichtete, lugte der Finger eines grünen Handschuhs aus ihrem Rockbund. Rieke trat rasch auf Frau Weilmann zu und zog daran. Dann hielt sie das Corpus Delicti in die Höhe. »Ist das einer der fehlenden Handschuhe?«

»Ja«, antworteten die Verkäuferinnen Lenz und Sperber wie aus einem Mund.

Damit war der Würfel gefallen. Rieke wandte sich an Eva. »Bitte holen Sie eine der Hausdetektivinnen her, Fräulein Sperber.«

Eva machte sich sofort auf den Weg. Dass sie es wieder unangemessen hastig tat, würde Rieke ihr diesmal ohne Tadel durchgehen lassen.

»Sie muss ich bitten, hierzubleiben und sich einer Leibesvisitation zu unterziehen«, sagte sie dann zu Frau Weilmann, die kreidebleich erstarrt war. Jetzt sprach Rieke mit Absicht so laut, dass es die umstehenden Kundinnen mitbekamen. Sofort setzte Getuschel ein.

»Aber vielleicht ist es Ihnen angenehmer, mir in mein Kontor zu folgen und dort zu warten?«

Unter den teils schockierten, teils hämischen Blicken der übrigen Kundschaft folgte Frau Weilmann Rieke jetzt widerspruchslos.

Eine halbe Stunde später saßen sie im Büro der Hausdetektei im Erdgeschoss. Rieke konnte diesen Raum noch immer nicht ohne Schaudern betreten. Zu lange hatte sie hier unter dem ehemaligen Leiter Gregor Eckstein gelitten, der sie jahrelang sexuell missbraucht hatte. Das war die Gegenleistung für die Vertuschung von Diebstählen gewesen, die Rieke mit einer Ausnahme nie begangen hatte.

Hinter dem mächtigen Schreibtisch saß nun Gertrude Press, die korpulentere und kräftigere der beiden Hausdetektivinnen. Sie hatte Frau Weilmann in Gegenwart von Rieke und Fräulein Lenz durchsucht und dabei die fehlenden Handschuhe rasch entdeckt. Die Weilmann hatte die grünen unter ihrem Rock, die hellen in der Handtasche versteckt.

Nun reichte Frau Press der Frau des Bankdirektors das Dokument, das sie mit einer dieser neumodischen Schreibmaschinen ausgefüllt hatte, wie man sie jetzt in jedem Kontor des KaDeWe fand. Sie wies auf eine gepunktete Linie. »Unterschreiben Sie bitte hier, Frau Weilmann! Damit geben Sie den Diebstahl zu. Wenn wir alsdann mit diesem Dokument Anzeige erstatten, wird Ihr Geständnis Ihnen mit Gewissheit als mildernder Umstand angerechnet werden.«

Noch war Frau Weilmanns Widerstand nicht ganz gebrochen. »Und wenn ich mich weigere?«, fragte sie spitz.

»Dann unterschreiben nur die hier anwesenden Zeuginnen, dass man Sie in flagranti beim Diebstahl von zwei Paar wertvollen Handschuhen ertappt hat. Hernach benachrichtige ich die Polizei«, Gertrude wies auf den Telefonapparat auf dem Schreibtisch, »und Sie warten hier, bis man Sie abführt. Ich verständige selbstverständlich auch Ihren Herrn Gatten, damit er Sie in der Polizeistation abholen kann.«

Wortlos griff Frau Weilmann zum Federhalter, den Gertrude ihr hinhielt, und kritzelte ihren Namen an die bezeichnete Stelle.

»Vielen Dank! Hiermit erteile ich Ihnen außerdem ein unbefristetes Hausverbot.« Auch das war eine Anweisung von Martin Tietz, wenn der versuchte Diebstahl einen Wert von mehr als einhundert Mark hatte. In dieser Hinsicht war er weitaus weniger konziliant als Jandorf.

»Dann wird Fräulein Krause Sie jetzt zum Ausgang begleiten.« Gertrude stand auf. »Welcher ist Ihnen am angenehmsten?«

»Der zur Ansbacher Straße.« Nun klang Frau Weilmanns Stimme piepsig. »Dort muss ich noch meine Mimi abholen.«

»Mimi ist wahrscheinlich das Hündchen der Frau Bankdirektorin«, erklärte Gertrude, die Riekes verständnislosen

Blick richtig deutete. Dunkel erinnerte die sich daran, dass unter den zahllosen Rundschreiben, die Martin Tietz zu seinen beständigen Innovationen herumschickte, vor ein paar Wochen auch die Benachrichtigung gewesen war, es gebe jetzt eine Art Hundepension im KaDeWe. Sie lag gleich neben der Handgepäckaufbewahrungsstelle. Dort konnten die Vierbeiner beaufsichtigt werden, während Herrchen und Frauchen ihre Einkäufe tätigten.

Tatsächlich sprang ein kleiner schwarzer Pudel freudig in die Höhe, als sich die Damen den kleinen, vorn offenen und durch Glasscheiben voneinander abgetrennten Kabinen näherten, in denen die Tiere einzeln untergebracht waren.

Der in eine Uniform mit Schirmmütze gekleidete Wärter eilte dienstfertig herbei, um den Pudel loszubinden. »Danke«, murmelte Frau Weilmann mit erstickter Stimme und drückte dem Mann ein Markstück in die Hand.

Der warf einen unsicheren Blick auf Rieke, die ihm unmerklich zunickte. Sie gönnte ihm sein Trinkgeld.

Vom Ausgangsportal zur Ansbacher Straße aus schaute Rieke Frau Weilmann noch einen Moment lang nach. Von ihrer hochfahrenden Art war der Dame jetzt nichts mehr anzumerken. Sie ging gebeugt mit gesenktem Blick und stieß beinahe mit einem vorbeieilenden Passanten zusammen. Der Vorfall im KaDeWe schien sie gewaltig mitgenommen zu haben.

Bestimmt fürchtet sie die Schelte ihres Herrn Gatten mehr, als dass sie ihre Tat bereut, dachte Rieke zynisch. Und wer weiß, vielleicht war dies ja auch nicht das erste Mal.

Das verhärmte Gesicht ihrer Mutter Käthe kam ihr in den Sinn. Mama würde nie etwas stehlen, selbst wenn sie kurz vor dem Verhungern stünde. Auch jetzt nicht, wo man Fritz zum Krüppel geschlagen hat und sie wieder jeden Pfennig zweimal umdrehen muss.

Mit diesen Gedanken wandte sich Rieke seufzend um und ging zu ihrer Arbeit zurück.

Kapitel 5

Riekes und Peters Wohnung in Meyers Hof

Silvester 1927

Peter schob sich den letzten Bissen des Rinderbratens in den Mund und kaute genießerisch. Dann leckte er sich über die Lippen.

»Das schmeckt so dufte, dass es um jeden Tropfen Soße schade wär. Rieke und Käthe, heute habt ihr euch selbst übertroffen.« Er hob sein Weinglas und prostete den Frauen zu. »Ist doch so, Fritz?«, bezog er auch Käthes Lebensgefährten ein.

»Kochen konnt die Käthe immer jut«, bestätigte der. »Und dit hatse dir vererbt, Rieke.«

Die erwiderte Fritz' Lächeln. »Um ehrlich zu sein, hat Mutter die meiste Arbeit gemacht. Sonst hätte es längst nicht so gut geschmeckt. Ich hab ihr nur zugearbeitet, Kartoffeln geschält, Gemüse geputzt und so was.«

»Und die Schokoladencreme gerührt, die es zum Nachtisch gibt«, warf Käthe ein. »Das Rezept kannte ich noch nicht. Irgendwas mit Mus?«

»Mousse au chocolat, Mama. Das ist Französisch.«

»Dit kommt daher, weil Schokolade een Luxus is, wat mer uns nur an Feiertagen jeleistet hamm. Aba nu jeht dit ooch nich mehr. Nu blechen Rieke und Peter für dit feine Essen.« In Fritz' Stimme klang Traurigkeit mit.

»Ich wollte ja was dazugeben«, verteidigte sich Käthe, als

ob Fritz ihr einen Vorwurf gemacht hätte. »Doch das haben die beiden nicht zugelassen.«

Rieke holte tief Luft. Das, was sie jetzt zu sagen hatte, lag ihr schon seit Monaten auf der Seele. Sie würde das neue Jahr nicht beginnen, ohne es ausgesprochen zu haben.

»Peter und ich haben das abgelehnt, weil wir im KaDeWe gutes Geld verdienen. Peter sogar mittlerweile mehr als ich, seit er zum Chefdekorateur aufgestiegen ist. Und deshalb ist es endlich an der Zeit für euch beide zu akzeptieren, dass wir euch von Herzen gern unterstützen. Schließlich hat sich Fritz sein Schicksal ja nicht ausgesucht.«

»Und trotzdem erträgt er es überaus tapfer«, ergänzte Peter.

Zunächst erreichten die beiden mit ihren Worten bei Käthe jedoch das Gegenteil von dem, was sie beabsichtigt hatten. »Wir wollen nicht von milden Gaben abhängig sein.« Sie senkte den Kopf. Doch Rieke hatte bereits erkannt, dass ihre Augen feucht wurden.

»Milde Gaben sind das nicht«, betonte sie. »Ohne dich hätt ich meine Stelle im KaDeWe doch gar nicht. Du hast dich damals bei Adolf Jandorf dafür eingesetzt, dass er mich als Kassenmädchen genommen hat. Trotz meinem schlechten Volksschulabschluss.«

»Und ohne Rieke als Aufsichtsdame wär ich heute auch kein Dekorateur«, schloss Peter sich an. »Sie hat mir die Aufträge dazu verschafft.«

»Also haben wir zwei was beschlossen.« Rieke sah herausfordernd von Käthe zu Fritz und zurück. »Eigentlich wollten wir euch das erst kurz vor Mitternacht sagen, sozusagen als Überraschung zum neuen Jahr. Aber jetzt sagen wir es euch eben schon früher. Peter und ich geben euch im Monat hundert Mark zu eurem Einkommen dazu. Dann hast du deinen Verdienst, Mutter, und Fritz seine Rente, und ihr müsst dann nicht mehr so knapsen.«

»Das kommt überhaupt nicht infrage«, protestierte Käthe spontan.

Doch Rieke blieb fest. »Wir schieben euch die Scheine unter der Tür durch, wenn ihr nicht Ja sagt.«

Nun wurden auch Fritz' Augen feucht. »Dit is aba sehr spendabel von euch zwee.«

Als Käthe noch einmal protestieren wollte, fuhr Rieke ihr in die Parade. »Wir gäben euch keinen Pfennig, wenn Fritz sich so gehen lassen würde wie mein Vater. Zu saufen begänne wieder, obwohl er nur einen verkrüppelten Arm hatte. Aber Fritz hat gelernt, mit dem Rollstuhl zu fahren, und hilft dir im Haushalt bei allem, was er im Sitzen tun kann.«

»Nur een bissken«, wandte Fritz bescheiden ein. »Ick schäl Kartoffeln und so wat.«

»Und feuerst den Ofen an und kehrst den Boden. Als ich neulich kam, hast du sogar Wäsche auf dem Waschbrett geschrubbt.«

»Dit is allet nich der Rede wert«, wehrte Fritz ab. »Wo die Käthe doch die janze Drecksarbeit mit mir hat.«

Rieke überging den Einwand. Das Thema, das Fritz andeutete, war nicht sehr appetitlich, besonders nicht während des Silvesteressens. Da für den Weg zum Klosett auf dem Treppenabsatz einige Stufen zu überwinden waren, musste Fritz sein Geschäft in einen Nachttopf verrichten, den Käthe regelmäßig ausleerte. War sie nicht da, um ihm den Nachttopf unterzuschieben, musste er sogar Stoffwindeln tragen.

Außerdem arbeitete ihre Mutter mittlerweile wieder von sechs Uhr früh bis zwölf Uhr mittags in der AEG-Apparatefabrik. Dass Fritz ihr bei der Hausarbeit half, war eine große Entlastung für sie. Der Kontrast zu Riekes verstorbenem Vater Otto hätte nicht größer sein können.

Fritz selbst hatte sich erstaunlich rasch mit seinem Schicksal abgefunden. Als Rieke und Peter ihm den im KaDeWe erworbenen Rollstuhl geschenkt hatten, war er vor Freude fast außer sich gewesen. Er hatte sofort, nachdem er wieder sitzen durfte, begonnen, sich im Umgang damit zu üben. Mittlerweile bewegte er sich so mühelos damit fort, als hätte er sein Leben lang nichts anderes getan.

Nur die Treppen in Meyers Hof blieben ein unüberwindliches Hindernis für ihn. Um heute Abend in Riekes Wohnung zu gelangen, hatte Peter einen Nachbarn gebeten, ihm zu helfen. Sie hatten Fritz zuerst die drei Stockwerke im vierten Hinterhaus hinunter- und dann die Treppe ins erste Stockwerk des Vorderhauses hinaufgetragen, wo Riekes und Peters Wohnung lag. Der Mann hatte drei Flaschen Bier dafür erhalten und versprochen, um zwei Uhr früh wiederzukommen, um auch beim Rücktransport zu helfen.

Das Silvesterfest in Käthes Wohnung zu verbringen war für alle Beteiligten keine Alternative gewesen. Denn die Wohnküche war dort nur halb so groß wie die Riekes. Außerdem lebten die Nachbarn auf dem gleichen Flur in bescheidenen Verhältnissen und hätten sich an Bratenduft und Gläsergeklirr womöglich gestoßen. Vielleicht wären sie Käthe und Fritz gegenüber sogar zu Neidern geworden.

Doch auf gute Nachbarschaft war man angewiesen. Denn Probleme gab es trotz Fritz' bewunderungswürdiger Haltung noch genug. Erdgeschosswohnungen standen in Meyers Hof kaum zur Verfügung, da diese Stockwerke meistens an kleine Gewerbetreibende vermietet waren. Damit Fritz überhaupt einmal ab und zu an die frische Luft kam, musste man immer wieder Helfer engagieren, die für ein paar Groschen oder Naturalien bereit waren, ihn und seinen Rollstuhl zu transportieren.

Obwohl Fritz das Beste aus seiner Verkrüppelung machte, war Rieke dennoch klar, dass es durch die Querschnittslähmung auch andere schwere Einschnitte im Leben ihrer Mutter gab. Seit sie selbst begonnen hatte, die körperliche Liebe zu schätzen, konnte sie ermessen, was es für ihre erst zweiundfünfzigjährige Mutter bedeutete, darauf nunmehr verzichten zu müssen. Denn wie seine Beine waren auch Fritz' Genitalien nicht mehr funktionsfähig, wie ihr Käthe weinend kurz nach Fritz' Entlassung aus dem Spital in einem schwachen Moment anvertraut hatte.

»Also ist das jetzt abgemacht. An jedem ersten Werktag des Monats bringen wir euch die hundert Mark«, brachte Rieke ihr Vorhaben noch einmal auf den Punkt.

»Aber das könnt ihr euch auf Dauer doch gar nicht leisten«, brachte Käthe einen letzten Einwand vor. »Wenn ihr erst mal verheiratet seid und eigene Kinder habt und Rieke nicht mehr arbeiten kann, braucht ihr euer Geld doch für euch.«

Aber noch ist es nicht so weit, lag es Rieke schon auf der Zunge. Dann verkniff sie sich die Erwiderung. Da es ein überaus heikles Thema war, vermieden Peter und sie schon zu zweit, darüber zu sprechen.

Denn Rieke war nach wie vor fest entschlossen, ihre Position als Aufsichtsdame nicht gleich durch eine Schwangerschaft zu gefährden. Das hatte nicht einmal etwas mit Gunter Perl zu tun, der sich sicher darüber freuen würde, Rieke loszuwerden. Auch Martin Tietz würde auf ihrer Entlassung bestehen, und selbst Judith könnte ihn diesbezüglich nicht umstimmen. Eine schwangere Verkäuferin war eben in jedem Geschäft, das auf sich hielt, noch immer ein Unding. Erst recht im KaDeWe.

»Ich hol uns jetzt den Nachtisch«, verkündete Rieke und überging damit Käthes Bemerkung. »Ich hab ihn draußen aufs Fensterbrett gestellt, damit er schön steif wird.«

Der Rest des Silvesterabends verlief in fröhlicher Stimmung. Um Mitternacht stießen alle mit dem Champagner an, den Tietz jedem leitenden Angestellten zum Neujahrsfest geschenkt hatte.

Eigentlich war es trotz Fritz' schlimmer Verletzung ein gutes Jahr für Peter und mich, dachte Rieke, als sie sich gegenseitig zuprosteten. Und vielleicht wird das nächste Jahr ja noch besser.

Haller-Revue im Admiralspalast

Silvester 1927

Pünktlich um kurz vor acht Uhr betraten die Bergmanns das sogenannte Admiralskasino im gleichnamigen Palast in der Friedrichstraße. Hier wollte man gemeinsam mit der ganzen Familie Tietz den Jahresausklang feiern.

Im Admiralspalast war auch die Haller-Revue untergebracht, die im Augenblick angesagteste Show in Berlin. Nach Mitternacht würde die berühmte Tanzgruppe *The Lawrence Tiller Girls* auftreten. Die perfekte Vorstellung der vierundzwanzig Tänzerinnen, völlig synchron in ihren Bewegungen und dazu in Kostümen, die viel Haut sehen ließen, wurde in den Berliner Gazetten aufs Allerhöchste gelobt.

Entsprechend teuer waren die Eintrittskarten inklusive des Sieben-Gänge-Menüs für diesen Silvesterabend gewesen. Judiths Vater Paul hatte deshalb anfangs gezögert, die Einladung von Martin Tietz für ihn, Rebekka und Judith anzunehmen. Aber Martin hatte darauf bestanden.

Zum Glück hatte sich auch Rebekka erneut bereit erklärt, ihn und ihre Tochter zu diesem hochkarätigen Ereignis zu begleiten. Denn Paul war natürlich klar, dass Martin diese Gelegenheit nutzen wollte, um Judith seiner Familie zu präsentieren. Das schien auch seine Gattin sofort verstanden zu haben, ohne dass er es ihr noch einmal hätte auseinandersetzen müssen.

Ein Kellner im Frack führte die Bergmanns in eine der Nischen für besonders zahlungskräftige Gäste, die mitten im Trubel ein wenig Diskretion wünschten.

Erleichtert stellte Paul fest, dass sie nicht die Letzten waren. Am Tisch saß bereits eine ältere, sehr elegante Dame mit silbergrauem Haar. Das musste Betty Tietz sein, die Familienmatriarchin. Die dunklen Augen und die Gesichtszüge hatte sie ihren Söhnen vererbt, vor allem die große Nase. Betty trug ein dunkelblaues Seidenkleid, in dessen Ausschnitt ein prächtiger, von Brillanten umrahmter Saphir prangte.

Betty Tietz stammte wie ihr 1923 verstorbener Ehemann Oscar aus kleinen Verhältnissen. Bergmann wusste, dass es ohne Betty den ganzen Hermann-Tietz-Konzern gar nicht geben würde. Ohne das von seiner damaligen Cousine geliehene Geld hätte Oscar seinen erst ein Jahr zuvor eröffneten Laden in Gera im Jahr 1883 wieder schließen müssen.

Da Betty im Geschäft mithalf, war es nur natürlich gewesen, dass aus den beruflichen schließlich auch private Bande entstanden waren. Im Spätsommer 1884 hatten Oscar und Betty ihre Verlobung bekannt gegeben.

Doch wie gegen Oscars Geschäftsgebaren hatten die Onkel auch dagegen erst einmal Einspruch erhoben. Was muss das für eine furchtbare Familie gewesen sein, dachte Paul, als er Betty Tietz mit einem angedeuteten Handkuss begrüßte.

Erst nach zwei Jahren hatten die Onkel ihren Widerstand gegen die Heirat aufgegeben. Auch danach hatte Betty Oscar noch eine Weile zur Seite gestanden, bis sie sich nach der Geburt ihres ersten Sohnes Georg im Jahr 1889 ganz auf die Familie konzentrierte.

Oscar hatte seiner Frau einen beträchtlichen Teil seines Vermögens hinterlassen, das größtenteils im Konzern steckte. Deshalb war Betty, ebenso wie ihre jüngste Tochter Elise, heute stille Teilhaberin.

Neben Betty waren auch Georg Tietz und seine Ehefrau Edith anwesend, die Bergmann ebenfalls noch nicht kannte. Edith war eine zierliche Frau mit rotblonden Haaren und graublauen Augen.

Anders als ihre Schwiegermutter hatte sich Edith aus allen geschäftlichen Angelegenheiten seit jeher herausgehalten. Wenn sie eines der Tietz'schen Warenhäuser betrat, dann nur, um modische Garderobe auszusuchen oder sich eines der modernen elektrischen Haushaltsgeräte vorführen zu lassen.

Staubsauger waren der letzte Schrei, auch das KaDeWe führte sie. Aus welchem Kaufhaus ihr elegantes schwarzes Seidenkleid mit den schmalen Trägern und der aufwendigen Perlenstickerei stammte, wusste Paul nicht.

Nachdem die Bergmanns am Tisch Platz genommen hatten, wurde ihnen zunächst ein Aperitif serviert, um die Wartezeit bis zum Eintreffen der noch fehlenden Familienmitglieder zu überbrücken. Paul entschied sich für einen trockenen Martini, Judith und Rebekka für ein Glas Sekt mit Pfirsichlikör.

Aus Judiths etwas gezwungenem Lächeln und ihrer leicht verkniffenen Miene schloss Paul, dass sie indigniert war, weil Martin wie üblich zu spät kam. Immerhin war er der offizielle Gastgeber.

Dagegen waren Rebekka und Betty Tietz bereits in ein lebhaftes Gespräch vertieft. »Darf ich Ihnen meine Bewunderung für Ihren herrlichen Halsschmuck aussprechen?«, hörte Bergmann seine Frau fragen.

Betty nickte und lächelte. »Das war das Geschenk meines Mannes zur Geburt unseres zweiten Sohnes Martin, der«, sie zog spöttisch die Augenbrauen hoch, »uns ja leider im Moment noch fehlt. Mein verstorbener Gatte hat mir damals bedeutet, dass diese Saphirkette nachträglich auch noch für Georgs Geburt gedacht war. Die beiden liegen im Alter ja sechs Jahre auseinander. Als Georg geboren wurde, fehlten uns allerdings noch die Mittel für solch eine kostspielige Ausgabe.«

Die Unterhaltung plätscherte vor sich hin, während der Minutenzeiger der großen goldenen Wanduhr, auf die Paul ab und zu einen Blick warf, unaufhaltsam vorrückte. Jetzt war es schon beinahe zwanzig nach acht. Auch Judith wirkte immer ungeduldiger. Das konnte Paul daran erkennen, dass sie mit den Fingern den Takt der Melodien mitklopfte, die die Jazzband im Admiralskasino spielte. Zwischen den Gängen des Menüs konnte nämlich getanzt werden.

In der Tat sah Paul die Kellner bereits mit Vorspeisen zu den anderen Tischen eilen. Wenn die fehlenden Gäste nicht bald erschienen, könnte es mit dem Menü bis Mitternacht knapp werden.

Weitere zehn Minuten später, es war fast halb neun, steuerte Martin Tietz an der Seite seines Schwagers Hugo Zwillenberg endlich auf ihren Tisch zu.

Wenigstens ist Martin der attraktivste der drei Geschäftsführer, wenn er denn schon nie pünktlich ist, stellte Judith, die Hugo Zwillenberg bislang noch nicht kennengelernt hatte, verstimmt fest.

Hugo schien deutlich älter zu sein als seine Schwager. Von ihrem Vater würde Judith später erfahren, dass er die vierzig bereits überschritten hatte. Sein ovales Gesicht wirkte durch die recht ausgeprägte Halbglatze eiförmig. Besonders auffällig waren Hugos buschige schwarze Augenbrauen, die von der Nasenwurzel aus steil nach oben verliefen und seinem Gesicht ein etwas diabolisches Aussehen verliehen.

Ihr Vater würde Judith auf dem Heimweg außerdem erzählen, dass Hugo 1919, zur gleichen Zeit wie Martin, in die Geschäftsführung aufgenommen worden war. Paul meinte, dies wäre damals eher auf seine Verdienste im Weltkrieg zurückgegangen als auf seine geschäftliche Erfahrung. Hugo hatte als glühender Patriot während des gesamten Kriegs als Unteroffizier gedient und war mehrfach ausgezeichnet worden, unter anderem mit dem Eisernen Kreuz. Wahrscheinlich spielte auch seine Promotion als Jurist eine Rolle bei seiner Berufung an die Spitze des Tietz-Konzerns. Jetzt stand er den beiden anderen Geschäftsführern jedoch in seiner Kompetenz nicht nach.

Hugo und Martin traten nun in die Nische und begrüßten die bereits Anwesenden der Reihe nach.

»Entschuldigt bitte unsere Verspätung. Wir wurden leider durch diesen furchtbaren Verkehr aufgehalten«, erklärte Martin, was seine Mutter erneut zum spöttischen Hochziehen ihrer Augenbrauen veranlasste. »Ich habe die Strecke von Dahlem nach Schöneberg, wo ich Hugo und Elise abgeholt habe, leider völlig unterschätzt.«

»Wo ist Elise denn?« Betty Tietz sah sich suchend um.

»Sie wollte sich noch ein wenig frisch machen«, erklärte Hugo. »Aber da kommt sie ja.«

Eine junge Frau wurde von einem der Kellner an ihren Tisch geführt. Judith wusste, dass Elise erst Anfang dreißig und damit offenbar viel jünger als Hugo war. Ihre Haare waren zu einem Bubikopf geschnitten, und sie hatte die gleichen dunklen Augen wie ihre Brüder. Aus der Art schlug ihre viel kleinere Nase. Elise trug ein smaragdgrünes, knapp über die Knie reichendes ärmelloses Kleid aus schimmernder Seide, das elegant an ihrer schlanken Gestalt herabfloss. Es war mit Strass und schwarzen Fransen verziert.

Einen Moment lang herrschte verblüfftes Schweigen am Tisch. Während Judith vor Schreck erstarrte, brach Martin in lautes Gelächter aus. Bis auf Elise und Judith schloss sich der Rest der Tischgesellschaft an.

»Also, ein besseres Kompliment kann man der Damenkonfektion des KaDeWe nicht machen«, sagte Martin, als er wieder zu Atem gekommen war. »Wenn meine Schwester und die Dame meines Herzens«, er bedachte Judith mit einem zärtlichen Blick, »das gleiche Kleid für diese Silvesterfeier erworben haben, spricht dies doch eindeutig für die Qualität unseres Angebots. Oder nicht?«

»Woher weißt du denn, dass unsere Kleider aus dem KaDeWe stammen?«, fragte Elise.

»Nun, meine liebe Judith hat mir reichlich von dieser Abendrobe vorgeschwärmt. Und ich habe dafür gesorgt, dass sie einen Rabatt auf den stattlichen Kaufpreis erhält.«

»Gut zu wissen, Martin«, sagte Hugo trocken. »Bei dem exorbitant hohen Preis hätte ich mich über einen solchen Rabatt auch gefreut.«

»Ihr müsst eben vorher rechtzeitig auf mich zukommen«, entgegnete Martin leichthin. »Dann schreibe ich auch Elise eine Gutschrift aus, die sie an der Kasse einlösen kann.«

»Jedenfalls haben beide Damen einen ausgezeichneten Geschmack bewiesen«, lenkte Georg taktvoll ab. »Doch nun setz dich zu uns, Elise, damit wir endlich mit dem Menü beginnen können.«

Schon während der letzten Wortwechsel hatte sich Judith entspannt und musste nun ihrerseits einen heftigen Lachreiz unterdrücken. Wieder hatte sie sich beim Erwerb dieses Abendkleids von Rieke beraten lassen. Doch als Aufsichtsdame bediente diese nur noch wenige ausgewählte Kundinnen, wozu Elise Zwillenberg offensichtlich nicht gehört hatte, wahrscheinlich, weil Rieke sie nicht kannte. Denn sonst hätte sie den beiden natürlich nicht das gleiche Modell empfohlen.

Nach der langen Warterei war Judith nunmehr entschlossen, den Rest dieses denkwürdigen Abends zu genießen. Ihre Laune trübte sich auch dadurch nicht, dass ausgerechnet die von ihr gehassten Austern als erste Vorspeise serviert wurden.

»Möchtest du meine Portion haben?«, fragte sie Martin, der Austern für sein Leben gern aß.

»Natürlich«, stimmte er zu.

Judith lächelte verschmitzt. »Aber dafür erwarte ich eine Gegenleistung.«

»Eine Gegenleistung?« Martin war verblüfft. »Soll ich dir etwa einen der anderen Gänge überlassen?«

Judith schüttelte den Kopf. »Oh nein. Ich erbitte mir nur, dass wir zwischen den Speisen zu dieser wunderbaren Musik tanzen.«

Ihr entging nicht, dass Betty Tietz und ihre Mutter sich einen amüsierten Blick zuwarfen. Betty sprach aus, was beide dachten: »Findet ihr diese Musik wirklich wunderbar?«

»Natürlich«, antworteten Judith und Martin wie aus einem Mund. Auch Elise nickte heftig.

»Also, mein Geschmack ist es nicht«, merkte Betty an. »Als ich jung war, tanzte man auf Melodien von Johann Strauss. Aber so ändern sich eben die Zeiten.«

»Mein Geschmack ist es auch nicht«, schloss Hugo sich an. Seine Frau Elise wirkte deutlich enttäuscht. Wahrscheinlich hat sie ebenfalls gehofft, dass er darauf mit ihr tanzt, dachte Judith.

Aber noch war es nicht so weit. Aufgrund der Verspätung baten die Kellner darum, die nächsten beiden Gänge ohne die dazwischen übliche längere Pause servieren zu dürfen. Während sich die Gesellschaft an Wildpastete und einer Consommé mit feinen Gemüsestreifen delektierte, entspann sich rund um den Tisch eine interessante Unterhaltung. Es ging um Ähnlichkeiten und Unterschiede der Unternehmerpersönlichkeiten Adolf Jandorf und Oscar Tietz.

Wie Adolf hatte auch der zwölf Jahre ältere Oscar über keine abgeschlossene Schulausbildung verfügt.

»Mein Vater ging schon mit dreizehn Jahren bei einem meiner Großonkel in die Lehre und trat mit siebzehn Jahren als Handelsgehilfe ins Geschäft seines Bruders Leonhard in Stralsund ein. Der warf ihn allerdings schon bald wieder raus«, erzählte Georg. »Und nun möchte ich Sie, liebes Fräulein Bergmann, bitten zu raten, warum das geschah.«

Judith war völlig ratlos und gestand dies auch sofort ein. Die Tietz-Frauen lächelten wissend.

»Der Grund dafür war, dass mein Vater meinem Onkel Leonhard vorschlug, eine *Verkäuferin* einzustellen. Der folgte dem Rat meines Vaters zwar zunächst, doch meine Großonkel hielten diese Entscheidung für einen Skandal.«

»Einen Skandal?«, echote Judith verständnislos.

Georg grinste. »Gegen Ende der 1870er-Jahre war es noch üblich, dass alle Angestellten gemeinsam mit ihrem Dienstherrn in der gleichen Wohnung lebten. Und diese Angestellten waren nun einmal in der Regel männlich. Meine Onkel befürchteten sittliche Verwerfungen, wenn auf einmal eine junge Frau mitten unter Männern gelebt hätte.«

»Aber wie meine Mutter eben schon sagte, die Zeiten ändern sich«, äußerte Martin. »Wie viele Frauen beschäftigen wir heute im Verkauf des KaDeWe, Herr Bergmann?«

»Das dürften mindestens achtzig Prozent der Belegschaft sein. Wenn nicht noch mehr.« Neben der kaufmännischen Leitung gehörte auch die Personalleitung des KaDeWe weiter zu Pauls Aufgaben.

»Aber die Zeiten müssen sich relativ schnell geändert haben«, warf Rebekka ein. »Ich kann mich jedenfalls nicht erinnern, dass Margarete Jandorf, mit der ich damals gut befreundet war, je erwähnte, dass sie auch Angestellte in ihren eigenen vier Wänden beherbergt hätte.«

Paul Bergmann bestätigte dies. »Und dass eine Ausbildung für Frauen heutzutage auch in höher qualifizierten Berufen möglich ist, sehen Sie am Beispiel meiner Tochter Judith«, fügte er stolz hinzu und hob sein Glas zu einem Toast. Die Tischgesellschaft schloss sich dem an und trank Judith zu.

»Zu den Gemeinsamkeiten von Oscar und Adolf gehört wiederum, dass beide das Kapital für ihr erstes Geschäft von Außenstehenden erhielten«, fuhr Hugo Zwillenberg mit dem Vergleich der beiden Unternehmer fort. »Nur dass Jandorf es behalten durfte, obwohl der seine erste Berliner Filiale widerrechtlich unter seinem eigenen Namen eröffnet hatte, anstatt unter dem seines damaligen Dienstherrn. Die strengen Onkel Tietz hätten Jandorf dafür nicht nur sofort entlassen, sondern wahrscheinlich sogar wegen Betrugs angezeigt. Aber zum Glück konnte Oscar ja auf meine Schwiegermutter zählen.«

Nun brachte man einen Toast auf Betty Tietz aus.

»Gemeinsam ist beiden Firmengründern wiederum, dass sie ihre Geschäfte von Anfang an nach den modernen Warenhausprinzipien führten. Und beide hatten zu Beginn eine sehr kreative Geschäftsidee, mit der sie recht bekannt wurden. Wer weiß, was ich meine?« Georg sah in die Runde.

»Bei Adolf Jandorf meinen Sie wahrscheinlich jenes berühmte Ruhekissen mit der gestickten Aufschrift *Nur ein Viertelstündchen*«, vermutete Paul. »Wir führen das Kissen heute noch. Es hat sich bislang über eine Million Mal verkauft.«

»So beständig war die Geschäftsidee unseres Vaters leider nicht«, räumte Georg ein. »Er entdeckte durch reinen Zufall, dass eine Baumwollstickerei auf einem Wolltuch ein Tauchbad in Salzsäure unbeschadet übersteht, die Wolle dabei jedoch aufgelöst wird. So ließ sich sehr preiswert eine Art künstlicher Spitze herstellen, die schon in Gera zum Verkaufsschlager wurde.«

»Das ist in der Tat sehr interessant«, staunte Rebekka. »Gibt es diese Spitze heute noch zu kaufen?«

»Wie ich eben schon anmerkte, leider nicht. Aber du, Mutter, müsstest doch einige Muster davon behalten haben. Vielleicht kannst du Frau Bergmann ja einmal zum Tee einladen und ihr zeigen, womit unser Vater sein erstes Kapital erworben hat.«

»Sehr gern, Frau Bergmann. Bevor wir heute auseinandergehen, sollten wir ein solches Treffen vereinbaren«, stimmte Betty Tietz zu. Zu Judiths Erleichterung wirkte sie dabei nicht, als sei sie durch den Vorschlag ihres Sohnes zu der Einladung genötigt worden. Rebekka schien ihr sympathisch zu sein.

»Ich freue mich sehr darauf, Frau Tietz«, antwortete die. Aus Judiths Erleichterung wurde stille Freude. Denn auch ihre Mutter schien das ernst zu meinen. Sollte sie ihr Schneckenhaus im neuen Jahr tatsächlich verlassen und wieder am Leben teilnehmen wollen?

»Gemeinsam ist Adolf Jandorf und Ihrem Vater auch die Fürsorge für ihre Angestellten«, brachte Paul einen weiteren Aspekt zur Sprache.

»Auch das ist im Grundsatz richtig, Herr Bergmann, obwohl

mein Vater noch über die Großzügigkeit Jandorfs hinausging. Er war der erste Unternehmer, der seinen Angestellten bezahlten Urlaub gewährte. Anfangs vier Tage pro Jahr, aus denen wir als Geschäftsführer mittlerweile sechs Tage, also eine ganze Woche gemacht haben«, antwortete Georg mit sichtlichem Stolz. »Ab dem neuen Jahr gilt dies auch für alle Angestellten der ehemaligen Jandorf-Warenhäuser.«

»Da werden sich die Mitarbeiter sehr freuen«, erwiderte Paul. »Wir müssen jedoch im Januar dazu bestimmte Vorkehrungen in den Personalabteilungen treffen.« Ob außer Judith noch jemand am Tisch merkte, dass ihr Vater leicht säuerlich klang, konnte sie nicht ermessen. Aber offensichtlich erfuhr er gerade selbst erst von diesen neuen Plänen.

»Bringen Sie dies doch als Thema in unsere erste Sitzung der Geschäftsführung im neuen Jahr ein!«, schlug Hugo Zwillenberg vor.

»Sehr gern.«

»Doch jetzt ist es mit der Arbeit genug für diesen Abend«, mischte sich Martin ein. »Kennt ihr eigentlich schon die Episode mit dem Londoner Elefanten? So etwas hätte ich meinem Vater auch zugetraut.«

Bis auf Georg und Hugo, die offenbar wussten, wovon Martin sprach, schüttelten alle am Tisch den Kopf.

»Es geschah im Kaufhaus Harrods in London. Wie in den Unternehmen Tietz und Jandorf spielte Werbung dort von Anfang an eine große Rolle. Eines Tages erschien eine riesige Anzeige in der *London Times,* dass es keinen Kundenwunsch gebe, den Harrods nicht erfüllen könne. Das nahm ein Kunde sehr wörtlich.«

Martin trank einen Schluck Rotwein und schaute erwartungsvoll in die Runde. Die Neugier in den Gesichtern schien er zu genießen.

»Und was bestellte dieser Kunde?«, tat ihm seine Schwester Elise den Gefallen nachzufragen.

»Einen leibhaftigen Elefanten! Lieferbar an seine Adresse am Abend des selbigen Tages. Was glaubt ihr, was dann geschah?«

»Du möchtest uns doch nicht weismachen, dass Harrods dem Kunden tatsächlich einen Elefanten geliefert hat?«, platzte Judith heraus.

Die drei Geschäftsführer grinsten. »Genau das war der Fall«, sagte Martin. »Pünktlich um acht Uhr abends fuhr der Lastwagen mit dem Elefanten an Bord vor dem Haus des Kunden vor. Der wusste natürlich überhaupt nicht, wohin mit dem Tier. Also musste er, zusätzlich zum Kaufpreis, eine sehr beträchtliche Summe entrichten, um den Elefanten woanders unterzubringen. Meines Wissens nahm ihn ein Zirkus auf, der gerade in London gastierte.«

»Diese Episode machte in London wie ein Lauffeuer die Runde und wurde in allen Zeitungen veröffentlicht. Der Werbeeffekt für Harrods war dadurch noch weitaus größer als der der geschalteten Inserate«, fügte Hugo hinzu.

»Werbung zu nutzen, um Kunden zu gewinnen, war auch eine Gemeinsamkeit von Adolf Jandorf und Oscar Tietz«, ergänzte Paul. »Beide waren damit meines Wissens ungeheuer erfolgreich.«

»Im Lauf der Zeit schon«, mischte sich jetzt Betty Tietz in die Diskussion ein. »Doch aller Anfang war schwer. Mein seliger Gatte schaltete schon zur Geschäftseröffnung in Gera kostspielige Anzeigen und warb darin um das Vertrauen seiner zukünftigen Kundschaft. Doch nun dürfen Sie einmal raten, Frau Bergmann, wie hoch unser Umsatz am ersten Tag war«, wandte sie sich an Rebekka.

»Offenbar nicht so hoch, wie Sie es erwartet hatten«, schloss Judiths Mutter aus Bettys Frage.« Dann überlegte sie kurz. »Hm, ich schätze vielleicht zweihundert Mark?«

»Es waren genau vierunddreißig Mark fünfzig«, kam Martin seiner Mutter zuvor, der er damit die Pointe nahm. Die sagte zwar nichts dazu, bedachte ihren jüngeren Sohn jedoch mit einem ärgerlichen Blick.

Martin merkte es gar nicht, sondern gab der Runde ein letztes Rätsel auf. »Was war die erfolgreichste Aktion meines Vaters, die alsbald von sämtlichen anderen Warenhäusern kopiert wurde?«

»Die Weißen Wochen, natürlich«, meldete sich jetzt Elise zu Wort, die bislang geschwiegen hatte. »Die gibt es seit Beginn dieses Jahrhunderts, soweit ich weiß.«

Allmählich begann Judith der Kopf von all diesen vielen Informationen zu schwirren. Während der Diskussion hatte man den Fischgang beendet. Die Kellner begannen gerade, das Geschirr abzuräumen.

In diesem Moment stimmte die Jazzband einen Shimmy an. »Jetzt ist es an der Zeit, sich für die Austern zu revanchieren, Martin«, forderte Judith ihn mit einem schelmischen Lächeln auf. »Ich möchte tanzen.«

»Auch so eine neumodische Sitte«, kommentierte Martin Judiths Bitte mit einem ironischen Lächeln. »So etwas nennt man wohl Damenwahl.«

Unter den wohlwollenden Blicken der Mütter erhob er sich und geleitete Judith auf die Tanzfläche.

Zwei Stunden später rückte der Zeiger der Uhr unaufhaltsam gen Mitternacht vor.

Gerade wurde die Nachspeise abgeräumt, der die Damen aufgrund der vorigen üppigen Gänge kaum mehr zugesprochen hatten. Sie hatten sie stattdessen an ihre Männer abgegeben. Doch auch Paul fühlte sich übersättigt und schob die letzten Bissen der Biskuit-Charlotte von sich.

Der vollen Mägen wegen war die lebhafte Diskussion der am Tisch Verbliebenen jetzt einem zufriedenen Schweigen gewichen. Man beobachtete die Tanzpaare Martin und Judith sowie Georg und Edith, die sich gerade zu einem Foxtrott über die kreisrunde Tanzfläche in der Mitte des Admiralskasinos bewegten.

Zu gern hätte Paul sowohl mit Rebekka als auch mit der immer frustrierter wirkenden Elise getanzt. Doch leider beherrschte er diese neuen Tänze allesamt nicht. Er beobachtete, dass Judith Martin etwas ins Ohr flüsterte und ihn dann zurück an den Tisch zog.

Wenig später erkannte Paul, worum es dabei wohl gegangen war. Denn Martin forderte seine jüngere Schwester zum Tanz auf. Eine schöne Geste, dachte er und nickte seiner Tochter zu. Die erwiderte sein Lächeln.

Den ganzen Abend hatte Paul versucht, sich klarer darüber zu werden, wie er zur Beziehung von Martin und Judith stand. Aus der herzlichen Atmosphäre, die sich zwischen Betty und Rebekka entwickelt hatte, schloss er, dass beide Mütter einer solchen Verbindung positiv gegenüberstanden. Auch Georg und Hugo und deren Ehefrauen ließen kein Zeichen der Missbilligung erkennen. Also scheine ich der Einzige zu sein, der noch nicht überzeugt ist, sinnierte Paul.

Dabei hatte sich Martin Tietz entgegen seiner anfänglichen Erwartungen inzwischen sogar zu einem recht erfolgreichen Leiter des KaDeWe entwickelt. Die vielen Innovationen, die er angestoßen hatte, waren sicherlich für den guten Umsatz des Jahres 1927 mitverantwortlich.

»Noch zehn Minuten bis Mitternacht«, kündigte ein Mitglied der Jazzband nun den bevorstehenden Countdown zum neuen Jahr an. Sofort kehrten alle Tänzer an ihre Tische zurück, während die Kellner mit eisgekühltem Champagner umhereilten und die Gläser füllten.

Kurz darauf schlug die große Wanduhr dröhnend die Mitternachtsstunde. Kaum war der letzte Ton verklungen, spielte die Jazzband einen Tusch. Die Gäste jubelten und klatschten, bevor sie aufstanden, auf das neue Jahr anstießen und sich gegenseitig umarmten und Glück wünschten.

Bis sich alle Mitglieder der Familien Tietz und Bergmann diesem Ritual unterzogen hatten, dauerte es eine Weile. Paul hoffte, dass der Höhepunkt des Abends, die Show der *Tiller Girls* auf der Bühne im Nachbarsaal derweil noch nicht begonnen hatte. Doch gerade, als er mit dem allgemeinen Aufbruch rechnete und der Lärm im Admiralskasino etwas verebbt war, hob Martin Tietz die Hand.

»Nun möchte ich euch zum neuen Jahr die Neuigkeit verkünden, zu der wir Geschäftsführer uns in den vergangenen Tagen entschlossen haben. Ich habe die große Freude, euch mitzuteilen, dass Georg und Hugo meinem Vorschlag gefolgt sind, das KaDeWe umzubauen. Wir beabsichtigen, zwei weitere Verkaufsstockwerke aufzusetzen und das Gebäude durch den Kauf von Nachbargrundstücken auch nach den Seiten hin zu erweitern. Zusätzlich planen wir zwei Dachgeschosse, um dort verschiedene Lager- und Wirtschaftsräume unterzubringen.«

Paul war wie vom Donner gerührt. Hatte ihn schon die Ankündigung des bezahlten Urlaubs für das Personal überrascht, so fühlte er sich von einem Entschluss mit solcher Tragweite regelrecht erschlagen. Zwar erinnerte er sich vage daran, dass Georg Tietz ihm schon im Frühjahr von solchen Plänen Martins erzählt hatte. Doch er hätte nie geglaubt, dass sie bis zu diesem Reifegrad an ihm vorbeigehen würden. Offensichtlich gab es neben dem Leitungskreis, dem er angehörte, auch einen nur der Familie vorbehaltenen Zirkel, in dem man sich verständigte, ohne Außenstehende einzubeziehen.

Hoffentlich übernehmen sich die drei mit dieser Entscheidung nicht, schoss es ihm durch den Kopf. Denn ein solcher Umbau dürfte Millionen von Reichsmark verschlingen. Soviel ich weiß, hat man schon den Kauf des KaDeWe überwiegend durch Kredite finanziert.

»Und was geschieht in dieser Zeit mit dem Verkauf?« Auch Betty Tietz wirkte sorgenvoll. Sie war anscheinend trotz ihrer stillen Teilhaberschaft ebenfalls nicht an dieser Entscheidung beteiligt gewesen.

Martin hob sein Champagnerglas und prostete seiner Mutter zu. »Der wird ganz uneingeschränkt weitergehen, Mutter. Durch den Umbau soll es keine Mark Umsatzverlust im KaDeWe geben. Wir wollen den gleichen Architekten dafür gewinnen, der das Gebäude errichtet hat. Gleich im Januar sollen die Planungen beginnen. Und nun lasst uns alle auf den Erfolg dieses großartigen Vorhabens trinken!«

Er winkte einem Kellner, der die Champagnergläser nachfüllte. Auch Paul machte gute Miene zum bösen Spiel und stieß mit Martin an. Das nagende Gefühl der Sorge in seinem Inneren begleitete ihn jedoch für den Rest dieser Silvesternacht.

Kapitel 6

Etablissement Himmel und Hölle

Mai 1928

»Obacht! Jetz is et jleich so weit!«

Gerade drehte sich der Schlüssel zum Hintereingang des Cabaret-Restaurants Himmel und Hölle von innen im Schloss. Gregor Eckstein, der im Hinterhof mit einer Gruppe von SA-Kumpanen in Uniform auf diesen Moment gewartet hatte, spürte das Adrenalin durch seine Adern schießen. Noch stärker als bei den anderen Krawallen, an denen er sich seit seinem Eintritt in die SA beteiligt hatte.

Denn diesmal ging es nicht darum, irgendeinem dieser jüdischen Volksschädlinge einen Denkzettel zu verpassen, sondern dem Besitzer dieses verruchten Etablissements.

»Hätt ick jewusst, det der Drecksladen ooch so ’nem Itzig jehört, hätt ick da nie jearbeetet«, hatte er gegenüber seinen SA-Kameraden immer wieder beteuert, als er sie für den Überfall angeworben hatte. Dabei verschwieg er allerdings wohlweislich, dass sein Rachebedürfnis vor allem persönlicher Natur war.

Auch Eckstein war an der Schlägerei in den Pharussälen beteiligt gewesen und hatte das Pech gehabt, zu den wenigen im Anschluss Verhafteten zu gehören. Vor Gericht war er zu einer Gefängnisstrafe von drei Monaten verurteilt worden, die er in Moabit abgesessen hatte.

Dass ihm sein Dienstherr in dieser Zeit seinen Lohn als »Satan« in der Hölle nicht weiterbezahlt hatte, war ihm noch verständlich gewesen. Nicht aber, dass sich der verfluchte Jud geweigert hatte, ihn nach der Haftentlassung wieder einzustellen. Dabei hatte Eckstein seinen Dienst in dem der Hölle nachgestellten Teil des Restaurants immer zuverlässig erfüllt. Seine Unterstützung war außerdem sehr willkommen gewesen, wenn sich ein Gast unbotmäßig benahm und gewaltsam vor die Tür gesetzt werden musste.

Seitdem das Verbot der NSDAP und damit auch der SA, das der Berliner Polizeipräsident Karl Zörgiebel nach der Saalschlacht im Mai des vergangenen Jahres verhängt hatte, am 31. März wieder aufgehoben worden war, hatte Eckstein über seinem Racheplan gebrütet.

Dabei kam es ihm sogar sehr zupass, dass »dit rote Schwein«, wie er das SPD-Mitglied Zörgiebel nannte, seine Rattenfänger in den vergangenen Wochen kaum mehr ausgeschickt hatte, um die sofort wieder aufgelebten Prügeleien zwischen SA und KPD-Anhängern verfolgen zu lassen. Vielleicht lag das aber auch daran, dass viele Teile der örtlichen Polizei mittlerweile mit der NSDAP liebäugelten und daher beide Augen gegenüber deren Anhängern zudrückten.

Jetzt, über sechs Wochen nach der Aufhebung des Verbots, fühlte Eckstein sich sicher genug, auch selbst einen jener Überfälle auf Geschäfte jüdischer Inhaber durchzuführen, wie sie in Berlin und im ganzen Reich immer häufiger vorkamen. Bundesgenossen dafür zu finden war ihm nicht schwergefallen. »Der Laden is 'ne Brutstätte für jedet Laster«, hatte er argumentiert. »Die Weiber da sind schamlos, dit könnt ihr euch nich vorstellen. Se zeigen auf der Bühne nich nur Titten und Ärsche, sondern ooch ihre Fotzen.«

»Ick will jar nich wissen, wat unser Gauleiter oder sojar unser Führer zu so 'nem Saustall sajen tät. Da drin wird jegen allet verstoßen, wat der Partei heilig is«, hatte er hinzugefügt. Zum Glück stellte ihm niemand die kritische Frage, warum er überhaupt dort gearbeitet hatte.

Seine ursprüngliche Idee, das Cabaret-Restaurant schon während der Nacktrevue zu überfallen und dort alles kurz und klein zu schlagen, war allerdings auf wenig Gegenliebe gestoßen. »Wer weeß, wat für feine Pinkel sich da rumtreiben«, hatte insbesondere Hermann Wolters, der in der SA mittlerweile zum Sturmführer aufgestiegen war, dagegengehalten. »Wenn wir eenem von denen een Haar krümmen und der Sauhund hat die richtijen Beziehungen, wird die SA am End noch mal verboten.«

Da Wolters die Bande heute anführte und sich die Mehrheit der Kumpane seiner Meinung anschloss, hatte auch Gregor Eckstein wohl oder übel nachgeben müssen. Umso mehr sollten es die Bediensteten des Etablissements zu büßen haben.

Natürlich würde der jüdische Inhaber selbst nicht greifbar sein. Eckstein hatte ihn noch nie zu Gesicht bekommen. Seine Anstellung und später auch die Weigerung, ihn wieder einzustellen, hatte der Oberkellner, der mit der Leitung des gesamten Betriebs betraut war, ihm gegenüber ausgesprochen. Und bei dieser Gelegenheit zum ersten Mal den Namen des Besitzers erwähnt. Er hieß Kirschenbaum.

Erst durch diesen Namen war Eckstein auf die Idee gekommen, dass es ein Jude sein könnte. Sein Verdacht bestätigte sich sofort, als er ihm nachging. Der Kerl war mit den Kempinskis verschwägert, die das Haus Vaterland auf dem Ku'damm betrieben.

Jetzt war es halb drei Uhr nachts. Der Posten, der vor dem Vordereingang abgestellt war, hatte bereits vor einer halben Stunde gemeldet, dass kein Gast mehr herausgekommen sei. Eckstein wusste, dass die Kellner ungefähr eine halbe Stunde brauchten, um aufzuräumen. In der gleichen Zeit würden sich die Nacktdarstellerinnen abschminken und wieder bürgerlich herrichten.

»Gut Nacht bis morjen«, hörte Eckstein jetzt eine männliche Stimme hinter der mittlerweile einen Spalt weit geöffneten Hintertür sagen. Sofort warf er sich mit seinem ganzen massigen Körper dagegen.

Zwanzig Minuten später rieb sich Sturmführer Hermann Wolters zufrieden die Hände. Diese Lasterhöhle war gründlich aufgemischt worden.

Überall hörte man das Stöhnen und Jammern der verprügelten Kellner und Bühnenarbeiter. Kaum jemand hatte sich ernsthaft gegen die Fäuste und Schlagstöcke der SA-Kameraden zur Wehr gesetzt. Jetzt hockten oder lagen diese Weichlinge entlang der Wände und hielten sich ihre gebrochenen Nasen, spuckten ausgeschlagene Zähne aus und betasteten vorsichtig ihre Glieder.

Wolters als ranghöchster SA-Mann hatte seine Kumpane vor dem Einsatz energisch angewiesen, den Männern keine lebensgefährlichen Verletzungen zuzufügen. Denn sollte einer von ihnen nach dem Überfall krepieren, hätte man doch wieder die Polypen am Hals.

Das Mobiliar der beiden Themenrestaurants und der Bühne war dagegen völlig zerstört. Tische und Stühle waren zertrümmert. Unter Wolters Stiefeln knirschten die Scherben von Flaschen und Gläsern und den heruntergerissenen Kronleuchtern, als er vom einen in den anderen Raum schritt.

In der Hölle waren die erkalteten Kohlen, mit denen man den Hexenkessel beheizte, über den ganzen Boden verteilt. Um die aufgemalten Flammen zu »löschen«, hatten zwei seiner Kumpane gegen die Wände gepinkelt. Die hellblauen Wände im Himmel waren über und über mit Rotwein aus den Flaschen bespritzt, die man dagegengeschleudert hatte.

Auch das Bühnenbild und die Requisiten lagen in Trümmern. Hier würde so schnell niemand mehr dem Sittenverfall frönen, der in Berlin immer mehr um sich griff.

Doch der Höhepunkt stand noch bevor. In einer Ecke der

Hölle hatte man die Nackttänzerinnen zusammengetrieben. Sie waren zwar inzwischen wieder vollständig bekleidet, woran Wolters auch nichts zu ändern gedachte. Aber man wollte ihnen die Haare scheren, um ihre Schande öffentlich zu machen. Da diese verderbten Huren ohnehin keine Scham kannten, würde ihnen das mehr ausmachen, als nackt auf die Straße gejagt zu werden.

Auf sein Zeichen hin zerrten je zwei seiner Kumpane die ersten beiden Weiber aus der Ecke und zwangen sie, sich auf die Stühle zu setzen, die man zu diesem Zweck aufgehoben hatte. Die Nutten zeterten und schrien um Hilfe. Doch es half ihnen nichts. Als eines der Weiber mit den zur Abwehr erhobenen Fingern in eine Schere griff und sich dabei verletzte, fesselte man beiden die Hände hinter die Stuhllehne.

Unter dem lauten Gejohle der umstehenden Kumpane und dem Kreischen der Weiber wurden diesen zuerst die Haare bis zur Kopfhaut abgeschnitten. Dann scherte man ihnen die verbliebenen Stoppeln mit einem Rasiermesser. Die nackten Schädel schimmerten weiß im dämmrigen Licht der wenigen unbeschädigten Wandlampen. Als das Werk vollbracht war, band man die schluchzenden Schlampen los und schubste sie so heftig weg, dass sie auf den scherbenübersäten Boden fielen.

Zu seiner nicht geringen Überraschung stellte Wolters fest, dass sich sein Geschlecht verhärtet hatte, während er dem Geschehen zusah. Da er in der Öffentlichkeit schlecht Hand an sich legen konnte, beschloss er, das Scheren stattdessen auch mal selbst zu versuchen.

Er stieß Gregor beiseite, der schon nach der nächsten Nutte griff, und packte sie am Arm.

»Bitte, bitte, lassen Sie mich gehen«, zeterte das Weibsstück.

»Dit hättste dir vorher überlejen soll'n«, knurrte Wolters, während er die Frau auf die Sitzfläche des Stuhls zwang. »Hälste jetz still oder muss ick dir anbinden?«

Schon hatte er der blonden Frau ins dichte Haar gegriffen

und wollte die Schere ansetzen, als ihn plötzlich jemand beim Namen rief. »Hermann! Du bist doch der Hermann! Dir kenn ick doch!«

Verblüfft hielt er inne. Dann fiel es ihm wie Schuppen von den Augen. »Sanni!«, erkannte er die tränenüberströmte Frau. »Du bist die Sanni! Die ausm Meyers Hof, die Schwester von der Rieke!«

»Ja, ja! Die bin ick! Bitte, bitte, lass mir jehn!«

»Wat machste denn hier in so 'nem widerlichen Schuppen?«, reagierte Hermann auf Sannis Flehen.

»Ick bin doch nich freiwillig hier! Der Berti, der Berti hat mir jezwungen!«

»Is dit dein Lude?«

Sanni nickte heftig.

»Is der ooch hier?«

Sanni drehte sich suchend um und wies dann auf einen wie ein Dandy gekleideten jungen Mann am anderen Ende des Raums. Die Prügel hatten auch ihn nicht verschont, wie sein verschwollenes Gesicht zeigte.

»Der Fatzke? Dit Aas hat dir zu so wat Widerwärtijem jezwungen?« Hermann griff Sanni unter das Kinn. Ihm gefiel, was er sah. »Dir? Dit Urbild der arischen Frau mit so blonde Haare und blaue Oogen? Wat sagen denn deene Mutter un deene Schwester dazu?«

Sanni schluchzte auf. »Die wollen doch schon janz lange jar nüscht mehr von mir wissen.«

»Also stehste außer dem Jockel da janz alleene in der Welt?«

Sanni nickte.

Die nächsten Worte drangen wie von selbst über Hermanns Lippen. »Willste mit mir kommen?« Wieder nickte Sanni heftig.

Hermann fasste einen Entschluss. Er winkte zwei seiner Kumpane heran. »Nehmt euch den Kerl dahinten noch mal vor. Der sieht zwar aus wie so'n feiner Pinkel, is aber een Lude.

Der hat dit hübsche deutsche Mädchen zu den Schweinereien hier drinnen jezwungen. Dafür soll er bezahlen!«

Während sich die beiden SA-Männer Berti näherten, drehte Hermann sich wieder zu Sanni um. Er streckte ihr die Hand entgegen und half ihr vom Stuhl auf.

»Da bin ick ja zum Glück noch jerade rechtzeitig jekommen«, sagte er. »Jetz jeh'n mer erst mal zu mir nach Haus.«

Damenkonfektionsabteilung im KaDeWe

Juni 1928

Rieke sah Judith und ihre Begleiterin schon herankommen, als Eva Sperber sie von hinten leicht auf die Schulter tippte. »Entschuldigen Sie bitte, Fräulein Krause. Herr Perl bittet Sie, unverzüglich in sein Kontor zu kommen.«

Riekes Magen zog sich zusammen. Was will der denn jetzt schon wieder von mir? Sicher ist es nur eine jener bedeutungslosen Lappalien. Sie straffte den Rücken. Aber diesmal will ich ihn warten lassen.

Mit einem verkrampften Lächeln antwortete sie Fräulein Sperber: »Laufen Sie bitte ins Erdgeschoss hinunter und richten Sie Herrn Perl aus, dass ich mich sofort zu ihm begeben werde, wenn ich eine wichtige Kundin bedient habe. Sie hat dafür eigens einen Termin mit mir vereinbart.«

Eva Sperber blickte unglücklich drein. »Wenn ich Ihnen raten darf, Fräulein Krause, würde ich trotzdem gleich hinuntergehen. Herr Perl hat eigens sein Bürofräulein heraufgeschickt, um Sie einzubestellen.«

Rieke unterdrückte einen Seufzer. »Da vorn kommt gerade Fräulein Bergmann mit ihrer langjährigen Mentorin, Frau Dr. Alice Salomon. Frau Dr. Salomon möchte sich ein Kleid aussuchen. Bitten Sie die Damen doch, im Ankleidesalon Platz zu nehmen, und richten Sie ihnen aus, eine unaufschiebbare Angelegenheit habe mich aufgehalten. Ich kehre so schnell wie irgend möglich zurück.«

Sie hatte sich schon zum Gehen gewandt, als ihr noch etwas einfiel. »Und bieten Sie den Damen während der Wartezeit ein Getränk an!«

Verärgert bemerkte Rieke, dass ihr ganz heiß wurde, während sie sich Perls Büro näherte. Im Geiste ließ sie die Ereignisse des bisherigen Tages Revue passieren. Hatte ihm etwas an der neuen Dekoration nicht gefallen, die Peter mit seinen Gehilfen heute Morgen in der Schuhabteilung aufgebaut hatte? Oder hatte sich eine ihrer Verkäuferinnen seiner Ansicht nach nicht korrekt verhalten? Obwohl Rieke unmöglich ihre fast fünfzig Mitarbeiterinnen ununterbrochen im Auge behalten konnte, erwartete Perl von ihr, dass sie jederzeit über jedes Verhalten ihrer Verkäuferinnen informiert war.

Daher war sie ausgesprochen überrascht von Gunter Perls Anliegen.

»Nehmen Sie Platz!«, wies er sie schroff ohne Begrüßung an, sich vor seinen Schreibtisch zu setzen. Dann fiel er mit der Tür ins Haus. »Frau von Auer hat mich gerade aufgesucht und sich ausdrücklich über Sie beschwert.«

Rieke schwante, was Anlass dieser Beschwerde gewesen sein konnte. Deshalb kam sie Perl zuvor.

»Das bedauere ich außerordentlich, Herr Perl. Doch Frau von Auer beabsichtigte, die gesamte Garderobe, die sie erst vor wenigen Tagen erstanden hat, umzutauschen. Das wäre uns beim heutigen lebhaften Geschäftsbetrieb auch schon ohne die strikte Anweisung von Herrn Tietz schwergefallen, den Umtausch von Waren ausschließlich am Vormittag vorzunehmen.«

Die Möglichkeit, bereits bezahlte Einkäufe umzutauschen oder sogar zurückzugeben, hatte es in früheren Zeiten gar nicht gegeben. Es gehörte mit zu den Prinzipien moderner Warenhäuser und wurde daher auch im KaDeWe gepflegt, seit Rieke das Kaufhaus kannte.

Wie alle modernen Errungenschaften brachte jedoch auch diese Neuerung Nachteile mit sich. Manche Kundinnen versuchten, offensichtlich bereits getragene Kleidung umzutauschen, die deutliche Gebrauchsspuren aufwies und daher in der Regel nicht mehr verkäuflich war. Doch selbst, wenn einwandfreie Ware zurückgegeben wurde, war der Zeitaufwand für das Verkaufspersonal hoch, allein schon aufgrund der mit dem Umtausch verbundenen Bürokratie.

Außerdem generierten Kundinnen, die Ware lediglich umtauschen wollten, in der Regel keinen zusätzlichen Umsatz. Manchmal musste ihnen sogar eine Gutschrift ausgestellt werden, sofern der ursprüngliche Kaufbetrag unterschritten wurde.

Deshalb hatte Martin Tietz in der letzten Woche verfügt, dass Ware grundsätzlich nur noch am umsatzschwächeren Vormittag umgetauscht werden konnte. Dazu waren eigens neue Kassenzettel gedruckt worden, die diesen Zusatz enthielten.

Als Frau von Auer heute Nachmittag also beabsichtigt hatte, ihre Garderobe nach der Anprobe alternativer Kleidung entweder umzutauschen oder zurückzugeben, hatte die Erste Verkäuferin sie freundlich, aber bestimmt gebeten, am nächsten Vormittag wiederzukommen.

Dass Frau von Auer als Gemahlin eines ostpreußischen Großgrundbesitzers, wie sie mehrfach betonte, sich dies nicht so ohne Weiteres gefallen lassen wollte, konnte Rieke schon daran ermessen, dass sie sich von der Ersten Verkäuferin nicht abweisen ließ. Der war in ihrer Not nichts anderes übrig geblieben, als sich an Rieke als Aufsichtsdame zu wenden.

Auch sie selbst hatte alle Mühe gehabt, sich von der hochfahrenden und provokanten Art der korpulenten, ungefähr sechzigjährigen Frau Baronin nicht zu einer unbedachten Reaktion hinreißen zu lassen. Stattdessen war sie ruhig und freundlich geblieben, aber konsequent in der Sache. Was hätten ihre Verkäuferinnen andernfalls auch von ihr gedacht, wenn sie eine Anweisung von Martin Tietz, die erst vor wenigen Tagen ergangen war, missachtet hätte?

Jetzt fixierte Perl sie mit dem Rieke bereits wohlbekannten stechenden Blick. »Mit wem spreche ich eigentlich?«, begann er zynisch. »Mit einer unerfahrenen Verkäuferin oder der Aufsichtsdame über einige der wichtigsten Abteilungen des KaDeWe?«

Da die Frage offensichtlich rhetorisch gemeint war, ging Rieke nicht darauf ein. »Was erwarten Sie jetzt von mir, Herr Perl?«, fragte sie stattdessen.

»Dass Sie in Zukunft geistesgegenwärtig genug sind, um zwischen hochkarätigen, solventen Kundinnen und subalternen Allerweltskundinnen zu unterscheiden, Fräulein Krause.« Nun klang seine Stimme schneidend. »Offenbar hat Frau von Auer es ja keineswegs versäumt, Ihnen eindringlich klarzumachen, wen Sie vor sich haben.«

Noch ließ sich Rieke nicht einschüchtern, da sie sich im Recht fühlte. »Das hat die werte Dame in der Tat getan. Doch wenn ich die Anweisung von Herrn Tietz richtig verstanden habe, dürfen Waren aller Art nur zwischen acht Uhr morgens und ein Uhr mittags umgetauscht werden. Frau von Auer erschien jedoch vor ungefähr einer halben Stunde zur Hauptgeschäftszeit um vier Uhr. Alle Verkäuferinnen waren vollauf damit beschäftigt, andere Kundinnen zu bedienen. Zumal Frau von Auer, wie ich schon sagte, ihre gesamte, erst vor wenigen Tagen erstandene Garderobe im Wert von über zweitausend Mark umtauschen wollte. Das hätte eine meiner Angestellten ...« ... mindestens eine Stunde lang aufgehalten, wollte Rieke hinzufügen, als Perl ihr das Wort abschnitt.

»Sie sagen es, Fräulein Krause. Die Dame hat Waren im Wert von zweitausend Mark im KaDeWe erworben. Damit dürfte sie sich wohl das Recht auf eine besondere Behandlung verdient haben. Die Summe entspricht vermutlich dem ungefähren Monatseinkommen von zehn Familien im Wedding, wo Sie noch immer wohnen, soviel ich weiß.«

Rieke stockte der Atem. Mit ihrer ärmlichen Herkunft hatte Perl sie bislang noch nie konfrontiert. Mit dem heutigen Tag traten seine Schikanen also in ein neues Stadium.

Sie ballte unwillkürlich die Hände zu Fäusten, bemühte sich aber mit aller Kraft, ruhig zu antworten. Dabei sah sie Perl fest in die Augen.

»Also, was erwarten Sie in dieser Angelegenheit nun von mir?«, präzisierte sie ihre Frage.

»Ich habe Frau von Auer bereits im Namen der gesamten Belegschaft der Damenkonfektion um Entschuldigung gebeten und erwarte Gleiches selbstverständlich in aller Öffentlichkeit auch von Ihnen, Fräulein Krause. Frau von Auer hat sich dankenswerterweise bereit erklärt, morgen, erneut um vier Uhr am Nachmittag, bei uns im Hause vorzusprechen, um den gewünschten Umtausch vorzunehmen.«

Rieke schluckte. Doch Perl war noch nicht fertig.

»Um den Unmut dieser extrem wichtigen Kundin zumindest ein wenig zu besänftigen und damit zu verhindern, dass sie sich in der ganzen ostpreußischen Provinz negativ über das KaDeWe auslässt, habe ich ihr eine Gutschrift von einhundert Mark ausgestellt, die mit ihrem Umtausch zu verrechnen ist. Diese einhundert Mark werde ich Ihnen selbstverständlich von Ihrem Jahresbonus abziehen, sollten Sie ihn überhaupt erlangen können.«

Rieke holte tief Luft, um dagegen zu protestieren. Schon zu Jandorfs Zeiten hatten die leitenden Angestellten einen Bonus erhalten, wenn zu Jahresbeginn festgelegte Umsatzziele überschritten wurden. Martin Tietz hatte diese Gepflogenheit beibehalten.

Doch wieder ließ Perl sie erst gar nicht zu Wort kommen. »Sollten Sie Einwände gegen diese Anordnungen haben, wenden Sie sich gleich an Herrn Tietz. Ich bin sicher, wenn ich ihm den Sachverhalt darlege, wird er mir und nicht Ihnen beipflichten.«

Diese letzte Bemerkung gab für Rieke den Ausschlag nachzugeben. In der Tat konnte man sich bei Martin Tietz leider nicht darauf verlassen, dass er alle Konsequenzen seiner zahlreichen Anordnungen im Voraus bedachte. Im Gegenteil hielt sie es durchaus für möglich, dass er im Fall der Baronin ebenso wie Perl eine Ausnahme von der gerade erst erlassenen Regel für notwendig erachtete.

Sie senkte den Kopf. »Ich werde den Umtausch der Garderobe von Frau von Auer morgen Nachmittag persönlich begleiten«, versprach sie. »Doch nun wartet eine weitere wichtige Kundin auf mich. Es ist Fräulein Bergmann«, betonte sie. »Sie begleitet eine Freundin, die eine Ausstattung für einen internationalen Kongress benötigt. Kann ich daher nun gehen?«

Für ihre verletzte Selbstachtung war es zumindest ein kleiner Trost, dass sie nun auch Verdruss über ihre letzte Bemerkung in Perls Gesicht wahrnehmen konnte. Fräulein Bergmann war immerhin mit Martin Tietz liiert. Perl wusste bereits zur Genüge, dass Judith immer wieder ihren Einfluss auf Martin geltend machte, wenn sie es für notwendig hielt.

»Dann machen Sie sich wieder an die Arbeit.« Mit der Rieke bereits wohlbekannten Handbewegung scheuchte er sie wie ein lästiges Insekt aus seinem Kontor. »Schließlich haben Sie mich nun lange genug aufgehalten«, hörte sie ihn noch hinter ihrem Rücken hinzufügen, als sie den Türknauf bereits in der Hand hatte.

Trotz ihres Zorns auf Gunter Perl bemühte sich Rieke um einen gelassenen Gesichtsausdruck, als sie wenig später den Anprobesalon betrat.

»Entschuldigen Sie bitte, meine Damen, dass Sie warten mussten. Leider hat mich eine dringende Angelegenheit vonseiten der Geschäftsführung aufgehalten.«

An Judiths prüfendem Blick erkannte Rieke sofort, dass die Freundin ahnte, dass ihr gerade eine Laus über die Leber gelaufen war. Doch Judith war taktvoll genug, keine Bemerkung darüber zu machen. Stattdessen lächelte sie herzlich.

»Oh, das macht gar nichts, wenn man uns einen so köstlichen Tee serviert, wie gerade geschehen. Nicht wahr, Alice?«

Ihre erschöpft aussehende ältere Begleiterin nickte. »Der Tee war wirklich gut«, bestätigte sie.

»Darf ich bekannt machen?« Judith stand auf. »Ich habe dir schon viel von Dr. Alice Salomon erzählt, Rieke. Und hier ist sie nun.« Erst jetzt bemerkte sie ihren Fauxpas und schlug sich erschrocken auf die Lippen. »Rieke Krause und ich sind gute Freundinnen«, fasste sie sich, an Alice gewandt, jedoch rasch. »Aber in der Öffentlichkeit des KaDeWe siezen wir uns natürlich.«

Rieke hielt es für das Klügste, hierauf gar nicht weiter einzugehen. Zum Glück befand sich keine ihrer Verkäuferinnen in der Nähe. Sie neigte mit einem verbindlichen Lächeln den Kopf. »Willkommen im KaDeWe!«, sagte sie zu Alice. »Fräulein Bergmann hat mir Ihr Anliegen bereits im Vorfeld geschildert. Welche Garderobe schwebt Ihnen für den bevorstehenden Kongress denn vor?«

Dabei musterte Rieke Alice Salomon verstohlen. Wäre die berühmte Wissenschaftlerin ohne Judiths Begleitung im KaDeWe erschienen, hätte Rieke es wahrscheinlich einer einfachen Verkäuferin überlassen, sie zu bedienen. Alices altmodisches, bis zu den Waden reichendes dunkelblaues Kleid mit dem hausbackenen, gehäkelten weißen Kragen wies sie nicht gerade als eine Kennerin der neuesten Mode aus.

»Etwas Schlichtes sollte es sein, Fräulein Krause«, antwortete Alice, was Rieke nicht überraschte. »Möglichst auch in einer gedeckten Farbe.«

Im Geiste ging Rieke rasch die vorrätigen Modelle durch, die zu Alices Wunsch passen könnten. »Aber aus gutem Stoff darf das Kleid sein?«, erkundigte sie sich vorsichtshalber. Alice zögerte einen Moment lang, dann nickte sie.

»Ich zeige Ihnen einmal zwei schlichte, aber elegant wirkende Modelle aus Crêpe de Chine«, beschloss Rieke. Dann winkte sie Eva Sperber zu sich heran und trat mit ihr an den Eingang zum Anprobesalon. »Bringen Sie uns doch einmal das hellgraue und das lichtblaue Tageskleid von dem Ständer dort drüben.«

Eva nickte und eilte mit einem prüfenden Blick auf Alice Salomon davon. Zu Riekes Freude kam sie wenig später mit beiden Kleidern in der Alice wahrscheinlich passenden Größe zurück. Sie hat wirklich Talent zum Verkaufen und im vergangenen Jahr viel gelernt, ging es Rieke durch den Kopf, während sie Eva die Kleider abnahm und Alice präsentierte.

»Das Blaue ist mir zu jugendlich«, entschied Salomon sofort. »Aber das Hellgraue gefällt mir auf Anhieb recht gut.« Auf den zweiten Blick stimmte Rieke ihrer Wahl zu. Das hellgraue Kleid passte besser zu Alices Typ.

Sie wies auf eine der Anprobekabinen. »Möchten Sie es einmal anlegen, damit Sie wissen, wie es Ihnen steht?«

Alice nickte und verschwand hinter dem schweren Samtvorhang. Wenig später trat sie hervor und strich den Rock mit beiden Händen glatt.

»Oh!« Judith klatschte in die Hände. »Das Kleid steht Ihnen wirklich gut.«

Das langärmelige Modell war gerade geschnitten, der Stoff schmiegte sich elegant um Alices hageren Körper und verbarg dessen eckige Konturen. Das Oberteil wies einen kleinen dreieckigen Ausschnitt auf und war mit schwarzen Applikationen, ebenfalls in Dreiecksform, besetzt, die zu beiden Seiten bis unter die Achseln reichten. Unterhalb der Taille gab es eine weitere dreieckige Applikation, die in den schmalen, im unteren Teil leicht plissierten Rock überleitete.

Trotz Judiths Begeisterung drehte sich Alice mit unverhohlener Skepsis vor dem mannshohen Spiegel. »Ist der Rock nicht zu kurz? Immerhin bin ich bereits fünfundfünfzig Jahre alt.«

Rieke und Judith schüttelten fast gleichzeitig den Kopf. »Die Rocklänge bis kurz über die Knie ist heutzutage bei einem modernen Modell gar nicht mehr wegzudenken«, erläuterte Rieke.

»Bedenken Sie doch, liebe Alice, der Kongress findet in Paris statt, der Hochburg der Mode. Sie werden eine Rede vor mehreren tausend, in der überwiegenden Mehrzahl weiblichen Zuhörern halten. Da möchten Sie doch nicht altbacken auftreten, als kämen Sie aus der Provinz«, fügte Judith hinzu.

Langsam stahl sich ein Lächeln auf Alices Gesicht. »Um der Wahrheit die Ehre zu geben, gefällt mir das Kleid sehr gut.«

»Wunderbar! Nun brauchen Sie dazu noch einen passenden Mantel und Hut«, drängte Judith.

Diesmal trat Rieke selbst an einen der Ständer und zog einen Mantel heraus. »Dies ist ein leichtes Sommermodell, das wir genau zu diesem Kleid empfehlen.« Sie hielt sich den hellgrauen Mantel mit den üppigen schwarzen Stickereien vor die Brust. »Der Schnitt ist genau auf das Crêpe-de-Chine-Modell abgestimmt.«

Wieder klatschte Judith in die Hände. »Und die Stickerei passt genau zu der an den Ärmeln des Kleids.«

Alice hob überrascht den rechten Arm. Erst jetzt schien sie die zarte Stickerei über dem Handgelenk zu bemerken.

Auch der leichte Sommermantel passte Alice auf Anhieb perfekt. Dennoch fehlte Rieke noch der letzte Pfiff.

»Bei allem Respekt, Frau Salomon.« Ohne es zu bemerken, sprach Rieke Alice mit »Frau« anstatt »Fräulein« an, wie es zu deren Alter und gesellschaftlichen Stellung passte. »Man sollte noch ein wenig Farbe hineinbringen. Ich habe da auch schon eine Idee. Wenn die Damen mir folgen möchten.«

Rieke ging Judith und Alice voran zu den benachbarten

Accessoires. Dort wies sie auf einen zarten Seidenschal in hellblauem Grundton mit einem filigranen grauen Muster. Rasch zeigte sich, dass der Schal hervorragend zum Mantel passte.

Ein hellgrauer Glockenhut, an der linken Seite verziert mit einer hellblauen Seidenschleife, ein schmaler dunkelgrauer Ledergürtel, der die Taille des Kleids noch einmal betonte, hellgraue Spitzenhandschuhe und dunkelgraue Pumps vervollständigen schließlich das Ensemble.

»So machen Sie auf jeden Fall auch der Berliner Mode in Paris alle Ehre«, lobte Judith Alice, als sie hinter Rieke zur nächstgelegenen Registrierkasse schritten. Dort verabschiedete sich Rieke und wünschte Alices Auftritt auf dem Kongress allen nur erdenklichen Erfolg.

»Das macht zusammen achthundertfünfundzwanzig Mark.«

Judith bemerkte, dass Alice zusammenzuckte und blass wurde. »Es ist Ihnen doch hoffentlich nicht zu teuer?«, fragte sie ängstlich und erwartete schon halb und halb, dass sie sich auf den Rückweg in die Damenkonfektion machen müssten, um die Ware oder zumindest den größten Teil davon zurückzugeben.

Alice schien eine Weile mit sich zu kämpfen, wie Judith ihren Gesichtsausdruck interpretierte. »Ich habe mir im ganzen Leben noch nie etwas so Teures geleistet«, erklärte sie dann. Plötzlich zeigte sich wieder das verschmitzte Lächeln um ihre Mundwinkel und ließ sie gleich zehn Jahre jünger aussehen. »Aber was wäre eine bessere Gelegenheit dazu als mein Auftritt auf diesem internationalen Kongress über Soziale Arbeit? Schließlich gehöre ich ja sogar zu den Organisatorinnen.«

»Genau so ist es«, pflichtete Judith ihr bei.

Vorübergehend verfinsterte sich Alices Miene wieder. »Aber meine Familie hätte sicher nicht das geringste Verständnis für solch eine Verschwendung«, äußerte sie.

»Soviel ich weiß, hatte Ihre Familie schon nicht das geringste

Verständnis für Ihre Berufstätigkeit, der Sie Ihr Einkommen verdanken«, entfuhr es Judith spontan. Dann hielt sie erschrocken inne in der Befürchtung, zu weit gegangen zu sein.

Doch Alice nickte erneut. »Sie haben recht, Judith. Nur deshalb, weil ich schon damals nichts darauf gegeben habe, verfüge ich heute über die Mittel, mir einen solchen Einkauf im KaDeWe überhaupt erlauben zu können.« Damit zückte sie ihre Börse und bezahlte.

Mit heimlicher Freude bemerkte Judith, dass Alice so viel Geld mitgenommen hatte, dass sogar noch einige Scheine übrig blieben. Also hat sie von vornherein damit gerechnet, dass es teuer werden würde, dachte sie bei sich. Aber was sollte sie auch anderes erwartet haben? Immerhin habe ich sie ins KaDeWe geführt.

Erst Monate später würde Alice Judith gestehen, dass sie die Quittung gleich nach dem Pariser Kongress verbrannt hatte. Getrieben von der Sorge, ihre Verwandtschaft könne sie eines Tages in ihrem Nachlass finden und die Ausgabe selbst noch nach ihrem Tod missbilligen.

Ein Versammlungssaal des Deutschen Frauenordens

Juli 1928

Sanni war eher neugierig als nervös, als sie das Hinterzimmer einer Gaststätte in Moabit betrat, wo die heutige örtliche Versammlung des Deutschen Frauenordens stattfinden sollte.

»Dit is 'ne Orjanisation, die jerade in die Partei jekommen is«, hatte Hermann ihr im Vorfeld erklärt. »Diesmal spricht da sojar die Elsbeth Zander. Sie hat dit Janze jegründet.«

Seit jener Nacht, in der die SA das Cabaret-Restaurant Himmel und Hölle verwüstet hatte, lebte Sanni mit Hermann zusammen in seiner kleinen Wohnung in einer Mietskaserne in Moabit. Gleich in der ersten Nacht hatte er mit ihr geschlafen, was Sanni auch nicht anders erwartet hatte. Doch entgegen ihrer Befürchtung hatte er sie am nächsten Morgen nicht hinausgeworfen.

Zum ersten Mal seit vielen Jahren musste Sanni nicht arbeiten, wenn man von der Besorgung des kleinen Haushalts der beiden absah. Natürlich hatte sie bald begonnen, sich zu langweilen. Auch aus diesem Grund fragte sie Hermann immer wieder über seine Tätigkeit in der SA und der NSDAP aus. Bisher hatte sie sich noch nie für Politik interessiert.

Was Hermann ihr von den Ansichten der Partei und insbesondere ihres Führers Adolf Hitler erzählte, faszinierte Sanni. Wie die Roten wollte die NSDAP die Stellung der einfachen Arbeiter und kleinen Angestellten verbessern und gegen die Großkopferten vorgehen, die auf Kosten der armen Bevölkerung immer mehr Reichtümer anhäuften. Im Unterschied zur KPD wollten die Nazis darüber hinaus aber auch Deutschland wieder zur alten Größe verhelfen.

In dieser Drastik neu war Sanni die explizite Judenfeindlichkeit der NSDAP. Bislang hatte sie dem Antisemitismus eher neutral gegenübergestanden. Aber wenn sie es recht bedachte, hatte Hermann mit seinen Argumenten durchaus recht.

Denn jenseits seiner Stellung in der SA, wo er es ja bereits zum Sturmführer gebracht hatte, fristete Hermann sein Leben mehr schlecht als recht als kleiner Angestellter in einem Laden, der Kurz- und Weißwaren verkaufte. Der Geschäftsinhaber war ihm schon mehrfach sein ohnehin geringes Gehalt zum Monatsende erst einmal schuldig geblieben, da er beständig am Bankrott vorbeischrammte.

»Und dit sind nur die verdammten Itzigs schuld«, schimpfte Hermann. »Die machen die Existenz der Kleenen kaputt mit ihren riesigen Waren- und Kaufhäusern. Ooch dajegen will die Partei vorgehen.«

Das leuchtete Sanni sofort ein. Denn ihre Zeit als Hilfsverkäuferin im KaDeWe hatte einst mit der fristlosen Kündigung geendet, obwohl sie sich lediglich ein paarmal eines der teuren Abendkleider über Nacht ausgeliehen hatte. Die brauchte sie damals, um mit den Herren auszugehen, die ihr Berti, ihr ehemaliger Zuhälter, vermittelt hatte.

Danach war Sanni zuerst in die Prostitution, später in die Nackttänzerei abgerutscht, bis sie schließlich im Himmel und Hölle gelandet war. Daran war natürlich vor allem der Adolf Jandorf schuld, der das KaDeWe zu dieser Zeit besessen hatte und genau einer dieser ausbeuterischen Juden war. Ebenso wie jener Johannes Bergmann, ihr damaliger Chef, der sie ohne Pardon entlassen hatte.

Neu war für Sanni auch, dass Hermann die Juden für die Niederlage der Deutschen im Weltkrieg verantwortlich machte. Ebenso wie für die riesigen Reparationszahlungen, die Deutschland noch jahrzehntelang würde entrichten müssen.

»Dit kommt von dem Weltjudentum«, erklärte er ihr. »Die Itzigs verbünden sich ooch international, weil se die Weltherrschaft wollen. Damit se alle anderen Völker und Rassen beherrschen können.«

»Un wat is mit Frauen in der Partei?«, fragte Sanni eines Tages beim Abendessen.

»Die machen natürlich ooch bei uns mit«, erklärte Hermann, der gerade missmutig in seinem angebrannten Abendessen stocherte. »Die bieten ooch Kochkurse an, da könnste mal hingehen.«

Vor drei Tagen hatte Hermann sie dann auf die heutige Veranstaltung hingewiesen. »Aba mach dir wie 'ne ordentliche deutsche Frau zurecht!«, befahl er ihr.

Was Hermann unter der Aufmachung einer »ordentlichen deutschen Frau« verstand, wusste Sanni spätestens seit ihrem Besuch bei einem örtlichen Trödelhändler. Dort hatte sie in Hermanns Begleitung ihre extravagante Garderobe gegen biedere Kleider eingetauscht, wie sie sie seit ihrer Jugend nicht mehr getragen hatte.

Das blau-weiß karierte hochgeschlossene Kleid mit dem kleinen runden Kragen, das sie heute trug, hätte Sanni noch vor einigen Wochen nicht mit der Feuerzange angerührt. Zum Glück reichten ihr die blonden Haare mittlerweile bis über die Schultern. Sie hatte sie schon im Himmel und Hölle wachsen lassen, da ihr die Perücken lästig geworden waren, die sie während der meisten Nacktrevueszenen über ihren Bubikopf stülpen musste. Die Haare zu zwei altmodischen Zöpfen zu flechten wäre ihr dennoch früher nie in den Sinn gekommen. Geschweige denn, sich nicht mehr zu schminken.

Aber ihre Lippenstifte, ihr Rouge und Gesichtspuder und alle anderen Schminkutensilien hatte Hermann sofort in den Müll geworfen, nachdem er mit Sanni ihre Sachen aus Bertis Wohnung geholt hatte. Der lag zu dieser Zeit aufgrund seiner schweren Verletzungen bei der Prügelei noch im Krankenhaus. »'ne anständije deutsche Frau hat's nich nötig, det se sich anmalt wie een Zirkusclown«, hatte er das begründet.

Nun steuerte Sanni auf einen der freien Plätze in der hintersten Reihe des Versammlungssaals zu. Sie überschlug rasch die Anzahl der anwesenden Frauen. Es waren knapp dreißig.

Auf einer kleinen Bühne war ein Rednerpult aufgestellt worden. Eine Kellnerin aus der Gastwirtschaft nahm Getränkewünsche entgegen. Früher hätte Sanni sich ein Glas Weißwein bestellt, aber auch Alkohol trank eine echte deutsche Frau nur höchst selten, wie sie inzwischen wusste. Also beließ sie es bei einer Limonade.

Weitere Frauen jeden Alters strömten in den Raum. Schließlich waren fast alle Stühle besetzt. Neben Sanni saß eine ungefähr gleichaltrige Frau, die ihre braunen Zöpfe zweimal um den Kopf geschlungen hatte. Das war eine Frisur, wie sie Sanni seit dem Ende des Weltkriegs nicht mehr gesehen hatte. Auch diese junge Frau trug ein biederes Sommerkleid.

»Biste ooch neu hier?«, sprach sie Sanni an. Als Sanni das bejahte, streckte die Frau ihr die rechte Hand entgegen. »Ick bin die Luise«, stellte sie sich vor.

»Ick bin die Sanni.«

»Wohnste ooch hier in Moabit?«, fragte Luise weiter.

»Ick bin im Mai herjezogen.«

Zum Erstaunen der beiden jungen Frauen ertönte plötzlich ein missbilligendes Zischen, das sowohl von den Frauen in den Reihen vor ihnen als auch von ihren unmittelbaren Nachbarinnen stammte.

»Wat haste zu meckern?«, sprach Sanni eine der Frauen an. Auf den Mund gefallen war sie noch nie.

Die Antwort überraschte sie. »In unseren Versammlungen sprechen wir nur das gute Deutsch«, erklärte ihr die ältliche Frau, die ihre Haare zu einem strengen Dutt gebunden hatte. »Dialekt gehört höchstens ins häusliche Umfeld. Aber wir hier im Deutschen Frauenorden möchten nicht mit dem Pöbel in einen Topf geworfen werden, der keine bessere Sprache kennt«, fuhr sie energisch fort. »Schließlich ist es unsere hehrste Aufgabe, weitere Mitglieder anzuwerben. Für unseren verehrten Führer Adolf Hitler.«

»Und warum geht das nur auf Hochdeutsch?« Sanni fiel es natürlich nicht schwer, auf den Dialekt zu verzichten. Schließlich hatte sie sowohl während ihrer Zeit im KaDeWe als auch bei ihren Begegnungen mit wohlhabenden Freiern Hochdeutsch sprechen müssen.

Die ältliche Frau bedachte sie mit einem verächtlichen Blick. »Dialekt spricht vor allem das rote Volk, das im Wedding und anderen sogenannten Arbeitervierteln haust. Davon möchten wir uns ausdrücklich absetzen.«

Sanni ließ diese erstaunliche Information noch auf sich wirken, als eine korpulente, ganz unsommerlich in ein graues Wollkostüm gekleidete Frau den Saal betrat. Ihre unvorteilhafte Frisur mit den aus der Stirn gekämmten und im Nacken gebundenen Haaren betonte ihre groben Gesichtszüge. Sofort sprangen die versammelten Frauen auf.

Die Frau ging gezielt auf das Rednerpult zu, woraus Sanni schloss, dass es sich um Elsbeth Zander handeln musste. Die hob plötzlich den rechten Arm mit ausgestreckter Hand schräg in die Höhe. »Heil Hitler!«, rief sie dazu. Die gesamte Zuhörerschaft erwiderte den Gruß. »Heil Hitler!«, klang es vielstimmig durch den ganzen Raum. Nur Sanni und Luise, die zum ersten Mal einer solchen Versammlung beiwohnten, reagierten verzögert, was den beiden erneut missbilligende Blicke eintrug.

Sanni ärgerte sich über Hermann. Der hätte mich doch darauf hinweisen können, was es hier für Sitten gibt, dachte sie, während sie wie alle anderen Frauen wieder Platz nahm. Doch von ihrem Ärger wurde sie durch die Inhalte der Rede von Elsbeth Zander rasch abgelenkt.

»Die höchste Ehre der deutschen Frau ist die Mutterschaft«, erklärte die Gründerin des Frauenordens. »Reinrassige arische Kinder zu gebären und ihrer Familie ein behagliches Heim zu bieten ist ihre wahre Bestimmung.«

Zum ersten Mal klatschte das Auditorium frenetisch Beifall.

»Treue, Pflichterfüllung, Opferbereitschaft, Leidensfähigkeit und Selbstlosigkeit zeichnen die wahre deutsche Frau aus!«

Wieder klatschte die Menge begeistert.

Im weiteren Verlauf von Zanders Rede erfuhr Sanni erstaunt, dass die Partei eine Berufstätigkeit von Frauen völlig ablehnte. »Eine deutsche Frau gehört an den Herd und widmet sich höchstens der Wohltätigkeit für ärmere Volksgenossen«, hieß es, wieder gefolgt von lautem Applaus.

Ein solcher Gedanke war für Sanni völlig neu. Seit sie denken konnte, hatte ihre Mutter Käthe gearbeitet. Als ihr Vater Otto immer mehr der Trunksucht verfiel, war die ganze Familie sogar von Käthes Einkommen abhängig gewesen. Auch Sannis ältere Schwester Rieke arbeitete seit ihrem vierzehnten Lebensjahr im KaDeWe.

Für Sanni war es daher völlig selbstverständlich gewesen, ebenfalls Geld zu verdienen. Dass ihre Tätigkeit als anrüchig galt, hatte sie dabei nie gekümmert. Diese Arbeit war ihr immer wesentlich lieber gewesen, als wie ihre Mutter stundenlang als Putzfrau oder in der Fabrik zu schuften.

Während Elsbeth Zander sich weiter über die wahre Bestimmung der arischen deutschen Frau ereiferte, beschlichen Sanni zunehmend leise Zweifel. Ihr Wirken zukünftig lediglich auf die Haushaltsführung zu beschränken erschien ihr nicht sehr verlockend. Und bislang hatte Hermann mit keiner Silbe erkennen lassen, dass er sie einmal heiraten wollte.

Doch selbst falls sich dies änderte, wusste Sanni nicht, ob sie jemals die Freuden der Mutterschaft erleben würde. Schon zweimal hatte Berti sie zu einer Engelmacherin geschleppt, nachdem sie trotz Verhütungsmaßnahmen schwanger geworden war. Bei der letzten Abtreibung hatte es Komplikationen gegeben, auch weil die Schwangerschaft schon zu weit fortgeschritten gewesen war.

»Vielleicht biste dit Problem jetz für immer los, Kindchen«, hatte die Hebamme, die sich mit dieser Tätigkeit ein Zubrot verdiente, sie damals entlassen. Sanni war das ursprünglich nur recht gewesen. Doch heute kamen ihr zum ersten Mal heftige Zweifel. Würde Hermann je in Betracht ziehen, sie durch eine Heirat zu einer ehrbaren deutschen Hausfrau zu machen, wenn er wüsste, dass sie ihm niemals Kinder schenken könnte?

Sanni beschloss, ihm nichts von ihren Abtreibungen zu erzählen. Aber gab es denn gar keine andere Möglichkeit, als Frau etwas für diese Partei zu tun, als verheiratet zu sein und Kinder zu hüten? Entschlossen hob sie die Hand, als Elsbeth Zander nach dem Ende ihrer Rede zu Fragen aufforderte.

»Noch bin ich leider ledig«, sagte Sanni in reinem Hochdeutsch. »Daher bin ich auch noch nicht Mutter. Was kann ich denn sonst tun, um der Partei zur Ehre zu gereichen?«

Elsbeth musterte Sanni, die wie alle Fragenden aufgestanden

war, zunächst durchdringend. Was sie sah, schien sie allerdings zufriedenzustellen, wie Sanni aus ihren schließlich wieder entspannteren Gesichtszügen schloss.

»Wie alt sind Sie?«, fragte Elsbeth zunächst.

»Siebenundzwanzig Jahre.«

Elsbeths Miene verfinsterte sich wieder. »Und Sie sind noch nicht verheiratet? Dann wird es aber Zeit! Denn jetzt sind Sie nur noch wenige Jahre im besten gebärfähigen Alter.«

Es kostete Sanni einige Kraft, Elsbeths kritischem Blick standzuhalten. Zudem fühlte sie die Augen sämtlicher anderer Frauen im Saal auf sich gerichtet.

»Ich bin verlobt«, flüchtete sie sich in eine Notlüge.

»Mit wem?«

Ach, du Schreck, durchfuhr es Sanni heiß und kalt. Doch nun konnte sie nicht mehr zurück.

»Mein Verlobter heißt Hermann Wolters.«

Jetzt begann Elsbeth sogar zu strahlen. »Der SA-Sturmführer?«

Sanni zwang ihre Lippen zu einem Lächeln. Was würde geschehen, wenn Elsbeth Hermann auf diese Lüge ansprach? Offensichtlich schien sie ihn ja zu kennen.

»Also, richten Sie Ihrem Verlobten aus, er solle sich mit der Heirat beeilen.« Nur nebenbei registrierte Sanni, dass Elsbeth davon ausging, dass Sanni selbst bei dieser Entscheidung keine Rolle spielte.

Sie holte tief Luft und wiederholte ihre Frage. »Und was kann ich bis dahin für die Partei tun?«

Elsbeth zögerte einen Moment lang mit ihrer Antwort. »Der Deutsche Frauenorden plant einige Aktionen in Berlin«, sagte sie kryptisch. »Doch noch ist es nicht so weit.« Sie ließ ihren Blick durch den Saal schweifen. »Im Augenblick liegt unser Schwerpunkt noch auf dem Anwerben neuer Mitglieder für den Frauenorden und die Partei. Wer sich daran beteiligen möchte, kann sich nach der Veranstaltung in eine Liste eintragen.«

»Wir werden zu zweit von Haus zu Haus gehen, um Frauen für die Partei zu gewinnen«, erklärte Sanni Hermann begeistert, als sie zurück in die kleine Wohnung kam. »Die Luise und ich haben uns dabei zusammengetan. Sie war heute auch das erste Mal da.«

Hermann lächelte breit, stand auf und schloss Sanni in die Arme. »Dit is jroßartig!«, lobte er sie. »Dafür nehm ick ooch in Koof, det du jetz so schnieke daherquatschen tust. Ick weeß, die Zander will dit so.«

Sanni entschloss sich zur Flucht nach vorn. »Die Elsbeth möchte auch, dass ich bald heirate. Sie hat mich in aller Öffentlichkeit darauf hingewiesen, dass ich jetzt im besten gebärfähigen Alter bin.«

Hermann löste sich aus der Umarmung, packte Sanni an beiden Schultern und hielt sie ein Stück von sich ab. Dabei schaute er ihr gerade in die Augen. »Jänzlich abjeneigt bin ick nich«, sagte er. »Aba zuerst musste mir beweisen, det du nüscht mehr mit dem Lotterleben am Hut hast.«

Kapitel 7

Berlin-Wannsee

12. September 1928

Der immer mehr anschwellende Lärm zeigte Paul an, dass die Droschke des »eisernen Gustavs«, wie man den Kutscher mittlerweile landauf, landab nannte, sich ihrem Standort an der Hauptstraße in Berlin-Wannsee näherte. Dort warteten Paul und Rebekka Bergmann gemeinsam mit Adolf Jandorf und seiner Verlobten Helene Lehmann auf seine Rückkehr.

Wannsee war der Wohnort des alten Kutschers. Von hier aus war Gustav Hartmann, wie er mit bürgerlichem Namen hieß, am 2. April des Jahres mit seinem Fuchswallach und seiner Droschke nach Paris aufgebrochen. Schon nach kurzer Zeit hatte man ihm auf seinen Stationen, darunter Magdeburg, Hannover, Köln und Trier, einen triumphalen Empfang bereitet. Am 4. Juni traf Gustav genau an seinem 69. Geburtstag in Paris ein und wurde auch dort mit großem Jubel empfangen.

Ein paar Tage später hatte er sich auf den Rückweg gemacht, auf dem er noch viel mehr begeisterte Zuschauer anlockte. Nach einer Wegstrecke von mehr als zweitausend Kilometern würde er nun in wenigen Minuten wieder zu Hause sein, sofern die Menge ihn durchließ.

»Dieser eiserne Justaf hat einen größeren Beitrag zur Völkerverständigung zwischen Deutschen und Franzosen geleistet als all unsere Politiker zusammen«, hörte Paul Adolf sagen.

Rebekka stellte sich auf die Zehenspitzen. »Ich glaube, ich

kann die Droschke schon kommen sehen«, rief sie aufgeregt. Ihre braunen Augen blitzten vor Freude.

Sie ist fast wieder die Alte, dachte Paul bei sich. Dies ist ein noch größeres Wunder als die Tour de Force dieses alten Berliners.

Tatsächlich war Rebekka im Lauf der letzten Monate immer mehr aufgeblüht. Schon vor dem Silvesterabend, an dem sie Betty Tietz kennenlernte, hatte sie ihre nach dem Tod von Johannes völlig ergrauten Haare im Friseursalon des KaDeWe wieder dunkelbraun färben lassen, was ihrer ursprünglichen Haarfarbe entsprach.

Es hatte Judith einige Überredungskunst gekostet, ihre Mutter auch zu einem moderneren Haarschnitt zu bewegen. Ihre Bemühungen waren aber letztendlich ebenfalls von Erfolg gekrönt gewesen. Rebekkas Haare fielen ihr nur noch in weichen Wellen bis zum Kinn.

Auch ihre moderne Garderobe stammte aus dem KaDeWe. Heute trug sie ein hellbraunes Kostüm aus feinem Wollstoff. Auf Judiths Bitte hin hatte Rieke Krause es ihr samt der passenden grünen Seidenbluse und dem beigen Hut mit dem grünen Band persönlich verkauft. Ebenso wie etliche weitere Modelle für den kommenden Herbst und Winter. Noch nie zuvor hatte Paul eine derart hohe Kaufsumme so gern entrichtet wie die für Rebekkas neue Kleider.

Dass seine Frau inzwischen wieder Spaß am Leben hatte, war auch ihrer Freundschaft mit Betty Tietz zu verdanken, die sich seit dem Silvesterabend kontinuierlich weiterentwickelt hatte. Inzwischen trafen sich die beiden Frauen beinahe wöchentlich in ihren Villen zum Tee oder unternahmen einen Schaufensterbummel in den Geschäftsstraßen von Berlin.

Im Gegenzug nahm Paul ohne Murren in Kauf, dass Rebekka in der ganzen Villa Bergmann mittlerweile Deckchen aus jener künstlichen Spitze verteilt hatte, die der erste Verkaufsschlager in Oscar Tietz' Geschäft in Gera gewesen war. Paul fand die

Deckchen scheußlich, hütete sich aber, eine Silbe darüber zu verlieren.

Der Lärm schwoll weiter an. Nun stellte sich auch Helene auf die Zehenspitzen. »Ich kann schon das Pferd sehen! Es ist geschmückt wie ein Zirkusgaul.«

Von der jubelnden Menge behindert, näherte sich die Droschke im Schneckentempo dem Standort der Bergmanns. »Ich habe immer bedauert, dass die modernen Automobile die Pferdedroschken verdrängt haben«, sagte Rebekka zu Helene. »Anfangs hatte ich sogar furchtbare Angst in diesen Fahrzeugen. Sie waren mir viel zu schnell.«

Helene lächelte. »Ich bin in meiner Jugend meist zu Fuß gegangen«, erklärte sie. »Deshalb fürchtete ich mich mehr vor den Droschken. Ein Nachbar der Verwandten, bei der ich aufgewachsen bin, geriet eines Tages unter die Räder und starb an seinen Verletzungen.«

Wieder einmal wurde Paul daran erinnert, dass Adolf Jandorf im Begriff war, eine Frau aus sehr kleinen Verhältnissen zu heiraten. Die beiden schienen jedoch trotz des riesigen Altersunterschieds von über dreißig Jahren miteinander noch immer so glücklich zu sein wie damals, als sie den Bergmanns ihre Verlobung bekannt gegeben hatten.

Adolf und Helene hielten sich immer wieder an den Händen. Paul konnte sich nicht entsinnen, dass Adolf mit seiner ersten Frau Margarete in der Öffentlichkeit jemals Zärtlichkeiten ausgetauscht hätte. Wie es Harry schon im November des vergangenen Jahres betont hatte, zeigte Adolf im Alter Seiten, die selbst Paul als einer von Jandorfs ältesten Freunden vorher nie an ihm gesehen hatte.

Nun würde es im Hause Jandorf in wenigen Wochen sogar eine Doppelhochzeit geben. Helene war mittlerweile in die jüdische Glaubensgemeinschaft aufgenommen worden, sodass ihrer Heirat mit Adolf nichts mehr im Weg stand. Aber auch Harry hatte sich zu Beginn des Jahres Hals über Kopf verliebt und würde seine Charlotte am gleichen Tag ehelichen wie sein Vater Helene. Die Bergmanns waren natürlich eingeladen, ebenso wie Judith und Martin Tietz.

Jetzt fuhr die Kutsche endlich an ihrem Standort vorbei. Die Menge klatschte wie rasend in die Hände und warf Konfetti und Blumensträußchen auf das Gefährt, als wäre es Teil eines rheinischen Karnevalsumzugs. Immer wieder drängten sich Männer, darunter viele Gastwirte, bis an den Straßenrand vor, um dem alten Mann auf dem Kutschbock Bier oder Schnaps zu reichen. Frauen warfen ihm Kusshände zu. Auch Helene und Rebekka strahlten vor Freude und beteiligten sich an dem Jubel.

»Weißt du eigentlich, wie der Alte auf die Idee gekommen ist, diese Ochsentour auf sich zu nehmen?« Adolf Jandorf musste geradezu brüllen, damit Paul ihn verstand.

Der nickte und beugte sich zum Ohr des kleineren Jandorf hinab. »Rebekka behauptet, daran sei eine Französin schuld. Sie sei Gustav am Bahnhof Wannsee auf ihrem Pferd begegnet und habe ihm erzählt, dass sie hoch zu Ross auf dem Weg von Paris nach Bukarest sei. Das veranlasste den Alten spontan, diese Fahrt nach Paris zu planen. Die Völkerverständigung begann also bereits, bevor Gustavs Pferd den ersten Schritt in Richtung Frankreich getan hatte.«

Jetzt hatte der vierschrötige Kutscher mit dem auffallenden roten Rauschebart sie passiert. Zum Glück bestanden Rebekka und Helene nicht darauf, der Kutsche bis zum Haltepunkt, Gustavs Wohnhaus im Ort Wannsee, nachzulaufen, wie es ein großer Teil der jubelnden Menge tat.

Stattdessen leckte Rebekka sich über die Lippen. »Jetzt habe ich furchtbaren Durst«, sagte sie. »Wie gut, dass wir es zum Nachmittagstee in eurem Landhaus nicht weit haben.«

Wie Harry es beabsichtigt hatte, war Adolfs Sommersitz am Wannsee bereits im Juni fertig geworden. Er lag gleich am Ufer mit einem eigenen Bootssteg und einem kleinen Badestrand.

Die vergangenen Monate hatten Adolf und Helene bereits dort verbracht. Für Paul und Rebekka war es ihr erster Besuch.

»Ich hoffe, die Mädchen haben bereits alles hergerichtet.« Einen Moment lang runzelte Helene die Stirn. Wohl oder übel hatte sie doch auf Dienstpersonal zurückgreifen müssen, da ihre zunehmenden gesellschaftlichen Verpflichtungen es ihr nicht erlaubten, den Haushalt größtenteils selbst zu führen.

Adolf tätschelte ihr zärtlich den Arm. »Das wird alles seine Ordnung haben, mein Liebes. Meine größere Sorge ist, dass Harry und Charlotte schon da sind und Harry über den Kuchen hergefallen ist«, schmunzelte er.

Das Leben kann so wunderbar sein, dachte Paul, als er sich, mit Rebekka am Arm, auf den Weg zum Seeufer machte. Zum ersten Mal seit Langem fühlte er sich rundum glücklich.

Auf dem Dachgarten der Sozialen Frauenschule

Mitte September 1928

Eine milde Septembersonne beschien die festlich gedeckte Tafel auf dem Dachgarten der Sozialen Frauenschule in Schöneberg. Das gemeinsame Abendessen der Delegierten, die eine Internationale Vereinigung Sozialer Schulen gründen wollten, war für sechs Uhr angesetzt und sollte in einer Viertelstunde beginnen. Alice Salomon hatte die Frauen schon auf dem Pariser Kongress im Juli nach Berlin eingeladen.

Judith, die die Versammlung etwas früher verlassen hatte, um sich auf dem Dachgarten davon zu überzeugen, dass alles seine Ordnung hatte, ließ ihre Gedanken zurück nach Paris schweifen. Nach einigen Jahren, in denen Alice Salomon das Glück nicht gerade hold gewesen war, hatte sie auf dem Kongress einen triumphalen Erfolg gefeiert.

Ihre Rede über die soziale Berufsausbildung in Deutschland hatten mehr als fünfzehnhundert Personen, überwiegend Frauen, verfolgt. Sie kamen aus ganz Europa, viele sogar aus Übersee. Selbst aus dem fernen Australien war eine Delegation angereist. Insgesamt hatten über fünftausend Teilnehmer den Kongress besucht.

»Es besteht kein Zweifel daran, dass die soziale Berufsausbildung in Deutschland am weitesten fortgeschritten ist«, war die einhellige Meinung der Teilnehmerinnen in der Diskussion, die auf Alices Rede gefolgt war.

Jane Addams, eine persönliche Freundin von Alice, die aus Chicago gekommen war, hatte hinzugefügt: »Und das ist zweifellos das Verdienst von Frau Dr. Alice Salomon.«

War schon Alices Rede mit großem Applaus bedacht worden, standen nun die Teilnehmerinnen sogar auf und gaben ihr eine Standing Ovation mit minutenlangem Beifall.

Im Verlauf der weiteren Diskussion wurde besonders positiv vermerkt, dass die meisten Sozialen Frauenschulen in Deutschland nach dem Vorbild von Salomon überkonfessionell ausgerichtet waren. Fast überall sonst in Europa wurde die professionelle Ausbildung für soziale Arbeit von den verschiedenen Kirchen beeinflusst.

Deutschland wurde darüber hinaus bescheinigt, dass es dort nicht nur die höchste Anzahl an Ausbildungsstätten gab, sondern diese auch eine außerordentlich hohe Qualität aufwiesen.

Plötzlich hob eine polnische Referentin die Hand, die ebenfalls eine Rede zum Thema »Soziale Ausbildungsmöglichkeiten« gehalten hatte. »Was halten Sie denn davon, uns auch international zusammenzuschließen? Dann wären unsere Begegnungen nicht nur von der Ausrichtung solcher Kongresse abhängig, die nur im Abstand von einigen Jahren stattfinden. Sondern wir könnten uns im Gegenteil beständig über unsere Fortschritte austauschen und ohne lange Unterbrechungen dabei voneinander lernen.«

Der Vorschlag fand sofort eine begeisterte Mehrheit. Als eine österreichische Teilnehmerin die Frage stellte, wer sich denn für die Organisation der Gründung eines entsprechenden internationalen Komitees zur Verfügung stellen würde, hob nicht nur Alice Salomon, sondern auch ihre deutsche Kollegin Gertrud Bäumer die Hand.

Das war eine heikle Situation, an die Judith mit einer gewissen Genugtuung zurückdachte. Auch Gertrud Bäumer hatte eine Rede zu wissenschaftlichen Aspekten der Ausbildung für soziale Arbeit gehalten, die recht viel Anklang gefunden hatte. Bäumer hatte zudem nach dem Vorbild der Berliner Frauenschule eine eigene ähnliche Institution in Hamburg aufgebaut und einige Jahre lang geleitet.

Außerdem war sie die ehemalige Vorsitzende des Bundes Deutscher Frauenvereine. Anstatt Alice für ihr Engagement dankbar zu sein, hatte sie in dieser Funktion nach dem Weltkrieg jedoch verhindert, dass Salomon als Jüdin ihre Nachfolge antrat. Daraufhin hatte Alice all ihre Ämter im Bund Deutscher Frauenvereine niedergelegt und sich danach nur noch auf internationaler Ebene engagiert.

Da sich auch die Österreicherin, die den Vorschlag eingebracht hatte, für das Amt der Gründungsorganisatorin bewarb, hatte man schließlich eine Abstimmung über die einzelnen Kandidatinnen beschlossen. Bei einer Menge von fast fünfhundert noch im Saal verbliebenen Delegierten schien dies anfangs eine diffizile Angelegenheit zu werden. Doch Judiths Befürchtung, dass man sich bei den Ja-Stimmen zugunsten einer der drei Kandidatinnen leicht verzählen könnte, hatte sich schnell in Rauch aufgelöst.

Tatsächlich stimmten weniger als zwanzig Delegierte für die fast unbekannte Österreicherin und nur wenig mehr für Gertrud Bäumer. Die Frage, wer die Wahl von Alice Salomon befürworten würde, war daraufhin eine rhetorische gewesen. Mit überwältigender Mehrheit war sie damit beauftragt worden, innerhalb möglichst kurzer Zeit Abgeordnete aus allen am Kongress teilnehmenden europäischen Ländern nach Berlin einzuladen, was sie schon während der restlichen Tage des Kongresses in Angriff genommen hatte.

Die Teilnahme von Delegierten aus Übersee war aufgrund des damit verbundenen Aufwands einer erneuten langen Reise grundsätzlich möglich, den einzelnen Ländern aber freigestellt worden. Trotzdem waren insgesamt fünf Frauen vor zwei Tagen in Berlin eingetroffen, zwei aus den USA, eine aus Kanada sowie je eine weitere aus Argentinien und sogar Japan.

Zum heutigen Tag hatte Alice wieder das schicke Ensemble angezogen, das ihr Rieke im KaDeWe verkauft hatte. Es war bereits in Paris ausgiebig bewundert worden.

Judith erinnerte sich besonders gern an die Begeisterung von Lady Aberdeen, der Präsidentin des Internationalen Frauenbundes, die aus Großbritannien stammte. »Meine Liebe«, hatte sie Alice angesprochen, »ich habe Sie ja noch bei keinem unserer Treffen derart elegant gekleidet gesehen.«

Um ihr gleich danach einen Vorschlag zu machen, der nichts mit ihrer Garderobe zu tun hatte. »Ich beabsichtige, die Präsidentschaft im Internationalen Frauenbund niederzulegen, und möchte Sie, liebe Alice, als Nachfolgerin empfehlen.«

In Judiths Freude über diesen Vorschlag hatte sich die Besorgnis gemischt, Alice könne mit dieser Fülle von neuen Aufgaben angesichts ihrer schwachen Gesundheit überfordert sein. Doch Alice hatte strahlend abgewunken.

»Sie wissen doch, dass die Arbeit mein Leben ist, Judith. Und wie es scheint, bin ich erst jetzt im fortgeschrittenen Alter am Ziel meiner Wünsche, bald auch international eine größere Rolle zu spielen.«

Dass die nach Berlin eingeladenen Delegierten Alice vor weniger als einer Stunde zur Vorsitzenden des neu gegründeten Internationalen Komitees Sozialer Schulen gewählt hatten, war lediglich der Tupfen auf dem i gewesen.

Der eigens für diesen Abendempfang engagierte Oberkellner trat nun auf Judith zu. »Werden die Damen denn pünktlich erscheinen? Ich muss rechtzeitig in der Küche Bescheid geben, die Speisen anzurichten.« Natürlich war auch das Essen bei einem renommierten Berliner Restaurant bestellt worden, es musste aber aufgewärmt oder warm gehalten und vor allem ansprechend serviert werden.

Judith warf einen Blick auf ihre Armbanduhr. Es war fünf vor sechs. Um sechs Uhr sollte das Dinner beginnen.

Gerade, als sie sich auf den Weg machen wollte, um im Delegiertensaal einmal nachzufragen, hörte sie Stimmen im Treppenhaus. Wenig später erschienen die fast fünfzig geladenen Damen und nahmen zunächst ein Glas eisgekühlten Sekt entgegen.

Nach dem Aperitif setzte man sich an die Tafel. Die lebhafte Unterhaltung wurde, wie schon in Paris, auf Englisch geführt, das die meisten Delegierten ausgezeichnet beherrschten.

Alice hatte auch Charlotte Dietrich und Dr. Hilde Lion zu diesem Abendessen geladen, obwohl sie nicht zum Komitee gehörten. Gertrud Bäumer hatte dagegen Alices Einladung mit der Begründung, sie sei durch ihre vielen Pflichten verhindert, im Vorfeld abgelehnt.

Doch dies tat der guten Laune rund um den Tisch keinerlei Abbruch. Man genoss köstlichen Räucherlachs mit Sahnemeerrettich, eine wunderbare Crème Vichyssoise und war bereits beim Fischgang angekommen, als die Sekretärin der Sozialen Frauenschule in der Tür zum Dachgarten erschien. Alice bat Charlotte Dietrich nachzufragen, was es gebe.

Nur wenig später kam Charlotte mit ernster Miene zurück und flüsterte Alice etwas ins Ohr. Diese erhob sich, entschuldigte sich bei ihren Gästen und folgte Charlotte ins Innere des Hauses. Es dauerte zwar nur wenige Minuten, bis Alice als formvollendete Gastgeberin zurückkam. Aber ihrer Miene konnte Judith sofort ansehen, dass etwas Schlimmes passiert sein musste. Auch Hilde Lion warf Alice immer wieder besorgte Blicke zu.

Die beteiligte sich zwar weiterhin an der Unterhaltung, ihr Lächeln wirkte jedoch gezwungen und ihre Stimme gewollt fröhlich. Außerdem fiel Judith auf, dass sie kaum mehr etwas zu sich nahm, obwohl sie den ersten Gängen mit gutem Appetit zugesprochen hatte.

Die Gäste hatten sich alle bereits verabschiedet, als Judith auf Alice, Charlotte und Hilde zutrat, die zusammen in einer Ecke des Dachgartens standen.

»Was ist geschehen, Alice?«, kam Judith sofort zur Sache. »Ich kann Ihnen ansehen, dass Sie während des Dinners recht unangenehme Neuigkeiten erhalten haben.«

Anstatt einer Antwort reichte Alice Judith ein bereits zerknittertes Schreiben. Es kam von Lady Aberdeen und enthielt eine Anlage.

Fassungslos überflog Judith den Inhalt. Die in Deutsch verfasste Anlage war ein Schreiben an Lady Aberdeen und stammte von Emma Enders, der jetzigen Vorsitzenden des Bundes Deutscher Frauenvereine. »Wir bedauern, Ihnen mitteilen zu müssen, dass wir eine Kandidatur von Dr. Alice Salomon für die zukünftige Präsidentschaft des Internationalen Frauenbundes aus rassenpolitischen Gründen nicht unterstützen können.«

In ihrem Begleitschreiben an Alice hatte Lady Aberdeen nicht nur ihre große Bestürzung über diese Entscheidung zum Ausdruck gebracht, sondern auch angekündigt, angesichts dieses Widerstands doch noch einmal selbst weitere fünf Jahre im Amt bleiben zu wollen.

»Vielleicht haben sich die Wogen bis zum Jahr 1933 ja geglättet«, schloss Lady Aberdeen ihr in herzlichem Ton gehaltenes Schreiben.

Es würde eine klare Nacht werden. Trotzdem war es Judith, als würde sich eine dunkle Wolke vor den strahlenden Septembervollmond schieben. Die Ahnung kommenden Unheils überfiel sie zum ersten Mal mit voller Macht.

Spontan schloss sie Alice in die Arme. Als sie sich wieder

von ihr löste, fiel ihr Blick einen Moment lang auf Charlottes Gesicht. Spielte ihr das diffuse Licht einen optischen Streich oder blitzte tatsächlich die reine Schadenfreude in deren Augen auf?

Die ganze schlaflose Nacht grübelte Judith über diesen Eindruck nach. Schließlich reifte in ihr die unabweisliche Erkenntnis, dass sie sich nicht geirrt hatte. Auch Charlotte Dietrich wünschte Alice Salomon nichts Gutes.

Kapitel 8

Stadtrundfahrt in Berlin

Sonntag, 14. Oktober 1928

Fasziniert blickte Rieke auf das im Dämmerlicht hell erleuchtete Brandenburger Tor, als der Bus auf dem Pariser Platz anhielt. Von ihrem Sitz auf dem offenen Oberdeck aus konnte sie das imposante Gebäude zwar sehr gut sehen, sie wäre aber am liebsten, wie bei den vorigen Stationen auf der Museumsinsel, am Gendarmenmarkt und vor dem Reichstag ausgestiegen, um es sich in aller Ruhe zu betrachten. Besonders die Einzelheiten der raffiniert angestrahlten Quadriga hatte sie zuvor noch nie so deutlich gesehen.

Peter, der neben ihr saß, kam ihrer Bitte jedoch zuvor. »Lass uns erst an der Kaiser-Wilhelm-Gedächtniskirche das nächste Mal aussteigen«, bat er. »Von dort aus können wir schnell zum KaDeWe laufen, um uns das Schaufenster noch einmal anzusehen. Ich möchte sichergehen, dass dort alles in Ordnung ist«, fügte er hinzu, wahrscheinlich als Reaktion auf Riekes etwas enttäuschte Miene.

»Na gut«, seufzte sie. Dann warf sie einen Blick auf ihre Armbanduhr. »Zum Glück ist es erst halb acht. Wenn wir einen Bus erwischen, der wieder am Brandenburger Tor hält, bestehe ich auf der Rückfahrt allerdings auf einem Halt.«

Peter schmunzelte. »Einverstanden. Ich kann den Anblick dann auch selbst mehr genießen, wenn ich weiß, dass das Schaufenster immer noch tadellos aussieht.«

Rieke tätschelte beruhigend Peters Hand. Sie wusste, unter welch hohem Druck er schon seit einigen Wochen stand. Das Festival *Berlin im Licht*, das die Stadt in Zusammenarbeit mit über einhundertfünfzig Wirtschaftsunternehmen vom 13. bis zum 16. Oktober 1928 ausrichtete, stellte für Peter in seiner Rolle als Chefdekorateur des KaDeWe bislang die größte Herausforderung dar.

Lichtreklame und elektrisches Licht gab es im KaDeWe schon seit einigen Jahren. Die Haushaltswarenabteilung führte auch elektrische Geräte wie Bügeleisen und Staubsauger, die immer beliebter wurden. Und als erste der Umbaumaßnahmen, die Martin Tietz zu Silvester verkündet hatte, war das große Hauptportal an der Tauentzienstraße ausgetauscht worden. Gleich nach Bekanntgabe des Festivals hatte man das dunkle Holz durch helles Metall ersetzt, in dem sich die elektrische Beleuchtung gut spiegelte und den Eingang dadurch weithin sichtbar machte.

Das war schon vor einigen Monaten geschehen. Für Peter hatte die Arbeit erst später begonnen. Wochenlang hatte er am Design des Schaufensters gebastelt, mit dem sich das KaDeWe am Publikumswettbewerb beteiligen wollte. Jedes Geschäft durfte nur ein einziges Schaufenster nominieren, was Rieke anfangs als Erleichterung empfunden hatte. Im Gegensatz zu Peter, der immer wieder betonte, nur diese eine Chance zu haben, um den Wettbewerb zu gewinnen oder zumindest einen der vorderen Plätze zu erreichen. Inzwischen fieberte sie mit ihm mit.

Die Entscheidung würde allerdings erst übermorgen, am letzten Tag des Festivals, verkündet werden. Den heutigen Sonntag, ihren einzigen freien Tag während des Lichtspektakels, hatten Rieke und Peter eigentlich nutzen wollen, um sich selbst einmal entspannt in den Trubel zu begeben.

Dazu hatte Peter sie mit dieser Fahrkarte für eine Stadtrundfahrt überrascht, die sie jederzeit unterbrechen konnten, um die erleuchteten Gebäude genauer zu betrachten, bevor sie mit dem nächsten Bus weiterfuhren.

Mit zehn Mark pro Person war die Fahrkarte sehr teuer gewesen. Rieke hatte den Kaufbeleg in einer Anzugjacke von Peter entdeckt. Er hatte die besten Plätze auf dem Oberdeck gebucht, von denen aus man die schönste Aussicht genoss. Nach kurzem Überlegen hatte Rieke ihre Absicht, Peter auf diese kostspielige Ausgabe anzusprechen, verworfen. Er hatte in den letzten Wochen hart gearbeitet und sich diesen Luxus verdient.

Sie selbst musste nur aufpassen, dass sie sich gegenüber Käthe und Fritz nicht verriet. Trotz Riekes und Peters monatlicher Zuwendung hätten sich die beiden nicht leisten können, ein Fünftel davon für ein reines und noch dazu kurzes Vergnügen auszugeben.

Auch die Elektrizität in den Wohnungen ist so ungleich verteilt wie die Einkommen, ging es Rieke nun durch den Kopf, als der Bus durch den Tiergarten auf die ebenfalls hell erleuchtete »Joldelse« zufuhr. So nannten die Berliner die Siegessäule. In Meyers Hof gab es lediglich im Vorderhaus elektrisches Licht. Käthe und Fritz mussten sich nach wie vor mit Gaslicht in der Wohnküche und Petroleumlampen in der Schlafstube behelfen. Sie konnten sogar froh sein, wenn zumindest die kümmerliche Gasbeleuchtung im Treppenhaus funktionierte. So ging es laut einem Zeitungsartikel im *Berliner Tageblatt* noch der Hälfte der Einwohner Berlins.

An der Siegessäule bog der Bus in Richtung Nollendorfplatz ab, schwenkte aber vorher in die Kurfürstenstraße ein und hielt schließlich erneut am Auguste-Viktoria-Platz vor der Gedächtniskirche. Rieke und Peter stiegen aus und bummelten Hand in Hand die Tauentzienstraße entlang bis zum KaDeWe. Schließlich standen sie vor dem von Peter gestalteten Wettbewerbsschaufenster.

»Das ist wirklich dein Meisterwerk«, wiederholte Rieke,

die ihm das schon einige Male gesagt hatte. Doch Peter starrte zunächst zweifelnd auf das von ihm geschaffene Kunstwerk.

Nach langer Überlegung hatte er sich für ein eher minimalistisches Design entschieden. Im Schaufenster wurden lediglich verschiedenfarbige Seidenstoffe präsentiert.

Die gemusterten Stoffe flossen in eleganten Falten von den ausgestreckten Armen einer Schaufensterpuppe herab, die dem Betrachter ihr Profil zukehrte. Sie ergossen sich auch über das Podest, auf dem die Puppe stand, und bedeckten sogar den gesamten Boden des Schaufensters. Je nach Lichteinfall wirkte der blaugrundige Stoff wie Wasser, das den Boden in einen See verwandelte.

Zusätzlich waren unifarbene Stoffe an beiden Ecken des Schaufensters befestigt, die ebenfalls sorgfältig in Falten gelegt und auf die zentrale Figur ausgerichtet waren. Damit setzte Peter einen Farbakzent vor die dunkle ungeschmückte Rückwand, ohne dass die Anordnung überladen wirkte.

Der Clou war jedoch, dass die rechte Brust der Schaufensterpuppe entblößt war und somit in einem reizvollen Kontrast zur Stofffülle rund um sie herum stand.

Es war Peter bewusst, dass diese Einzelheit recht gewagt war. Ein konservatives Publikum könnte dadurch einerseits daran gehindert werden, seine Stimme für das KaDeWe-Schaufenster abzugeben. Andererseits waren solche Stilelemente regelrechte Publikumsmagnete.

Auch jetzt waren Rieke und Peter von einer kleinen Menschenmenge umringt, die die Auslage ebenfalls betrachtete und das Design ausschließlich positiv beurteilte. Mit einem Schild auf dem Podest war es als Wettbewerbsfenster ausgewiesen. Angesichts des Lobs entspannte sich Peter allmählich.

Die größte Arbeit hatte er im Vorfeld allerdings nicht in die Zusammenstellung des Ensembles investiert, sondern in dessen Beleuchtung. Seine Absicht, die er im Sommer des vergangenen Jahres schon beim Besuch des Kriminalstücks *Der Hexer* geäußert hatte, versuchte er seither beharrlich, in die Tat umzusetzen. Das Schaufenster als Bühne mit indirekter Beleuchtung, hieß die Devise. Die Lampen durften weder zu sehen sein noch irgendeinen Blendeffekt hervorrufen, der den Betrachter irritierte.

Dabei kamen Peter seine auf Wunsch von Martin Tietz in der AEG belegten Kurse zugute, in denen er sich ausführlich in der Anwendung der neuartigen Beleuchtungsmethode weitergebildet hatte. Die AEG gehörte mit Siemens und Osram zu den bedeutendsten Ausrichtern dieser Veranstaltung *Berlin im Licht*.

Eigens für den Schaufensterwettbewerb hatte Peter Martin Tietz gebeten, die modernsten Beleuchtungskörper anschaffen zu dürfen. Natürlich war Martin einverstanden gewesen, er ließ aber angesichts der hohen Kosten zum ersten Mal erkennen, dass er von ihm den Sieg beim Schaufensterwettbewerb erwartete.

Da Peter eine völlig neue Beleuchtungstechnik entwickelt hatte, lag dies durchaus im Bereich des Möglichen. Denn die Stoffe wurden abwechselnd mit weißen und bunten Lichtern angestrahlt, sodass insbesondere die gemusterten Seidenstoffe in immer anderen Farbenspielen changierten.

Schließlich hatte Peter sich davon überzeugt, dass die Beleuchtung tadellos funktionierte und sich keine einzige Falte rund um die Puppe verschoben hatte. Erleichtert atmete er auf. »Komm, wir gehen zurück zur Haltestelle an der Gedächtniskirche und genießen den Rest des Abends!«, forderte er Rieke auf, die dem nur zu gern nachkam. Immerhin wartete schon morgen die nächste Herausforderung auf Peter.

Lichtreklamecorso

Montag, 15. Oktober 1928

Der große Lichtreklamecorso, einer der Höhepunkte am vorletzten Tag des Festivals *Berlin im Licht,* bog in die Kurfürstenstraße ein. Bis zum Wittenbergplatz, dem Endpunkt des Corsos, war es jetzt nicht mehr weit.

Judith saß mit Martin Tietz, Peter Hauser und Rieke Krause auf mit Kissen belegten Bänken auf dem offenen Verdeck eines kleinen Lastwagens. Wie alle Fahrzeuge, die sich an diesem Festumzug beteiligten, war auch der Wagen des KaDeWe üppig geschmückt. Mithilfe kleiner Elektrobirnen prangte den Zuschauern am Straßenrand der Schriftzug des Warenhauses auf beiden Seiten des Gefährts gleich mehrfach entgegen.

Dazwischen hatte Peter Hausers Stellvertreter, der die Ausstattung des Wagens entworfen hatte, das Signet des Kaufhauses, die Hansekogge mit den geblähten Segeln, mit bunten Elektrobirnchen nachgestellt. Judith gefielen die Wellen unter den Schiffen besonders gut. Durch die verschiedenen Blautöne vermittelten sie dem Betrachter den Eindruck, es handele sich um bewegtes Meerwasser.

Der Wagenschmuck war zwar längst nicht so kreativ wie das Wettbewerbsschaufenster. Aber er konnte durchaus mit der Gestaltung der übrigen Wagen mithalten. Auf die ebenfalls von Peter Hauser umgesetzte Lichtreklame an der Außenfassade, die Judith bislang nicht gesehen hatte, war sie schon neugierig.

Zufrieden lehnte sie sich zurück. Insgesamt hatte der heutige Tag ihr bisher viel besser gefallen als der vorige. Sie hätte gestern gern an dem beleuchteten Bootscorso teilgenommen, der auf der Spree und dem Landwehrkanal an den faszinierend angestrahlten Gebäuden an beiden Ufern entlangglitt. Doch das war Martin viel zu langweilig gewesen.

Er hatte einen Besuch der gerade parallel zum Festival stattfindenden Internationalen Luftfahrtausstellung in den Berliner Messehallen vorgezogen. Dort war es jedoch unerträglich voll gewesen. Denn das Festival hatte gemäß seinem Motto *Licht lockt Leute* in der Tat Tausende von Touristen angezogen, von denen sich ein großer Teil mit Martin und Judith durch die Messehallen drängte.

Dennoch hatte Martin es sich nicht nehmen lassen, sich die verschiedenen Flugzeugmodelle anzuschauen und dabei sogar den Kauf eines Privatflugzeugs für die Familie Tietz in Betracht gezogen.

Sobald es dunkel geworden war, hatte man sich auf das Tempelhofgelände begeben und einer Nachtflugschau zugesehen. Das Höhenfeuerwerk, das diesem Spektakel folgte, entschädigte Judith ein wenig für den bislang für sie eher uninteressanten Tag. Doch die Freude darüber war nur kurz gewesen.

Denn Martin hatte darauf bestanden, sich danach mit seinem nagelneuen knallroten Mercedessportwagen in den natürlich ebenfalls beleuchteten Personenwagencorso einzureihen. Den Lichtschmuck hatte er vorher in aller Eile selbst angebracht. Er bestand lediglich aus einigen Elektrobirnchengirlanden, die Martin mehr schlecht als recht auf der lang gezogenen Schnauze des protzigen Fahrzeugs drapiert hatte. Da der Abend recht kühl gewesen war, hatte Judith in dem offenen Wagen gefroren und war froh gewesen, als Martin sie schließlich vor der Villa Bergmann abgesetzt hatte.

Denn er war Judith gestern zum ersten Mal seit dem Beginn ihrer Liaison richtig auf die Nerven gefallen. Erst am 3. Oktober, also vor weniger als zwei Wochen, hatte sie mit der gesamten Familie Tietz das Luftschiff Graf Zeppelin bewundert, das an diesem Tag über Berlin geschwebt war. Nun hatte sich Martin in der Ausstellung abfällig über diese »altmodische Technik« geäußert und vorhergesagt, dass die Zukunft der Luftfahrt bei den Flugzeugen liege, von denen er nicht genug schwärmen konnte.

Da war die heutige Fahrt auf dem Lichtreklamewagen des

KaDeWe schon angenehmer für sie, zumal sie sich eine dicke Jacke übergezogen hatte. Der Corso war bereits durch alle großen Geschäftsstraßen der Innenstadt gefahren. Jedes Kaufhaus, das auf sich hielt, hatte seine Fassade mit einer möglichst kreativen Lichtwerbung ausgestattet.

Judith entging nicht, dass ihre Freundin Rieke Peters Hand immer wieder verstohlen drückte. Die Miene des Chefdekorateurs wirkte angespannt. Denn das Ergebnis seines Entwurfs würde Martin Tietz, genauso wie das Berliner Publikum, heute zum ersten Mal in Betrieb sehen.

Die Materialien waren sehr teuer gewesen, hatte Martin Judith im Vorfeld anvertraut. »Der Hauser hat nicht weniger als dreitausendfünfhundert Glühbirnen bestellt. Weiß Gott, was er damit anfangen will.«

Nachdem Martin Peters Entwurf gesehen hatte, waren jedoch keine weiteren Klagen mehr gekommen. Judith war die Einzige im Quartett, die nicht einmal die Zeichnungen kannte. Für sie würde Peters Installation also eine echte Überraschung bedeuten.

Nun bog der Wagencorso in die Tauentzienstraße ein. Es war mittlerweile fast völlig dunkel. Plötzlich erhaschte Judith den ersten Blick auf Peters Kunstwerk. Später würde er ihr mitteilen, dass es den Leuchtbetrieb auf seine Anweisung hin nur ungefähr zehn Minuten vorher aufgenommen hatte, um dem Publikum eine echte Sensation zu bieten.

»Oh! Wie wunderbar!«, entfuhr es ihr. Wie so oft im Gefühlsüberschwang schlug sie beide Hände vor den Mund. »Mit dieser Installation haben Sie sich nachgerade selbst übertroffen, Herr Hauser«, wandte sie sich dann begeistert an Peter.

In der Tat war die Lichtreklame des KaDeWe die beeindruckendste, die Judith bislang während des gesamten Corsos gesehen hatte. Über dem großen Eckschaufenster zwischen der Tauenztien- und der Ansbacher Straße prangte in riesigen Leuchtbuchstaben der Schriftzug *Das KaDeWe in Licht und*

Schönheit. Von dort aus führte eine mit unzähligen Elektrobirnen bestückte Leiter schräg nach oben über mehrere Stockwerke hinauf. An ihrem oberen Ende saß eine weibliche Leuchtfigur. Ein weiterer Schriftzug wies auf eine bevorstehende Puppenschau in der Spielwarenabteilung hin.

Eine solche Werbung gehörte eigentlich in die Vorweihnachtszeit. Das bedeutete also, dass diese imposante Lichtreklame noch viele Wochen nach dem Ende des Festivals erstrahlen würde.

»Beeindruckend! Wirklich außerordentlich beeindruckend, Herr Hauser!«, sagte jetzt auch Martin Tietz. »Sie verstehen Ihr Handwerk! Das haben Sie mit dieser Installation einmal mehr bewiesen. Und ich habe einmal mehr bewiesen, dass ich verborgene Talente erkenne.« Martin warf sich stolz in die Brust, was Judith peinlich berührte. Ihr Geliebter neigte zur Prahlerei. Dieser Wesenszug war ihr der unangenehmste an ihm.

Es verstand sich von selbst, dass von den bereits begonnenen Umbauarbeiten des KaDeWe nicht das Geringste zu sehen war. Bei der Auswahl des Orts für seine strahlende Leiter hatte der Chefdekorateur sorgfältig darauf geachtet, nur einen Teil des Kaufhauses zu beleuchten, an dem noch keine Gerüste aufragten.

Auch auf den Umbau war Martin mächtig stolz, vor allem darauf, dass er täglich viele Zuschauer anzog, die sich vom Fortschritt der Arbeiten überzeugen wollten. Der Umsatz im KaDeWe hatte sich dadurch sogar gesteigert, anstatt durch die Umbaumaßnahmen beeinträchtigt zu werden.

Der Lichtreklamecorso zog nun am KaDeWe vorbei bis zum Wittenbergplatz, seiner Endstation. Mittlerweile war es kurz vor neun Uhr abends. Zu Riekes und Peters Überraschung hatte sich eine Kapelle auf einer hell erleuchteten Bühne aufgestellt und spielte gerade ihre Instrumente ein. Die fünfköpfige Band trug Militäruniformen.

»Das ist aber schade!«, äußerte Judith, als sie die Combo entdeckte. »Ich hatte mit einem Platzkonzert gerechnet, das moderne Musik spielt. Nicht mit irgendwelchen langweiligen Militärmärschen.«

»Woher wissen Sie denn, dass hier eine Kapelle aufspielt, Fräulein Bergmann?«, fragte Peter.

»Das stand doch im Festprogramm«, antwortete Judith erstaunt. »Solche Zapfenstreichkonzerte, wie sie sich nennen, werden an zehn Berliner Plätzen zum Abschluss dieses Tages aufgeführt.«

»Aha«, machte Peter. In all dem Trubel über seine Installationen hatten weder Rieke noch er das Festprogramm von Anfang bis Ende durchgelesen. Das war allerdings nicht weiter schlimm. Da sie ihren Dienst im KaDeWe bereits am nächsten Morgen um acht Uhr antreten mussten, konnten sie ohnehin nicht länger bleiben.

Gerade begann die Band, das erste Stück zu spielen. Es war keineswegs einer der befürchteten Militärmärsche, sondern ein modernes Stück Tanzmusik.

»Wie herrlich!«, freute sich Judith und griff nach Martins Arm. »Das ist ja ein Foxtrott!«

Bevor sie Martin auf die Mitte des Platzes ziehen konnte, wo sich schon die ersten Paare zum Takt der Musik bewegten, ergriff Rieke das Wort. »Dann möchten wir uns jetzt von Ihnen verabschieden und wünschen Ihnen noch einen angenehmen restlichen Abend.«

Sowohl Judith als auch Martin wirkten verblüfft. »Wollen Sie denn gar nicht miteinander tanzen?«, fragte Judith.

Mittlerweile war auch Martin Tietz bekannt, dass Rieke und Peter ein Paar waren und unverheiratet zusammenlebten. Da er selbst und Judith ebenfalls nicht verheiratet waren und auch Paul Bergmann als Personalleiter keinen Anstoß daran nahm, war dies im KaDeWe bislang trotz Riekes anfänglicher Befürchtungen ohne Folgen geblieben. Ob Gunter Perl ebenfalls davon wusste, konnte sie allerdings nicht einschätzen. Zumindest hatte er bislang keine Silbe darüber verloren.

Rieke warf Peter einen raschen Blick zu. »Ich fürchte, wir beherrschen diese modernen Tänze gar nicht«, gab der zu. »Und außerdem müssen wir ja morgen pünktlich zum Dienst erscheinen.«

»Papperlapapp«, mischte sich Martin ein. »Ich gebe Ihnen beiden, sagen wir« – er überlegte einen Moment lang – »bis zwei Uhr nachmittags frei. Reicht Ihnen das, um den restlichen Abend mit uns zu verbringen?«

Rieke und Peter wechselten einen weiteren Blick. »Das ist überaus großzügig von Ihnen, Herr Tietz«, antwortete nun Rieke. »Doch wie Herr Hauser schon sagte, wir beherrschen die modernen Tänze gar nicht.«

»Dann wird es aber höchste Zeit, dass Sie es lernen«, ließ Judith vernehmen. Gerade stimmte die Band das nächste Stück an.

»Das ist ein Charleston!«, jubelte Judith. »Kommen Sie mit, und machen Sie uns die Tanzschritte einfach nach!«

Jetzt blieb Rieke und Peter natürlich nichts anderes übrig, als dieser Aufforderung Folge zu leisten. Doch je weiter der Abend voranschritt, desto mehr Spaß fanden auch sie an den Tänzen. Bestimmt führten sie die Schritte nicht richtig aus. Aber auch andere Paare wirkten eher dilettantisch, was ihrem Vergnügen jedoch keinen Abbruch tat.

Die Zeit näherte sich schon der Mitternachtsstunde, zu der die Veranstaltung enden sollte, als die Band eine Weise spielte, die offensichtlich auch Judith und Martin unbekannt war. Die Melodie war sehr eingängig und gefiel ihnen allen auf Anhieb gut.

Judith klopfte den Takt mit dem Fuß mit. »Auch das ist ein Foxtrott«, entschied sie schließlich und drehte sich wenig später erneut mit Martin über die Tanzfläche.

Peter zwinkerte Rieke zu. »Dann lass es uns auch noch

einmal versuchen! Mehr als blamieren können wir uns nicht. Zumal dies wirklich sehr schmissig klingt.«

Kroll-Opernhaus

Dienstag, 16. Oktober 1928

Wie sich die Bilder gleichen, dachte Judith in Erinnerung an Silvester, als sie sich an Martins Arm dem für die Familien Tietz und Bergmann reservierten Tisch näherte. Im Kroll-Opernhaus gegenüber dem Reichstag fand heute Abend der größte »Lichtball« im Rahmen des Festivals statt. Die Lichtbälle bildeten den Höhepunkt und Abschluss des Spektakels *Berlin im Licht*. Der Erlös der Veranstaltungen ging sinnigerweise an verschiedene Blindenvereine.

Wieder kam Martin, diesmal in Begleitung von Judith, die er von der Sozialen Frauenschule in Schöneberg abgeholt hatte, zu spät, wenn auch nicht so sehr wie an Silvester. Es war zehn Minuten nach acht, der Ball hatte gerade erst begonnen.

Judith war Martins Verspätung sogar ganz recht gewesen. Denn nach ihrer Lehrveranstaltung, die um sieben Uhr geendet hatte, war noch eine Schülerin mit einer Frage zu ihrer Seminararbeit zu ihr gekommen. In weiser Voraussicht hatte Judith ihr rotseidenes Abendkleid mit den schwarzen Stickereien nach Schöneberg mitgenommen. Vor Martins Eintreffen war ihr gerade noch genug Zeit geblieben, um sich umzuziehen und zu schminken.

Zumindest musste sie diesmal nicht befürchten, dass Martins Schwester Elise wieder das gleiche Kleid trug wie sie. Denn das Rotseidene stammte bereits aus der Saison vor zwei Jahren. Zeitlos geschnitten und verziert war dies der eleganten Robe nicht anzusehen.

Elise trug heute Abend ein hellblaues Gewand, das Judith

auch schon in der Damenkonfektion des KaDeWe gesehen hatte. Zum Glück hat mir das gar nicht gefallen, dachte sie ein wenig süffisant. Sonst hätte sich das Malheur womöglich wiederholt. Aber Hugo hat sich diesmal sicher einen Rabattgutschein von Martin geben lassen. Auch das hellblaue Kleid kostete über tausend Mark.

Da die Band bereits ein schwungvolles Jazzstück spielte, besserte Judiths Laune sich sofort, als sie nach der Begrüßung am Tisch Platz nahm. Im Auto hatte sie nämlich eine unerfreuliche Diskussion mit Martin geführt.

»Das teure Schaufenster im KaDeWe ist im Wettbewerb nur auf Platz drei gekommen«, murrte er, als Judith ihn auf seine finstere Miene ansprach. »Dafür gibt es nur die bronzene Plakette.«

»Aber das ist doch fantastisch«, widersprach sie. »Du hast mir gesagt, es hätten sich über hundert Unternehmen am Wettbewerb beteiligt.«

Martin presste die Lippen zusammen und antwortete nicht.

»Wer hat denn gewonnen?«, hakte Judith nach.

»Das Schaufenster von Wertheim in der Leipziger Straße«, knurrte er.

»Kann das mit der zentraleren Lage des Kaufhauses in der Innenstadt zu tun haben? Vielleicht haben einfach nicht genügend Leute das KaDeWe-Schaufenster gesehen.«

Martin hob die Schultern. »Das ist jetzt Kaffeesatz lesen«, entgegnete er barsch.

»Auf jeden Fall hat *mir* Peter Hausers Fenster von allen, die ich betrachtet habe, am besten gefallen«, insistierte Judith. Dann kam ihr eine zündende Idee. »Wie haben denn eure anderen Berliner Warenhäuser abgeschnitten? Immerhin sind es ja noch neun weitere, die sich alle am Wettbewerb beteiligt haben.«

Nun hellte sich Martins Miene auf. »Das Haus am Alex hat den zehnten Platz belegt«, räumte er ein. »Das war die zweitbeste Wertung bei den Hermann-Tietz-Warenhäusern. Die anderen landeten irgendwo unter ferner liefen.«

»Na also«, hatte Judith geantwortet. »Dann freu dich doch darüber, immerhin konzernintern den ersten Platz belegt zu haben.«

Doch im gleichen Maß, in dem sich Martins Laune verbessert hatte, verschlechterte sich ihre nach diesem kleinen Disput. Martins Großmannssucht, wie sie es heimlich bei sich nannte, fiel ihr immer häufiger auf die Nerven.

Jetzt schüttelte sie die unangenehmen Gedanken ab und nippte an ihrem Champagnerglas.

»Ihr Kleid ist wunderschön«, lobte Betty Tietz ihre Aufmachung und trank ihr zu. »Die Farbe steht Ihnen fantastisch.«

»Das Kompliment darf ich gern zurückgeben«, antwortete Judith ehrlich. Denn die silbergraue Robe, die Betty heute Abend trug, gefiel Judith noch besser als die blauseidene an Silvester. Auch dazu hatte Betty den prächtigen Saphirschmuck angelegt.

Die größte Freude machte Judith allerdings die Erscheinung ihrer Mutter. Wieder hatte Rieke Rebekka persönlich bedient und mit ihr gemeinsam das dunkelviolette Abendkleid ausgesucht. Zum ersten Mal seit Johannes' Tod trug Rebekka dazu den kostbaren Amethystschmuck, den ihr Judiths Vater zum 25. Hochzeitstag geschenkt hatte. Die moderne, nun auch wieder in Rebekkas natürlicher brauner Haarfarbe getönte Frisur tat ein Übriges. Ihre Mutter sah heute Abend zehn Jahre jünger aus, als sie es mit ihren siebenundfünfzig Jahren inzwischen war.

Rebekkas neue Lebendigkeit hat auch einen guten Einfluss auf meinen Vater, ging es Judith durch den Kopf, als sie ihm zuprostete. Paul Bergmann würde in wenigen Tagen seinen 60. Geburtstag feiern. Bescheiden, nur im engsten Familien- und Freundeskreis, da er kein Freund pompöser Feste war. Aber auch ihm sah man sein Alter heute Abend nicht an.

»Schaut mal!«, rief Rebekka plötzlich. »Die Frau dort auf der Bühne, die mit dem Saxofon, ist das nicht Renate Müller?«

Während die übrigen Frauen rund um den Tisch begeistert nickten, zog Hugo Zwillenberg seine buschigen Augenbrauen zusammen. »Wer ist denn Renate Müller?«

»Ein aufgehender Stern am Künstlerhimmel«, antwortete ihm Georgs Frau Edith. »Sag bloß, du hast noch nie was von ihr gehört! Sie ist eine stadtbekannte Sängerin und hat jetzt ihre erste Schauspielrolle bekommen. Das steht doch gerade in allen Zeitungen.«

»So, so«, reagierte Hugo. »In den Zeitungen, die ich lese, stehen Börsenberichte und Wirtschaftsnachrichten. Wahrscheinlich meinst du diese Klatschblättchen, von denen auch Elise zwei abonniert hat.«

Judith entging nicht, dass Elise die Lippen zusammenpresste und leise seufzte. Leicht schien sie es in ihrer Ehe mit ihrem über zehn Jahre älteren Gatten nicht zu haben.

»Wie gefällt dir denn Renates Kleid?«, zog Judith Elise bewusst ins Gespräch. Deren Miene hellte sich sofort auf.

»Der silberglänzende Stoff und der schmale Schnitt sind sehr elegant. Aber die Blumengirlande anstelle des rechten Trägers ist mir zu kitschig.«

»So geht es mir auch«, stimmte Judith zu.

In diesem Augenblick trat ein anderes Bandmitglied vor. »Das ist Paul Graetz, der bekannte Kabarettist«, erkannte diesmal Edith den Künstler.

Bevor jemand am Tisch etwas dazu sagen konnte, begann Graetz zu sprechen. »Meine Damen und Herren! Ich habe die überaus große Ehre, Ihnen eine Welturaufführung präsentieren zu dürfen. Eigens zum Festival *Berlin im Licht* wurde der begnadete Musiker Kurt Weill damit beauftragt, dieses Lied zu komponieren. Der nicht weniger begabte Dichter Bertolt Brecht hat den Text dazu geschrieben.«

»Das sind doch die Macher der *Dreigroschenoper*!«, rief Martin.

»Und es ist die Melodie, die wir gestern Abend auch schon auf dem Wittenbergplatz gehört haben«, kommentierte Judith das musikalische Vorspiel, bevor Renate Müller zu singen begann.

Während Judith die Melodie nach wie vor überaus gut gefiel, fand sie den Text, gelinde gesagt, naiv.

Und zum Spazierengehn
Genügt das Sonnenlicht
Doch um die Stadt Berlin zu sehn
Genügt die Sonne nicht

Das ist kein lauschiges Plätzchen.
Das ist 'ne ziemliche Stadt.
Damit man da alles gut sehen kann.
Da braucht man schon einige Watt.

Im Refrain hieß es:

Na wat denn, na wat denn?
Was ist das für 'ne Stadt denn?

Komm, mach mal Licht!
Damit man sehn kann, ob was da ist.
Komm, mach mal Licht und rede nun mal nicht!
Komm, mach mal Licht, dann wollen wir doch auch mal sehen!
Ob das 'ne Sache ist!
Berlin im Licht!

»Komm, lass uns trotzdem darauf tanzen!«, forderte sie Martin auf, als die Band das Stück unmittelbar nach der Uraufführung wiederholte.

»Warum trotzdem?«

»Der Text macht Bert Brecht keine Ehre. Aber die Melodie ist ein wunderbarer Foxtrott!«

Eine Stunde später war Judith ganz erhitzt vom Tanzen, sie genoss den Abend immer mehr. Gerade kündigte die Combo eine Pause von einer halben Stunde an. Georg Tietz hatte vorausschauend für die ganze Gesellschaft einen Imbiss bestellt, der jetzt prompt serviert wurde. Da die viele Bewegung alle hungrig gemacht hatte, ließ man sich die Kanapees und Käsewürfelchen schmecken.

»Wer von euch hat denn die *Dreigroschenoper* schon gesehen?«, schnitt Georg Tietz ein Thema an, über das ganz Berlin seit Wochen diskutierte. »Ich überlege mit Edith nämlich, ob wir uns auch einmal eine Vorstellung ansehen sollen.«

»Davon würde ich abraten, Georg«, kam Hugo Zwillenberg Judiths Antwort zuvor. »Mir hat das Stück überhaupt nicht gefallen. Ich bin ohnehin nur mitgegangen, weil Elise mir keine Ruhe ließ.« Er warf seiner Frau einen tadelnden Blick zu.

»Was hat Ihnen denn daran nicht gefallen?«, fragte Judith mit einem gewollt provokanten Unterton. Hugo war außer Betty das einzige Mitglied der Familie Tietz, mit dem sie sich noch immer siezte.

»Das Machwerk verklärt Verbrecher und Bettler. Und ist mir viel zu pöbelhaft und proletarisch. Warum ganz Berlin davon so begeistert ist, bleibt mir ein Rätsel.«

Tatsächlich war die *Dreigroschenoper* seit ihrer Uraufführung am 31. August bislang zum größten Theatererfolg des Jahres in Berlin geworden. Die Vorstellungen waren über Neujahr hinaus ausverkauft.

»Mir hat die Musik gut gefallen«, warf Martin ein und griff nach einem Käsewürfel mit Oliven. »Dieser Kurt Weill hat wirklich Talent zum Komponieren. Das Lied von Mackie Messer ist ein richtiger Ohrwurm geworden.«

»*Und der Haifisch, der hat Zähne*«, begann er zu trällern.

»Schon gut, schon gut«, wehrte Hugo ab. »Zumindest hatten die Darsteller mehr Talent zum Singen als du.«

»Ist Ihnen denn die politische Botschaft des Stücks gar nicht aufgefallen?«, warf Judith ein. »Brecht möchte damit der Heuchelei des Bürgertums den Spiegel vorhalten.«

»Davon habe ich nichts bemerkt«, antwortete Hugo missmutig. Zu Judiths Ärger wirkte auch Martin verwirrt.

»Du meinst sicher mit solchen Zitaten wie ›Erst kommt das Fressen, dann kommt die Moral‹?«, sprang Paul seiner Tochter bei. Er hatte das Stück noch gar nicht gesehen, wie Judith wusste, sich aber offensichtlich bereits darüber informiert.

»Genau da haben wir es doch!«, ereiferte sich Hugo. »Warum sagt er nicht *Essen,* sondern *Fressen*? Warum muss man sich denn so pöbelhaft ausdrücken? Da gefällt mir der Text dieses Lichtsongs schon besser«, fügte er hinzu.

»Nun, der transportiert tatsächlich weder politische noch moralische Botschaften«, merkte Paul trocken an.

Rund um den Tisch entstand einen Augenblick lang peinliches Schweigen. Martin brach es zuerst. »Dann lasst uns doch jetzt mal von erfreulichen Dingen reden! Habt ihr gehört, dass mein Schaufenster im KaDeWe den dritten Platz im Publikumswettbewerb eingenommen hat?« Er blickte sich beifallheischend in der Runde um. »Das ist übrigens auch der Spitzenplatz unter den Tietz-Warenhäusern. Die von Leonhard Tietz eingerechnet.«

Judith glaubte ihren Ohren nicht zu trauen. Prahlte Martin jetzt tatsächlich mit Peter Hausers Erfolg, über den er sich im Auto noch so unzufrieden gezeigt hatte?

»Aber das habe ich schon vorhergesehen«, fuhr Martin zu Judiths wachsender Irritation fort. »Genau, wie ich euch allen prophezeit habe, dass dieses braune Gesindel keinen Fuß auf die Erde bekommen wird.«

In der Tat hatte die NSDAP bei den Reichstagswahlen im

Mai nur 2,6 Prozent aller Stimmen erhalten und war lediglich mit zwölf Abgeordneten im Parlament vertreten.

»Nun ja, mit dem schlechten Abschneiden der NSDAP hattest du zwar recht«, pflichtete Georg Tietz seinem Bruder zunächst bei. »Doch ob wir mit einer Großen Koalition, die von der SPD geführt wird, das große Los für unsere Geschäfte gezogen haben, bleibt noch dahingestellt.«

»Zumal diese Koalition sich fast von Anbeginn an streitet«, stimmte Paul zu.

Mit Ausnahme von Judith verzogen die Damen am Tisch unwillig den Mund. »Müsst ihr denn jetzt ausgerechnet über Politik sprechen?«, konfrontierte Betty Tietz die Runde mit ihrem Unmut. Zu Judiths Erstaunen beachtete Hugo ihren Einwand gar nicht.

»Wenn der Streit so endet wie der aktuelle über die Panzerkreuzer, nehme ich von mir aus auch einen SPD-Kanzler in Kauf.«

Judith stach der Hafer. »Ich verstehe das also richtig, Hugo, dass Sie die Rüstungsausgaben für neue Kriegsschiffe für angemessener halten als die Aufstockung der Mittel für sozial Bedürftige?«

Hugo musterte Judith erstaunt.

»Wenn Sie wissen wollen, warum ich mich dafür interessiere, kann ich Sie gern aufklären«, kam Judith seiner Frage zuvor. »Bei den Gesprächen mit den Müttern der Kinder in den Tageseinrichtungen, die ich gerade führe, stoße ich noch auf das gleiche Elend wie kurz nach dem Krieg.«

»Dafür kann die öffentliche Hand nicht ununterbrochen aufkommen. Das ist eher Sache der privaten Wohlfahrt!«, widersprach Hugo.

Gerade näherte sich ein Kriegsblinder mit einer Spendendose. Hugo zückte demonstrativ seine Börse und stopfte einen Zehnmarkschein hinein. Alle Männer am Tisch taten es ihm nach. Martin spendete sogar zwanzig Mark.

»Deutschland braucht diese Panzerkreuzer«, insistierte Hugo, als der Kriegsblinde weitergezogen war, und offenbarte damit seine nach wie vor große Affinität zum Militär. »Schließlich verstößt deren Herstellung nicht einmal gegen den Versailler Diktatfrieden.«

»Das wird sich noch zeigen«, entgegnete Paul.

»Nun ist es aber genug.« Diesmal erhob Betty Tietz energisch die Stimme. »Ein Streitgespräch über Politik gehört nicht in einen vergnüglichen Abend wie diesen. Schon gar nicht in der Gesellschaft von Damen!«

Zum Glück begann genau in diesem Augenblick die Musik wieder zu spielen. »Komm, lass uns tanzen«, forderte Rebekka ihren Ehemann auf und pflichtete damit Betty indirekt bei.

»Ihr beiden auch!«, befahl Betty Hugo und Elise, die als einzige zunächst keine Anstalten machten, sich vom Tisch zu erheben.

Ihr Einfluss als Matriarchin ist ungebrochen, sinnierte Judith mit stillem Vergnügen, als sie Martin auf die Tanzfläche folgte. Selbst Hugo wagt nicht, sich ihren Wünschen zu widersetzen, wenn sie ihn ausdrücklich anspricht.

Der weitere Abend verlief amüsant. Als der Champagner ihnen allen zu Kopf gestiegen war, sang sogar Betty den Lichtsong um Mitternacht mit. Er sollte einer der größten Berliner Hits der Zwanzigerjahre werden.

Wenn Judith das Lied in späteren Zeiten hörte und an diesen Abend zurückdachte, erschien ihr der Ball als die letzte unbeschwerte Vergnügung, die sie genossen hatte.

Teil 2

Sorgen und Ängste

(1929 bis 1930)

Kapitel 9

Gartenwirtschaft im Grunewald

Sonntag, 14. Juli 1929

Ein letztes Mal prüfte Rieke die drei festlich gedeckten Tafeln im Garten des Gasthauses im Grunewald, das Peter und sie zur Ausrichtung ihrer Hochzeitsfeier ausgesucht hatten. Petrus war ihnen gewogen und ließ eine strahlende Sonne vom azurblauen, nahezu wolkenlosen Julihimmel strahlen.

Nun würden die Gäste jeden Moment eintreffen. Auf zierlichen Einladungskärtchen hatten Peter und sie für ein Uhr zum Mittagessen geladen. Später am Nachmittag würde es Kaffee und Kuchen geben. Dann würde das Brautpaar die im KaDeWe bestellte Hochzeitstorte anschneiden.

Die Heirat hatte gestern Morgen nur im Beisein ihrer Trauzeugen auf dem Standesamt im Wedding stattgefunden. Eine anschließende kirchliche Hochzeit war für Peter und Rieke nicht infrage gekommen, da sie nicht religiös waren. Mit Judith Bergmann, Riekes Trauzeugin, und Peters Freund Harald Kuczynski, mit dem er sowohl im Mieterrat von Meyers Hof als auch im SPD-Bezirksrat im Wedding saß, waren sie danach noch ins Aschinger am Alexanderplatz gefahren.

»Bist du denn glücklich, Kind?« Ihre Mutter Käthe, die Rieke nicht hatte kommen hören, fasste sie von hinten am Arm und drehte sie sanft zu sich um, um ihr ins Gesicht zu sehen. Sie war gemeinsam mit ihrem Lebensgefährten Fritz als Einzige schon vor Ort.

Rieke hielt Käthes forschendem Blick stand. »Ja, Mutter, ich bin glücklich«, betonte sie. »Vielleicht nicht so überströmend glücklich, wie ich es wäre, wenn Peter und ich gerade frisch verliebt wären. Aber wir leben ja schon einige Jahre zusammen, und so ist es das stille Glück, das ich heute genieße.«

»Zeit genug, um eure Gefühle füreinander zu prüfen, habt ihr euch ja gelassen«, erwiderte Käthe und blickte Rieke dabei weiterhin intensiv in die Augen.

Die öffnete schon den Mund, um ihrer Mutter zu gestehen, dass sie bislang von einer Hochzeit abgesehen hatte, um ihrer Stellung als Aufsichtsdame im KaDeWe nicht zu schaden. Doch dann unterließ sie es doch.

Denn an diesem wunderbaren Tag wollte sie sich nicht mit Gedanken an die Schikanen von Gunter Perl belasten, mit denen er ihr nahezu wöchentlich das Leben schwer machte. Erst vor Kurzem hatte er sie zum dritten Mal gerügt, weil sie einer adeligen Dame erlaubt hatte, Einkäufe am Nachmittag umzutauschen. Diesmal hatte er es in Anwesenheit von Martin Tietz getan, in dessen Büro er sie vorher zitiert hatte.

Ihren Einwand, dass die Dame in Eile gewesen sei, weil sie noch am gleichen Abend zurück auf ihr Rittergut nach Pommern fahren wollte, ließen weder Perl noch Tietz gelten. »Regeln sind für alle Kundinnen da, Fräulein Krause«, belehrte Martin sie stattdessen mit erhobenem Zeigefinger. »Wenn wir dauernd Ausnahmen davon machen, hält sich bald niemand mehr daran.«

Natürlich hatte Gunter Perl kein Wort darüber verloren, dass er Rieke tatsächlich die hundert Mark von ihrem Jahresbonus abgezogen hatte, die er jener arroganten ostpreußischen Gutsherrin vor ungefähr einem Jahr als Gutschrift gegeben hatte. Mit der Begründung, dass Rieke hätte erkennen müssen, dass die Ausnahme in diesem Fall gerechtfertigt gewesen wäre, um die heftige Beschwerde dieser solventen Kundin zu verhindern.

Nach diesem Vorfall hatte Rieke lange mit Judith darüber

diskutiert, ob sie sich bei Martin Tietz über Perls Verhalten beschweren solle. Letztlich hatte Judith ihr davon abgeraten. »Unglücklicherweise hält Martin neuerdings große Stücke auf diesen Schuft«, erklärte sie Rieke. »Du weißt ja, dass der Umbau des KaDeWe Unsummen verschlingt. Da möchte Martin es sich mit dem Einkäufer und damit Leiter der umsatzstärksten Abteilungen im Haus sicher nicht verderben.«

Seit diesem Gespräch war in Rieke zunehmend der Gedanke gereift, Peter endlich zu heiraten und eine Familie zu gründen. »Denn schlechter, als Perl mich jetzt behandelt, kann er das auch nicht tun, wenn er damit rechnet, dass ich demnächst aufgrund einer Schwangerschaft ausscheiden muss. Im Gegenteil, vielleicht lässt er mich dann sogar endlich in Ruhe«, teilte sie Judith schließlich mit.

Ursprünglich hatten Peter und sie vorgehabt, ihre Hochzeit im Herbst zu feiern. Das war ihrer beider Lieblingsjahreszeit und sie wollten sich genügend Zeit lassen, um die Feier vorzubereiten. Doch dann hatte ein Ereignis die Dinge beschleunigt.

Vor einigen Wochen fand Rieke ihre Mutter tränenüberströmt in der Wohnküche vor, als sie abends kurz bei ihr vorbeischaute. Vor ihr hatte ein zerknitterter Brief von Sanni gelegen:

Hiermit möchte ich mitteilen, dass Hermann Wolters und ich am 14. Juli heiraten werden. Auf die Anwesenheit von Dir und Rieke legen wir dabei keinen Wert.

Darauf bezog Rieke sich nun, als sie ihrer Mutter antwortete. »Peter und ich wollten dir eine Freude machen, wo Sanni uns schon so grausam behandelt. Da wir ohnehin geplant hatten, zu heiraten, haben wir spontan beschlossen, es genau am selben Tag zu tun wie Sanni. Damit du heute glücklich bist, anstatt dich zu grämen.«

Sannis gemeines Verhalten gegenüber Käthe und ihr war allerdings nur der Anlass gewesen, die Hochzeit vorzuziehen. Dass es viel schwerwiegendere Gründe für ihre Eheschließung gab, hatte Rieke ihrer Mutter bisher verschwiegen, und sie wollte zumindest heute nichts daran ändern. Denn Käthe, durch deren Vermittlung Rieke einst ins KaDeWe gekommen war, war ungeheuer stolz auf den Aufstieg ihrer ältesten Tochter. Es hätte ihr womöglich die Freude an der Hochzeit vergällt, wenn sie von der schlechten Behandlung Riekes erfahren hätte.

Jetzt zuckte Käthe mit den Schultern. »Ich weiß nicht, Rieke. Vielleicht hätte ich mich über Sanni gegrämt, vielleicht auch nicht. Denn Sanni ist im Charakter ihrem trunksüchtigen Vater nachgeschlagen. Auch der war ein Bruder Leichtfuß und pflegte alle anderen für sein Schicksal verantwortlich zu machen, nur nicht sich selbst. Vermutlich ist es daher besser, wenn ich keinen Kontakt mehr zu Sanni habe. Zumal mir auch Hermann Wolters als Schwiegersohn keineswegs so genehm ist wie dein Peter.«

Pünktlich auf die Minute kamen genau in diesem Augenblick die ersten Gäste an. Rieke erkannte ihre Stimmen vor dem Eingang zur Gastwirtschaft. Da weder Peter noch sie über einen großen Freundeskreis verfügten, hatten sie überwiegend Kollegen und Nachbarn eingeladen.

Im KaDeWe hatte Rieke den Hochzeitstermin ursprünglich geheim halten wollen, um das Fest nicht allzu groß werden zu lassen. Darüber hinaus wollte sie keine Gäste zur Feier bitten müssen, auf die sie eigentlich gar keinen Wert legte. Doch leider war dies misslungen.

Verplappert hatte sich wahrscheinlich die junge Eva Sperber, ursprünglich die einzige einfache Verkäuferin, die Rieke eingeladen hatte. Denn ihre beiden Ersten Verkäuferinnen Gitta Lenz und Esther Weinberg, die ebenfalls eingeladen waren, hielt Rieke in dieser Hinsicht für gesetzter.

Gitta, die Erste Verkäuferin der Damenaccessoires, wollte demnächst selbst heiraten, wie sie Rieke bei dieser Gelegenheit anvertraut hatte. Esther Weinberg, die Perl aufgrund ihrer Tüchtigkeit mittlerweile von den preiswerteren Frauenartikeln im Erdgeschoss abberufen und doch zur Ersten Verkäuferin der Damenkonfektion gemacht hatte, war wahrscheinlich auch diskret geblieben. Beide wussten, dass Erika Dehner, die Erste Verkäuferin der Schuhabteilung, Rieke noch immer herzlich unsympathisch war. Sie konnten sich denken, dass Erika ihr am Tag ihrer Hochzeit nicht willkommen sein würde.

Doch als Erika Rieke vor zwei Wochen in der Mittagspause demonstrativ gefragt hatte, was sie sich von ihren Mitarbeiterinnen zur Hochzeit wünsche, war Rieke nichts anderes übrig geblieben, als auch sie zur Feier zu bitten. Ebenso wie alle übrigen Verkäuferinnen der Damenkonfektion, also Evas unmittelbare Kolleginnen.

Mit Käthe und Fritz' Nachbarn aus Meyers Hof, auf deren Hilfe der gelähmte Fritz nach wie vor angewiesen war, und Peters Bekannten aus dem Mieterrat und dem SPD-Bezirksrat waren es nun doch über dreißig Gäste geworden. Dennoch störte sich Rieke nicht an den dadurch höheren Kosten der Feier.

Peter und sie hatten ausgerechnet, dass sie nach Riekes Ausscheiden gar nicht über so viel weniger Einkommen verfügen würden als jetzt. Peters ohnehin hohes Gehalt würde, wie es im KaDeWe schon zu Jandorfs Zeiten üblich gewesen war, beträchtlich steigen, wenn er heiraten und bald für eine Familie zu sorgen hätte.

Auch den monatlichen Zuschuss für Käthe und Fritz würden sie sich weiterhin leisten können.

Wenigstens hatte Rieke nicht auch noch die Erste Verkäuferin der Damenwäscheabteilung einladen müssen. Denn diese Stelle war seit einigen Monaten vakant. Die damit verbundenen Aufgaben hatte Perl natürlich Rieke aufgehalst, eine weitere seiner Schikanen.

Denn es lag ganz allein an ihm, dass die wegen einer Schwindsucht ausgeschiedene Mitarbeiterin nicht ersetzt worden war. Zu Riekes und auch Judiths großem Ärger hatte Perl seine starke Position im KaDeWe nämlich dazu genutzt, Tietz zu einem Zugeständnis an ihn zu veranlassen.

»Mein Vater hat mir heute erzählt, dass Perl von Martin verlangt hat, alle Personalentscheidungen bis einschließlich der Ebene der Ersten Verkäuferinnen eigenständig treffen zu dürfen. Mein Vater sei ihm zu weit von der Basis entfernt und könne die Qualifikation der benötigten Kräfte nicht angemessen beurteilen, hat er argumentiert.«

»Aber dein Vater war doch schon Personalleiter im KaDeWe, seit ich denken kann!«, hatte Rieke erschüttert erwidert.

Judith schnaubte. »Und du wirst es nicht glauben. Genau das war der Grund, warum Martin Perl sofort recht gegeben hat. ›Wieder habe ich einen alten Zopf abgeschnitten‹, hat er das mir gegenüber begründet und nicht mit sich reden lassen. Er hat meinem Vater lediglich ein Vetorecht zugestanden, das aber Hand und Fuß haben müsse.«

Immerhin würde die neue Kraft im nächsten Monat endlich ihren Dienst antreten, hatte Rieke vor einigen Tagen erfahren.

»Rieke! Wo bleibst du denn? Da sind die ersten Gäste, die wir gemeinsam begrüßen sollten!«, riss Peter sie aus ihren Grübeleien.

»Du hast recht«, lächelte sie ihm zu und küsste ihn auf den Mund. Dann beschloss sie, Gunter Perl zu vergessen und den Rest dieses Tages in vollen Zügen zu genießen.

Vor der Berliner Nikolaikirche

Sonntag, 14. Juli 1929, etwas später

»Hoch! Hoch! Hoch soll'n se leben!«

Die Menge der Hochzeitsgäste, die vor dem Portal der Nikolaikirche auf das Brautpaar wartete, jubelte Sanni und Hermann Wolters aus Leibeskräften zu, als sie hinaustraten. Dazwischen mischten sich immer wieder auch andere Rufe: »Heil! Heil!« Dazu zeigten insbesondere Hermanns SA-Kameraden mit dem rechten Arm den sogenannten Hitlergruß, mit dem man sich mittlerweile als Mitglied der Nationalsozialistischen Deutschen Arbeiterpartei begrüßte.

Sanni blinzelte nach dem Dämmerlicht im Innern der Kirche im hellen Sonnenschein des strahlenden Julitags und wischte sich rasch über die Augen, um ein paar Tränen der Rührung zu verbergen. Wer hätte das von dem armen Arbeitermädchen aus dem Wedding gedacht, das während der Not- und Nachkriegsjahre seinen Körper verkauft hatte, um zu überleben! Wer hätte gedacht, dass sie nun, strahlend vor Glück, als frischgebackene Ehefrau am Arm eines anständigen deutschen Mannes aus dieser Kirche schreiten würde!

Da weder sie selbst noch Hermann gläubig waren, hätten sie eine kirchliche Hochzeit noch vor wenigen Wochen gar nicht in Betracht gezogen. Aber Horst Wessel, wie Hermann Sturmführer der SA und sein Trauzeuge, hatte sie eines Besseren belehrt.

»Eine anständige deutsche Ehe wird in der Kirche geschlossen«, hatte er ihnen erklärt.

Hermann und Sanni hatten sich ratlos angesehen. »Aba ick weeß jar nich, wo ick da hinsoll«, protestierte Hermann. »Ick kann mir nich mal dran erinnern, det ick je in 'ner Kirche war.«

Horst winkte ab. »Gottes Segen kann nie schaden. Schon gar nicht unserer Sache, die ja noch im Werden begriffen ist.« Als Sohn aus gutbürgerlichem Haus, der zudem nicht in Berlin geboren war, sprach Horst Hochdeutsch. »Also schlage ich euch vor, dass ich meinen Vater um Hilfe bitte.« Er stockte und stellte dann zunächst eine Frage. »Seid ihr katholisch oder evangelisch? Oder wisst ihr das gar nicht mehr?«, fügte er spöttisch hinzu.

»Evangelisch«, sagten Sanni und Hermann wie aus einem Mund.

»Dann trifft sich das ja prima. Mein Vater ist der Pfarrer der Nikolaikirche. Ich werde ihn bitten, euch zu trauen.«

So leicht hatte es ihnen der alte Wessel allerdings dann doch nicht gemacht. Bevor er sich damit einverstanden erklärte, die kirchliche Trauung am heutigen Sonntagnachmittag zu vollziehen, mussten Sanni und Hermann einige Gebete auswendig lernen und sogar die Lesung ihrer Brautmesse aus der Bibel aussuchen. Das Letzte war ihnen allerdings nicht schwergefallen, da Horst Wessel ihnen sofort den richtigen Tipp gegeben hatte. Er wusste, was seinem Vater zusagte.

Und so trat nun Sanni, mit ihren über den Ohren zu Schnecken gerollten blonden Zöpfen und einem jungfräulichen Myrtenkranz mit weißen Blüten auf dem Kopf, durch die Menge, die vor der Kirche ein Spalier gebildet hatte und sie mit Reis und Rosenblättern überschüttete.

Ein wenig ziepte der bodenlange Tüllschleier, der an dem Kranz befestigt war. Sanni versuchte, es zu ignorieren. Sie konzentrierte sich stattdessen darauf, sich nicht in ihrem langen Brautkleid zu verheddern. Zum Glück war es schlicht und schmal geschnitten und wies fast keinerlei Zierrat auf.

»Eene jute deutsche Frau braucht so 'nen Tand nich«, hatte Hermann Sanni erklärt, als sie den Stoff, den sie im Weißwarenladen seines Dienstherrn ausgesucht hatten, zur Schneiderin brachten. Aus diesem Grund trug Sanni außer dem schmalen Ehering auch keinen Schmuck. Da das Kleid keinen Ausschnitt hatte, sondern dicht um den Hals herum abschloss, hätte eine Kette auch nicht dazu gepasst.

Hermann war natürlich in seiner frisch gereinigten und gebügelten SA-Uniform mit dem Abzeichen des Sturmführers erschienen. Sein Hochzeitsanzug hatte ihn daher keinen Pfennig gekostet.

Vor der Kirchentür wartete keine Brautkutsche, sondern nur ein altes, an vielen Stellen verrostetes Automobil auf sie, das Luise Falkners Verlobtem gehörte. Er war ebenfalls Mitglied der SA.

Nachdem das Brautpaar auf dem Rücksitz Platz genommen hatte, setzte sich das Fahrzeug mit lautem Tuckern und Knattern in Richtung des Gasthauses im Nikolaiviertel in Bewegung, in dem die Feier stattfinden sollte. Luise, die Sanni bei ihrem ersten Treffen der Moabiter Gruppe des Deutschen Frauenordens kennengelernt hatte, war inzwischen ihre beste Freundin.

Beide genossen in dieser Frauenorganisation bereits einiges Ansehen. Durch ihren unermüdlichen Fleiß hatten sie über zwanzig neue Mitglieder angeworben. Außerdem beteiligten sie sich an Flohmärkten, Kuchenverkäufen und allen anderen Aktivitäten, mit denen der Orden seine Einnahmen aufbesserte. Als Ehrengast war daher heute auch Elsbeth Zander, die Gründerin des Frauenordens, bei der Hochzeitsfeier dabei.

»Oh, wie ich dich beneide«, raunte Luise Sanni ins Ohr, als sie ihr nach der Ankunft im Gasthof beim Aussteigen half. »Ich wünschte, es wäre bei meinem Willi und mir auch schon so weit.« Beide Frauen hatten sich inzwischen ihren Berliner Dialekt völlig abgewöhnt, da sie sich als Repräsentantinnen ihrer Frauenorganisation betrachteten, die seit dem vergangenen Jahr auch offiziell der Partei angehörte.

Nur ihre Männer weigerten sich konsequent, es ihnen nachzutun, tolerierten aber »dit jeschwollene Jeschwätz, wenn et der Sache dient«, wie Hermann sich ausdrückte.

Im Inneren des Gasthauses roch es bereits verlockend. Sannis Magen begann zu knurren. Da die kirchliche Trauung um halb zwei begonnen hatte, hatten sie sich entschlossen, ihren Hochzeitsgästen anstatt eines Nachmittagskaffees ein spätes Mittagessen zu spendieren.

Mit Luises Hilfe löste Sanni den unbequemen Schleier und inspizierte dann gemeinsam mit ihrer Freundin das über Rechauds angerichtete warme Büfett.

»Hmm, Kartoffelsuppe«, schwärmte Luise, »die ess ich für mein Leben gern.« Sie schnupperte. »Und was gibt es noch?«

»Nur gute deutsche Berliner Gerichte«, antwortete Sanni. »Darauf hat der Hermann bestanden. Eisbein mit Erbspüree, was ich gar nicht mag.« Einen Moment lang trübte sich ihre Laune. Hermann war nicht dazu zu bewegen gewesen, hochwertigere Gerichte wie Rinderbraten oder Geflügel als Hochzeitsessen zu bestellen. Wenigstens das zweite Gericht, Buletten mit Kartoffelsalat, würde ihr trotz seiner Einfachheit schmecken. Danach würde es außerdem ihren Lieblingsnachtisch geben, Rote Grütze mit Vanillesoße.

Denn ihre heutige Eheschließung konnte nicht darüber hinwegtäuschen, dass es ihnen finanziell nach wie vor nicht gut ging. Zum Glück hatte Hermanns Chef ihnen den Stoff für das Brautkleid als vorzeitiges Hochzeitsgeschenk spendiert. Hausrat besaßen die beiden noch immer kaum. Sanni hatte daher im Vorfeld so oft wie möglich durchblicken lassen, dass sie sich einiges davon zur Hochzeit wünschte.

Vielleicht war ja sogar ein richtiges Kaffeeservice dabei statt der angeschlagenen irdenen Becher und Teller, die sie bislang benutzten. Immer wieder warf sie verstohlene Blicke auf den Gabentisch mit den größtenteils noch verpackten Geschenken. Da waren tatsächlich ein paar große Pakete dabei.

Nun aber galt es erst einmal, die knurrenden Mägen zu füllen. Die Hochzeitsgesellschaft bediente sich fröhlich am Büfett und begab sich danach mit den gefüllten Tellern in den Gasthausgarten, wo eine lange Tafel mit einem karierten Tischtuch bedeckt war. Schon bald floss die Berliner Weiße in Strömen. Die Stimmung wurde immer ausgelassener.

Man war schon bei der Roten Grütze angelangt, als Luise Sanni plötzlich fragte: »Tut es dir wirklich nicht leid, dass niemand von deiner Familie da ist?«

Sanni schüttelte ein wenig zu heftig den Kopf. »I wo, das macht mir gar nichts aus«, beteuerte sie. »Sonst hätte ich sie ja eingeladen. Mit denen hab ich schon jahrelang nichts mehr zu tun.«

Tief im Inneren nagte allerdings die Enttäuschung darüber an ihr, dass nicht einmal eine Glückwunschkarte gekommen war. Doch sie hätte sich lieber die Zunge abgebissen, als das zuzugeben.

Gerade erhob sich Elsbeth Zander und klopfte mit einem Löffelchen an ihr Glas. Wieder war sie in ein graues Kostüm gekleidet, das eher in den Spätherbst gepasst hätte als zu einem strahlenden Hochsommertag.

Doch Sanni ließ sich ihr fortwährendes Erstaunen über die unvorteilhafte Garderobe der Vorsitzenden des Deutschen Frauenordens erneut nicht anmerken. Stattdessen raunte sie Luise noch schnell ins Ohr. »Die Zander ist mir hundertmal lieber bei meiner Hochzeit als meine olle Mutter.«

Elsbeth Zander musste noch einige Male an ihr Glas klopfen, bis die fröhliche Unterhaltung rund um den Tisch endlich erstarb.

»Liebe Parteigenossen und -genossinnen, liebe Freundinnen und Freunde«, begann Elsbeth ihre Rede und ließ ihren wie gewohnt herrischen Blick über die Feiernden schweifen. Schließlich blieb er am Brautpaar hängen.

»*Was lange währt, wird endlich gut,* sagt ein altes deutsches Sprichwort. Das gilt auch für unsere Brautleute. Endlich haben sie den Bund fürs Leben geschlossen, wie es sich für zwei reinrassige, arische Deutsche gehört. Mögen sie unserem verehrten Führer Adolf Hitler viele Kinder schenken. Unverdorbenes deutsches Blut von Generation zu Generation weiterzugeben ist in der heutigen schlimmen Zeit oberstes Gebot.«

Sanni durchzuckte ein Stich. Unwillkürlich senkte sie den Kopf, als Elsbeth sie fixierte. Obwohl sie bislang nicht verhütet hatte, war sie noch nicht schwanger. Zum Glück war Hermann nicht misstrauisch geworden, wahrscheinlich, weil sie ihm vorgemacht hatte, ein Pessar zu benutzen.

Hoffentlich schöpft er noch lange keinen Verdacht, dachte sie ängstlich, während Elsbeth die immer gleichen Parolen über die Charaktereigenschaften und Pflichten der deutschen Frau als Hausfrau und Mutter deklamierte. Sanni hatte sie schon so oft gehört, dass sie sie auswendig kannte. Was tue ich nur, wenn er mich eines Tages zu einem Arzt schleppt und dabei alles herauskommt?, grübelte sie, anstatt Elsbeth zu lauschen.

Erst ein unsanfter Rippenstoß Luises brachte sie zurück ins Hier und Jetzt. »Und so überreiche ich Ihnen zum Schluss meiner Worte jedem ein Buch. Möge es Ihnen zum Nutzen gereichen!«

Elsbeth kam um den Tisch herum und übergab Sanni ein dünnes, Hermann ein deutlich dickeres Päckchen. Als sie das Geschenkpapier abwickelten, fand Sanni darin ein Buch mit dem Titel *Denkwürdiges für die gute deutsche Hausfrau* und dem Untertitel *Mit Rezepten für sparsames Kochen*. Hermann packte dagegen das Werk des Führers *Mein Kampf* aus, das Hitler bereits vor Jahren während seiner Festungshaft geschrieben hatte.

Sanni lächelte verkrampft und versuchte, sich ihre Enttäuschung nicht anmerken zu lassen, als sie sich bei Elsbeth bedankte. Hermann zeigte Hitlers Buch dagegen stolz in der Runde herum. Noch konnte Sanni nicht einschätzen, warum sich die Mienen einiger von Hermanns SA-Kumpanen, die ebenfalls in Uniform erschienen waren, betroffen verzogen. Der Grund sollte sich erst später zeigen.

Denn jetzt trat Horst Wessel vor. Er hielt eine Art Flöte in der Hand und winkte fünf seiner Kameraden, die sich mit ihm am Kopfende des Tisches aufstellten. »Nun bringen wir dem Brautpaar ein Ständchen«, kündigte Wessel an.

Was für ein Ständchen?, dachte Sanni verwirrt. Zu den rauen Gesellen schien es kaum zu passen, eines jener albernen Hochzeitslieder zu singen, wie sie gerade in Mode waren.

Horst Wessel stimmte die Melodie mit seinem Instrument an. Sanni wurde später erfahren, dass es den merkwürdigen Namen »Schalmei« trug. Dann holte er tief Luft.

Die Fahne hoch!
Die Reihen fest geschlossen!
SA marschiert
Mit mutig festem Schritt.
Kam'raden, die Rotfront und Reaktion erschossen,
Marschier'n im Geist
In unser'n Reihen mit …

So erscholl es laut durch den ganzen Gasthausgarten. Da die Menge der Hochzeitsgäste für eine geschlossene Gesellschaft nicht ausgereicht hatte, lauschten auch andere Besucher der Wirtschaft dem Lied, das noch zwei weitere Strophen hatte.

Als die Sänger geendet hatten, klatschten die meisten frenetisch Beifall. Nur ein älteres Paar erhob sich und verließ den Gastgarten.

Horst Wessel trat vor seine Gruppe und verbeugte sich mehrfach, bis der Applaus verebbt war. »Das war die Uraufführung meines vertonten Gedichts«, verkündete er stolz.

Ein Gedicht? Wieder war Sanni verwirrt. Ein SA-Mann schreibt Gedichte?

Doch schon trat Wessel an den Gabentisch und ergriff eines der größten Pakete. Damit trat er auf Sanni und Hermann zu und drückte es ihnen in die Hände.

Sanni erkannte sofort, dass der Karton nicht das ersehnte Kaffeeservice enthalten konnte. Noch ehe Hermann das Geschenkpapier entfernt hatte, wandte sich Wessel an die übrigen Gäste. »Das sind alle Ausgaben des *Angriffs,* die bislang erschienen sind. Zusätzlich ein Jahresabonnement für diese unsere nationalsozialistische Gauzeitschrift. In der ersten Juniwoche wurde darin mein Gedicht veröffentlicht, das wir heute als Lied vorgetragen haben.«

Joseph Goebbels hatte die Wochenzeitschrift im Sommer 1927 gegründet. Das riesige Paket enthielt also über hundert Hefte. Schade um das Kaffeeservice, dachte Sanni trübsinnig.

Doch die Hochzeitsgäste klatschten wieder Beifall. Für einen so jungen Mann hat es Horst schon recht weit gebracht, ging es Sanni durch den Kopf. Sie wusste, dass Wessel noch nicht einmal zweiundzwanzig Jahre alt war und damit über dreizehn Jahre jünger als Hermann. Trotzdem bekleidete er in der SA schon den gleichen Rang und führte sogar den Sturm in Friedrichshain an, einer der gefährlichsten Hochburgen der KPD. Auch in Moabit, wo Hermann die SA-Mannen befehligte, gab es eine Reihe gefährlicher Kommunistenzellen. Aber längst nicht so viele wie in Friedrichshain oder in ihrem Heimatstadtteil Wedding.

Der Horst hat noch eine große Zukunft vor sich, dachte Sanni neidisch. Da kann sich der Hermann eine Scheibe von abschneiden.

Schon traten die nächsten Gäste mit ihren Geschenken auf sie zu. Sanni schüttelte die unangenehmen Gedanken ab. Sonst würde man sie ihr am Ende noch am Gesicht ablesen, was nicht zu einer glücklichen Braut am schönsten Tag ihres Lebens passte.

Trotzdem fiel es ihr immer schwerer, ihre wahren Gefühle zu verbergen. Immerhin überreichte ihr Luise einen gusseisernen Kochtopf und ein Kochbuch für typische Berliner Gerichte. Beides konnte Sanni gut gebrauchen.

Als Hermann allerdings zum vierten Mal Hitlers *Mein Kampf* auspackte, konnte selbst er seine Irritation nicht überspielen. Der Gabentisch leerte sich zusehends. Sannis ersehntes Kaffeeservice war nicht dabei.

Stattdessen gab es für sie beide ein weiteres Jahresabonnement, diesmal für die nationalsozialistische Tageszeitung *Völkischer Beobachter,* und für Hermann ein Buch über Rassenlehre. Für Sanni außerdem einen Kleiderstoff, den sie ausgesprochen hässlich fand, eine Küchenschürze, Topflappen und noch zwei Kochtöpfe. Wenigstens war auch eine gute Bratpfanne dabei.

Da Sanni nicht über eine Aussteuer verfügte, würde man sich

im Haushalt Wolters also weiterhin mit dem Wenigen bescheiden müssen, was es schon gab. Unwillkürlich überlegte Sanni, wie viel des dringend benötigten Hausrats sie von den Kosten für das Hochzeitsessen in diesem Gasthaus hätte kaufen können. Gar nicht zu reden von den Getränken, die nach Verbrauch extra berechnet wurden.

Sie kämpfte gegen ihre zunehmende Verdrossenheit an, als plötzlich eine Bewegung unter den SA-Männern entstand. »Er ist doch noch gekommen«, hörte sie einen Kameraden zu Horst Wessel sagen, der über das ganze Gesicht zu strahlen begann.

Wenig später betrat ein kleiner Mann in einem grauen Sommeranzug den Garten. »Heil Hitler!« Geschlossen sprangen die SA-Leute auf und begrüßten den Neuankömmling.

Sannis schlechte Laune verflog von einem Moment zum anderen, als sie erkannte, wer ihnen da die Ehre gab. Hermann an ihrer Seite war schier vor Ehrfurcht erstarrt.

Joseph Goebbels, seines Zeichens Gauleiter der NSDAP in Berlin, erwiderte den Gruß und nickte der Menge danach huldvoll zu. »Ich freue mich außerordentlich, zu Gast bei dieser ehrenvollen Hochzeit sein zu dürfen, bei der sich deutsches Blut zu deutschem Blut gesellt«, sagte er dann ein wenig gestelzt.

»Möchten Sie ... Möchten Sie nicht Platz nehmen und etwas zu sich nehmen?« Obwohl Sanni wusste, dass auch Hermann Wolters das Hochdeutsche aus seiner Zeit als Verkäufer im KaDeWe beherrschte, hatte sie es ihn noch nie sprechen hören, seit sie mit ihm zusammenlebte.

Goebbels wehrte mit einem freundlichen Lächeln ab. »Leider ist meine Zeit begrenzt«, erklärte er. Dann zog er einen Umschlag aus der Innentasche seines Jacketts. »Doch ich möchte nicht versäumen, Ihnen beiden das Geschenk der Partei zu überreichen.«

Mit zitternden Händen öffnete Hermann den Umschlag, während Sanni sich dicht an ihn drängte. Dann zog Hermann ein einzelnes Blatt heraus. »Ehestandsdarlehen über tausend Mark«, las Sanni verblüfft. Auch Hermann wirkte verwirrt.

»Im zentralen Berliner Parteibüro gibt es eine Liste der Geschäfte, bei denen Sie gegen Vorlage dieses Gutscheins Möbel und anderen Hausrat im Wert von tausend Mark erwerben können. Natürlich sind es ausschließlich arische Einzelhandelsgeschäfte. Die Partei erstattet den Besitzern zunächst die Auslagen, nach Ablauf eines Jahres können Sie sie dann in kleinen Raten zurückzahlen.«

Während Sanni und Hermann die Worte fehlten, fügte Elsbeth Zander, die mittlerweile neben Goebbels getreten war, hinzu: »Das Darlehen kann natürlich in keinem der großen Warenhäuser eingelöst werden. Schon gar nicht bei denen in jüdischem Besitz.«

»Natürlich nich. Dit is doch klar wie Kloßbrühe«, fiel Hermann wieder in seinen Dialekt zurück.

»Aber da es noch etwas dauern wird, bis Sie in den Genuss der von diesem Darlehen der Partei erworbenen Gegenstände kommen, habe ich Ihnen heute noch ein weiteres Geschenk mitgebracht. Es ist zum sofortigen Gebrauch bestimmt.« Damit winkte Goebbels einem Mann, der mit ihm den Gasthausgarten betreten hatte. Es war wahrscheinlich sein Chauffeur.

Der Mann reichte Goebbels einen schön verpackten Gegenstand, der ihn an Hermann weitergab. Sanni ahnte bereits, was es war, bevor Hermann die Schnüre gelöst hatte und das Papier auseinanderzog.

Es war das fünfte Exemplar von Hitlers *Mein Kampf*, das Sanni und Hermann zur Hochzeit bekamen.

Gartenwirtschaft im Grunewald

Sonntag, 14. Juli 1929, zur ungefähr gleichen Zeit

Judith lehnte dankend ab, als ihr Riekes Mutter Käthe ein weiteres Mal die Fleischplatte mit dem aufgeschnittenen Rinderbraten reichen wollte.

»Herzlichen Dank, liebe Frau Krause, aber ich platze fast. Dabei hat Rieke angekündigt, dass es *Berliner Luft* zum Nachtisch geben wird. Dafür muss ich wenigstens noch ein bisschen Platz lassen.«

Die Cremespeise mit Himbeersoße und frischen Himbeeren war eines von Judiths Lieblingsdesserts.

Dann setzte sie wieder ihre unbekümmerte Miene auf, während sie sich umblickte und freundliche Konversation mit den anderen Gästen an ihrem Tisch machte. Judith wusste, dass Rieke auch aufgrund ihrer Anwesenheit den Kreis der Eingeladenen aus dem KaDeWe auf ein Minimum hatte beschränken wollen. Nun begegnete sie den neugierigen Blicken der Verkäuferinnen mit gewollt gelassener Haltung.

Der Hochzeitsfeier ihrer besten Freundin fernzubleiben hätte Judith nicht übers Herz gebracht. Lieber nahm sie in Kauf, dass sich Leute wie diese Frau Dehner fragten, was sie, als Tochter des kaufmännischen Leiters und liiert mit Martin Tietz, bei der Hochzeit einer subalternen Angestellten zu suchen hatte. »Sollen sie sich doch ruhig die Mäuler zerreißen«, hatte Judith auf Riekes diesbezügliche Bedenken geantwortet.

Es war gerade mal etwas länger als ein halbes Jahr her, dass Judith zuletzt auf einer Hochzeit gewesen war. Allerdings trotz der netten Umgebung hier im Grunewald in einem völlig anderen Ambiente.

Vater und Sohn Jandorf hatten im Adlon gefeiert. Dort wurden Forellenfilets, Entenbrust und Fasan gereicht. Kein Rinderbraten mit Klößen und Teltower Rübchen wie bei diesem Hochzeitsmahl. Immerhin hatte Judith Martin Tietz dazu bewegen können, Rieke und Peter den Champagner zu spendieren, mit dem man die Gäste begrüßt hatte.

Unwillkürlich verglich Judith nun auch die Pracht der Hochzeitskleider der Jandorf-Bräute mit dem eher schlicht wirkenden Ensemble, das Rieke heute trug. Es war ein Kostüm aus elfenbeinfarbener Seide, das noch aus der letzten Saison im KaDeWe stammte und daher im Preis stark heruntergesetzt worden war. Zusammen mit dem Personalrabatt war es auch für Rieke erschwinglich gewesen.

Es steht ihr besser als Helene und Charlotte ihre überladenen Brautkleider, ging es Judith durch den Kopf. Es betont ihren Teint und untermalt sogar ihren Charakter. Bescheidenheit gepaart mit Geradlinigkeit.

Gerade war abgeräumt worden, damit das Dessert serviert werden konnte, als Peter Käthes Lebensgefährten Fritz Zimmer in seinem Rollstuhl mitten zwischen die Tische schob. Fritz klopfte an sein Glas. Aller Augen wandten sich ihm zu. Dann begann er zu sprechen. Judith musste sich ein Schmunzeln verkneifen.

»Die Käthe hat dit mit mir jeübt«, begann er. »Dass ich heute dit Hochdeutsch sprech, wie es bei so 'ner feinen Feier üblich ist. Aba es gibt ja keenen, äh, keinen Brautvater mehr und da möchte ich dem Paar allet Glück der Welt wünschen.«

In dieser Tonart ging es noch eine Weile fort. Fritz fiel immer wieder in den Berliner Dialekt zurück, sosehr er sich auch um eine vornehmere Sprache bemühte. Doch genau das machte seine Laudatio auf Rieke und Peter so sympathisch. Er lobte die beiden über den grünen Klee, betonte ihren Fleiß, ihre Strebsamkeit und ihre Treue.

»Und so jeht für die Käthe und mir, äh, mich heute ein großer Wunsch in Erfüllung. Det die zwee, äh, beide glücklich sein sollen bis ans Ende ihrer Tage und Käthe und mir bald ein paar

Enkelchen bescheren. Denn wer rastet, der rostet, dit wisst ihr ja alle!«

Gerührt klatschte Judith mit den anderen Hochzeitsgästen Beifall. Auch diese Brautrede sprach sie weit mehr an als die Rede des Vaters von Harry Jandorfs Gemahlin Charlotte auf der Feier im Adlon. Nur die liebevollen Blicke, die sich Rieke und Peter zuwarfen, ähnelten denen der Jandorf-Brautpaare.

Auch ich wünsche den beiden von ganzem Herzen Glück, dachte sie bei sich. Und verdrängte dabei den Gedanken, dass zwischen Martin und ihr von einer Hochzeit noch nie die Rede gewesen war.

Kapitel 10

Soziale Frauenschule in Schöneberg

Anfang Oktober 1929

Judith presste die Lippen zusammen und wappnete sich für das bevorstehende Gespräch. Sie kannte die Schülerin Gerlinde Leber, die jetzt die Oberstufe der Sozialen Frauenschule besuchte, schon aus dem vergangenen Schuljahr.

Im Großen und Ganzen war Gerlinde bisher unauffällig geblieben. Ihre Noten waren durchschnittlich, ihre Beiträge zeugten nicht gerade von großem Einfallsreichtum. Daher war Judith sehr überrascht gewesen, wie gut Gerlindes Praktikumsbeurteilung durch die Leiterin des Kindergartens ausgefallen war, in dem Gerlinde in der Unterstufe vier Stunden pro Woche mitgearbeitet hatte.

Durch die Empfehlung dieser Leiterin, die Judith nicht persönlich kannte, war Gerlinde im Rahmen der umfangreicheren praktischen Tätigkeit in der Oberstufe in einen der Horte gekommen, in dem Judith ihre Forschungen zu den Familienverhältnissen der betreuten Kinder durchführte. Daher kannte sie die beiden Familien gut, die Gerlinde in ihrem ersten Praxisbericht nach der Methode der *Sozialen Diagnose* von Alice Salomon beschrieben hatte.

Heute war der Tag, an dem jede Schülerin mit Judith über diese Hausarbeit sprechen sollte. Sie leitete nämlich den praktikumsbegleitenden Kurs.

Die ersten drei Gespräche waren völlig problemlos verlaufen.

Judith hatte jede der Arbeiten mit *gut* oder sogar *sehr gut* bewertet. Die Zensur unter Gerlindes Arbeit hatte sie bislang noch offengelassen. Aber nun würde die Schülerin binnen der nächsten fünf Minuten anklopfen. Judith griff zu ihrem Federhalter. Noch immer zögerte sie. Dann las sie ein letztes Mal Gerlindes Fazit, mit dem sie ihre zuvor beschriebenen Ergebnisse zusammenfasste, um die geeignete Art der Maßnahmen zu empfehlen.

Daran sieht man wieder, dass minderwertige Menschen leicht an die Faulheit gewöhnt werden. Dies ist ein Schaden für die späteren Arbeitsmöglichkeiten. Eine allgemeine Verlotterung kommt sehr leicht hinzu. Deshalb muss der Staat eingreifen und einer sittlichen Verkommenheit vorbeugen.

Judith atmete einmal tief durch und setzte dann entschlossen den Federhalter an. Wenig später prangte die Note *nicht ausreichend* mit roter Tinte in ihrer gestochenen Handschrift unter der Hausarbeit. Diese schlechtestmögliche Note hatte sie in ihrer gesamten Lehrtätigkeit noch nie vergeben. Doch in diesem Fall erschien es ihr angebracht.

Pünktlich zum Beginn ihres Termins klopfte Gerlinde an Judiths Bürotür. Sie wahrte auch gegenüber Gerlinde die Form, stand auf und begrüßte sie wie die anderen Schülerinnen mit Handschlag. Dann bot sie ihr einen Platz an ihrem kleinen runden Besprechungstisch an, auf dem eine Kanne Tee auf einem Stövchen und eine Keksschale standen.

»Möchten Sie etwas trinken, Gerlinde?« Schülerinnen der Oberstufe pflegte man in der Sozialen Frauenschule zu siezen. »Oder vielleicht einen Haselnusskeks? Unsere Köchin ist eine wahre Meisterbäckerin.«

Täuschte sie sich oder huschte einen Augenblick lang ein neidischer Ausdruck über Gerlindes Gesicht? Judith wusste, dass Gerlinde die älteste Tochter eines Volksschullehrers war. So ärmlich wie in den Mietskasernen der Arbeiterviertel ging es bei ihr zu Hause sicher nicht zu. Aber eine Köchin konnte man sich natürlich nicht leisten.

Es wunderte Judith daher nicht, dass Gerlinde beide Angebote ablehnte. Dann griff die junge Frau nach einem ihrer dünnen blonden Zöpfe, die ihr bis über die Schultern hingen, und begann, ihn nervös zu kneten. Ahnte sie etwa, dass ihr Unangenehmes bevorstand?

Noch hielt sich Judith bedeckt und begann das Gespräch über die Hausarbeit und die dahinterstehenden praktischen Erfahrungen wie mit jeder anderen Schülerin.

»Wie gut kennen Sie denn die Familien, die Sie in Ihrer Praktikumsarbeit beschrieben haben?«

»Nun«, Gerlinde sah erstaunt aus, »die Eltern, oder besser gesagt, in einem Fall die Mutter, im anderen der Vater, bringen ihre Kinder manchmal nach der Schule in den Hort und holen sie oft auch wieder ab.«

»Und bei dieser Gelegenheit haben Sie sich ausführlich mit den Elternteilen unterhalten?«

»Wir haben ein paar Worte gewechselt, wenn sich die Gelegenheit dazu ergab«, wich Gerlinde aus. »Das meiste haben die Kinder erzählt. Es sind ja schon Schulkinder. Da kann man ihrem Urteil eher trauen als dem der Kindergartenkinder, die ich im letzten Schuljahr betreut habe.«

Judith runzelte die Stirn und warf einen Blick in die Hausarbeit. Die schlechte Note hielt sie noch mit ihrem Federmäppchen bedeckt.

»Sie fällen ein recht vernichtendes Urteil über beide Familien. Was hat Sie dazu veranlasst?«

Gerlindes Blick flackerte. Offensichtlich begann sie zu vermuten, dass Judith mit ihrer Hausarbeit nicht einverstanden war.

»Beide Väter sind arbeitslos und trinken«, erklärte sie in trotzigem Ton. »Und die Mütter sind den ganzen Tag nicht zu Hause und kümmern sich nicht um die Kinder. Würden die Kinder nicht in unserem Hort betreut, wären sie in Bälde verwahrlost und müssten der Jugendfürsorge anvertraut werden.«

Judith fühlte Zorn in sich aufsteigen. »Nun, liebe Gerlinde, dieses Urteil erscheint mir reichlich undifferenziert. Sie müssen wissen, dass ich beide Familien aus meinen Befragungen im Rahmen meines Forschungsprojekts recht gut kenne.«

Gerlinde erschrak sichtlich. Doch Judith ließ sich nicht beirren.

»Sprechen wir zuerst über die Familie Sieber. Sie haben mit Ihrer Beschreibung des Vaters grundsätzlich nicht unrecht. Er ist häufig arbeitslos und neigt dazu, sowohl seinen Lohn als auch seine Erwerbslosenunterstützung in die Kneipen zu tragen. Doch was wissen Sie über die Mutter in dieser Familie?«

»Ihre beiden Jungen behaupten, sie sei den ganzen Tag nicht daheim. Oft bekämen sie daher zu Hause nicht einmal ein warmes Essen.«

»Was tut die Mutter denn, wenn sie nicht zu Hause ist?«

»Sie geht irgendeiner Tätigkeit in privaten Haushalten nach, soviel ich weiß. Aber die Jungen wissen oft nicht, ob die Mutter sie abends abholt oder wenigstens schon zu Hause ist, wenn sie nach dem Hort allein heimgehen müssen. Da der Vater dann meistens in der Kneipe ist, sind die Jungen sich selbst überlassen.«

»Und haben sich die Jungen darüber bei Ihnen beschwert?«

»Nein, das haben sie nicht. Aber sie sind doch erst neun und zehn Jahre alt. Da sind solche Zustände für Kinder doch unzumutbar«, verteidigte sich Gerlinde.

»Nun, dann möchte ich Sie über die Mutter einmal ein wenig aufklären. Ich habe mich erst in der vergangenen Woche sehr ausführlich mit ihr unterhalten und sie in diesem Zusammenhang auch zu Hause besucht. Die Wohnung befand sich in einem tadellos aufgeräumten Zustand, trotz des Schimmels an den Wänden und der drangvollen Enge, in der diese vierköpfige Familie lebt. Wie immer, wenn sie abends zu Hause ist, hatte die Mutter gekocht: Blutwurst mit Erbspüree. Und die Jungen hängen mit Leib und Seele an ihr. Sie wichen ihr während meines

Gesprächs kaum von der Seite. Was sagen Sie dazu?« Judiths Blick wurde stechend.

»Aber die Mutter ist häufig abends nicht da!« Jetzt wurde Gerlindes Stimme schrill. »Sie arbeitet lieber, anstatt sich um ihre Kinder zu kümmern.«

Judith unterdrückte den Impuls, Gerlinde zu ohrfeigen, und bemühte sich angestrengt um Gelassenheit. »Sie glauben also, dass die Mutter lieber ihrer Arbeit als Näherin und Ausbesserin nachgeht, als ihre Kinder zu betreuen?«

Sie machte eine Pause, bis Gerlinde widerwillig nickte.

»Sie haben allerdings soeben ausgeführt und auch in Ihrer Hausarbeit erwähnt, dass der Vater sein eigenes Einkommen vertrinkt. Also bleibt Frau Sieber doch gar nichts anderes übrig, als jede Auftragsarbeit anzunehmen, die man ihr anbietet. Denn wovon sollte die Familie sonst die Miete für dieses ärmliche Loch bezahlen, in dem sie haust, oder die Blutwurst zum Abendessen?«

»Sie könnte ihre Aufträge doch tagsüber ausführen oder ihre Arbeit mit heimnehmen«, unternahm Gerlinde einen letzten Rechtfertigungsversuch.

»Offensichtlich haben Sie die Mutter nie gefragt, warum sie das nicht tut. In der winzigen Wohnung ist es auch tagsüber dunkel und im Winter kalt, weil man Heizmaterial sparen muss. Selbst wenn ihre Auftraggeberinnen es ihr erlauben würden, die wertvolle Garderobe, die Frau Sieber ausbessert oder umändert, mit heimzunehmen, müsste sie den ganzen Tag das Licht brennen lassen und heizen. Denn im Dunkeln und mit klammen Fingern kann man nun eben keine feinen Stiche ausführen. Die Kosten für Licht und Heizung würden also von ihrem ohnehin mageren Lohn abgehen. Außerdem besitzt Frau Sieber keine Nähmaschine, im Gegensatz zu vielen der Haushalte, für die sie tätig ist. Und wenn die Hausherrin, die Frau Sieber einen Auftrag erteilt, tagsüber unterwegs ist, bestellt sie sie eben am Abend ein.«

Judith merkte, dass sie sich zunehmend in Rage redete. Deshalb unterbrach sie sich und holte zunächst einmal tief Luft, bis sie ihr letztes Argument vortrug. »Außerdem wäre der Platz in der Wohnung für solch eine Heimarbeit gar nicht ausreichend, wenn die beiden lebhaften Jungen dabei wären.«

Sie sammelte sich. »Zusammenfassend ist Ihre Analyse der Familienverhältnisse der Siebers daher leider völlig einseitig und unzureichend. Die Mutter tut, was sie kann, um ihre beiden Jungen aufs Beste zu versorgen. Hätten Sie unsere Methoden der Beobachtung und Diagnose sorgfältig angewandt, wie ich sie im Praktikumskurs unterrichte, hätte Ihnen das auffallen müssen.«

Schon vor zwei Jahren hatte Alice Salomon ihr Werk *Soziale Diagnose* veröffentlicht, das Judith seither im Unterricht verwendete.

Gerlinde erwiderte zwar nichts auf Judiths Vorhalt, starrte aber mit verkniffenem Gesichtsausdruck vor sich auf die Tischplatte. Judith beschloss daher, das Verfahren abzukürzen.

»Wie Sie sich womöglich schon denken können, komme ich im Fall der Familie Gerber zu einem ähnlichen Ergebnis. Hier ist der Vater zwar in der Tat arbeitslos, und das bereits seit längerer Zeit. Aber er führt den Haushalt und kocht sogar für seine drei Kinder. Keineswegs ist Herr Gerber also mit Herrn Sieber in einen Topf zu werfen. Im Gegenteil ist es sogar als außergewöhnlich zu betrachten, wenn sich ein Vater in diesem Ausmaß um seine Familie kümmert, sofern die Mutter ausfällt. Unter meinen Fallbeispielen ist Herr Gerber daher die absolute Ausnahme. Sie haben recht damit, dass die Mutter sich viel zu wenig um Haushalt und Kinder kümmert. Frau Gerber verbringt ihre Freizeit nach ihrer Arbeit als Köchin in einem Speisehaus bei ihrer eigenen Mutter und ist kaum je daheim. Das weiß ich allerdings vom Vater selbst, der einzige, der anstelle einer Mutter zum Gespräch mit mir kam.«

Judith hätte noch erwähnen können, dass auch der Haushalt

der Gerbers im Wesentlichen in Ordnung war und der Vater nur am Samstagabend zum Kartenspielen in eine Wirtschaft ging. Aber sie gewann zunehmend den Eindruck, dass Gerlinde gar nicht mehr zuhörte.

»Also machen wir es kurz, Gerlinde. Sie haben beide Familien fehlerhaft beschrieben, wahrscheinlich, weil Sie sich nicht die nötige Zeit genommen haben, um die wahren Verhältnisse in Erfahrung zu bringen. Sie haben die Instrumente der Diagnose, wie unsere verehrte Frau Dr. Salomon sie lehrt, unzureichend oder gar nicht angewendet. Meine Note rührt allerdings daher, dass Sie aus Ihren lückenhaften Beobachtungen auch noch eine perfide Schlussfolgerung ziehen, die Ihnen weder zusteht noch in diesen Fällen gerechtfertigt wäre. Das zeugt vom Fehlen jeglicher Empathie.«

Damit schob Judith das Federmäppchen zur Seite und reichte Gerlinde die Hausarbeit.

Die starrte zunächst ungläubig auf die Note. Dann sprang sie erregt auf: »Das lasse ich mir von Ihnen nicht bieten, Fräulein Bergmann!«, schrie sie. »Zumal Sie doch selbst zu diesen minderwertigen ...« Gerlinde stockte und biss sich auf die Lippen.

»Zu welchen Minderwertigen gehöre ich?«, fragte Judith schneidend. Sie ahnte natürlich, dass Gerlinde auf ihre jüdische Herkunft anspielte.

Aber diesmal war Gerlinde klug genug, nicht auf ihre Frage zu antworten. Stattdessen ergriff sie die Hausarbeit und stürmte zur Tür. »Ich gehe jetzt gleich zu Frau Dietrich«, drohte sie. »Da werde ich mich über Sie und Ihre Ungerechtigkeit beschweren.«

Zwei Stunden später hatte Judith das letzte Gespräch beendet. Nervös sah sie auf die Wanduhr. Es war schon fast acht Uhr abends. Von Charlotte Dietrich hatte sie bislang nichts gehört. Aber ihr Gefühl sagte ihr, dass dies nicht so bleiben würde.

Sie warf, schon im Mantel, einen letzten Blick ins Zimmer,

um zu prüfen, ob sie nicht etwas vergessen hatte, als es tatsächlich an der Tür pochte. Ohne ein »Herein« abzuwarten, trat Charlotte Dietrich ein, die jetzige Leiterin der Sozialen Frauenschule.

Ebenfalls ohne eine Aufforderung abzuwarten, setzte sie sich an den Besprechungstisch und gab Judith ein Zeichen, es ihr nachzutun. Widerwillig nahm Judith Platz und behielt demonstrativ den Mantel an.

»Ich vermute, Sie kommen in der Angelegenheit von Gerlinde Leber«, trat sie die Flucht nach vorn an.

Charlotte fixierte Judith aus ihren graublauen Augen. »So ist es, liebe Judith.« Ihr Tonfall blieb zwar verbindlich, es schwang aber ein unangenehmer Unterton mit. »Es gereicht unserer Sozialen Frauenschule nicht zur Ehre, wenn unsere Schülerinnen für eine Hausarbeit die Note *nicht ausreichend* erhalten. Erst recht nicht, wenn die Theorie, die dieser Hausarbeit zugrunde liegt, zuvor in unserem Unterricht vermittelt wurde.«

»Sie sind also der Auffassung, Gerlindes miserable Arbeit ginge auf meinen unzureichenden Unterricht über die Diagnosemethoden von Alice zurück?«, fragte Judith gereizt. Ehe Charlotte antworten konnte, hob sie die Hand. »Lassen Sie mich fortfahren! Ich habe insgesamt neun weitere Hausarbeiten zensiert, die schlechteste Note war dabei ein *befriedigend*. Wenn also neun von zehn Schülerinnen zumindest weitestgehend verstanden haben, wie sie diese Methode anwenden sollen, kann es nicht an meinem Unterricht liegen, wenn es die zehnte nicht begriffen hat.«

Charlotte hob in gespielter Begütigung die Hand. »Aber meine Liebe! Nun fühlen Sie sich doch nicht gleich angegriffen! Ich habe mir die Arbeit von Gerlinde Leber soeben selbst sorgfältig durchgelesen. Möglicherweise hat sie tatsächlich eine unvollständige Analyse der Familienverhältnisse durchgeführt. Aber es ist doch nicht alles falsch, was das Mädchen in Erfahrung gebracht hat.«

»Da haben Sie recht, Charlotte. Wahrscheinlich hätte ich die Hausarbeit noch mit *ausreichend* bewertet, wenn es nicht jenes unsägliche Fazit gäbe, das Gerlinde aufgrund ihrer unzureichenden Datenerhebung gezogen hat.«

Charlotte setzte ein falsches Lächeln auf. »Aber da haben wir doch bereits eine gangbare Lösung, Judith. Legen Sie diese paar Sätze doch nicht auf die Goldwaage! Bedenken Sie außerdem, dass das Mädchen aus einem Elternhaus stammt, wo solche Ansichten vertreten werden.«

Judith schwante Übles. »Sie meinen, die Familie gehört zu den Anhängern der NSDAP?«

»Meines Wissens ist der Vater tatsächlich Parteimitglied«, räumte Charlotte ein. »Gerade deshalb sollten wir diese ganze Sache auf kleinster Flamme kochen. Niemandem kann daran gelegen sein, den Ärger der NSDAP auf unsere Soziale Frauenschule mit größtenteils jüdischem Lehrkörper zu lenken.«

»Sie glauben also, Gerlindes Vater würde die schlechte Zensur seiner Tochter meiner jüdischen Herkunft anlasten?«

Charlotte nickte langsam. »Das halte ich für recht wahrscheinlich. Gerlindes Vater ist ein streitbarer Mann.«

»Was schlagen Sie also vor?« Judith kannte Charlotte gut genug, um zu wissen, dass sie in dieser Sache nicht nachgeben würde.

»Nun, ich danke Ihnen herzlich für Ihre Kooperation. Es gäbe zwei Möglichkeiten: Entweder schreibt Gerlinde ihre Arbeit genau so ab, wie sie sie im Original geschrieben hat, und lässt lediglich die letzten Sätze ihres Fazits weg. Dann würde sie mit *ausreichend* bewertet.«

»Was wäre die zweite Möglichkeit?«

Wieder lächelte Charlotte falsch. »Das ist die, der ich den Vorzug geben würde. Gerlinde schreibt ihre ganze Hausarbeit neu. Es ist heute Freitag, das kann sie bis zum nächsten Montag erledigt haben. Und dann bewerten auch Sie die Arbeit noch einmal neu.«

Judith schüttelte heftig den Kopf. »Das kommt nicht infrage, Charlotte. Wenn ich denn schon nachgeben muss, um Schaden von dieser Schule abzuwenden, wähle ich die erste Möglichkeit.«

Charlotte verzog missbilligend die Lippen. »Ist das Ihr letztes Wort? Man könnte den Vater womöglich zu einer Spende …«

Judith platzte der Kragen. »Ich lasse mich nicht auch noch bestechen! Schon gar nicht von einem Mitglied dieser unsäglichen Partei!«

»Wie Sie wünschen!«, antwortete Charlotte schmallippig. »Dann werde ich Gerlinde jetzt telefonisch von unserer Vereinbarung unterrichten. Ich wünsche Ihnen noch einen schönen Abend!«

Mit diesen Worten stand Charlotte auf und ging zur Tür.

»Warten Sie noch!«, rief Judith ihr hinterher. »Ich stelle auch für diese Lösung eine Bedingung. Gerlinde Leber soll sich einen anderen Praktikumsplatz suchen, und zwar in einer Einrichtung, in der ich nicht selbst im Rahmen meines Forschungsprojekts tätig bin. Und ich bestehe darauf, dass Sie selbst ihre zukünftigen Praktikumsberichte zensieren.«

»Wie Sie es wünschen, Judith.« Charlotte Dietrich drehte sich nicht einmal mehr um, bevor sie den Raum verließ.

Erst auf dem Heimweg fiel Judith auf, dass Charlotte Dietrich Gerlinde Lebers Vater zu kennen schien. Sie fragte sich, bei welcher Gelegenheit sie ihn wohl getroffen haben könnte.

Damenkonfektionsabteilung im KaDeWe

Mitte Oktober 1929

»Entschuldigen Sie bitte, Frau Hauser! Kann ich Sie einen Augenblick sprechen?« Die Stimme von Gitta Schubert, geborene Lenz, klang zittrig.

Überrascht drehte sich Rieke, die gerade einen Seidenschal befestigte, der sich von Peters neuer Dekoration gelöst hatte, zu ihr um. Erschrocken stellte sie fest, dass Gittas Augen gerötet waren. Sie wirkte verweint.

»Was ist denn geschehen?« Sie kannte Gitta als fröhliche Frau mit einem gesunden Optimismus, die sich auch von einem Missgeschick nicht so schnell aus der Bahn werfen ließ.

Gitta warf einen Blick über ihre Schulter. Zwei Verkäuferinnen der Damenaccessoires bedienten Kundinnen ganz in der Nähe. »Könnten wir vielleicht kurz in Ihr Kontor gehen?«

Rieke nickte und ging Gitta voran. In ihrem Büro angekommen, verschloss sie die Tür. Kaum hatte Gitta auf dem Besucherstuhl Platz genommen, brach sie erneut in Tränen aus.

Hilflos streichelte Rieke ihr über den Arm. »Frau Schubert, liebe Gitta, was ist denn um Himmels willen geschehen?«

Gitta schluchzte nur noch lauter. Rieke schenkte ihr ein Glas Wasser aus der Karaffe ein, die sie immer bereithielt.

»Nun beruhigen Sie sich bitte, und trinken Sie erst einmal einen Schluck«, sagte sie mit einer Mischung aus Mitgefühl und Strenge. Das wirkte.

Gitta trank das Glas in einem Zug leer und schnäuzte sich danach die Nase. »Mein Mann hat meine Stelle im KaDeWe zum Monatsende gekündigt«, erklärte sie dann zu Riekes Entsetzen.

»Er hat Ihre Stelle gekündigt? Aber warum denn nur?«

Wieder begann Gitta zu weinen. Erst nach und nach erfuhr Rieke ihre Geschichte.

Gitta Lenz hatte erst Mitte September ihren heutigen Ehemann Erwin Schubert geheiratet. Die beiden kannten sich bereits aus ihrer Jugendzeit. Rieke war Hochzeitsgast gewesen, erinnerte sich aber lebhaft daran, dass Erwin ihr nicht besonders sympathisch gewesen war. Das lag auch daran, dass er selbst am Revers seines Hochzeitsanzugs das Parteiabzeichen der NSDAP getragen hatte.

»Seit er … seit er«, wieder begann Gitta zu weinen. Diesmal wartete Rieke geduldig, bis sie sich wieder beruhigt hatte. »Seit er in diese verfluchte Partei eingetreten ist, ist er nicht mehr der Mann, in den ich mich schon als Backfisch verliebt habe. Aber unsere Hochzeit war schon so lange beschlossene Sache. Bis zum Schluss wollte ich einfach nicht wahrhaben, wie sehr sich Erwin in jüngster Zeit zu seinem Nachteil verändert hat.«

»Neidet er Ihnen Ihre Stellung als Erste Verkäuferin der Abteilung Damenaccessoires in einem so renommierten Haus wie dem KaDeWe?« Rieke wusste, dass Erwin nur ein einfacher Schlosser in einer Automobilwerkstatt war.

Gitta stutzte. »Auf diesen Gedanken bin ich noch gar nicht gekommen. Aber vielleicht spielt das auch eine Rolle«, überlegte sie.

»Aber der eigentliche Grund ist es nicht?«

Gitta schüttelte den Kopf. Wieder flossen Tränen. »Nein. Mir gegenüber hat er die Kündigung mit der Philosophie dieser furchtbaren Partei begründet. Dort lehnt man jede Berufstätigkeit von Frauen ab. Selbst wenn sie noch gar nicht schwanger sind. Noch vor drei Monaten hat mir Erwin versprochen, dass er mich mindestens ein weiteres Jahr hier im KaDeWe arbeiten lässt, bevor wir an ein Kind denken. Denn damals brauchten wir das Geld noch dringend für die Einrichtung unserer Wohnung.«

»Damals?«, echote Rieke. »Und was hat sich jetzt daran geändert?«

»Die NSDAP gibt jungverheirateten Parteimitgliedern sogenannte Ehestandsdarlehen. Über einen Betrag von tausend Mark und zu sehr günstigen Konditionen der Rückzahlung.

Aber die Bedingung dafür ist, dass die Ehefrau nicht berufstätig sein darf.«

Rieke ließ diese schockierende Information auf sich wirken. Währenddessen fuhr Gitta fort: »Erst hat Erwin von mir verlangt, dass ich selbst kündige. Als ich mich geweigert habe, hat er es getan. Denn als mein Ehemann hat er das Recht dazu, hat er behauptet.«

»Bei wem ist die Kündigung denn eingegangen? Bei Paul Bergmann, dem Personalleiter, oder bei Gunter Perl?«

Gitta sah verständnislos auf. »Bei Herrn Perl natürlich. Er ist doch der erste Ansprechpartner für alle Personalangelegenheiten in seinen Abteilungen. Von ihm weiß ich es ja auch. Er hat es mir vor einer halben Stunde gesagt.«

»Das werden wir uns nicht bieten lassen!« Energisch sprang Rieke auf. Wenn sie jetzt auch noch Gitta Schubert als Erste Verkäuferin bei den Damenaccessoires verlor und Perl wieder eine Frau einstellte, mit der Rieke nicht zurechtkam, würde die Situation noch unerträglicher für sie werden.

Denn zu ihrem Entsetzen hatte er ausgerechnet Else Lemke die Stelle als Erste Verkäuferin der Damenwäsche gegeben. Else war schon zu ihren Lehrmädchenzeiten Riekes Feindin gewesen und hatte sich sogar mit Gregor Eckstein verbündet, der Rieke jahrelang sexuell missbraucht hatte.

Zu ihrer Erleichterung hatte Adolf Jandorf Else Lemke am Tag der Trauerfeier für den ermordeten damaligen Außenminister Walther Rathenau fristlos entlassen. Else hatte Jandorfs Anweisung missachtet, während der Trauerstunde zu Ehren Rathenaus auch im KaDeWe die Arbeit ruhen zu lassen. Stattdessen hatte sie eine antisemitisch eingestellte Kundin bedient, die sich sogar abfällig über den Ermordeten geäußert hatte. Dabei hatte Jandorf sie ertappt.

Und nun hatte Perl ihr diese Frau wieder aufgebürdet. Bislang verhielt sich Else Rieke gegenüber zwar unterwürfig und ließ sich nichts zuschulden kommen. Außerdem brachte sie tatsächlich viel Erfahrung beim Verkauf von Damenwäsche mit, da sie nach ihrem Rauswurf in anderen Berliner Kaufhäusern in solchen Abteilungen gearbeitet hatte.

Rieke war bis heute nicht klar, ob Perl über ihr früheres spannungsgeladenes Verhältnis zu Else Bescheid wusste oder ob es ein reiner Zufall war, dass er sie eingestellt hatte. Sie hütete sich natürlich, ihn mit der Nase auf ihre damalige Feindschaft zu stoßen. Da Perl entgegen den Gepflogenheiten des Hauses Rieke nicht in die Auswahl einer ihr unmittelbar untergebenen Vorgesetzten einbezogen hatte, hatte sie stattdessen gefordert, Else eine Probezeit von drei Monaten aufzuerlegen. In dieser Zeit wolle sie sich davon überzeugen, ob die neue Kraft für ihren Posten geeignet sei. Ansonsten würde sie Beschwerde gegen Elses Einstellung bei Paul Bergmann einlegen.

Dem hatte Perl, sichtlich verärgert über Riekes Widerstand, schließlich unter der Bedingung zugestimmt, dass Rieke triftige Gründe beibringen müsse, wenn Else wieder entlassen werden sollte. Die Probezeit lief nun in wenigen Wochen ab. Bislang hatte Rieke keinen Grund zur Kritik gesehen. Doch ihr Gefühl sagte ihr, dass Else erst danach ihr wahres Gesicht zeigen würde.

Und nun sollte sie schon wieder riskieren, eine Erste Verkäuferin zu verlieren, ohne zu wissen, wer sie ersetzen würde!

»Ich gehe jetzt gleich zu Paul Bergmann und bitte ihn, die Kündigung rückgängig zu machen.«

Rieke erhoffte sich auch deshalb in dieser Angelegenheit Beistand von Judiths Vater, weil der sich noch gut an den Rauswurf Elses erinnern konnte, wie Judith ihr erzählt hatte. Allerdings hatte Bergmann darauf verzichtet, sein Veto gegen Elses Wiederbeschäftigung einzulegen. Perl hatte bei Martin Tietz nach wie vor einen großen Stein im Brett.

»Warten Sie hier, bis ich zurückkomme, Gitta! Ich habe Herrn Bergmann heute schon im Haus gesehen. Wenn er nicht gerade in einer Besprechung ist, kann ich sofort bei ihm vorstellig werden.«

»Ich fürchte, liebe Frau Hauser, dass ich leider gar nichts für Ihre Mitarbeiterin Gitta Schubert tun kann«, sagte Paul Bergmann wenig später zu Riekes großer Enttäuschung.

Aber noch gab sie nicht auf. »Mit Verlaub, Herr Bergmann. Ich weiß von Ihrer Tochter, mit der ich ja gut befreundet bin, dass Sie sich ein Vetorecht gegen Personalentscheidungen von Herrn Perl ausbedungen haben, wenn es berechtigte Einwände dagegen gibt. In diesem Fall hat Herr Perl eine unrechtmäßige Kündigung akzeptiert. Dadurch verlieren wir eine unserer tüchtigsten Kräfte im Verkauf.«

Noch während Rieke argumentierte, konnte sie an Paul Bergmanns Gesichtsausdruck erkennen, dass es ein gravierendes Hindernis geben musste.

»Weder Herrn Perl noch mir selbst steht irgendeine Möglichkeit zur Verfügung, eine solche Kündigung durch den Ehemann von Frau Schubert abzulehnen. Das deutsche Eherecht sieht leider vor, dass der Mann berechtigt ist, seiner Frau eine Berufstätigkeit zu verbieten und in diesem Zusammenhang auch ein bestehendes Arbeitsverhältnis aufzulösen.«

Rieke war wie vom Donner gerührt. »Das habe ich nicht gewusst, Herr Bergmann.« Sie schluckte schwer. »Also gibt es gar keine Möglichkeit, gegen die Kündigung Einspruch zu erheben?«

Bergmann schüttelte den Kopf. »Ich fürchte nicht, Frau Hauser, so leid es mir tut.«

»Dann bleibt mir nichts anderes übrig, als Gitta Schubert die schlechte Nachricht zu überbringen?«

Bergmann nickte. »So ist es.«

Riekes Beine fühlten sich schwer wie Blei an, als sie aufstand, um sich zu verabschieden. Nicht zum ersten Mal verfluchte sie die unangenehmen Pflichten, die ihre Rolle als oberste Vorgesetzte der Damenmodeabteilungen immer wieder mit sich brachte.

»Stellen Sie Gitta Schubert zumindest ein ausgezeichnetes

Zeugnis aus und behalten Sie ein Duplikat davon!«, gab Bergmann ihr noch mit auf den Weg. »Vielleicht kommen ja noch einmal andere Zeiten.«

Rieke nickte. Aber wenn sie ehrlich zu sich selbst war, glaubte sie das nicht.

Warenhaus Tietz am Alexanderplatz

Donnerstag, 31. Oktober 1929

Paul Bergmann traf gemeinsam mit Martin Tietz im Besprechungsraum im Warenhaus am Alexanderplatz zu der von Georg Tietz einberufenen Sondersitzung ein. Sofort wurde ihm der Unterschied in der Mentalität zwischen Martin und den beiden anderen Geschäftsführern wieder einmal bewusst.

Martin hatte sich auf dem ganzen Weg vom KaDeWe zum Alex darüber beklagt, dass er wegen dieser Sondersitzung ein Treffen mit dem leitenden Architekten für den Umbau des KaDeWe verschieben musste. »Nur weil die Börse an der Wall Street hustet, werden wir nicht gleich die Spanische Grippe kriegen«, lamentierte er.

Paul teilte seine Sorglosigkeit nicht, hütete sich allerdings, Martin zu widersprechen. Ihn hatten die Börsennachrichten aus New York schon in der vergangenen Woche stark beunruhigt. Nun schloss er aus dem Gesichtsausdruck von Georg Tietz und Hugo Zwillenberg, dass sie seine Besorgnis teilten.

Tatsächlich kam Georg Tietz gleich zur Sache, nachdem das Bürofräulein heiße Getränke serviert und den Raum verlassen hatte. »Ihr alle wisst, dass es am vergangenen Freitag den schwärzesten Tag seit Menschengedenken an der New Yorker Börse gegeben hat. Die Aktienkurse sind binnen kürzester Zeit ins Bodenlose gefallen. Am Dienstag dieser Woche gab es einen weiteren dramatischen Kurseinbruch. Man rechnet damit, dass dies der Beginn einer gravierenden Wirtschaftskrise in den USA sein könnte.«

Er warf Martin, der auch auf Paul ausgesprochen gelangweilt wirkte, einen strafenden Blick zu, fuhr allerdings fort, ohne sich zur Haltung seines Bruders zu äußern.

»Deshalb habe ich Hugo damit beauftragt, bei den amerikanischen Banken, die hier in Berlin zu unseren Geschäftspartnern zählen, einmal nachzuforschen, welche Auswirkungen dieser Börsencrash auf Deutschland und unser Unternehmen haben könnte.«

Er machte eine auffordernde Handbewegung. »Berichte uns bitte, was du herausgefunden hast, Hugo!«

Hugo räusperte sich und kramte etwas umständlich in seinen Notizen, die er vor sich ausgebreitet hatte.

»Also«, begann er, »ich habe gestern zuerst mit Mr Scott, dem Leiter der Berliner Filiale der Wells Fargo Bank gesprochen. Leider bestätigt er deine Befürchtung in vollem Umfang, Georg. Er rechnet als Folge dieses Börsenzusammenbruchs in den USA mit einer ausgeprägten Rezession in Kombination mit einer Verarmung großer Teile der Bevölkerung. Das wirkt sich leider auch auf unsere Kredite aus.«

Zum ersten Mal richtete sich Martin aus seiner zurückgelehnten Haltung auf. »Was hat dieser Börsencrash denn mit unseren Krediten zu tun?«

Hugo seufzte vernehmlich, bevor er fortfuhr. »Du weißt doch, Martin, dass die Laufzeiten der Darlehen bei unseren amerikanischen Partnerbanken in der Regel nur drei Monate betragen. So wie fast alle Kredite, die die USA sowohl der deutschen Regierung als auch anderen Unternehmen gewährt haben. Bislang sind diese Kredite jedes Mal anstandslos um die nächsten drei Monate verlängert worden. Dies könnte jetzt anders sein, schätzt Mr Scott die Lage ein.«

»Was genau befürchtet er?«, fragte Paul Bergmann.

Hugo zuckte mit den Schultern. »Nun, dass wir bei Wells

Fargo unser Darlehen über sieben Millionen Reichsmark zum Jahresende zurückzahlen müssen, anstatt eine weitere Verlängerung zu erhalten.«

»Gilt das auch für die Morgan Chase Bank?«, erkundigte sich Georg mit sorgenvoll gerunzelter Stirn.

Hugo seufzte wieder. »Leider ja. Mr William, der die Berliner Filiale leitet, hätte sich selbst noch in dieser Woche gemeldet. Um uns mitzuteilen, dass er den Ende November auslaufenden Kredit über acht Millionen Mark nicht verlängern kann. Selbst unter der Kondition erhöhter Zinsen nicht«, kam er möglichen Vorschlägen aus der Runde zuvor.

»Ach, du meine Güte«, stöhnte Martin, dem der Ernst der Lage offensichtlich erst jetzt aufging. »Das heißt also, wir müssen bis zum Jahresende fünfzehn Millionen Reichsmark an Krediten zurückzahlen?«

»Das hast du richtig erfasst, Schwager«, antwortete Hugo sarkastisch.

Paul erwartete eigentlich, dass Martin als Nächstes fragen würde, woher eine solch ungeheure Summe auf die Schnelle kommen solle. Aber den interessierte etwas anderes.

»Was ist denn die Ursache für diesen Kollaps der New Yorker Börse?«

Um auch etwas zur Diskussion beizutragen, meldete sich Paul zu Wort. »Ich habe das ganze Wochenende hindurch alle in Berlin verfügbaren großen Zeitungen und Wirtschaftsblätter studiert, um mir ein Bild zu machen. Auch amerikanische und englische Blätter. Offensichtlich ist in New York eine riesige Spekulationsblase geplatzt, was einige Wirtschaftsexperten wohl schon seit längerer Zeit erwartet haben.«

»Was für eine Spekulationsblase?«, unterbrach Martin ihn ungeduldig.

Paul ließ sich nicht beirren und blieb gelassen. »In den letzten Jahren kannten die Aktienkurse an der Wall Street nur eine einzige Richtung, nämlich nach oben. Dahinter steckte aber offenbar keine echte Wirtschaftskraft, sondern die Kurse wurden zumindest in jüngerer Zeit durch Spekulanten künstlich nach oben getrieben. Sie haben sich zu Gruppen zusammengetan und große Mengen Aktien eines Unternehmens aufgekauft, wodurch deren Wert zunächst stieg. Auf diesen Zug sind dann viele Kleinanleger aufgesprungen, die sich für ihre Aktienkäufe in der Erwartung noch höherer Kurse sogar verschuldet haben. Durch die Käufe der Kleinanleger stiegen die Kurse natürlich weiter. War das so weit, verkauften die Spekulanten ihr riesiges Aktienpaket von heute auf morgen wieder, natürlich mit Gewinn im Vergleich zu dem Preis, den sie selbst bezahlt hatten. Dadurch fiel der Kurs dieser Wertpapiere wieder beträchtlich ab.«

»Aber wenn das schon eine ganze Weile so geschah, warum kracht die Börse dann ausgerechnet jetzt zusammen?«, fragte Martin.

Paul hob die Achseln. »Interessanterweise lässt sich eine einzelne Ursache gar nicht ermitteln. Nicht einmal ein Ursachenpaket. Es scheint einfach so zu sein, dass diesmal eine Panik unter den Anlegern ausbrach, als die ersten Kurse durch diese Spekulationsverkäufe einknickten. Denn viele Kleinanleger müssen ihre Kredite sofort an die Banken zurückzahlen, wenn der Wert der finanzierten Aktien unter die Kreditsumme fällt. Das hat natürlich schon vorher viele Mittelständler und selbst Kleinbürger genauso ruiniert wie kleine Betriebe und Unternehmer. Aber diesmal brach eben, wie gesagt, eine Panik aus. Jedermann wollte seine Aktien so rasch wie möglich loswerden, um noch so viel wie möglich dafür zu erlösen. Das ging dann zunächst am vergangenen Freitag schief und dann noch einmal vorgestern am Dienstag.«

»Die *New York Times* schreibt gestern, dass viele amerikanische Bürger bereits damit begonnen haben, Sachwerte zu verkaufen, zum Beispiel ihre Automobile, um ihre Kredite bedienen zu können«, fügte Paul noch hinzu. »Im ganzen Land rechnet man mit großer Not. Die Regierung braucht daher viel Geld, um die Bedürftigen zu unterstützen und von der Krise betroffene Unternehmen vor der Insolvenz zu bewahren.«

Rund um den Tisch herrschte zunächst betroffenes Schweigen. Dann ergriff Georg als leitender Geschäftsführer das Wort. »Also müssen wir heute damit beginnen zu überlegen, wie wir mit dieser schwierigen Lage umgehen. Zum einen brauchen wir neue Kreditgeber. Dafür scheiden die amerikanischen Banken jetzt aus. Zum anderen müssen wir aber über Einsparmöglichkeiten nachdenken, damit wir zumindest die Höhe der neu benötigten Kredite senken können. Auch weil sie uns wahrscheinlich ohnehin nur zu sehr hohen Zinsen gewährt werden dürften.«

»Man sollte das Kind nicht gleich mit dem Bade ausschütten.« Inzwischen hatte Martin Tietz sich wieder gefangen. »Die USA sind weit weg. Klar, wir müssen uns nach neuen Geldgebern umsehen. Aber die Wirtschaft in Deutschland ist gesund.«

Hugo schnaubte. »Das ist Quatsch, Martin!«, blaffte er. »Hättest du bei unseren letzten Sitzungen aufmerksamer zugehört, wüsstest du, dass die Umsätze im ganzen Hermann-Tietz-Konzern schon seit Jahresbeginn zurückgehen.«

»Aber das liegt nicht am KaDeWe!«, fuhr Martin auf. »Da sind die Umsätze stabil, nicht wahr, Paul?«

Bergmann überlegte einen Moment, wie er auf möglichst diplomatische Weise antworten könnte. »Für das KaDeWe ist das richtig, Martin. Aber leider ist das KaDeWe nur ein Teil des Konzerns. Wenn auch sicher ein Juwel«, kam er mit erhobener Hand Martins Einspruch zuvor. »Aber insbesondere in unseren Geschäften im Reich gehen die Umsätze tatsächlich zurück. Gar nicht zu reden von den Schäden, die die Nazis anrichten.«

In der Tat waren viele Tietz-Filialen außerhalb Berlins immer wieder von Überfällen der SA betroffen. Im besten Fall versuchten sie die Käufer am Betreten der Warenhäuser zu hindern. In schlimmeren Fällen warfen sie Schaufenster ein, demolierten die Einrichtung und zerstörten Ware. Häufig kamen die Übeltäter ungestraft davon, da die Polizei viel zu spät in Aktion trat.

»Das ist schlimm, da haben Sie recht, Paul. Aber die Umsatzrückgänge im Konzern messen sich am außerordentlich profitablen Wirtschaftsjahr 1928. Wie ist es denn, wenn man die Umsätze mit 1927 vergleicht?«

»Dann sind wir ungefähr auf dem gleichen Niveau, Martin«, gab Georg zu. »Aber auch die politische Lage macht mir Sorgen. Seit dem plötzlichen Tod unseres langjährigen Außenministers Gustav Stresemann am 3. Oktober hat das Land seinen im Ausland am meisten geschätzten Staatsmann verloren. Und Ersatz für Stresemann ist nicht in Sicht.«

Hugo und Paul nickten. »Im Gegenteil rutscht diese Große Koalition von einer Auseinandersetzung in die nächste. Zumal die SPD seit dem Blutmai und der Affäre um die Gebrüder Sklarek nicht nur in Berlin, sondern im ganzen Reich gewaltig an Reputation verloren hat«, knurrte Hugo.

Seit der letzten Reichstagswahl im Mai 1928 wurde das Land von einer Großen Koalition unter Leitung des SPD-Kanzlers Hermann Müller geführt. Zwischen der SPD und ihren bürgerlich oder sogar rechts ausgerichteten Koalitionspartnern hatte es fast von Anfang an immer wieder Konflikte gegeben.

Insbesondere in Berlin lastete man dem der SPD zugehörigen Polizeipräsidenten Karl Zörgiebel darüber hinaus an, dass er am 1. Mai dieses Jahres die zuvor von ihm verbotenen Demonstrationen der KPD blutig niederschlagen ließ. Es hatte viele Tote gegeben, darunter auch völlig Unbeteiligte.

Jetzt richtete Hugo seinen stechenden Blick auf Martin. »Apropos Gebrüder Sklarek! Sei dir nicht allzu sicher, Martin, dass das KaDeWe von Naziunruhen verschont bleiben wird.«

Dabei zog er mit einer hämischen Grimasse ein Zeitungsblatt mit dem Datum 25. September hervor. Es zeigte eine große

Fotografie, auf der zwei der Sklareks gemeinsam mit Martin Tietz und, zu Pauls Bestürzung, seiner Tochter Judith abgebildet waren.

Martin stöhnte. »Als mich Leo Sklarek in den Hoppegarten einlud, konnte ich doch nicht ahnen, dass er seine preisgekrönten Rennpferde mit betrügerischen Geschäften finanziert hat.«

In der Tat war der Skandal um die russisch-stämmigen jüdischen Geschäftsleute erst vor wenigen Wochen aufgeflogen. Über viele Jahre hinweg hatten die drei Brüder ihre protzigen Auftritte in der Berliner Gesellschaft ebenso wie ihren berühmten Rennstall mit falschen Abrechnungen finanziert.

Durch Behördenfilz, in den ebenfalls SPD-Mitglieder verwickelt waren, manche sogar in strafbarer Weise, waren die Sklareks im Lauf der Jahre zum alleinigen Lieferanten von Berufskleidung für sämtliche Berliner Behörden geworden. Sie hatten für Uniformen, Arbeitskittel, Schutzanzüge und sonstige Waren dabei nicht nur völlig überteuerte Preise gefordert. Sondern bei einer Revision hatte sich eher zufällig herausgestellt, dass sie bis zum Fünfzigfachen der Menge der tatsächlich gelieferten Kleidung abgerechnet hatten.

Dass Martin Tietz mit seinem Hang zur Prahlerei der Umgang mit einer der vorgeblich reichsten jüdischen Unternehmerfamilien Berlins sogar gelegen gekommen war, wunderte Paul nicht. Umso bedauerlicher war es, dass Judith Martin gelegentlich zu solchen Einladungen in teure Restaurants oder auf die Rennbahn Hoppegarten begleitet hatte. Da sie Paul schon vor der Aufdeckung des Betrugs anvertraut hatte, dass sie nur Martin zuliebe mitginge und die Sklareks eigentlich nicht ausstehen könne, war er zunächst beruhigt gewesen. Nun konnte er nur hoffen, dass Judiths Konterfei in dieser Berliner Zeitung nicht allzu vielen Judenfeinden in Erinnerung bleiben würde.

Denn der Antisemitismus war natürlich wie eine Stichflamme aufgeschossen, als der Betrug ans Licht kam. Wie schon bei früheren Anlässen ähnlicher Art hatte die rechtsgerichtete Presse gegen das betrügerische Judenpack gewütet und dabei alle in einen Topf geworfen.

»Paul!« Georgs ungeduldige Stimme riss ihn aus seinen unangenehmen Gedanken. »Ich hatte Sie gerade etwas gefragt. Hören Sie uns noch zu?«

»Es tut mir leid«, entschuldigte sich Paul. »Könnten Sie Ihre Frage bitte wiederholen?«

»Was ist Ihre Meinung? Glauben Sie, dass die Bekanntschaft meines Bruders mit den Sklareks dem KaDeWe schaden könnte?«

»Ich weiß es nicht«, gab Paul offen zu.

»Ach Quatsch!«, wiegelte Martin ab. »Das ist nur ein Strohfeuer. Dem KaDeWe wird so schnell nichts geschehen.«

»Dennoch liegt dort unser größtes Einsparpotenzial«, warf Hugo mit schneidender Stimme ein. »Einen Großteil der fünfzehn Millionen, für die wir jetzt neue Kreditgeber benötigen, brauchen wir für diesen größenwahnsinnigen Umbau. Wenn man ihn stoppen würde, könnten wir sicherlich eine Menge Geld sparen.«

Martins dunkle Augen funkelten vor Zorn wie glühende Kohlen. »Wie stellst du dir das denn vor, lieber Schwager? Sollen wir das sechste Stockwerk, das gerade im Rohbau befindlich ist, einfach so lassen? Ohne Wände und Dach? Bislang steht nur das Stahlgerüst. Oder sollen wir es sogar zurückbauen und uns mit fünf Stockwerken begnügen? Das würde jedenfalls auch eine Menge Geld verschlingen, dann aber für nichts und wieder nichts.«

»Die Kosten für diesen Mammutumbau wird das KaDeWe jedenfalls in Jahrzehnten nicht einspielen, wenn auch Deutschland in eine Rezession gerät«, argumentierte Hugo. »Wer sagt uns denn, dass die Krise in den USA nicht nach Deutschland überschwappt?«

»Papperlapapp!« Martin reagierte so, wie Paul es aus früheren Situationen von ihm kannte, wenn er eine drohende Gefahr kleinreden wollte. »Das KaDeWe hat schon ganz andere Zeiten unbeschadet überstanden. Den Weltkrieg zum Beispiel oder die Hyperinflation. Damals waren es hauptsächlich Touristen mit ihren Devisen, die die Umsätze gesichert haben. Warum sollte das diesmal anders sein?«

Weil es hauptsächlich amerikanische Touristen waren, ging es Paul durch den Kopf, denen jetzt möglicherweise sogar das Geld für eine Reise nach Deutschland fehlt. Geschweige denn für einen Einkaufsbummel im teuren KaDeWe. Doch er hütete sich, diese Überlegungen laut zu äußern.

»Lasst uns diese Diskussion abkürzen und abstimmen!«, schlug Hugo genervt vor. »Wer ist für den Stopp des Umbaus des KaDeWe?« Gleichzeitig hob er die Hand, blieb damit jedoch der Einzige am Tisch.

»Wer ist dagegen?«, schnauzte er. Diesmal hob nur Martin die Hand.

»Was ist Ihre Meinung, Paul?«, schnappte Hugo.

»Ich würde mich in dieser Angelegenheit gern enthalten.« Dies erschien Paul der einzig gangbare Weg. Würde er gegen den Umbau stimmen, hätte er es sich dauerhaft mit Martin Tietz verdorben. Stimmte er für den Umbau, würde er eine seiner Ansicht nach betriebswirtschaftlich unsinnige Entscheidung befürworten.

»Und was sagst du zu alledem, Georg? Du hast deine Meinung als Einziger noch nicht kundgetan. Also spielst du das Zünglein an der Waage«, bemerkte Hugo grimmig.

»Ich bin der leitende Geschäftsführer, Hugo, und trage daher die Hauptverantwortung für Entscheidungen dieser Tragweite«, wies Georg ihn zurecht. Er überlegte noch eine Zeit lang, während die anderen drei am Tisch ihn schweigend anstarrten, und holte dann tief Luft.

»Der Umbau wird fortgesetzt«, sagte er schließlich. »Denn Martin hat recht. Ein Rückbau würde ebenfalls viel Geld verschlingen und alles zunichtemachen, was wir bereits im Rahmen des Umbaus an Renommee gewonnen haben. Es würde uns möglicherweise außerdem weniger kreditwürdig erscheinen lassen, da es dem Hermann-Tietz-Konzern als Zeichen der Schwäche ausgelegt werden könnte.«

Martin grinste erleichtert. »Ich wusste doch, dass du die richtige Entscheidung treffen würdest, Bruderherz. Vertrau mir! Das KaDeWe bleibt so groß, wie diese Nazi-Idioten klein und unbedeutend bleiben werden. Das habe ich euch schon ein paarmal gesagt und damit bislang immer recht behalten.«

Wieder enthielt sich Paul eines jeden Kommentars, obwohl ihm sein Gefühl sagte, dass Martin diesmal falschlag.

Tatsächlich gewann die NSDAP bei der Wahl der Berliner Stadtverordneten am 17. November so viele Stimmen, dass sie zum ersten Mal mit dreizehn Abgeordneten ins Rathaus einziehen konnte. Im Zentrum ihres Wahlkampfs hatte die Affäre Sklarek gestanden.

Kapitel 11

Restaurant Hiller

Anfang November 1929

Gunter Perl traf eine halbe Stunde vor der vereinbarten Zeit im vornehmen Restaurant Hiller ein und nahm auf einem Hocker an der Bar Platz, von dem er die Eingangstür gut im Blick hatte. Hier in der Bar trafen sich viele Geschäftspartner, um vor dem gemeinsamen Essen einen Aperitif einzunehmen.

Deshalb war auch Perl heute Abend dort mit Harald Frowein verabredet, einem der wichtigsten Textilindustriellen Deutschlands. Dessen Firmensitz befand sich im traditionsreichen Elberfeld bei Wuppertal. Dort hatten schon im vorigen Jahrhundert große Textilfabriken existiert.

Gunter bestellte sich einen trockenen Martini und ließ den Plan, den er in der letzten Woche entwickelt hatte, noch einmal Revue passieren. Angefangen hatte alles mit einer Bitte von Martin Tietz:

»Lieber Herr Perl, heute möchte ich Sie ausnahmsweise einmal ins Warenhaus am Alexanderplatz abordnen. Mein Bruder Georg hat mir mitgeteilt, dass der dortige leitende Textileinkäufer Faber schwer erkrankt ist und auf unabsehbare Zeit ausfallen wird. Er betreut auch drei weitere Warenhäuser und war schon vor dem Kauf des Jandorf-Konzerns für unsere Berliner Tietz-Filialen zuständig. Sie sind nach Herrn Faber jetzt der erfahrenste Textileinkäufer vor Ort. Deshalb möchte ich Sie mit der Aufgabe betrauen, für diese Häuser den Wareneinkauf für die Frühjahrssaison vorzunehmen.«

Gunter war dieser Auftrag sehr recht gewesen. Schon lange hatte er sich gefragt, zu welchen Konditionen die übrigen Textileinkäufer im Hermann-Tietz-Konzern ihre Ware erwarben. Leider gab es kein regelmäßiges Treffen dieser Gruppe, bei dem man sich hätte austauschen können. So hatte Perl nur zu gern zugesagt.

Im Warenhaus am Alexanderplatz erwartete ihn dann eine große Überraschung. Auf den ersten Blick bemerkte er, dass der Einkauf vieler Textilwaren, von Kleiderstoffen bis hin zu Schmuckborten, dort wesentlich teurer war als im KaDeWe. Offensichtlich hatte Tietz nie die gleichen Boni erhalten, die Jandorf mit seinen Lieferanten ausgehandelt hatte. Posten für Posten war Gunter Perl durchgegangen und hatte sofort das ungeheure Sparpotenzial erkannt, das darin lag.

Perl war schon auf dem Weg zu Georg Tietz gewesen, um ihm seine Entdeckung mitzuteilen, als ihm einfiel, dass wahrscheinlich auch die Tietz-Warenhäuser außerhalb Berlins ähnliche Lieferantenpreise hatten. Telefonate mit den dort zuständigen Einkäufern hatten diesen Verdacht bestätigt.

Und es kam noch besser: Gunter war der einzige Textileinkäufer bei Tietz, der noch aus der Ära Jandorf stammte. Seine ehemaligen Kollegen in den anderen Jandorf-Häusern waren aus unterschiedlichen Gründen ausgeschieden.

Daher machte Perl auch Besuche bei den jetzt zuständigen Einkäufern in der Belle-Alliance-Straße und in dem Warenhaus am Weinberg im Wedding.

»Mir ist zwar bekannt, dass unter Herrn Jandorf zwischen zwei und fünf Prozent Rabatt auf Textilwaren gegeben wurden«, erklärte der zuständige Herr im Wedding. »Aber die Lieferanten haben mir gesagt, diese Boni waren an die Person von Herrn Jandorf gebunden und hätten daher heute keinen Bestand mehr.«

Gunter hätte sich ob der Naivität dieses Mannes am liebsten an die Stirn geschlagen. Er konnte ihm nur seine Unerfahrenheit zugutehalten. Der Einkäufer war ungefähr zehn Jahre jünger als er. So ließ sich Perl lediglich eine Liste der aktuellen Einkaufspreise geben und verabschiedete sich.

Da im Rahmen der Rationalisierungsmaßnahmen nach der Übernahme des Jandorf-Konzerns durch Tietz auch die Einkäufer in Adolfs ehemaligen Warenhäusern für mehrere Standorte zuständig waren, musste er nur noch einen weiteren Besuch in der Belle-Alliance-Straße machen. Dabei überzeugte er sich davon, dass außer dem KaDeWe kein einziges anderes Tietz'sches Warenhaus mehr in den Genuss dieser Vergünstigungen kam.

Nachdem er seine Erkenntnisse ein ganzes Wochenende lang sorgfältig in einen Bericht gefasst hatte, kam ihm der Zufall zu Hilfe. Am folgenden Montag wollte er eigentlich Martin Tietz von seinen Ergebnissen unterrichten. Doch der lag mit einer schweren Erkältung im Bett.

»Das ist recht ärgerlich, Herr Perl«, erklärte ihm Tietz' Vorzimmerdame. »Denn gerade eben hat sich der Textilunternehmer Harald Frowein aus Elberfeld gemeldet. Er kennt Herrn Martin Tietz von früher und hätte ihn gern persönlich getroffen, wenn er übermorgen in Berlin eintrifft.«

Gunter fasste einen spontanen Entschluss. »Da Herr Tietz ja nun leider krankheitsbedingt verhindert ist, wären Sie so freundlich, Herrn Frowein zu fragen, ob er auch mit mir zu einem Gespräch vorliebnehmen würde? Ich bin ja schon seit Jahren leitender Textileinkäufer im KaDeWe und kenne Froweins Produkte daher in- und auswendig. Persönlich kennengelernt haben wir uns jedoch noch nie. Bei dieser Gelegenheit könnten Herr Frowein und ich uns außerdem darüber austauschen, welche Produkte im Augenblick besonders gefragt sind«, fiel ihm als Köder noch ein.

Tatsächlich hatte die Vorzimmerdame mit Gunters Vorschlag bei Harald Frowein offene Türen eingerannt, und er war sogar für den heutigen Abend ins exklusive Restaurant Hiller eingeladen worden.

Je näher das Treffen gerückt war, desto deutlicher hatte Gunter gespürt, dass eine unermessliche Chance für seinen weiteren Aufstieg bei Tietz darin lag, heute Abend erfolgreich zu sein. Er war fest entschlossen, diese Gelegenheit optimal zu nutzen.

Gerade betrat ein noch junger Mann im Abendanzug die Bar und blickte sich suchend um.

»Herr Frowein?« Gunter trat von seinem Platz an der Bar vor.

Der Mann – Gunter schätzte ihn auf höchstens Anfang dreißig – lächelte und streckte ihm die Hand entgegen. »Sie müssen Herr Perl aus dem KaDeWe sein. Ich freue mich, Sie kennenzulernen.«

»Die Freude ist ganz meinerseits«, erwiderte Perl. »Nehmen Sie auch noch einen Aperitif?« Er zeigte auf sein leeres Martiniglas.

Frowein schüttelte den Kopf. »Ich habe einen Bärenhunger, wenn ich ehrlich sein darf. Wenn es Ihnen nichts ausmacht, würde ich jetzt gleich zu Tisch gehen.«

Während sie ein köstliches Viergängemenü mit den dazu passenden Weinen einnahmen, plauderten sie zunächst über nicht geschäftliche Themen. Das Berliner Nachtleben, für das Frowein Gunter um Empfehlungen sehenswerter Etablissements bat, gehörte genauso dazu wie die aktuelle politische Lage in Deutschland.

Man war beim Dessert angelangt, als die Sprache auf den Börsenkrach in New York kam. Perl fand dieses Thema sehr geeignet, um sein Ziel für diesen Abend in Angriff zu nehmen.

»Was glauben Sie, Herr Frowein, wird die Krise auf die Wirtschaft in Deutschland übergreifen?«

Froweins Miene wurde ernst. »In Elberfeld glauben wir das. Deswegen haben wir bereits verschiedene geschäftliche Umstrukturierungen vorgenommen.«

Perl, dem an einer Vertiefung dieses Themas nichts lag, überging es. Stattdessen antwortete er:

»Auch wir hier im Tietz-Konzern rüsten uns für schwierige Zeiten«, begann er kryptisch. »Dabei kommt alles auf den Prüfstand, was unserem Gewinn nutzt oder schadet.«

Frowein merkte auf. »Was bedeutet dies für Ihr Warenangebot an Textilien?«, stellte er Perl die erwünschte Frage.

»Nun, wir überprüfen auch all unsere Lieferantenbeziehungen. Sie wissen ja, dass wir unter anderem Textilwaren für unsere Sonderaktionen wie die Weiße Woche schon ein Jahr im Voraus bestellen. In diesen schwierigen Zeiten gibt das unseren Lieferanten natürlich eine große Sicherheit. Sie können mit den Vorbestellungen kalkulieren, von der Berechnung der notwendigen Produktionsmittel bis hin zu den erforderlichen Arbeitsplätzen.«

Frowein war trotz seiner im Vergleich zu Perl jungen Jahre kein unerfahrener Geschäftsmann. Das zeigte Gunter seine nächste Einlassung. »Diese Sicherheit schätzen wir natürlich sehr, Herr Perl. Doch Sie würden dieses Faktum nicht so betonen, wenn Sie nicht eine ganz bestimmte Absicht damit verfolgen würden.«

Nach dem Gespräch mit dem naiven, mit Frowein ungefähr gleichaltrigen Einkäufer im Warenhaus am Weinberg hatte Gunter nicht mit einer solchen, eher konfrontativen Gesprächsstrategie des jungen Unternehmers gerechnet.

Blitzschnell entschied er, dass Ausweichen hier nicht angezeigt war, und ging in die Offensive. »Sie treffen den Nagel auf den Kopf, Herr Frowein. Mir ist nämlich etwas aufgefallen. Können Sie sich denken, worum es sich dabei handelt?«

Frowein schüttelte den Kopf. »Bitte klären Sie mich auf!«

Gunter zog ein kleines Notizbuch aus der Innentasche seines

Abendjacketts. »Was ist der Grund, dass Sie für alle Seidenstoffe, mit denen Sie uns beliefern, dem KaDeWe vier Prozent weniger berechnen als allen anderen Warenhäusern von Tietz?«

Froweins Wangen röteten sich leicht. Zum Glück machte er gar keinen Versuch, so zu tun, als wäre ihm diese Tatsache neu. Stattdessen räumte er ein:

»Meines Wissens hat der ehemalige Eigner Adolf Jandorf den Preis seinerzeit persönlich mit meinem Vater verhandelt. Selbstverständlich habe ich mich daran auch nach dem Verkauf des KaDeWe an Hermann Tietz gehalten.« Frowein unternahm jetzt doch den Versuch, Perls eigentlicher Frage auszuweichen.

Der ließ sich nicht beirren. »Galten diese Preise denn immer nur für das KaDeWe oder auch für Jandorfs andere Warenhäuser?«

Die Röte in Froweins Wangen vertiefte sich. »Ursprünglich auch für die anderen Warenhäuser«, gab er zu.

»Und warum ist das heute nicht mehr der Fall?«, trieb Perl den jungen Unternehmer weiter in die Enge.

»Das kann ich ohne eine Prüfung der Unterlagen leider nicht sagen.« Frowein trank einen Schluck des köstlichen Gewürztraminers, den man zum Dessert serviert hatte, und mied dabei Perls Blick.

Gunter entschloss sich, seine Karten jetzt offen auf den Tisch zu legen. »Betrachte ich nur die Seidenstoffe, die Sie an den Tietz-Konzern liefern, muss der Einkauf für die restlichen Warenhäuser von Tietz in Summe dafür fast zwanzigtausend Mark mehr bezahlen, im Vergleich zum Preis, der für das KaDeWe gilt.«

Er machte jetzt ebenfalls eine künstliche Pause und trank einen Schluck Wein. Dabei bemerkte er mit stillem Vergnügen, dass Frowein nervös begann, an seiner Nagelhaut zu knibbeln.

»Da Sie Tietz diese Rabatte noch nie angeboten haben und sie auch für die übrigen Jandorf-Warenhäuser nicht verlängerten, sind das allein ungefähr sechzigtausend Mark Mehrkosten seit der Übernahme im Jahr 1927.«

»Das ist nicht richtig«, verteidigte sich Frowein. »Die Boni für die Jandorf-Warenhäuser galten noch für das ganze Jahr 1927, da die Preise ja bereits im Vorjahr verhandelt worden waren.«

Gunter lächelte spöttisch. »Also sind Sie doch ausgezeichnet über die Situation informiert. Und es klingt so, als ob Ihnen durchaus bewusst ist, dass der Wegfall dieser Rabatte zu Ihrem Nutzen, aber zum Schaden des Tietz-Konzerns ausfällt.«

Frowein erwiderte nichts darauf. Seine Wangen verfärbten sich jetzt blutrot.

»Lassen Sie mich auf den Punkt kommen, Herr Frowein! Sie beliefern Tietz ja nicht nur mit diesen Seidenstoffen, sondern auch mit einer großen Auswahl an Kunstseide sowie allerlei Zierrat wie Spitzen, Borten und Kordeln. Die Mehrkosten, die Tietz im Einkauf für seine übrigen Warenhäuser entstehen, legt man den günstigeren Lieferantenpreis für das KaDeWe zugrunde, dürften jährlich die Marke von fünfzigtausend Reichsmark erreichen oder sogar überschreiten.«

Diese Zahl war zu hoch, wie Gunter sehr gut wusste. Aber zur Taktik eines guten Verhandlers gehörte auch, die Fakten absichtlich zu verfälschen und die Lage damit schlechter darzustellen, als sie in Wirklichkeit war.

Erstaunlicherweise zeigte Frowein sich erneut überaus gut informiert. Offenbar hatte er seinen Geschäftsbesuch in Berlin zu Hause gründlich vorbereitet. »Es dürften höchstens fünfunddreißigtausend Mark jährlich an Mehreinnahmen für unsere Produkte sein im Vergleich zu den Zeiten Jandorfs«, widersprach er.

Damit war er Gunter allerdings geradewegs in die Falle gelaufen. »Das freut mich zu hören, Herr Frowein. Denn dann wird meine dringliche Bitte, uns diesen Rabatt nicht nur in Zukunft, sondern auch nachträglich für die vergangenen Jahre zu gewähren, für Sie nicht allzu abschreckend sein.«

»Wie bitte?« Frowein zeigte sich über Gunters Forderung entsetzt. »Das wären ja mindestens siebzigtausend Mark an Nachzahlung.«

Gunter nickte bedächtig. »Angesichts eines Volumens von nahezu einer Million Reichsmark, die der Tietz-Konzern jährlich für Produkte Ihres Unternehmens ausgibt, ist dies doch vertretbar.«

»Und was wäre, wenn ich mich weigere?«, hakte Frowein erregt nach. »Abgesehen davon, dass ich eine Entscheidung von solcher Tragweite ohnehin nicht allein treffen könnte. Ich bin zwar Geschäftsführer, aber unser Unternehmen ist eine Aktiengesellschaft, wie Sie wissen. Einer solchen Ausgabe müsste sogar unser Aufsichtsrat zustimmen.«

Gunter nickte wieder. »Da trifft es sich ja ausgezeichnet, dass Ihr verehrter Herr Vater der Vorsitzende dieses Aufsichtsrats ist.«

Frowein schnappte hörbar nach Luft. Doch nun schien es Gunter angezeigt, nach der Peitsche das Zuckerbrot auszupacken.

»Vielleicht interessiert es Sie ja, dass ich recht begeistert von Ihrem neuen Produkt Crêpe de Chine bin. Die Stoffmuster, die Sie in Ihrem Katalog anpreisen, haben mich von der Qualität her überzeugt. Auch die Farbpalette ist beeindruckend. Gern würde ich daher auch von dieser Ware einen größeren Posten für das KaDeWe bestellen und Werbung dafür bei meinen Einkäuferkollegen im Tietz-Konzern machen.«

»Wir haben noch weitere neue Produkte im Programm«, ergriff Frowein die Gelegenheit beim Schopf.

»Auch darüber können wir sprechen«, kündigte Perl an. »Zumal wir uns von jedem Lieferanten trennen werden, der uns nach dem Verkauf von Jandorf an Tietz ebenfalls die Rabatte gekürzt oder sogar gestrichen hat und nicht bereit ist, eine Kompensation zu leisten.«

Froweins rote Wangen wurden nun blass. Dies war eine versteckte Drohung auch an ihn selbst, wie er zweifellos bemerkte. »Ich werde die Angelegenheit gleich nach meiner Rückkehr thematisieren«, versprach er.

Perl zog seinen letzten Trumpf aus der Tasche. »Und Ihr Schaden soll es nicht sein, lieber Herr Frowein. Denn wenn Ihr renommiertes Unternehmen uns den Rabatt gewährt, kann ich dies als Argument auch gegenüber weniger bedeutenden Lieferanten verwenden. Diese werden sich Ihrem Beispiel sicherlich anschließen.« Wieder machte er eine kleine Pause.

»Und was haben wir davon?«

Diese Nachfrage hatte Perl natürlich beabsichtigt. »Nun, je nachdem, wie hoch die Gesamtsumme ist, die Tietz durch die nachträgliche und zukünftige Gewährung solcher Rabatte einspart, könnten wir darüber sprechen, ob man Ihre vier Prozent nicht um ein halbes oder sogar ein ganzes Prozent senken könnte.«

»Das wäre natürlich fantastisch«, kommentierte Frowein diesen Vorschlag überrascht. »Ich kann Ihnen zwar heute noch nichts versprechen, aber ich werde mein Möglichstes tun, um Ihr Anliegen positiv bescheiden zu können. Schließlich ist mir und meinem ganzen Unternehmen sehr daran gelegen, mit einem so bedeutenden Geschäftspartner wie Hermann Tietz weiterhin gut zusammenzuarbeiten.«

Als Gunter sich eine Stunde später von Frowein verabschiedete, hätte er am liebsten Freudenschreie ausgestoßen. Nur die Tatsache, dass man ihn als leitenden Mitarbeiter des KaDeWe erkennen und über sein Benehmen indigniert sein könnte, hinderte ihn daran.

Aber der heutige Abend war sein Sprungbrett nach ganz oben. Wie und wo, wusste er noch nicht. Nur, dass er sicher war, dorthin zu gelangen.

Ende November 1929, ungefähr vier Wochen später

»Und nun habe ich noch einen Tagesordnungspunkt, der sich erst heute Morgen ergeben hat«, kündigte Martin Tietz der Runde der übrigen Teilnehmer bei der monatlichen Geschäftsführungsbesprechung an. »Paul ist bereits unterrichtet. Als kaufmännischem Leiter des KaDeWe möchte ich das Wort zunächst ihm überlassen.«

Aller Augen richteten sich nun auf Paul. Dem widerstrebte es zwar zutiefst, Martins Wunsch zu erfüllen. Wieder einmal blieb ihm jedoch nichts anderes übrig.

»Gunter Perl, der leitende Textileinkäufer des KaDeWe, hat vor einigen Wochen eine erstaunliche Entdeckung gemacht. Die Rabatte auf unsere Textilien, die Herr Jandorf seinerzeit mit den Lieferanten vereinbart hat, galten nach der Übernahme nicht für die Tietz-Warenhäuser und wurden sogar, mit Ausnahme des KaDeWe, in den übrigen ehemaligen Jandorf-Kaufhäusern im Lauf der Zeit gestrichen.«

»Das ist ja unglaublich!« – »Wieso konnte das denn so lange unbemerkt bleiben?«, sagten Hugo Zwillenberg und Georg Tietz nahezu gleichzeitig.

»Wie viel Geld haben wir dadurch verloren?«, fragte Georg dann.

»In Summe aller Textilien und deren Lieferanten im gesamten Tietz-Konzern dürfte es sich um ungefähr einhundertfünfzigtausend Reichsmark seit 1927 handeln.«

Georg und Hugo wirkten, als hätte sie der Schlag getroffen.

»Und was soll jetzt geschehen?«, fasste sich Hugo zuerst.

Angesichts der Bestürzung seiner Geschäftsführerkollegen ließ es sich Martin Tietz jetzt doch nicht nehmen, die gute Nachricht selbst zu verkünden.

»Gunter Perl hat mit seinem großen Verhandlungsgeschick tatsächlich erreicht, dass uns, abgesehen von zwei Ausnahmen, alle Textillieferanten diese ehemaligen Jandorf-Rabatte für all unsere Warenhäuser rückwirkend für die vergangenen Jahre seit dem Verkauf und auch in Zukunft gewähren werden. Dies bedeutet, dass wir allein bis zum Jahresende mit einer Zahlung von ungefähr vierhundertfünfzigtausend Reichsmark rechnen können.«

Martin sah triumphierend in die Runde. »Diese Summe können wir natürlich angesichts der ausgelaufenen Kredite gerade ausgezeichnet brauchen. Gar nicht zu reden von den zukünftigen Einnahmen. Denn die Einkaufsrabatte müssen wir im Verkaufspreis nicht an die Kunden weitergeben.«

Es war ausgerechnet Hugo selbst, der Martin jetzt das gewünschte Stichwort gab. Das wusste Paul, dem Martin seine Gesprächstaktik auf der Hinfahrt verraten hatte.

»Wie konnte uns denn ein solcher Fauxpas all die Jahre lang durch die Lappen gehen?«

Martin grinste breit. »Nun, dafür ist offensichtlich eines deiner Ressorts zuständig, Hugo. Denn zu deinen Aufgaben gehört die Beaufsichtigung unserer zentralen Buchhaltung. Wäre man dort aufmerksamer gewesen, hätte man den Unterschied der Lieferantenpreise zwischen dem KaDeWe und unseren übrigen Häusern schon längst erkennen müssen.«

Hugo zuckte zusammen. Paul wusste auch, dass Martin sich darüber freute, es seinem Schwager endlich einmal mit gleicher Münze heimzahlen zu können. Denn oft genug trieb Hugo Martin in diesen Besprechungen in die Enge, wenn er konnte.

Martin ging nun in die Offensive. »Angesichts der Verdienste von Gunter Perl erscheint es mir nicht länger angemessen, ein solches Einkäufertalent nur im KaDeWe zu beschäftigen. Auch wenn das Niveau dieses Hauses Perls Genie entspricht. Deshalb schlage ich vor, Gunter Perl in Zukunft zum leitenden Textileinkäufer des gesamten Tietz-Konzerns zu machen.«

Martins Vorschlag wurde sofort akzeptiert. Paul Bergmann nahm es mit gemischten Gefühlen zur Kenntnis. Einerseits war er froh, nicht länger als dessen unmittelbarer Vorgesetzter mit

Gunter Perl im KaDeWe zusammenarbeiten zu müssen. Denn Gunter würde in seiner neuen Funktion natürlich in die Berliner Zentrale am Alexanderplatz wechseln und direkt Georg Tietz unterstellt sein.

Andererseits wusste er, dass Martin noch einen anderen Vorschlag in petto hatte.

»Außerdem sollten wir Gunter Perl in den Kreis der Geschäftsführung aufnehmen und zu unseren monatlichen Besprechungen einladen. Er hat nämlich vor, sich regelmäßig mit den leitenden Einkäufern der anderen Warengruppen zu treffen und auszutauschen. Möglicherweise gibt es solche verlorenen Rabatte auch bei den übrigen Warengruppen. Dann verfügt Gunter Perl über ein Vorgehen, das sich bereits bewährt hat. Außerdem sollten ihm alle Textileinkäufer im Konzern unterstellt werden, damit er ihre Geschäfte kontrollieren kann. Mit diesen Maßnahmen können wir verhindern, dass uns noch einmal ein solcher Schaden entsteht, wie Perl ihn gerade aufgedeckt hat.«

Paul konnte bereits an Hugos und Georgs fortwährendem Nicken erkennen, dass sie mit allen Vorschlägen Martins einverstanden waren. Im KaDeWe war er ihn zwar jetzt los. Aber in diesem Gremium würde er sich in Zukunft immer wieder mit Gunter auseinandersetzen müssen. Zudem würde Perl durch seine Zugehörigkeit zum innersten Zirkel des Tietz-Konzerns natürlich über alle künftigen Geschäftsentwicklungen auf dem Laufenden sein.

Ein ungutes Gefühl, das er nicht mit Fakten konkretisieren konnte, sagte Paul, dass dies Hermann Tietz auf lange Sicht nicht guttun würde.

Im KaDeWe

Freitag, 6. Dezember 1929

»Seid ihr sicher, dass ihr jetzt ein Exemplar von jedem Puppenmodell habt, das in der Spielwarenabteilung vorrätig ist?«, hörte Rieke ihren Mann Peter fragen, als sie von innen die kleine Tür zu dem Weihnachtsschaufenster öffnete, das Peter gerade dekorierte.

Sie schlüpfte vorsichtig durch die schmale Öffnung. Dann entfuhr ihr ein Laut des Entzückens. »Das wird ja wieder wunderschön!«

Erst jetzt wurde Peter auf seine Frau aufmerksam. Er trat auf sie zu und drückte ihr einen Kuss auf die Wange. Obwohl er sich offensichtlich freute, sie zu sehen, bemerkte Rieke auch, wie nervös er wirkte.

»Gefällt es dir wirklich? Oder sieht das Schaufenster überladen aus, wenn es fertig ist?«

»Im Gegenteil«, versicherte Rieke. »Ich bin mir sicher, dass man in ganz Berlin noch keine solche Puppenausstellung gesehen hat. Die Puppen wirken, als wären sie lebendig und würden sich wie richtige Menschen benehmen.«

Peters Gesichtszüge entspannten sich. »So soll es auch sein. Die Anordnung soll die Käufer dazu bringen, das Schaufenster ganz genau zu betrachten, um jede Einzelheit des Geschehens wahrzunehmen. Gleichzeitig sollen sie sich die Puppe aussuchen, die sie ihren Töchtern, Enkelinnen oder Nichten zu Weihnachten schenken möchten.«

Rieke staunte noch immer. »Ich sehe kein einziges Modell doppelt. Jede Puppe ist anders gekleidet. Es gibt Säuglingspuppen, Mädchenpuppen, aber viele stellen auch erwachsene Frauen dar. Sogar Männer und Jungen sind darunter. Ich hätte nicht gedacht, dass das KaDeWe heutzutage eine so große Auswahl von einem einzigen Spielzeug hat.«

»Ich hätte das anfangs auch nicht geglaubt. Aber als ich mir die Listen des zuständigen Einkäufers geben ließ, fand ich darauf fast zweihundertfünfzig verschiedene Modelle. Das kommt daher, dass die Spielwarenabteilung im vierten Stock jetzt fast doppelt so groß ist wie früher, weil die Möbel und Teppiche in den schon fertiggestellten fünften Stock umgezogen sind. Und nun habe ich den Ehrgeiz, dass jede einzelne Art dieser Puppen, die das KaDeWe zur Weihnachtszeit führt, hier im Schaufenster zu sehen ist.«

»Wie es aussieht, ist dir das bestens gelungen. Und zwar, ohne dass das Fenster überladen wirkt, wie du vorhin befürchtet hast. Wie bist du nur auf diese Idee gekommen?«

Peter grinste schief. »Es war nach der letzten Mieterratssitzung in Meyers Hof, um ehrlich zu sein. Dort sind die Häuser ja ebenfalls sechsstöckig. Als ich durch einen der Hinterhöfe ging, schauten ein paar alte Frauen aus den Fenstern. Und schon entstand dieses Szenario hier in meinem Kopf.«

So elegant wie in diesem Schaufenster ging es in der alten, mehr und mehr verfallenden Mietskaserne allerdings nicht zu. Rieke wunderte sich wieder einmal darüber, wie Peter zu seinen Entwürfen kam. Sie ließ sich Zeit, um das Ensemble intensiv zu betrachten. Ihre Mittagspause hatte gerade erst begonnen. Eigentlich hatte sie Peter abholen wollen, um gemeinsam mit ihm in der Personalkantine zu essen. Aber sie spürte, dass er sie jetzt ohnehin nicht begleiten würde.

Wenn er eine neuartige Dekoration arrangierte, hatte er nicht nur keinen Appetit. Als Perfektionist, zu dem er sich zunehmend entwickelte, ließ er die Arbeit daran keinen Moment lang ruhen, bis er damit zufrieden war. Das kannte Rieke zwar schon aus früheren Zeiten, sie hatte es bei der Gestaltung eines Spielwarenschaufensters aber nicht erwartet.

Jetzt stand sie am Anfang einer angedeuteten, in Richtung der Glasscheibe verlaufenden Straße. In einem spitzen Winkel, der sich nach vorn verbreiterte, hatte Peter zwei Holzregale mit jeweils sechs horizontalen Brettern als Etagen aufbauen lassen. Damit stellte er die mehrstöckigen Häuser nach. Durch vertikale Trennpfosten wirkten die fünfzehn Öffnungen tatsächlich wie Fenster.

Das Regal auf der linken Seite war schon fertig. Aus jedem Fenster schauten zwei bis drei Puppen heraus. Sie waren so angeordnet, als ob sie verschiedene Bewegungen ausführten. Einige betrachteten das noch nicht fertig dekorierte simulierte Haus gegenüber und winkten heraus. Andere richteten den Blick auf die noch zu gestaltende Straßenszene.

Die meisten Puppen waren weiblich. Ihre Kleidung war überaus elegant. Die erwachsenen Frauen nachgebildeten Puppen trugen die neuesten Hutmodelle. Die meisten hatten Kurzhaarfrisuren entsprechend der aktuellen Mode. Es gab aber auch einige langhaarige Puppen darunter. Sicher war hier für jeden Kindergeschmack etwas dabei.

»Die größte Herausforderung wird wieder die Beleuchtung sein«, seufzte Peter jetzt und kratzte sich nachdenklich den Schädel. »Am dunklen Hintergrund der angedeuteten Häuser kannst du sehen, dass ich eine Nachtszene darstellen will. Trotzdem sollte jede Puppe zu jeder Tageszeit von der Tauentzienstraße aus in möglichst vielen Einzelheiten erkennbar sein.«

Riekes Hunger meldete sich. »Dann lasse ich dich jetzt wohl besser allein. Oder können dich Königsberger Klopse womöglich doch noch zu einer Mittagspause verführen? Das ist das heutige Tagesgericht in der Personalkantine.«

Die Klopse gehörten eigentlich zu Peters Lieblingsessen. Doch seine Antwort zeigte ihr, dass er nicht einmal zugehört hatte. »Ich muss die Schrägstrahler verwenden«, murmelte er. »Das ergibt die besten Effekte.«

Dann sah er hektisch auf seine Armbanduhr. »Oh Gott, wir haben nur noch ungefähr vier Stunden Zeit. Mit Einbruch der Dämmerung soll das Schaufenster gezeigt werden, habe ich dem Spielwarenabteilungsleiter versprochen. Schließlich ist heute der Freitag vor dem zweiten Advent. Nachdem die Nikolausbescherung vorbei ist, werden viele Kunden am Wochenende ihre Weihnachtseinkäufe tätigen wollen.«

Noch war die Scheibe mit Laken verhängt. Peter winkte seinen Gehilfen. »Bestückt jetzt das rechte Regal und arbeitet euch von oben nach unten vor. Achtet darauf, dass kein Fenster dem anderen ähnelt. Und dass die Puppen, die ihr für jedes Fenster verwendet, ungefähr die gleiche Größe haben. Es sei denn, ihr wollt Mütter mit Kindern darstellen.«

Leise, um seine Konzentration nicht zu stören, zog sich Rieke zurück. Peters Anweisungen hörte sie noch, als sie durch die schmale Tür zurück ins Innere des Warenhauses schlüpfte.

Versammlungssaal des Deutschen Frauenordens in Moabit

6. Dezember 1929, am Nachmittag

»Hmm! Liebe Gerda, ich fürchte, du musst dein Plakat leider noch einmal schreiben.« Sanni Wolters runzelte zwar die Stirn, bemühte sich aber, sich ihren Unmut nicht allzu deutlich anmerken zu lassen.

Deutsche!
Wert Euch!
Kauft nicht bei Juden!,

hatte Gerda geschrieben. »Wert schreibt man mit h!«

Gerda starrte Sanni verständnislos an. Die griff schließlich zum Stift, den Gerda benutzt hatte, und fügte den fehlenden Buchstaben an der richtigen Stelle ein.

»Aber du musst das Plakat trotzdem noch mal neu schreiben, am besten nimmst du die Rückseite. Denn so würden wir uns blamieren. Im KaDeWe kaufen nur Leute ein, die die deutsche Rechtschreibung beherrschen.«

Nun färbten sich Gerdas Wangen schamrot. »Ick war noch nie jut im Schreiben«, gab sie zu.

Auch über ihre Dialekteinfärbung ärgerte Sanni sich. In den letzten Monaten waren viele Frauen in die NS-Organisation des Deutschen Frauenordens eingetreten, die recht ungebildet waren.

Allerdings brauchte die Partei jedes Mitglied, sagte sie sich wieder einmal. Außerdem erhöhte dies ihre Chancen, im Frauenorden weiter aufzusteigen. Immerhin hatte sie es bislang bereits zur Ortsleiterin in Moabit gebracht. Deshalb würde Sanni heute auch die ungefähr zwanzigköpfige Gruppe anführen, die sich an der Weihnachtsprotestaktion gegen das KaDeWe beteiligen wollte.

Im letzten Jahr hatte es zwar in Berlin und im Reich vereinzelt schon solche Proteste gegen die großen Warenhäuser mit ihren hauptsächlich jüdischen Eignern gegeben. Aber dieses Weihnachten sollten solche Aktionen möglichst flächendeckend stattfinden.

Die Gründe dafür hatte Elsbeth Zander, die aufgrund der immer größer werdenden Mitgliederzahl des Ordens schon lange nicht mehr persönlich nach Moabit gekommen war, anlässlich einer Versammlung in München auf den Punkt gebracht. Sanni hatte sie ihren Kameradinnen beim letzten Treffen vorgelesen:

»Wenn ein Judenpalast, ein Warenhaus nach dem anderen gebaut werden kann, sind nur wir Frauen daran schuld. Nur die Frau, durch deren Hände der Verdienst des Mannes ins Wirtschaftsleben fließt, hat die Waffe gegen den Juden in der Hand. Aus dem Sündengeld der Juden werden die Waffen geschmiedet, mit denen einst eure Söhne erdolcht werden«, legte Elsbeth den NS-Frauen durch den Mund von Sanni nachhaltig ans Herz.

Sofort war man in die Planung für die heutige Protestaktion eingestiegen.

»Haben wir Pinsel und Farbe genug?«, erkundigte sich Sanni nun bei Luise Falkner, die natürlich ebenfalls mit von der Partie war.

»Mehr als genug. Wir füllen gerade sogar ein paar Beutel mit Farbe, die wir gegen die Schaufenster werfen können, wenn wir nicht nah genug rankommen, um unsere Parolen darauf zu schreiben.«

»Gut«, lobte Sanni ihre Freundin. »Aber verschließt die Beutel sorgfältig, damit die Farbe auf dem Weg zum KaDeWe nicht ausläuft!«

Dann trat sie zu den nächsten Frauen, die gerade die Schnüre an ihren Plakaten befestigten, um sie sich um den Hals hängen zu können. Zum Glück entdeckte sie keine weiteren Rechtschreibfehler. Auch die Flugblätter, die sie vor dem Warenhaus verteilen wollten, waren fehlerfrei.

»Ick wollt dir mal wat fragen«, sprach Maria, eine ältere Arbeiterfrau, Sanni an. »Ick hab im *Angriff* jelesen, det man in Warenhäusern als deutsches Mädel die Beene breitmachen muss, wenn man mehr Lohn haben will. Beim Jud natürlich!«, fügte sie hinzu. »Globst du, det stimmt?«

Sanni wusste es eigentlich besser, da sie ja selbst einmal als Hilfsverkäuferin im KaDeWe gearbeitet hatte, was in der Gruppe jedoch niemand wusste. Trotzdem nickte sie.

»Ich habe den Artikel auch gelesen. Und der *Angriff* sagt die reine Wahrheit. Gerade in den großen Warenhäusern sind die Mädchen oft Opfer jüdischer Wüstlinge. Jede Beförderung, jede Lohnzulage muss durch entsprechende ›Liebe‹ beim zuständigen Abteilungschef bezahlt werden. Laut einer Statistik leiden fünfzig Prozent der Warenhausmädchen an Geschlechtskrankheiten.«

»Dit is widerlich!« Um sich herum blickte Sanni in die entsetzten Gesichter ihrer Zuhörerinnen. Ihre dreiste Lüge machte ihr gar nichts aus. Für die große Sache war kein Mittel zu schäbig, wenn es ihr nutzte.

Eine Uhr schlug draußen viermal. »Jetzt müssen wir losgehen!«, forderte Luise die Gruppe auf. »Denn in der Adventszeit werden die meisten Frauen in die Warenhäuser strömen, sobald es dämmert. Allein schon deshalb, um sich die Schaufenster und die Weihnachtsbeleuchtung anzusehen. Schlimm, aber wahr. Wir sollten also gegen fünf Uhr vor Ort sein.«

Vor dem KaDeWe

Freitag, 6. Dezember, gegen fünf Uhr am Nachmittag

Es war zehn Minuten vor fünf, als sich Rieke auf den Weg von der Damenkonfektion zum Ausgang in die Tauentzienstraße aufmachte, um Peters fertiges Schaufenster zu begutachten. Seit Gunter Perl Anfang des Monats sein Kontor an den Alexanderplatz verlegt hatte, musste sie nicht mehr befürchten, wegen der Verlegung ihrer Nachmittagspause von ihm gerügt zu werden. Denn eigentlich hätte sie diese bis spätestens halb fünf nehmen müssen.

Auch über die Länge ihrer Pause, die offiziell nur eine Viertelstunde betrug, sorgte sie sich nicht. Als Aufsichtsdame machte sie regelmäßig so viele unbezahlte Überstunden, dass niemand außer Perl auf die Idee gekommen wäre, sie für das Überziehen einer Pausenzeit zu kritisieren.

Die Stelle des leitenden Textileinkäufers im KaDeWe war noch nicht nachbesetzt worden. Auf dem Papier blieb Perl zwar ihr unmittelbarer Vorgesetzter, bis man einen neuen Abteilungsleiter für die Damenmode gefunden hatte. Bis dahin könne sie sich in allen Personalangelegenheiten unmittelbar an ihn wenden, hatte Judiths Vater ihr vor einigen Tagen mitgeteilt. Mit Bergmann erwartete sie keine Probleme.

Auch vor ihrem zukünftigen Vorgesetzten war es Rieke nicht bange. Schlimmer als unter Gunter Perl konnte es ihrer Ansicht nach für sie nicht werden.

Nun hastete sie die Treppe ins Erdgeschoss hinunter und betrat die mittlerweile im Weihnachtsschmuck der umliegenden Geschäfte erstrahlende Tauentzienstraße. Auch die Weihnachtsbeleuchtung des KaDeWe war bereits eingeschaltet worden.

Peters neu gestaltetes Schaufenster war das dritte von rechts. Noch bevor Rieke es erreichte, um einen Blick hineinzuwerfen, bemerkte sie lächelnd, dass sich schon eine kleine Kinderschar davor versammelt hatte und aufgeregt schnatterte. Peter hatte es tatsächlich geschafft, noch vor der vereinbarten Zeit von fünf Uhr an diesem Nachmittag fertig zu werden.

Nicht nur die Kinder, auch Rieke staunte, als sie das vollständige Werk betrachtete. Es war Peter gelungen, mit den Puppen Szenen nachzustellen, die wie aus dem echten Leben gegriffen wirkten.

Das galt auch für die Straße zwischen den beiden Spielhäusern. Eltern, die ihre Kleinkinder an den Händen hielten, flanierten in beiden Richtungen darauf entlang. Andere standen in Grüppchen zusammen, als ob sie plaudern würden. Zwischen ihnen liefen Kinder herum. Wieder andere schienen sich mit den aus den Fenstern schauenden Puppen zu unterhalten.

Erst auf den zweiten Blick fiel Rieke auf, wie hervorragend Peter auch die Beleuchtung gelungen war. Denn jede Puppe, auch die weiter vom Betrachter entfernten, war deutlich sichtbar. Die Fenster und Seiten der Häuser waren mit Tannenzweigen geschmückt worden, aus denen bunte Elektrobirnchen leuchteten.

Plötzlich spürte Rieke, wie sich von hinten zwei Arme um ihren Oberkörper schlangen. Sie erkannte Peter am Geruch seines würzigen Rasierwassers, bevor sie sich zu ihm umdrehte und ihm einen der Öffentlichkeit geschuldeten keuschen Kuss auf die Wange drückte.

»Es ist herrlich geworden«, lobte sie ihn. »Wer hätte gedacht, dass in dir ein solches Talent schlummert.«

Als sich Rieke erneut zum Schaufenster umdrehte, fiel ihr ein kleines Schild an der linken Seite auf, das sie zuvor nicht bemerkt hatte. »Fotografieren und Abzeichnen verboten«, las sie erstaunt. »Was hat denn das zu bedeuten?«

»Nun, es scheint mittlerweile vorzukommen, dass man meine Ideen kopiert«, erklärte ihr Peter. »Ich habe allerdings erst heute Nachmittag davon erfahren. Paul Bergmann hat mir berichtet, dass seine Frau Rebekka bei Wertheim schon im Herbst ein ganz ähnliches Schaufenster entdeckt hat wie das mit dem nachgestellten Autobus. Erinnerst du dich?«

Rieke überlegte. Dann fiel ihr ein, was Peter meinte. »Das Schaufenster, mit dem du die Regenmäntel beworben hast?«

Peter nickte. »Ja, nur hat Wertheim seine Schaufensterpuppen nicht auf das offene Oberdeck eines Autobusses platziert, wie ich das damals getan habe. Sondern auf eine Art Zuschauertribüne vor irgendeinem imaginären Ereignis. Aber der Werbespruch war fast identisch.«

»Welcher Spruch war es noch?« Rieke erinnerte sich, dass die sieben in Regenmäntel und Regenhüte gekleideten weiblichen Schaufensterpuppen vor einer nachgebildeten Hausfassade gesessen hatten, an der der Autobus gerade vorbeizufahren schien. Ein Schild an der Fassade zeigte den Reklamesatz.

»Bei uns hieß es: *Wir sind alle obenauf bei jedem Wetter! Wir tragen den MACINTOSH Regenmantel aus dem KaDeWe.* Wertheim hat nur den ersten Satz ein bisschen verändert: *Wir sind geschützt bei jedem Wetter*, hieß es da. Und natürlich durch den *Regenmantel von Wertheim*.«

Rieke seufzte. »Davor, dass dir jemand deine Ideen stiehlt, bist du auch nicht gefeit, wenn man das Fotografieren und Abzeichnen verbietet. Zum einen lässt sich das nach Geschäftsschluss ja gar nicht kontrollieren. Und zum anderen kann jeder deine Schaufenster nachbauen, der sich deine Arrangements gut genug einprägt.«

»Das ist mir auch klar«, bestätigte Peter. »Aber mit dem Verbotsschild können wir zumindest jemanden daran hindern, den wir in flagranti ertappen.«

»Mit diesem Weihnachtsschaufenster wird dir das bestimmt nicht passieren«, tröstete Rieke ihren Mann. »Denn selbst das vornehme Wertheim hat sicher nicht so viele Puppen in seiner Spielwarenabteilung wie das KaDeWe.«

Rieke war noch in die Betrachtung der Einzelheiten von Peters Werk versunken, als plötzlich Rufe in ihrem Rücken ertönten. Sie drehte sich erschrocken um und sah, dass sich eine Frauengruppe vom Wittenbergplatz her dem KaDeWe näherte. Noch bevor sie die Schrift auf den Plakaten lesen konnte, verstand sie die hässlichen Worte, die die Frauen aus vollem Halse brüllten: *Deutsche! Wehrt euch! Kauft nicht bei Juden!*

»Das musste ja früher oder später passieren«, hörte Rieke Peter grimmig neben sich murmeln. Von Protestaktionen nationalsozialistisch gesinnter Frauen gerade in der Vorweihnachtszeit hatten sie bislang nur gehört oder in der Zeitung gelesen. Im vergangenen Jahr war Berlin noch weitgehend davon verschont geblieben. Das galt aber nicht für Warenhäuser in jüdischem Besitz im Reich. In den Tietz-Filialen in Gera und Weimar war dadurch sogar ein beträchtlicher Schaden entstanden.

Mütter, deren Kinder gerade noch das Schaufenster bewundert hatten, packten die Kleinen jetzt an den Händen und zogen die zum Teil widerstrebend Schreienden hastig mit sich. Ungefähr die Hälfte bewegte sich rasch die Tauentzienstraße hinunter, weg von den herannahenden Nazifrauen. Mit leichter Genugtuung bemerkte Rieke, dass die andere Hälfte sich ins KaDeWe flüchtete, womöglich, um die beabsichtigten Weihnachtseinkäufe doch noch zu tätigen.

»Ich laufe hinein und hole die Wachleute!« Noch bevor Rieke diese Absicht in die Tat umsetzen konnte, blieb sie wie angewurzelt stehen.

Anfangs glaubte sie ihren Augen nicht zu trauen. Aber je näher die Frau an der Spitze der Gruppe kam, desto sicherer war sie, dass es sich um Sanni handelte. Diese hatte zwar einen braunen Wintermantel aus grober Wolle an, den sie früher nicht einmal im Stockfinsteren getragen hätte. Auch ihre Frisur, zwei über beiden Ohren zu Schnecken gewundene Zöpfe, passte nicht zu der auf Glitzer und Glamour versessenen Sanni, wie Rieke sie in Erinnerung hatte. Doch es war eindeutig ihre jüngere Schwester.

Auch sie trug ein Plakat um den Hals, auf dem die unsägliche Parole prangte. Riekes Schrecken verwandelte sich in Wut. Mit großen Schritten trat sie auf Sanni zu: »Schämst du dich nun für gar nichts mehr? Machst dich gemein mit solch einer primitiven Meute! Du warst und bist der Schandfleck unserer Familie!« Sie sprach so laut, dass die neben Sanni gehenden Frauen aus der Gruppe verblüfft verstummten.

»Wer is dit denn?«, rief eine korpulente Kumpanin Sanni zu.

»Meine ältere Schwester. Leider! Sie arbeitet für dieses jüdische Pack, seit ich denken kann.« Dann wandte sich Sanni zu den anderen Frauen um. »Tut das, was wir besprochen haben. Lasst euch von der da nicht einschüchtern! Die hat uns gar nichts zu sagen.«

Sofort bildeten die Frauen rechts und links vor dem Eingang eine Gasse. Rieke fühlte sich an den Streik im Jahr 1919 erinnert, nur dass es damals Angestellte des KaDeWe selbst gewesen waren, die keine Plakate um den Hals trugen. Für die Käuferinnen, die das KaDeWe nun betreten oder verlassen wollten, war es jedoch der gleiche Spießrutenlauf wie damals für die Streikbrecher, zu denen auch Rieke und Peter gehört hatten.

Die Naziweiber skandierten ihre verächtliche Parole und hielten den wenigen Kundinnen, die durch die Gasse gingen,

Flugblätter entgegen. Kaum eine Kundin nahm eines an, die meisten huschten mit gesenkten Köpfen davon, so schnell sie konnten.

Sanni schloss sich ihren Komplizinnen nicht an. Mit zwei anderen Frauen stellte sie sich vor Peters Schaufenster. Bevor Rieke erfassen konnte, was sie vorhatte, zog sie aus ihrer Umhängetasche einen Beutel und warf ihn mit aller Kraft gegen die Scheibe. Weiße Farbe spritzte heraus und beschmierte das Glas. Blitzschnell taten die anderen Frauen es Sanni nach, sodass Peters wunderbares Arrangement kaum mehr zu sehen war.

Dann wandten sich die Weiber den Schaufenstern daneben zu und griffen erneut in ihre Umhängetaschen.

Instinktiv stellte Rieke sich Sanni in den Weg. Dabei geriet sie in die Schusslinie des Farbbeutels, den Sanni zur gleichen Zeit schleuderte. Fassungslos starrte Rieke auf ihr schwarzes Seidenkleid, das nun über und über mit weißer Farbe bedeckt war. Farbe troff ihr auch aus den Haaren und rann ihr übers Gesicht.

»Jetzt reicht es!« Rieke konnte sich nicht erinnern, Peter jemals so wütend erlebt zu haben. Er stürzte von hinten auf Sanni zu, ergriff ihre Oberarme und drehte sie ihr auf den Rücken. Sanni strampelte mit den Füßen und wand sich wie eine Schlange, aber gegen Peters Griff hatte sie keine Chance.

Auch Rieke sah nun rot. »Du bist das undankbarste Miststück unter Gottes Sonne!«, schrie sie. »Unsere Mutter hat auch deinen Lebensunterhalt hier in diesem Kaufhaus verdient, sonst wären wir in unserer schäbigen Mietskaserne verhungert. Und du hast anscheinend vergessen, dass du einst ebenfalls hier beschäftigt warst und dir Abendkleider geklaut hast. Damit hast du dich aufgedonnert, um deine Freier zu beeindrucken, du elende Nutte!«

Aus dem Augenwinkel bemerkte Rieke schadenfroh, dass Sannis Kameradinnen der Mund offenstand. Sie schlug sofort in die Kerbe. »Dass du für halb Berlin die Beine breitgemacht hast, scheint man in deiner heutigen *noblen* Gesellschaft noch nicht zu wissen.«

Riekes Triumph währte nur kurz. Sie bemerkte zwar noch, dass Sanni die Nase hochzog. Doch der ekelhafte grünliche Speichelklumpen, der sie mitten ins Gesicht traf, kam dennoch unerwartet für sie.

»Immer noch besser, als eine Judenhure zu sein!«, kreischte Sanni schrill.

Nun verlor Peter endgültig die Contenance. Mit einem Schwung drehte er Sanni zu sich herum, ließ ihren rechten Oberarm los und schlug ihr mit voller Kraft links und rechts ins Gesicht. Sofort schoss Blut aus Sannis Nase. Erst viel später würde Rieke erfahren, dass auch eines ihrer Trommelfelle durch Peters Attacke geplatzt war.

Einen Moment lang, der Rieke wie eine Ewigkeit vorkam, schienen alle Umstehenden wie zur Salzsäule erstarrt. Dann stürzten sich die beiden Frauen, die wie Sanni die Farbbeutel geworfen hatten, auf Peter. Er wehrte sie mühelos ab und benutzte Sanni, die er erneut an beiden Oberarmen gepackt hatte, dabei als Schutzschild.

In diesem Augenblick rannten die mittlerweile alarmierten Wachleute und Hausdetektive aus dem KaDeWe und drängten die Nazifrauen vom Eingang zurück. Rieke sah, dass auch die Hausdetektivinnen dabei waren. Gertrude Press riss einer der Frauen das Schild vom Hals und warf es verächtlich zur Seite. Dann stieß sie sie so heftig zurück, dass die Frau stolperte und auf den Hintern fiel.

Nun kamen auch mehrere Abteilungsleiter durch das Eingangsportal. »Gleich wird die Polizei hier sein!«, riefen sie den Frauen zu. »Sie schicken uns Leute von der Station auf dem Ku'damm. In wenigen Minuten sind sie da!«

Sanni wand sich weiter in Peters eisernem Griff. »Lass mich los, du Schwein!«, kreischte sie und trat ihm hinter ihrem

Rücken mit voller Wucht gegen das Schienbein. Als Reaktion stieß Peter sie so heftig von sich weg, dass sie strauchelte und ebenfalls fast gestürzt wäre. Im letzten Moment fing sie sich.

»Wir hauen ab!«, rief sie ihren Genossinnen zu. Die ließen sich das nicht zweimal sagen und gaben sofort Fersengeld. Bevor ihnen Sanni folgte, drehte sie sich noch einmal zu Peter um.

»Das wirst du büßen!«, drohte sie. »Ich sage es Hermann! Der wird dafür sorgen, dass du diesen Tag einmal bitter bereust, du Judenknecht!«

»Richte dem Schuft aus, dass ich es darauf ankommen lasse!«, brüllte Peter zurück. »Der war schon immer ein feiger Hund, der sein Fähnchen nach dem Wind gedreht hat. Ihr zwei passt wirklich zusammen!«

Vor vielen Jahren waren Peter und Hermann Wolters sogar befreundet gewesen. Sie hatten gemeinsam vier Jahre Front im Weltkrieg überstanden, sich aber kurz nach Kriegsende entzweit. Schuld daran war vor allem Hermanns politischer Radikalismus. Er hatte zuerst der äußersten Linken angehört, bevor er sich später den Nazis anschloss.

Auch Sanni war, wie schon früher, nicht auf den Mund gefallen. »Ich richte es Hermann aus«, schrie sie. »Wir sind viele und werden von Tag zu Tag mehr. Und wie heißt es so schön! Wer zuletzt lacht, lacht am besten.«

Dann rannte sie ihren Kumpaninnen hinterher. Wie gelähmt vor Schock durch die Geschehnisse blickte Rieke ihr nach. Das war keine leere Drohung, schoss es ihr durch den Kopf.

Kapitel 12

Café Reimann am Kurfürstendamm

Ende Februar 1930

»Ich bin euch sehr dankbar, dass ihr euch nach eurem anstrengenden Dienst im KaDeWe noch die Zeit genommen habt, mich hier im Café Reimann zu treffen«, sagte Judith zu Rieke und Peter. »Denn die Angelegenheit, die ich heute mit euch besprechen möchte, duldet keinen Aufschub.«

Die beiden sahen Judith überrascht an. »Was gibt es denn so Dringendes, liebe Judith?«, fragte Rieke besorgt. »Ich hoffe, es ist nichts Schlimmes, was dich persönlich betrifft.«

Judith schüttelte gerührt den Kopf. »Mich betrifft es nur als Forscherin an der Alice-Salomon-Frauenakademie. In diesem Zusammenhang bin ich auf eine schockierende Angelegenheit gestoßen.«

»Jetzt machen Sie uns aber richtig neugierig«, merkte Peter an.

Judith runzelte die Stirn. »Bevor ich erzähle, worum es geht, sollten wir vielleicht die Anrede klären, Herr Hauser. Sie wissen ja, dass ich mich mit Rieke seit Jahren duze. Nun sind Sie ihr Ehemann, und zudem kenne ich Sie ebenfalls schon lange. Sollen wir nicht ebenfalls zum Du übergehen?«

Peter wirkte verlegen. Deshalb ergriff Rieke das Wort. »Es wäre nur, wenn wir uns wie heute im privaten Kreis treffen, Peter. In der Öffentlichkeit des KaDeWe siezen auch Judith und ich uns noch immer.«

»Dann ist es mir recht«, erwiderte Peter zögernd. Er sah sich suchend im Café um. »Aber nur, wenn wirklich niemand in der Nähe ist. Auch unabhängig von der Belegschaft desKaDeWe. Es könnte Sie ja … äh … dich ja jemand kennen, Judith«, erklärte er seine Bedingung. »Jemand, der gar nicht im KaDeWe arbeitet, aber weiß, dass dein Vater der kaufmännische Leiter ist und du mit dem Geschäftsführer sogar liiert bist. Und dann einem von beiden zutragen, dass wir viel vertraulicher miteinander verkehren, als es der Schicklichkeit entspricht.«

Judith lächelte ein wenig spöttisch. Dann sah sie sich ebenfalls demonstrativ um. »Wenn ich mir die anderen Gäste ansehe, die heute Abend das Reimann besuchen, erkenne ich zwar Carl von Ossietzky, den Herausgeber der politischen Zeitschrift *Die Weltbühne*, und Hans Albers, den Schauspieler und Sänger. Aber zu meinem Bedauern bin ich mit beiden nicht bekannt.«

»Und wer ist die dunkelblonde Frau neben Albers? Ihr Gesicht habe ich schon mal irgendwo gesehen.«

»Sie heißt Marlene Dietrich«, antwortete Judith auf Riekes Frage. »Ihr Foto geistert im Augenblick durch alle Gazetten. Sie spielt die Hauptrolle in *Der blaue Engel*. Das ist einer dieser neuartigen Tonfilme, der in den Babelsberg-Studios im Auftrag der UFA gedreht wurde. Angeblich gibt es dort keine Untertitel mehr, sondern man hört die Schauspieler sprechen. Ich bin jedenfalls sehr gespannt auf den Film. Die Uraufführung ist am 1. April im Gloria-Palast. Martin hat uns Karten dafür reserviert.«

»Wenn ich gewusst hätte, dass Sie … äh … du, Judith, uns in ein Etablissement ausführst, wo so viel Prominenz verkehrt, wäre ich noch neugieriger auf unser Treffen gewesen«, grinste Peter.

»Ja, das Café Reimann ist dafür berühmt. Auch wenn ich natürlich im Voraus nicht wissen konnte, wer sich an einem normalen Mittwochabend hier aufhält.«

Judiths fröhliche Miene wurde ernst. »Doch jetzt zu meinem Anliegen.«

Sie begann zu erzählen. »Vor einigen Wochen habe ich den vorläufigen Abschlussbericht meines Forschungsprojekts über die Familienverhältnisse von Kindern in Kindergärten und Horten mit meiner Mentorin besprochen, Frau Dr. Hilde Lion, sie ist die Leiterin der Alice-Salomon-Akademie. Sie teilte mir mit, dass sie die Arbeit wissenschaftlich zwar für sehr gut hält. Aber meine Stichprobe sei noch zu klein, um wirklich repräsentative Aussagen treffen zu können. Deshalb schlug mir Frau Dr. Lion vor, zusätzliche Daten in ähnlichen Einrichtungen in einem anderen Arbeiterviertel zu erheben und mit den bereits vorliegenden aus dem Scheunenviertel zu vergleichen. Da ich keinen Zeitdruck mit der Veröffentlichung meines Projekts habe, fand ich ihre Anregung gut. Dabei habe ich mich für den Wedding entschieden, auch in der Hoffnung, dass ihr beide mir eventuell behilflich sein könntet, da ihr diese Gegend ja seit eurer Kindheit kennt.«

Judith trank einen Schluck Weißwein und fuhr dann fort. »Tatsächlich ist es mir gelungen, zwei Einrichtungen in der Müllerstraße zur Zusammenarbeit zu bewegen. Dort habe ich schon vor einigen Wochen begonnen, die ersten Mütter der betreuten Kinder zu interviewen. So habe ich auch die Familie Schmidtke kennengelernt.«

Peter merkte auf. »Ich kenne eine Familie Schmidtke in Meyers Hof. Sie leben zu dritt in einer dieser elenden Einzimmer-Kellerwohnungen.«

»Dann meinen wir wohl die gleiche Familie. Insofern hätte ich dich über kurz oder lang ohnehin auf die Wohnverhältnisse in Meyers Hof angesprochen. Rieke hat mir erzählt, dass du Mitglied im Mieterrat bist.«

»Das ist wahr«, bestätigte Peter. »Was genau möchtest du denn wissen?«

»Kennst du die Familie?«, fragte Judith zurück.

»Nicht sehr gut«, gab Peter zu. »In Meyers Hof gibt es zweihundertdreißig Mietparteien mit über eintausendzweihundert

Bewohnern. Deshalb kenne ich die Schmidtkes auch nicht persönlich. Der Vater leidet seit Jahren an der Schwindsucht und ist daher arbeitslos. Normalerweise kommen viele Männer zu unseren Mieterversammlungen, aber Herr Schmidtke ist wahrscheinlich zu krank dazu.«

»Wenn ich Frau Schmidtke richtig verstanden habe, hast du recht. Der Vater erhält nur noch Stütze von der Wohlfahrt. Auch sie hat ihre Stelle in der Apparatefabrik der AEG schon im vergangenen Jahr verloren. Dort hat man, wahrscheinlich als Folge der aufkommenden Wirtschaftskrise, die Abteilung geschlossen, in der sie vorher gearbeitet hat. Nun schlägt sie sich mit Gelegenheitsarbeiten durch, mit denen sie jedoch kaum etwas verdient. Die dreiköpfige Familie hat manchmal nicht einmal fünfzig Mark im Monat zum Leben.«

»Das ist ja furchtbar«, stöhnte Rieke. »Wo die Lebenshaltung doch gerade von Woche zu Woche teurer wird.«

»So ist es«, stimmte ihr Judith zu. »Und deshalb hat der knapp zwölfjährige Hannes, das einzige Kind der beiden, vor ein paar Wochen seine eigene Geschäftsidee entwickelt.« Ihr zynischer Tonfall deutete an, dass sie davon alles andere als begeistert war.

»Stiehlt er oder steht er bei Einbrüchen Schmiere?«, schoss Peter ins Blaue.

Judith schnaubte. »Viel schlimmer als das. Er dient sich jeden Abend für ein paar Pfennig Männern im Humboldthain an.«

Rieke reagierte zunächst verständnislos. »Womit dient er sich an?« Dann ging ihr ein Licht auf. Ihre Augen weiteten sich vor Entsetzen. »Du … du meinst, er verkauft seinen Körper für unzüchtige Handlungen?«

Judiths dunkelblaue Augen funkelten zornig. »So ist es. Und nun ist er durch eine Polizeistreife dabei erwischt worden. Sein erbärmlicher Freier hat sich rechtzeitig aus dem Staub gemacht. Doch den Jungen haben sie auf die Wache mitgenommen.«

»Und was soll jetzt mit ihm geschehen?«

»Die Mutter ist gestern völlig aufgelöst in den Hort gekommen, um mir zu sagen, dass die Polizei die öffentliche Jugendfürsorge eingeschaltet hat. Am Morgen traf ein Schreiben in ihrer Wohnung ein, dass Hannes in ein geschlossenes Erziehungsheim eingewiesen werden soll.«

»Kannst du denn nichts dagegen unternehmen?«, rief Rieke aufgeregt. »Solche Heime sollen so schlimm wie Gefängnisse sein!«

Judith warf ihr einen warmherzigen Blick zu. »Genau aus diesem Grund sitzen wir hier. Ich habe mich sofort an die Leiterin der zuständigen Fürsorgestelle gewandt. Sie ist eine Klassenkameradin aus meiner Schulzeit an der Sozialen Frauenschule. Ich habe ihr zugesagt, mich um Hannes zu kümmern, und ihn und seine Familie intensiv zu betreuen, damit so etwas nie wieder vorkommt. Da sie sich noch gut an mich erinnert, hat sie zugestimmt.«

»Dem Himmel sei Dank«, sagte Rieke erleichtert. Der praktischer eingestellte Peter fragte dagegen: »Und was können wir in dieser Angelegenheit für dich tun, Judith?«

»Ich habe versprochen, die Familie regelmäßig in Meyers Hof zu besuchen. Daher wollte ich mich bei euch zunächst einmal über die Verhältnisse in dieser Mietskaserne informieren. Denn ich habe gehört, sie genießt nicht gerade den besten Ruf.« Sie hielt kurz inne und sah Peter und Rieke betroffen an. »Was natürlich nicht heißen soll, dass ich euch irgendeinen Vorwurf daraus machen möchte, dass ihr dort wohnt«, schob sie rasch nach. »Der schlechte Ruf bezieht sich wohl auf die Hinterhäuser.«

Peter nickte, während Rieke betroffen dreinsah. »Es ist wahr, was du sagst, Judith. Wir leben im Vorderhaus. Da sind die Verhältnisse nicht nur erträglich, sondern im Vergleich zu den Hinterhäusern sogar komfortabel. Aber in ganz Berlin wird Meyers Hof mittlerweile die *Zilleburg* genannt.«

»Das hat mir meine Bekannte von der Fürsorgestelle auch

gesagt. Obwohl der verstorbene Zeichner Heinrich Zille angeblich nie in Meyers Hof gewesen ist.«

»Meines Wissens nicht. Doch die Verhältnisse, die Zille zu seinen Lebzeiten abgezeichnet hat, waren genauso schlimm wie die Umstände, in denen viele Familien mittlerweile in Meyers Hof leben«, bestätigte Peter. »Schon seit Beginn des Weltkriegs wurde kaum mehr etwas in die Hinterhäuser investiert. Schlimmer und schlimmer ist es geworden, seit der erste Besitzer Jacques Meyer, nach dem das Anwesen benannt ist, es 1920 verkauft hat.«

Nachdem sie eine weitere Runde Getränke bestellt hatte, erfuhr Judith, dass keiner der nachfolgenden drei Eigner auch nur das Geringste für den Erhalt der Gebäude getan hatte. Die beiden ersten hatten nämlich mit dem Abriss der Mietskaserne gerechnet. Zunächst sollte eine Eisengießerei auf dem Grundstück errichtet werden. Die Baupläne dieses Besitzers wurden jedoch abgelehnt, weil der Abriss von Wohngebäuden angesichts der Wohnungsnot nach dem Krieg untersagt war.

»Vielleicht hat er deshalb keinen Pfennig für eine Sanierung ausgegeben. Er hat womöglich gehofft, die Mietskaserne verfällt dadurch von selbst so sehr, dass man sie eines Tages abreißen muss«, vermutete Peter. »Aber 1927 verlor man wohl die Geduld und verkaufte das Anwesen weiter.«

Auch die Hoffnung des zweiten Käufers, dass Meyers Hof einer Durchgangsstraße zum Opfer fallen würde, erfüllte sich nicht.

»Dabei handelte es sich um einen Spekulanten, der die Mietskaserne nur erworben hat, um rasch Gewinn zu machen, und deshalb natürlich keinen Pfennig in den Erhalt der Hinterhauswohnungen steckte. Der dritte Eigner, die Norddeutsche Immobilien AG, hat Meyers Hof schon nach neun Monaten wieder verkauft. Seit Januar ist das Objekt im Besitz eines rumänischen Juden, der hier im Exil lebt. Nun hoffen wir natürlich alle, dass er die notwendigen Sanierungen endlich in Angriff nehmen wird. Denn er hat angekündigt, sogar bislang gewerblich genutzte Flächen in Wohnraum umwandeln zu wollen. Also hat er Interesse an der Vermietung, nicht an einem Abriss der Wohnanlage.« Damit kam Peter zum Schluss seiner Ausführungen.

»Was muss denn am dringendsten saniert werden?«, erkundigte sich Judith.

»Alles«, antwortete Peter lakonisch. »Von den Außenfassaden bröckelt der Putz. Für die in den schmutzigen Hinterhöfen spielenden Kinder ist das mittlerweile lebensgefährlich. Denn jeden Tag fällt etwas davon herunter.«

»Wenn wir meine Mutter besuchen wollen, die mit ihrem querschnittsgelähmten Lebensgefährten im vierten Hinterhaus wohnt, trauen wir uns das mittlerweile entweder nur noch am helllichten Tag oder im Dunkeln mit einer starken Laterne«, fügte Rieke hinzu. »Denn in jedem Hof gibt es riesige Schlaglöcher, und die Nachtbeleuchtung ist fast überall ausgefallen.«

»Auch viele Wohnungen befinden sich in einem immer erbärmlicheren Zustand. Das betrifft insbesondere diese Kellerwohnungen. Dort hausen die Ärmsten der Armen. Sie zahlen zwar nur zehn Mark Miete pro Monat für so ein Loch, müssen aber zusätzlich zwölf Mark für das Gas entrichten, da es drinnen den ganzen Tag so dunkel ist, dass sie ohne Licht nicht auskämen.«

»Ach, deshalb ist die Rechnung für das Gas teurer als die Miete«, wurde Judith klar. »Ich hatte mich schon darüber gewundert, als mir Frau Schmidtke sagte, dass zweiundzwanzig Mark von der Stütze, die ihr Mann monatlich von der öffentlichen Wohlfahrt erhält, für Miete und Gas einbehalten werden. Also zwei Mark mehr für Gas als für die Miete. Aber dummerweise habe ich vergessen nachzufragen. Das wollte ich jetzt gleich bei meinem ersten Besuch in Meyers Hof nachholen.«

Peter wiegte sein Haupt. »Musst du denn wirklich in diese Wohnung gehen? Das halte ich für keine gute Idee.«

»Wohnungsbesuche sind auch unabhängig von der Notlage der Familie Schmidtke unerlässlich für mein Forschungsprojekt, Peter«, erklärte Judith. »Denn Väter oder Geschwister, die nicht in den Einrichtungen betreut werden, kann ich nur auf diese Weise kennenlernen, um mir ein vollständiges Bild über die Familienverhältnisse zu machen.«

»Die Kellerwohnungen gehören zu den elendesten in der Mietskaserne«, erwiderte Peter. »Eigentlich waren sie nach dem Krieg sogar verboten. Doch obwohl diese Spekulanten nie etwas in die bestehenden Wohnungen investiert haben, waren sie sich nicht zu schade, solche Löcher zu Behausungen umzugestalten, als es aufgrund der Wohnungsnot doch wieder erlaubt wurde. Das Einzige, wofür sie etwas aufwenden mussten, war das Verlegen von Gasleitungen für das Licht«, fügte er sarkastisch hinzu.

»Gaslicht gibt es noch gar nicht in jedem Raum«, erläuterte Rieke. »Im vierten Hinterhaus, wo meine Mutter lebt, hat sie es nur in der Küche. Die Schlafstube beleuchtet sie mit Petroleum wie in meiner Kindheit. Ansonsten ist Gasbeleuchtung im Treppenhaus und den Fluren installiert. Wenn sie denn funktioniert.«

»Auch viele der Kochmaschinen oder Öfen sind mittlerweile kaputt«, ergänzte Peter. »Dann sind die Wohnungen den ganzen Tag über verqualmt. Und mittlerweile gibt es auch schon Probleme mit verunreinigtem Trinkwasser.«

»Gott sei Dank beides noch nicht in der Wohnung meiner Mutter«, sagte Rieke. »Auch weil ihr Lebensgefährte Fritz trotz seiner Behinderung ein sehr geschickter Handwerker ist und alles repariert, was er erreichen kann.«

»Also ist es wirklich ganz unerlässlich, dass du die Schmidtkes in ihrer Kellerwohnung aufsuchst?«, hakte Peter noch einmal nach.

»Unbedingt.«

»Wann wolltest du denn hingehen?«

»An einem Abend, da die Mutter tagsüber oft als Putzfrau oder Wäscherin aushilft.«

»Das ist völlig ausgeschlossen«, erklärte Peter kategorisch. »Als Frau wäre es in den unbeleuchteten Höfen abends sogar gefährlich für dich.«

»Und was soll ich deiner Ansicht nach tun?«

»Am besten suchst du die Familie am frühen Morgen auf. Vielleicht schon gegen sieben oder spätestens acht Uhr.«

»Um diese Jahreszeit ist es morgens auch noch um diese Uhrzeit dunkel«, wandte Rieke ein.

Peter überlegte. »Dann muss ich dich eben begleiten, Judith. Könntest du deinen Vater bitten, dass ich an diesen Tagen meinen Dienst im KaDeWe später antreten darf? Ich habe sowieso unzählige Überstunden. Davon könnte ich dann einige abbauen.«

Judith lächelte erleichtert. »Das wird das geringste Problem sein, Peter. Ich danke dir sehr für deine Hilfe. Bei den Gesprächen kannst du allerdings nicht dabei sein, das musst du verstehen.«

»Dann verabreden wir uns eben zu einer bestimmten Uhrzeit, zu der ich dich abhole.«

Judith nickte. »Wenn es dir nichts ausmacht, ab und zu vielleicht ein paar Minuten auf mich zu warten? Denn ich kann nie genau vorhersagen, ob ein Gespräch pünktlich enden wird.«

»Jederzeit gern – wenn dein Vater als Personalleiter damit einverstanden ist, dass ich an diesen Tagen eben komme, sobald es möglich ist.«

»Ich spreche noch heute Abend mit ihm. Doch nun ist es schon recht spät geworden, und ich will euch nicht länger aufhalten.« Judith winkte dem Kellner, um die Rechnung zu begleichen.

Da fiel Peter ein letzter Punkt ein: »Eine Bedingung stelle ich noch. Du kommst auf jeden Fall morgens mit einem Taxi zu Meyers Hof. Auf keinen Fall mit dem Bus und die letzte Strecke zu Fuß. Auch die Ackerstraße ist keine ungefährliche Gegend für eine Frau.«

Meyers Hof

Anfang März 1929, einige Tage später

Es wurde schon langsam hell, als Judith mit Peter Hauser durch die Hinterhöfe von Meyers Hof ging. Aufgrund der Unebenheiten des Pflasters, die sie im Dämmerlicht kaum erkennen konnte, hatte sie sich bei ihm eingehakt.

Judith war gegen Viertel nach sieben in der Ackerstraße eingetroffen und hatte sich zuerst bei Peter in dessen Wohnung gemeldet. Die angebotene Tasse Kaffee lehnte sie ab, um die Familie Schmidtke, wie angekündigt, pünktlich um halb acht aufsuchen zu können.

Sie waren im dritten Hinterhof angelangt, als ein ohrenbetäubendes Hupen in ihrem Rücken erscholl. Peter riss Judith zur Seite. Wenige Sekunden später raste ein kleiner Lastwagen an ihnen vorbei. Als er einem großen Schlagloch auswich, geriet er einen Augenblick lang sogar gefährlich ins Schlingern.

»Auch das ist ein immer drängenderes Problem«, schimpfte Peter. »Wir haben als Mieterrat vor der Einfahrt zum ersten Hinterhof auf eigene Kosten ein großes Schild angebracht, auf dem Fahrzeuge aller Art um Vorsicht gebeten werden. Doch niemand schert sich darum, wie du gerade gesehen hast. Auch hier wird der neue Vermieter hoffentlich energisch tätig werden, bevor noch jemand ernstlich zu Schaden kommt.«

»Was könnte der Vermieter denn dagegen tun?«

Peter zuckte die Achseln. »Er müsste natürlich alle Höfe neu pflastern lassen und dann eine Gasse mit Betonpflöcken zu beiden Seiten in jedem Hinterhof abstecken, in der nur Schritttempo möglich ist. Diese Lösung habe ich mir selbst überlegt«, erklärte er nicht ohne Stolz. »Sobald der Mieterrat sie abgesegnet hat, wollen wir mit diesen und anderen Verbesserungsvorschlägen das Gespräch mit dem neuen Besitzer suchen.«

Sie waren nur wenige Schritte weiter gegangen, da prallte etwas ungefähr zehn Meter vor ihnen auf die Erde. Es hatte die ganze Nacht lang geregnet und nieselte noch immer. Als Judith und Peter näher kamen, sahen sie, dass es sich um einen in viele Teile zersprungenen Brocken Putz handelte. Der Heftigkeit des Aufpralls nach zu schließen musste er von einem der höheren Stockwerke herabgefallen sein.

»Nun stell dir nur einmal vor, wir wären gerade dort entlanggegangen. Oder Kinder hätten genau an dieser Stelle gespielt«, regte Peter sich auf. »Wenn einen ein solcher Brocken Putz trifft, kann das tödlich sein. Das habe ich dir ja schon im Café Reimann erzählt. Nun siehst du es selbst.«

Bedrückt schritt Judith an Peters Seite weiter. Schließlich erreichten sie den vierten Hinterhof. Sofort empfing sie ein bestialischer Gestank. Auch in den übrigen Hinterhöfen hatte es nicht gut gerochen. Aber hier war es kaum auszuhalten, empfand Judith. »Was ist denn das?«

Obwohl sie sich nicht klar ausgedrückt hatte, verstand Peter sie sofort. »Zu den vielen allgemeinen Missständen gibt es auch noch ein paar ganz spezielle«, antwortete er sarkastisch. »Hier im vierten Hinterhof hat der letzte Besitzer erlaubt, dass ein leer stehender Pferdestall wieder als solcher genutzt werden darf. Allerdings unter der Bedingung, dass der Mieter außer dem Pferdemist auch den Müll der Bewohner entsorgt. Das Ergebnis kannst du gerade riechen.«

Judith zog ein Taschentuch hervor und drückte es sich vor die Nase. Im heller werdenden Licht erkannte sie, dass an den Seiten des Hofs überall Müllberge lagen. »Der vorige Eigner hat nach der Vermietung der Ställe die Müllkästen entfernen lassen. Er ging wohl davon aus, dass der Mieter des Pferdestalls eigene Gefäße bereitstellt«, schnaubte Peter. »Der hat das natürlich nicht getan. Und das Ergebnis siehst du ja.«

Judith schauderte unwillkürlich. Doch es kam noch schlimmer.

»In welchem der Kellerlöcher wohnen die Schmidtkes?«

»Nummer 6«, antwortete Judith.

»Da es keine Hausnummern gibt, müssen wir zählen. Jeweils drei der Kellerwohnungen liegen neben dem Durchgang. Meines Wissens beginnt die Zählung auf der rechten Seite. Also gehen wir ganz nach links hinten.«

Sobald er sich in diese Richtung gewandt hatte, fluchte Peter laut. »Verdammt! Entschuldige, Judith! Aber das muss die Wohnung sein, die direkt unter den Ställen liegt.«

Peter hatte recht. Je näher sie dem großen Misthaufen kamen, der die linke hintere Ecke des Hinterhofs bedeckte, desto schlimmer wurde der Gestank. Judith musste sogar einen Brechreiz unterdrücken.

Schließlich standen sie vor einer Treppe, die ungefähr eineinhalb Meter in die Tiefe führte. »Willst du wirklich dort hinuntergehen?« Aus Peters Stimme klang heftiger Widerwillen. »Wenn du möchtest, kannst du den Jungen mitnehmen und in unserer Wohnung mit ihm sprechen.«

Judith war einen Moment lang versucht, Peters großzügiges Angebot anzunehmen. Doch dann schüttelte sie den Kopf. »Es hilft nichts, ich muss die Familie in ihrer eigenen Behausung sehen.«

»Dann warte ich zumindest hier oben, bis du im Inneren der Wohnung bist. Ich bin pünktlich in einer Stunde zurück, um dich abzuholen. Solange gehe ich in die Ackerhalle einkaufen.«

Mit klopfendem Herzen stieg Judith die Stufen hinab und pochte an eine aus rohen Brettern zusammengefügte Tür. Neben der Eingangstür erkannte sie in Kopfhöhe ein winziges schmales Fenster, vor dem der Misthaufen lag.

Frau Schmidtke öffnete ihr sofort. Judith wusste aus ihrer Datenerhebung, dass sie erst fünfunddreißig Jahre alt war. Sie sah jedoch aus wie eine Greisin.

»Juten Tag, Frau Dr. Bergmann. Komm Se rin«, begrüßte

sie Judith mit tonloser Stimme. »Dit is mein Jatte«, wies sie auf einen verhärmt aussehenden Mann, der an einem Holztisch unmittelbar unter dem schmalen Fenster saß und gerade heftig in ein schmieriges Tuch hustete. Die Scheibe war blind und ließ nur wenig Licht herein.

Das Innere der höchstens zwanzig Quadratmeter großen Wohnung erhellten daher hauptsächlich zwei an der Wand befestigte Gasfunzeln. Judiths Augen mussten sich erst an die Düsternis gewöhnen. Außer dem Tisch mit drei wacklig aussehenden Stühlen gab es nur eine Kommode und ein Brett, an dem einige Kleidungsstücke an Haken hingen. In einer Ecke des Raums stand die Kochmaschine. So nannte man den gusseisernen Herd, der gleichzeitig die einzige Heizquelle war. Offensichtlich brannte er gerade nicht, denn in der Wohnung war es empfindlich kalt. Außerdem stank es fast so ekelhaft wie im Hof.

Frau Schmidtke bot Judith einen Platz gegenüber ihrem Mann an.

»Leider kann ick jar nüscht anbieten«, entschuldigte sie sich. »Ick hab keen Kaffee oder Tee im Haus.«

Judiths Kehle fühlte sich plötzlich wie ausgedörrt an. »Ein Becher Wasser würde mir genügen.«

»So wat hab ick leider ooch nich«, erklärte Frau Schmidtke zu Judiths Erstaunen. Sie trat an einen fleckigen Spülstein und drehte den Wasserhahn auf. Selbst im diffusen Licht erkannte Judith entsetzt, dass eine dunkelbraune Brühe herausrann.

»Die Leitung is kaputt«, deutete Frau Schmidtke Judiths Gesichtsausdruck richtig. »Mer kriejen det Wasser von netten Nachbarn.«. Sie zeigte nach oben. »Aba jetz is nüscht mehr da. Soll ick ruffloofen un wat holen?«, bot sie Judith an.

Der war der Durst schlagartig vergangen. Daher lehnte sie höflich ab.

»Ich hoffe, der Hannes ist zu Hause«, erkundigte sie sich, da sie den Jungen noch nirgends entdeckt hatte. »Ich hatte der Schule ja einen Brief geschrieben, dass er heute nicht zum Unterricht kommt.«

»Der Hannes is da«, bestätigte Frau Schmidtke zu Judiths Erleichterung. »Er is da hinterm Vorhang.«

Erst jetzt erkannte Judith, dass ein Teil des Raums, wahrscheinlich die Schlafplätze der Familie, durch diesen Vorhang abgetrennt war.

»Hannes!«, rief seine Mutter. »Komm raus! Die Frau Doktor is da.«

Zunächst rührte sich nichts. »Er versteckt sich, weil er immer noch Muffensausen hat, det sie'n abholen kommen«, erklärte Frau Schmidtke das Verhalten ihres Sohnes. Dann ging sie selbst hinter den Vorhang und zerrte den widerstrebenden Jungen hervor.

Da Judiths Aufgabe bei diesem Forschungsprojekt nicht darin bestand, die Kinder zu betreuen, kannte sie Hannes nur flüchtig.

»Guten Tag«, sagte sie freundlich. »Ich bin heute gekommen, um dich zu besuchen und ausführlich mit dir zu sprechen. Damit du nicht ins Heim gehen musst«, fügte sie rasch hinzu, als sie die Panik in den Augen des Jungen erkannte.

»Ick muss nich dahin?« Hannes' Stimme klang dünn.

Judith verneinte. »Ich habe mit der Jugendfürsorge vereinbart, dass ich deine Betreuung übernehme. Wenn du also mit mir sprichst und dabei ganz ehrlich bist, geschieht dir nichts. Du gehst weiter morgens zur Schule und danach in den Hort.«

»Un wo soll'n mer reden?«

In diesem Moment bereute Judith, Peters Angebot, dafür seine und Riekes Wohnung zu nutzen, nicht angenommen zu haben. Doch jetzt war es zu spät. Peter war wegen seiner Einkäufe nicht zu Hause.

Sie sah sich in dem engen Raum mit der niedrigen Decke um. Jedes Wort, das sie mit Hannes in dieser Umgebung sprach, würden auch seine Eltern hören. Und da sie vor allem auf das heikle Thema der Prostitution des Jungen im Humboldthain kommen musste, fürchtete sie, dass Hannes ihr gegenüber in Gegenwart seiner Eltern nicht offen wäre.

Kurz entschlossen zückte sie ihre Börse und zog einen Zehnmarkschein heraus. »Könnten Sie und Ihr Mann uns eine Weile allein lassen? Vielleicht, um etwas einzukaufen?« Sie streckte Frau Schmidtke den Geldschein entgegen.

Die sah sie ungläubig an. »Aba dit kann ick nich zurückzahlen«, wehrte sie ab.

»Das müssen Sie auch nicht, Frau Schmidtke«, versicherte ihr Judith. »Nehmen Sie es als eine Art Gastgeschenk!«

Endlich saß Judith Hannes ohne Zuhörer in der Wohnung gegenüber. Nervös sah sie auf ihre Armbanduhr und erkannte, dass Peter schon in weniger als einer Dreiviertelstunde zurückkommen würde, um sie abzuholen.

Sie rückte ihren Stuhl so weit wie möglich unter das blinde Fenster, um Hannes' Gesicht besser sehen zu können. Dabei berührte sie mit dem Ärmel ihres Wintermantels, den sie aufgrund der Kühle in der Wohnung anbehalten hatte, die Wand.

»Nun, lieber Hannes, ich möchte gleich zum Kernpunkt meines heutigen Besuchs kommen. Ich muss leider zuerst mit dir darüber sprechen, was im Humboldthain passiert ist.« Sie zückte ein Notizbüchlein aus ihrer Tasche. »Dazu muss ich mir das ein oder andere aufschreiben, damit ich es nicht vergesse.«

Hannes sah sie misstrauisch an. Judith erriet seine Gedanken. »Was du mir heute anvertraust, gebe ich erst einmal nicht weiter. Meine Aufgabe besteht darin, einen Weg zu finden, dass du das, wobei die Polizei dich neulich erwischt hat, nie wieder tust. Wenn du dich daran hältst und ganz offen mit mir bist, wird dir nichts weiter geschehen.«

»Und wenn nich?«

Judith entschloss sich zur Ehrlichkeit. »Dann muss ich das

der Jugendfürsorge melden und kann nichts mehr für dich tun.«

»Und dann stecken se mir ins Heim?«

Judith nickte.

Hannes starrte eine Zeit lang auf den groben Holztisch, bis er entschlossen aufsah. »Wat woll'n Se wissen?«

Die folgende halbe Stunde würde Judith so schnell nicht vergessen. Obwohl sie sich manchmal mit zittriger Hand einige Fakten aufschrieb, brannte sich Hannes' Aussage in ihr Gedächtnis ein.

Zunächst bestätigte ihr der Junge, dass er vor ungefähr drei Monaten begonnen habe, sich zu prostituieren. Anlass sei die Arbeitslosigkeit seiner Mutter gewesen, die ihre Stelle zum 1. November verloren hatte.

»Se hat den janzen Tag jeflennt«, erzählte Hannes. »Dit konnt ick irjendwann nich mehr ertragen.«

Auf die Idee, im Humboldthain anschaffen zu gehen, habe ihn ein Nachbarsjunge in Meyers Hof gebracht, der das schon länger tue. Den Namen wollte Hannes Judith nicht nennen, um seinen Kameraden »nich in die Bredullje« zu bringen.

Ungefähr drei- bis viermal pro Woche sei er bei Einbruch der Dunkelheit in den nahe gelegenen Park gegangen und habe dort auf Freier gewartet. Immer wenn seine Mutter noch unterwegs war, um irgendwo zu putzen. Ihr Lohn habe allerdings hinten und vorn nicht ausgereicht, um ihren ehemaligen Verdienst zu ersetzen.

»Und was genau hast du gemacht?«, überwand sich Judith schließlich zu fragen.

»Allet, wat die jewollt hamm«, erklärte Hannes. Judith stockte der Atem.

Der Junge hielt sich an sein Versprechen, ihr die Wahrheit zu sagen. Die Freier, die er sogar zum Teil selbst angesprochen habe, hätten zehn Pfennig gezahlt, wenn er ihnen mit der Hand einen runterholte. Das Doppelte, wenn er es mit dem Mund machte.

Nach ungefähr vier Wochen sei er auch bereit gewesen, es »sich von hinten machen zu lassen«, wie er das ausdrückte. Dafür hätten die Freier dann fünfzig Pfennig bezahlt. »'n paar hamm ooch Trinkjeld jejeben.«

An den meisten Tagen habe er ein oder sogar zwei Mark verdient. Manchmal sogar drei, wenn die Freier besonders spendabel waren. Das meiste davon habe er seiner Mutter gegeben, die ihm von Anfang an keine Fragen gestellt habe, woher das Geld stamme.

»Aba se hat nich jedacht, det ick so was mache. Se hat jeglobt, ick klaue oder steh Schmiere.« Also hatte Hannes' Mutter zunächst das Gleiche vermutet wie Peter Hauser im Café Reimann.

Erwischt worden sei er dann, als man eines Abends die Nutten kontrollierte, die dort ebenfalls auf den Strich gingen. Die hätten ihn sogar verpfiffen, um selbst möglichst ungeschoren davonzukommen. Als die Polente durch das Gebüsch gebrochen sei, in dem er es gerade getrieben habe, sei der Freier sofort abgehauen, bestätigte er die Version, die Hannes' Mutter Judith schon erzählt hatte. Er selbst sei mit nacktem Arsch angetroffen und zur Wache mitgenommen worden.

»Was waren das denn für Leute, die du auf diese Weise bedient hast?«, stellte Judith schaudernd eine letzte Frage.

Hannes schürzte verächtlich die Lippen. »Oh, da war'n viele feine Pinkel dabei. Ab und zu ooch een einfacher Werker. Aba die, die mich in'n Arsch jefickt hamm, war'n meistens die Großkopferten.«

Judith hätte sich am liebsten vor Grauen geschüttelt. Während sie Hannes mit einer Mischung aus Mitgefühl und Abscheu lauschte, hatte sie gar nicht bemerkt, dass ihr Ärmel, mit dem sie die Wand berührte, immer feuchter geworden war. Erst als Hannes seinen Bericht beendet hatte, spürte sie die Nässe, die inzwischen durch den Stoff gedrungen war.

Erschrocken zog sie den Arm zurück. »Was ist das denn?«

Hannes grinste spöttisch. »Mer hamm halt fließend Wasser in der Bude.«

In diesem Augenblick bemerkte Judith auch, dass sie nasse Füße hatte. Als sie unter den Tisch blickte, sah sie die Wasserlache, die sich dort gebildet hatte und von den beständig an der Wand herabrinnenden Tropfen herrührte.

Die Mutter putze das dauernd auf, erklärte Hannes. Aber es nutze halt nichts.

Kein Wunder, dass sich der Junge zu allem hergegeben hat, um diese scheußlichen Verhältnisse ein wenig zu lindern, dachte Judith und verstand ihn plötzlich nur zu gut.

Sie riss sich zusammen und fasste über den Tisch unter sein Kinn. Dann hob sie seinen Kopf an, damit er ihr gerade in die Augen blicken musste.

»Jetzt musst du mir noch versprechen, dass du nie wieder in den Humboldthain gehst, um solche schrecklichen Dinge zu tun.«

»Is jut.« An Hannes flackerndem Blick erkannte Judith, dass er es nicht so meinte.

»Hannes, wenn du noch einmal erwischt wirst, kann ich nichts mehr für dich tun«, sagte sie eindringlich. »Dann kommst du in ein geschlossenes Heim. Dort ist es so schlimm wie in einem Gefängnis. Bitte versprich es mir!«

Hannes schwieg verstockt.

»Oder hast du es etwa gern getan?«, griff Judith zum äußersten Mittel, um Hannes zu konfrontieren.

Sein Gesicht verzog sich vor Ekel. Er schüttelte heftig den Kopf. »Nee, dit is widerlich.«

»Dann zögerst du nur, es mir zu versprechen, weil deiner Familie sonst das Geld fehlt, das du damit verdient hast?«, vermutete Judith.

Es dauerte eine Weile, bis Hannes nickte.

Judith fasste einen Entschluss. »Hör mir zu! Ich werde dich und deine Familie hier nicht nur regelmäßig besuchen, sondern auch mit der Wohlfahrt sprechen, damit eure Stütze erhöht wird.«

Ob ihr dies gelingen könnte, war allerdings zweifelhaft. Zumindest hatte sie in dieser Hinsicht noch keine Erfahrungen mit der öffentlichen Armenfürsorge gesammelt.

Dann frage ich eben Martin wie damals Adolf Jandorf, ob er mir Lebensmittel für diese arme Familie spendet. Oder bezahle es notfalls aus eigener Tasche, wenn Martin das ablehnt. Vielleicht schießt auch mein Vater etwas dazu, überlegte sie.

In diesem Moment klopfte es an der Tür. Peter war zurückgekommen, um Judith abzuholen. Seufzend stand sie auf und verabschiedete sich von Hannes.

Im Hinausgehen bemerkte sie noch den grünen pelzigen Schimmel, der die Wände an vielen Stellen bedeckte.

Martins Wohnung in Dahlem

1. April 1930

Judith räkelte sich wohlig in den Kissen und drehte sich dann auf den Bauch, um ihr Champagnerglas zu erreichen, das sie auf dem Nachttisch neben Martins überdimensionalem Doppelbett abgestellt hatte. Was auch immer er sonst für Schwächen hatte, er war ein außerordentlich guter und zärtlicher Liebhaber, das hatten ihr die vergangenen beiden Stunden aufs Neue bewiesen.

Sie nippte am Glas, ließ dann spielerisch einige Tropfen auf Martins behaarte Brust fallen und leckte sie auf. Er lachte, griff ihr sanft in die schwarzen Locken und hob ihren Kopf. »Es ist drei Uhr morgens, Liebes. An einem simplen Dienstag. Ich finde, wir sollten noch eine Mütze voll Schlaf nehmen.«

Judith zog einen Schmollmund. »Wäre ich jetzt die Lola und du der Professor Unrat, würdest du nicht ans Schlafen denken.«

Die beiden hatten vor ihrer Liebesnacht die Uraufführung des Films *Der Blaue Engel* im Gloria-Palast besucht.

»Wahrscheinlich nicht«, ging Martin auf ihren neckenden Tonfall ein. »Aber das würde ich bald mit meinem Leben bezahlen.«

»Nicht, wenn du der Professor aus Heinrich Manns Roman wärst«, entgegnete Judith. »Der Film hat das Ende völlig verfälscht.«

»Wie geht die Sache denn im Buch aus? Du weißt ja, dass ich selten zum Lesen komme.«

Das wusste Judith sehr wohl, und trotz des wunderschönen Abends störte es sie erneut, dass sie mit Martin kaum über Literatur diskutieren konnte.

Laut beantwortete sie seine Frage. »Im Buch wird Professor Unrat zwar ebenfalls von Lola betrogen, die übrigens bei Heinrich Mann Rosa heißt. Aber vorher befreit sich der Professor aus den gesellschaftlichen Zwängen, in denen er gesteckt hat, und verführt die biedere Gesellschaft sogar zu Glücksspiel und allerlei anderen Unsitten. Er wird eine Art Anarchist. Zu Tode kommt er dabei nicht.«

»Aha.« Martin gähnte herzhaft. »Da gefällt mir der Film besser. Die Geschichte erscheint mir auch plausibler. Dass ein gestandener Mann einem losen Weib verfällt und daran zugrunde geht, ist doch wahrscheinlicher, als dass ein tugendsamer Lehrer auf einmal zum Anarchisten wird.«

Judith verzichtete der innigen Stimmung zuliebe darauf, Martin vorzuhalten, dass Heinrich Manns Roman Gesellschaftskritik übte, während der Film nur eine seichte Liebesgeschichte erzählte. Schon bei der *Dreigroschenoper* hatte Martin vor allem die Musik gefallen. Bertolt Brechts dahinter stehende Botschaft über soziale Ungerechtigkeit hatte er ebenfalls nicht verstanden.

Haben wir wirklich eine gemeinsame Zukunft?, ging es Judith unwillkürlich durch den Kopf. Oder sind wir nicht viel zu verschieden?

Sie spürte ein leises Ziehen im Magen. Denn heute Abend hatte sie sinnbildlich am Schicksalsrad gedreht.

Nachdem sie mit Martin nach Dahlem gekommen war, hatte sie im Bad rasch ihr Pessar entfernt. Falls sie nun durch ihr leidenschaftliches Liebesspiel schwanger geworden war, mussten sie es endlich ganz ernsthaft miteinander versuchen.

Denn obwohl Judith ihre Berufstätigkeit über alles liebte, sehnte sie sich inzwischen auch nach einer richtigen Familie. Sie hatte gerade erst ihren 33. Geburtstag gefeiert und sich dabei klargemacht, dass sie nicht mehr alle Zeit der Welt hatte, um Kinder zu gebären.

Waren ihr Rebekkas und Betty Tietz' Andeutungen, wann sie beide sich endlich verloben wollten, früher unangenehm gewesen, so verspürte sie mittlerweile dabei jedes Mal einen Stich. Immerhin waren Martin und sie jetzt über drei Jahre zusammen. Doch er hatte noch nie Anstalten gemacht, mit ihr über Ehe und Familie zu sprechen.

Das tat er auch jetzt nicht. Im Gegenteil. »Jedenfalls bin ich sehr froh, dass du es nicht nötig hast, dich an mich zu hängen wie eine Klette, nur um an mein Vermögen zu kommen.« Martin zog ihren Kopf zu seinem Gesicht hinunter und küsste ihre Nasenspitze. »Ich schätze es über alle Maßen, dass du eine moderne unabhängige Frau bist, die selbst für sich sorgen kann.«

Judith fühlte sich schlagartig ernüchtert. Früher hätte sie sich über ein solches Kompliment gefreut. Jetzt löste es widersprüchliche Gefühle in ihr aus.

»Vielen Dank«, antwortete sie mechanisch. Dann trat sie die Flucht nach vorn an. »Es ist nur schade, dass wir beide beruflich so eingespannt sind, dass Abende wie dieser so selten werden.«

Wieder reagierte Martin anders, als sie sich es wünschte. Nun tippte er ihr mit dem Zeigefinger auf die Nasenspitze. »Zum Ausgleich sind sie dann etwas ganz Besonderes. Stell dir nur vor, wie langweilig es wäre, wenn wir uns jeden Tag sehen würden. Dann wären wir unser sicher gegenseitig bald leid. Und sobald du schwanger wärst, müsstest du deinen geliebten Beruf aufgeben. Da ist es doch besser so, wie es gerade ist.«

Judith durchfuhr es heiß und kalt. Plötzlich hoffte sie innig, dass ihr Leichtsinn, heute Abend ohne Verhütung mit Martin geschlafen zu haben, keine Folgen zeitigte.

»Ja, die viele Arbeit hat somit auch ihre guten Seiten«, antwortete sie leichthin, darauf bedacht, dass Martin ihr ihre wahren Empfindungen nicht ansah.

Tatsächlich war Judith fast jeden Abend beschäftigt, seit sie zusätzlich zu ihrer Lehrtätigkeit an der Sozialen Frauenschule, die sie ab dem späten Nachmittag ausübte, jetzt auch noch zweimal pro Woche die Familie Schmidtke in Meyers Hof besuchte. Sie war nach Alice Salomons Modell noch in der Diagnosephase, was die akute Notlage dieser Familie betraf, spielte aber mit dem Gedanken, hier auch einmal Salomons Theorie des Helfens anzuwenden. Dieser Aspekt reizte sie zum einen, um Hannes eine bessere Zukunft zu sichern. Zum anderen würde sie ihre praktischen Fähigkeiten weiterentwickeln können.

Mittlerweile war es abends hell genug, um einigermaßen gefahrlos durch die Höfe zu gehen. Zumal Frau Schmidtke Judith in der Ackerstraße erwartete und nach ihrem Besuch wieder zu ihrem Taxi begleitete, mit dem Judith hin- und zurückfuhr. Die Vormittage verbrachte Judith mit ihrer gewöhnlichen Berufstätigkeit. Sie gab Seminare an der Friedrich-Wilhelm-Universität und führte schon am frühen Morgen die Gespräche mit den Müttern im Kindergarten und Hort, die sie für ihr Forschungsprojekt brauchte. Inzwischen hatte sie zwei weitere Kinderbetreuungseinrichtungen im Wedding hinzugenommen.

Im Gegenzug hatten ihr Alice Salomon und Hilde Lion versprochen, ihre Forschungsarbeit im nächsten Jahr im Rahmen des mittlerweile dreizehnteiligen Zyklus mit Namen »Bestand und Erschütterung der Familie in der Gegenwart« auch über die Berliner Grenzen hinaus zu publizieren. Schon jetzt fanden die bereits vorliegenden Bände in den einschlägigen Kreisen viel Beachtung.

»Wie geht es denn eigentlich diesen Schmidtkes?« Fast war es, als hätte Martin ihre Gedanken erraten.

»Dank deiner Spenden glücklicherweise schon viel besser.« Martin hatte Judith erlaubt, zweimal pro Woche einen Korb mit Waren aus der Lebensmittelabteilung zu füllen, den sie im Taxi mitnahm und den Schmidtkes aushändigte. Sie achtete darauf, vor allem gesunde Nahrungsmittel wie frisches Obst und Gemüse einzupacken, was im KaDeWe kein Problem war. Dort gab es in der exklusiven Lebensmittelabteilung nahezu jeden Abend Frischware, die man den anspruchsvollen Kunden am nächsten Tag nicht mehr anbieten wollte. Auch wenn nur ein einziges Blättchen an einem Salatkopf verschrumpelt war oder ein Apfel eine winzige Druckstelle aufwies.

»Aber ich hoffe außerdem, dass die öffentliche Wohlfahrt die magere Stütze um mindestens dreißig Mark im Monat aufstockt«, erklärte sie Martin weiter. »Das ist ungefähr die Summe, die dieser arme Junge im Humboldthain verdient hat. Zum Glück hat sich auch die Leiterin der zuständigen Jugendfürsorge dafür eingesetzt. Allerdings nicht mit dem Argument, dass Hannes es dann nicht mehr nötig hätte, seinen Körper zu verkaufen. Sondern mit dem Hinweis darauf, dass dies auch ungefähr die Summe sei, die die Wohlfahrt monatlich auch für Hannes' Unterbringung in einem geschlossenen Heim bezahlen müsste«, fügte sie sarkastisch hinzu. »Doch was soll's?« Sie machte eine wegwerfende Handbewegung. »Wenn es klappt, können sich die Schmidtkes vielleicht sogar eine bessere Wohnung leisten. *Pecunia non olet,* lautete der Kommentar meines Vaters.«

Als sie Martins verständnislosen Blick sah, fügte sie hinzu: »Das ist lateinisch und heißt ›Geld stinkt nicht‹.« »Das hat irgend so ein römischer Kaiser gesagt, als er eine Gebühr für die Benutzung öffentlicher Toiletten erhob.«

Einen Moment lang wirkte Martin verblüfft, dann begann er, herzlich zu lachen. »Eine gute Geschäftsidee«, keuchte er, als er wieder zu Atem kam. »Sollte es mit dem KaDeWe einmal so bergab gehen, dass wir sogar Geld für die Benutzung der Klos erheben müssen, habe ich gleich den passenden Werbespruch dazu.«

Er warf einen weiteren Blick auf den Wecker neben dem Bett. »Aber nun muss ich wirklich schlafen, meine Süße. Morgen früh haben wir Geschäftsführungssitzung am Alexanderplatz. Der sollte ich aufmerksam folgen können, damit ich nicht schon wieder Hugos Spott auf mich ziehe.«

Damit drehte er sich auf die Seite, legte beide Arme um Judith und kuschelte sich an ihren Rücken. Kurze Zeit später erkannte sie an seinem leisen Schnarchen, dass er tief und fest eingeschlafen war. Sie selbst lag noch bis zum Morgengrauen wach.

Kapitel 13

Damenkonfektionsabteilung des KaDeWe

Ende Juli 1930

»Ah, hier ist sie ja, gnädige Frau. Wenn Ihnen jemand weiterhelfen kann, dann unsere großartige Aufsichtsdame Frau Hauser.«

Rieke, die gerade aus ihrem Kontor gekommen war, blickte auf, als sie ihren Namen hörte. Esther Weinberg, die Erste Verkäuferin der Damenkonfektion, kam schnellen Schritts auf sie zu. Hinter den beiden ging Eva Sperber. Auch ohne deren entzückte Blicke hätte Rieke die Dame, die Esther zu ihr führte, sofort erkannt. Es war die nach dem sensationellen Erfolg von *Der Blaue Engel* überall in Berlin bekannte Schauspielerin Marlene Dietrich.

Dabei glich diese ihrem Alter Ego im Film heute gar nicht mehr so sehr. Marlene hatte ihre Haare aufgehellt, sie waren jetzt mittelblond. Aus der lockigen Mähne der Lola war eine höchst elegante Frisur geworden: Das Haar reichte der Dietrich zwar nach wie vor bis kurz über die Ohren, war nun aber zu beiden Seiten des Kopfs in elegante Wellen gelegt. Den Pony hatte sie ganz aus der Stirn gekämmt, die dadurch viel höher wirkte als im Film.

Auch die Brauen hatte Marlene verändert. Sie waren zu einer schmalen Linie gezupft, die sich in einem weiten Bogen über ihren graublauen Augen fast bis zu den Schläfen wölbte und mit einem Kohlestift nachgezogen war.

Marlene trug ein schickes Sommerkostüm aus schillernder zartgrauer Seide mit einem schmal geschnittenen Rock und hochhackige, ebenfalls zartgraue Pumps.

Kleider machen Leute, dachte Rieke, als sie lächelnd auf die Schauspielerin zutrat. Die elegante Dame schien mit dem leichtsinnigen Flittchen aus dem *Blauen Engel* wenig gemeinsam zu haben. Den Film hatte sich Rieke vor einigen Wochen gemeinsam mit Peter angesehen, und die beiden hatten sich gut amüsiert.

Doch Marlene hätte sie im Gegensatz zur Garbo, die Rieke vor einigen Jahren im KaDeWe zunächst nicht bemerkt hatte, auch dann erkannt, wenn sie sie nicht auf der riesigen Leinwand des Kinos gesehen hätte. Denn das Konterfei des neuen Stars prangte fast täglich auf dem Titelblatt einer der Berliner Gazetten, nicht nur der Klatschblätter.

»Womit darf ich Ihnen dienen, verehrte Frau Dietrich?«, sprach Rieke die Schauspielerin daher auch gleich mit ihrem Nachnamen an.

Marlene gab Esther Weinberg einen Wink, die Rieke eine Bluse entgegenstreckte. Rieke identifizierte das Modell sofort als eines aus der vergangenen Wintersaison.

»Unglücklicherweise ist diese Bluse zu Schaden gekommen, Frau Hauser«, erklärte Esther Weinberg. »Frau Dietrich hat sie im Januar bei uns erstanden. Ich habe sie damals selbst bedient. Die Bluse ist eines der Lieblingsstücke der gnädigen Frau geworden. Sie hofft daher, das Modell in der gleichen Farbe und Größe noch einmal erwerben zu können.«

Rieke unterdrückte einen Seufzer. »Ich fürchte, wir haben es nicht mehr auf Lager, Frau Dietrich. Es war im Winter eine unserer meistverkauften Blusen und wurde mit Beginn des Frühjahrs nicht mehr nachbestellt.«

Sie wandte sich an Esther Weinberg. »Haben Sie für alle Fälle schon einmal im Lager nachgeforscht? Nicht dass wir hier etwas übersehen.«

Esther nickte. »Da Frau Dietrich das befleckte Teil dankenswerterweise mitgebracht hat, habe ich Fräulein Sperber sofort danach ausgeschickt. Sie hat tatsächlich noch ein Modell in der Größe der gnädigen Frau gefunden, aber leider nicht in der gewünschten Farbe.«

»Ich habe die Bluse trotzdem vorsichtshalber aus dem Lager geholt«, schnitt Eva ihrer Vorgesetzten fast das Wort ab. Rieke war amüsiert und etwas ärgerlich zugleich. Zwar hatte Eva Sperber in den vergangenen Jahren gelernt, ihr manchmal überschießendes Temperament zu zügeln. Doch in ihrer sichtlichen Aufgeregtheit über eine so illustre Kundin gelang es ihr heute nur unzureichend.

»Das Modell ist hellgrün, nicht zartgelb, wie es sich Frau Dietrich gewünscht hat«, ergriff Esther Weinberg wieder das Wort.

»Müsste es denn unbedingt die gleiche Farbe sein?«, fragte Rieke die Schauspielerin.

Die schürzte ärgerlich die herzförmigen, knallrot geschminkten Lippen »Das wäre wünschenswert«, sagte sie mit der rauchigen Stimme, die Rieke aus dem Tonfilm kannte. »Ich zahle gern auch den doppelten Preis. Denn an dieser Bluse hängen Erinnerungen, wenn Sie verstehen, was ich meine.« Marlene warf Rieke einen bedeutungsschwangeren Blick zu.

Die überschlug rasch ihre Möglichkeiten. Ihre Idee, Gunter Perls Nachfolger, den neuen Abteilungsleiter David Loewenberger, anzusprechen, verwarf sie sofort. Die Winterware war noch von Perl persönlich bestellt worden. Wenn Loewenberger überhaupt die dazugehörigen Unterlagen bekommen hatte, würde er eine Weile suchen müssen, um das gewünschte Modell und dessen Lieferanten ausfindig zu machen. Eine solche Wartezeit war dieser prominenten Kundin nicht zuzumuten, schon wegen des ungewissen Ausgangs. Es war nicht allzu wahrscheinlich, dass man die Bluse nachbestellen konnte, erst recht nicht als Einzelstück.

Rieke entschied sich für eine andere Möglichkeit. »Darf ich fragen, um was für einen Fleck es sich handelt?«, tastete sie sich vor.

Ihre vage Vermutung bestätigte sich, als die Dietrich die Bluse, die sie inzwischen achtlos in ihre überdimensionale Handtasche gestopft hatte, wieder hervorzog. Auf der linken Schulter fiel ein dunkelroter Fleck auf, der eindeutig von Lippenstift herrührte. Verblüfft war Rieke allerdings über die Stelle des Flecks auf der Bluse. Marlene selbst hätte sich den Hals verrenken müssen, um sie an dieser Stelle mit dem Mund zu berühren.

Plötzlich verstand Rieke und unterdrückte ein Schmunzeln. Wahrscheinlich war der Fleck durch die Lippen eines Liebhabers entstanden, der sie nach einem leidenschaftlichen Kuss auf die Schulter der Dietrich gedrückt hatte. Das würde auch erklären, warum die so sehr an der gelben Bluse hing.

»Frau Weinberg«, sagte Rieke zu Esther. »Würden Sie die verehrte Frau Dietrich bitte in den Anprobesalon begleiten und ihr Gesellschaft leisten, bis ich zurückkomme? Ich gehe rasch in die Parfümerieabteilung mit den Lippenstiften. Sicher wissen die Bediensteten dort, wie man Flecken wieder entfernen kann.«

»Darf ich der gnädigen Frau ein Getränk besorgen?«, mischte sich Eva Sperber erneut ungefragt ein.

»Gern«, antwortete ihr die Dietrich sofort. Unter ihrem Blick verfärbte sich Evas Gesicht blutrot. »Ich möchte ein Glas kühlen Weißwein. Und da ich ja ohnehin warten muss, kann ich die hellgrüne Bluse ebenso gut einmal anprobieren.«

»Das lege ich vertrauensvoll in die Hände von Frau Weinberg, unserer Ersten Verkäuferin. Sie wird Sie in meiner Abwesenheit ausgezeichnet betreuen.«

Während Rieke, so rasch es sich mit der Würde einer Aufsichtsdame vertrug, die Treppe ins Erdgeschoss zur Parfümerieabteilung hinabeilte, wurde ihr wieder einmal bewusst, wie sehr ihr Esther Weinberg am Herzen lag.

Sie war nicht nur die fähigste ihrer vier Ersten Verkäuferinnen, sondern auch die sympathischste. Niemals bevormundete sie eine Kundin, wie es Frau Dehner aus der Schuhabteilung trotz Riekes Tadel immer wieder tat. Sie blieb auch nicht so passiv wie Marianne Böhmer, die neue Erste Verkäuferin bei den Damenaccessoires. Gunter Perl hatte Gitta Schuberts Nachfolgerin kurz vor seinem Wechsel an den Alexanderplatz noch selbst ausgesucht.

»Ich habe sie von Wertheim in der Leipziger Straße abgeworben«, warf er sich damals stolz in die Brust.

Eigentlich war das Abwerben von Personal eines Wettbewerbers unter den Berliner Warenhausbesitzern tabu. Doch Perl war offensichtlich ohne jede Kritik von Martin Tietz damit durchgekommen.

Tatsächlich kannte sich Marianne Böhmer fachlich in ihrem Metier gut aus. So passiv sie jedoch beim Verkauf blieb, so aktiv wies sie ständig darauf hin, was alles bei Wertheim besser gewesen sei als im KaDeWe. Die meisten ihrer Verbesserungsvorschläge, die sich Rieke immer wieder geduldig anhörte, waren jedoch unbrauchbar. Ihre Umsetzung passte entweder nicht zum Konzept des KaDeWe oder wäre viel zu umständlich und teuer gewesen, ohne einen für Rieke ersichtlichen Mehrwert zu erbringen.

Trotzdem war Frau Böhmer Rieke immer noch lieber als Else Lemke, die Erste Verkäuferin der Damenwäscheabteilung, der sie nach wie vor nicht traute. Rieke war davon überzeugt, dass Else ihr schon längst eine Menge Schwierigkeiten gemacht hätte, wenn Gunter Perl im KaDeWe geblieben wäre. Wahrscheinlich hätte sie rasch bemerkt, dass Perl Rieke immer wieder schikanierte, und wäre nur zu gern auf diesen Zug aufgesprungen.

So war Rieke heute noch dankbar für die glückliche Fügung des Schicksals, dass das Ende von Else Lemkes Probezeit zeitlich mit dem Wechsel von Perl zum Alexanderplatz zusammengefallen war. Nur darauf führte sie es zurück, dass sich Else ihr gegenüber bislang zurückhielt.

Nur ein einziges Mal hatte Rieke ihr bislang Einhalt gebieten müssen. Das war an dem Tag gewesen, als Else sich einen Anstecker mit dem Parteiabzeichen der NSDAP an den Kragen ihres Kleids geheftet hatte.

»Nehmen Sie die Nadel sofort ab!«, wies Rieke sie an. »Jeglicher persönlicher Schmuck ist unerwünscht, das wissen Sie doch.«

»Das ist kein Schmuck, sondern das Abzeichen der Partei, in die ich gerade eingetreten bin«, versuchte Else zunächst, sich zu rechtfertigen.

Doch mit diesem Argument war sie bei Rieke an die Falsche geraten. »Umso schlimmer, Fräulein Lemke. Politische Propaganda ist im KaDeWe erst recht untersagt.«

Else hatte sich zwar gefügt. Doch Rieke erwartete, dass eines Tages die Retourkutsche für ihr Verbot kommen würde. Es herrschte nämlich gerade wieder Wahlkampf im Reich. Die Große Koalition zwischen der SPD und den übrigen bürgerlichen Parteien war bereits Ende März zerbrochen. Obwohl Reichspräsident von Hindenburg sofort ohne Zustimmung des Parlaments den Zentrumspolitiker Heinrich Brüning als Kanzler eingesetzt hatte, würde es im September Neuwahlen geben.

Ging man nach der Anzahl der überall aufgehängten Plakate und ständigen Hetzreden von Mitgliedern der NSDAP, würde diese einen beachtlichen Stimmenzuwachs im Vergleich zur letzten Wahl erzielen, sorgte sich Peter.

Rieke wurde dagegen immer wieder an den furchtbaren Auftritt Sannis bei deren Protestaktion gegen das KaDeWe vor Weihnachten erinnert. Noch heute schauderte es sie, wenn sie daran dachte. Wenigstens hatte keiner ihrer Kollegen Sanni wiedererkannt.

Rieke schüttelte die unangenehmen Gedanken ab, als sie die Parfümerieabteilung erreichte. Zu ihrer Freude kannte die

Erste Verkäuferin gleich mehrere Möglichkeiten, um Lippenstift zu entfernen.

»Man kann es mit Spiritus versuchen, aber auch mit Ochsengalle. In beiden Fällen sollte man das Mittel an einer verdeckten Stelle ausprobieren, um herauszufinden, ob es den Stoff beschädigt. Gerade bei Seide. Ich würde es zuerst mit der mit Seife vermischten Galle versuchen und kann es gern übernehmen, sofern man mich für eventuelle Schäden nicht zur Verantwortung zieht.«

Das sicherte Rieke ihr zu, bedankte sich herzlich und eilte die Treppe wieder hinauf. Dabei begegnete sie ihrem neuen Vorgesetzten David Loewenberger. Er war ein freundlicher Mann Mitte vierzig mit jüdischen Wurzeln. Anders als bei Marianne Böhmer und Else Lemke hatte Gunter Perl ihn nicht ausgesucht. Georg hatte ihn seinem Bruder Martin als Nachfolger für Perl im KaDeWe empfohlen.

Es war eine gute Wahl gewesen. Seither fühlte sich Rieke wieder rundum wohl in ihrer Position. Sie bedauerte sogar nur selten, dass sich der von ihr und Peter erhoffte Nachwuchs noch nicht eingestellt hatte.

David Loewenberger trat Rieke in den Weg und berührte kurz ihren Arm. »Habe ich das richtig gesehen, dass uns die Dietrich heute mit ihrem Besuch beehrt?«

Rieke bejahte und erläuterte Loewenberger rasch das Anliegen Marlenes und wie man es zu erfüllen versuche. Der zeigte sich überaus erfreut über die Kompetenz, mit der man diese wichtige Kundin bediene, und lobte Rieke sehr. Ganz beschwingt eilte sie weiter.

Es war und blieb ein guter Tag. Als Rieke mit dem Angebot der Ersten Verkäuferin der Parfümerieabteilung, sich persönlich um die Entfernung des Flecks zu bemühen, zurückkehrte, erfuhr sie zu ihrer Freude, dass sich Marlene doch zum Kauf der hellgrünen Bluse entschlossen hatte.

»Wunderbar«, reagierte sie auf Riekes Offerte. »Dann

komme ich morgen noch einmal vorbei und hole die gelbe Bluse ab. Glück im Unglück, sagt man so schön. Jetzt habe ich zwei dieser fabelhaften Modelle. Beide passen hervorragend zu meiner übrigen Garderobe.«

Berliner Sportpalast

15. September 1930

Sanni glühte vor Freude, als sie Arm in Arm mit Hermann den Berliner Sportpalast in Schöneberg, in dem die NSDAP ihren gestrigen Wahlerfolg feierte, durch einen der SA vorbehaltenen Seiteneingang betrat. Die Schlange vor dem Hauptportal war unübersehbar gewesen. Sicher mussten die Leute dort stundenlang warten, bis sie in den Festsaal gelangten.

Seit am Morgen das fantastische Ergebnis der NSDAP bei der Wahl zum Deutschen Reichstag bekannt geworden war, hätte Sanni am liebsten ununterbrochen laut gejubelt. Gestern am Wahltag selbst hatte sie noch gezittert und gebangt. Zu sehr lag ihr das Schicksal der Partei inzwischen am Herzen.

Doch all die Mühe, die sie in den vergangenen Wochen als Wahlkampfhelferin auf sich genommen hatte, hatte sich mehr als gelohnt. Denn mit einem so riesigen Stimmenzuwachs der Partei Hitlers im Vergleich zur letzten Wahl im Jahr 1928 hatten weder sie noch Hermann noch irgendeiner ihrer Freunde gerechnet.

Sanni hatte unermüdlich Plakate aufgehängt, in den Straßen Berlins Flugblätter verteilt und bei den vielen Wahlkampfveranstaltungen geholfen, dem zahlreichen Publikum an den dafür vorgesehenen Ständen Speisen und Getränke zu verkaufen. Keine Arbeit war ihr zu viel gewesen. Natürlich hatte sie keinen Pfennig Geld dafür erhalten und auch nicht erwartet.

Erst vor wenigen Tagen war sie zuletzt im Sportpalast gewesen. Hier hatte Adolf Hitler, den Sanni inzwischen wie einen Halbgott verehrte, am 10. September eine Wahlrede gehalten. Sie hatte Hitlers Worten gebannt gelauscht. Er versprach, Deutschland als Nation wieder groß zu machen und die Arbeiter aus den Fängen des betrügerischen Kapitals zu befreien.

Ein wenig enttäuscht war Sanni lediglich davon gewesen, dass Hitler, anders als Hermann Göring an gleicher Stelle im Februar, weder ein Wort über die Warenhäuser noch über deren jüdische Besitzer verloren hatte.

»Das ist die Wahlkampfstrategie, für die sich Joseph Goebbels entschieden hat«, hatte Elsbeth Zander Sannis diesbezügliche Frage bei ihrem jüngsten Treffen beantwortet. »Aus Propagandazwecken hat er sich entschlossen, anderen Themen den Vorrang zu geben.« Hitler hatte Goebbels zum zentralen Wahlkampfleiter für ganz Deutschland ernannt. »Ehe wir uns mit dem Judengeschmeiß befassen, müssen wir erst einmal diese unsägliche Weimarer Republik beenden. Das hat oberste Priorität.«

Mit diesem Vorhaben war die Partei diesmal einen Riesenschritt vorangekommen. Hermann hatte Sanni erklärt, dass die NSDAP von allen im Reichstag vertretenen Parteien die meisten Wähler hinzugewonnen hatte.

Im Inneren des Sportpalasts angekommen, blickte Sanni sich staunend um. In einigen Berliner Zeitungen hatte es geheißen, schon bei Hitlers Rede am vergangenen Mittwoch seien mehr als sechzehntausend Zuhörer im Saal gewesen. Heute kam er ihr noch viel voller vor.

Wieder waren die Tribünen mit Hakenkreuzsymbolen geschmückt, wieder drängten sich die Menschen dort dicht an dicht, weil man das Geschehen auf der ehemaligen Eisfläche von oben am besten beobachten konnte.

Nach seiner Eröffnung hatte der Sportpalast zunächst seinem ursprünglichen Zweck gedient. Die künstliche Eisbahn, auf der Eisschnelllauf- und Eishockeywettbewerbe ausgetragen wurden, war ursprünglich einmal die größte der Welt gewesen. Auch Box- und Reitwettbewerbe fanden hier statt.

Schon früh hatten jedoch Politiker aller Parteien den Sportpalast als ideale Veranstaltungsstätte entdeckt. Seit Goebbels Gauleiter in Berlin geworden war, hatte die NSDAP ihn immer öfter zu diesen Zwecken gebucht.

Der diffuse Lärm verdichtete sich plötzlich zu einem einzigen Ruf. »Heil! Heil!«, schallte es immer lauter. Da tat sich genau vor Sanni und Hermann eine Gasse auf. Joseph Goebbels war eingetroffen, ihm galten die Begrüßungsrufe. Leider war Goebbels zu klein, um im ganzen Saal gesehen zu werden.

»Man müsste ihn auf die Schulter nehmen!«, raunte Sanni Hermann ins Ohr. Der ließ sich ihren gar nicht ernst gemeinten Rat nicht zweimal sagen. Energisch trat er auf Goebbels zu und verneigte sich.

»Erlauben Sie?« Ohne Goebbels' Antwort abzuwarten, legte ihm Hermann den rechten Arm unter die Achsel und winkte einem nahe stehenden SA-Kollegen, Goebbels an der anderen Seite zu umfassen. Mit Schwung hoben sie den Gauleiter hoch, der sich das lächelnd gefallen ließ.

Da Goebbels nicht nur von kleiner, sondern auch zierlicher Statur war, fiel es Hermann und seinem Kameraden leicht, sich jeweils eines der Beine über die Schultern zu legen. Eng aneinandergepresst schritten sie dann die Gasse entlang, die sich weiter vor ihnen öffnete.

Die Heilrufe erklangen nun nahezu ohrenbetäubend, als auch die weiter entfernt Stehenden den Gauleiter erkannten. Goebbels, der sich offensichtlich auf den Schultern der SA-Leute sicher fühlte, winkte mit hoch über den Kopf erhobenen Armen der Menge zu.

Was für ein Tag! Unwillkürlich schossen Sanni die Tränen in die Augen. Unendlicher Schmerz und überschäumende Freude lagen in diesem denkwürdigen Jahr dicht beieinander.

Nie würde Sanni den Abend im Januar vergessen, an dem

Hermann kreidebleich nach Hause gekommen war. »Dit rote Jesindel hat auf Horst Wessel jeschossen«, krächzte er. »Doch dit soll'n se büßen, dit schwöre ick dir.«

Immer wieder von seinen trockenen Schluchzern unterbrochen, berichtete Hermann der fassungslosen Sanni, dass KPD-Mitglieder Wessel in seiner eigenen Wohnung aufgesucht und in den Kopf geschossen hatten. Zwar konnte sein Leben zunächst durch eine Notoperation gerettet werden. Schließlich war er seinen schweren Verletzungen aber Ende Februar doch erlegen.

Seither war Sanni endgültig fertig mit Gott. Sie war noch nie gläubig gewesen, hatte aber jeden Tag mehrmals für Horsts Genesung gebetet und in Kirchen unzählige Kerzen entzündet. Doch der Herrgott, wenn es ihn überhaupt gab, hatte ihr Flehen nicht erhört.

Tagelang hatten Sanni und ihre Freundin Luise um Horst geweint. Dass seine Mörder schnell gefasst worden waren, bedeutete keinen Trost für sie. Denn der Haupttäter war nur zu einer lächerlichen Zuchthausstrafe von wenigen Jahren verurteilt worden.

War der Tag von Wessels Beerdigung Anfang März für Sanni der Tiefpunkt des Jahres gewesen, so war der heutige Tag zweifellos der Höhepunkt. Und sollte es doch ein Leben nach dem Tod geben, würde Horst, der in der Partei inzwischen als Märtyrer galt, sicher voll Freude von seiner Wolke auf den Jubel im Sportpalast herabsehen.

Nun fehlte Sanni nur noch ein Stückchen zum vollkommenen Glück. Unvermindert brannte die Erinnerung an die Demütigung bei der Weihnachtsprotestaktion vor dem KaDeWe wie Feuer in ihr. Die Anschuldigung, dort Abendkleider für ihre Freier gestohlen zu haben, hatte Sanni zwar als Verleumdung bezeichnet, was man ihr auch glaubte. Aber Peters Ohrfeige vor so vielen Augenzeugen konnte sie nicht vergessen machen.

»Jetzt geht es dem jüdisch verseuchten KaDeWe bald auch an den Kragen«, murmelte sie vor sich hin. »Es dauert nicht mehr lange, bis wir in Deutschland das Sagen haben. Und dann wird das jüdische Pack uns kennenlernen.«

Adolf Jandorfs Landhaus am Wannsee

21. September 1930

»Es ist eine solche Freude für mich, dich endlich wiederzusehen!« Mit ausgestreckten Händen trat Adolf Jandorf auf Paul Bergmann zu.

»Ich freue mich auch, lieber Adolf.« Paul erwiderte Adolfs herzlichen Gruß. »Ich habe ein schlechtes Gewissen, dass ich dich schon so lange nicht mehr besucht habe. Aber die Geschäfte ...« Er unterbrach sich.

Adolf blickte ihm prüfend in die Augen. Dann vollendete er Pauls Satz: »... sind sicher durch die Wirtschaftskrise nicht leichter geworden.«

Paul nickte. »Da hast du leider recht. Die Umsätze im Konzern gehen mehr und mehr zurück. Zum Glück nicht im KaDeWe. Aber auch dort lege ich mittlerweile jede Mark, die wir ausgeben, auf die Goldwaage. Denn der Umbau frisst weiterhin Unsummen.«

»Wie weit ist er denn gediehen?«

»Mittlerweile wurde auch das sechste Stockwerk fertiggestellt, in das die Lebensmittelabteilung umziehen soll. Aber an den beiden Dachgeschossen mit den vielen Arbeits- und Lagerräumen wird noch gebaut. Bis zum Ende des nächsten Jahres wird das Ganze sicher noch dauern.«

»Ich vermute, du übernimmst mittlerweile auch Aufgaben außerhalb des KaDeWe.« Damit traf Adolf ins Schwarze.

Paul seufzte. »Georg Tietz hat mich schon vor einigen

Monaten gebeten, mich regelmäßig mit den kaufmännischen Leitern der übrigen Berliner Warenhäuser zu treffen. Informell gehöre ich sogar zu deren Vorgesetzten.«

»Du sollst ihre Ausgaben kontrollieren und möglicherweise korrigieren, ist es so?«

Paul lächelte wider Willen. »Du bist und bleibst ein Geschäftsmann, Adolf. Natürlich ist es so. Aber das Ganze ist nicht so einfach.« Paul lag schon auf der Zunge zu sagen, dass er immer wieder mit Gunter Perl als leitendem Textileinkäufer aneinandergeriet. Aber er verkniff es sich. »Lassen wir es dabei bewenden. Ich bin wahrlich nicht gekommen, um über Geschäfte zu debattieren. Dazu ist mir sowohl mein freier Sonntagnachmittag als auch unser seit Langem überfälliges Treffen zu schade.«

»Dann komm mit mir auf die Terrasse und genieße den Blick über den Wannsee. Du weißt ja, dass Helene mit Harry und Charlotte an die Nordsee gefahren ist. Aber unsere neue Haushälterin versteht es ebenfalls, einen guten Kuchen zu backen.«

In der Tat war der Tisch auf der Terrasse appetitlich gedeckt. Paul ließ sich den ausgezeichneten Apfelkuchen schmecken. Die Aussicht auf den von der Nachmittagssonne beschienenen Wannsee war unvergleichlich schön. Langsam begann sich Paul zu entspannen.

»Wie geht es Rebekka und Judith?«, erkundigte sich Adolf.

»Rebekka geht es gut und Judith hoffentlich auch. Aber Letzteres weiß ich nicht so genau«, gab Paul zu.

»Mittlerweile studiert nicht nur Helene, sondern auch ich die Verlobungsanzeigen. Eine von Martin Tietz und deiner Tochter war bislang nicht dabei.«

Pauls Nacken versteifte sich wieder. »Betty Tietz und Rebekka wünschen sich das sehr. Ich selbst habe gemischte Gefühle. Einerseits wird Judith langsam zu alt für eine eigene Familie. Andererseits entwickelt sie sich immer mehr zu einer ausgezeichneten Wissenschaftlerin. Ihr jüngstes Forschungsprojekt wird im nächsten Jahr veröffentlicht werden und hat ihr schon einige Einladungen zu Vorträgen in ganz Deutschland eingebracht. Vielleicht passt es besser zu ihr, ihrem großen Vorbild Alice Salomon nachzueifern, als eine Familie zu gründen. Die Dame hat ja ebenfalls nie geheiratet.«

»Martin Tietz ist nicht der Schwiegersohn, den du dir wünschst?«

Paul lächelte schmerzlich. »Wie gut du mich immer noch kennst, Adolf. Auch wenn wir uns so selten sehen. Doch lass uns dieses Thema jetzt nicht vertiefen. Ich wollte wirklich einen unbeschwerten Nachmittag verbringen.«

Adolf runzelte die Stirn. »Du bist mir von Herzen willkommen, Paul. Doch ein unverfängliches Thema fällt mir im Augenblick beim besten Willen nicht ein.«

»Du denkst an den erdrutschartigen Stimmengewinn dieser furchtbaren NSDAP am vergangenen Sonntag?«

»Natürlich. Wer hätte gedacht, dass die Braunhemden quasi als Wahlsieger daraus hervorgehen! 15,3 Prozent Stimmengewinne und dadurch jetzt zweitgrößte Fraktion im Reichstag mit einhundertsieben anstatt zwölf Abgeordneten. Das kann beileibe nichts Gutes bedeuten.«

»Da hast du recht«, pflichtete Paul ihm bei. »Auch wenn der Antisemitismus im Wahlkampf der Nazis nicht im Vordergrund stand, sind die Zeichen an der Wand unübersehbar. Auch den Warenhäusern wird es bald an den Kragen gehen, insbesondere denen in jüdischem Besitz.«

»Was macht dich so sicher?«

»Am 12. Februar dieses Jahres hat Hermann Göring eine Rede im Sportpalast gehalten. Dabei hat er wörtlich gesagt: ›Wenn ein Jude ein Warenhaus errichtet hat, kennt er keine Rücksichten. Da gibt es nur eines: Konkurrenzkampf bis aufs Messer bis zum Untergang des Christen‹. Und er hat auch gleich die Schlussfolgerung daraus gezogen: ›In leeren Geschäften stirbt ein verarmter Mittelstand, aber in den Hauptstraßen schießen die Trutzburgen des Kapitals, die Warenhäuser, hoch‹.«

»Oha«, machte Adolf. »Von der Rede habe ich auch gehört. Aber die Zitate sind mir neu. Im *Berliner Tageblatt* stand nur, Hermann Göring habe gegen die Warenhäuser gewettert.«

»Eine ehemalige Mitarbeiterin hat mich danach aufgesucht und mir diese Passagen aus Görings Rede genannt. Sie war eine unserer besten Verkäuferinnen, bis ihr Nazimann ihre Stelle im vergangenen Herbst gekündigt hat. Er hat sie gezwungen, auf diese Veranstaltung im Sportpalast mitzukommen. Damit sie selbst erkennen könne, wie verwerflich die Existenz der Warenhäuser sei. Immerhin hat er völlig missdeutet, warum seine Frau sich Notizen gemacht hat«, fügte er sarkastisch hinzu. »Er hielt es wahrscheinlich für ein Zeichen ihrer Begeisterung.«

Paul sprach von Gitta Schubert, der ehemaligen Ersten Verkäuferin der Damenaccessoires. Sie hatte sich kurz nach Görings Rede telefonisch bei ihm gemeldet und um ein Gespräch gebeten. Dann war sie im KaDeWe erschienen, ohne sich jemand anderem zu erkennen zu geben, und hatte auch Paul gebeten, ihre Identität geheim zu halten. Deshalb erwähnte er nicht einmal Adolf gegenüber ihren Namen.

»Das ist in der Tat starker Tobak«, räumte Jandorf ein. »Dass Naziweiber gegen die Warenhäuser protestieren, kennen wir ja mittlerweile. Aber wenn ein hohes Tier der Partei wie Hermann Göring sich nicht scheut, solche Parolen in der Öffentlichkeit zu verbreiten, kommen sicher schwere Zeiten auf die Warenhäuser zu. Erst recht, wenn diese Partei bei der nächsten Wahl noch mehr Stimmen gewinnt.«

»Das sehe ich auch so. Die Lage wird seit Jahren schlimmer.« Paul hob den Kopf und suchte Adolfs Blick. »Du warst weitsichtig genug, die braune Gefahr nicht zu unterschätzen. Zumindest glaube ich mich zu erinnern, dass du deinen Konzern auch aufgrund des zunehmenden Antisemitismus verkauft hast.« Er holte tief Luft. »Was ich nur nie verstanden habe, ist, warum dein Entschluss so plötzlich kam.«

Adolf schwieg eine Weile und blickte über den Wannsee. Dann gab er sich einen Ruck. »Jetzt ist es schon so viele Jahre her, dass es vielleicht an der Zeit ist, dir den Anlass für den Verkauf zu nennen. Vielleicht hätte ich sonst doch noch eine Zeit lang abgewartet, ob die Nazis wirklich immer stärker werden und wie sich Karstadt in Berlin etabliert. Wenn ich recht unterrichtet bin, macht das Warenhaus am Hermannplatz seit der Eröffnung Verluste.«

»Das habe ich auch gehört. Rudolph Karstadt hatte einfach das Pech, sein Haus genau im Jahr des Beginns der Weltwirtschaftskrise zu eröffnen.« Er machte eine Pause, doch Adolf sprach nicht weiter. »Was war denn nun der Anlass?«

Jandorf stieß hörbar die Luft aus. »Der Anlass heißt Gunter Perl.«

»Gunter Perl?«, echote Paul ungläubig. »Wieso denn das?«

»Er hat versucht, mich zu erpressen«, antwortete Adolf lakonisch. Dann erzählte er dem zunehmend entsetzten Paul von dem tödlichen Unfall, bei dem er im Dunkeln eine Frau angefahren hatte, der Fahrerflucht, zu der Gunter ihn danach überredet hatte, und dessen anschließendem Versuch, als Gegenleistung für sein Schweigen die Beförderung zum kaufmännischen Leiter des KaDeWe durchzusetzen.

»Kurze Zeit später traf ich die Gebrüder Tietz dann zufällig im Moka Efti. Wir kamen ins Gespräch, und mein Gespür sagte mir rasch, dass sie am Kauf meines Konzerns interessiert seien. Danach ging alles sehr schnell, wie du weißt.«

»Die Sache mit Perl hättest du mir schon längst sagen müssen!«, begehrte Paul auf, nachdem er seinen Schock überwunden hatte. »Ich habe dem Kerl noch nie über den Weg getraut. Nun sitze ich sogar jeden Monat im Geschäftsführungskreis mit ihm zusammen.«

»Das konnte ich damals wirklich nicht ahnen«, verteidigte

sich Adolf. »Ich habe den Brüdern Tietz explizit geraten, dich und nicht Gunter zum kaufmännischen Leiter des KaDeWe zu machen. Dass Perl dann diese Rabattgeschichte entdeckt und sich damit hochgedient hat, ist einfach nur Pech.«

Dagegen konnte Paul nichts einwenden. Er schwieg.

»Macht er dir denn in eurem Gremium das Leben schwer?«

Nun waren sie doch bei diesem unangenehmen Thema angelangt, dachte Paul resigniert.

»Dort nur indirekt. Öfter gerate ich mit ihm wegen seiner Einkaufspolitik aneinander. Er bevorzugt nach wie vor hochpreisige Artikel, die sich zwar im KaDeWe gut verkaufen, aber nicht in den restlichen Warenhäusern. Doch bislang bin ich ihm damit nicht beigekommen. Denn aufgrund der Rabatte, die er ausgehandelt hat, ist die Ware für Hermann Tietz immer noch günstiger als für andere Warenhauskonzerne.«

»Und im Geschäftsführungskreis? Wie verhält er sich da?«

»Er geht immer wieder eine unheilige Allianz mit Martin Tietz ein. Martin weigert sich einfach konsequent, die zunehmende Bedrohung durch die Nazis anzuerkennen. Und Perl unterstützt ihn dabei.«

»Auch noch nach diesem Wahlergebnis?«, fragte Adolf ungläubig.

»Leider ja. Wir hatten am Mittwoch unsere Sitzung. Martin hat argumentiert, dass die NSDAP trotz ihrer Zugewinne immer noch nicht einmal zwanzig Prozent der Wählerstimmen auf sich vereinen konnte. Er ist zwar auch nicht begeistert von der SPD, die trotz Verlusten stärkste Partei geblieben ist. Aber er weist darauf hin, dass SPD und KPD zusammen fast zwanzig Prozent mehr Stimmen haben als die Braunhemden. Und dass sich die bürgerlichen Parteien nach diesem Schuss vor den Bug sicher zusammenreißen und darauf achten werden, dass sie bei der nächsten Wahl besser abschneiden.«

»Und in dieser Haltung bestärkt Perl Martin bei euren Diskussionen?«

Paul nickte. »Er betont sogar, dass er das einzige Mitglied der Geschäftsführung ohne jüdische Wurzeln ist. Und deshalb objektiver sei als wir anderen. So hat er zum Beispiel darauf hingewiesen, dass die Behauptung Goebbels' im Wahlkampf, die Weltwirtschaftskrise sei ein gezieltes Komplott gegen Deutschland, ein Zeichen für die Paranoia der Nazis sei. Auf solche Verschwörungstheorien solle man daher nichts geben.«

»Nun, ausnahmsweise teile ich diese Ansicht Perls sogar«, räumte Jandorf ein. »Trotzdem sollte man zumindest Vorsichtsmaßnahmen in Erwägung ziehen, um auf künftige schlechte Entwicklungen vorbereitet zu sein.«

Paul seufzte resigniert. »Das würde ich mir ebenfalls wünschen. Doch stattdessen entglitt unsere Diskussion am Mittwoch schließlich sogar ins Absurde. Martin hat nämlich den Einbruch der Gebrüder Sass in die Disconto-Gesellschaft am Wittenbergplatz im Januar 1929 ins Spiel gebracht. Ich habe dir ja erzählt, dass dabei der Saphirschmuck seiner Mutter Betty gestohlen wurde.«

Wie viele andere hatte auch Betty Tietz ihre besonders kostbaren Wertsachen bei der Disconto-Gesellschaft verwahrt. Den Tresorraum mit den Schließfächern hielt man für absolut sicher. Doch den Brüdern Sass war nicht nur der Einbruch durch einen wochenlang unbemerkt gegrabenen Tunnel gelungen. Sondern bis heute konnte die Polizei die Beute nicht ausfindig machen und die Gebrüder Sass überführen.

»Martin ist auf dieser Affäre herumgeritten und hat sie als Beispiel für das Versagen der Berliner Behörden bezeichnet«, schnaubte Paul. »Und hat es damit begründet, dass ein Teil der Bevölkerung auf solche Weise das Vertrauen in die herkömmlichen Parteien verlieren würde. Das erkläre das gute Abschneiden der Nazis. Perl hat Martin in allem beigepflichtet.«

»Das ist ja grotesk!«, echauffierte sich Adolf. »Der kleine Mann auf der Straße, also der angeblich typische Wähler der NSDAP, schert sich doch nicht darum, ob Berlins High Society durch diesen Raub ihre Wertsachen eingebüßt hat! Die Sass-Brüder wurden sogar wie Helden gefeiert, als man sie mangels Beweisen aus der U-Haft entlassen musste.«

Paul zuckte frustriert die Achseln. »Das siehst du genauso wie ich. Doch mit diesen Argumenten kam ich am Mittwoch nicht durch.«

»Und was sagen Georg Tietz und Hugo Zwillenberg dazu? Die beiden hielt ich immer für vernünftig denkende, mit beiden Beinen fest auf dem Boden stehende Geschäftsleute.«

»Das sind sie eigentlich auch«, bestätigte Paul. »Aber wenn die Diskussion so entgleist wie am Mittwoch, müsste Georg eigentlich ein Machtwort sprechen. Was er aber leider nicht tut. Insofern haben wir uns wieder einmal ergebnislos vertagt und *wollen die Lage weiter aufmerksam beobachten*«, betonte er die letzten Worte spöttisch.

Adolf stand ohne weiteren Kommentar auf und begab sich in den Salon. Wenig später erschien er wieder mit einer Karaffe Cognac und zwei Gläsern.

»Es ist zwar erst kurz nach vier Uhr nachmittags. Aber nach diesem Thema ist mir jetzt nach etwas Stärkerem als Kaffee zumute.«

Paul akzeptierte den Cognac dankbar. »Hoffen wir also das Beste, aber erwarten wir vorsichtshalber das Schlimmste«, brachte er einen Trinkspruch aus, bevor er sein Glas in einem Zug leerte.

Käthe Krauses Wohnung in Meyers Hof

Ende November 1930

»Dein Erbseneintopf ist einfach der beste, Mama«, lobte Rieke ihre Mutter und leckte den Löffel genießerisch ab.

»Willste noch 'ne Portion?«

»Nein danke. Aber bevor Peter und Fritz von der Mieterversammlung zurückkommen, helfe ich dir noch rasch beim Abwasch.«

»Dit is doch nich nötig«, wehrte Käthe ab.

Je länger ihre Zeit beim KaDeWe zurückliegt, desto mehr verfällt sie wieder in den Berliner Dialekt, registrierte Rieke belustigt. Als sie damals als Kassenmädchen im KaDeWe anfing, hatte ihre Mutter sogar darauf bestanden, nur noch reines Hochdeutsch mit ihr zu sprechen, weil dies von allen Verkäuferinnen erwartet würde.

»Ich helfe dir doch gern, Mama«, antwortete sie. Sie blickte auf die Küchenuhr. »Unsere Männer kommen ohnehin noch nicht so bald zurück.«

Käthe stand auf und stellte die Suppenteller zusammen. Dann griff sie nach dem Kessel, um Wasser zu erwärmen. Sie ging zum Spülstein und drehte den Hahn auf.

Mit einem erstickten Schrei sprang sie einen Schritt zurück und prallte hart mit dem Gesäß gegen den Küchentisch. Fassungslos starrte Rieke auf die schwärzlich braune, übel riechende Brühe, die sich aus dem Wasserhahn ins Becken ergoss.

Teil 3

Glanz und Elend

(1931 bis 1932)

Kapitel 14

Wohnung der Hausers in Meyers Hof

Anfang Februar 1931

Rieke sah Judith auf den ersten Blick an, dass sie etwas bedrückte, als sie ihr die Wohnungstür öffnete. Zunächst ließ sie sich jedoch nichts anmerken.

»Wie schön, dass du schon da bist! Peter wird auch jeden Moment kommen. Ich habe uns Königsberger Klopse gekocht.«

Rieke war heute bereits um sechs Uhr abends aus dem KaDeWe nach Hause gefahren, um sich auf Judiths Besuch vorbereiten zu können. Die hatte an diesem Abend wieder einmal in Meyers Hof zu tun und wollte danach bei den Hausers vorbeisehen. Peter hatte Rieke nicht begleiten können, da er noch eine neue Dekoration im Erdgeschoss des KaDeWe fertigstellen musste.

»Kann ich dir derweil einen Tee anbieten?«, fragte Rieke.

Judith zögerte. Dann holte sie sichtlich Luft. »Sei mir nicht böse, Rieke. Aber ist das Trinkwasser bei euch im Vorderhaus in Ordnung?«

Rieke seufzte. »Ja, unser Trinkwasser ist sauber. Das hat eine baupolizeiliche Untersuchung erst kürzlich ergeben. Aber ich ahne, worauf du hinauswillst. Ist es im fünften Hinterhaus, wo du heute warst, mittlerweile auch schon so schlimm?«

»Woher weißt du das?«

»Ich weiß es nicht, aber ich vermute es. Seit Ende des letzten Jahres holt meine Mutter ihr Trinkwasser mit Kanistern hier bei uns. Das Wasser in ihrer eigenen Wohnung im vierten Hinterhaus taugt, wenn überhaupt, nur noch zum Spülen und Putzen. Und nicht einmal das jeden Tag. Manchmal ist es so trübe wie alter Kaffee.«

»Stinkt das Wasser auch manchmal?«

»Auch das«, bestätigte Rieke. »Fritz meint, das hänge davon ab, wie viel Wasser zuvor durch die Leitungen geflossen ist. Er glaubt nämlich, dass die völlig verdreckt sind. Haben viele andere Mieter zur gleichen Zeit Wasser abgezapft, ist es reiner. Aber insbesondere vormittags, wenn die meisten Wohnungen leer sind, ist es oft sehr verunreinigt, weil sich der Dreck dann wieder abgesetzt hat, sagt Fritz. Auch von dem reineren Wasser wollen Käthe und Fritz aber nicht mehr trinken, nicht einmal, wenn es abgekocht ist.«

»Also kennst du die augenblicklichen Verhältnisse in vielen Wohnungen hier aus eigener Anschauung«, konstatierte Judith bitter.

»Aus eigener Anschauung kennt sie vor allem Peter. Er ist vor Kurzem zum Mietersprecher gewählt worden und wird immer wieder zu den unzähligen sanierungsbedürftigen Stellen in der Mietskaserne gerufen.«

Rieke sah auf die Uhr. »Er muss jetzt bald da sein. Soll ich nicht doch schon einmal Teewasser aufsetzen?«

Judith nickte. »Wenn du sicher bist, dass es im Vorderhaus nicht verseucht ist.«

Noch bevor der Wasserkessel pfiff, hörten die Frauen den Haustürschlüssel. Kurze Zeit später trat Peter ein.

Rieke ging auf ihn zu und küsste ihn auf die Wange. »Gut, dass du kommst. Das Essen ist fertig, aber vorher möchte Judith dir etwas mitteilen, was ihr schwer auf der Seele liegt.« Das schloss sie aus dem ganzen Verhalten der Freundin.

»Du hast dir so viel Mühe mit dem schönen Abendessen gemacht«, widersprach Judith. »Daher sollten wir erst essen, bevor ich berichte. Sonst vergeht uns am Ende der Appetit.«

Obwohl sich alle Mühe gaben, während der Mahlzeit über unverfängliche Themen zu sprechen, verlief die Unterhaltung stockend. Rieke bemerkte, dass Judith kaum etwas zu sich nahm. Auch ihr selbst war der Magen wie zugeschnürt. Nur Peter griff herzhaft zu. Schließlich waren Königsberger Klopse eines seiner Leibgerichte.

Sie waren beim Vanillepudding zum Nachtisch angelangt, als Rieke die Spannung nicht mehr aushielt. »Jetzt erzähl einmal, Judith, was du uns mitteilen möchtest.«

Die schob ihr Schüsselchen, von dem sie kaum einen Löffel probiert hatte, von sich. »Ich habe heute die Familie Schmidtke besucht. Ihr wisst schon, die, deren Sohn Hannes sich im Humboldthain prostituiert hat. Es sollte eigentlich mein letzter Besuch bei den Schmidtkes sein, da sich Hannes seit unserem ersten Gespräch vor ungefähr einem Jahr einwandfrei verhalten hat und sogar zu einem recht guten Schüler geworden ist. Außerdem hat die Familie im Spätsommer eine bessere Wohnung bezogen. Insofern dachte ich, es wäre jetzt alles in Ordnung und ich könnte mich mit einer anderen Familie beschäftigen, die ebenfalls hier in Meyers Hof in erbärmlichen Verhältnissen lebt.«

Ohne auf den letzten Aspekt näher einzugehen, fragte Peter nach. »Die Schmidtkes sind doch in eine dieser Kochstuben gezogen, die der Vermieter Alexander Tumarkin seit letzten Sommer im fünften Hinterhaus eingerichtet hat, richtig?«

Judith bestätigte das. »Du hast mich zwar damals gewarnt, dass diese Wohnungen möglicherweise rasch genauso schlecht wären wie das Kellerloch, wo die Schmidtkes vorher gehaust haben. Aber obwohl es auch nur eine Einzimmerwohnung ist, schien es mir im Sommer eine weit bessere Unterkunft zu sein. Sie war heller, durch die neue Kochmaschine viel besser zu heizen und vor allen Dingen nicht feucht. Das machte die fünf Mark höhere Grundmiete von fünfzehn Mark für mich wett. Mit zusätzlich fünf Mark für Gas zahlten die Schmidtkes sogar zwei Mark weniger als vorher. Die sanitären Verhältnisse fand ich zwar bedenklich, denn es gab nur wenige Aborte. Aber da das Trinkwasser sauber war und der Verwalter bei den Klosetts rasche Abhilfe versprach, waren wir alle optimistisch, dass die Mängel nur vorübergehend wären.«

Peter knurrte grimmig. »Und jetzt hat sich das geändert, wie ich schon von anderen Mietern aus dem fünften Hinterhaus weiß. Ich habe es kommen sehen. Dieser Tumarkin ist genau wie die vorigen Eigner nur auf seinen Profit bedacht. Und wäre die Wohnungsnot in Berlin nicht nach wie vor so groß, hätte er die Ausnahmegenehmigung für den Umbau dieser ehemaligen Lagerräume in Kochstuben gar nicht bekommen. Zumal dieser Geizkragen eben nur das Nötigste investiert hat.«

Die Kochstuben waren ehemals als gewerbliche Flächen genutzt worden. Sie lagen im Erdgeschoss und auf dem ersten Stockwerk und verfügten über keine Wasserleitung innerhalb der neu eingerichteten Wohnungen. Jeder Familie stand nur ein eigener Wasserhahn mit Ausgussbecken auf dem gemeinsamen Flur zur Verfügung, wie es auch pro Lagerraum der Fall gewesen war.

Außerdem gab es, anders als in den übrigen Hinterhäusern, kein Klosett an jeder Seite des Flurs auf den Treppenabsätzen der beiden Stockwerke, in der Tumarkin die Kochstuben eingerichtet hatte. Stattdessen mussten sich alle Bewohner der Kochstuben die zwei zur Verfügung stehenden Klosetts im Erdgeschoss teilen. Dies bedeutete, dass für über fünfzig Personen nur ein einziger Abtritt zur Verfügung stand. Bislang hatte der Hauswirt die mit der Genehmigung verbundene Auflage der Baupolizei noch nicht erfüllt, weitere Aborte zu installieren.

»Ich vermute, die Missstände in der Wohnung der Schmidtkes haben vor allem mit den Aborten und dem Trinkwasser zu tun«, ergänzte Peter, und er traf damit ins Schwarze.

Judith schüttelte sich. »Du hast recht. Die Schmidtkes sind vom Regen in die Traufe gekommen. In den ersten Monaten gab es zumindest mit dem Trinkwasser keine Probleme. Die Schlangen, die sich in den Stoßzeiten vor den beiden Toiletten bildeten, waren schon problematisch genug. Aber heute hat mir Frau Schmidtke erzählt, dass seit einigen Wochen auch das Trinkwasser verunreinigt ist wie schon in ihrer Kellerwohnung.«

Peter schnaubte. »Das wundert mich keineswegs. Die Leitungen in Meyers Hof sind mindestens dreißig, manche sogar über fünfzig Jahre alt und wurden meines Wissens in den Hinterhäusern noch nie ersetzt oder auch nur repariert. Nur hier im Vorderhaus wurden sie zweimal vollständig saniert.«

Auch er schob jetzt seinen erst zur Hälfte gegessenen Nachtisch von sich. Stattdessen bat er Rieke, einen Bohnenkaffee aufzubrühen. »Jetzt erzähle einmal genau, Judith, was du heute bei den Schmidtkes erfahren hast.«

»Die Probleme mit dem Trinkwasser haben langsam begonnen. Als das Wasser, das aus ihrem Hahn im Flur kam, ab Ende letzten Jahres ab und zu trüb war, hat sich Frau Schmidtke dabei noch nicht so viel gedacht. Sie hat es einfach länger laufen lassen, bis es wieder klarer wurde. In jüngster Zeit ist es allerdings überhaupt nicht mehr möglich, reines Wasser zu bekommen, ohne den Hahn bis zu einer halben Stunde lang laufen zu lassen. Und du glaubst es nicht! Gerade heute hat sie von dem Verwalter, diesem Ritter, ihre monatliche Wasserrechnung erhalten. Sie beträgt zusätzlich zur Miete jetzt fünf Mark im Monat! Bislang war der Wasserpreis in der Miete enthalten. Jetzt sollen die Schmidtkes anstatt zwanzig fünfundzwanzig Mark im Monat bezahlen. Obwohl sie ja gar nichts dafür können, dass das Wasser so dreckig ist.« Judith redete sich immer mehr in Rage.

»Und damit ist wahrscheinlich der ganze Vorteil dahin, den sich die Familie vom Umzug in die Kochstube versprochen hat«, vermutete Rieke.

»Natürlich!«, brauste Judith ein weiteres Mal auf. »Die Wohnung kostet jetzt sogar drei Mark mehr als das Kellerloch mit dem teuren Gas. Dabei muss die Familie nach wie vor mit jedem Pfennig rechnen. Die Mutter hat zwar eine feste Anstellung als Putzfrau in einer Großküche gefunden. Aber gleichzeitig werden ja die Lebensmittel immer teurer, und die Medizin für den schwindsüchtigen Vater auch. Außerdem sind schon die ersten Kacheln an der Kochmaschine gesprungen. Auch da ist es wahrscheinlich nur eine Frage der Zeit, bis ein größerer Schaden entsteht.«

Wieder nickte Peter grimmig. »Davon habe ich auch schon gehört. Bei unserer wöchentlichen Sprechstunde haben sich viele Mieter aus ganz Meyers Hof über ihre kaputten Kochmaschinen beschwert.«

»Aber es kommt noch schlimmer!«, fuhr Judith fort. »Als ich heute Abend in die Wohnung kam, hing sie voll nasser Wäsche. Denn wegen des miserablen Zustands der Waschküchen muss Frau Schmidtke in ihrer winzigen Behausung auch noch die ganze Wäsche besorgen.«

»Auch diesen Missstand haben wir als Mieterrat gegenüber dem neuen Vermieter schon viele Male angeprangert. Es gibt in ganz Meyers Hof nur zwei Waschküchen für die insgesamt sechs Hinterhäuser. Die sind natürlich dauernd belegt und überfüllt. Außerdem lecken die Bottiche, und die feuchten Wände sind mittlerweile von oben bis unten mit schwarzem Schimmel bedeckt. Deshalb waschen die meisten Parteien innerhalb ihrer Wohnungen.«

»Meine Mutter holt übrigens nicht nur ihr Trinkwasser bei uns, sondern wäscht ihre Wäsche inzwischen in unserer Waschküche im Vorderhaus«, mischte sich Rieke ein. »Aus Dankbarkeit, dass wir ihr das ermöglichen, wäscht sie unsere eigene Wäsche gleich mit. Das ist der Grund, warum der Verwalter Ritter noch keinen Einspruch dagegen erhoben hat. Denn eigentlich dürfen Bewohner der Hinterhäuser die Waschküche im Vorderhaus nicht benutzen.«

»Das Beste kommt zum Schluss«, ergänzte Judith sarkastisch. Ihr Gesicht verzog sich vor Ekel. »Die Schmidtkes wohnen im ersten Stock, wo es gar kein Klosett gibt. Ihre Nachbarn auf dem gleichen Stockwerk wohnen direkt unter einem der Aborte im zweiten Stock. Mittlerweile tropft stinkendes Wasser durch die Decke in deren Kochstube.«

»Abwasser aus dem Klosett darüber?« Rieke war fassungslos. Selbst Peter wirkte erschüttert.

»Frau Schmidtke behauptet das. Beim ersten Mal tropfte die Jauche sogar auf den Esstisch der Leute, der damals noch genau unter der undichten Stelle stand. Als sie oben nachsehen wollten, war das Klosett verschlossen. Damit die Bewohner der Kochstuben sie nicht benutzen, hat jede Familie auf den anderen Stockwerken einen Schlüssel und schließt die Klosetts nach der Benutzung ab.«

Rieke stieß einen Laut des Ekels aus. Doch Peter hatte sich wieder gefasst und widersprach. »Also, das glaube ich nun nicht, liebe Judith. Die Wasserleitungen im fünften Hinterhaus sind sicher marode, auch die der Klosetts. Aber wenn der Unrat durch kaputte Leitungen schon in die Wohnungen dringt, hätten wir vom Mieterrat doch längst davon gehört.«

Judith schüttelte den Kopf. »Es sei denn, die Bewohner ziehen selbst eine solch verseuchte Behausung ihrer Exmittierung auf die Straße vor.«

»Du meinst, die Nachbarn der Schmidtkes sind mit der Miete so im Rückstand, dass sie ihren Rausschmiss befürchten müssen, und wagen deshalb keine Beschwerde?« Rieke schauderte wieder.

»So scheint es zu sein. Falls es stimmt, geht es ihnen übrigens so wie der Familie, die ich in Zukunft betreuen möchte. Die wohnt im sechsten Hinterhaus und ist mit der Miete seit zwei Monaten im Rückstand.«

»Also müsst ihr unbedingt etwas vonseiten des Mieterrats unternehmen«, forderte Rieke Peter auf.

»Natürlich müssen wir das. Gleich morgen Abend werde ich sowohl bei den Schmidtkes vorsprechen als auch bei den armen Menschen, die unter diesem undichten Klosett hausen. Und sollte sich bestätigen, was du heute Abend berichtet hast, Judith, werden wir diesem elenden Verwalter endlich Dampf machen! Darauf kannst du dich verlassen!«

Er ballte die Hände zu Fäusten. »Und wenn dieser Ritter diesmal nicht spurt, sondern wieder nur leere Versprechungen macht, werden wir ein Gespräch mit dem Vermieter fordern. Und notfalls eine Anzeige bei der Baupolizei gegen Tumarkin erstatten, falls auch er uns auflaufen lässt.«

Im Deutschen Theater

5. März 1931

Martin lachte schon wieder so laut, dass Judith ihn diesmal energisch in die Seite puffte. Gleichzeitig zischte seine Mutter Betty, die zu seiner anderen Seite saß, ein deutliches »Pscht!«.

Sie befanden sich in einer der ersten Reihen im Deutschen Theater bei der Uraufführung von Carl Zuckmayers Drama *Der Hauptmann von Köpenick*. Martin hatte sich den Theaterbesuch von Judith zum Geburtstag gewünscht. Normalerweise interessierte er sich nicht für anspruchsvolle Literatur. Doch die über zwanzig Jahre alte wahre Geschichte hinter Zuckmayers Stück, die bei der Vorschau der Uraufführung in allen Berliner Zeitungen stand, amüsierte ihn so sehr, dass er diesen für ihn ungewöhnlichen Wunsch geäußert hatte.

Rebekka, die durch Judith davon erfuhr, bat wiederum ihren Ehemann Paul, ebenfalls Karten für sie beide zu besorgen und außerdem Martins Mutter Betty dazu einzuladen. Judiths Vater hatte daher kurzerhand beschlossen, die Kosten für den Theaterabend einschließlich des nachfolgenden Soupers im vornehmen Restaurant Horcher zu bestreiten.

Man war mittlerweile im letzten Akt des Stücks angelangt,

der die eigentliche »Köpenickiade« zum Inhalt hatte. Ob es nun die Soldaten waren, die der Schuster Wilhelm Voigt nur aufgrund seiner Uniform aus dem Trödelladen unter sein Kommando zwang. Oder ob es sich um die Verhaftung des Bürgermeisters von Köpenick handelte, Martin konnte vor Lachen kaum an sich halten.

Obwohl Judith das Stück selbst gut gefiel, war sie aufgrund von Martins albernem Verhalten erleichtert, als sich der vorgebliche Hauptmann schließlich mit der Stadtkasse aus dem Staub machte. Das war ihrer Kenntnis nach sein letzter Streich. Doch auch während der abschließenden Szenen des Theaterstücks kicherte Martin ununterbrochen vor sich hin.

»Offensichtlich haben Sie sich ganz ausgezeichnet amüsiert, Martin«, merkte Paul Bergmann an, nachdem alle fünf in einer großen Mietlimousine Platz genommen hatten, die sie nach Charlottenburg ins Restaurant bringen sollte. Außerhalb der Öffentlichkeit im KaDeWe nannten sich Paul und Martin schon längere Zeit beim Vornamen.

»In der Tat«, bestätigte Martin und lachte schon wieder. »Das Stück beleuchtet aufs Schönste, wie wenig ernst zu nehmen der autoritätsgläubige typische Deutsche ist. Dem kann man wahrlich ein X für ein U vormachen.«

»Dann wollen wir hoffen, dass sich dies nicht so bald wiederholt«, erwiderte Paul trocken. »Bei all den Uniformen, die Berlins Straßen heutzutage bevölkern.«

Judiths gute Laune verflog auf einen Schlag. Tatsächlich sah man seit dem jüngsten Wahlerfolg der NSDAP in Berlin überall uniformierte SA-Leute. Das braune Gesindel fand anscheinend immer größeren Zulauf.

Auch Martin verging das Lachen. Um keine schlechte Stimmung aufkommen zu lassen, versuchten Rebekka und Betty angestrengt, leichte Konversation zu machen. Sie unterhielten sich unter anderem über eine Modenschau, die sie kürzlich bei Wertheim gesehen hatten.

»Wäre das nicht auch eine Idee für das KaDeWe?«, versuchte seine Mutter, Martin ins Gespräch zu ziehen. »Auch Karstadt bietet solche Veranstaltungen an.«

Doch der reagierte einsilbig. »Mal sehen. Darüber habe ich noch nie nachgedacht.«

»Dann solltest du es aber einmal tun!«, insistierte Betty.

»Ich werde es bei Gelegenheit mit dem Abteilungsleiter der Damenkonfektion und der zuständigen Aufsichtsdame besprechen«, fertigte Martin sie kurz ab. »Doch heute Abend möchte ich nicht übers Geschäft reden.«

Die restliche Fahrt verlief in ungemütlichem Schweigen. Judith atmete auf, als man endlich am Ziel angelangt war.

Das kleine, aber sehr feine Restaurant Horcher verfügte nur über wenige Tische, die oft über Monate hinweg ausgebucht waren. Nur weil eine andere Abendgesellschaft kurzfristig abgesagt hatte, hatte Paul überhaupt einen Tisch für diesen Abend reservieren können.

Die Speisekarte wies nur wenige, dafür jedoch teure und exklusive Gerichte auf. »Ich nehme die Kalbsmedaillons«, erklärte Martin als Erster.

»Nicht den Fasan mit der spektakulären Sauce?«, fragte Judith.

Martin verneinte. »Angeblich werden dafür Fasanenknochen zu feinem Mehl zermahlen, hat mir ein Kunde vor einiger Zeit bei einem Geschäftsessen vorgeschwärmt. Offenbar hoffte er, beim nächsten Mal ins Horcher eingeladen zu werden.«

»Meinst du den *Faisin de presse*?«, erkundigte sich Rebekka bei ihrer Tochter.

Die nickte. »Ja, die Sauce wird sogar am Tisch flambiert. Ich habe schon viel von diesem Gericht gehört und will es daher einmal probieren. Professor Max Sering, das ist der Inhaber des Lehrstuhls, an dem ich arbeite«, erläuterte sie für Betty Tietz, »war des Lobes darüber voll, nachdem er neulich hier gespeist hatte.«

Sowohl die Kalbsmedaillons als auch das Fasanengericht gehörten zu den Spezialitäten des Feinschmeckerrestaurants.

»Na, ich weiß nicht recht«, überlegte Betty Tietz. »Ich glaube, ich nehme lieber die Maispoulardenbrüstchen.«

Dem schloss sich Rebekka an, während sich Paul ebenfalls für die Kalbsmedaillons entschied.

Einen Moment lang biss Judith das schlechte Gewissen, als sie daran dachte, dass eine Familie in Meyers Hof mindestens eine ganze Woche lang von dem leben könnte, was dieses gemeinsame Abendessen kostete. Dann verdrängte sie den Gedanken. Heute Abend wollte sie sich einmal ohne Reue amüsieren.

Zum Glück verflog die düstere Stimmung, die sich auf der Fahrt gebildet hatte, schnell wieder. Entgegen seiner Aussage in der Mietlimousine griff Martin sogar die Idee seiner Mutter auf.

»Wenn Wertheim und Karstadt schon Modenschauen veranstalten, sollte das KaDeWe natürlich nicht nachstehen. Ebenso wenig wie unser Haus am Alexanderplatz. Aber es müsste schon etwas Außergewöhnliches sein, mit dem wir im KaDeWe die Aufmerksamkeit auf uns ziehen.« Er blickte fröhlich in die Runde. »Was haltet ihr davon, Bademoden zur Schau zu stellen? Ein guter Anlass wäre die diesjährige Eröffnung des Strandbads am Wannsee.«

Betty Tietz und Rebekka blickten skeptisch drein. »Du willst halb nackte Frauen über den Laufsteg schicken?«, fragte Martins Mutter indigniert.

»Sie wären nicht nackter, als sie im Sommer an jedem Badesee sind«, antwortete Martin schlagfertig. »Und es wäre eben etwas Besonderes.«

»Ich halte das für eine gute Idee«, sprang Judith Martin bei. »Du solltest tatsächlich einmal mit Rieke Hauser darüber sprechen. Vielleicht könnte man ja Strandkleider oder andere Sommerfreizeitmode gleich mit präsentieren.«

In diesem Augenblick kamen die Kellner mit den bestellten

Hauptgerichten an den Tisch. Der Oberkellner verneigte sich leicht. »Ich möchte die Herrschaften bitten, erst den *Faisin de presse* flambieren zu dürfen, bevor Sie alle Ihre Mahlzeit beginnen.«

Einen Einspruch hielt er für so wenig wahrscheinlich, dass er, ohne eine Reaktion abzuwarten, ein Streichholz entzündete und an Judiths Gericht hielt, das in einer speziellen Pfanne angerichtet und zunächst auf einem Beistelltisch abgesetzt worden war. Eine blau-gelbe Stichflamme schoss empor, begleitet von einem intensiven Duft.

»Das möchte ich auch haben, Joseph!«, ertönte eine Frauenstimme vom Nachbartisch. Judith sah auf und erschrak.

Von ihnen unbemerkt war Joseph Goebbels, jetzt Propagandaleiter der NSDAP, mit seiner Tischdame ins Horcher gekommen. Auch Paul runzelte die Stirn. »Wenn ich gewusst hätte, wer heute hier ebenfalls zu Gast ist, hätte ich uns ein anderes Restaurant ausgesucht«, sagte er leise.

»Ach was«, wiegelte Martin wie gewohnt ab. »Je mehr man diesen Leuten aus dem Weg geht, desto mehr machen sie sich breit.«

Währenddessen hatten Rebekka und Betty die Dame in Goebbels' Begleitung interessiert gemustert. »Ich glaube, das ist Magda Quandt«, raunte Rebekka. »Die geschiedene Frau dieses Industriellen.«

»Der mit den dubiosen Rüstungsgeschäften?«, hakte Paul nach.

»Wenn er Quandt heißt, wird er das sein«, antwortete Martin. »Angeblich sympathisiert er mit diesen Nazis. Es ist mir ein Rätsel, wie ein veritabler Unternehmer so etwas tun kann.«

»Also nimmt Quandt Goebbels die Liaison mit seiner Verflossenen nicht einmal übel?« Betty Tietz war erstaunt.

Martin hob die Schultern. »Pack schlägt sich, und Pack verträgt sich, heißt es doch immer.«

Wieder stockte die Unterhaltung an ihrem Tisch. Betty Tietz

griff sich unwillkürlich an den Hals. Sie trug wie Rebekka und Judith ein elegantes Abendkostüm, wie es für einen Theaterbesuch angemessen war. Den Ausschnitt ihrer Kostümjacke schmückte eine schmale Goldkette.

Wahrscheinlich, um nicht erneut ein peinliches Schweigen aufkommen zu lassen, sprach Rebekka Betty mit dem offensichtlich ersten Thema an, das ihr einfiel. Auch das war allerdings alles andere als glücklich gewählt, dachte Judith.

»Wie schade, dass dein wunderbarer Saphirschmuck noch immer nicht aufgetaucht ist. Das tut mir so leid für dich, meine Liebe.«

Im abgeschirmten Licht wirkten Bettys Augen auf Judith einen Moment lang feucht. Doch ganz die beherrschte Dame, winkte sie ab. »Damit muss ich mich leider abfinden, Rebekka. Auch der Privatdetektiv, den wir über Monate hinweg auf die Spur der mutmaßlichen Räuber gesetzt haben, konnte in Hehlerkreisen kein einziges der Stücke ausfindig machen, die die Gebrüder Sass im vorletzten Jahr aus der Disconto-Gesellschaft gestohlen haben.«

Martin zog ärgerlich die Augenbrauen zusammen. »Es ist und bleibt ein Skandal, dass unsere Polizeibehörde einmal mehr dermaßen stark versagt hat. Der Saphirschmuck war ein Erinnerungsstück meiner Mutter an meinen verstorbenen Vater Oscar. Das erste wertvolle Geschenk, das er ihr machen konnte, nachdem sich seine ersten geschäftlichen Erfolge eingestellt hatten.«

Diese Information war niemandem am Tisch neu. Deshalb wusste auch niemand etwas darauf zu antworten. Wieder stockte die Unterhaltung.

Diesmal griff Paul ein. »Was sind denn nun deine weiteren Pläne, liebe Judith?«, sprach er seine Tochter an. »Hast du wirklich eine Einladung zu diesem Kongress in München erhalten?«

Judith nickte erleichtert und glaubte, nun ein unverfängliches und erfreuliches Thema ansprechen zu können. »Ja. Der Kongress findet im Spätsommer statt«, bestätigte sie. »Bis dahin werde ich mein aktuelles Forschungsprojekt beendet haben. Ich schreibe ja schon am Abschlussbericht. Der Forschungszyklus von Alice Salomon über ›Bestand und Erschütterung der Familie in der Gegenwart‹ findet überall große Beachtung. Auf dem Kongress werde ich mit Forscherinnen zusammentreffen, die ihre Daten an anderen Stellen in Deutschland erhoben haben. Ich freue mich sehr auf den Austausch.«

»Und wie geht es dann weiter?«, fragte Rebekka.

»Ich trage mich bereits mit dem Gedanken für ein Anschlussprojekt. Diesmal möchte ich mich speziell auf die Situation alleinstehender Frauen konzentrieren, die ihre Kinder ohne Partner aufziehen. Solche Frauen müssen über erstaunliche Fähigkeiten verfügen. Die will ich im Rahmen meines Forschungsprojekts in Erfahrung bringen, um sie dann mit den dazugehörigen Veröffentlichungen entsprechend zu würdigen.«

Während Paul ihr interessiert zuhörte und Martin leicht gelangweilt wirkte, bemerkte Judith, dass sowohl ihre Mutter als auch Betty Tietz eher frustriert aussahen. Ihr Eindruck bestätigte sich sofort.

»Also denkt ihr beide noch immer nicht an eine dauerhafte Verbindung?«, ging Betty Tietz tatsächlich in die Offensive und fixierte dabei vor allem ihren Sohn.

Deshalb wollten Martins und meine Mutter heute Abend dabei sein, fiel es Judith wie Schuppen von den Augen. Sie wollten uns wieder einmal auf den Zahn fühlen.

Während sie spürte, dass sich der altbekannte Kloß in ihrem Magen bildete – wie immer bei diesem heiklen Thema –, reagierte Martin gereizt.

»Ich weiß gar nicht, was du willst, Mutter«, antwortete er barsch. »Judith und ich leben doch bereits seit mehreren Jahren in einer dauerhaften Verbindung.«

»Aber um eine Familie zu gründen, bedarf es einer vorherigen Eheschließung.« Betty ließ sich nicht beirren. »Daran scheinst du überhaupt nicht zu denken, Martin.«

Offenbar spürte sie instinktiv, dass die fehlende Heiratsabsicht an ihrem Sohn lag, der Judith noch keinen Antrag gemacht hatte.

Martin wehrte jetzt mit allen Anzeichen von Ärger ab. »Ich denke, das ist kein Thema, das wir im Rahmen des heutigen Zusammentreffens diskutieren sollten. Es ist eine Angelegenheit zwischen Judith und mir. Zu gegebener Zeit unterrichten wir euch von unseren Plänen. Und bis dahin bin ich außerordentlich stolz auf meine zukünftige Frau, weil sie eine so begnadete Wissenschaftlerin ist«, fügte er zu Judiths Überraschung hinzu. »Eine der wenigen in Deutschland mit diesem Format«, betonte er noch.

Den Rest des Abends wurde Judith das gemischte Gefühl nicht mehr los, das Martins Bemerkung in ihr ausgelöst hatte. Einerseits hatte er sie als seine »zukünftige Frau« bezeichnet, andererseits ihren großen beruflichen Erfolg betont. Beides passte nicht zusammen, das spürte sie genau.

Aber auch sie wusste nicht, ob sie sich mehr darüber freuen würde, Martin endlich zu heiraten und eine Familie mit ihm zu gründen oder ihre vielversprechende wissenschaftliche Laufbahn fortzusetzen.

Im KaDeWe

März 1931

Rieke sah Frau von Auer schon von Weitem kommen und verbarg sich rasch hinter einer der Säulen in der Damenkonfektion. Die Frau des ostpreußischen Großgrundbesitzers, die ihr schon vor Jahren Schwierigkeiten mit Gunter Perl eingebracht hatte, war noch korpulenter geworden. Damals hatte Perl

Rieke gezwungen, trotz der ungerechtfertigten Beschwerde der Gutsbesitzerin eine Ausnahme von der Umtauschregelung zu machen, und er zog ihr sogar die hundert Mark, die er Frau von Auer als Entschädigung gegeben hatte, von ihrem Jahresbonus ab.

Seither war Frau von Auer nicht mehr im KaDeWe erschienen. Rieke war das nur recht gewesen. Auch heute beabsichtigte sie nicht, gegenüber dieser Dame persönlich in Erscheinung zu treten, und winkte daher Esther Weinberg, die Erste Verkäuferin, zu sich heran.

»Ich lege Ihnen diese unangenehme Kundin ans Herz, Frau Weinberg, und vertraue dabei auf Ihre große Erfahrung und Menschenkenntnis. Bedienen Sie Frau von Auer – so heißt diese Dame – gemäß ihren Wünschen, und lassen Sie sich von ihrer hochfahrenden Art nicht aus der Ruhe bringen!« Nach diesen Worten verschwand Rieke in ihr kleines Büro.

Sie war gerade dabei, einige Nachbestelllisten auszufüllen, als es nach ungefähr zwanzig Minuten zaghaft an ihre Tür pochte. Rieke ahnte schon, dass die Störung mit Frau von Auer zu tun haben könnte.

Tatsächlich schlüpfte Esther Weinberg auf ihr Zeichen herein. Sie war ganz rot im Gesicht und wirkte so aufgelöst, wie Rieke die erfahrene Verkäuferin noch nie gesehen hatte.

»Ich fürchte, ich komme mit dieser impertinenten Frau tatsächlich nicht zurecht, Frau Hauser. Stellen Sie sich vor, sie möchte sich nicht weiter von mir bedienen lassen.«

Riekes Puls beschleunigte sich. Schon wieder verursachte diese schreckliche Kundin nichts als Schwierigkeiten. Mit Macht riss sie sich zusammen, um ruhig zu bleiben, wie es ihre Rolle als oberste Vorgesetzte verlangte. »Was heißt das, sie möchte sich nicht weiter von Ihnen bedienen lassen?«

Esther sank ohne Aufforderung auf den Besucherstuhl, den Rieke in ihrer Verblüffung ihrer Ersten Verkäuferin anzubieten vergessen hatte.

»Die Dame hat sich in den Kopf gesetzt, ein Abendkleid zu erwerben, das ihr durchaus nicht steht. Es ist jenes rosafarbene mit den Fransen, das wir im Preis heruntergesetzt haben.«

Rieke nickte. »Ich weiß, welches Kleid Sie meinen.«

»Die Preissenkung habe ich der Dame erst gar nicht mitgeteilt, weil ich der festen Überzeugung bin, dass weder die Farbe noch der Schnitt zu ihr passen. Daher wollte ich ihre Begehrlichkeit nicht noch anheizen.«

Rieke nickte wieder als Zeichen der Zustimmung. »Und ich vermute, die Frau ist damit nicht einverstanden.« Sie traf eine Entscheidung. »Sie wissen, dass es der Philosophie unseres Hauses entspricht, unsere Kundinnen möglichst einwandfrei zu beraten. Niemand sollte das KaDeWe mit Garderobe verlassen, die nicht passend ist. Aber wir haben ja bereits in der Vergangenheit bei sturen Damen immer wieder Ausnahmen von dieser Regel machen müssen. Sollten Sie sich also gescheut haben, dies auch im Fall von Frau von Auer zu tun, gebe ich Ihnen hiermit ausdrücklich die Erlaubnis dazu.«

Jetzt begann Esther zu Riekes Betroffenheit sogar zu weinen. Dabei schüttelte sie den Kopf. »Das ist es nicht, Frau Hauser«, schluchzte sie. »Die Dame weigert sich, mich als Verkäuferin zu akzeptieren, weil ich Jüdin bin.«

Rieke stockte der Atem. »Weil Sie Jüdin sind? Woher weiß sie das überhaupt?«

»Ich habe sie natürlich in den Anprobesalon begleitet. Als sie sich mit dem rosafarbenen Kleid im Spiegel betrachtete, habe ich Fräulein Sperber gebeten, ihr noch einige andere Modelle zur Auswahl zu holen, die ihr meiner Ansicht nach besser stehen würden. Dabei hat Fräulein Sperber meinen Nachnamen genannt.«

Immer wieder von Schluchzern unterbrochen, erzählte Esther weiter. Frau von Auer habe aufgrund des Namens Weinberg sofort gefragt, ob Esther arischer Abstammung sei. Sie habe das natürlich wahrheitsgemäß verneint. Daraufhin weigerte sich Frau von Auer, sich weiter von ihr bedienen zu lassen, und erwähnte dabei, dass sie einer Jüdin nicht traue. Sie merke doch bereits, dass man ihr dieses Kleid, das ihr besonders gut gefalle, nicht verkaufen wolle.

Danach habe die Baronin Eva Sperber aufgefordert, sie weiter zu bedienen. Doch diese habe schnippisch angemerkt, dass sie ebenfalls Jüdin sei. Seither sitze Frau von Auer im Anprobesalon und verlange eine arische Bedienung. Alle Kolleginnen seien jedoch gerade beschäftigt oder in ihrer Mittagspause.

Rieke schwoll der Kamm. Das würde sie dem unverfrorenen Weib diesmal nicht durchgehen lassen. Mit dieser Entscheidung fühlte sie sich sicher, weil ihre Vorgesetzten ebenfalls jüdischer Abstammung waren. Weder bei David Loewenberger, dem Abteilungsleiter, noch bei Paul Bergmann, dem kaufmännischen Leiter, würde sich Frau von Auer mit einer Beschwerde aufgrund ihrer unerfüllten, entwürdigenden Bitte Gehör verschaffen können.

Entschlossen folgte Rieke Esther Weinberg hinaus. Frau von Auer saß, noch immer mit der rosafarbenen Abendrobe bekleidet, auf einem Sessel im Anprobesalon und erhob sich mit grimmiger Miene, als Rieke sich näherte.

In der Tat stand ihr das Kleid überhaupt nicht. Die Farbe betonte unvorteilhaft ihre bleiche Haut. Das Kleid war ihr außerdem zu eng. Anstatt fließend an ihrer Figur hinabzugleiten, spannte es um die Hüften und betonte ihren dicken Bauch. Hätte es gepasst, hätte der Saum außerdem knapp unterhalb der Knie geendet. So lugten nun Frau von Auers knorpelige Knie in den hellen Seidenstrümpfen zwischen den Fransen hervor.

Sie sieht darin aus wie ein Mastschwein, ging es Rieke durch den Kopf. Esther hatte völlig recht, ihr von diesem Kleidungsstück abzuraten.

Trotz ihrer eigenen Entschiedenheit, Frau von Auer diesmal in ihre Schranken zu weisen, überraschte deren Unverschämtheit sie ein weiteres Mal. Bevor Rieke sie ansprechen konnte, kam die Ostpreußin ihr zuvor. »Das hätte ich mir eigentlich denken können, dass Sie noch immer die Aufsicht über diese zunehmend verwahrloste Abteilung führen«, fauchte sie. »Mit frechem und unfähigem Personal, das zudem noch zweifelhafter Herkunft ist.«

Obwohl alle anderen Kundinnen und Verkäuferinnen im Anprobesalon durch diese Reaktion sofort aufmerksam wurden und neugierig in ihrem eigenen Tun innehielten, blieb Rieke bei ihrer Linie. »Ich bedaure außerordentlich, dass Sie mit unseren Dienstleistungen nicht zufrieden sind, *Frau von Auer*«, demonstrativ betonte sie den Namen der Gutsbesitzerin. »Doch leider ist keine andere meiner Verkäuferinnen im Augenblick frei, um Sie zu bedienen. Alle sind mit der Betreuung *wichtiger* Kundinnen vollauf beschäftigt.« Dass Frau von Auer nicht zu dieser Gruppe zählte, sollten Riekes Worte verdeutlichen.

»Außerdem dulde ich keine Herabwürdigung meines ausgezeichneten Personals aufgrund seiner jüdischen Abstammung. Ich möchte Sie daher bitten, dieses Kleid abzulegen und unsere Abteilung danach umgehend zu verlassen. Denn auch niemand anderes wird Sie heute bedienen können«, fügte sie laut und deutlich hinzu und warf dabei einen raschen Blick in die Runde der übrigen anwesenden Verkäuferinnen. Zu ihrer Erleichterung wirkten alle betroffen oder sogar ärgerlich darüber, wie Esther behandelt worden war.

Frau von Auer schnappte empört nach Luft. »Das lasse ich mir nicht bieten!«, schnaubte sie.

Rieke blieb völlig gelassen und zeigte mit dem Finger auf eine der Umkleidekabinen. »Bitte kleiden Sie sich wieder an! Ich werde das Abendkleid selbst in Empfang nehmen«, beschied sie die Ostpreußin kurz. »Und sollten Sie damit nicht einverstanden sein, sehe ich mich leider gezwungen, eine unserer weiblichen Wachleute herbeizurufen, um Sie hinausbegleiten zu lassen.«

Mit verkniffener Miene betrat Gunter Perl das Erdgeschoss des KaDeWe, wo er einer unangenehmen Besprechung mit Paul Bergmann entgegensah. Es würde dabei um eine Lieferung sehr teurer Pelze gehen. Gunter wollte sie für die kommende Wintersaison für das KaDeWe und zwei weitere Warenhäuser von Tietz in Berlin bestellen. Paul Bergmann als kaufmännischer Leiter des KaDeWe und informeller Vorgesetzter aller anderen kaufmännischen Leiter war damit jedoch nur einverstanden, wenn ein Rückgaberecht eingeräumt wurde.

Dadurch würde Gunter seine illegale Provision verlieren, die er mit dem Lieferanten bei der Bestellung ausgehandelt hatte. Davon wusste bei Hermann Tietz natürlich niemand. Doch solche Geschäfte brachten ihm ein ansehnliches Zubrot ein, das ihm seinen luxuriösen Lebensstil ermöglichte.

Gunter war also ohnehin schlechter Laune, als eine ihm flüchtig bekannte Dame völlig aufgelöst die Treppe ins Erdgeschoss herabstolperte. Plötzlich rief sie ihn an.

»Herr Perl! Sie sind es doch, nicht wahr? Sie haben mir schon einmal zu meinem Recht verholfen, erinnern Sie sich?«

Jetzt erkannte Gunter die Frau als die Gattin des ostpreußischen Gutsbesitzers, die vor einigen Jahren eine Ausnahmeregelung vom Umtauschrecht bei ihm erwirkt hatte. Das war damals eine gute Gelegenheit für ihn gewesen, der ihm zutiefst unsympathischen Aufsichtsdame der Damenkonfektion eins auszuwischen.

Während er Frau von Auers Ausführungen lauschte, bat er sie lediglich, ihren Ton zu dämpfen, damit nicht alle Umstehenden mitbekamen, worum es ging. Zunehmend spürte er Schadenfreude, gemischt mit Zorn, in sich aufsteigen.

Er sprach eine zufällig vorbeieilende Verkäuferin aus dem Erdgeschoss an. »Bitte gehen Sie sofort ins Vorzimmer von Herrn Bergmann und teilen Sie mit, dass ich mich ein wenig verspäten werde. Ich habe zuvor noch eine dringende Angelegenheit zu erledigen.«

»Also werden Sie Frau von Auer höchstpersönlich zu ihrer vollsten Zufriedenheit bedienen, Fräulein Krause – äh – Frau Hauser! Anderenfalls werde ich mich bei Herrn Tietz über Sie beschweren. Eine Aufsichtsdame in einer so wichtigen Abteilung wie der Damenkonfektion des KaDeWe muss all unseren Kundinnen gerecht werden können. Sonst ist sie ungeeignet für ihren Posten.«

Rieke fühlte sich zunächst innerlich wie erstarrt. Die Gedanken rasten durch ihren Kopf. Da war das höhnische Lächeln dieser unsäglichen Baronin. Da war die Gefahr, dass sie sich vor ihren Untergebenen unglaubwürdig machte, wenn sie Perls Forderung nachgab. Außerdem sollten die Abläufe in der Abteilung nicht schon wieder gestört werden. Es war peinlich genug, dass viele Angestellte und Kundinnen die Szene im Anprobesalon mitbekommen hatten.

Kurz erwog Rieke daher die Möglichkeit, sich Gunter Perl zu widersetzen. Offiziell hatte er ihr nichts mehr zu sagen. Ihr vorgesetzter Abteilungsleiter war David Loewenberger, der allerdings selbst jüdisch war. Sollte sie wirklich riskieren, dass diese impertinente Person auch Herrn Loewenberger verunglimpfte? Oder sogar Paul Bergmann, wenn man ihn als Schlichter zu Hilfe rief?

Wie Martin Tietz reagieren würde, sollte man ihn mit einer solchen Lappalie belästigen, konnte Rieke, wie schon früher, nicht einschätzen. Martin stand im Ruf, den zunehmenden Antisemitismus nicht ernst zu nehmen. Möglicherweise würde er den Vorfall abwiegeln, Rieke ihr Verhalten jedoch als »geschäftsschädigend« übelnehmen.

Schweren Herzens entschloss sie sich daher nachzugeben. »Wenn Frau von Auer darauf besteht, etwas in der Damenkonfektion zu erwerben, werde ich mich selbstverständlich selbst darum kümmern.« Ihr Tonfall blieb kühl. »Wenn die Dame mir also folgen möchte!« Sie drehte sich um, ohne sich von Gunter zu verabschieden. Wenigstens diesen kleinen Triumph gönnte sie sich.

Während sie Frau von Auer voranging, reifte in ihr ein Plan. Warum sollte sie den unmöglichen Wunsch dieser Dame eigentlich nicht erfüllen? Frau von Auer würde erst sehr viel später merken, dass sie sich mit dem Erwerb des rosafarbenen Abendkleids keinen Gefallen getan hatte.

Rieke ging selbst zu dem Ständer, an dem Eva Sperber das Kleid inzwischen wieder aufgehängt hatte. Es war ein übrig gebliebenes Einzelstück. Während sie es an sich nahm, entfernte sie unauffällig das kleine Schild mit dem reduzierten Preis. Dabei kam ihr zupass, dass Preisschilder in der Damenkonfektion nur diskret an der Ware angebracht wurden. Damit wollte man die Kundinnen dazu verleiten, die Kleidung erst anzuprobieren, anstatt sich gleich von einem hohen Preis abschrecken zu lassen. Diesen Umstand machte sich Rieke nun zunutze, allerdings im Fall der Ostpreußin im gegenteiligen Sinn.

Sie hielt sich selbst das Kleid vor und fragte: »Das war doch das Modell, das Sie erwerben wollten, gnädige Frau? Möchten Sie es noch einmal anprobieren oder waren Sie bereits mit Ihrer Erscheinung darin zufrieden?«

»Was für eine blöde Frage!«, schnappte die Gutsbesitzerin. »Natürlich war ich zufrieden. Ihre unfähige Mitarbeiterin wollte mir das Modell allerdings ausreden. Obwohl es mir ganz ausgezeichnet steht, wie ich finde. Rosa war schon zu Jungmädchenzeiten meine Lieblingsfarbe.«

Ein junges Mädchen sind Sie allerdings nicht mehr, ging es Rieke schadenfroh durch den Kopf. Die Frau musste weit über sechzig Jahre alt sein. Farben wie ein dunkles Violett oder Grün wären ihrem Alter viel angemessener gewesen.

»Allerdings«, begann sie mit vorgetäuschtem Zögern. »Allerdings gibt es doch noch einen möglichen Einwand.«

»Was für einen Einwand?«, fauchte Frau von Auer und ging Rieke damit in die Falle.

»Der Preis ist recht ansehnlich«, behauptete sie. Aus dem Augenwinkel erblickte sie das ungläubige Gesicht von Eva

Sperber und hoffte, dass die junge Verkäuferin sie nicht verriet.

»Das ist mir egal«, gab Frau von Auer die erhoffte Antwort. »Was soll es denn kosten?«

»Zwölfhundert Mark«, antwortete Rieke, wieder mit skeptischem Tonfall. Diese Summe war dreimal so hoch wie der herabgesetzte Preis, der seinerseits um die Hälfte reduziert worden war. Das Kleid hatte ursprünglich also achthundert Mark gekostet.

Anstatt zurückhaltend zu reagieren, wirkte Frau von Auer jetzt sogar triumphierend. »Ich wusste doch, dass das ein ganz außergewöhnliches Stück ist! Natürlich nehme ich das Kleid. Den hohen Preis ist es mir wert.«

Eva Sperber, die die Unterhaltung weiterverfolgt hatte, begann plötzlich, laut zu husten. Wahrscheinlich unterdrückte sie damit ihren Lachreiz. Rieke warf ihr einen warnenden Blick zu.

»Ich bringe Sie persönlich zur Kasse, gnädige Frau«, sagte sie mit einem verbindlichen Lächeln.

Dort nannte sie der erstaunten Kassiererin den exorbitant hohen Preis. Aufgrund von Riekes Position als Aufsichtsdame stellte die Kassiererin ihn zum Glück nicht infrage und nahm das Geld der ostpreußischen Großgrundbesitzerin kommentarlos entgegen. Mit stolzgeschwellter Brust marschierte die Baronin samt ihrem Einkauf davon.

Rieke schaffte es gerade noch zurück in ihr Kontor und winkte dabei sowohl Esther Weinberg als auch Eva Sperber, ihr zu folgen. Kaum hatte sie die Tür hinter sich geschlossen, brachen die drei in unbändiges Lachen aus. Riekes Bauchmuskeln taten ihr noch am folgenden Tag weh.

Kapitel 15

Meyers Hof

April 1931

Judith klopfte zum dritten Mal an die Tür der Familie Böttcher im fünften Stockwerk des sechsten Hinterhauses in Meyers Hof. Doch obwohl sie sich mit Frau Böttcher für den heutigen Tag genau um diese Uhrzeit verabredet hatte, regte sich nichts.

»Frau Böttcher!«, rief Judith laut und pochte noch einmal energisch an die Tür. Als erneut keine Reaktion erfolgte, drückte sie vorsichtig die Klinke herunter. Die Tür war abgeschlossen.

»Merkwürdig«, murmelte sie. Es war sieben Uhr abends. »Wo kann die Familie denn nur sein?« Die Böttchers hatten zwei kleine Kinder im Alter von vier und zwei Jahren. Um diese Zeit hatte die Mutter die Kleinen bei ihren vorherigen Treffen bereits zu Bett gebracht.

Als Judith ein fünftes Mal klopfte, öffnete sich die Tür der Nachbarwohnung. Das zerfurchte Gesicht einer alten Frau schaute heraus. »Die Böttchers sind nich mehr da«, sagte sie.

Judith war alarmiert. »Wo sind sie denn hingegangen?«

Die Frau legte einen Finger an die Lippen und winkte Judith mit der anderen Hand zu sich heran. »Nu machen Se doch nich so'n Rabatz«, raunte sie. Dann winkte sie. »Kommen Se mit!«

Im sechsten Stock hob sie den Arm und zeigte nach oben. »Jehn Se da ruff! Aba leise, det keener wat merkt.«

Verstört betrachtete Judith die schmale Stiege, die aussah,

als würde sie auf einen Dachboden führen. Doch bevor sie der Frau eine weitere Frage stellen konnte, war die bereits wieder die Treppe hinuntergehuscht.

Vorsichtig tastete sich Judith die wackelige Treppe empor. Sie führte tatsächlich auf den Speicher des sechsten Hinterhauses. Es war düster trotz des sonnigen Abends draußen. Judith suchte vergeblich nach einem Lichtschalter. Durch zwei winzige blinde Fenster fiel kaum ein Lichtstrahl herein.

»Ist hier jemand?«, fragte sie halblaut. Zunächst hörte sie nichts. Sie ging halbherzig ein paar Schritte weiter, stolperte dann aber über eine lose Schindel, die offensichtlich vom Dach gefallen war.

Sie wollte schon umkehren, als ein leises Geräusch in ihrem Rücken ertönte. Sie fuhr herum.

»Pscht! Mer sin hier drin.«

Im diffusen Licht erkannte Judith das bleiche Gesicht der jungen Frau Böttcher. Sie trat ein paar Schritte auf sie zu, sorgfältig darauf bedacht, nicht noch einmal zu straucheln. Schließlich stand sie vor der Frau, die noch verhärmter und magerer aussah als bei Judiths letztem Besuch vor einer Woche.

»Der Verwalter wollt' uns rausschmeißen. Der Jerichtsvollzieher kam schon die Stiege ruff. In letzter Minute sin mer hieruff jeloofen und wohnen jetz hier.«

Frau Böttcher zeigte auf einen runden metallenen Behälter im hinteren Teil des Dachbodens.

»Was heißt das, Sie wohnen jetzt hier?«

»Da drin! In dem Ding da. Dit Zeug hamm wa schon vorher hochjeschafft, für alle Fälle.«

»Sie wohnen jetzt in diesem Metallbehälter?« Judith war entsetzt.

»Dit is een oller Wassertank.« Die Frau lauschte ängstlich. »Nu komm Se schon rin!« Sie duckte sich durch eine kleine Öffnung an der Rückwand des Behälters und schlüpfte hinein. Judith folgte ihr beklommen.

Im Innern des im Durchmesser ungefähr sechs Meter großen Raums sah Judith im Licht einer Petroleumfunzel, dass einige alte Matratzen fast den gesamten Platz einnahmen. Auf einer davon lagen die kleinen Mädchen der Familie. Sie schliefen bereits.

Rund um die Wände standen ein paar Kisten und Koffer. Auf einer der Kisten zwei Blechteller mit einem angeschimmelten Brot und einigen verschrumpelten Kartoffeln, die schon auskeimten.

»Was machen Sie mit den Kartoffeln?« Judith fand ihre Frage selbst idiotisch, aber in ihrer Verwirrung fiel ihr nichts Besseres ein. »Hier können Sie doch nicht kochen. Essen Sie die etwa roh?«

»Nee, zum Glück nich. Uns're Nachbarin, also die Frau, die nebenan jewohnt hat, kocht se für uns. Von da kriejen mer ooch Wasser.« Die Frau hob eine Glasflasche hoch, die eine milchig verfärbte Flüssigkeit enthielt. Judith musste an sich halten, um sich nicht vor Ekel zu schütteln.

»Und wo ist Ihr Mann?«

»Der sucht irjend'ne Arbeit. Am Bahnhof oder so. Da suchen se manchmal Leute zum Kohleschleppen. Vielleicht verdient er da een paar Jroschen.«

Judith hatte sich inzwischen von ihrem Schock erholt und straffte den Rücken. »Ich werde mich persönlich bei der Mietervertretung dafür einsetzen, dass Sie zurück in Ihre alte Wohnung ziehen können«, versprach sie. Dann zückte sie ihre Börse und nahm einen Zwanzigmarkschein heraus. »Nehmen Sie das bis dahin erst mal zur Überbrückung. Ich verspreche Ihnen, ich finde eine andere Lösung für Sie.«

Im Kontor des Verwalters von Meyers Hof

April 1931, zwei Tage später

»Nun, meine Herren! Sie wollten mich unbedingt sprechen. Dann schildern Sie mir bitte Ihr Anliegen!«

Alexander Tumarkin, seit über einem Jahr Besitzer und Vermieter von Meyers Hof, fixierte Peter Hauser und seinen Kollegen Max Köhler, den zweiten, erst kürzlich gewählten Mietersprecher, scharf aus seinen schwarzen Augen. Seine Lippen hatte er zu einem Lächeln verzogen, das auf Peter unecht wirkte.

Tumarkin, den er heute zum ersten Mal persönlich traf, war ihm auf Anhieb unsympathisch. Er versuchte, dieses Gefühl zu verdrängen, und setzte ein verbindliches Lächeln auf. Schließlich galt es, den Mann davon zu überzeugen, zumindest in die Beseitigung der schlimmsten Schäden in der Mietskaserne zu investieren.

»Wir wenden uns heute an Sie, Herr Tumarkin, da wir mit unseren Anliegen bei Herrn Ritter, Ihrem Verwalter, leider trotz vieler Versuche nicht weitergekommen sind.«

»Der tut nämlich jar nüscht und labert nur dumm rum«, mischte sich Max ein.

Peter warf Max einen ärgerlichen Seitenblick zu. Auf dem Weg hierher hatten sie vereinbart, dass Peter das Wort führen sollte. Er hoffte, sich als Bewohner des Vorderhauses und darüber hinaus angesehener Mitarbeiter des KaDeWe mehr Gehör verschaffen zu können als der einfache Arbeiter Max. Dem hatte das zwar gar nicht gepasst, aber zuletzt schien er sich zu fügen. Offenbar überlegte er es sich gerade wieder anders.

Peter bedauerte zutiefst, dass sein Freund Harald Kuczynski nicht wiedergewählt worden war. Aber die Mieter hatten entschieden, dass es ihren Interessen am besten dienen würde, wenn sie jeweils ein Mitglied der großen sozialistischen Parteien SPD und KPD zu ihren Sprechern machten. Kuczynski gehörte jedoch wie Peter der SPD an und war daher gar nicht zur Wahl gegen ihn angetreten.

»Aber ich bitte Sie!« Ritter hob abwehrend die Hände. »Ich habe all Ihre Beschwerden an Herrn Tumarkin weitergegeben.«

»Stimmt dit?«, fragte Max provozierend.

Tumarkin reagierte nicht auf Max' Frage. Stattdessen wandte er sich an Peter. »Sie wissen, ich habe zwar eine deutsche Mutter, bin aber in Russland aufgewachsen und heute rumänischer Staatsbürger. Leider bin ich des Berliner Dialekts nicht kundig. Ich schlage daher vor, dass wir beide uns unterhalten.«

Max schnaubte verächtlich, konnte dagegen jedoch schlecht etwas einwenden. Immerhin war er klug genug, um sofort zu erkennen, dass sich der Vermieter sonst nach dem Gespräch leicht damit herausreden könnte, sie nicht richtig verstanden zu haben.

Peter holte tief Luft. »Wir kommen heute zu Ihnen, um Sie zu bitten, einige gravierende Missstände in der Mietskaserne umgehend zu beseitigen. Dabei geht es vor allem um das verseuchte Trinkwasser, von dem immer mehr Wohnungen betroffen sind. Wir haben Ihnen einige Wasserproben mitgebracht.«

Peter hob die erste Glasflasche hoch. »Dieses schwarzbraune Wasser stammt aus der Küche meiner Schwiegermutter, die im vierten Hinterhaus wohnt. Das Trinkwasser ist dort bereits seit dem Ende des vergangenen Jahres verseucht.«

Er zeigte eine zweite Flasche. »Diese milchig gelbe Brühe stammt aus dem dritten Hinterhaus. Die Zustände im fünften Hinterhaus sind sogar noch schlimmer!«

Er zog eine dritte mitgebrachte Flasche aus seiner Tasche und öffnete sie. Sofort verbreitete sich ein durchdringender Gestank nach Fäkalien. »Dieses Wasser stammt aus einer Kochstube im ersten Stock, die direkt unter einem Klosett im zweiten Stock liegt. Es scheint mit dem Abwasser aus dem Abtritt verseucht zu sein.« Er hielt Tumarkin die Flasche demonstrativ entgegen.

Der wich zwar zurück und suchte sogar in seiner Jacke nach einem Taschentuch, das er sich kurz vor die Nase presste. Dennoch winkte er ab.

»Es ist natürlich bedauerlich, dass die örtlichen Wasserbehörden diese Missstände immer noch nicht abgestellt haben. Ich werde eine neue Eingabe machen. Herr Ritter, bitte sorgen Sie dafür, dass ein entsprechender Brief aufgesetzt wird.«

Jetzt hörte Peter einen leichten ausländischen Akzent aus seiner Sprache heraus. Er wusste, dass Tumarkin Jude und aus Rumänien nach Deutschland eingewandert war.

Bevor er selbst antworten konnte, fuhr Max empört auf. »Quatschen Se nich so jeschwollen daher! Dit is Mumpitz! Die Leitungen sind verrottet, daran liegt dit!«

Peter war sicher, dass der Vermieter jedes Wort seines Kollegen verstanden hatte. Dennoch runzelte Tumarkin die Stirn, sodass seine dichten schwarzen Augenbrauen sich fast berührten, und wandte sich wieder an Peter.

»Würden Sie mir bitte erläutern, was jener Herr gerade gemeint hat?«

Auch Peter spürte zunehmend Zorn in sich aufsteigen. »Soweit wir wissen, haben die Wasserbehörden schon vor Monaten festgestellt, dass die städtischen Zuleitungen von der Straße her völlig in Ordnung sind. Das daraus abgezapfte Wasser ist einwandfrei.«

Tumarkin zog seine Brauen noch dichter zusammen und schüttelte den Kopf. »Der Feuerwehrhydrant im dritten Hinterhof wurde immer noch nicht repariert. Daher rühren die Schäden.«

»Dem muss ich leider widersprechen, Herr Tumarkin.« Peter zog ein Schreiben aus seiner Tasche. »Die Baupolizei und die Wasserbehörde haben es uns Mietervertretern schriftlich gegeben, dass der Hydrant völlig in Ordnung ist. Selbst wenn er beschädigt wäre, würde das nicht die Missstände in gleich mehreren Hinterhäusern erklären. Das verseuchte Trinkwasser muss also aus beschädigten Leitungen im Inneren der Gebäude stammen.«

Jetzt wandte sich Tumarkin demonstrativ an seinen Verwalter. »Können Sie sich einen Reim darauf machen, Herr Ritter? Wären die Leitungen beschädigt, würde doch gar kein Wasser mehr fließen können.«

Bevor Ritter antworten konnte, mischte sich erneut Max Köhler ein. »Jetz hör'n Se uff mit den Fisimatenten! Da is jede Menge Dreck in den Leitungen, Rost oder so wat. Und durch die Löcher kommt Sand rin. Oder sojar Scheißewasser aus den Klos.«

Tumarkin verzog angeekelt den Mund und wandte sich wieder an seinen Verwalter. »Was sagen Sie dazu, Herr Ritter? Halten Sie so etwas für möglich?«

Offenbar hatte er gerade vergessen, dass er Max' Berliner Dialekt eigentlich gar nicht verstand. Doch bevor Peter dies schadenfroh anmerken konnte, gab Ritter seinem Chef eine empörende Antwort.

»In Einzelfällen könnte es einmal sein, dass das Wasser leicht eingetrübt ist.« Auf die Schäden der Abwasserleitungen aus den Klosetts ging er erst gar nicht ein. »Daher habe ich jedem Mieter, der sich beklagt, geraten, trübes Wasser eine Weile ablaufen zu lassen, bis es sich aufklart.«

»Mit Verlaub!« Jetzt konnte auch Peter seinen Ärger nicht weiter zügeln. »Dadurch sind die Wasserkosten für viele Bewohner extrem gestiegen. Manchmal bis auf ein Drittel des Mietzinses. Vor allem in den Elendsquartieren im fünften Hinterhaus, die sich Kochstuben schimpfen.«

Tumarkin ging auf Peters Vorwurf nicht ein, sondern fixierte ihn stattdessen mit aufgesetztem Erstaunen. »Aber Sie leben doch meines Wissens im Vorderhaus, Herr Hauser, oder irre ich mich? Haben Sie dort auch etwas zu beanstanden?«

»Zum Glück nicht. Aber der Mietzins ist dort ja auch ungleich höher.«

Dass diese Antwort unklug war, merkte Peter sofort. Tumarkin verzog seine Lippen verächtlich. »Sie sagen es, Herr Hauser. Wer einen anständigen Mietzins entrichten kann, hat auch Anspruch auf höchste Wohnqualität. Wer sich jedoch nur eine Kochstube leisten kann, muss mit Abstrichen rechnen. Und die Kosten für Gas und Wasser sind nun einmal zusätzlich zur Miete zu entrichten. Das ist in ganz Berlin so üblich.«

Dann setzte der Rumäne wieder sein falsches Lächeln auf und sprach erneut seinen Verwalter an. »Trotzdem werden wir uns natürlich mit diesen von den Behörden verursachten Missständen nicht abfinden. Also setzen Sie mir bis morgen ein erneutes Gesuch auf, den Hydranten zu reparieren, der für all diese Unannehmlichkeiten verantwortlich ist.«

»Das heißt also, Sie selbst wollen gar nichts in die Erneuerung des Rohrnetzes investieren?«

Tumarkin schüttelte den Kopf. »Nicht, solange nicht einwandfrei bewiesen ist, dass die Verantwortung dafür bei mir als Vermieter liegt.«

Peter musste an sich halten, um seine Hände nicht zu Fäusten zu ballen. Den immer mehr um sich greifenden Antisemitismus verabscheute er eigentlich zutiefst. Genauso stark war seine Abneigung gegen die Nazis, die ihn zu Propagandazwecken benutzten.

Dennoch gestand er sich widerwillig ein, dass Alexander Tumarkin die fleischgewordene Karikatur des ausbeuterischen und betrügerischen Juden darstellte, von dem das braune Geschmeiß immer wieder schwafelte. Dazu trug schon das Aussehen des Rumänen bei.

Wie in den widerwärtigen Zeichnungen in den einschlägigen Presseorganen der Nazis hatte er eine lange gebogene Hakennase über wulstigen Lippen. Seine tief liegenden schwarzen Äuglein, die groben Gesichtszüge und abstehenden Ohren taten ein Übriges. So stellte sich der unbedarfte Deutsche die jüdischen Verbrecher vor, die das Volk zugrunde richten wollten.

Dabei war Tumarkin mit Sicherheit die Ausnahme von der Regel. Und Betrüger und Ausbeuter gab es auch unter reinrassig arischen Unternehmern. Aber für die Nazipropaganda waren Juden wie Tumarkin oder die betrügerischen Gebrüder Sklarek ein gefundenes Fressen.

Während Peter noch überlegte, was er als Nächstes sagen sollte, ergriff der Rumäne wieder das Wort. Mit seinem falschen Lächeln erklärte er: »Aber ich habe bezüglich der sonstigen Renovierungen eine gute Nachricht für Sie. Ich habe bereits eine Firma damit beauftragt, den brüchigen Putz an den Fassaden der Gebäude abzuschlagen. Dann muss niemand mehr befürchten, durch herabfallende Teile zu Schaden zu kommen.«

Peter wollte schon zu einer positiven Antwort ansetzen, als Max ihm zuvorkam. »Wat heißt dit, den Putz abschlagen? Woll'n Se die Häuser nich neu verputzen?«

Peter stockte der Atem, als Tumarkin tatsächlich antwortete: »Ich möchte die Gefahr beseitigen, die aktuell von dem brüchigen Putz ausgeht. Alle Fassaden neu zu verputzen, erscheint mir nicht notwendig. Für solche Verschönerungen fehlen mir die Mittel.«

Jetzt hatte Peter genug. »Die Wände in vielen Wohnungen sind jetzt schon so feucht, dass das Wasser in Strömen herabrinnt. Dadurch fällt dort der Putz auch von den Innenwänden, die außerdem völlig verschimmelt sind. Wenn jetzt auch noch der Außenputz fehlt, steht bald jede der Behausungen unter Wasser.«

Tumarkin zuckte die Achseln. »Ich habe es gut gemeint und wollte mich großzügig erweisen. Aber wenn Sie das nicht für notwendig halten, werde ich gern darauf verzichten.« Noch bevor Peter oder Max einen Einwand erheben konnten, wandte sich der Vermieter wieder an seinen Verwalter. »Also ziehen Sie den Auftrag zurück!«

Peter sah all seine Felle davonschwimmen. Dabei hatte er

sein wichtigstes Anliegen noch nicht einmal vorgebracht. Wieder kam Max ihm zuvor.

»Un wat is mit dem stinkenden Pferdestall im vierten Hinterhof? Dit Kellerloch dahinter is schon längst wieder vermietet. Aba die Pferdescheiße davor stinkt noch immer zum Himmel!«

»Herr Ritter!« Auch Tumarkins Empörung war vorgetäuscht. »Ich hatte Ihnen doch längst befohlen, die Angelegenheit mit dem Stallbesitzer zu klären!«

Der Verwalter errötete. »Das habe ich auch getan, Herr Tumarkin. Der Besitzer versprach mir, umgehend Abhilfe zu schaffen.«

»Da habe ich allerdings etwas anderes gehört«, schnaubte Peter. »Angeblich zahlt der Inhaber des Pferdestalls Ihnen jetzt eine höhere Miete, anstatt den Dreck regelmäßig zu beseitigen.«

Wieder zog Tumarkin seine dichten Augenbrauen zusammen. Wieder ging er nicht direkt auf Peters Vorwurf ein. »Also klären Sie die Angelegenheit zu aller Zufriedenheit, Herr Ritter!«, sagte er zu seinem Verwalter. »Und erstatten Sie mir umgehend Bericht, wenn es damit weiterhin ein Problem geben sollte!«

Peter fühlte sich zunehmend verzweifelt. Er hatte Judith fest versprochen, sich für die Familie Böttcher einzusetzen. Jetzt hatte er Tumarkin mit seiner letzten Bemerkung vor den Kopf gestoßen. Wie sollte er noch auf dieses Anliegen zu sprechen kommen?

Da kam ihm das Glück zu Hilfe. Tumarkin stellte eine letzte Frage. »War das alles, meine Herren? Oder kann ich sonst noch etwas für Sie tun?«

»Wat hamm Se denn jetan außer jeschwafelt!«, schnappte Max.

Doch Peter hob die Hand, um ihn zu stoppen. »Etwas können Sie tatsächlich noch tun. Nicht für uns, aber für die

Familie Böttcher. Sie lebt im Augenblick in einem alten Wassertank unter dem Dach des sechsten Hinterhauses. Das sind menschenunwürdige Zustände. Wir bitten Sie daher, die Familie in ihre Wohnung zurückkehren zu lassen. Es war ohnehin nur eine jener Einzimmer-Kochstuben, wo sie zu viert gehaust haben.«

»Ich kenne die Familie, Herr Tumarkin«, reagierte der Verwalter in vorauseilendem Gehorsam. »Sie ist den Mietzins ein halbes Jahr lang schuldig geblieben. Da alle Mahnungen nichts nutzten, entschloss ich mich dazu, die Wohnung zwangsräumen zu lassen. Sie ist schon längst neu vermietet. Allerdings wusste ich nicht, dass die Böttchers auf dem Dachboden hausen. Soll ich sie polizeilich hinauswerfen lassen?«

Peter erstarrte vor Schreck. Hatte er mit seiner unklugen Bemerkung über ihren derzeitigen Aufenthaltsort das Schicksal dieser verzweifelten Familie endgültig besiegelt? Aber wie hätte er sonst seine Bitte begründen sollen, sie in ihre ehemalige Wohnung zurückkehren zu lassen? Und was sollte er Judith sagen, die doch auf seine Fürsprache baute?

Während diese Gedanken durch seinen Kopf wirbelten, schüttelte Tumarkin den Kopf. »Unnötig grausam wollen wir doch nicht sein, Herr Ritter«, antwortete er mit leisem Tadel, den Peter erneut für unecht hielt. Dann richtete er seinen Blick wieder auf ihn.

»Da die Wohnung bereits weitervermietet wurde, kann ich sie der Familie leider nicht mehr zur Verfügung stellen. Doch Sie appellieren nicht vergeblich an meine Großzügigkeit. Ich verzichte auf den mir zustehenden Mietzins und erlaube den Böttchers, weiterhin auf dem Dachboden zu leben. Und dafür verlange ich keinen einzigen Pfennig.«

»Dit war wohl dit, wat man 'nen Schlag ins Kontor nennt«, schimpfte Max, als er an Peters Seite den ersten Hinterhof betrat, über dem das Büro des Verwalters lag. »Wa hamm jar nüscht erreicht. Aba dir kann dit ja ejal sein. Du haust einfach in dein schniekes Vorderhaus ab. Da lebste weiter in Saus und Braus.«

»Dit is unjerecht!« Auch Peter verfiel jetzt ins Berlinerische. »Ick hab selbst mal im vierten Hinterhaus jewohnt. Meine Schwiegerleute sind immer noch da.« Plötzlich kam ihm eine Idee. »Aba weeßte wat? Wenn der falsche Fuffziger weiter nüscht tut, als die Miete zu kassieren, zahlen ihm die Leut einfach weniger. Lass uns dit bei der nächsten Mieterversammlung vorschlagen. Wat sagste dazu?«

Max sah ihn erstaunt von der Seite an. »Dit is 'ne jute Idee. Hätt ick jar nich erwartet von 'nem Sozialfaschisten, wie du eener bist.«

Peter durchfuhr ein Stich wegen des Schimpfworts, das Max ihm gegenüber gerade zum ersten Mal benutzt hatte. Schon seit einiger Zeit nannte die KPD Mitglieder der SPD »Sozialfaschisten«, da die Partei ihnen nicht radikal genug war.

Doch Max strahlte ihn nun so freudig an, dass Peter für heute darauf verzichtete, ihn deshalb zurechtzuweisen.

Kapitel 16

Damenkonfektion im KaDeWe

Samstag, 6. Juni 1931

»Nun, liebe Frau Hauser. Sie wirken ja fast so aufgeregt wie ich selbst.« David Loewenberger, der Abteilungsleiter der Damenmode, zwinkerte Rieke freundlich zu.

Sie erwiderte das Lächeln ihres Vorgesetzten etwas gequält. »Aufgeregt bin ich tatsächlich, Herr Loewenberger. Wahrscheinlich sogar mehr als Sie. Bislang schienen Sie mir jedenfalls die Ruhe selbst zu sein.«

»Das täuscht, liebe Frau Hauser, das täuscht! Denn wenn diese große Sache heute schiefgehen sollte, wird unser lieber Geschäftsführer wahrscheinlich zuerst meinen Kopf fordern. Schließlich trage ich die Gesamtverantwortung.« Obwohl sich Loewenberger um einen scherzhaften Tonfall bemühte, hörte Rieke einen Unterton von Besorgnis heraus.

Es war die erste Modenschau im KaDeWe. Solche Veranstaltungen waren erst in jüngster Zeit populär geworden und wurden daher mittlerweile von allen großen Warenhäusern angeboten. Doch das Thema der heutigen Schau im KaDeWe war gewagt: Fünf junge Frauen würden die diesjährige Bademode vorführen, die teilweise recht freizügig war.

Als Martin Tietz sich vor einigen Wochen dazu entschlossen hatte, eine solche Modenschau im KaDeWe durchzuführen, war ihm nichts zu gut und zu teuer dafür gewesen. Anders als üblich hatte er sich sogar bis in die Details an der Vorbereitung beteiligt.

Dazu gehörte das Engagement fünf junger Models aus der teuersten Berliner Agentur. Ebenso wie die Beschäftigung des aufstrebenden Schauspielers Paul Kröger als Moderator. Die Hintergrundmusik würde eine bekannte Jazzband liefern.

Auch Rieke und Peter waren tagelang mit den Vorbereitungen beschäftigt gewesen. Rieke hatte die Strandkleider und Badeanzüge ausgesucht, die präsentiert werden sollten. Dabei hatte sich Martin Tietz nicht mit den Katalogabbildungen begnügt, sondern verlangt, jedes Stück selbst begutachten zu können, und einige Veränderungen verlangt. Selbst die Reihenfolge, in der die Modelle gezeigt werden sollten, hatte er geprüft und in Teilen umgestellt.

Besonders intensiv beschäftigte er sich mit den jungen Damen, die die Mode vorführen sollten. Auch hier gab er sich nicht mit den Fotografien aus dem Katalog der Agentur zufrieden. Im Gegenteil hatte er sieben junge Frauen ausgewählt, die sich persönlich in Riekes und Loewenbergers Anwesenheit bei ihm vorstellten. Die Gruppe reduzierte er dann um die beiden Damen, die ihn am wenigsten beeindruckt hatten.

»Es hätte nur noch gefehlt, dass er die Models im Badeanzug begutachten will«, sagte Peter danach ironisch zu Rieke. Als Chefdekorateur hatte er ebenfalls an der Vorbesprechung teilgenommen. »Eine davon scheint ihm besonders gut gefallen zu haben. Diese hochgewachsene Blondine namens Anni Böning.«

»Diesen Eindruck hatte ich auch«, stimmte Rieke zu. »Er hat zumindest mehr Worte mit ihr gewechselt als mit jeder der anderen Damen.«

Wie richtig sie lagen, hatte schließlich auch David Loewenberger bestätigt. »Bei der Choreografie der Modenschau sollen Sie Fräulein Böning die Hauptrolle geben. So wünscht es Herr Tietz.«

In der Tat war Anni Böning eine sehr attraktive Frau. Rieke schätzte sie auf höchstens Mitte zwanzig. Sie glich von Natur aus der populären Schauspielerin Marlene Dietrich und tat offensichtlich alles dafür, um die Ähnlichkeit noch zu betonen. Die wie bei der Dietrich bis zum Kinn reichenden blonden Haare trug sie über den Ohren in Wellen gelegt. Das hielt Rieke ebenso wenig für einen Zufall wie die zu einem schmalen Bogen gezupften Augenbrauen. Erst recht nicht die schmachtenden Blicke, mit denen Anni Böning Martin Tietz während der ganzen Vorbesprechung bedacht hatte und die Rieke auffällig an die Blicke der Lola aus dem *Blauen Engel* erinnerten.

»Ihr Mann hat sich jedenfalls wieder einmal selbst übertroffen«, lobte David Loewenberger Peters Dekoration. Der erhöhte Laufsteg war vollständig mit feinem Sand bedeckt, sodass er einem Strand glich. Dieser Eindruck wurde dadurch verstärkt, dass Peter mit Unmengen von blauem, in Falten gelegtem Stoff zu beiden Seiten des Stegs das Meer simuliert hatte. Sogar mit weißen Schaumkronen auf den nachgestellten Wellen. Sie bestanden aus einer Masse, die Peter gemeinsam mit dem Chefkoch des Erfrischungsraums aus mit Kleister verdicktem geschlagenem Eiweiß hergestellt hatte. Den Stoff würde man nach der Veranstaltung wegwerfen müssen, da das Zeug an ihm klebte und nicht mehr entfernt werden konnte.

Was für eine Verschwendung!, war es Rieke während der Vorbereitung angesichts der immer größer werdenden wirtschaftlichen Not vieler ärmerer Bewohner von Berlin durch den Kopf gegangen. Doch genau wegen der hohen Kosten der Veranstaltung galt es heute, den Leiter des KaDeWe vollkommen zufriedenzustellen.

Am heutigen Samstag hatten alle Abteilungen im ersten Stockwerk bereits um zwei Uhr schließen müssen, um die Bühne für die Modenschau aufzubauen. Sie sollte um fünf Uhr am Nachmittag beginnen.

Rieke sah nervös auf ihre Uhr. Es blieb nur noch eine Stunde Zeit. Gerade errichteten Peters Mitarbeiter unter seiner Aufsicht die Podeste zu beiden Seiten des Laufstegs, auf denen jeweils fünf Reihen von hauptsächlich weiblichen Zuschauern Platz nehmen sollten. Die Eintrittskarten waren im Nu ausverkauft gewesen. Es wurden ungefähr dreihundert Gäste erwartet.

Noch einmal überzeugte sich Rieke davon, dass alle Kleider und Badeanzüge in der Reihenfolge ihres Auftritts auf einem Ständer hinter den Kulissen geordnet waren. Zur Vorsicht hatte sie jedes Stück außerdem mit dem Namen des Models gekennzeichnet, das es vorführen würde.

Danach trat sie auf Paul Kröger zu. »Gibt es noch irgendwelche Fragen zur Präsentation der Kleidungsstücke?«

Da sie sich auch darüber schon mehrfach rückversichert hatte, schüttelte der Schauspieler etwas ungeduldig den Kopf. »Solange nicht von mir verlangt wird, dass ich erkläre, was ein Jersey- oder ein Trikotstoff ist, komme ich zurecht.«

Mittlerweile hatte sich auch die Jazzband eingefunden, und die Musiker stimmten ihre Instrumente. Unwillkürlich summte Rieke ihre augenblickliche Lieblingsmelodie mit, die probehalber erklang. Es war der populäre Schlager *Wochenend und Sonnenschein* der Comedian Harmonists.

Schließlich trafen die ersten Gäste ein. Es waren Betty Tietz und Rebekka Bergmann. Rieke führte sie zu den ihnen zugedachten Plätzen in der ersten Reihe. »Darf ich fragen, wann Judith kommt?«, wandte sie sich an Rebekka.

»Sobald sie abkömmlich ist, hat sie mir heute Morgen mitgeteilt«, antwortete Rebekka mit leiser Missbilligung. »Obwohl sie Martin Tietz sogar zu dieser Modenschau geraten hat, scheint sie heute wenig Lust zu haben, daran teilzunehmen. Vielleicht hängt das ja mit dem Abschlussbericht für ihr Forschungsprojekt zusammen, den sie am Monatsende abgeben soll und mit dem sie wohl ein Stück in Verzug geraten ist.«

Rieke hatte allerdings einen anderen Verdacht. »Martin geht mir in jüngster Zeit völlig auf die Nerven«, hatte Judith ihr bei ihrem letzten Treffen anvertraut. »Er schwärmt mir dauernd von diesen Models vor, die er für die Modenschau engagiert hat. Besonders eine Anni Böning hat es ihm offenbar angetan.«

Rieke hatte kurz überlegt, ob sie Judith in ihrem Verdacht bestärken sollte, dann aber Abstand davon genommen. Wozu schlafende Hunde wecken, dachte sie auch jetzt bei sich. Wahrscheinlich ist gar nichts an der Sache dran.

Pünktlich auf die Minute um fünf Uhr trat Martin Tietz mit einem Mikrofon in der Hand durch die Kulisse auf die kleine Bühne, die Peter vor dem sandbedeckten Laufsteg errichtet hatte. Der Vorhang, durch den auch die Models schreiten würden, bestand ebenfalls aus blauem Stoff, verziert mit einer aufgenähten Sonne und Schäfchenwolken.

»Meine Damen, meine wenigen Herren«, fügte Martin ein wenig spöttisch hinzu. »Ich begrüße Sie herzlich zu dieser ersten Modenschau hier in der Damenkonfektion des KaDeWe. Pünktlich zur Eröffnung des Strandbads Wannsee werden Sie spektakuläre Strand- und Bademode zu sehen bekommen. Das KaDeWe führt sie in allen Größen und sogar in verschiedenen Farben, sodass Sie alle mit Leichtigkeit auf Ihre Kosten kommen werden. Der Verkauf beginnt allerdings erst wieder am nächsten Montag.«

Er verneigte sich nach allen Seiten. »Und nun wünsche ich Ihnen viel Vergnügen bei dieser einzigartigen Show. Im Anschluss daran lade ich Sie herzlich zu einem Glas Sekt und Kanapees ein.«

Während die Kapelle einen Tusch spielte, klatschten die Zuschauerinnen erwartungsvoll. Die Podeste waren bis auf den letzten Platz besetzt. Man hatte sogar einige zusätzliche Stühle herbeischaffen müssen, da offenbar mehr Karten verkauft worden waren, als es Plätze gab.

Nun kündigte der Moderator den Beginn der Modenschau an. Unmittelbar danach trat das erste Model durch den Vorhang. Zur Hintergrundmusik der Jazzband präsentierte die junge Frau ein dunkelrotes bodenlanges Strandkleid mit ärmellosen Trägern, das gut zu ihrem schwarzen Haar passte. Es folgten die brünette, die erdbeerblonde und die rothaarige junge Dame. Martin Tietz hatte sehr viel Wert darauf gelegt, dass sich die Models äußerlich unterschieden.

Jedes Mal, wenn das Model am Ende des Laufstegs angekommen war und sich mehrfach um die eigene Achse gedreht hatte, erläuterte der Moderator Paul Kröger mit sonorer Stimme die Besonderheiten des vorgeführten Kleids. Nur den Preis nannte er selbstverständlich nicht.

Zuletzt trat die blonde Anni Böning auf die Bühne. Ein leises Raunen ging durch die Menge. Denn ihr ebenfalls bodenlanges azurblaues Strandkleid war bis zur Mitte des rechten Oberschenkels geschlitzt und ließ ihr schlankes Bein sehen.

Und so setzte sich die Modenschau fort. Die spektakulärste Garderobe trug immer Anni Böning als letzte der fünf Damen. Dazu gehörte auch das Strandkleid am Ende des dritten Durchgangs. Es war von einem transparenten Weiß, unter dem man den Badeanzug erkennen konnte, und endete fast zehn Zentimeter oberhalb der Knie.

Langsam begann Rieke, sich zu entspannen. Bisher machte der Moderator seine Sache recht gut. Nur einmal hatte er sich in der Stoffart vertan und Kunstseide als echte Seide bezeichnet. Aber das war wahrscheinlich außer ihr selbst und ihren Verkäuferinnen niemandem aufgefallen.

Mit einem Tusch begann jetzt die Präsentation der Bademode. Auch hier hatte Rieke eine Choreografie entworfen, mit der sich die Wirkung nicht nur über die jeweils fünf gezeigten Modelle, sondern auch über die drei geplanten Durchgänge hinweg steigern sollte. Mit einem Überraschungsgag nach dem zweiten Durchgang, von dem auf Martin Tietz' Verlangen nicht einmal der Moderator wusste.

Zu Beginn wurde die eher konservative Bademode gezeigt.

Die ersten drei, in dunklen Farben gehaltenen Badeanzüge waren hochgeschlossen und reichten den Damen bis zum ersten Drittel der Oberschenkel. Es waren sportliche Modelle, deshalb trug man dazu eng anliegende, schmucklose Badekappen. Danach kam ein etwas gewagteres Modell. Den Kopf der Vorführdame zierte eine mit Rüschen besetzte Badekappe.

Um die Frisur von Anni Böning nicht zu ruinieren, war das für sie natürlich nicht infrage gekommen. Sie trat als Letzte aus der Kulisse und zeigte ein zartrosa Modell, dessen Ausschnitt bereits einen Ansatz der Brüste sehen ließ. Das angedeutete Röckchen reichte nur bis knapp zu den Oberschenkeln.

»Dieses Modell hat unsere göttliche Schauspielerin Marlene Dietrich in einem Hollywoodfilm getragen«, erläuterte der Moderator. »Es besteht aus so feinem Jerseystoff, dass es fast wie Seide glänzt.«

Wie Greta Garbo war auch Marlene Dietrich bereits nach dem Erfolg ihres ersten deutschen Films nach Hollywood gewechselt.

Im aufbrandenden Beifall tat sich besonders Martin Tietz hervor. Solange der Applaus andauerte, drehte sich Anni Böning auf dem Rückweg über den Laufsteg immer wieder um die eigene Achse, um das Modell von allen Seiten zu zeigen. Martin klatschte frenetisch, bis die Kapelle mit einem Tusch das Ende ihrer Präsentation ankündigte und Anni mit zierlichen Schritten hinter der Kulisse verschwand.

Es folgte der zweite Durchgang. Nun spürte Rieke ihr Herz wieder schneller schlagen, zumal sie aus dem Augenwinkel wahrnahm, dass sowohl Betty Tietz als auch Judiths Mutter Rebekka schon beim dritten Modell die Augenbrauen kritisch in die Höhe zogen. Judith, die inzwischen eingetroffen war, wirkte auf Rieke dagegen abwesend, so als ob sie der Show überhaupt nicht folgen würde. Sie saß weit von Martin entfernt, der seinen Platz gleich neben der Bühne am Kopfende des Laufstegs hatte.

Die Badeanzüge, die in diesem Durchgang gezeigt wurden,

hatten statt des rockähnlichen Saums einen Beinausschnitt, der von Modell zu Modell höher wurde. Auch die Rückenpartie war freizügiger als bei den zuerst gezeigten Badeanzügen.

Den Höhepunkt des Durchgangs bildete wieder Anni Böning. Ihr Badeanzug war wie ein Tigerfell gemustert. Der spitz zulaufende dreieckige Beinausschnitt endete erst knapp unter der Hüfte. Im Rücken wurde der Badeanzug nur durch zwei schmale Bänder gehalten und zeigte daher viel Haut. Erst ungefähr zehn Zentimeter über dem Ansatz der Pobacken gab es wieder Stoff.

Wieder klatschte vor allem Martin Tietz begeistert Beifall. Auch die jüngeren Damen waren entzückt, während die älteren rasch zu klatschen aufhörten. Rieke packten erste Zweifel. Hätte man nicht mehr Modelle speziell für ältere Damen zeigen sollen?, fragte sie sich auf einmal. Doch davon war während der gesamten Vorbereitung nie die Rede gewesen. Man hätte außerdem Models mit ganz anderen Figuren für diese Art Bademode engagieren müssen.

Wenigstens verschaffte ihr der bevorstehende Gag vor dem letzten, noch provokativeren Durchgang eine kleine Atempause. Mit einem Tusch öffnete sich der Vorhang erneut. Heraus trat ein Mann, der mit einem Badeanzug für Herren bekleidet war. Dieser Badeanzug war sehr konservativ, wie auch das Modell, das der ihm folgende Mann trug. Die Hosen reichten beiden jeweils bis zur Hälfte der Oberschenkel. Selbstverständlich war auch der Oberkörper mit einem Hemd bekleidet, um die Damen nicht durch männliche Nacktheit zu schockieren.

Jetzt öffnete sich der Vorhang zum dritten Mal. Schon während des Tuschs erschallte eine Lachsalve aus dem Publikum. Ein älterer Mann mit einem wilhelminischen Schnauzbart trat heraus, der einen riesigen schwarzen Regenschirm über sich hielt. Er war mit einem halbärmeligen Ganzkörperanzug bekleidet, der ihm bis zu den Knien reichte und seinen beachtlichen Bauch betonte.

»Diese Modelle finden Sie selbstverständlich nicht im ersten Stockwerk, meine Damen, sondern im Erdgeschoss in der Herrenabteilung«, moderierte Paul Kröger, der sich nach der ersten Verblüffung über die unerwartete Einlage schnell wieder gefangen hatte.

Die drei männlichen Models hatten Martin Tietz übrigens keinen Pfennig gekostet. Es waren Freiwillige, die in ebenjener Herrenabteilung im Erdgeschoss als Verkäufer arbeiteten. Herr Papke, der den Abschluss mit dem Regenschirm gebildet hatte, stand sogar schon kurz vor seiner Pensionierung.

»Für den modernen Herrn gibt es dort mit Sicherheit auch modischere Modelle«, beendete Kröger die Vorführung mit breitem Grinsen.

Dann hob er die Hand, woraufhin die Band einen weiteren Tusch spielte. »Hier im KaDeWe lieben wir das Besondere«, begann der Moderator kryptisch. »Im letzten Durchgang sehen Sie daher Bademode, die es bislang nur in den Vereinigten Staaten gibt. In Berlin ist sie gänzlich neu. Bitte begrüßen Sie das erste Modell der Palm-Beach-Combination! Das KaDeWe hat all diese Kombinationen im sonnigen Kalifornien bestellt.«

Das Raunen, das jetzt durch die Zuschauermenge ging, wirkte auf Rieke eher schockiert als erstaunt oder gar begeistert. Denn bereits der erste Bikini, wie man diese Zweiteiler nannte, ließ ungefähr zehn Zentimeter Bauch zwischen dem Unterteil in Form eines sehr kurzen Rockhöschens und dem Oberteil sehen, das wie ein Bustier geschnitten war.

Es verstand sich von selbst, dass jede folgende Vorführdame noch mehr Bauchhaut zeigte als ihre Vorgängerin. Als Anni Böning den Laufsteg betrat, war sie diesmal nicht allein. Das ansehnlichste der drei Herrenmodels schritt, ebenfalls in einem zweiteiligen Badeanzug, neben ihr und hatte ihr den Arm um die nackte Taille gelegt. Das Unterteil ihres Bikinis bestand aus einem Höschen mit hohem Beinausschnitt, das Oberteil glich einem Büstenhalter und bedeckte folgerichtig nur noch die Brüste.

»Wenn Sie sich nun über diese Freizügigkeit wundern, meine Damen«, erläuterte der Moderator, »dann lassen Sie sich gesagt sein, dass eine solche Mode bereits in der Antike existierte. Dies ist ein Bild aus dem alten Pompeji, der römischen Stadt, die im vergangenen Jahrhundert ausgegraben wurde.«

Damit hielt Kröger die vergrößerte Fotografie einer Wandmalerei in die Höhe, die zwei junge Frauen zeigte, deren Bikinis tatsächlich noch knapper waren als der von Anni Böning.

Obwohl sich Martin Tietz aufs Neue nach Kräften bemühte, blieb der Beifall in diesem Durchgang verhalten. Rieke bemerkte, dass Betty Tietz und Rebekka Bergmann überhaupt nicht klatschten und Judith rasch wieder damit aufhörte.

Hoffentlich wird aus dieser Modenschau kein Skandal, dachte sie bang, da sie wusste, dass auch Reporter etlicher Mode- und Klatschblätter anwesend waren.

Erst ab dem nächsten Montag sollte Rieke erfahren, dass dieser Skandal neugierige Damen gleich scharenweise ins KaDeWe zog. Nicht alle kauften einen Badeanzug, erst recht keinen Bikini. Aber ganz ohne ein Accessoire, ein neues Paar Schuhe oder gar ein neues Kleid wollte dann doch kaum eine der Kundinnen wieder gehen.

Allerdings rief die gewagte Bademode, die schon in diesem Sommer in jedem großen Strandbad zu sehen war, auch die strengen Sittenwächter der Weimarer Republik auf den Plan. Im folgenden Jahr würde das KaDeWe viele Bikinimodelle und Badeanzüge wegwerfen müssen. Denn die Regierung verbot im sogenannten »Zwickelerlass« sowohl zweiteilige Bademode als auch zu tiefe Rücken- und Beinausschnitte.

Aber noch war es nicht so weit. Während des nachfolgenden Sektempfangs schwirrte die Luft von dem aufgeregten Geplauder der weiblichen Gäste, die sich über das Gesehene austauschten. Nur wenige ältere Damen, darunter Betty und Rebekka, gingen vorzeitig. Ebenso wie Judith.

Sie hatte das KaDeWe sogar schon unmittelbar nach dem Ende der Modenschau verlassen. »Ich habe noch zu arbeiten«, erklärte sie kurz, als Rieke sie bat, doch noch zu bleiben. Dabei warf sie einen Seitenblick auf Martin, der sich an einem Stehtisch angeregt mit Paul Kröger und Anni Böning unterhielt. Er erachtete es offenbar nicht für nötig, Judith zu diesem Gespräch hinzuzubitten.

Erst als der letzte Tropfen Sekt getrunken und das letzte Kanapee verzehrt war, löste sich die Menge schließlich auf, fast zwei Stunden später als geplant.

So war es schon nach Mitternacht, als Peter und Rieke das KaDeWe erschöpft verlassen wollten. Zuvor hatten sie mithilfe ihrer Untergebenen die Dekoration abgebaut, die Stehtische beiseitegeräumt und das schmutzige Geschirr in die Spülküchen der Erfrischungsräume gebracht. Dann mussten die Kleiderständer, Sessel und Standspiegel, die man für den Laufsteg und die Podeste zur Seite geschafft hatte, wieder an ihre Plätze geräumt werden. Schließlich sollte der Verkauf am nächsten Montag um acht Uhr wieder ungehindert vonstattengehen.

Rieke stand schon vor dem schmalen Seitenausgang im Untergeschoss, den das Personal nach Dienstschluss benutzte, als ihr noch etwas einfiel.

»Peter! Ich muss rasch noch einmal hinauflaufen. Ich habe meinen Sommermantel hängen lassen. Da ist der Hausschlüssel drin.«

Peter brummte unwillig, musste sich aber fügen. Schließlich wollte auch er nur noch nach Hause ins Bett. Da sie nicht auf den Aufzug warten wollte, eilte Rieke die Treppe zum Erdgeschoss hinauf. Da hörte sie plötzlich leise Stimmen aus der Richtung des Bürotrakts und blieb wie angewurzelt stehen.

Wer konnte denn um diese Zeit noch im Kaufhaus sein? Selbst die Putzkolonne war schon gegangen. Außerdem war dies eindeutig eine männliche Stimme. Ein Wachmann? Aber was hatte er im Bürotrakt zu schaffen?

Auf Zehenspitzen schlich Rieke näher. Als sie erkannte, wer dort sprach, durchfuhr es sie heiß und kalt. Es war unzweifelhaft Martin Tietz.

»Komm doch noch mit in meine Wohnung, mein Schatz!«, raunte er drängend. »Dort ist es bequemer als auf diesem alten Sofa.«

»Hast du denn immer noch nicht genug?«, fragte eine neckisch klingende Frauenstimme. Auch sie erkannte Rieke sofort. Es war Anni Böning.

Oh Gott, die arme Judith, schoss es ihr durch den Kopf. Das hat sie wahrlich nicht verdient.

»Von dir bekomme ich nie genug!« Das war wieder Martin Tietz. »Also komm doch noch mit!« Er flehte fast darum.

»Es geht nicht!«, seufzte die Frauenstimme. »Ich habe morgen früh um neun mein nächstes Engagement.«

»Ich ersetze dir den Ausfall. Bitte, komm mit! Ich bin verrückt nach dir!«

Rieke hatte genug gehört. So leise und so rasch sie konnte, schlich sie davon.

Wohnung der Hausers in Meyers Hof

1. Juli 1931, abends

»Also, das verstehe ich jetzt beim besten Willen nicht«, murmelte Rieke genervt. »Ich mache doch nichts anders als sonst.«

Obwohl Peter sich gerade im Schlafzimmer nach einem anstrengenden Arbeitstag vor dem Abendessen noch ein wenig zur Ruhe gelegt hatte, beschloss sie, ihn zu stören. Die Sendung mit der Jazzmusik, die abends immer um diese Uhrzeit im Radio lief, hörte sie am liebsten.

Das Radio hatten Peter und sie sich anstatt von Geschenken zum letzten Weihnachtsfest gegönnt. Radiogeräte waren in Berlin noch immer recht teuer. Auch das Sonderangebot in der Elektroabteilung des KaDeWe hatte noch einhundertfünfzig Mark gekostet.

Hinzu kamen die monatlichen Radiogebühren und neuerdings sogar eine Radio-Programmzeitschrift mit Namen *Sieben Tage, Funkblätter mit Programm*, die vom Berliner Ullstein-Verlag herausgegeben wurde. Das Abonnement hatte Rieke sich wiederum zum Geburtstag gewünscht, und sie war sehr überrascht gewesen, als Peter ihr das erste Exemplar bereits vor einigen Wochen mitgebracht hatte.

»Da sieht man wieder einmal, wie rasend schnell der Fortschritt ist«, hatte er ihre Begeisterung kommentiert, als sie die Seiten mit den Sendungen sämtlicher deutschen und österreichischen Radiostationen durchgesehen hatte. »Immerhin gab es die allererste Funksendung in Deutschland erst Ende Oktober 1923. Das ist nicht einmal zehn Jahre her.«

Obwohl Rieke auch die Nachrichten und den Fortsetzungsroman las, den die Zeitschrift enthielt, und die Kreuzworträtsel löste, konnte sie sich stundenlang in das Programm vertiefen, sie hatte bereits alle möglichen Frequenzen und Sender ausprobiert. Bislang ohne jede Schwierigkeit. Doch ausgerechnet heute Abend wollte es ihr nicht einmal gelingen, ihren Leib- und Magensender mit der Jazzmusik einzustellen.

Leise öffnete sie die Schlafzimmertür und weckte Peter mit einem zärtlichen Kuss auf den Mund. Der öffnete verblüfft die Augen. »Ist das Essen schon fertig? Ich habe mich doch gerade erst hingelegt.«

»Das Essen braucht noch mindestens eine Viertelstunde«, gestand Rieke zerknirscht. »Aber es will mir einfach nicht gelingen, den richtigen Sender für meine Jazzmusik zu finden. Dabei habe ich mich schon den ganzen Tag darauf gefreut.«

Heute war Mittwoch und damit der Arbeitstag, an dem Rieke und Peter sich angewöhnt hatten, das KaDeWe spätestens um halb sechs Uhr abends zu verlassen. So kamen sie wenigstens einmal pro Woche in den Genuss des mittlerweile gesetzlich vorgeschriebenen Achtstundentags. Er hätte auch ihnen als Vorgesetzten täglich zugestanden, ließ sich mit dem riesigen Arbeitsaufkommen jedoch meistens nicht vereinbaren.

»Na gut, dann lass mich mal sehen! Ist es denn schon acht Uhr?« Zu diesem Zeitpunkt begann die Sendung.

Rieke nickte.

Als Peter die Wohnküche betrat, ertönte gerade die Stimme eines Radiosprechers aus dem Gerät. »Wenn die Deutsche Nordwolle nach Karstadt und dem Versicherungskonzern Nordstern jetzt auch ins Trudeln gerät, könnte das, wie im Mai in Österreich, auch in Deutschland zur nächsten Bankenkrise führen. Das Spekulationsgeschäft, das der Nordwolle angeblich schiefgegangen ist, wurde finanziert von der Darmstädter und Nationalbank, besser bekannt unter der Abkürzung DANAT. Kredite für dieses Spekulationsgeschäft hat aber auch die Dresdner Bank gegeben, sie könnte daher mit in den Abgrund gezogen werden.«

»Ach, du meine Güte«, entfuhr es Peter. Dann warf er einen Blick auf die Frequenz, die Rieke eingestellt hatte. »Damit ist alles in Ordnung, Rieke. Ich vermute, das ist eine Sondersendung, die statt der eigentlich vorgesehenen Jazzmusik läuft. Denn wenn die Nordwolle tatsächlich pleitegeht, sind schon wieder Tausende von Arbeitsplätzen dahin.«

Die Firma war der führende europäische Wollhersteller, was natürlich auch Rieke aufgrund ihrer Tätigkeit im KaDeWe wusste. *Hergestellt mit Nordwolle:* Das Etikett der Firma war eingenäht in fast alle Pullover, Wollkostüme und Wintermäntel, die man in der kalten Jahreszeit führte.

Angesichts von Peters düsterer Miene erschrak Rieke zutiefst. »Und was bedeutet das jetzt für uns?«

Peter hob die Schultern. »Die DANAT ist Deutschlands zweitgrößte Bank. Wenn sie sich wie ihre Schuldnerin, die Nordwolle, verspekuliert hat, könnte das ihre Sparer all ihre Einlagen kosten.«

»Aber das betrifft uns doch nicht, oder? Wir haben unser Guthaben doch bei der Berliner Sparkasse«, insistierte Rieke ängstlich. Es war die stattliche Summe von dreitausend Mark, die beide aufgrund ihres guten Gehalts in den letzten Jahren zurückgelegt hatten.

Peter kratzte sich am Schädel. »Vielleicht doch. Die Krise einer Bank zieht rasch die Krise des ganzen Bankensystems nach sich.«

»Dann sollten wir unser Geld schleunigst abheben!«, drängte Rieke.

Peter nickte langsam. »Genau das werde ich tun, und zwar gleich morgen früh. Wenn unser Radiosender diesen Sonderbericht für wichtiger erachtet als seine übliche Jazzmusik, ist wahrscheinlich Gefahr im Verzug. Und andere werden ebenfalls auf die Idee kommen, ihre Ersparnisse zu retten. Vor allem die, die schon in der Hyperinflation alle Rücklagen eingebüßt haben.«

»Aber es besteht noch eine andere Gefahr, wenn wir zu lange warten«, fügte er hinzu. »Am Ende kommt womöglich wieder eine dieser Notverordnungen.«

»Wie meinst du das?«

Peter schnaubte. »Du weißt doch, dass die Präsidialregierung, die unser sauberer Reichspräsident Paul von Hindenburg eingesetzt hat, ohne parlamentarische Mehrheit regiert. Obwohl das im letzten Jahr schon einmal zu Neuwahlen und dem weiteren Aufstieg dieses braunen Gesindels geführt hat. Um das Parlament zu umgehen, erlässt Reichskanzler Brüning eine Notverordnung nach der anderen. Solche Verordnungen haben die Gültigkeit von Gesetzen. Leider sieht das die Weimarer Verfassung so vor.«

»Und was für eine Notverordnung sollte es diesmal sein?«

»Wenn alle deutschen Sparer ihre Einlagen auf einmal abheben wollen, droht das ganze Bankensystem zusammenzubrechen. Dem wird der Reichskanzler mit Sicherheit durch eine solche Notverordnung vorbeugen. Dann kommt vorläufig kein Sparer mehr an sein Geld. Auch wir nicht.«

Rieke schlug sich vor Entsetzen die Hand vor den Mund. »Ohne unser Erspartes könnten wir doch gar nicht in Urlaub fahren! Zum ersten Mal in unserem Leben! Wir wollten im August eine ganze Woche lang nach Rügen! Darauf freue ich mich schon monatelang!«

»Und diese Pläne sollten wir auch nicht gefährden. Also gehe ich morgen zu unserer Sparkasse und hebe das ganze Geld ab. Du wiederum sagst Paul Bergmann Bescheid, dass ich später zur Arbeit komme.«

»Das mache ich, Peter. Soll ich ihm auch den Grund dafür nennen?«

Peter überlegte kurz. »Warum nicht? Er wird sicher Verständnis dafür haben. Und mir auch nicht gram sein, denn Überstunden habe ich wahrlich genug.«

Kapitel 17

Im KaDeWe

Montag, 13. Juli 1931

»Wo bleiben denn nur Frau Dehner, Frau Böhmer und Fräulein Lemke?«, wunderte Rieke sich laut, als die drei Ersten Verkäuferinnen der Schuhabteilung, der Damenaccessoires und der Damenwäsche um fünf nach acht immer noch nicht erschienen waren.

Schon vor einigen Monaten hatte sich Rieke dazu entschlossen, jede neue Verkaufswoche montags gleich nach der Öffnung des KaDeWe mit einer kurzen Besprechung zu beginnen. Die Teilnahme war für alle Ersten Verkäuferinnen verpflichtend. Dabei wurden die anstehenden Verkaufsaktionen besprochen, außerdem wichtige Aspekte wie Kundenbeschwerden oder neue Dekorationen.

Doch heute war Rieke mit Esther Weinberg allein. Diese wich Riekes Blick zunächst aus und rutschte verlegen auf ihrem Stuhl herum. Dann antwortete sie doch: »Vielleicht kommen die drei später, weil sie zuerst noch zu ihrer Bank gegangen sind.«

»Um ihre Sparguthaben abzuheben?«, vermutete Rieke sofort.

Bevor sie am frühen Morgen zur Arbeit aufgebrochen waren, hatten Peter und sie im Radio gehört, dass man am heutigen Tag den endgültigen Zusammenbruch der DANAT-Bank erwartete. Beide waren sehr erleichtert darüber gewesen, dass

Peter ihre eigenen Ersparnisse schon vor fast zwei Wochen abgehoben hatte. Sie waren zwar nicht glücklich damit, eine solch hohe Summe jetzt in ihrer Wohnung in einer Blechbüchse ganz hinten im Küchenschrank aufbewahren zu müssen. Aber das war allemal besser, als jetzt vielleicht ohne ihr Erspartes dazustehen.

Esther nickte auf Riekes Frage. »Wir haben das in der vergangenen Woche wahrscheinlich alle immer wieder während unserer Mittagspause versucht. Leider vergeblich. Die Zeit reichte nicht aus, um bis zu den Bankschaltern vorzudringen.« Ihre Stimme begann zu zittern.

»Warum haben Sie mich denn nicht um eine Verlängerung der Pause gebeten? Das hätte ich Ihnen doch erlaubt.«

Jetzt füllten sich Esthers Augen sogar mit Tränen. »Mein Mann und ich haben die Situation anfangs nicht für so brisant gehalten. Doch dann wurden wir zunehmend unruhig. Am Freitag haben wir uns sogar in unserer Mittagspause abgelöst, um uns bei der Filiale der Berliner Sparkasse auf dem Ku'damm anzustellen. Aber wir kamen nicht rechtzeitig an die Reihe. Die Schlange vor dem Schalter war einfach zu lang.«

Rieke schüttelte den Kopf. »Ich hätte volles Verständnis dafür gehabt, wenn Sie es am Nachmittag noch einmal versucht hätten.«

Jetzt liefen Esther die Augen über. »Ich habe nicht gewusst, dass auch mein Mann keinen Erfolg haben würde«, schluchzte sie. »Ich hatte Ihnen ja erzählt, wie froh wir sind, dass er seit einiger Zeit wieder eine Anstellung in einer jüdischen Anwaltskanzlei hat. Aber der Inhaber kann ihn nur fallweise bezahlen, da es immer weniger Mandanten gibt. Ausgerechnet am Freitagnachmittag hatte Jonas eine Verabredung mit einem seiner Klienten.«

Die letzten Worte verstand Rieke kaum, weil Esther nun heftig zu weinen begonnen hatte. Spontan stand sie auf und schloss die junge Frau in die Arme.

Eine Weile weinte Esther an ihrer Schulter weiter, bis sie sich endlich beruhigte. Sie löste sich von Rieke, schnäuzte sich die Nase und sah sie dann mit geröteten Augen an.

»Es sind ohnehin nur fünfhundert Mark, die wir bislang ansparen konnten. Aber das ist alles, was wir haben. Und wenn ... wenn die Situation hier für uns immer schlechter wird, dann wollten wir ... « Sie stockte und biss sich auf die Lippen.

Rieke erschrak. »Immer schlechter, weil Sie Juden sind?«

»Ja, genau deshalb. Sie wissen doch, dass diese furchtbare Frau neulich öffentlich abgelehnt hat, sich von mir bedienen zu lassen.« Esther meinte die ostpreußische Gutsbesitzerin Frau von Auer. »Das war das erste Mal, dass mir so etwas passiert ist. Aber wahrscheinlich nicht das letzte Mal, wenn es so weitergeht. Meinem Mann ist es noch viel schlimmer ergangen. Sein ehemaliger Arbeitgeber hat ihn schon vor einigen Jahren entlassen. Jonas war so froh, als er letztes Jahr eine neue Stelle fand. Denn in der Zwischenzeit hatte er nur ab und zu Gelegenheitsarbeiten bekommen. Wir mussten von meinem Gehalt leben und konnten daher nichts zurücklegen. Erst recht keine Kinder bekommen.« Sie schluchzte wieder trocken auf. »Zumal wir noch meine alten Eltern unterstützen, die während der Inflation ihr ganzes Vermögen eingebüßt haben.«

Rieke war zunehmend erschüttert. Von all ihren Ersten Verkäuferinnen schätzte sie Esther Weinberg am meisten. Sie hatte zwar gewusst, dass deren Ehemann vor einiger Zeit in berufliche Turbulenzen geraten war. Aber nicht, wie schlecht es den Weinbergs tatsächlich ging. Nun beunruhigte sie besonders Esthers vorhin abgebrochener Satz.

»Alle Menschen mit Ersparnissen befürchten, dass sie erneut alles verlieren könnten, wenn diese weltweite Wirtschaftskrise anhält«, begann sie vorsichtig. »Aber Sie deuteten eben an, dass Sie Pläne haben, falls sich Ihre Lage in Deutschland weiter verschlechtert. Möchten Sie mir etwas darüber mitteilen?«

Esther blieb eine Weile stumm und schien einen inneren Kampf auszufechten. Dann hob sie den Kopf und blickte Rieke aus ihren verweinten Augen an. »Wir wollen nach Palästina auswandern. Sobald wir das Geld für die Überfahrt für uns vier zusammenhaben. Jonas' Eltern weigern sich zu emigrieren. Aber wir möchten Deutschland so rasch wie möglich verlassen.«

Rieke hatte schon etwas Ähnliches geahnt, war aber trotzdem schockiert. Dieses Gefühl wollte sie Esther jedoch nicht zeigen. »Ich bedanke mich sehr für Ihr Vertrauen, liebe Esther.« Unwillkürlich sprach sie ihre Mitarbeiterin jetzt beim Vornamen an. »Sie wissen, dass Sie meine beste Kraft in der ganzen Damenmodeabteilung sind. Und mir darüber hinaus auch die liebste. Trotzdem respektiere ich selbstverständlich Ihre Entscheidung, auch wenn sie natürlich bedeutet, dass Sie das KaDeWe über kurz oder lang verlassen werden. Ich versichere Ihnen, dass aus meinem Mund niemand etwas von Ihren Plänen erfahren wird. Und nun gebe ich Ihnen ausdrücklich für heute so lange frei, bis Sie Ihr Erspartes abheben konnten.«

Zum ersten Mal lächelte Esther unter Tränen. Sie warf einen raschen Blick auf die Uhr. Es war kurz vor halb neun. Dann trat sie auf Rieke zu und ergriff ihre beiden Hände.

»Ich danke Ihnen aus ganzem Herzen, Frau Hauser. Und ich komme zurück, so rasch ich kann.«

Rieke brauchte einige Minuten, um sich zu sammeln, bis sie ihr Kontor verließ. Zwischenzeitlich hatte sie einen Entschluss gefasst. Sie würde jede ihrer Verkäuferinnen ansprechen, ob sie während der Arbeitszeit zur Bank gehen wollte.

Doch als Rieke hinaustrat, fand sie fast das gesamte erste Stockwerk nahezu menschenleer vor. Außer Fräulein Sperber sah sie keine einzige Verkäuferin. Bislang ließ sich auch kaum eine Kundin blicken.

Das erleichterte es Rieke, an ihrer Entscheidung festzuhalten. »Wenn Sie möchten, können Sie freinehmen, Fräulein Sperber, falls Sie zu Ihrer Bank wollen.«

Die junge Verkäuferin lächelte schief. »Das ist sehr freundlich von Ihnen, Frau Hauser. Doch leider habe ich keine Ersparnisse, die ich abheben könnte.«

Auch die verbliebenen vier Verkäuferinnen aus den anderen Abteilungen, die Rieke ansprach, lehnten ihr Angebot ab. Wenn auch eher mit Floskeln wie, das sei *nicht nötig*, als mit der Offenheit von Eva Sperber.

Riekes leise Befürchtung, dass die Abteilungen trotz ihrer eigenen Mithilfe beim Verkauf dauerhaft unterbesetzt sein könnten, wenn im Lauf des Vormittags mehr und mehr Kundinnen einträfen, erwies sich als grundlos. Bis zur Mittagszeit herrschte gähnende Leere im ersten Stockwerk.

Café Reimann am Kurfürstendamm

13. Juli 1931, am späten Vormittag

»Ich danke dir sehr, Vater, dass du dir die Zeit genommen hast, um mich hier zu treffen. Ich weiß nämlich wirklich nicht, wie ich mit Martins Angebot umgehen soll. Zu Hause möchte ich nicht darüber sprechen. Denn wie Mutters Rat lautet, weiß ich ja schon. Doch das hilft mir nichts, wie ich heute Morgen festgestellt habe.«

Paul Bergmann blickte seine Tochter gleichzeitig liebe- und sorgenvoll an. »In jeder Katastrophe steckt auch etwas Gutes«, antwortete er lakonisch. »Im Kaufhaus ist heute so gut wie nichts los. Alle Welt versammelt sich vor den Banken, um Geld abzuheben. Da fiel es mir leicht, mich freizumachen, als du mich aus der Universität angerufen hast.«

Judith wusste, dass ihr Vater als einer der wenigen Berliner von der Bankenkrise nicht betroffen war. Auch nach dem Ende der Hyperinflation beließ er seine Konten bei der amerikanischen Bankfiliale, bei der er sie damals eröffnet hatte. Außerhalb der USA waren die Einlagen dieser Bankkunden kaum von der immer mehr um sich greifenden Weltwirtschaftskrise betroffen.

»Ja, ich konnte mich heute Morgen kaum mehr auf mein Seminar konzentrieren. Bislang habe ich Martin nicht abgesagt. Aber unsere Verabredung wäre schon in drei Tagen.«

»Ich stehe dir gerne mit Rat und Tat zur Seite. Aber bislang hast du dich eher deiner Mutter anvertraut. Vielleicht bringst du mich erst mal auf den neuesten Stand.«

Judith nickte und begann zu erzählen. »Dass Martin für diese Vorführdame Anni Böning schwärmt, habe ich von Anfang an gemerkt. Es fiel mir auf die Nerven, aber es hat mich nicht wirklich beunruhigt. Schließlich ist sie ein Model und damit kein seriöses Mitglied der Gesellschaft.«

Dann hatte sie von Rieke erfahren, dass Martin wahrscheinlich schon am Abend nach der Modenschau mit Anni geschlafen hatte. Da sie Rieke nicht mit hineinziehen wollte, war es Judith allerdings nicht möglich gewesen, Martin unmittelbar mit diesem Verdacht zu konfrontieren.

»Also habe ich mir eine Methode überlegt, wie ich ihn in flagranti ertappen könnte. Dass Riekes Verdacht berechtigt war, merkte ich schon daran, dass Martin kaum mehr Zeit für mich hatte. Deshalb habe ich die Probe aufs Exempel gemacht. Ich habe uns Karten für einen Kriminalfilm besorgt, von dem er mir vorgeschwärmt hatte. Obwohl mich der Film eigentlich gar nicht interessiert.«

»Du meinst den von Fritz Lang? Wo in Berlin ein Kindermörder gesucht wird und die Ringvereine der Unterwelt schließlich Selbstjustiz üben?«

»Genau. *M – eine Stadt sucht einen Mörder*«, bestätigte Judith. »Ich mache mir wenig aus solchen Kriminalgeschichten.« Dann atmete sie hörbar ein und aus. »Ich bin eigens ins

KaDeWe gegangen, um Martin die Kinokarten zu zeigen. Und dann kam es, wie es kommen musste. Er bedankte sich zwar höflich, erklärte mir aber, am folgenden Abend leider keine Zeit zu haben. Geschäftliche Verpflichtungen. Er schlug mir vor, die Karten für den übernächsten Tag umzutauschen.«

»Und dann bist du an dem Abend, an dem Martin angeblich verhindert war, in seine Wohnung gefahren.«

Judith nickte. »Ich habe schon seit einiger Zeit einen Schlüssel. Und es war so, wie ich befürchtet hatte. Ich hoffe, du ersparst mir die Einzelheiten.« Sie ballte die Hände zu Fäusten, als die Bilder wieder vor ihrem inneren Auge aufstiegen. Martin hatte tatsächlich gerade mit Anni geschlafen, als Judith ins Schlafzimmer stürmte.

»Ich habe Martin direkt den Laufpass gegeben.«

»Das hätte ich an deiner Stelle auch getan«, stimmte Paul zu. »Doch dann wurden die Mütter aktiv.«

Judith seufzte. »Offiziell darf ich das ja bis heute gar nicht wissen. Mama hat es mir unter dem Siegel der Verschwiegenheit anvertraut. Aber Betty Tietz hat Martin sofort mit seiner Affäre konfrontiert, nachdem Mama ihr den Grund für unsere Trennung mitgeteilt hatte. Betty geriet völlig außer sich. Anni sei ein Flittchen und absolut unstandesgemäß, hat sie Martin wohl vorgeworfen. Und ihm gedroht, ihn nicht nur zu enterben, wenn er die Beziehung mit mir nicht umgehend ins Reine brächte. Im Gegenteil, sie würde Georg und Hugo darüber informieren und sie als Verbündete dafür gewinnen, ihn aus der Geschäftsführung der Hermann Tietz OHG zu entfernen. Dazu wollte sie als stille Teilhaberin sogar ihre eigenen beträchtlichen Einlagen als Druckmittel benutzen.«

»Das war zwar eine relativ leere Drohung, zeigt mir aber, wie aufgeladen die Atmosphäre gewesen sein muss. Würde Betty ihre stillen Einlagen zurückziehen, wäre die Firma vom Bankrott bedroht.«

»Ach, so ist das.« Judith zog die Augenbrauen zusammen.

Dann stieß sie frustriert die Luft aus. »Das weiß Martin natürlich auch. Anstatt ein Familienzerwürfnis in dieser Größenordnung zu riskieren, noch dazu in Zeiten der Wirtschaftskrise, hat er es vorgezogen, sich von Anni zu trennen. Aber was mich angeht …« Sie brachte die folgenden Worte zunächst nicht über die Lippen.

»Was dich angeht, bist du dir unsicher, ob und was du noch für Martin bedeutest«, schlussfolgerte Paul. »Ob ihm wirklich noch etwas an dir liegt und er deshalb zur Vernunft gekommen ist. Oder ob er nur den Skandal gefürchtet hat, den seine energische Mutter ansonsten vom Zaun gebrochen hätte.«

Judith fühlte, wie sich der mittlerweile vertraute Kloß in ihrem Magen bildete. »So ist es. Du kennst mich gut, lieber Papa.«

Paul strich ihr liebevoll über die Hand. »Um solch ein Dilemma zu vermuten, muss man kein Hellseher sein. Aber was soll ich dir nun raten, liebes Kind? Die Entscheidung, ob du es noch einmal mit Martin versuchen möchtest, kann ich dir nicht abnehmen und will sie dir auch nicht nahelegen. Das musst du selbst wissen.«

Judith starrte eine Weile blicklos auf ihre noch unberührte Kaffeetasse und horchte noch einmal in sich hinein.

»Was hindert dich denn daran, an eurer Trennung festzuhalten?«, half Paul ihr über die Hemmschwelle hinweg. Zögernd begann sie zu sprechen.

»Ich bin in diesem Jahr vierunddreißig geworden, Vater. Mutter liegt mir seit einiger Zeit damit in den Ohren, dass ich bald zu alt sein werde, um eine Familie zu gründen. In jüngster Zeit kommt noch der Vorwurf hinzu, dass ich sie damit als ihr einzig verbliebenes Kind des Trostes beraube, einmal Enkelkinder zu haben.« Sie stockte wieder.

Paul runzelte die Stirn. »Rebekka hat sich zwar ab und zu auch bei mir darüber beklagt, dass du noch nicht verheiratet bist. Aber dass sie solchen Druck auf dich ausübt, ist mir neu.«

Judith fühlte, dass ungeweinte Tränen hinter ihren Augen brannten. Sie holte tief Luft und riss sich zusammen. »Eigentlich hat Mama ja recht, Papa. Ich weiß selbst nicht genau, was ich will. Manchmal bekomme ich Angst, dass ich tatsächlich eine alte Jungfer wie Alice Salomon werde. Denn ich habe so viel mit Müttern und Kindern zu tun, dass ich immer deutlicher spüre, dass ich auch selbst Mutter sein möchte. Ich will nicht nur über Familien forschen, sondern auch eine eigene Familie haben.«

»Es gibt außer Martin doch noch andere Männer«, wandte Paul vorsichtig ein.

Judith schüttelte heftig den Kopf. »Ich bin jetzt viereinhalb Jahre mit Martin zusammen. In meinem Alter kann ich doch nicht noch einmal von vorn anfangen! Zudem ich außerdem gar nicht wüsste, wo ein neuer Mann herkommen sollte.«

Paul schwieg eine Weile. Dann seufzte auch er. »Wenn es so ist, kann ich dir leider nichts anderes raten, als das Gespräch mit Martin abzuwarten, damit du dir darüber klarwirst, ob du es doch noch einmal mit ihm versuchen willst. Aber auf jeden Fall würde ich mir an deiner Stelle eine Probezeit von mindestens einem Jahr ausbedingen, bevor du dich endgültig an ihn bindest.« Er hob beschwichtigend die Hand, als sie etwas erwidern wollte. »Auch mit fünfunddreißig Jahren bist du noch nicht zu alt, um gesunde Kinder zu gebären«, kam er Judiths Einwand zuvor.

Judith lächelte resigniert. »Du hast recht, Papa. Es bleibt mir ohnehin gar nichts anderes übrig. Mit Martin durchzubrennen ist wahrlich keine Alternative. Um unsere Hochzeit auszurichten, bedürfte es einiger Vorbereitungen. Also könnten wir ohnehin nicht Hals über Kopf heiraten. Dann kommt es auf ein Jahr mehr oder weniger auch nicht an.«

»Aber folge deinem Herzen, Judith, und nicht deinem Verstand!«, mahnte Paul eindringlich. »Ich war schon immer der Überzeugung, dass ledig zu bleiben besser ist als eine unglückliche Ehe.«

Dann sah er auf die Uhr. »Aber nun muss ich leider zurück ins KaDeWe. Ich habe um halb zwei eine Besprechung und muss mich noch vorbereiten.«

Auf dem Kurfürstendamm

13. Juli 1931, wenig später

Auf dem Weg zurück durch den für Juli ungewöhnlich kühlen Tag grübelte Paul über sein Gespräch mit Judith nach. Wohl war ihm dabei nicht zumute.

Innerlich fühlte er sich zerrissen. Einerseits spürte er, dass Rebekka dabei war, wieder in ihre Melancholie zurückzufallen, an der sie nach dem Tod ihres Sohnes Johannes jahrelang gelitten hatte. Durch die Freundschaft mit Betty Tietz war sie eine Zeit lang aufgeblüht und hatte offensichtlich viel größere Hoffnungen in die Beziehung zwischen Martin und Judith gesetzt, als ihm bislang klar gewesen war.

Andererseits befürchtete er, dass Judith ihre wahren Gefühle zur Seite schieben könnte, um Martin trotz seiner Affäre doch noch zu heiraten. Sicherlich wäre er im Vergleich zu diesem Schurken Gunter Perl, mit dem Judith die besten Jahre ihrer Zwanziger vergeudet hatte, die deutlich bessere Wahl. Auch Harry Jandorf, ihrem ersten Verlobten, weinte Paul keine Träne nach. Aber eine innere Stimme warnte ihn, dass Martin Judith ebenfalls nicht glücklich machen würde.

Vielleicht fühlt er sich ihr auch intellektuell unterlegen, überlegte Paul. Judith ist nicht die Frau, die einen Mann kritiklos anhimmelt. Anni Böning womöglich ebenfalls nicht, dachte er sarkastisch. Aber sie tut wahrscheinlich wenigstens so, wenn es darum geht, sich eine gute Partie wie Martin zu angeln.

Paul war sich allerdings dessen bewusst, dass er seinen Optimismus über Judiths Gebärfähigkeit trotz ihres zunehmenden

Alters nur vorgetäuscht hatte. Rebekka war fast fünfzehn Jahre jünger gewesen, als sie Johannes zur Welt gebracht hatte.

Immer noch starben viel zu viele Frauen im Kindbett. Selbst bei bester medizinischer Betreuung. Erst zu Jahresbeginn hatte man die Frau eines seiner Kollegen unter den kaufmännischen Leitern zu Grabe getragen. Sie war bei der Geburt verblutet, obwohl man sie in der ersten Klasse der renommierten Charité entbunden hatte. Auch diese Frau hatte die dreißig schon einige Jahre überschritten. Dabei war es sogar das dritte Kind gewesen, das sie zur Welt gebracht hatte. Landläufig hieß es, die Erstgeburt sei die risikoreichste.

Paul war so in seine Gedanken versunken, dass er den zunehmenden Lärm auf dem Kurfürstendamm zunächst gar nicht wahrnahm. Erst als schrille Schreie ertönten, bemerkte er, dass sich eine riesige Menschenmenge vor dem Eingang der Filiale der Berliner Sparkasse drängte. Je näher er kam, desto mehr steigerte sich das Gebrüll zu einer infernalischen Kakofonie.

»Macht die Tür auf! Gebt unser Geld her!«, konnte er zunächst einzelne Sätze heraushören. Vereinzelt mischten sich auch bereits Schimpfworte und Drohungen unter den Lärm. »Ausbeuter! Diebe! Räuber! Dreckskerle! Wir zünden euch die Bude über dem Kopf an!« Dann begann die ganze Menge lauthals zu skandieren: »Aufmachen! Aufmachen!«

Hinter sich hörte er schnelle Schritte. Eine Gruppe von fünf Polizisten, die wahrscheinlich aus der Wache am Kurfürstendamm stammte, marschierte eilig an ihm vorbei. Doch die wenigen Männer würden kaum etwas ausrichten können! Paul schätzte die Menge auf mehrere hundert Personen. Es waren Männer und Frauen jeden Alters, ihrer Kleidung nach zu schließen überwiegend gutbürgerliche Leute aus dem Mittelstand.

Jetzt erkannte Paul auch die ersten Gesichter. Den Abteilungsleiter der Weißwaren aus dem KaDeWe, eine Mitarbeiterin der Buchhaltung und sogar die Vorzimmerdame von Martin Tietz. Der Abteilungsleiter wirkte grimmig und fuchtelte mit den Armen, die Frauen schienen dagegen aufgelöst und den Tränen nahe.

Eine weitere Frau, die ihm bekannt vorkam, drängte sich gerade durch die Menge. Wahrscheinlich arbeitete auch sie im KaDeWe. Paul berührte sie am Arm. »Was gibt es denn hier für einen Tumult?«

Das Gesicht der Frau war erhitzt. Schweißperlen rannen unter ihrem Hut hervor, der ganz zerdrückt war. »Sie haben den Bankschalter geschlossen, Herr Bergmann«, antwortete sie und bewies Paul damit, dass sie wirklich im KaDeWe angestellt war. »Es ist kein Bargeld mehr da, haben sie gesagt. Wir sollen am Montag wiederkommen.«

Zu Pauls Bestürzung begann sie zu weinen. »Dabei stehe ich schon den vierten Werktag hintereinander hier für meine Ersparnisse an. Die Aufsichtsdame Frau Hauser war so freundlich, mir heute Vormittag freizugeben, weil ich in meiner Mittagspause bislang nichts erreicht habe. Aber heute Morgen war schon kurz nach halb neun kein Durchkommen mehr. Die Stärkeren haben die Schwächeren rücksichtslos zurückgedrängt. Und die Wachleute der Bank ließen ohnehin immer nur höchstens fünf Personen hinein. Dann hieß es auf einmal, nun sei für heute geschlossen«, schluchzte die Frau.

Mittlerweile erinnerte sich Paul auch an ihren Namen, nachdem sie Rieke Hauser erwähnt hatte. Es war Esther Weinberg, die Erste Verkäuferin der Damenkonfektion.

Ehe Paul ein Wort des Trostes aussprechen konnte, sprudelte es weiter aus Esther heraus. »Nach mehr als zwei Stunden glaubte ich, endlich bald an der Reihe zu sein. Dreimal … Dreimal gehörte ich zu den fünf Leuten, die hofften, demnächst eingelassen zu werden. Aber mich hat man immer abgewiesen, wahrscheinlich weil ich … weil ich …« Ihre letzten Worte gingen in einem Weinkrampf unter, sodass Paul sie nicht verstand.

Er fasste Esther Weinberg sanft am Ellenbogen und führte sie ein Stück von der immer noch tobenden Menge weg. Dabei bemerkte er, dass sie humpelte. »Nun beruhigen Sie sich, liebe Frau Weinberg. Noch ist ja nicht aller Tage Abend. Wenn Frau Hauser Ihnen heute erlaubt hat, für Ihre Ersparnisse anzustehen, wird sie es sicher auch morgen wieder tun.«

Esther schüttelte verzweifelt den Kopf. »Aber man weiß ja jetzt dort, dass ich Jüdin bin«, weinte sie zu Pauls Bestürzung auf. Jetzt konnte er auch ihre vorhin unverständlichen Worte nachträglich deuten.

»Man hat Sie abgewiesen, weil Sie Jüdin sind?« Er war erschüttert. »Woher wussten denn die Wachleute am Eingang davon?«

»Vielleicht hat Else Lemke es ihnen verraten. Das ist meine Kollegin von der Damenwäsche«, schluchzte Esther. »Sie kam nämlich gerade heraus, als ich zum ersten Mal an der Reihe gewesen wäre, und flüsterte einem der Wachmänner etwas ins Ohr. Im KaDeWe weiß man, dass Else Mitglied der NSDAP ist und ihr Freund angeblich sogar bei der SA mitmacht.«

»Und was ist geschehen, nachdem Fräulein Lemke dem Wachmann etwas zugeraunt hat?«

»Er hatte mir schon das Zeichen gegeben einzutreten. Dann hielt er mich plötzlich zurück und gab einer anderen Frau den Vortritt. Das passierte noch zwei weitere Male. Dann wurde ich sowieso von der immer größer werdenden Menge zur Seite und schließlich nach hinten zurückgedrängt. Man hat mir so schlimm auf den Fuß getreten, dass ich kaum laufen kann.«

Paul richtete den Blick nach unten und sah, dass Esthers Strümpfe völlig zerrissen waren. Ihr rechter Knöchel war bereits angeschwollen.

»Aber genau wissen Sie nicht, ob Fräulein Lemke Sie als Jüdin bezeichnet hat?«

Esther schüttelte den Kopf. »Nein, Herr Bergmann. Das ist nur eine Vermutung.«

Paul knirschte grimmig mit den Zähnen. Nur aufgrund eines Verdachts konnte er Else Lemke für ihr Verhalten nicht zur Rechenschaft ziehen. Erst recht nicht, da es außerhalb des KaDeWe und daher seines Einflussbereichs als Personalleiter geschehen war. Aber er würde diese Person im Auge behalten, nahm er sich vor, und bereute ein weiteres Mal, bei ihrer Einstellung durch Gunter Perl nicht von seinem Vetorecht Gebrauch gemacht zu haben.

Plötzlich knallten zwei Schüsse. Paul und Esther fuhren erschrocken herum. Zwei der Polizisten hatten offenbar in die Luft geschossen, um sich Respekt zu verschaffen. Tatsächlich begann die Menge daraufhin, sich zu zerstreuen, wenn auch nach wie vor mit lautem Geschimpfe und Geschrei.

»Kommen Sie, ich stütze Sie, Frau Weinberg. Glauben Sie, dass Sie die kurze Strecke zum KaDeWe selbst zurücklegen können?« Ratlos sah Paul den nach wie vor überfüllten Ku'damm hinauf und hinunter. »Denn einen Mietwagen zu suchen scheint mir ein wenig aussichtsreiches Unterfangen zu sein.«

Esther nickte tapfer. »Es wird schon irgendwie gehen, Herr Bergmann.« Eine Weile hinkte sie schweigend neben ihm her. »Darf ich Sie ... darf ich Sie denn noch etwas fragen?« Ihre Stimme klang ängstlich.

»Alles, was Sie möchten, Frau Weinberg. Was liegt Ihnen denn auf dem Herzen?«

»Es ist schon fast ein Uhr mittags. Ich bin jetzt seit über vier Stunden weg aus dem KaDeWe. Ich hoffe ... Ich hoffe, Sie nehmen das weder Frau Hauser noch mir übel?«

»Als Personalleiter, meinen Sie?« Noch bevor Esther antwortete, schüttelte Paul heftig den Kopf. »Natürlich nicht, Frau Weinberg. Wenigstens diese Sorge soll Sie nicht weiter quälen.«

Auch am nächsten Morgen blieb der Bankschalter der Berliner Sparkasse auf dem Kurfürstendamm geschlossen. So wie alle Bankschalter in ganz Berlin und im ganzen Land. Als die Geldhäuser zwei Tage später wieder öffneten, war bereits eine neue Notverordnung des Kabinetts Brüning in Kraft getreten, wie es Peter Hauser vorhergesehen hatte.

Es erlaubte Bankkunden nur noch, Gehälter oder Pensionen von ihren Konten abzuheben. Alle Sparguthaben wurden auf unbestimmte Zeit eingefroren.

Auf dem Berliner Funkturm

August 1931, am Abend

Ein letztes Mal genoss Judith die wunderbare Aussicht, die man von der Spitze des »Langen Lulatsch«, wie die Berliner ihren Funkturm nannten, im weiten Umkreis auf die Stadt hatte. Der Turm aus Stahl war 1926 anlässlich der dritten Großen Deutschen Funkausstellung errichtet und in Betrieb genommen worden, da der Siegeszug des Radios nicht mehr aufzuhalten war. Von dort aus wurde jetzt ein großer Teil des Hörfunks gesendet.

Von Anfang an hatten die Erbauer jedoch nicht nur die erhöhte Sendequalität im Sinn gehabt, sondern auch die vielen Touristen, die jährlich in die Hauptstadt strömten. Wie Judith und Martin konnten sie von der Aussichtsplattform auf der Spitze des Turms ihren Blick über ganz Berlin schweifen lassen. Verfügten sie über die nötigen Mittel, war das in fünfzig Meter Höhe eingerichtete Restaurant eine weitere Attraktion. Die Tische an den riesigen Fenstern waren natürlich am begehrtesten.

»Komm jetzt, Judith!«, drängte Martin sie nun. »Ich habe für neun Uhr reserviert. Wenn wir nicht pünktlich da sind, werden unsere Plätze im Nu anderweitig vergeben.«

»Schade«, entgegnete Judith. »Ich hätte so gerne noch die Lichter aufflammen sehen.«

»Das kannst du auch von unserem Tisch aus«, versprach Martin.

Eigentlich war Judith das klar gewesen. Aber der verlängerte Aufenthalt auf der Aussichtsplattform hätte die Aussprache, vor der sie sich fürchtete und die sie gleichzeitig herbeisehnte, noch ein wenig hinausgezögert. Es war schon ihr zweites Gespräch, nachdem Judith die Beziehung zu Martin aufgrund seiner Affäre mit Anni Böning Mitte Juni vorläufig beendet hatte.

Auch bei ihrem ersten Treffen hatte Martin weder Kosten noch Mühen gescheut, um für ein angenehmes Ambiente zu sorgen. Dazu hatte er ein überaus teures Restaurant im Grunewald ausgewählt. Da der Monat Juli in diesem Jahr jedoch kühl und verregnet war, war aus dem vor dem Essen geplanten Spaziergang in lauschiger Umgebung nichts geworden.

Auch das köstliche Menü hatte Judith damals kaum angerührt. Denn in ihrem Inneren tobte ein Gefühlschaos, das durch das wenige Tage zuvor geführte Gespräch mit ihrem Vater nur größer geworden war. Sie hatte deutlich gespürt, dass ihr Vater nicht viel davon hielt, dass sie ihre Beziehung zu Martin fortsetzte.

Ganz anders als ihre Mutter, die Judith regelrecht bedrängt hatte, Martin eine zweite Chance zu geben. »Männer müssen sich manchmal die Hörner abstoßen«, hatte sie so bestimmt erklärt, als ob sie diese Erfahrung auch schon in ihrer eigenen Ehe gemacht hätte. Dabei war Judith sicher, dass ihre Eltern sich ihr Lebtag lang treu geblieben waren. »Dazu wählen sie sich häufig leichtsinnige Frauen, die keine Hemmungen haben, sich auf ein solches Techtelmechtel einzulassen. Anni Böning gehört dazu, das kann ich dir versichern. Kein Mann, der etwas auf sich hält, würde sie heiraten.«

Auf Judiths beharrliches Nachfragen hin rückte Rebekka schließlich damit heraus, dass Betty Tietz sogar einen Privatdetektiv auf Anni Böning angesetzt hatte. Es war der gleiche

Mann, der vergeblich nach ihrem gestohlenen Saphirschmuck gesucht hatte.

»Diesmal hatte er jedoch handfeste Ergebnisse vorzuweisen«, fuhr sie mit einer Mischung aus Triumph und Verachtung fort. »Zur gleichen Zeit, zu der Martin sich mit ihr vergnügte, unterhielt diese Anni unmoralische Beziehungen zu mindestens zwei weiteren Männern. Betuchten Männern natürlich«, betonte Rebekka.

»Und wusste Martin davon?« Judith war perplex.

»Natürlich nicht«, fauchte Rebekka. »Welcher Mann lässt sich denn schon gerne Hörner aufsetzen? Er hat es erst von Betty erfahren!«

Anstatt zu beschwichtigen, hatte dieses Gespräch mit ihrer Mutter ihre Zweifel sogar noch verstärkt. Dass Betty ihrem jüngsten Sohn mit massiven geschäftlichen Nachteilen gedroht hatte, falls er nicht zu Judith zurückkehrte, verunsicherte sie schon genug. Kam nun noch dazu, dass Martin Anni nur deshalb den Rücken gekehrt hatte, weil er durch ihre anderen Affären in seiner Eitelkeit gekränkt war? Und nicht, weil er erkannt hatte, dass eigentlich Judith die Auserwählte seines Herzens war?

Erschwert wurde ihr die erste Aussprache mit Martin außerdem dadurch, dass sie ihm gegenüber keine einzige der Informationen preisgeben durfte, die ihr Rebekka gegeben hatte. Denn ihre Mutter hatte bereits gegen ihr Schweigegelöbnis gegenüber Betty Tietz verstoßen, als sie Judith davon erzählte. Dass sie nichts von Bettys Drohungen oder dem Ergebnis der Nachforschungen über Anni erfuhr, hatte Martin seiner Mutter gegenüber wiederum zur Bedingung für einen Neuanfang mit Judith gemacht.

Auch weil sie sich über ihre Gefühle noch nicht im Klaren gewesen war, hatte sich Judith bei ihrem ersten Gespräch Martin gegenüber sehr bedeckt gehalten. Auf seine Beteuerungen hin, wie leid ihm sein Fehltritt tue, hatte sie verhalten reagiert und sich drei Wochen Bedenkzeit erbeten.

Doch jetzt, nach Ablauf dieses Zeitraums, begann sie, sich anders zu besinnen. Dazu trug vor allem bei, dass Martin nichts unversucht gelassen hatte, um ihr seine Reue zu beweisen. Täglich traf ein Strauß Rosen in der Villa Bergmann ein, wo Judith immer noch bei ihren Eltern wohnte. Selbst Rebekka, die anfangs davon begeistert gewesen war, reagierte schließlich gereizt, weil ihr die Vasen ausgingen.

Martin schickte Judith außerdem alle paar Tage einen Brief, dem er in der Regel ein oder zwei Abzüge von Fotografien beilegte, die Judith und ihn bei Familienfesten oder gemeinsamen Aktivitäten zeigten. Klugerweise nahm er davon Abstand, seine Reue auch schriftlich zu bekunden, und erzählte stattdessen von seinem Alltag, insbesondere lustige Begebenheiten aus dem KaDeWe.

Kurzum, in den vergangenen drei Wochen hatte er sich wirklich alle Mühe gegeben. Die Krönung bildete der heutige Abend im Restaurant des Funkturms. Martin musste ein Vermögen ausgegeben haben, um so kurzfristig noch an einen Fenstertisch zu kommen. Denn jedermann wusste, dass das Restaurant insbesondere im Sommer auf Monate hinaus ausgebucht war.

Während der ersten Speisen des Fünfgängemenüs blieben sie bei unverfänglichen Themen und genossen das köstliche Essen. Judith erzählte vom Beginn ihres neuen Forschungsprojekts über alleinstehende Mütter. Martin berichtete von den Fortschritten beim Umbau des KaDeWe, dessen Abschluss im März nächsten Jahres mit einer riesigen Feier begangen werden sollte.

Schließlich waren sie beim Hauptgang angelangt, einem butterzarten Rehrücken mit Pfifferlingen. Aber schon nach den ersten Bissen legte Martin die Gabel weg und suchte Judiths Blick.

»Mittlerweile ist mir der Magen wie zugeschnürt«, gestand er ihr. »Du hast dir Bedenkzeit ausgebeten, um dich für oder gegen uns zu entscheiden. Ich merke, dass ich jetzt keine Minute länger warten kann, bis ich weiß, was du mir sagen möchtest.«

Auch Judith legte ihr Besteck ab. »Ich habe mich in den letzten Wochen immer wieder gefragt, ob es reiner Zufall war, dass du Anni Böning getroffen und dich in sie verguckt hast, oder ob du meiner überdrüssig geworden warst«, wich sie zunächst aus.

Judith beobachtete, dass Martin seine Antwort sorgfältig überlegte. »Überdrüssig geworden ist die falsche Formulierung«, sagte er schließlich. »Ich glaube, wir haben uns einfach ein Stück auseinandergelebt. Dazu trugen wahrscheinlich vor allem unsere beruflichen Verpflichtungen bei.« Er holte tief Luft. »Irgendwann hatte ich den Eindruck, deine Karriere ist dir wichtiger, als ich es bin.«

Judith verspürte einen Stich. »Warum hast du mir nie etwas über diese Gefühle gesagt?«

Martin seufzte. »Bewusst habe ich mir das nicht so richtig eingestanden. Vielleicht hatte ich auch die Befürchtung, recht zu behalten, wenn ich das Thema anspreche. Denn wir leben in doch sehr unterschiedlichen Welten. Und meine scheint dich nicht besonders zu interessieren, hatte ich öfter den Eindruck.«

Judith ließ dies auf sich wirken und spürte, dass etwas Wahres an Martins Worten dran war.

»Hast du mir deshalb nie einen Antrag gemacht? Weil du befürchtet hast, ich könnte ihn ablehnen?«

Wieder überlegte Martin eine Zeit lang. Dann hob er den Kopf und sah Judith gerade in die Augen. »Ja und nein. Du bist eine sehr ungewöhnliche Frau, Judith. Viel gebildeter als ich, eine erfolgreiche Wissenschaftlerin. Ich bin dagegen ein Mann der Tat und niemals ein Bücherwurm gewesen. In dieser Hinsicht sind wir beide sehr unterschiedlich. Und daher habe ich tatsächlich befürchtet, du könntest dich für deinen Beruf entscheiden anstatt für die Ehe und eine Familie mit mir.«

»Wäre es denn so undenkbar für dich, dass ich weiter berufstätig bleibe, auch wenn wir gemeinsame Kinder hätten?«

Diesmal ließ sich Martin besonders viel Zeit mit seiner Antwort. »Eigentlich ja«, gab er ehrlich zu. »Nicht weil ich erwarte, dass du selbst fütterst und Windeln wechselst. Dafür gibt es Kindermädchen und anderes Personal. Aber sogar meine Mutter, die meinem Vater jahrelang beim Aufbau der Firma zur Seite stand, hat sich nach Georgs Geburt aus dem Geschäft zurückgezogen. Und weder Georgs Frau Edith noch meine Schwester Elise haben jemals einen Beruf ausgeübt. Sowohl meinem Bruder als auch meinem Schwager würde dies unpassend erscheinen.«

»Unpassend«, echote Judith. Ihr verging der Appetit. Lustlos schob sie den Teller von sich. »Haben sie dich manchmal mit meiner Berufstätigkeit aufgezogen?«, fragte sie aus einer Eingebung heraus.

Martins beredtes Schweigen war ihr Antwort genug. Es lief also tatsächlich darauf hinaus: Wenn sie Martin heiratete, müsste sie ihre wissenschaftliche Laufbahn, ihre Lehrtätigkeit und nicht zuletzt die finanzielle Unabhängigkeit, die ihr so wichtig war, spätestens in dem Moment aufgeben, in dem eine Schwangerschaft sichtbar würde. Will ich das wirklich?, fragte sie sich innerlich und verspürte dabei einen Anflug von Panik und gleichzeitig große Traurigkeit.

»Dann brauche ich tatsächlich noch mehr Bedenkzeit«, brach es schließlich aus ihr heraus. »Zumindest eine Übergangszeit, in der ich mein Forschungsprojekt abschließen und meine Lehrtätigkeit übergeben kann.«

Martin nickte. »Das habe ich mir schon gedacht, Judith. Aber bitte horche einmal in dich hinein! Willst du mich heiraten und den Rest deines Lebens mit mir verbringen? Auch um diesen Preis?«

Judith spürte, dass sie sich beides wünschte, eine Berufstätigkeit ebenso wie die Fortsetzung ihrer Beziehung zu Martin. »War das jetzt ein Antrag?« Sie lächelte schief.

Martin nickte und griff in die Innentasche seines Abendjacketts. Er zog ein Kästchen hervor und öffnete es. Auf schwarzem Samt strahlte Judith ein riesiger Brillant, umgeben von Rubinen, entgegen. »Wenn du diesen Ring von mir annehmen möchtest, wäre dies heute Abend der Zeitpunkt unserer Verlobung.«

Judith war überwältigt und fühlte sich gleichzeitig panisch. »Aber … aber wann sollte denn dann unsere Hochzeit sein?«

Martin hob die Schultern. »Für die Vorbereitung und Ausrichtung einer standesgemäßen Hochzeit sind die nächsten Monate ungünstig«, gab er offen zu. »Erst nach der Eröffnung des umgebauten KaDeWe hätte ich dafür den Rücken frei.«

»Mein aktuelles Forschungsprojekt dauert ebenfalls mindestens bis zum Sommer des nächsten Jahres. Eher noch länger. Erst dann könnte auch ich mich auf Hochzeitsvorbereitungen konzentrieren.«

Martin strahlte. »Dann nimmst du meinen Antrag also an?«

Judith kam eine Idee. »Ja, ich nehme ihn an. Unter der Bedingung, dass wir dies erst einmal als eine Angelegenheit betrachten, die nur uns beide angeht. Wenn wir uns jetzt offiziell miteinander verloben, lassen unsere Mütter uns keine Ruhe damit, möglichst schnell auch zu heiraten.«

»Das sehe ich auch so. Aber was sollen wir ihnen über uns sagen?«

»Wir teilen unseren Familien mit, dass wir unsere Beziehung fortsetzen wollen, uns aber ein weiteres Jahr Zeit miteinander geben möchten, um das verlorene Vertrauen wiederzugewinnen. Das gibt dir die Möglichkeit, dich um die restlichen Umbauarbeiten im KaDeWe zu kümmern. Ich wiederum kann mit Alice Salomon und Professor Max Sering meine Nachfolge an der Sozialen Frauenschule und der Friedrich-Wilhelm-Universität vorbereiten und mein Forschungsprojekt abschließen.«

Martin war noch nicht überzeugt. »Unsere Mütter werden sicher enttäuscht sein.«

Jetzt ergriff Judith Martins Hand. »Wir sind erwachsene Menschen, Martin, und sollten uns das Recht ausbedingen, unseren eigenen Weg zu gehen. Die Hauptsache ist, uns beiden geht es damit gut.«

Und wir können noch einmal prüfen, ob wir wirklich zueinander passen, ging es Judith durch den Kopf, ohne dass sie diese Worte laut aussprach.

»Wir sollten uns allerdings wieder mehr Zeit füreinander nehmen!«, appellierte sie dann an Martin. »Mindestens zwei Abende pro Woche und einen Teil des Wochenendes. Unabhängig davon, was gerade an beruflicher Arbeit anfällt. Wie findest du das?«

Martin entspannte sich sichtlich. »Damit bin ich einverstanden. Sogar sehr gerne. Aber wir sollten in unserer Freizeit auch Rücksicht gegenüber unseren unterschiedlichen Bedürfnissen üben.«

Judith grinste. »Du meinst, ich sollte auch dann mit dir ins Kino gehen, wenn es um Mord und Totschlag geht?« Sie spielte dabei auf Fritz Langs aktuellen Film an.

Martin erwiderte ihr Grinsen. »Dafür ertrage ich dann klaglos Stücke von Schiller, Shakespeare und sogar Mozartopern«, versprach er.

»Manchmal gibt es sicher auch etwas, was uns beide amüsiert. Denk nur an den *Hauptmann von Köpenick*!«

»Dann lass es uns auf diese Art noch einmal miteinander versuchen, Judith!«

Sie wollte schon zustimmen, als ihr noch etwas einfiel. »Eben hast du ›ja und nein‹ geantwortet, als ich dich fragte, ob du befürchtest hast, ich könnte einen Heiratsantrag ablehnen. Das Ja hast du erläutert: Du hattest Sorge, ich könnte dir aufgrund meiner beruflichen Interessen einen Korb geben. Aber was steckte hinter dem Nein?«

Nun blitzte Schalk in Martins Augen auf. »Betrachte ich mir die Ehen von Georg und Hugo, herrscht dort vor allem gähnende Langeweile. Auch das hat mich immer vor einer Heirat zurückschrecken lassen.«

Judith lächelte erleichtert. »Ich verspreche dir, dass es dir mit mir niemals langweilig werden wird. Dafür sorgt schon mein Temperament.«

»Was machen wir mit dem Ring?« Martin deutete auf das Kästchen, das zwischen den Tellern stand. »Möchtest du ihn heute schon haben?«

Judith schüttelte spontan den Kopf. »Ich könnte den Ring ja noch gar nicht tragen. Also behalte ihn erst einmal und schenk ihn mir, wenn wir unsere Verlobung offiziell bekannt geben.«

Martin lächelte. »Dann ist es sehr gut, dass ich eine weitere Überraschung für dich habe.« Er griff noch einmal in die Innentasche seines Jacketts. »Erinnerst du dich an unseren Abend im Haus Vaterland und an die Landschaft am Rhein in diesem Restaurant?«

Judith nickte erstaunt.

»Wir haben noch nie zusammen Urlaub gemacht. Du hast dir damals gewünscht, diese Gegend einmal besuchen zu können. Hier ist das Prospekt eines Luxushotels am Mittelrhein. Es liegt in einem Ort namens Boppard, nicht weit von jenem Loreley-Felsen entfernt. Ich habe dort bereits angefragt, ob Herr und Frau Martin Tietz eine Woche Quartier nehmen könnten. Wenn du einverstanden bist, feiern wir dort noch im August unsere Versöhnung. Dass wir nicht verheiratet sind, wird in einem solchen Haus niemanden interessieren.« Er zwinkerte ihr zu.

Judith war gerührt. »Das ist eine wunderbare Idee. Ich danke dir von ganzem Herzen dafür!«

Martin liegt wirklich viel an mir, ging es ihr durch den Kopf. Sie würde zwar ein paar Termine verlegen müssen. Aber das war im Moment egal. Martin winkte dem Kellner. »Bitte räumen Sie das ab und bringen Sie mir die Rechnung!«

Der Kellner starrte bestürzt auf die noch vollen Teller. »Hat den gnädigen Herrschaften der Rehrücken nicht gemundet?«

»Er war sogar ausgesprochen delikat«, erwiderte Martin. »Nur leider ist uns beim Genuss etwas Wichtiges dazwischengekommen. Daher haben wir es jetzt ausgesprochen eilig, nach Hause zu kommen.« Er zwinkerte Judith zu.

Während sie spürte, dass sie errötete, verzog der Kellner keine Miene. Solche Kapriolen seiner betuchten Gäste war er offensichtlich gewohnt.

Kapitel 18

Ostseebad Binz auf Rügen

August 1931

Eng aneinander geschmiegt saßen Rieke und Peter hoch über den Kreidefelsen von Rügen auf einer lauschigen Bank und genossen den Sonnenuntergang. Es war der letzte Abend ihres einwöchigen Urlaubs.

»Wie schade, dass wir morgen früh nach Hause fahren müssen«, seufzte Rieke.

»Und wie schade, dass wir uns einen solchen Urlaub nicht schon früher gegönnt haben«, ergänzte Peter.

Sechs Werktage Urlaub pro Jahr und damit eine ganze Woche, wenn man sie am Stück nahm, standen jedem Mitarbeiter des KaDeWe bereits seit 1928 zu, dem zweiten Jahr nach der Übernahme durch Tietz.

Regulären Urlaub für die Mitarbeiter hatte es unter der Ägide Jandorfs in dieser Form nicht gegeben. Benötigte jemand aus privaten Gründen einmal ein oder zwei Tage frei, hatte sich der damalige Eigner zwar meistens als großzügig erwiesen und dies bei vollem Lohnausgleich gewährt. Aber einen regelmäßigen Urlaubsanspruch konnte man daraus nicht ableiten.

Deshalb hatten auch Rieke und Peter sich erst an dieses Privileg gewöhnen müssen und Urlaub in den ersten Jahren nur tageweise genommen. Mit Ausnahme eines verlängerten Wochenendes im Grunewald nach ihrer Hochzeit hatten sie sich an diesen Tagen auch nicht ausgeruht, sondern sie für notwendige Besorgungen oder Renovierungen in ihrer eigenen oder Käthes und Fritz' Wohnung in Meyers Hof genutzt.

Insofern erschienen Rieke und Peter die vergangenen Tage geradezu paradiesisch. In ihrem Quartier, der gemütlichen Pension Augusta in Binz, fühlten sie sich außerordentlich wohl. Es war allein schon ungewohnt für die beiden, dass jeden Morgen ein üppiges Frühstück auf sie wartete, für das sie keinen Finger krümmen mussten.

Bei wunderbarem Sommerwetter waren die Tage wie im Fluge vergangen. Sie hatten sie mit langen Spaziergängen auf den Kreidefelsen oder am Badestrand verbracht, wo sie sich einen Strandkorb gemietet hatten.

Allerdings traute sich nur Peter in die kühle Ostsee. Rieke stellte ihren mondänen Badeanzug, den sie sich im KaDeWe zum Dank für die gute Organisation der Modenschau hatte aussuchen dürfen, nur an Land zur Schau.

Ursprünglich hatte Rieke nach dem großzügigen Angebot des Abteilungsleiters Loewenberger mit dem Gedanken gespielt, sich für das wie ein Tigerfell gemusterte Modell zu entscheiden, das Anni Böning im zweiten Durchgang der Bademodenpräsentation getragen hatte. Dann fand sie das doch zu gewagt. Stattdessen wählte sie das zartrosafarbene Modell mit dem kurzen Röckchen, das ebenfalls Böning vorgeführt hatte. Auch damit zog sie am Strand von Rügen bewundernde Blicke von Männern und Frauen gleichermaßen auf sich.

Ungewohnt für Rieke und Peter waren auch die regelmäßigen Café- und Restaurantbesuche, die sie sich zu Hause nur selten leisteten. »Ich werde vor allem die köstliche Sanddorntorte vermissen«, klagte Rieke. »Und all die herrlichen Fischgerichte, die es hier gibt.« Aufgrund der raschen Verderblichkeit bereitete sie in Meyers Hof so gut wie nie frischen Fisch zu.

Peter drückte ihr einen zärtlichen Kuss auf die Schläfe. »Weißt du was, mein Schatz? Wir nehmen uns ein paar Gläser Sanddornmarmelade mit nach Berlin, sozusagen als leckere

Erinnerung. Und kommen in Zukunft jedes Jahr eine Woche hierher. Was meinst du?«

»Wenn wir uns das weiterhin leisten können, sehr gerne«, freute sich Rieke.

»Zumindest das nächste Jahr werden wir es können«, zwinkerte ihr Peter zu. »Immerhin stecken noch etliche Scheine von unserem Ersparten in der Blechdose im Küchenschrank.«

»Es sei denn, wir brauchen endlich eine größere Wohnung«, erwiderte Rieke. Ihr Lächeln wurde schmerzlich.

Peter zog sie noch enger an sich. »Wenn uns die Vorsehung oder der Herrgott oder wer auch immer endlich ein Kind schenken wird, soll es mir von Herzen willkommen sein. Solange genießen wir eben unser Leben zu zweit.«

Wie immer bei diesem Thema war Rieke ambivalent. Einerseits sorgte sie sich mittlerweile sehr darüber, dass sie bereits mehrere Jahre vergeblich versuchte, schwanger zu werden. Immer wieder spielte sie mit dem Gedanken, deswegen einen Frauenarzt aufzusuchen, scheute aber letztlich davor zurück, aus Angst, eine schlechte Diagnose zu erhalten.

Andererseits liebte Rieke ihre Stellung als Aufsichtsdame im KaDeWe, erst recht, seit Gunter Perl ihr dabei kaum noch in die Quere kam. Noch immer musste sie lachen, wenn sie daran dachte, wie sie sich an jener ostpreußischen Gutsbesitzerfrau gerächt hatte, von der sie zuvor mit Perls Hilfe drangsaliert worden war. Seither waren weder diese Dame noch Gunter Perl wieder in der Damenkonfektion des KaDeWe erschienen.

Obwohl sie das Urlaubsende bedauerte, freute sich Rieke daher wieder auf ihre Arbeit. Sie wusste, dass dies auch bei Peter so war.

Dennoch brütete er gerade mit finsterer Miene vor sich hin.

»Denkst du an die Probleme, die in Meyers Hof auf dich warten?« Das würde der einzige Wermutstropfen bei ihrer Heimkehr sein.

Peter nickte. »Das nächste Gespräch mit diesem Tumarkin

steht an. Aber ich fürchte, wir werden nicht sehr erfolgreich sein. Selbst wenn sich Max Köhler ihm oder mir gegenüber zusammenreißt.«

»Kannst du dich denn mit Max nicht noch einmal aussprechen und wieder versöhnen?«

»Ich fürchte, das hat keinen Zweck. Seitdem zwei Kämpfer der Rotfront diese beiden Polizisten am Bülowplatz erschossen haben, sind im Mieterrat die Fronten zwischen den Mitgliedern der KPD und uns SPDlern verhärtet. Du weißt, dass ich diese Morde nicht gutheiße und das auch offen gesagt habe. Max hat mich daraufhin wieder einmal einen Sozialfaschisten geschimpft. Zudem einen Knecht des Kapitals, weil ich im KaDeWe arbeite.«

Auch Riekes gute Laune verflog, als sie an den Vorfall dachte. Vor ungefähr zwei Wochen, am 9. August, waren die jahrelangen Spannungen zwischen Mitgliedern der KPD, die ihre Zentrale am Bülowplatz im Scheunenviertel hatten, und der Polizei des benachbarten Reviers endgültig eskaliert. Einen Tag zuvor war ein junger Mann, noch keine zwanzig Jahre alt, bei Unruhen durch einen Schuss aus einer Polizeipistole tödlich verletzt worden.

Daraufhin hatte der Rote Frontkämpferbund, die paramilitärische Kampforganisation der KPD und damit das Pendant zur nationalsozialistischen SA, beschlossen, sich zu rächen. Schon am nächsten Tag wurden der Leiter des Polizeireviers und ein weiterer Polizeioffizier erschossen. Ein dritter Polizist wurde schwer verletzt. Die Mörder waren flüchtig. Es hieß, sie seien bereits in Moskau angekommen und damit unerreichbar für die deutsche Justiz. Erich Mielke, einem der beiden Täter, war Peter sogar mal persönlich begegnet.

Für ihn lag es auf der Hand, dass die Behörden, die ohnehin gegenüber rechtsgerichteten Parteien bislang sehr viel nachsichtiger gewesen waren als gegenüber linksgerichteten, jetzt nicht nur gegen die KPD, sondern auch gegen die SPD wieder schärfer vorgehen würden. Obwohl sich die beiden Parteien mittlerweile heftig zerstritten hatten, wurden sie von der breiten Öffentlichkeit und der Justiz immer noch gern in einen Topf geworfen. Diese Bedenken hatte Peter auch im Mieterrat zur Sprache gebracht, was zu einer heftigen Verschärfung des Konflikts geführt hatte.

»Aber es geht doch um das Wohl der Bewohner von Meyers Hof, unabhängig davon, welcher Partei sie nahestehen oder ob sie sich überhaupt politisch betätigen«, versuchte es Rieke noch einmal. »Das muss doch auch diesem Max Köhler klarzumachen sein.«

»Daran glaube ich nicht mehr«, entgegnete Peter. »Hätte sich doch nur Harald Kuczynski im Frühjahr zur Wahl gestellt! Vielleicht hätte er doch die Mehrheit gegen Max Köhler auf seiner Seite gehabt.«

Harald war wie Peter Mitglied der SPD und des Mieterrats von Meyers Hof. Bei der Wahl zum Mietersprecher war er allerdings nicht angetreten, da man sich damals darauf geeinigt hatte, dass die beiden Vertreter je aus der KPD und der SPD stammen sollten.

»Aber ihr müsst euch einigen!«, appellierte Rieke noch einmal. »Denk doch nur daran, wie sich meine Mutter und Fritz fühlen werden, wenn sie wieder in ihre Wohnung im Hinterhaus ziehen müssen. Das Trinkwasser ist dort dreckiger denn je!«

Peter runzelte sorgenvoll die Stirn. »Das weiß ich doch, Rieke. Auch dass letztlich alles Flickschusterei war, was dieser Tumarkin als großes Entgegenkommen bezeichnet hat.«

Tatsächlich war der Vermieter zu einigen kleineren Reparaturen bereit gewesen, als ihm die Mehrzahl seiner Mieter nach Peters und Max Köhlers ergebnislosem Gespräch im April die Miete ab Mai um zehn Prozent gekürzt hatte.

Er hatte die lecken Bottiche in den beiden Waschküchen reparieren lassen und seinem Verwalter Ritter die Verantwortung dafür übertragen, dass zumindest Putzstücke, die sich von den Fassaden zu lösen drohten, rechtzeitig abgeschlagen wurden. Auch der Misthaufen vor der Kellerwohnung im vierten Hinterhof war beseitigt worden. Und in seiner *unendlichen Großzügigkeit*, wie Peter damals sarkastisch betonte, erlaubte Tumarkin der Familie Böttcher, ihr Notquartier im Wassertank auf dem Dachboden zu verlassen und in dieses unter dem Pferdestall liegende Kellerloch einzuziehen. Die Nachmieter der Familie Schmidtke hatten aufgrund der ständigen Feuchtig- und Lichtlosigkeit nämlich das Weite gesucht.

Die drei Monate, die die Böttchers dort mietfrei wohnen durften, waren jedoch demnächst vorbei. Peter wusste von Judith, die die Familie noch immer betreute, dass sich deren finanzielle Situation inzwischen sogar verschlechtert hatte. Nach wie vor waren beide Eltern erwerbslos. Ihre Stütze war jedoch durch die beständigen Sparmaßnahmen des Reichskanzlers Brüning weiter gekürzt worden.

Das größte Entgegenkommen Tumarkins hatte darin bestanden, den Mietern das erhöhte Wassergeld zu erlassen. Das war eine Folge davon gewesen, dass man die Hähne bis zu einer halben Stunde lang aufdrehen musste, um sauberes Trinkwasser aus den verschmutzten Leitungen zu bekommen. Repariert worden war allerdings lediglich die Kloakenleitung im fünften Hinterhaus, aus der es in die darunterliegende Wohnung getropft hatte.

Die fehlende Sanierung des gesamten Rohrnetzes rächte sich immer mehr, denn die Leitungen verrotteten weiter. In manchen Wohnungen, darunter der von Käthe und Fritz, konnte man jetzt das Wasser so lange laufen lassen, wie man wollte. Es blieb trüb und ungenießbar.

Deshalb hatten Rieke und Peter den beiden erlaubt, während ihrer Abwesenheit in ihrer Wohnung im Vorderhaus zu wohnen. Auch um ihr schlechtes Gewissen zu beruhigen, da Käthe und Fritz sich einen solchen Luxus wie Urlaub nie würden leisten können.

Auch die anderen Missstände in Meyers Hof hatten zwischenzeitlich zu neuen Problemen geführt. Der Lastwagen eines kleinen Gewerbetreibenden war in ein tiefes Schlagloch auf einem der Hinterhöfe geraten und dadurch so ins Schleudern gekommen, dass er um ein Haar ein Kind umgefahren hätte. Immer mehr Mieter klagten über ihre qualmenden Kochmaschinen und Öfen, ein Problem, das spätestens im herannahenden Winter zu eskalieren drohte.

»Aber nun haben wir schlechtere Karten als je zuvor gegenüber Tumarkin«, seufzte Peter und starrte blicklos in den wunderbaren Sonnenuntergang. »In anderen Mietskasernen, wo die Zustände ähnlich schlecht sind, haben die Behörden bereits Zwangsräumungen durchgeführt, wenn die Bewohner die Miete gekürzt haben. Also haben wir dieses Druckmittel gar nicht mehr in der Hand. Im Gegenteil, würden wir es erneut einsetzen, könnte es sich sogar gegen uns richten.«

»Also ist auch an einen Mieterstreik nicht mehr zu denken«, schlussfolgerte Rieke. Vor dem Attentat am Bülowplatz hatte Peter dies als letztes Mittel der Wahl bezeichnet, wenn sich nichts ändern sollte.

Peter schüttelte den Kopf. »Zum jetzigen Zeitpunkt wissen wir gar nicht, wie viele Mieter sich an einem solchen Streik überhaupt beteiligen würden. Gar keine Miete mehr zu zahlen erhöht das Risiko eines Rauswurfs enorm. Davor werden sich viele fürchten. Also müssten wir uns nicht nur im Mieterrat, sondern auch in der gesamten Mietergemeinschaft parteiübergreifend einig sein, um so was durchführen zu können. Das ist leider sehr unwahrscheinlich.«

Eine Weile saßen Rieke und Peter noch schweigend nebeneinander, während sich die Sonne dem Horizont näherte. Plötzlich ließ Peter Rieke los und sprang auf.

»Ach, herrje! Vor lauter trüben Gedanken an daheim habe ich ganz vergessen, dass ich uns für heute Abend einen Tisch im Restaurant auf der Seebrücke reserviert habe. Es sollte eine Überraschung für dich sein!«

Er warf einen Blick auf seine Armbanduhr. »Schon in einer halben Stunde! Wenn wir uns sputen, schaffen wir es gerade noch so mit dem Rückweg.«

Er reichte Rieke die Hand und zog sie hoch. »Also lass uns die letzten Stunden genießen. Die Probleme zu Hause warten noch früh genug auf uns.«

Auf der Tauentzienstraße

Samstag, 12. September 1931

»Schau mal, Peter, versammelt sich dort nicht die SA?« Riekes Augen weiteten sich ängstlich.

»Scheint so«, knurrte Peter. »Aber was haben sie an einem gewöhnlichen Samstagabend rund um die Gedächtniskirche verloren? Schon wieder zum Boykott von Geschäften aufzurufen hat um diese Uhrzeit doch gar keinen Sinn. Die sind wie das KaDeWe längst geschlossen.«

Eigentlich wollten Rieke und Peter den Samstagabend und damit die Arbeitswoche gemütlich in einem neuen Restaurant in der Nähe der Gedächtniskirche ausklingen lassen. Sich regelmäßig solche Oasen zu schaffen, um sich zu erholen und abzuschalten, hatten sie schon auf der Rückfahrt von Rügen beschlossen und sich bislang daran gehalten.

Riekes Herzschlag beschleunigte sich, je mehr sie sich den SA-Leuten näherten. Es war mittlerweile halb neun Uhr abends. Von allen Seiten strömten weitere Uniformierte zur Gedächtniskirche.

»Was können die denn vorhaben?«

»Sicher nichts Gutes. Trotzdem sollten wir uns nicht davon abhalten lassen, unseren Abend zu genießen«, erwiderte Peter trotzig.

Plötzlich blieb Rieke wie angewurzelt stehen. Diese vierschrötige Gestalt erkannte sie sogar von hinten. »Da! Da steht Gregor Eckstein!«, raunte sie Peter mit gedämpfter Stimme zu. »Lass uns bitte umkehren! Diesem Menschen möchte ich nie wieder begegnen!«

Eckstein stand ungefähr zwanzig Meter von ihnen entfernt. Auch er trug die braune Uniform, die ihm jedoch sichtlich zu eng war und um die Hüften spannte. Nun trat ein weiterer SA-Mann auf ihn zu, den die Abzeichen auf seiner Uniform als Sturmführer auswiesen.

Peter stieß zischend die Luft durch die Zähne. »Zwei Schweinehunde auf einem Quadratmeter. Erkennst du den Kerl neben Eckstein?«

»Natürlich. Das ist Hermann Wolters, *mein Schwager.*« Die letzten Worte betonte Rieke abfällig. Sie stellte sich auf die Zehenspitzen, um über die Menge hinwegzusehen. »Aber Sanni kann ich nirgendwo entdecken.«

»Das versteht sich von selbst. Naziweiber haben bei solchen Aufläufen der SA nichts zu suchen.«

»Bitte!« Rieke zerrte an Peters Arm. »Lass uns vom Wittenbergplatz aus woandershin fahren! Zum Beispiel ins Aschinger am Alexanderplatz. Die da haben irgendwas vor, das sagst du ja selbst. Hier habe ich keine ruhige Minute mehr.«

Noch einen Moment lang blieb Peter unschlüssig stehen, bis er nickte. »Du hast recht, Rieke. Ich stehe zwar grundsätzlich auf dem Standpunkt, dass man diesem braunen Gesindel nicht ausweichen sollte. Aber mit einem entspannten Abend können wir hier tatsächlich nicht mehr rechnen.«

Im KaDeWe

12. September 1931, ungefähr um die gleiche Zeit

»Komm, Judith! Wenn du schon einmal da bist, zeige ich dir auch noch die Dachgeschosse!«

Angesichts von Martins Begeisterung beschloss Judith, ihre Ungeduld nicht zu zeigen. Eigentlich hatte sie Martin abholen wollen, um mit ihm in ein neu eröffnetes Restaurant in der Knesebeckstraße, die vom Ku'damm abzweigte, zu gehen. Dort wurde asiatische Küche angeboten, in Berlin gerade der letzte Schrei. Judith hatte den Tisch für neun Uhr reserviert und hoffte, man würde ihn ihr auch freihalten, wenn sie zu spät kämen.

Nach ihrer Aussprache im Funkturmrestaurant hatte sich Judith vorgenommen, für Martins Tätigkeit deutlich mehr Interesse zu zeigen. Der Umbau des KaDeWe war nun einmal seine große Leidenschaft.

»Ich komme gerne mit, aber wir sollten uns sputen. Von hier bis zur Knesebeckstraße gehen wir ja auch noch ein paar Minuten«, mahnte sie.

»Ach, wenn es da zu voll ist, finden wir ein anderes Restaurant«, erklärte Martin. Judith unterdrückte ihren aufkommenden Ärger. Die letzten beiden Wochenenden hatte sie vergeblich versucht, im China Garten, wie sich das neue Restaurant nannte, einen Tisch zu bekommen.

Schon eilte Martin auf eine Tür am hinteren Ende des mittlerweile fertiggestellten, aber noch nicht eingerichteten sechsten Stockwerks zu. Hier sollte die neue Lebensmittelabteilung untergebracht werden, größer und spektakulärer als jede andere in Berlin, hatte Martin zuvor stolz verkündet.

Vorsichtig, um ihre Seidenstrümpfe nicht zu zerreißen und mit ihren hochhackigen Pumps nicht hängen zu bleiben, stieg Judith hinter Martin eine schmale Stiege empor.

»Die eigentliche Treppe befindet sich noch im Rohbau und hat kein Geländer. Deshalb müssen wir diesen Weg nehmen. Pass auf, dass du dich nicht schmutzig machst«, warnte Martin sie über seine Schulter hinweg.

Schließlich erreichten sie das erste Dachgeschoss. Dort befanden sich alle Räume noch im Rohbau. »Hier wird demnächst die Stadtküche eingerichtet. Sobald die Böden und Wände gefliest sind.«

»Was ist eine ›Stadtküche‹?«

Wieder lächelte Martin stolz. »In der Lebensmittelabteilung bieten wir in Zukunft auch eine große Zahl fertig zubereiteter Gerichte an. Zum Mitnehmen sozusagen oder zur Lieferung nach Hause. Ebenso wie warme und kalte Büfetts für Gesellschaften. Die Speisen werden in dieser Küche zubereitet oder auch nebenan in der zukünftigen Back- und Konditoreistube.«

»Und wozu werden all die anderen Räume verwendet?«, fragte Judith, während sie an einer schier endlosen Zimmerflucht entlanggingen.

»Dort entsteht eine ganze Reihe von Lagerräumen für fast jede Abteilung im KaDeWe. Die Ware wird in Zukunft hier oben vom Hof aus mit mehreren Lastenaufzügen angeliefert, die an der Außenwand befestigt sind. Dann wird sie auf Vollständigkeit und Qualität geprüft und auf die einzelnen Lager verteilt. Aber die meisten Lagerräume befinden sich im achten Stock. Die Räume in diesem Stockwerk sind vor allem als Vorrats- und Kühlräume für Lebensmittel gedacht«, fügte Martin stolz hinzu.

»Womit wollt ihr die Lebensmittel denn kühlen? Noch dazu in dieser Höhe?«

»Das wirst du gleich sehen.« Rasch stieg Martin eine weitere Treppe empor. Jetzt befanden sie sich im achten Stockwerk. Martin öffnete eine Tür und ließ Judith eintreten. »Damit!«

Im Licht einer nackten Glühbirne erblickte sie eine Reihe von großen Maschinen. Sie war verwirrt.

Rasch klärte Martin sie auf. »Das ist die erste Kunsteisfabrik in einem Berliner Warenhaus. Hier werden täglich Tonnen von Eis produziert. Zur Kühlung aller Lagerräume für empfindliche Lebensmittel. Aber auch zur Erzeugung kalter Luft, die an heißen Sommertagen die Temperatur im gesamten Kaufhaus senken wird.«

Judith fühlte sich gleichzeitig beeindruckt und ein wenig abgestoßen. Unwillkürlich erschienen die armseligen Quartiere der ledigen Mütter aus ihrem aktuellen Forschungsprojekt vor ihrem inneren Auge. Diese Frauen kämpften täglich darum, ihre Kinder und sich selbst mühselig durchzubringen. Und hier im KaDeWe brauchte man allein Tonnen von Eis, um die Überfülle von Lebensmitteln aller Art frisch zu halten.

Aber getreu ihrem Grundsatz, Martin nicht mehr mit solchen Gedanken zu behelligen, verbiss sich Judith jede kritische Bemerkung. Er war nun einmal Kaufmann mit Leib und Seele und unterstützte darüber hinaus ihre Projekte nach wie vor mit Lebensmittelspenden, insbesondere Obst. Judith wollte ihm nicht das Gefühl geben, dass sie seine Arbeit geringer schätzte als ihre eigene. Obwohl sie tief in ihrem Innersten fühlte, dass es sich genau so verhielt.

Nun klopfte sie demonstrativ auf ihre goldene Abendarmbanduhr. »Martin! Es ist fast neun! Zeig mir die übrigen Räume doch bei meinem nächsten Besuch! Jetzt würde ich allzu gerne die Pekingente probieren, von der ganz Berlin schwärmt.«

Als sie wenig später auf die Tauentzienstraße traten, fielen ihnen die Ansammlungen von SA-Männern sofort ins Auge. Sie waren mit Schlagstöcken und teilweise sogar mit Pistolen bewaffnet und marschierten in Gruppen von ungefähr zwanzig Personen zu beiden Seiten der Straße auf den Bürgersteigen. Die Rufe, die Judith und Martin vernahmen, waren anfangs noch ohne antisemitischen Beiklang, wenn auch angesichts der oft feisten Gestalten der SA-Männer wenig glaubwürdig.

»Wir haben Hunger!« – »Wir wollen Arbeit, um zu leben!«, skandierten sie.

Die erste Gruppe, an der Judith und Martin vorbeikamen, fixierte sie zwar scharf, ließ sie aber anstandslos passieren. Die Szenerie änderte sich jedoch sofort, als sie in den Kurfürstendamm einbogen.

Auch hier marschierten Gruppen von SA-Männern auf beiden Straßenseiten und in beide Richtungen, wobei sie den gesamten Ku'damm blockierten. Nur ein einzelner Personenwagen mit offenem Verdeck fuhr durch die Menge, die ihm bereitwillig Platz machte. Auf der Beifahrerseite stand ein hochgewachsener Mann, ebenfalls in der braunen Uniform, winkte einzelne SA-Leute heran oder rief ihnen etwas zu, das Judith aufgrund der Entfernung nicht verstand.

Auf Höhe der Fasanenstraße, wie ihr Ziel Knesebeckstraße eine Seitenstraße des Ku'damms, versperrte ihnen eine dichte Menschenkette von SA-Männern den Weg. Sie standen Spalier zu beiden Seiten der Straße, aus der jetzt viele Passanten strömten. Die Rufe der Nazis wurden brutaler und ließen an Deutlichkeit nichts mehr zu wünschen übrig.

»Juda verrecke!« – »Schlagt die Juden tot!«, erklang es zu Judiths Erschütterung immer lauter.

Nun stürmten zwei Kerle auf einen älteren Herrn in Zylinder und Gehrock und seine Begleiterin zu, die über ihrem teuer aussehenden Mantel eine Pelzboa trug.

»Haut der Judensau in die Fresse!«, feuerten die Umstehenden ihre Kumpane an. Tatsächlich holte der erste der beiden SA-Männer, ein untersetzter älterer Kerl mit Glatze und einem mächtigen Schnurrbart, aus und schmetterte seine geballte Faust mitten ins Gesicht des Passanten. Dieser ging sofort blutend zu Boden. Sein jüngerer SA-Komplize riss der kreischenden Frau die Pelzboa herunter und trampelte darauf herum.

Judith beobachtete die Gewalttätigkeiten wie erstarrt. Angesichts der Überzahl der brutalen SA-Leute ließ sie jeden

Gedanken daran fallen, Martin zu bitten, dem Paar zu Hilfe zu eilen. Gegen diese Übermacht war nichts auszurichten.

Hinter dem angegriffenen Paar kommende Passanten drehten sich um und liefen die Fasanenstraße entlang zurück, verfolgt von johlenden SA-Horden.

»Recht geschieht's den Itzigs!«, hörte Judith eine weibliche Stimme in ihrem Rücken sagen. »Was gehen die auch so aufreizend mit Zylinder und Pelz daher! Auf der einen Seite herrscht Not, auf der anderen werden die Festtagskleider ausgeführt.«

Mit aller Beherrschung vermied es Judith, sich umzudrehen, um das Gesicht der Hetzerin zu sehen, und verharrte weiter bewegungslos in dem Tumult. Erst nach einer geraumen Weile wagte sie, sich umzublicken. Auch der Rückweg zum KaDeWe war jetzt von bewaffneten, randalierenden SA-Leuten versperrt. Gerade flogen Pflastersteine in die Schaufenster des Schuhgeschäfts Levy, dessen Inhaber schon an seinem Namen als Jude erkennbar war. Glas splitterte, Frauen kreischten, SA-Leute brüllten durcheinander. Am liebsten hätte sich Judith die Ohren zugehalten.

Geistesgegenwärtig zog Martin sie in eine Nische, die durch eine vorspringende Hauswand gebildet wurde. »Was ist denn nur hier los?«, keuchte sie.

Martin beugte sich zu ihrem Ohr hinunter. »Heute ist das jüdische Neujahrsfest, weißt du das nicht?«

Judith, die wie ihre ganze Familie nicht religiös war, fiel es wie Schuppen von den Augen. »Die Synagoge! In der Fasanenstraße ist doch die große Synagoge! Als meine Großeltern noch lebten, haben wir dort am Neujahrsfest regelmäßig den Gottesdienst besucht.«

Martin nickte mit grimmiger Miene. »Ich kann nur von Glück sagen, dass meine Familie heute nicht hier ist. Meine Mutter pflegt mit Hugo und Elise an diesem Tag ebenfalls in die Synagoge zu gehen. Sie hat mir sogar erzählt, dass deine Mutter Rebekka diesmal mitkommen wollte.«

»Das weiß ich«, flüsterte Judith mit blutleeren Lippen. »Sie hat es mir beim Frühstück gesagt. Aber zum Glück haben sie die Synagoge in der Nähe des jüdischen Friedhofs in Weißensee ausgewählt.«

Eine neue Sorge ergriff sie. »Hoffentlich wird dort nicht auch randaliert!«

Immer mehr SA-Leute rannten lärmend in beide Richtungen an ihnen vorbei und griffen Passanten jeden Alters an. Zwischen ihnen fuhr jener Personenwagen hin und her, von dem aus ein hoher SA-Offizier dem Pöbel offensichtlich Anweisungen gab.

»Wir müssen jetzt hier weg, Judith!« Martin schlug sich auf den Mund. »Ich sollte dich auf keinen Fall mehr bei deinem Vornamen nennen. Mein eigener ist christlich genug und damit hoffentlich unverfänglich.«

»Aber wo sollen wir denn hin?«

»Das nächste Lokal ist das Café Reimann, gleich dahinten. Dort können wir uns in Sicherheit bringen.«

Die nächsten Minuten verliefen für Judith quälend langsam, wie in einem Albtraum. Eng an Martin geklammert und den Blick starr auf den Boden gerichtet, stolperte sie mehr über den Kurfürstendamm, als sie ging, und kämpfte gegen ihre Panik an.

Um sie herum tobte ein immer größer werdendes Chaos. Schaufensterscheiben wurden eingeschlagen, Autos, die am Straßenrand parkten, demoliert. Plötzlich trat ihnen eine korpulente Frau in den Weg. Sie musterte sie von oben bis unten, als Judith und Martin unwillkürlich stehen blieben.

»Die da sind ooch Itzigs!«, schrie sie plötzlich. »Kiek mal, wie vornehm die tun. Die jehör'n zu den dreckigen Ausbeutern, dit spür ick jenau!«

Judiths Angst drohte sie zu überwältigen. Das Herz schlug ihr bis zum Hals. Zum Glück behielt Martin die Contenance.

»Bitte lassen Sie uns vorbei, gute Frau. Wir haben mit dem Judenpack nichts zu tun«, erklärte er.

»Dit glob ick nich! Hermann, Hermann!«, rief die Dicke einen Mann herbei, den seine Armbinde als SA-Offizier auswies. Rieke hätte Judith sagen können, dass es sich um ihren ehemaligen Verlobten Hermann Wolters handelte. Aber sowohl ihr als auch Martin war dieser Mann völlig unbekannt.

»Kiek! Die Trulla hat kohlschwarze Haare! Und is schnieke wie'n Modepüppken. Die is jüdisch, dit schwör ick dir!«

Der Mann namens Hermann betrachtete Judith und Martin von oben bis unten. »Dit is keene Jüdin, Erika«, beschied er der dicken Frau zu Judiths unendlicher Erleichterung. »Die hat blaue Oogen!«

»Aba der Kerl sieht aus wie'n Jud!«, beharrte die Frau.

»Keen Jud trägt 'nen Bart wie unser jeliebter Führer!«, widersprach ihr der Mann erneut.

Zum allerersten Mal war Judith dankbar dafür, dass Martin sein Hitlerbärtchen, das sie nie gemocht hatte, noch immer trug.

Noch einmal musterte der SA-Mann Martin. Dann schnellte sein rechter Arm in die Höhe. »Heil Hitler!«, rief er laut. Kaltblütig erwiderte Martin den Gruß und hob ebenfalls seinen Arm. »Heil Hitler!«

»Ick hab et dir doch jesagt, dit is keen Jud!«, hörten Martin und Judith den Mann noch sagen, als sie eilig weiterhasteten.

Ihr Plan, sich ins Café Reimann zu flüchten, wurde sofort zunichte, als sie das Café erblickten. Auch dort tobte eine Horde von SA-Männern und war gerade dabei, das gesamte Mobiliar des Gastgartens zu zerschlagen. Hinterher würden Judith und Martin erfahren, dass die SA auch im Inneren gewütet hatte und sogar Schüsse gefallen waren. Mehrere Personen, auch nicht jüdische, wurden dabei verletzt.

Das asiatische Restaurant China Garten in der Knesebeckstraße bot Judith und Martin ebenfalls keine Zuflucht. Als sie dort ankamen, fanden sie Türen und Fenster verrammelt vor. Auch alle übrigen Gaststätten, an denen sie vorbeikamen, hatten geschlossen.

»Wo bleibt denn nur die Polizei?«, japste Judith, als sie weiterliefen, um durch Seitenstraßen die U-Bahn-Station am Zoologischen Garten zu erreichen. Erst als sie dort ankamen, sahen sie die ersten Gendarmen anrücken.

Schon in der U-Bahn fand Martin seinen Humor wieder. »Das war doch ein guter Schildbürgerstreich, den ich dem Gesindel gespielt habe?«, grinste er.

Judith war nicht nach Lachen zumute. Zum ersten Mal war sie selbst mit der Gewalt konfrontiert worden, die in Berlin und im ganzen Reich immer häufiger gegen jüdische Mitbürger ausgeübt wurde. Sie ahnte, dass dies nicht das letzte Mal sein würde.

»Der Zweck heiligt die Mittel«, rang sie sich schließlich eine Antwort ab. »Wer weiß, was mit uns geschehen wäre, wenn sie dich als Geschäftsführer des KaDeWe erkannt hätten.«

»Das war eine gezielte Attacke anlässlich des jüdischen Neujahrsfests«, sagte Martin, nun wieder mit ernster Miene. »Es wird wahrlich Zeit, dass die Behörden diesem Pöbel das Handwerk legen.«

Wie die nächsten Monate zeigen sollten, blieb dies ein frommer Wunsch. Von den über tausend SA-Männern, die Geschäfte und Restaurants rings um den Ku'damm verwüstet und zahlreiche Passanten misshandelt hatten, kamen nicht einmal dreißig vor Gericht. Diese wurden im ersten Anlauf zu Gefängnisstrafen von wenigen Monaten verurteilt. Das betraf auch die beiden Anführer des Tumults, die die Aktionen von jenem Personenwagen aus koordiniert hatten. Es waren hochrangige Mitglieder der Gesellschaft, der Anführer Wolf Heinrich von Helldorf trug sogar einen Grafentitel.

In einem Revisionsverfahren ein paar Monate später setzte

man alle Gefängnisstrafen herab. Die Anführer wurden freigesprochen und mussten nur noch eine Geldbuße von jeweils einhundert Mark entrichten.

Und wiederum einige Monate später, nach der Machtübernahme Hitlers, wurden alle an diesen Ku'damm-Krawallen beteiligten Schläger vollständig amnestiert.

Ein Versammlungssaal im Bezirk Tiergarten

Anfang Oktober 1931

Sannis Herz begann, schneller zu schlagen, als Elsbeth Zander ihr das Zeichen gab, nach vorn auf die kleine Bühne zu kommen und ans Rednerpult zu treten. In den letzten Tagen hatte sie ihre Ansprache vor dem Spiegel ihres Schlafzimmers immer wieder geübt. Trotzdem war sie jetzt nervös.

Nachdem sie bereits seit über zwei Jahren Ortsleiterin des Deutschen Frauenordens in Moabit war, bewarb sie sich heute um die nächste Stufe auf der Karriereleiter für Frauen in der NSDAP.

Erst vor wenigen Tagen, am 1. Oktober, war reichsweit die sogenannte NS-Frauenschaft gegründet worden. In dieser neuen Organisation ging nicht nur der Deutsche Frauenorden auf, der schon seit 1928 Teil der NSDAP war. Auch alle weiteren Frauenvereine, die der Partei nahestanden, waren integriert worden. Elsbeth Zander, die Gründerin und bisherige Leiterin des Deutschen Frauenordens, war nun auch zur Leiterin der NS-Frauenschaft ernannt worden.

Dafür war allerdings ein Mann verantwortlich. Gregor Strasser war als Reichsorganisationsleiter bereits mit der Neustrukturierung der NS-Frauenorganisationen betraut worden und führte nun die Oberaufsicht über die NS-Frauenschaft. Bislang hatte es im Deutschen Frauenorden nach der Gesamtleiterin lediglich die Rolle der Ortsleiterin gegeben. In Zukunft würde man bei der nunmehr reichsweit tätigen Frauenorganisation auch Bezirks- und Gaufrauenschaftsleiterinnen benötigen. Sie sollten ebenfalls von ihren jeweils männlichen Pendants in der Partei ernannt werden.

Deshalb würde auch heute ein Mann über die zukünftige Frauenschaftsleiterin des Bezirks Tiergarten entscheiden. Außer Sanni als Ortsleiterin von Moabit hatten sich auch die Ortsleiterinnen des Hansaviertels und von Tiergarten beworben, der dem aus diesen drei Stadtteilen bestehenden Berliner Bezirk den Namen gab.

Elsbeth Zander, die in ihrer neuen Funktion gerade in Berlin weilte, ließ es sich nicht nehmen, bei den Veranstaltungen zur Ernennung der Berliner Bezirksfrauenschaftsleiterinnen dabei zu sein. Sie hatte auch die Moderation der heutigen Zusammenkunft übernommen.

Der einzige Mann im Saal war der unscheinbare Bezirksleiter von Tiergarten mit Namen Emil Bauernknecht. Er war von Beruf Lehrer und nur aufgrund des Parteiabzeichens, das er am Revers seines schlecht sitzenden dunkelgrauen Anzugs trug, als Mitglied der Partei zu erkennen.

Sanni verdrängte erneut ihren Unmut über diese männliche Vorherrschaft, die die Frauen und ihre Organisationen in der NSDAP in die zweite Reihe verwies. Wenn der Führer das so wollte, musste es damit seine Richtigkeit haben.

Jede der drei Ortsleiterinnen wurde zunächst von Elsbeth Zander vorgestellt und hielt danach eine Rede über ein nationalsozialistisches Frauenthema. Alle Ortsleiterinnen hatten zehn Frauen aus ihrem Bezirk als Zuhörerinnen mitbringen dürfen. Diese durften zwar Beifall klatschen, hatten aber kein Rede-, geschweige denn Stimmrecht.

Während Sanni, nach rechts und links lächelnd, an den Zuschauerreihen entlang nach vorn schritt, war sie sehr froh darüber, dass sie als dritte Rednerin nicht erneut über Schwangerschaft und Mutterschaft sprechen würde. Ihr Grund, auf dieses populärste NS-Frauen-Thema zu verzichten, war allerdings rein pragmatischer Natur gewesen. Denn Sanni war noch immer keine Mutter und würde es wahrscheinlich auch nie werden.

Natürlich waren daran mit Sicherheit die beiden Abtreibungen schuld, die sie auf Befehl ihres früheren Zuhälters Berti hatte durchführen lassen. Die Folgeschäden hinderten sie zwar nicht daran, schwanger zu werden, wie sie inzwischen wusste, aber daran, das Kind auszutragen.

Als Sanni nach dem grandiosen Wahlerfolg der NSDAP im September des vergangenen Jahres fast unmittelbar danach ein Kind erwartet hatte, führte sie dies noch auf die wie ein Lebenselixier auf sie wirkende Tätigkeit für die Partei zurück. Schon nach drei Monaten war der Traum jedoch zu Ende gewesen. Im Dezember hatte sie eine Fehlgeburt erlitten und dieses Unglück mit der für sie typischen Raffinesse zu ihrem Vorteil genutzt.

Der Fötus war nämlich am Abend eines Tages abgegangen, an dem Sanni, wie in den Vorjahren, an den Weihnachtsprotestaktionen vor großen jüdischen Warenhäusern Berlins teilgenommen hatte. Diesmal war Wertheim in der Leipziger Straße an der Reihe gewesen.

Es war zu den üblichen Rangeleien mit den Wachleuten gekommen. Allerdings hatte niemand Sanni eine Faust in den Bauch geschlagen, wie sie es gegenüber dem erschütterten Hermann behauptet hatte, bevor er sie blutüberströmt ins Krankenhaus brachte. Seither hasste Hermann die Juden und ihre Handlanger umso mehr. Sanni dagegen musste nicht mehr befürchten, dass ihre Abtreibungen als wahrer Grund für ihre Unfruchtbarkeit ans Licht kamen.

Denn ihre zweite Fehlgeburt, die wenige Monate später ebenfalls im dritten Monat erfolgte, wurde von dem behandelnden Arzt bereits in einen Zusammenhang mit der ersten Fehlgeburt im Dezember gebracht.

Zwei Fehlgeburten in kurzer Zeit hatten Sannis Gesundheit

arg in Mitleidenschaft gezogen. Da sie beim zweiten Mal am Blutverlust fast gestorben wäre, empfahlen die Ärzte Hermann und ihr danach dringend, einer weiteren Schwangerschaft vorzubeugen. Seither benutzte Sanni wieder ihr Pessar.

Sobald sie genesen war, hatte sie sich erst recht mit all ihrer Energie auf die Tätigkeit für die Partei konzentriert. Denn wenn ihr schon niemals die höchste Ehre zuteilwerden würde, eine mehrfache Mutter zu sein, wollte sie wenigstens in anderer Hinsicht eine Rolle spielen.

Nun war sie auf der Bühne angekommen und trat ans Rednerpult. Elsbeth Zander ergriff das Wort.

»Hier stelle ich Ihnen Susanne Wolters vor, Ehefrau des bewährten Sturmführers der SA, Hermann Wolters. Sie ist erst vor wenigen Jahren zu uns gestoßen, hat sich aber von Anfang an mit Herzblut und Leidenschaft für unsere hehre Sache eingesetzt. Hervorzuheben sind die von ihr organisierten Protestaktionen gegen jüdische Warenhäuser. Ihre Rede wird sich mit dem Thema ›Hauswirtschaft und ihre Bedeutung für die Volkswirtschaft‹ befassen.«

Sanni erhaschte einen kurzen Blick auf ihre Konkurrentinnen, bevor sie mit ihrer Rede begann. Beiden spielte ein hämisches Lächeln um die Lippen. Sie waren mehrfache Mütter und sicher überzeugt, dass ein so langweiliges Thema wie Hauswirtschaft nicht mit ihren Reden mithalten könnte.

Euch werde ich es zeigen, dachte Sanni trotzig. Was nützt die Mutterschaft ohne die Hauswirtschaft? Dann begann sie zu sprechen:

»Liebe Parteigenossinnen, sehr verehrte Frau Zander, sehr geehrter Herr Bauernknecht, viel haben wir heute bereits darüber gehört, wie wertvoll es ist, dem deutschen Volk reinrassige Kinder zu schenken. Davon hängt unser aller Zukunft ab. Jedes Wort, das meine beiden werten Vorrednerinnen zu diesem Thema gesagt haben, war daher auch mir aus dem Herzen gesprochen.«

Damit wich Sanni bereits vom Konzept ihrer Rede ab. Ursprünglich hatte sie nicht vorgehabt, ihre Konkurrentinnen zu loben. Aber auf subtile Weise sandte sie ihrem Auditorium damit die Botschaft, dass sie etwas Neues zu sagen hatte, was über das bereits Gesprochene hinausging.

»Neben der Mutter gibt es noch eine weitere, ureigenste Rolle der Frau, die ebenso viel Einfluss auf das Wohlergehen des deutschen Volkes hat.« Sanni machte eine Kunstpause und blickte über die versammelten Frauen. Ihre Freundin Luise Falkner, die Sanni im Fall ihres Sieges als Nachfolgerin für die Ortsleitung von Moabit empfehlen wollte, hob beide Daumen und strahlte sie an.

»Die deutsche Hausfrau verfügt mit ihrem Haushaltsgeld über fünfundsiebzig Prozent des gesamten Volkseinkommens. Dies ist durch die Arbeit des Mannes hart erworbenes Geld. Nach Auffassung der Partei verwaltet die deutsche Hausfrau also den größten Teil des Vermögens des deutschen Volkes. Ohne sinnvoll geleitete Hauswirtschaften ist eine gesunde Volkswirtschaft deshalb undenkbar.«

Natürlich hatte Sanni mit ihrer mangelnden Schulbildung diese Rede nicht gänzlich selbst entworfen. Sie hatte sich im Gegenteil ausführlich mit den Schriften von Elsbeth Zander und anderen bekannten nationalsozialistischen Aktivistinnen beschäftigt. Teilweise verwandte sie sogar deren originale Formulierungen. Aber was machte das schon, ging es doch um die reine Wahrheit.

»Was sind nun die edelsten Aufgaben jeder Hausfrau, die ihr auch bleiben, wenn die Kinder längst aus dem Haus sind? Sie ist verantwortlich für eine gesunde und ausgewogene Ernährung und eine zugleich preiswerte und angemessene Kleidung aller Familienmitglieder. Sie bereitet ihrem hart arbeitenden Ehemann ein gemütliches Heim und ihren Kindern eine Wohnstatt, in der sie unbeschwert aufwachsen können.«

Während der erste Applaus aufbrandete, tauchten unerwünschte Bilder vor Sannis innerem Auge auf. Die ärmliche Mietskaserne, in der sie aufgewachsen war und die ihr während ihrer ganzen Kindheit alles andere als eine unbeschwerte Wohnstatt gewesen war. Ihr arbeitsloser, trunksüchtiger Vater, ihre ständig überlastete Mutter, die für den Unterhalt der ganzen Familie sorgte. Käthe Krause hatte kaum je ein warmes Wort an ihre Kinder gerichtet. Geschweige denn, dass sie ihnen die liebevolle und fürsorgliche Mutter gewesen wäre, die Sannis Vorrednerinnen beschworen hatten. Insbesondere sie selbst, Sanni, hatte Käthes Gefühlskälte zu spüren bekommen.

Also müssen wir modernen Frauen dafür sorgen, dass wir es besser machen, drängte sie die trüben Gedanken gewaltsam beiseite, als der Applaus verebbte.

»Es ist die Hausfrau, die das Erworbene sorgfältig verwalten muss. Versagt sie in dieser Pflicht, so fällt über den Mann und die übrigen Mitglieder des Haushalts das drückende Gefühl der Erfolglosigkeit tüchtigen Schaffens.«

Wieder klatschte die Menge heftig. Elsbeth Zander, die ihre eigenen Worte wiedererkannte, machte gute Miene zum bösen Spiel und klatschte mit.

Im darauffolgenden Teil ihrer Rede ließ Sanni sich ausführlich darüber aus, dass jede junge Frau schon im Mädchenalter durch Schulungen sorgfältig auf ihre zukünftigen Pflichten vorbereitet werden sollte. Auch diese Idee stammte nicht von ihr, gefiel ihr jedoch recht gut. Sie selbst hatte in solchen Kursen mittlerweile leidlich gut Kochen und Nähen gelernt und spielte mit dem Gedanken, sich zur Schulungsleiterin für hauswirtschaftliche Themen ausbilden zu lassen.

Langsam näherte sie sich dem Ende und gleichzeitig dem Höhepunkt ihrer Rede. Es ging um die nicht arischen Geschäfte und Warenhäuser.

»Die deutsche Hausfrau hat es auch in der Hand, den allgegenwärtigen Volksschädlingen entgegenzuwirken. Wenn die deutsche Frau nichts mehr beim Juden kauft, und sei die Ware auch noch so verlockend und billig, dann wird dies zu einer mächtigeren Waffe gegen das gewinnsüchtige Judentum als jede andere, die mir bekannt ist.«

Dieser Satz war riskant, das wusste Sanni. Denn damit wertete sie die Aktionen der SA gegen die Juden als weniger effizient ab. Doch wieder klatschten die Frauen im Saal frenetisch Beifall. Und selbst der gestrenge Herr Lehrer Bauernknecht betrachtete Sanni mit milder Miene.

»Dem Ziel, diese Waffe zu schärfen, habe ich mich besonders verschrieben«, beendete Sanni ihre Rede. »Und ich hoffe dabei auf die fortwährende Unterstützung durch viele parteitreue Mitstreiterinnen.«

Eine halbe Stunde später, die Sanni mit den übrigen Frauen im Saal bei Kaffee und Kuchen verbrachte, erfuhr sie, dass der Bezirksleiter Emil Bauernknecht sie zur Leiterin der NS-Frauenschaft im Bezirk Tiergarten ernannt hatte.

Kapitel 19

Wohnung von Adolf Jandorf in der Tiergartenstraße

12. Januar 1932, am Abend

Pauls Beine fühlten sich schwer wie Blei an, als er die Stufen zur Wohnung der Jandorfs im ersten Stock hinaufstieg. An der Tür erwartete ihn Helene, das Gesicht vom Weinen verquollen, die Augen gerötet.

Ohne Worte schloss Paul Jandorfs zweite Ehefrau in die Arme. Eine Weile schluchzte sie an seiner Schulter, bis sie sich schließlich von ihm löste. »Vielen Dank, dass Sie so rasch gekommen sind, Paul!« Ihre Stimme klang heiser.

Auch Pauls Kehle verengte sich. Er atmete tief durch, um zu verhindern, dass er ebenfalls in Tränen ausbrach.

Heute in den frühen Morgenstunden war Adolf Jandorf, seit mehreren Jahrzehnten Pauls bester Freund, infolge eines Blinddarmdurchbruchs gestorben. Die Ärzte in der Charité hatten zwar noch eine Notoperation versucht, ihn aber nicht retten können.

»Das ist das Mindeste, was ich tun kann, Helene«, antwortete Paul. Wieder atmete er tief durch. »Wenn ich mich schon nicht einmal von ihm verabschieden konnte, will ich wenigstens einen Teil der Totenwache übernehmen.«

»Im Augenblick ist Harry noch bei seinem Vater. Möchten Sie solange eine Tasse Tee mit mir trinken?«

Paul nahm das Angebot dankend an. Seit Harry ihn am Vormittag im KaDeWe angerufen hatte, um ihn über Adolfs Tod zu unterrichten, hatte er nichts mehr zu sich genommen. Gerne wäre er sofort zu den Jandorfs aufgebrochen, erfuhr aber, dass Adolf noch gar nicht aus der Charité nach Hause gebracht worden war und man ihn in der Wohnung mithilfe des Bestatters erst zum Aufbahren herrichten müsse.

Nach jüdischem Brauch wachte ein naher Verwandter oder Freund bis zur Beerdigung ununterbrochen am Totenbett des Verstorbenen. Angesichts der Tatsache, dass allein vier Brüder Adolfs in Berlin lebten, wusste Paul das Privileg, bereits in der ersten Nacht einen Teil der Totenwache übernehmen zu dürfen, sehr zu schätzen.

Er selbst stand noch immer unter Schock. Während Helene in der Küche werkelte, dachte er über den heutigen Tag nach. Nach kurzem Zögern hatte er sich dazu entschlossen, Martin Tietz sofort vom Ableben seines Vorgängers zu unterrichten. Zu seiner großen Erleichterung hatte Martin nicht nur angemessen, sondern sogar großartig reagiert.

Alle Näherinnen der hauseigenen Werkstatt wurden sofort angewiesen, ihre laufende Arbeit zu unterbrechen und Trauerschleifen aus schwarzem Stoff herzustellen. Im Lauf des Tages wurde jede Säule in jedem Stockwerk mit einer solchen Schleife versehen.

Peter Hauser erhielt den Auftrag, so rasch wie möglich eine Fotografie von Adolf Jandorf zu beschaffen und vervielfältigen zu lassen. Sie sollte, ebenfalls von Trauerflor umgeben, in jedem Schaufenster aufgestellt werden.

Martin berichtete Paul außerdem, dass es in allen Warenhäusern von Hermann Tietz in Berlin ebenfalls Zeichen der Trauer um Adolf Jandorf geben würde.

Die Geschäftigkeit, die mit diesen Aktivitäten einherging, hatte Paul eine Weile von seinem großen Schmerz abgelenkt. Dennoch waren die Stunden des Tages quälend langsam verstrichen.

Nun kam Helene mit einem Silbertablett voll Teegeschirr

aus der Küche und schenkte ihm eine Tasse ein. Paul nahm einen Schluck. Wie nicht anders zu erwarten, war der Tee heiß, stark und gut.

Während Paul noch überlegte, ob er es Helene zumuten könne, etwas über die Begleitumstände von Adolfs plötzlichem Tod zu erzählen, begann sie selbst zu sprechen: »Adolf hat schon vor Weihnachten über Leibschmerzen geklagt. Aber stur, wie er war, hat er sich geweigert, einen Arzt aufzusuchen. Er sei in seinem ganzen Leben noch nie krank gewesen, hat er behauptet, und verfüge über eine eiserne Gesundheit.« Sie lächelte unter Tränen bei der Erinnerung.

»Dann ging alles sehr schnell. Vorgestern Nacht wurden die Schmerzen unerträglich. Dann hörten sie plötzlich auf, genau in dem Moment, in dem ich Adolfs Hausarzt anrufen wollte. Hätte ich das doch nur getan, auch gegen Adolfs Willen«, schluchzte Helene auf.

»Die Schmerzen haben wahrscheinlich nur deshalb nachgelassen, weil der eitrige Darmfortsatz aufgeplatzt ist.« Paul hatte im Lauf des Tages mit seinem eigenen Arzt telefoniert und sich den Verlauf einer Blinddarmentzündung beschreiben lassen.

Helene nickte. »Gestern Nachmittag begannen die Bauchschmerzen dann von Neuem. Diesmal rief ich sofort den Doktor herbei. Der ließ sich die Symptome beschreiben und Adolf dann sofort in die Charité schaffen. Dort operierte man ihn gleich nach seiner Ankunft, doch es war offenbar zu spät. Der Eiter hatte sich bereits in den ganzen Bauchraum ergossen.«

Die letzten Worte brachte Helene nur noch undeutlich hervor. Ihr Körper wurde von einem Weinkrampf geschüttelt. Paul nahm sie erneut in die Arme und ließ seinen eigenen Tränen jetzt auch freien Lauf.

Schließlich fasste sich Helene und löste sich wieder von ihm. »Er starb in den frühen Morgenstunden an einer galoppierenden Blutvergiftung«, ergänzte sie tonlos.

In diesem Augenblick betrat Harry den Raum. Einen Moment lang wollte Paul auch ihn umarmen. Doch Harry wirkte weitaus gefasster als Helene, sodass Paul ihm nur beide Hände drückte.

»Es ist gut, dass Sie da sind, Herr Bergmann. Helene und ich haben die ganze Nacht an Vaters Bett im Hospital gewacht. Eine Mütze voll Schlaf wird uns beiden jetzt guttun.«

Zehn Minuten später war Paul mit seinem toten Freund allein. Man hatte ihn auf einer mit einem schwarzen Tuch bedeckten Liege aufgebahrt. Wie es der Brauch verlangte, brannte eine einzelne Kerze zu Häupten des Verstorbenen.

Paul nahm auf dem neben der Bahre stehenden bequemen Lehnsessel Platz und drehte ihn so, dass er Adolfs Gesicht sehen konnte. Der Bestatter hatte ganze Arbeit geleistet. Trotz der zweifellos großen Schmerzen, die Adolf am Ende seines Lebens erlitten hatte, wirkten seine Gesichtszüge friedlich. Er trug einen schwarzen Anzug und ein weißes Hemd mit steifem Kragen und schwarzem Binder, so als wollte er im Anschluss an ein erholsames Schläfchen einen wichtigen Termin wahrnehmen.

Paul stützte den Kopf in beide Hände und gab sich eine Zeit lang ganz seiner Trauer hin. Bilder aus ihren gemeinsamen Jahren im KaDeWe zogen an seinem inneren Auge vorbei. Adolf Jandorf beim Besuch des Königs von Siam kurz nach der Eröffnung des Kaufhauses. Adolf am Bahnhof des kleinen Orts Ahrensfelde, wie er seinem Sohn Harry und dessen Kameraden im Hungerwinter 1916 kurz vor Weihnachten Geschenke brachte. Adolf, wie er sein Imperium souverän durch die Unruhen zu Beginn der Weimarer Republik und die folgende Hyperinflation steuerte. Schließlich Adolf bei seiner letzten Rede nach dem Verkauf, mit der er sich im Dezember 1926 von seinen Angestellten im KaDeWe verabschiedet hatte.

»Wenigstens hattest du noch ein paar wunderbare Jahre«, kam es Paul bei diesen Erinnerungen wie von selbst über die

Lippen. »Ich hätte dir noch viele weitere gegönnt. Aber vielleicht hast du das Gleiche wie beim Verkauf deines Konzerns getan und dich zum richtigen Zeitpunkt davongemacht. Wer weiß, was die Zukunft in diesem Land für uns Juden noch bereithält.«

Plötzlich merkte Paul, dass es ihm guttat, diese Zwiesprache mit seinem stummen Freund zu halten. Zu viel lag ihm in letzter Zeit auf der Seele, worüber er sich mit niemandem austauschen konnte.

»Kannst du dir vorstellen, lieber Adolf, dass sich Judith, die unerschrockene Judith, eine ganze Zeit lang nicht mehr allein auf die Straße getraut hat? Weil sie auf dem Ku'damm beinahe Opfer von SA-Schlägern geworden wäre. Wie wir alle versteht sie nicht, warum wir Juden plötzlich Volksschädlinge sein sollen.

Du hast natürlich recht, Adolf, antisemitische Tendenzen gab es schon immer«, stimmte er einem imaginären Einwand seines toten Freundes zu. »Aber jetzt wird es von Tag zu Tag schlimmer.

Das liegt natürlich auch daran, dass unser Hungerkanzler, wie man Heinrich Brüning mittlerweile nennt, in seiner heiligen Angst vor einer neuen Inflation spart und spart und alle Sozialleistungen kürzt, sodass immer mehr Menschen in Not geraten. Auch solche, die durchaus dem Mittelstand angehören. Aber was sollen sie tun, wenn Brüning selbst den Staatsbediensteten ein Viertel ihres Gehalts kürzt?

Nein, die Gebrüder Tietz und ihr Schwager Hugo steuern ihr Imperium nicht so geschickt und souverän durch diese schweren Zeiten, wie du es einst vermocht hast«, beantwortete er eine Frage, die der lebendige Adolf ihm bestimmt gestellt hätte. »Wir verlieren Jahr für Jahr riesige Umsätze. Seit 1930 sind es bereits über fünfunddreißig Prozent. Und ein Ende ist nicht abzusehen. In wenigen Wochen wird dein Lieblingskind, das KaDeWe, nach einem gigantischen Umbau neu eröffnet. Doch das ist alles auf Sand gebaut oder, besser gesagt, mit immer neuen Krediten finanziert. Im Kreis der Geschäftsführung kann mir niemand sagen, wie man diese Ausgaben in solchen Krisenzeiten je wieder durch Gewinne kompensieren soll.

Hinzu kommt, dass die Ausschreitungen gegen jüdische Warenhäuser, auch gegen die von Hermann Tietz, im ganzen Reich immer brutaler werden. Mittlerweile begnügen sich die Nazis nicht mehr damit, nur zu protestieren. Nein, sie zerstören unsere Schaufenster, unser Mobiliar, unsere Waren. In unser Geschäft in Weimar haben sie sogar Tränengasbomben geworfen. Kunden, die bei uns einkaufen möchten, werden nicht nur beschimpft, sondern mittlerweile auch bedroht und fotografiert. Diese Fotografien erscheinen dann in den einschlägigen Nazihetzblättern mit der Unterschrift ›Volksverräter‹. Kein Wunder, dass nichtjüdische Kunden selbst im KaDeWe immer seltener werden. Hätten wir nicht nach wie vor die Touristen, ginge es uns auch dort viel schlechter als zu deiner Zeit.

Federführend ist ein Naziverein, der sich hochtrabend NS-Kampfbund des Gewerbetreibenden Mittelstands nennt. Kannst du dich noch an den Sozialistischen Verband der kaufmännischen Angestellten erinnern, der damals im Winter 1919 zum Streik im KaDeWe aufrief? Glaub mir, mein Freund, das waren Waisenknaben dagegen.

Dabei verfällt auch die Moral eines immer größeren Teils der deutschen Bevölkerung Woche um Woche mehr. Natürlich liegt das auch an dem unaussprechlichen Elend, in das viele Familien erneut versinken. Judith könnte dir mehr darüber erzählen als ich, aber das Wenige, was sie berichtet, erschüttert mich schon zutiefst. Da gibt es Kinder, die ihren Körper verkaufen, um ihre Familie vor dem Hungertod zu retten. Da gibt es Mütter, die selbst bis auf die Knochen abgemagert sind, weil sie alles, was sie an Essen auftreiben können, ihren Kindern überlassen.

Ja, auch Martin Tietz unterstützt Judiths Projekte mit

Lebensmitteln«, beantwortete er eine weitere imaginäre Frage Adolfs. »Aber er selbst nimmt die Situation noch immer nicht ernst genug. Er glaubt, dass dieses braune Pack, wie er es nennt, nur eine vorübergehende Erscheinung ist. Du hast das bereits im Jahr 1926 besser gewusst, lieber Adolf, und leider recht behalten.«

Paul schwieg eine Weile, bis ihm ein weiterer Vorfall einfiel, den er seinem toten Freund erzählen wollte. »Ich wüsste zu gern, was du in der letzten Woche getan hättest. Da brachte mir unser Hausdetektiv zwei halbwüchsige Knaben, die vier Taschenmesser gestohlen hatten und dabei erwischt worden waren. Sie waren elf und zwölf Jahre alt. Als ich sie zur Rede stellte und ihnen vorhielt, dass Diebstahl ein Unrecht sei, dachte ich noch an einen unbedachten Dummejungenstreich. Aber ihre Antwort belehrte mich eines Besseren. Kannst du dir vorstellen, was sie gesagt haben?«

Paul machte eine Pause, als ob Adolf ihm tatsächlich antworten würde.

»Nein, mein lieber Freund. Das hättest auch du dir nicht träumen lassen. Die zwei Burschen haben gesagt, in einem jüdischen Warenhaus dürfe jedermann stehlen, was er nur kriegen könne. Denn solche Warenhäuser seien ausbeuterisch und deshalb ohnehin über kurz oder lang vernichtungsreif.

Natürlich wussten die Jungen nicht um die wirkliche Bedeutung dieser Worte«, verteidigte sich Paul gegen einen imaginären Einwand Adolfs. »Aber wenn selbst Kinder so denken und sogar so handeln, ohne jedes Unrechtsbewusstsein gegenüber jüdischem Eigentum, was werden dann erst ihre Eltern sagen und tun? Ich habe die Jungen natürlich trotzdem laufen lassen. Schon allein, um kein weiteres Aufsehen zu erregen. Was glaubst du, was *Der Angriff*, jenes Berliner Schmierblatt, das dieser Nazihinkefuß Goebbels gegründet hat, aus diesem Vorfall gemacht hätte, wäre er dort bekannt geworden?«

Wieder schwieg Paul eine Weile, bis ihm noch etwas einfiel.

»Lass mich dir eine weitere Frage stellen, mein Freund! Wie hättest du als Geschäftsführer des KaDeWe reagiert, wenn eine Kundin oder ein Kunde sich geweigert hätte, sich von einem jüdischen Mitarbeiter bedienen zu lassen? Das kommt leider in letzter Zeit immer häufiger vor.

Natürlich hättest du ihn sogleich des Hauses verwiesen«, war sich Paul Adolfs Antwort sicher. »Martin Tietz tut leider das Gegenteil. Er hat angeordnet, solche Kunden nicht jüdischen Mitarbeitern zu übergeben. Kannst du dir das vorstellen? Aber so ist er. Einerseits in mancher Hinsicht ein guter Geschäftsmann. Viele seiner Neuerungen haben Hand und Fuß. Andererseits ein Luftikus ohne wirklichen Tiefgang. Doch Judith möchte ihn nun tatsächlich heiraten, hat sie mir anvertraut. Und auch Rebekka und Martins Mutter Betty wünschen sich diese Ehe sehr.

Nein, ich bin nicht damit einverstanden. Aber was soll ich tun?«

In dieser Sache hätte Paul allzu gern Adolfs Meinung gehört. Doch dessen Leichnam blieb leblos und stumm.

Friedrich-Wilhelm-Universität zu Berlin

22. Januar 1932

Als Judith vor dem Hauptportal der Friedrich-Wilhelm-Universität aus dem Bus stieg, atmete sie erleichtert auf und eilte zum Eingang.

Nachdem sie am 12. September des vergangenen Jahres mitten in die Ku'damm-Krawalle geraten war, hatte sie sich monatelang nicht mehr getraut, öffentliche Verkehrsmittel zu benutzen.

Nur in Begleitung wagte sie es, etwa wenn sie mit Peter Hauser nach dessen Dienstschluss im KaDeWe in den Wedding fahren konnte, wo sie die letzten Teilnehmerinnen an ihrem neuen Forschungsprojekt interviewte. Zu ihren Lehrveranstaltungen an der Universität und der Sozialen Frauenschule brachte ihr Vater sie mit seinem Automobil, sofern sie früh am Morgen begannen. Übernachtete sie in Martins Wohnung, war auch er bereit, sie am nächsten Tag zu ihrer jeweiligen Arbeitsstätte zu fahren. Doch insgesamt war dies alles selten genug der Fall. Also benutzte Judith monatelang einen Mietwagen, um sich in Berlin zu bewegen. Dafür gab sie einen großen Teil ihres Gehalts aus.

Nach dem Tumult im September hatte sie monatelang fast jede Nacht unter Albträumen gelitten, die erst in jüngster Zeit seltener geworden waren. Allerdings nahmen die Ereignisse in den Träumen nicht das glimpfliche Ende wie in der Realität durch Martins Geistesgegenwart. Stattdessen sah sie sich häufig an der Stelle der Frau, der man die Pelzboa vom Hals gerissen und deren Ehemann man zusammengeschlagen hatte. Jedes Mal schreckte sie schreiend und schweißgebadet aus diesen Träumen hoch, und es brauchte einige Minuten, bis sich das furchterregende Gesicht des feisten Schlägers von damals in Luft auflöste.

Der zunehmende Antisemitismus war seither in der Villa Bergmann ein ständiges Thema. »Wir sind gute deutsche Staatsbürger wie Millionen andere auch«, empörte sich Judith. »Wir zahlen Steuern. Johannes hat im Weltkrieg für Deutschland gekämpft. Was haben wir verbrochen, um einen solchen Hass auf uns zu ziehen?«

»Wir dienen der gläubigen Christenheit schon immer als Sündenböcke«, pflegte ihr Vater Paul lakonisch zu antworten.

»Aber die Nazis sind nicht einmal gläubige Christen!«, widersprach Judith. »Denk doch nur an ihre heidnischen Rituale wie dieses Sonnwendfest!«

In der Regel verliefen solche Diskussionen ergebnislos. Judith konnte und wollte einerseits nicht akzeptieren, dass sie als Jüdin weniger Rechte haben sollte als arische Frauen. Andererseits empfand sie zunehmend auch am helllichten Tag Angst.

Da waren die antisemitischen Schmierereien an den Mauern der Sozialen Frauenschule. Jedes Mal, wenn Alice Salomon ihrer Malerfirma den Auftrag gegeben hatte, die unsäglichen Sprüche wie »Hier lernen Judensäue« oder sogar »Juda verrecke« zu beseitigen, dauerte es nur wenige Tage, bis die nächsten Beleidigungen samt Hakenkreuzen auftauchten. Mittlerweile war die Anzahl nicht jüdischer Schülerinnen erheblich zurückgegangen.

Auf dem Gelände der Universität gab es bereits seit Jahren immer wieder Schlägereien zwischen Mitgliedern des Nationalsozialistischen Deutschen Studentenbundes und rivalisierenden Gruppen. Sie richteten sich anfangs kaum gegen jüdische Kommilitonen, sondern spiegelten mit den Kämpfen zwischen faschistischen und kommunistischen Verbänden die Gewalt auf den Straßen der Stadt wider.

Mittlerweile waren blutige Kämpfe zwischen Nazis und Kommunisten in Berlin an der Tagesordnung. Auch deshalb schlug Judith das Herz jedes Mal bis zum Hals, wenn sie eine SA-Uniform nur von fern erblickte.

An Neujahr hatte sie sich trotzdem dazu entschlossen, ihren Ängsten etwas entgegenzusetzen, und sie fuhr seitdem zumindest tagsüber wieder mit U-Bahn und Bus zu ihren Veranstaltungen. Zwar mit Herzklopfen und einem Platz nahe der Tür, um das Verkehrsmittel bei Gefahr rasch verlassen zu können. Doch bislang war zum Glück nichts passiert.

Als sie nun das Vestibül der Universität betrat, war gerade die Vormittagspause angebrochen. Es war elf Uhr. Wie üblich standen die einzelnen Studentenverbindungen in Grüppchen vor ihren Schwarzen Brettern zusammen.

In einer halben Stunde würde Judiths Seminar beginnen. Obwohl sie sich gut vorbereitet hatte, reagierte sie innerlich gereizt, als sich Walter Loeb, einer ihrer Studenten, aus seiner Gruppe löste und auf sie zutrat. Er trug die Mütze seiner Verbindung, des Burschenbund-Convents. Das war eine sogenannte paritätische Verbindung aus jüdischen und nicht jüdischen Mitgliedern, wobei die jüdischen inzwischen die Mehrzahl bildeten. Walter Loeb war einer der wenigen verbliebenen Nichtjuden.

»Frau Dr. Bergmann«, sprach er sie an. »Ich hätte noch eine Frage zu meiner Seminararbeit. Könnten Sie fünf Minuten für mich erübrigen?«

Judith rang sich ein Lächeln ab. »Wenn es wirklich nur fünf Minuten sind«, stimmte sie zu und hoffte, Loeb würde ihr ihren Unmut nicht ansehen. Verstohlen warf sie einen Blick in die Runde.

Seitdem der Nationalsozialistische Deutsche Studentenbund bei den letzten ASTA-Wahlen erheblich an Stimmen gewonnen hatte, war es vereinzelt auch gegen jüdische Gruppen an der Universität zu Ausschreitungen gekommen. Mehrere Male waren jüdische Studenten am Betreten von Hörsälen gehindert worden. Dies betraf allerdings nur die großen Vorlesungen der Professoren, nicht Judiths überschaubare Seminargruppen.

Zum Glück war jetzt kein Mitglied dieses Nazistudentenbundes in Sicht. Zwar trugen fast alle Anwesenden in der Vorhalle die Abzeichen ihrer Verbindungen. Rivalitäten oder gar Feindseligkeiten schien es jedoch zwischen ihnen nicht zu geben. Sie debattierten eifrig, ergänzten oder tauschten Aushänge an ihren Schwarzen Brettern und wirkten allesamt friedlich.

Judith wollte sich gerade von Walter Loeb verabschieden, als sich die Situation änderte. Die Tür zum Vestibül schwang so heftig auf, dass sie krachend gegen die Wand knallte. Herein trat Melchior Rühl, trotz seines jüdisch klingenden Vornamens ein reinrassiger Arier, wie er in Judiths Gegenwart schon mehrfach betont hatte, und überzeugter Nationalsozialist. Auch er gehörte zu Judiths Bedauern zu ihren Studenten.

Hätte sie nicht mit Walter Loeb zusammengestanden, hätte Rühl sie trotzdem möglicherweise gar nicht beachtet. Denn obwohl er wusste, dass sie Jüdin war, galt der Lehrkörper bislang als sakrosankt und wurde nicht in die Auseinandersetzungen der Studentengruppen hineingezogen.

Aber Loeb und Rühl konnten sich auf den Tod nicht ausstehen. Das lag wahrscheinlich gar nicht an Loebs Mitgliedschaft bei einer jüdisch dominierten Studentenverbindung, wurde dadurch aber verstärkt. Mit einem schmierigen Grinsen trat Rühl jetzt auf Judith zu.

»Ach, sieh da! Das Fräulein Doktor und ihr Lieblingsstudent! In Köln, wo ich herkomme, sagt man Klüngel dazu.«

»Wie meinen Sie das?« Obwohl sich Judiths Puls beschleunigte, ließ sie sich nicht einschüchtern.

Rühls Grinsen wurde noch schmieriger. »Gemauschel könnte man auch dazu sagen. Was bietet Ihnen der liebe Walter denn als Gegenleistung für seine hervorragenden Noten? Vielleicht ein paar intime Stunden der Rassenschande?«

Judith spürte, dass ihr Gesicht heiß wurde. So unverschämt hatte sie in ihrer ganzen Zeit an der Universität noch nie jemand angesprochen. Schon gar nicht in Anspielung auf ihre jüdische Herkunft. Der Zorn überwog ihre Angst.

»Gemauschel haben Herr Loeb und ich nicht nötig. Im Gegensatz zu Ihnen beherrscht er seine Studieninhalte ganz ausgezeichnet«, entgegnete sie, so beherrscht es ihr möglich war.

Judith spielte damit auf eine mündliche Prüfung an, bei der sie Beisitzerin ihres Professors Max Sering gewesen war. Rühl war dabei im Fach Volkswirtschaft mit Pauken und Trompeten durchgefallen.

Nun verfinsterte sich dessen Miene. »Oder er hat bei Ihnen eben einen ganz besonderen Stein im Bett, äh, im Brett, *Fräulein* Doktor.« Er betonte die Anrede spöttisch.

Judith sah rot. »Ich werde Herrn Professor Sering Ihre Dreistigkeit melden und verlangen, dass Sie von meinen Lehrveranstaltungen ausgeschlossen werden.«

»Weeßte wat?«, fiel Rühl trotz seiner rheinländischen Herkunft jetzt bewusst ins Berlinerische. »Dit is mir scheißejal, du Schickse!«

Judith stockte der Atem. Bevor sie etwas erwidern konnte, mischte sich Walter Loeb ein. »Halt dein unverschämtes Maul, Melchior, und mach dich vom Acker!«

»Sonst?«, entgegnete Rühl provozierend. »Sonst polierst du mir die Fresse oder was?«

Loeb hielt seinem Blick stand. »Darauf kannst du wetten!«

Rühl setzte wieder sein schmieriges Grinsen auf. »Soll ich dir mal was zeigen von dieser Schlampe?«

Er zog ein zerknittertes Zeitungspapier aus der Tasche und faltete es auf. »Da steht die Judensau unter ihresgleichen! Allesamt jüdische Schweinehunde und Betrüger! Zwei von denen sind mittlerweile im Knast.«

Starr vor Schock erkannte Judith die Fotografie. Es war jene unselige Aufnahme, die Martin und sie im September 1929 gemeinsam mit den mittlerweile vor Gericht stehenden betrügerischen Gebrüdern Sklarek auf der Rennbahn Hoppegarten zeigte.

»Die Judensau nimmst du zurück und entschuldigst dich auf der Stelle!«, brüllte Loeb. Erst jetzt bemerkte Judith, wie schlimm Rühl sie beschimpft hatte.

Sie riss sich gewaltsam zusammen und griff selbst ein. »Ich werde mich beim Rektor über Sie beschweren und Ihre Entlassung von der Universität fordern«, drohte sie.

»Das könnte dir so passen, Judensau!«, wiederholte Rühl seine Beschimpfung. »Aber jetzt woll'n wir erst mal sehen, wer hier das Sagen hat!«

Weiter kam er zunächst nicht, weil Loebs Faust krachend in seinem Gesicht landete. Rühl ging sofort mit blutender Nase zu Boden.

Doch schon sah Judith entsetzt, dass eine ganze Gruppe von Nazistudenten über den Vorhof herankam. Sie waren an den Reithosen erkennbar, zu denen sie im Sommer weiße Hemden trugen, die jetzt von dicken Wolljoppen verdeckt waren. Da Uniformen an der Universität verboten waren, hatte sich der Nationalsozialistische Deutsche Studentenbund für diese Tracht entschieden.

Wieder flog die Tür krachend auf. Die Horde Nazis stürmte zuerst auf die Mitglieder des Burschenbund-Convents zu, riss ihnen die Mützen vom Kopf und prügelte ohne Vorwarnung mit Schlagstöcken, Gürteln und sogar Schlüsselbünden auf sie ein.

Da die jüdischen Studenten von ihrer Anzahl her hoffnungslos unterlegen waren, sprangen ihnen sofort Kommilitonen aus sozialistischen oder kommunistischen Studentenverbindungen bei. Schon tobte eine heftige Saalschlacht.

»Raus!«, zischte Walter Loeb der schockstarren Judith ins Ohr. »Sofort raus! Bringen Sie sich in Sicherheit und benachrichtigen Sie den Rektor und die Polizei!«

Dann trat er dem benommen am Boden liegenden Rühl zuerst in den Hintern und stürzte sich danach ins Getümmel. In panischer Angst rannte Judith davon.

Als die Polizei schließlich eintraf, nachdem der Rektor zuvor vergeblich versucht hatte, die Prügelei zu beenden, lagen vier Studenten mit erheblichen Verletzungen am Boden. Die Universität wurde für zwei Tage geschlossen.

Obwohl erheblicher Sachschaden entstanden war, Fensterscheiben zu Bruch gegangen, Stehtische und Schwarze Bretter zertrümmert worden waren, wurde kein Einziger der Randalierer vor Gericht gestellt. Melchior Rühl wurde trotz der eindringlichen Bitte von Judiths Vorgesetztem, Professor Max Sering, nicht der Universität verwiesen, sondern erhielt zur Strafe lediglich ein vierwöchiges Hausverbot.

Kapitel 20

Im KaDeWe

Freitag, 25. März 1932

Rieke ging gerade ein letztes Mal durch die neuen Räumlichkeiten der Damenkonfektion im zweiten Stockwerk des KaDeWe, als ihr plötzlich schwarz vor Augen wurde. Sie hatte sich ein letztes Mal davon überzeugen wollen, dass alles für die morgige Eröffnungsfeier bereit war.

Taumelnd erreichte sie gerade noch einen der neuen Stühle entlang der Wände in der Hutabteilung und ließ sich darauf niedersinken. Der wochenlange Schlafmangel und ihre chronische Müdigkeit forderten nun ihren Tribut.

»Frau Hauser!« Jemand rüttelte sie sanft an der Schulter. »Ist Ihnen schlecht geworden?« Rieke erkannte die Stimme von Eva Sperber. Sie war zur zukünftigen Ersten Verkäuferin der nunmehr riesigen Hutabteilung ernannt worden, die vom ersten mit ins zweite Stockwerk umgezogen war.

Die restlichen Damenaccessoires waren im ersten Stockwerk verblieben, das jetzt *Reich der Frau* genannt wurde. Marianne Böhmer, ehemals Erste Verkäuferin der gesamten Abteilung, war über die Teilung alles andere als erfreut gewesen. Doch eine Erste Verkäuferin musste ihre Untergebenen jederzeit im Blick haben. Das war über zwei Stockwerke hinweg einfach nicht möglich.

Zumal das *Reich der Frau* eine unübersehbare Fülle von Waren anbot, von kostbaren Seidenstoffen und Brüsseler Spitzen über Kittelschürzen, Bett-, Tisch- und Badewäsche bis hin zu einer riesigen Handarbeitsabteilung und dem Saal für die Ullstein-Schnittmuster. Viele dieser Abteilungen waren vom Erdgeschoss ins erste Stockwerk umgezogen.

Über die Einrichtung des Erdgeschosses hätte sich wiederum Gunter Perl überaus gefreut, wäre er noch Textileinkäufer und damit Abteilungsleiter im KaDeWe gewesen. Denn endlich hatte auch die Herrenkonfektion hier so viel Raum erhalten, dass sie mit der Damenkonfektion mithalten konnte.

Aufgrund all dieser Umstrukturierungen hatte David Loewenberger, der Abteilungsleiter der Damenmode, Riekes Vorschlag sofort zugestimmt, Eva Sperber zur Ersten Verkäuferin der neuen Hutabteilung zu befördern. In den letzten Jahren hatte Eva gewaltige Fortschritte als Verkäuferin gemacht. Rieke ließ sie nicht gern aus der Damenkonfektion gehen, wo sie zuletzt ausgezeichnete Arbeit geleistet hatte, gönnte ihr aber ihren Aufstieg von Herzen.

Hinzu kam, dass Eva aufgrund ihres arischen Aussehens und unverfänglichen Nachnamens noch nie als jüdische Verkäuferin erkannt und von antisemitisch eingestellten Kundinnen abgelehnt worden war. Leider passierte das Esther Weinberg – wie auch jüdischen Kolleginnen im ganzen Haus – immer häufiger.

Eva wiederum, die bislang unverheiratet geblieben war, hoffte noch immer auf ihre Entdeckung für den Film und hielt ihre Beförderung für ein ausgezeichnetes Omen. »Stellen Sie sich vor, Frau Hauser, auch Greta Garbo ist damals in der Hutabteilung eines Stockholmer Kaufhauses entdeckt worden.« Rieke hielt diese Option nach wie vor für sehr unwahrscheinlich, hatte Eva in ihrer Euphorie jedoch nicht widersprochen.

Nun öffnete sie die Augen und blickte in das besorgte Gesicht ihrer Mitarbeiterin. »Es geht schon wieder, Fräulein Sperber.«

»Soll ich Ihnen nicht lieber erst einmal ein Glas Wasser bringen?«

Rieke schüttelte den Kopf. »Das wird nicht nötig sein. Aber Sie können mich in den neuen Putzsalon für Modellhüte begleiten. Dort wollte ich ohnehin gerade noch einmal nach dem Rechten sehen. Falls mir wieder schwindlig wird, sind Sie ja in meiner Nähe.«

Rieke hoffte natürlich, dass dies nicht der Fall sein würde. Doch in den vergangenen Wochen hatte sie kaum je einmal mehr als vier Stunden pro Nacht geschlafen und alle Wochenenden durchgearbeitet. Gemeinsam mit David Loewenberger, der zum Glück tatkräftig mit anpackte, war sie von Martin Tietz zuerst mit der Aufsicht über die gesamte Inneneinrichtung des zweiten Stockwerks und danach mit dem Umzug der Damenkonfektion, der Damenwäsche, der Damenschuhe und der vergrößerten Hutabteilung betraut worden.

Peter als Chefdekorateur war es allerdings noch schlechter ergangen. Er nächtigte seit vielen Wochen auf einem Feldbett im KaDeWe, da er sich damit die Zeit für den Hin- und Rückweg nach Hause sparen wollte. Von morgens um sechs Uhr bis nach Mitternacht war er auf den Beinen. Denn er trug die oberste Verantwortung für die Neugestaltung aller sechs Stockwerke des KaDeWe. Obwohl Martin Tietz ihm mittlerweile zwei Mitarbeiter bewilligt hatte, an die er einen Teil seiner Leitungsaufgaben abtreten konnte, gab es immer noch mehr als genug für ihn zu tun.

So hatte er mit Riekes Unterstützung auch die Inneneinrichtung des zweiten Stockwerks und im Anschluss dessen Dekoration persönlich beaufsichtigt. Trotz ihrer chronischen Erschöpfung freute sich Rieke immer noch darüber, wie gut dies Peter und ihr gelungen war. Denn aufgrund der wirtschaftlichen Krise hatte Martin Tietz darauf bestanden, dass die Stockwerke wegen der Neueinrichtung nur so kurz wie möglich für das Publikum geschlossen wurden.

Schon das erste Stockwerk war ehemals das eleganteste im ganzen KaDeWe gewesen, solange sich die Damenmode dort befunden hatte. Mit der Einrichtung des zweiten Stocks kam jetzt nur noch die luxuriöse Lebensmittelabteilung mit, die vom zweiten ins neu erbaute sechste Stockwerk verlegt worden war.

Obwohl ihre Füße schmerzten, genoss Rieke das Gefühl des weichen Teppichbodens unter ihren Füßen, mit dem die gesamte Etage ausgelegt war. Ein Luxus ohnegleichen, zumal ein solcher Boden nur aufwendig zu reinigen war. Mit seinem Vorschlag, die Farbe Dunkelblau anstatt des von Martin Tietz bevorzugten Hellgrau zu wählen, hatte sich Peter nicht durchsetzen können. Aber optisch machte der Teppichboden natürlich einiges her.

Allein die Abteilung für Fertighüte, die Rieke und Eva jetzt durchschritten, nahm die halbe Länge des Stockwerks ein. An der linken Seite befanden sich vor je einem schwarz lackierten und mit einem Spiegel versehenen Pfeiler gepolsterte Stühle mit geschwungenen Beinen. Darauf konnten die Damen mit den Hüten ihrer Wahl Platz nehmen, um sich mit ihren ausgewählten Modellen von allen Seiten zu betrachten. Auf einem dieser Stühle hatte Rieke eben gesessen, als ihr schwindlig geworden war.

Zwischen den Pfeilern an den Längsseiten wurden ebenso wie inmitten der beiden daran entlangführenden Gänge mehrere hundert Hutmodelle aller Formen und Materialien auf Ständern präsentiert.

Trotz der Überfülle an Fertighüten gab es als Neuerung noch den Putzsalon, den Rieke und Eva nun betraten. Es handelte sich dabei um einen abgeschlossenen Raum am Kopfende des Gangs, der den Kundinnen den Eindruck vermitteln sollte, sich in einem diskreten Spezialgeschäft und nicht in einem Kaufhaus mit Massenware zu befinden.

Der Raum war überaus luxuriös eingerichtet: Hier waren die Pfeiler fast bis zur Decke mit Spiegeln verkleidet. Mit terrakottafarbener Seide bezogene Sitzmöbel aller Art waren im

Raum verteilt und rund um verschiedene Tische platziert. Vier silberne Kronleuchter mit Behängen aus blauem Glas erhellten die Szenerie zusätzlich zu den großen Fenstern. Auch Böden und Decken waren aufwendig gestaltet. Man glaubte, sich im eleganten Empfangssalon eines vornehmen Herrenhauses zu befinden.

In diesem Putzsalon konnten sich die Kundinnen ihren eigenen, ganz individuellen Hut aus verschiedenen Formen und Farben und einer Unzahl von Accessoires zusammenstellen, der danach in der hauseigenen Hutwerkstatt angefertigt wurde.

Auch für Nachschub war jederzeit gesorgt. Ein riesiger Lagerraum im siebten Dachgeschoss war ebenfalls mit Hüten aller Art gefüllt.

»Kommt dir dieser Luxus angesichts des allgemein herrschenden Elends nicht völlig irrsinnig vor?«, hatte Rieke Peter in einem unbeobachteten Moment einmal gefragt, während sie in der Personalkantine zu Mittag aßen.

Peter bestätigte es mit bedrückter Miene. »Natürlich kommt es mir irrsinnig vor. Ich kenne ja die Rechnungen der Lieferanten. Sie gehen in die Hunderttausende. Wenn man Martin Tietz preiswerte und teure Lösungen zum Vergleich vorlegt, wählt er in der Regel die teure Variante.«

Rieke seufzte bedrückt. »Und die armen Böttchers stehen mittlerweile auf der Straße, weil sie nicht einmal die Miete für dieses Kellerloch im vierten Hinterhof bezahlen konnten. Was ist eigentlich aus ihnen geworden?«

Peter hob die Schultern. »Es heißt, sie würden jetzt in *Fröbels Festsälen* nächtigen.« So hieß ein berüchtigtes Obdachlosenasyl in Berlin.

Unwillkürlich dachte Rieke wieder an dieses Gespräch, nachdem sie sich von Eva Sperber verabschiedet hatte und in die Damenkonfektion zurückkehrte.

Auch hier gab es am entgegengesetzten Ende des Gangs

einen Maßsalon für Damenmode, der genauso elegant wie der Putzsalon für Hüte war. Drinnen waren zusätzlich geschmackvolle Anprobekabinen installiert worden. Der Raum ersetzte den ehemaligen Anprobesalon im ersten Stockwerk. Hier konnten Kundinnen, wenn sie ihre Auswahl unter den ungefähr dreitausendfünfhundert vorrätigen verschiedenen Kleidungsstücken getroffen hatten, entscheiden, ob notwendige Änderungen vorzunehmen waren. Die übernahm dann die hauseigene Nähwerkstatt kostenlos.

Sollte es dennoch einmal eine Beanstandung geben, war eigens in diesem Stockwerk ein Reklamationsbüro eingerichtet worden. Hier sollten sich Kundinnen über Mängel aller Art an ihrer erworbenen Garderobe beschweren können. Rieke war gleichzeitig gespannt und beunruhigt, was es dort wohl für Klagen geben würde.

Peter war bei der Dekoration dieser zentralen Abteilung des KaDeWe wieder einmal überaus erfolgreich gewesen. Er hatte die Anlage der Damenkonfektion ähnlich gestaltet wie die der Hutabteilung. In der Mitte der beiden über einhundert Meter langen Gänge präsentierten Schaufensterpuppen in zwei Reihen nebeneinander eine Auswahl von Modellen. Wie schon bei jenem Weihnachtsschaufenster mit den zahlreichen Spielzeugpuppen schienen die Modepuppen mit ihrem Gegenüber zu interagieren, als wären sie lebendig.

Die gezeigte Tages- und Abendgarderobe hing – gleich zugänglich für die interessierte Kundschaft – an Ständern gegenüber den Schaufensterpuppen, gemeinsam mit der übrigen Bekleidung. Zwischen mit Spiegeln verkleideten Pfeilern waren weitere Modepuppen platziert.

Für die Modenschauen am morgigen Eröffnungstag mussten die Schaufensterpuppen nur auf einer Länge von dreißig Metern entfernt werden, um das Podest zum Laufsteg umfunktionieren zu können. Die Vorführdamen würden sich diesmal im Maßsalon umkleiden. Aufwendige Vorbereitungen wie bei der vorjährigen Präsentation der Bademoden waren nicht mehr vonnöten.

Auch in diesen Räumlichkeiten fand Rieke nichts mehr zu verbessern oder auszusetzen. Deshalb verließ sie das zweite Stockwerk und stieg zu den Schaufenstern im Erdgeschoss hinunter, deren Dekoration Peter ebenfalls höchstpersönlich beaufsichtigt hatte. Sie waren zur Straßenseite hin im Augenblick noch mit Laken verdeckt, würden dem staunenden Publikum aber bereits heute Abend gezeigt werden.

Wieder war Peter innovativ gewesen. Zum ersten Mal wagte er, verschiedene Warengruppen in ein und demselben Ensemble zu präsentieren. Da gab es den Teesalon mit je zwei in elegante Nachmittagsgarderobe gekleideten männlichen und weiblichen Schaufensterpuppen. Ein Dienstmädchen trug die typische Tracht mit Schürze und Häubchen, die bei der Berufskleidung im ersten Stockwerk vorrätig war. Das zarte Meißener Teegeschirr stammte aus der Porzellanabteilung im vierten Stock, Möbel und Teppiche aus dem fünften Stockwerk.

Eine Besonderheit dieses Schaufensters war auch das Hinweisschild, das für den neuen Erfrischungsraum warb, der den ehemaligen Teesalon im zweiten Stockwerk ersetzt hatte. Am Text hatten Peter und Rieke gemeinsam gefeilt. Er lautete: *Sollte die verehrte Kundschaft es vorziehen, ihren Tee auswärts einzunehmen, empfehlen wir unsere neu eingerichtete Silberterrasse im fünften Stockwerk.*

Gut gelungen erschien Rieke auch das Ball-Fenster. Hier tanzten zwei Paare in Abendgarderobe zu imaginärer Musik aus einem der neuesten Grammofonmodelle, die das KaDeWe im dritten Stock führte. Schallplatten waren ebenso ausgestellt wie ein Beistelltisch mit Sektflöten und Champagnerflaschen aus der neuen Lebensmittelabteilung.

Am originellsten fand Rieke jedoch nach wie vor das Schaufenster für Reisebekleidung und -accessoires. Hier hatte Peter ein Eisenbahnabteil naturgetreu nachgestellt, in dem sich zwei Paare gegenübersaßen. Die Mäntel, darunter ein teurer Damenmantel aus Leopardenfell, die Anzüge der Herren und die Kleidung der Frauen waren alle aus unterschiedlichen Stoffen. Schuhe und Kopfbedeckungen, Handschuhe, Damenhandtaschen und sogar Kleinigkeiten wie ein Taschentuch präsentierten die Warenvielfalt des KaDeWe. Natürlich gehörten auch zahlreiche Koffer und Hutschachteln in den Gepäckfächern aus der Lederwarenabteilung im Erdgeschoss dazu. Die Bücher stammten wiederum aus dem vierten Stock. Selbst die Vorhänge an den Fenstern konnte man im Warenhaus erwerben.

Das KaDeWe, wie man es besser nicht darstellen könnte, dachte Rieke. Dieses Schaufenster verkörpert das Kaufhaus wie keines der anderen. Im KaDeWe gibt es alles, was man sich nur wünschen kann, vom Luxus eines teuren Pelzmantels bis zu für jedermann erschwinglichen Artikeln wie Büchern und Taschentüchern. Wenn es nach den Schaufenstern geht, wird die Neueröffnung sicher ein großer Erfolg.

Sie warf einen Blick auf die Uhr. Es war beinahe acht Uhr abends. Diesmal würden Peter und sie gemeinsam nach Hause fahren, allein schon, um ihre Kleidung zu wechseln und das Haus am morgigen Tag angemessen repräsentieren zu können. Aber vor allem freute sie sich nach der langen Zeit der Entbehrungen wieder auf etwas Zweisamkeit.

Martins Wohnung in Dahlem

Samstag, 26. März 1932, am frühen Morgen

»Nach dieser wundervollen Nacht hätte ich dich jetzt am liebsten den ganzen Tag bei mir.« Über den Frühstückstisch hinweg tätschelte Martin liebevoll Judiths Hand.

»Die Nacht war wirklich wunderschön«, bestätigte Judith

ehrlichen Herzens. Innerlich bedauerte sie wieder einmal, dass Martin und sie sich im Alltag nicht genauso gut verstanden wie im Bett. »Aber du wirst heute den ganzen Tag ununterbrochen beschäftigt sein. Da würde ich doch nur stören.«

»Stören würdest du ganz gewiss nicht«, widersprach Martin. »Aber viel Zeit für dich hätte ich tatsächlich nicht. Bei all den Veranstaltungen, die heute im ganzen Haus stattfinden, muss ich mich überall sehen lassen. Und wahrscheinlich erwartet auch die Kundschaft, dass ich mich bevorzugt um sie kümmere. Schließlich haben sie ihren heutigen Eintritt gewonnen.«

»Glaubst du, dass alle fünfhundert Kunden diesen Gewinn tatsächlich einlösen werden?«

»Die allermeisten«, antwortete Martin, sichtlich stolz. »Immerhin werden sie kostenlos in den neuen Erfrischungsräumen bewirtet und können als Erste von den Eröffnungsangeboten profitieren.«

Heute, am 26. März 1932, feierte das KaDeWe gleich zwei Feste. Fast auf den Tag genau das fünfundzwanzigjährige Jubiläum der Eröffnung durch Adolf Jandorf und gleichzeitig die Neueröffnung des Hauses nach dem nunmehr über vierjährigen Umbau.

Ab Montag würde das Haus wie üblich für alle Kunden zugänglich sein. Aber heute, an diesem besonderen Tag, wollte man nur eine begrenzte Anzahl einlassen, um die Außergewöhnlichkeit des Jubiläums zu betonen. Deshalb war Martin schon vor Wochen auf die Idee gekommen, Gratislose an jeden Käufer zu verteilen, die an den Kassen ausgehändigt wurden. Insgesamt gab es fünfhundert Eintrittskarten zu gewinnen.

Als Martin bemerkt hatte, dass der 27. März, das genaue Datum, an dem das KaDeWe im Jahr 1907 seine Pforten geöffnet hatte, 1932 auf einen Sonntag fiel, war er anfangs bodenlos enttäuscht gewesen. Kurzfristig hatte er sogar überlegt, das Jubiläum sonntags zu feiern, wovon ihm jedoch jedermann abgeraten hatte. Mittlerweile hatte sich Martin mit dem 26. März versöhnt und in den letzten Wochen nahezu all seine Energie darauf verwandt, diesen Tag grandios zu gestalten.

Umsatz stand am heutigen Samstag nicht im Mittelpunkt des Interesses, obwohl es zahlreiche, zum Teil für die heutige Kundschaft exklusive Sonderangebote in allen Abteilungen gab. Aber die Besucher sollten vor allem die Pracht des neu gestalteten Hauses bewundern und durch eine Reihe von Veranstaltungen unterhalten werden.

Sowohl in der Damen- als auch in der Herrenkonfektion würde es mehrere, über den Tag verteilte Modenschauen geben. Für Kinder, die ihre Mütter begleiten durften, hatte man in der Kinderabteilung, die ebenfalls im zweiten Stock lag, einen Clown und einen Zauberer engagiert. Außerdem war eine Spielecke eingerichtet worden. Judith hatte auf Martins Bitte hin Schülerinnen im letzten Ausbildungsjahr der Sozialen Frauenschule rekrutiert, die die Kleinen dort betreuen würden, damit sich die Mütter ungestört umsehen konnten.

Sie selbst würde wie an jedem Samstagvormittag ihren Schulunterricht geben und danach eine ledige Mutter besuchen, die mit ihren drei Kindern in einer Kochstube in Meyers Hof lebte. Sie kannte Klara Engwicht bislang nur aus einem Gespräch in der Tagesstätte in der Müllerstraße, in der Frau Engwicht ihre Kinder jedoch nur selten abgab.

»Wenn ich schon keine Arbeit finde, möchte ich wenigstens meine Kinder selbst betreuen«, hatte sie dies gegenüber Judith begründet. »Nur wenn ich wieder einmal zu den Behörden muss, bringe ich sie hierher.«

Judith war sehr froh, dass Frau Engwicht sich bereit erklärt hatte, an ihrem Forschungsprojekt teilzunehmen. Eine ledige Mutter, die drei Kinder großzog und darüber hinaus erneut schwanger war, gab es in ihrer Stichprobe der alleinstehenden Mütter bislang nur einmal. Da alle vier in einem einzigen Raum lebten, hatte Frau Engwicht Judith die Bedingung gestellt, sie nur tagsüber zu besuchen, wenn sie die Kinder noch nicht zu Bett gebracht hatte.

»Aber heute Abend zum großen Empfang kommst du garantiert dazu, nicht wahr?«, riss Martin Judith aus ihren Gedanken.

»Natürlich«, antwortete sie mechanisch.

»Alles, was in Berlin im Warenhausgeschäft Rang und Namen hat, wird da sein«, schwärmte Martin. »Nicht nur unsere leitenden Angestellten mit ihren Ehefrauen, sondern auch die gesamte Familie Wertheim. Sogar Rudolph Karstadt, der sich gerade in Berlin aufhält, wird dazustoßen. Ebenso wie Max Emden, mit dessen Vater Jakob Adolf Jandorf jahrzehntelang zusammengearbeitet hat.«

»Schade, dass Adolf Jandorf selbst nicht mehr dabei sein kann.« Judith fühlte sich einen Moment lang sehr traurig.

Auch Martins Miene wurde ernst. »Das bedauert niemand mehr als ich«, betonte er. »Zu gerne hätte ich den Gründer des KaDeWe als Ehrengast begrüßt. Wenigstens haben alle seine Brüder ihr Kommen zugesagt.« Jandorfs Brüder hatten bis zur Übernahme des Konzerns durch Tietz als leitende Angestellte in seinem Unternehmen mitgearbeitet.

»Nur Harry Jandorf hat abgesagt, angeblich ist er unabkömmlich.« Martin klang zornig. »In Wirklichkeit glaube ich, er neidet mir meinen Erfolg.«

Judith konnte dies nicht von der Hand weisen. In der Tat hatte Harry Jandorf im Unternehmen seines Vaters nie eine bedeutende Rolle gespielt. Ihm fehlte einfach das kaufmännische Talent seiner restlichen Familie.

»Aber sei bitte pünktlich um sieben Uhr da!«, appellierte Martin an Judith. »Schon um die Eröffnung des kalten Büfetts nicht zu verpassen. Das wird sensationell! Es gibt echten russischen Kaviar, Schildkrötensuppe, Trüffel, Kalbsbries, um nur einige ausgesuchte Spezialitäten zu nennen. Zum Nachtisch exotische Früchte wie Mangos, Granatäpfel oder Papayas. Selbst in den vornehmsten Kreisen hat man solches Obst kaum je gekostet.«

»Und all das kann man in Zukunft auch in unserer neuen Lebensmittelabteilung erwerben«, fügte Martin hinzu. »Sie wird besser sortiert sein als in jedem anderen Berliner Geschäft. Vielleicht sogar besser als in jedem Geschäft im ganzen Deutschen Reich.«

Judiths Laune trübte sich ein. Sie hatte Martin vergeblich dazu zu bewegen versucht, verderbliche Lebensmittel, die den Umzug vom zweiten in den sechsten Stock nicht überstehen würden, in den Armenvierteln zu spenden.

»Wie stellst du dir das denn vor?«, hatte er entgeistert argumentiert. »Wenn ich meine Lieferwagen mit dem Schriftzug des KaDeWe in den Wedding oder gar ins Scheunenviertel fahren lasse, um dort Lebensmittel zu verteilen, steht dies der Exklusivität des Hauses genau entgegen. Sobald die Presse darüber berichtet, was sich sicherlich nicht vermeiden ließe, würden unsere solventen Kunden abgeschreckt, ihre Vorräte im KaDeWe zu erwerben und dafür unsere hohen Preise zu bezahlen.«

Immerhin war Martin bereit gewesen, Armenküchen und Obdachlosenasyle zu unterstützen, sofern sie selbst eine Transportmöglichkeit zur Verfügung stellten und die Waren im Hinterhof des KaDeWe abholten. Auch den Mitarbeitern und deren Familien war es erlaubt gewesen, kostenlos Lebensmittel mitzunehmen. Judith wusste, dass Rieke Hauser mehrmals schwere Taschen nach Meyers Hof geschleppt hatte, um sie ihrer Mutter Käthe auszuhändigen.

»Warum siehst du denn auf einmal so finster aus?« Martin konfrontierte Judith mit ihrer veränderten Stimmung.

»Weißt du was?«, fuhr er dann fort, ohne ihre Antwort abzuwarten. Wahrscheinlich erriet er ihre Gedanken. »Du besuchst doch heute Nachmittag diese ledige Mutter mit den drei Kindern. Komm mit mir ins KaDeWe, dann kannst du dir eine ganze Kiste voll Essen für die Frau aussuchen. Und mein Chauffeur fährt dich anschließend damit zu deinem Unterricht«, kam er Judiths Einwand zuvor. »Am Nachmittag fährst du ohnehin mit dem Taxi in den Wedding, oder nicht?«

Judith nickte. »Das habe ich vor, so wie immer. Peter Hauser warnt mich beständig davor, dass die sozialen Spannungen im Wedding zunehmen und eine gut gekleidete Frau, die allein unterwegs ist, nicht sicher ist. Deshalb bitte ich den Taxifahrer sogar, mich gegen einen Aufpreis bis in die entsprechende Wohnung zu begleiten und hinterher wieder abzuholen.«

Martin überlegte kurz. »Dann machen wir es noch anders. Wann bist du in der Frauenschule fertig?«

»Gegen drei Uhr«.

»Ich schicke dir meinen Chauffeur um diese Uhrzeit dorthin, damit er dich in den Wedding fährt und dir die Kiste bis in die Wohnung trägt. Er soll dich später auch abholen. Denn heute brauche ich den Mann sicher nicht.«

Er hat im Grunde doch ein gutes Herz, beschwichtigte Judith wieder einmal ihre Zweifel an Martins Charakter. Den Rest des Frühstücks verbrachten sie mit unbeschwertem Geplauder über die bevorstehende Feier im KaDeWe.

Im KaDeWe

26. März 1932, neun Uhr am Morgen

Pünktlich um neun Uhr wurde das prachtvolle schmiedeeiserne Gitter vor dem Hauptportal in der Tauentzienstraße herabgelassen. Draußen wartete bereits eine kleine Menge vorwiegend weiblicher Kunden.

Die Öffnungszeiten des Warenhauses unterschieden sich am heutigen Samstag von den regulären: Die Verkaufszeit begann eine Stunde später und endete bereits am späten Nachmittag um fünf anstatt um acht Uhr abends. Denn schon um sieben

Uhr sollte der Festakt beginnen, zu dem nur private Gäste geladen waren.

Rieke als Aufsichtsdame und David Loewenberger als Abteilungsleiter der Damenmode begrüßten die ins zweite Stockwerk heraufkommenden Kundinnen persönlich am Kopfende der beiden Treppen. Vor den Fahrstühlen hießen wiederum die Ersten Verkäuferinnen die aussteigenden Damen willkommen.

In jedem Stockwerk waren kleine Tische mit Erfrischungen bereitgestellt worden, von denen sich die Gäste kostenlos bedienen durften. Auch alle Speisen und Getränke im neuen Restaurant Silberterrasse im fünften Stockwerk und in der Imbisshalle inmitten der Lebensmittelabteilung im sechsten Stock waren gratis.

Schon bald hatten Rieke und ihre Verkäuferinnen im zweiten Stock alle Hände voll zu tun. Denn ausgewählte Kleider, Hüte, Dessous und Schuhe waren bis zur Hälfte ihres ursprünglichen Preises herabgesetzt worden, darunter auch sehr teure Pariser Modelle. Viele Kundinnen ließen sich die Chance nicht entgehen, ein solch wertvolles Stück überaus günstig zu erwerben.

Großen Anklang fand in diesem Zusammenhang natürlich der neue Damenmaßsalon. »Hier sieht es ja gar nicht mehr aus wie in einem Kaufhaus. Eher wie in einer Villa oder einem Schloss«, teilten viele begeisterte Damen Riekes Einschätzung.

So prachtvoll die neue Einrichtung auch war, so sehr hatte Martin Tietz beim Personal erneut Rationalisierungsmaßnahmen vorgenommen. Rieke fungierte nun auch als Aufsichtsdame der Kinderbekleidung, die aus dem ersten Stock mit in den zweiten umgezogen war. Damit würde ihr Arbeitspensum ein weiteres Mal steigen und war jetzt mehr als doppelt so hoch wie das ihrer Vorgängerin Frau Liebermann, die damals nur für die Damenkonfektion und die Damenwäsche verantwortlich gezeichnet hatte. Trotzdem freute Rieke sich auf die neue Aufgabe, insbesondere wegen der Kinder, mit denen sie nun häufiger zu tun haben würde.

Die zahlreichen Veranstaltungen, die im Lauf des Tages stattfinden sollten, wurden in allen Stockwerken auf großen Plakaten angekündigt. Mittlerweile war die erste Stunde wie im Fluge vergangen, als Rieke sich daran erinnerte, dass um zehn Uhr die erste Vorführung des Zauberers in der Kinderabteilung begann, die sie sich unbedingt ansehen wollte. Als sie den Bereich ganz am anderen Ende der Etage hinter der Schuhabteilung erreichte, hörte sie die Kleinen schon von Weitem lachen und jauchzen.

Ihre Kehle verengte sich. Noch immer wollte sich bei Peter und ihr kein Nachwuchs einstellen. Auch die wunderbare Urlaubswoche auf Rügen im vergangenen August war ohne diese erwünschte Folge geblieben.

Mit einer Mischung aus Wehmut und Vergnügen beobachtete Rieke, wie der Zauberer scheinbar Eier und Gummibälle aus den Ohren und Nasen der Kleinen zog. Er entdeckte Süßigkeiten aller Art in den Taschen ihrer Kleidung, die die Kinder behalten durften, und ließ ein weißes Kaninchen in seinem Zylinder verschwinden.

Ganz abgelenkt von der Vorführung bemerkte Rieke das kleine Mädchen nicht, das mit kakaoverschmiertem Mund und einem Becher in der Hand plötzlich mit ihr zusammenstieß. Der Kakao schwappte über und ergoss sich über ihr schwarzes Seidenkleid. Auch das rosafarbene, mit Rüschen besetzte Kleid des Kindes war über und über mit Kakao befleckt.

»Mathilda!«, ertönte die schrille Stimme einer Frau. Eine streng aussehende Matrone mittleren Alters näherte sich der ungefähr sechsjährigen Kleinen und hob schon die Hand, als wolle sie ihr eine Ohrfeige verabreichen. »Wie siehst du jetzt aus! Nun kann ich mich heute nirgends mehr mit dir blicken lassen!«

Erst jetzt fiel der Blick der Frau auf Riekes tropfendes Kleid. Ihre Stimme wurde womöglich noch schriller. »Und schau nur, was du noch angerichtet hast!«

Dann wandte sich die Dame an Rieke. »Es ist mir überaus

peinlich, was meine Nichte schon wieder angestellt hat«, beteuerte sie, nun mit devoter Stimme. »Ich hätte sie gar nicht erst mit hernehmen dürfen. Otto, mein Mann, hat mir ohnehin davon abgeraten.« Die Frau warf dem Mädchen eine bösen Blick zu. »Mathilda ist Vollwaise«, erklärte sie überflüssigerweise. »Nach dem Tod meiner jüngeren Halbschwester haben wir sie bei uns aufgenommen.«

Rieke tat das Kind, das nun zu schluchzen begonnen hatte, von ganzem Herzen leid. Nicht nur wegen des Malheurs, sondern vor allem wegen der offenbar lieblosen Tante, bei der sie nach dem Tod ihrer Eltern aufwachsen musste. Sie richtete sich hoch auf und erklärte mit einer Mischung aus Bestimmtheit und Konzilianz: »Aber das macht doch gar nichts, verehrte Dame. Mein Kleid kann ich rasch wechseln, und dieses hier lasse ich in unserer hauseigenen Reinigung wieder in Ordnung bringen.«

Dann beugte sie sich zu dem Mädchen hinunter. »Du heißt Mathilda, habe ich das richtig gehört?« Das Kind nickte wortlos, während ihm die Tränen über die Wangen liefen.

»Du musst nicht mehr traurig sein, Mathilda. Solch ein Missgeschick kann doch jedem passieren. Schau einmal dort hinüber!« Rieke wies auf die Ständer mit den zahllosen Mädchenkleidern in allen denkbaren Farben. »Da findest du sicher etwas, das dir genauso gut steht wie das wunderhübsche Kleid, das du jetzt trägst. Und während du es anprobierst, lasse ich das rosafarbene hier für dich säubern.«

»Das kommt überhaupt nicht infrage!«, mischte sich Mathildas Tante aufgeregt ein. »Wo kämen wir denn hin, wenn solche Unarten auch noch belohnt würden? Zumal mit einem teuren Kleid aus dem KaDeWe!«

Rieke beachtete den Einwand zunächst gar nicht. Sie winkte stattdessen dem Clown, der gerade in seinem bunten Kostüm eingetroffen war. »Hier ist ein kleines Mädchen sehr traurig. Bringen Sie es doch bitte wieder zum Lachen!«

Während der Clown mit seinen Späßen und Faxen begann, sah Rieke sich nach der Ersten Verkäuferin der Kinderbekleidung um und winkte sie heran. »Begleiten Sie die junge Dame und ihre Tante doch gleich zu den Mädchenkleidern dort drüben, Frau Mauer. Sie soll sich ein Gewand ganz nach ihrem Geschmack aussuchen. Natürlich auf Kosten des Hauses!«, drehte sie sich gerade noch rechtzeitig zu Mathildas Tante um, bevor diese in Schnappatmung verfallen konnte. »Und sorgen Sie außerdem dafür, dass die Kakaoflecken auf dem rosafarbenen Kleid entfernt werden!«

Dann verabschiedete sie sich und ging rasch zu ihrem neuen, ebenfalls viel großzügigeren Kontor in der Damenkonfektion. Dort verwahrte sie für alle Fälle gleich zwei Ersatzkleider.

Herr Tietz hat uns alle angewiesen, am heutigen Tage nicht kleinlich zu sein, ging es ihr auf dem Weg durch den Kopf. Jetzt habe ich ihn einmal beim Wort genommen.

Ungefähr eine halbe Stunde später hatte Rieke sich umgezogen und bat, gemeinsam mit Esther Weinberg, die Kundinnen höflich, den Damenmaßsalon für die nächste Stunde zu räumen. Darin würden sich die sieben Models, die die insgesamt drei Modenschauen bestreiten sollten, umziehen.

Jede Modenschau hatte ein anderes Motto. Das erste hieß »Fröhliche Sommerfrische«. Gezeigt werden sollte Sommerbekleidung für alle Gelegenheiten von Freizeitkleidung über die elegante Nachmittagsrobe bis hin zum festlichen Abendkleid.

Gerade wurden die Ständer mit den Vorführmodellen hereingefahren. Dahinter folgten sieben, wieder von einer Agentur vermittelte junge Damen.

Als eine schlanke Blondine den Salon betrat, glaubte Rieke, ihren Augen nicht zu trauen. Das war zweifellos Anni Böning, Martin Tietz' ehemalige Geliebte.

Rieke winkte Esther Weinberg heran, die diesmal mit der Vorbereitung der Modenschauen betraut worden war. »Wie kommt denn Fräulein Böning hierher?«, raunte sie ihr zu. »Meines Wissens war sie bei den ausgesuchten Vorführdamen nicht dabei.« Davon hatte sich Rieke vor einigen Wochen persönlich überzeugt.

Esther Weinberg blickte sie erstaunt an. Sie wusste natürlich nichts von der prekären Situation, die möglicherweise allein dadurch entstehen konnte, dass Judith Bergmann am Abendempfang teilnahm.

»Die Agentur hat gestern angerufen und mitgeteilt, dass eines der Models an einer schweren Erkältung leidet. Man hat Fräulein Böning als Ersatz vorgeschlagen, und ich habe zugestimmt. Denn sie hat ja schon an der Bademodenschau im vergangenen Sommer mitgewirkt. Erinnern Sie sich?« Angesichts von Riekes grimmiger Miene wirkte Esther zunehmend verunsichert. »Habe ich damit irgendetwas falsch gemacht?«

»Nein, nein«, wehrte Rieke rasch ab. »Aber sorgen Sie bitte dafür, dass Fräulein Böning nicht als jeweils Letzte in jeder Runde über den Laufsteg geht.«

Nun wirkte Esther erst recht verwundert. »Das hatte ich zwar so vorgesehen, weil es im vergangenen Jahr auch so war, aber ich kann es jetzt noch schnell ändern. Zum Glück haben alle Damen dieselbe Kleidergröße. Ich muss also nur die Modelle tauschen, die Fräulein Böning tragen wird.«

»Dann tun Sie das!«, antwortete Rieke schroffer, als es gegenüber Esther Weinberg angemessen war.

Hoffentlich nimmt Martin Tietz nicht als Zuschauer an der Modenschau teil, hoffte sie noch, als sie den Maßsalon mit einem unguten Gefühl verließ.

Kochstube in Meyers Hof

26. März 1932, am Nachmittag

Das Erste, was Judith auffiel, als sie von dem düsteren, übel riechenden Flur in die Kochstube von Klara Engwicht trat, war die Sauberkeit, die in dem kleinen Raum herrschte. Nirgendwo war ein Stäubchen zu sehen. Der abgetretene Bodenbelag wies trotz des nassen Wetters keine Fußtratschen auf. Das einzige Fenster war geöffnet. Da die Kochstube im fünften Stockwerk lag, drang frische Luft in den kleinen Raum anstatt des Gestanks aus den Hinterhöfen. Allerdings war es empfindlich kühl. In der Kochmaschine, die zugleich Herd und Ofen war, schien kein Feuer zu glimmen.

Klara empfing Judith mit ihrem jüngsten Kind, dem zweijährigen Töchterchen, auf dem Arm. Sie trug eine zwar schäbige, aber ebenfalls blitzsaubere Kittelschürze über ihrem abgetragenen Kleid.

»Kommen Sie herein, Frau Bergmann. Damit wir ungestört sind, hab ich die Buben heut in den Hort gebracht.«

Schon beim Gespräch in der Kindertagesstätte war Judith aufgefallen, dass Klara ein nahezu reines Hochdeutsch sprach. Dies liege an ihrer Vergangenheit als Dienstmädchen in einem hochherrschaftlichen Haus, hatte sie Judith erklärt. Und auch, dass sie ihre Stelle dort sofort verloren hatte, als sie zum ersten Mal schwanger geworden war. Da sie nichts anderes gelernt hatte, war sie seit dieser Zeit arbeitslos und lebte von der Wohlfahrt.

»Leider kann ich Ihnen nur ein Glas Wasser anbieten. Ich habe es gefiltert und abgekocht.«

Trotz dieser Zusicherung lehnte Judith höflich ab. Sie wusste von Peter Hauser, dass das Trinkwasser in vielen Wohnungen in Meyers Hof verseuchter war denn je.

Ohne Sorge, ihren Rock zu verschmutzen, nahm sie am blank

gescheuerten Küchentisch Platz und sah sich in der kleinen Wohnung um. Unter dem Fenster und an der rechten Längswand gegenüber der Kochmaschine standen zwei schmale Betten über Eck. Die mussten sich die vier Bewohner offenbar teilen. Daneben enthielt der Raum an Möbeln nur noch drei Stühle, eine kleine verschrammte Kommode, zwei Wandborde mit Koch- und Essgeschirr sowie einige wenig bestückte Kleiderhaken. Kein Zweifel, Frau Engwicht und ihre Kinder gehörten zu den ärmsten Familien, die Judith je aufgesucht hatte.

Trotz der Armut und der Entbehrungen war Klara erstaunlich attraktiv. Judith hatte viele Frauen Ende zwanzig kennengelernt, die mindestens zehn Jahre älter aussahen. Das waren allerdings in der Regel berufstätige Frauen, die ihre harte Arbeit in der Fabrik, in Wäschereien oder Großküchen mit der Besorgung ihres Haushalts und der Erziehung der Kinder vereinbaren mussten.

Klara hatte ihre blonden Haare zu Zöpfen geflochten und um den Kopf gebunden. Ihre blasse Gesichtshaut war noch glatt, obwohl sie erschreckend mager war und sehr müde aussah. Ihre vierte Schwangerschaft zeichnete sich schon unter der Kittelschürze ab.

Die meisten der alleinstehenden Mütter, die sich zur Teilnahme an Judiths Forschungsprojekt bereit erklärt hatten, versorgten höchstens ein oder zwei Kinder ohne männliche Hilfe.

»Was wollen Sie denn jetzt über mich wissen?« Nachdem Klara das Fenster geschlossen hatte, nahm sie mit ihrem Töchterchen auf dem Schoß am Küchentisch gegenüber Judith Platz. Ihre Stimme klang ein wenig herausfordernd.

Judith sammelte sich und wählte ihre Worte sorgfältig. »Ich würde gerne wissen, wie es dazu gekommen ist, dass Sie Ihre Kinder allein aufziehen müssen. Und natürlich, wie Sie das bewerkstelligen.«

Klara verzog ihre schmalen Lippen verächtlich. »Der Matthes, mein Ältester, ist jetzt acht. Er entstand nach einem feuchtfröhlichen Abend meines damaligen Dienstherrn. Nicht ganz freiwillig, wenn Sie versteh'n, was ich meine.«

Judith war schockiert. »Ihr damaliger Dienstherr hat Ihnen Gewalt angetan?«

Klara nickte. »Sobald die Schwangerschaft sichtbar wurde, warf seine Frau mich natürlich raus. Immerhin war ihr Gatte anständig genug, mir zweihundertfünfzig Mark mit auf den Weg zu geben. Damit konnte ich erst mal in einer Pension unterschlüpfen, bis der Matthes geboren war. Aber Arbeit fand ich danach leider keine.«

»Warum nicht?«

Klara hob die Schultern. »Niemand nimmt eine Dienstmagd ins Haus, die einen unehelichen Balg mit sich schleppt«, sagte sie mit brutaler Offenheit. »Und was anderes hab ich nie gelernt. Ich bin mit vierzehn Jahren aus Brandenburg nach Berlin gekommen und gleich in Stellung gegangen.«

»Konnten Sie denn keine andere Arbeit finden, zum Beispiel in einer Fabrik?«

»Ich hab es versucht, das können Sie mir glauben. Aber da war überall Nachtschicht dabei oder Arbeit bis spät in den Abend. Wo hätt ich den Kleinen denn lassen sollen? Ich hab doch keine Verwandtschaft in Berlin. Und nach Brandenburg konnt ich auch nicht zurück. Meine Eltern leben auf einem winzigen Dorf. Da ist ein uneheliches Kind eine große Schande.«

Judith wusste aus ihren vorigen Interviews, dass für alleinstehende Mütter das größte Problem oft darin bestand, eine Arbeit zu finden, die sich mit den Betreuungszeiten in den verschiedenen Kindereinrichtungen vereinbaren ließ. Diese öffneten in der Regel nicht vor sieben Uhr morgens und schlossen spätestens um acht Uhr abends.

Arbeitete eine Mutter ganztägig im Schichtdienst oder bis spät in den Abend, war sie bei der Betreuung der Kinder oft auf die Hilfe von Nachbarn oder Verwandten angewiesen. Diese brachten die Kinder in die Einrichtungen oder holten sie dort ab. Viele ledige Mütter wohnten noch in ihren Herkunftsfamilien, einige auch bei den Großeltern. In der Großstadt Berlin nahm man es insbesondere in Arbeiterkreisen mit der »Moral« nicht so genau wie auf dem Land.

Als Klara zwei Jahre nach Matthes' Geburt zum zweiten Mal schwanger geworden war, hatte sie erst recht keine Perspektive für eine Berufstätigkeit mehr gesehen. Der jetzt sechsjährige Bernie war die Frucht einer flüchtigen Affäre.

»Un die Kleene hier ooch«, verfiel Klara nun doch einen Moment lang ins Berlinerische. »Mit den Kerlen hab ich einfach kein Glück. Sie haben sich allesamt aus dem Staub gemacht und nie einen Pfennig geblecht.«

Als wüsste sie, dass man gerade von ihr sprach, begann das Mädchen auf Klaras Schoß zu quengeln. Ihre Mutter seufzte. »Ausnahmsweise geb ich ihr eine halbe Tasse Milch. Damit wir in Ruhe weiterreden können. Eigentlich brauch ich die Milch, um die Kartoffeln zum Abendbrot darin zu kochen. Das ist unsere einzige warme Mahlzeit am Tag. Außer der gibt es nur Margarinestullen.«

Judith beschloss, jetzt nicht nach der Herkunft der vierten Schwangerschaft Klaras zu fragen, sondern das Thema erst einmal zu wechseln.

»Wie viel Geld erhalten Sie denn von der Wohlfahrt?«

»Neunundsiebzig Mark.«

Judith glaubte zunächst, sich verhört zu haben. »Neunundsiebzig Mark im Monat?«

»Keinen Pfennig mehr«, bestätigte Frau Engwicht. »Ab April sind's noch mal zwei Mark weniger.«

»Neunundsiebzig Mark für Sie selbst und Ihre drei Kinder für den ganzen Monat?« Judith konnte es noch nicht fassen. Sie wusste, dass allein fünfzehn Mark Miete für diese Kochstube davon zu bezahlen waren.

Klaras Gesichtszüge verzerrten sich plötzlich. Bisher war sie außerordentlich beherrscht gewesen. Doch nun wurden ihre Augen feucht.

»Mehr hab ich nicht. Wir können kaum das bisschen Essen davon bezahlen. Wurst kennen die Kinder nur noch vom Hörensagen. Und …« Sie stockte und musste sich erst wieder fangen. »Im April werd ich schon wieder die Miete schuldig bleiben. Den zweiten Monat hintereinander. Aber was bleibt mir übrig? Die Kleinen müssen doch irgendwas zwischen die Zähne bekommen.«

Obwohl sie seit ihrer Schulzeit in Alice Salomons Institut schon viel Elend gesehen hatte, war Judith erschüttert. Neunundsiebzig Mark entsprach exakt der Summe, die Martin bei ihrem Versöhnungstreffen im Restaurant des Berliner Funkturms für ihr Abendessen bezahlt hatte.

Sie holte tief Luft. »Wann erwarten Sie denn Ihr viertes Kind?«

»Im Juli ist es so weit. Dann kommen zwölf Mark im Monat dazu. Aber das Kleine muss ja auch essen und was zum Anziehen kriegen.«

»Und der Vater?«, rang sich Judith jetzt doch zu der Frage durch, die sie bislang vermieden hatte.

Klaras Augen liefen über. »Ist der gleiche wie bei der Martha.« Sie zeigte auf ihre kleine Tochter. »Hat mir das Blaue vom Himmel runter versprochen und ist dann doch wieder abgehauen.«

Eine Weile sprachen sie noch über Klaras hartes Leben nach der Geburt ihres dritten Kindes. Dann stellte Judith die Frage, mit der sie ihre Gespräche seit einiger Zeit abschloss.

»Wenn Sie einen Wunsch ganz für sich allein frei hätten, liebe Frau Engwicht, was wäre das?«

»Dass ich einmal im KaDeWe einkaufen könnte«, antwortete Klara wie aus der Pistole geschossen.

Während Judith noch überlegte, ob Frau Engwicht etwas von ihrer Verbindung mit Martin Tietz wusste oder diese Antwort rein zufällig war, pochte es an der Tür. Judith sah auf ihre

Uhr. Das musste der Chauffeur sein, den sie mit der Kiste voll Lebensmittel eine Stunde nach ihrer Ankunft in die Wohnung bestellt hatte. Die Zeit war im Nu vergangen.

Judith nahm dem Mann die Kiste ab und bat ihn, in einer Viertelstunde wiederzukommen.

»Wenn Sie seit Wochen nur von Milchkartoffeln und Margarinestullen leben, habe ich hier etwas Besseres mitgebracht.«

»Sie meinen die Apfelsinen?«

Judith lächelte. »Apfelsinen sind auch dabei. Aber zusätzlich Wurst und Käse, Butter und Öl und sogar Rosinenbrot. Und noch ein paar andere Dinge.«

Fassungslos vor Erstaunen packte Klara die Kiste aus und breitete die Lebensmittel auf dem Küchentisch aus. »Das ist ja ein Vermögen wert!«, freute sie sich. »Kennen Sie das Märchen vom Schlaraffenland? Das musste ich den Kindern bei meiner Dienststelle immer vorlesen. Manchmal habe ich es auch meinen eigenen erzählt. Seit wir so wenig zu essen haben, aber nicht mehr.« Jetzt klang sie wieder traurig.

»Dann genießen Sie Ihr kleines Schlaraffenland jetzt aus vollem Herzen!«

Zu Judiths Überraschung schüttelte Klara den Kopf. »Eine der Apfelsinen teil ich zwischen den Kleinen. Und vielleicht auch ein Stück Wurst oder Rosinenbrot. Aber den Rest werd ich verkaufen. Damit ich das Geld für die Miete zusammenkriege.«

Judith fehlten die Worte. Ihre Kehle wurde eng.

»Russischer Kaviar und echte Trüffel. Kalbsbries und Schildkrötensuppe«, hörte sie Martins begeisterte Stimme bei der Beschreibung des Festbüfetts. Und spürte dabei, dass sie angesichts dieses Elends der Familie Engwicht heute Abend keinen Bissen davon hinunter bekommen würde.

Schon als der Chauffeur sie zur Villa Bergmann fuhr, wo sich Judith eigentlich für den Abend umkleiden wollte, stand ihr Entschluss fest.

»Ich fühle mich gerade sehr unpässlich«, teilte sie dem Bediensteten mit. »Bitte richten Sie Herrn Tietz aus, dass ich leider nicht zum Empfang kommen kann.«

Im KaDeWe

26. März 1932, am Abend

»Ich kann Ihnen auch nicht sagen, lieber Martin, was plötzlich mit Judith los ist«, hörte Rieke, die mit Peter in der Nähe stand, Paul Bergmann zu Martin Tietz sagen. »Gestern schien sie mir noch völlig gesund zu sein. Und meine Frau und ich waren schon hier, als sie nach Hause gekommen ist.«

Er dämpfte die Stimme. Rieke verstand die Worte trotzdem. »Aber Sie haben sie doch noch nach mir gesehen?«

Martin nickte. »Auch heute Morgen war sie noch kerngesund«, antwortete er mit finsterer Miene.

Rebekka Bergmann, die mit Martins Mutter Betty bei der Gruppe stand, wirkte ausgesprochen unglücklich. »Leider überfällt uns Frauen ab und zu aus heiterem Himmel die Unpässlichkeit«, versuchte sie sich an einer Erklärung. »Ich habe Judith zu Hause anzurufen versucht, aber unser Dienstmädchen teilte mir mit, sie habe sich gerade hingelegt. Da wollte ich sie nicht stören.«

»Nun gut. Judith wird sicher ihre Gründe haben, genau an diesem wichtigen Abend zu fehlen«, erwiderte Martin. Dann setzte er ein gewollt fröhliches Lächeln auf. »Aber da kommt ja gerade Herr Wertheim senior.« Er trat mit ausgestreckten Armen auf ihn zu. »Verehrter Herr Wertheim! Ich heiße Sie herzlich zu dieser besonderen Gelegenheit willkommen und freue mich außerordentlich darüber, dass Sie meine Einladung angenommen haben.«

Zwei Stunden später glich das kalt-warme Büfett einem Schlachtfeld. Es waren nur noch ein paar kümmerliche, unansehnliche Reste vorhanden. Kaum einer der Gäste hatte den Köstlichkeiten widerstehen können, die man dort aufgetischt hatte.

»Sei mal ehrlich, Peter!«, flüsterte Rieke ihrem Mann ins Ohr, der sich gerade mit ihr zum Takt eines Langsamen Walzers über die kleine Tanzfläche bewegte, die man nahe dem Fürstenzimmer im ersten Stock eingerichtet hatte. »Hat dir dieser Kaviar wirklich geschmeckt?«

Peter schüttelte unmerklich den Kopf. »Genauso wenig wie der entsetzlich stinkende Munsterkäse, den es zum Nachtisch gab. Hätten wir heutzutage nicht Frieden mit den Franzosen, würde ich denken, sie wollen uns vergiften«, scherzte er.

Sie drehten sich weiter zur wundervollen Musik der Band, die man für diesen Galaempfang engagiert hatte.

»Was mag wohl die Überraschung sein, die Martin Tietz in seiner Rede angekündigt hat?«, fragte Rieke.

»Das weiß ich auch nicht. Aber ich habe einen Verdacht.«

»Was für einen Verdacht?«

»Das behalte ich erst einmal für mich. Denn entweder blamiere ich mich bis auf die Knochen, wenn ich falschliege, oder die Überraschung ist dann für dich dahin.«

Als sie nach zwei weiteren Tänzen zu einem der Stehtische gingen, die überall platziert worden waren, trat Anni Böning mit einem Tablett gefüllter Sektkelche auf sie zu. »Darf ich Ihnen etwas anbieten?«

Während Peter zugriff, verneinte Rieke. Nachdem Anni weitergegangen war, musterte Peter seine Frau scharf. »Was hast du denn nur gegen sie? Den ganzen Abend betrachtest du dieses Model schon verdrießlich.«

Rieke stutzte. War ihre Abneigung so offensichtlich gewesen? Da Peter nichts von Annis Affäre mit Martin Tietz wusste, wiegelte sie mit vorgetäuschter Leichtigkeit ab. »Das bildest du dir nur ein, Peter. Ich habe gar nichts gegen die Frau.«

»Soso«, machte Peter und bedeutete Rieke damit, dass er ihr nicht glaubte. Aber er drang nicht weiter in sie, zumal die Band gerade einen Foxtrott zu spielen begann und er Rieke zurück auf die Tanzfläche führte. Mittlerweile hatten beide an ihren freien Sonntagen einen Tanzkurs besucht, und sie beherrschten die modernen Tänze bereits recht gut.

Warum ist Martin Tietz nur auf den idiotischen Gedanken gekommen, dass die Vorführdamen nach der letzten Modenschau auch noch beim Empfang Getränke servieren sollen?, sinnierte Rieke erneut mit unterdrücktem Zorn. Denn sie ahnte den wahren Grund.

Tatsächlich hatte Martin Anni erst bei der letzten Modenschau um vier Uhr nachmittags entdeckt und sie und ihre Kolleginnen danach spontan zum Bleiben aufgefordert, natürlich gegen Aufpreis. Aus dem umfangreichen Berufskleidungssortiment im ersten Stock durfte sich jede das passende Servierkostüm mit Spitzenschürze und Häubchen auswählen. Anni Böning hatte sich für ein besonders kurzes Kleid entschieden, das ihr nur bis knapp über die Knie reichte und ihre wohlgeformten Waden zeigte. Rieke hielt das für keinen Zufall.

Wenigstens kann niemand mit diesen Damen tanzen, versuchte sie, sich zu beruhigen. Sonst würde Martin Tietz dies am Ende mit Anni Böning auch noch tun. Aber warum muss Judith ausgerechnet heute fehlen? Weiß sie denn nicht, wie viel dieser Abend Martin bedeutet?

Nun trat Anni mit strahlendem Lächeln auf eine Gruppe zu, bei der auch Martin stand. Sie reichte das Tablett herum, wobei Tietz ihr Lächeln erwiderte. Noch mehr beunruhigte Rieke jedoch der Ausdruck, den sie bei ihrer nächsten Drehung in Martins Gesicht wahrnahm, als er Anni hinterherblickte. Das ist nacktes Begehren, wurde ihr klar. Diese Affäre ist noch keineswegs beendet! Im Gegenteil geht sie vielleicht heute weiter.

Als sie mit Peter bei einem Quickstep quer über die Tanzfläche wirbelte, sah sie einen Moment lang auch Paul Bergmanns

Gesicht, während er Anni beobachtete. Sie fand ihre eigenen Gefühle in seinem Ausdruck widergespiegelt: eine Mischung aus Besorgnis und Zorn.

Doch bevor sie Zeit hatte, weiter darüber nachzudenken, worauf Martins neue Begegnung mit Anni wohl hinauslaufen könnte, endete der Tanz. Die Band spielte einen Tusch. Die Tanzfläche leerte sich.

Nun trat Martin Tietz in deren Mitte und hob stolz die Arme, um jedermanns Aufmerksamkeit auf sich zu ziehen. Erst als er sich deren gewiss war, begann er zu sprechen: »Meine sehr verehrten Damen, meine sehr geehrten Herren, liebe Freundinnen und Freunde, liebe Gäste! Nun kommt die versprochene Überraschung. Bilden Sie eine Gasse, damit die Herren eintreten können!«

Unter lauten Ah- und Oh-Rufen betraten sechs Männer in schwarzen Abendanzügen die Tanzfläche. »Ich darf Ihnen voller Stolz Berlins derzeit berühmteste Gesangsgruppe präsentieren. Begrüßen Sie die Comedian Harmonists mit einem begeisterten Applaus!«

Kapitel 21

Lebensmittelabteilung im KaDeWe

30. März 1932, am späten Vormittag

Als Judith den Fahrstuhl verließ, sah sie sich neugierig um. Sie musste zugeben, dass sie beeindruckt war. Die auch in früheren Zeiten schon beachtliche Lebensmittelabteilung des KaDeWe war nach ihrem Umzug in den sechsten Stock von der Fläche her fast fünfhundert Quadratmeter größer und prächtiger ausgestattet denn je.

»Na, was sagst du?« Martin strahlte sie mit jenem jungenhaften Lächeln an, mit dem ihre nun schon über fünf Jahre währende Liebe einst begonnen hatte. Mittlerweile wusste sie, dass dieses Lächeln zu dem Teil von Martins Persönlichkeit gehörte, der einfach nicht erwachsen werden wollte.

Doch heute gönnte sie Martin seine Freude von Herzen. »Es ist wirklich großartig geworden«, gab sie ihm die gewünschte Antwort. Auch weil sie noch immer das schlechte Gewissen biss, bei der großen Eröffnungsfeier am Samstag nicht dabei gewesen zu sein.

Martins Lächeln vertiefte sich. »Man sagt schon jetzt, die Lebensmittelabteilung sei der größte Trumpf des KaDeWe. Sie verdrängt sogar unsere berühmte Damenkonfektion vom ersten Platz.«

»Die Abteilung ist in der Tat sehr beeindruckend«, stimmte Judith erneut zu.

Doch Martin war mit seiner Lobeshymne noch nicht am

Ende. »In einer Zeitung stand sogar, dies sei eine der größten Sehenswürdigkeiten Berlins«, prahlte er. »Wenn nicht sogar des gesamten Kontinents.«

Das ging Judith denn doch zu weit. Offensichtlich verlor Martin gerade schon wieder jeden Bezug zur aktuellen Realität. Erst heute Morgen hatte ihr Vater beim Frühstück aus dem *Berliner Tageblatt* zitiert, dass nun über sechshunderttausend Menschen in Berlin arbeitslos seien. Trotzdem verkniff sie sich einen kritischen Kommentar.

»Lass uns ein wenig herumgehen!«, schlug sie stattdessen vor. Heute wollte sie weder ihm noch sich selbst die Stimmung verderben.

Besonders klug war das nicht, ausgerechnet bei dieser Feier zu fehlen, die der ganzen Familie Tietz, allen voran Martin, so ungeheuer wichtig gewesen war, hatten ihr beide Eltern schon beim Frühstück am Sonntagmorgen in der Villa Bergmann bedeutet. Jeweils auf die für sie charakteristische Weise.

Ihre Mutter hatte keinen Hehl aus ihrer Enttäuschung gemacht. Ihren inquisitorischen Fragen entnahm Judith, dass sie ihr die plötzliche Unpässlichkeit nicht abnahm, auch wenn sie Judith nicht direkt beschuldigte, die Feier geschwänzt zu haben. Sie rieb ihr jedoch deutlich unter die Nase, dass dieses Flittchen Anni Böning wieder aufgetaucht war und Martin darüber durchaus erfreut gewirkt hatte.

Ihr Vater Paul wurde weniger deutlich als seine Frau. Er beschrieb stattdessen die illustre Gästeschar und bedauerte scheinbar aufrichtig, dass Judith durch ihre plötzliche Erkrankung die Gelegenheit verpasst hatte, sich als Martins Partnerin der gesamten Warenhausbranche Berlins zu präsentieren. Außerdem schwärmte er ausgiebig vom wunderbaren Auftritt der Comedian Harmonists, wohl wissend, dass dies Judiths Lieblingsgruppe war.

Dass sie dieses Ereignis verpasst hatte, ärgerte Judith tatsächlich noch mehr als Anni Bönings Anwesenheit bei der Feier.

Allein schon vor dem Hintergrund, dass die Auftritte dieser Gruppe auf Monate hinaus ausgebucht waren.

Auch ihre eigene Rechtfertigung für ihr Fehlen war mittlerweile ins Wanken geraten. Dass Martin ein überaus teures Büfett bestellt hatte, stand zwar in krassem Gegensatz zum Elend der bitterarmen Familie Engwicht, die sie kurz vor der Feier besucht hatte. Aber an deren Not änderte sich nichts dadurch, dass Judith der Feier ferngeblieben war. Dabei hatte ihr Martin sogar Lebensmittel für die Familie geschenkt.

Heute bei diesem Rundgang durch die Lebensmittelabteilung wollte sie die unterschwellige Irritation zwischen ihr und Martin wieder beseitigen. Deshalb hatte sie dieses Treffen selbst vorgeschlagen.

Judith schüttelte die lästigen Gedanken ab und hängte sich bei Martin ein. Gemeinsam schritten sie den ersten der langen Gänge hinab, die die Lebensmittelabteilung an allen vier Seiten umgaben und entlang der Wände von Verkaufstheken gesäumt wurden. In der Mitte des Raums befanden sich weitere rechteckige Verkaufsstände, ebenfalls eingefasst von Theken, in denen die zahlreichen Waren hinter makellos geputzten Glasscheiben ansprechend präsentiert wurden. Die Theken waren so hoch, dass die in weiße Kittelschürzen und Hauben gekleideten Verkäuferinnen gerade so darüber hinwegreichten.

»Und? Was sagst du zur Ausstattung?«, fragte Martin ein weiteres Mal Lob heischend nach.

»Überaus prächtig. Das war sicher sehr kostspielig«, antwortete Judith taktvoll. Wieder strahlte Martin über das ganze Gesicht.

Dann trat er an einen der Pfeiler, die die Decke stützten. »Das ist echter Marmor.« Er strich geradezu zärtlich über eine der zartgrau gemaserten Flächen, die farblich perfekt zu den grau-weißen Bodenfliesen passten. »Und die blaue Einfassung besteht aus echter Meißener Keramik.« Deren Farbe korrespondierte wiederum mit den matt glasierten weißen Wandkacheln, die von blauen Linien umrahmt wurden.

Das Ensemble wirkte sehr geschmackvoll, musste Judith zugeben. Dennoch kamen ihr unwillkürlich die Bilder der ärmlichen Wohnungen in den Berliner Arbeitervierteln in den Sinn. Wahrscheinlich hätte man von den Kosten eines einzigen dieser Marmorpfeiler eine ganze Etage dieser heruntergekommenen Mietskaserne Meyers Hof modernisieren können.

»Gefällt es dir etwa doch nicht?« Martins dunkle Augen funkelten Judith vorwurfsvoll an, da sie seine letzten Erläuterungen nicht kommentiert hatte.

»Doch, doch!«, beeilte sie sich zu antworten. »Alles ist ganz wunderbar geworden.« Martins Gesichtszüge entspannten sich.

»Welchen der Lebensmittelstände möchtest du mir denn besonders gern zeigen?« Mit ihrer Frage versuchte sie, Martin eine weitere Freude zu machen.

Er überlegte kurz. »Die Fischabteilung mit den Aquarien«, entschied er dann.

Zielstrebig bog er zunächst in einen Gang ein, in dem zu beiden Seiten riesigen Fleischtheken standen. Judith ekelte sich ein wenig vor den ausgeweideten Schweinekörpern und Rinderbeinen, die entlang der Wand aufgehängt waren. Doch sie bemühte sich, keine Miene zu verziehen.

»Wer kauft denn all dieses Fleisch, bevor es verdirbt?«

Martin grinste. »Oh, darüber mach dir mal keine Sorgen! Ich habe dir doch schon unsere kleine Eisfabrik im Dachgeschoss gezeigt. Was am Abend übrig bleibt, verwahren wir in den riesigen neuen Kühlräumen, die damit betrieben werden. So bleibt die Ware tagelang frisch.«

Dann näherten sie sich der Fischabteilung. Schon von Weitem fiel Judith auf, dass sich eine Kinderschar vor den Theken versammelt hatte. Als sie herankam, erkannte sie den Grund dafür: In großen Glasbehältern, die Aquarien glichen, schwammen lebende Fische. Sie erkannte Forellen, Karpfen und Aale.

»Schau, Judith! Hier siehst du eine der Novitäten der Lebensmittelabteilung.« Wieder war der Stolz in Martins Stimme unüberhörbar. »Das Wasser wird durch beständige Luftzufuhr frisch gehalten.« Tatsächlich sprudelte es in allen Fischbehältern.

Dennoch war Judith konsterniert. »Ihr verkauft hier lebende Fische?«, fragte sie ungläubig.

»Ach was, mein Dummerchen!« Martin stupste sie liebevoll auf die Nasenspitze. Dann zeigte er auf eines der Aquarien. »Da fischt gerade ein Verkäufer einen Karpfen mit einem Netz aus dem Wasser. Natürlich, um ihn vor den Augen des Käufers zu schlachten. Frischer kann man Fisch nicht erwerben.«

Instinktiv zerrte Judith an Martins Arm. »Er schlachtet den Fisch vor den Augen der Kinder?« Diese empörte Bemerkung konnte sie jetzt doch nicht zurückhalten. »Komm, lass uns weitergehen! *Ich* möchte mir das jedenfalls nicht ansehen.«

Und werde hier nie einen Fisch kaufen, über den ich zuvor das Todesurteil gesprochen habe, hätte sie beinahe hinzugefügt, als Martins gekränkte Miene sie davon abhielt.

»Mir sind diese Fische hier lieber! Auch wenn sie schon lange tot sind.« Mit gespielt leichtem Tonfall zeigte Judith auf einige Räuchermakrelen. Als Martin nichts erwiderte, deutete sie auf einige große Holzfässer, über die Marmorplatten mit runden verglasten Öffnungen gelegt worden waren. »Was ist denn das?«

Sein Gesichtsausdruck hellte sich auf. »Das sind Heringsfässer«, sagte er. »Fällt dir dabei etwas auf?«

Judith wusste nicht, was er meinte. »Hm, Marmor auf Heringsfässern ist eine interessante Kombination«, schoss sie ins Blaue.

»Das meine ich nicht! Schnuppere doch mal!«, forderte Martin sie auf. Folgsam hielt Judith ihre Nase in die Luft. Es roch nicht nach Fisch. Aber das führte sie auf die Abdeckung der Heringsfässer und der Aquarien zurück.

»Ich weiß nicht, was du meinst«, gab sie zu.

Martin lächelte wissend. »Dann komm weiter mit!«, sagte er kryptisch.

Wenig später blieben sie vor einem ausladenden Käsestand stehen. Die Theken, die ihn umrahmten, waren sicher an jeder Seite ungefähr zehn Meter lang.

»Was fällt dir hier auf?«

Ratlos betrachtete Judith die mannigfaltige Auswahl. »Ihr führt Käse aus aller Herren Länder«, versuchte sie sich dann an des Rätsels Lösung. »Und alles ist erneut sehr ansprechend präsentiert.«

Kleine Fahnen und landestypische Dekorationen wiesen auf die Herkunftsländer der einzelnen Käsesorten hin. Frankreich, Holland, Italien, Österreich und die Schweiz waren ebenso vertreten wie Käsesorten aus Bayern. Für den unwissenderen Teil der Kundschaft waren die Namen der Länder zusätzlich auf Hinweisschildern vermerkt.

»Wir führen in der Tat mehr als einhundert Käsesorten«, bestätigte Martin. »Doch darum geht es mir nicht.«

Judith war verwirrt. Schon fasste Martin sie wieder unter. »Dann mache ich einen letzten Versuch«, kündigte er an.

Wenig später standen sie vor der Verkaufstheke für Kaffee. Judith zählte nicht weniger als zwölf mit Bohnen gefüllte Glasbehälter, die mit Ausgabeschächten aus Messing versehen waren. »Ich wusste gar nicht, dass es so viele Kaffeesorten gibt«, staunte sie.

Martin lächelte wieder. »Wir führen zum einen Bohnen aus verschiedenen Teilen der Welt, zum Beispiel aus Brasilien oder Kenia. Dort werden unterschiedliche Sorten angebaut. Aber auch die Art der Röstung beeinflusst den Geschmack. Im Kaffeelager befindet sich die modernste elektrische Röstmaschine, die derzeit auf dem Weltmarkt zu haben ist. Durch die

Temperatur und die Dauer der Röstung erhält der Kaffee nach dem Aufbrühen einen milden oder eher bitteren Geschmack.«

Er machte eine ausholende Handbewegung. »Du siehst, in unserer Lebensmittelabteilung bleibt kein Kundenwunsch offen. Nicht umsonst gilt sie als Sensation«, wiederholte er das großtuerische Argument vom Beginn ihres Rundgangs.

»Aber du wolltest mir nicht die Vielfalt eures Kaffeeangebots zeigen, sondern etwas anderes«, lenkte Judith ab, jetzt doch peinlich berührt.

»Natürlich! Gut, dass du mich daran erinnerst. Was haben also die Fischabteilung, die Käseabteilung und die Kaffeeabteilung gemeinsam?«

Judith wusste beim besten Willen immer noch nicht, was Martin meinte.

Der schürzte ob ihrer Begriffsstutzigkeit die Lippen. »Riech doch mal!«, forderte er sie erneut auf.

Langsam begann Judith zu begreifen, worauf Martin hinauswollte. »Es duftet gar nicht nach Kaffee!« Endlich ging ihr ein Licht auf. »Und am Käsestand roch es nicht nach Käse und am Fischstand nicht nach Fisch.«

Martins breites Grinsen bestätigte ihr, dass sie nun auf dem richtigen Weg war.

»Dass der Kaffeeduft fehlt, finde ich schade. Aber den strengen Käse- oder Fischgeruch vermisse ich nicht«, sagte sie. In Erinnerung daran, dass Martin schon einige Male auf die technischen Neuerungen in der Lebensmittelabteilung hingewiesen hatte, fügte sie hinzu: »Das hat bestimmt auch mit einer eurer neuen Anlagen zu tun.«

Diesmal hatte sie ins Schwarze getroffen. Martin schmunzelte selbstgefällig. »Ich habe natürlich auch eine hochmoderne Entlüftungsanlage einbauen lassen. Dadurch ist die Luft in der ganzen Lebensmittelabteilung so frisch, als wären wir draußen in freier Natur. Selbst wenn es, wie jetzt, so voll ist, dass sich die Käufer in Massen durch die Gänge schieben.«

In der Tat hatte sich die Menge der Kundschaft in der letzten halben Stunde gewaltig erhöht. Ungeachtet des Elends der Erwerbslosen musste es also noch immer genügend zahlungskräftige Käufer in Berlin geben. Judith warf einen Blick auf ihre Armbanduhr. Es war kurz vor zwölf.

»Es wird gleich noch voller werden«, erklärte Martin. »Darum sollten wir uns jetzt in einen der Erfrischungsräume begeben und zu Mittag zu essen. Später finden wir dort womöglich keinen freien Tisch mehr. Wohin möchtest du gehen?«

Diese Frage konnte Judith spontan beantworten. »Ich möchte hier im sechsten Stock bleiben und die Imbisshalle besuchen.«

»Nicht lieber die Silberterrasse?« Martin klang etwas enttäuscht. »Sie ist viel luxuriöser ausgestattet als die Imbisshalle. Außerdem wird man dort am Tisch bedient.«

Doch Judith wusste genau, was sie wollte. »Ebendeshalb interessiert mich die Silberterrasse weniger. Ich möchte sehen, was es mit dem neuen Konzept der Selbstbedienung in der Imbisshalle auf sich hat«, entgegnete sie. »Schließlich gehört das doch auch zu euren Novitäten, oder nicht?« Damit packte sie Martin geschickt bei seinem Stolz auf die Neuerungen im KaDeWe.

Ihre Strategie funktionierte. Ohne weiteren Widerspruch führte Martin sie in die Imbisshalle, die das Zentrum des sechsten Stockwerks bildete.

Wenig später standen Martin und Judith in der Schlange, die sich entlang einer großen Theke aufreihte. In Glasvitrinen standen zahlreiche appetitlich angerichtete Speisen, die mit Preisschildern versehen waren. Jedermann konnte sich selbst die Teller und Schalen aus der Vitrine nehmen und mithilfe eines kleinen Servierwagens zunächst zur Kasse und dann an einen der runden Tische schieben.

Tatsächlich hatten Martin und Judith in der weitläufigen

Halle nur noch wenige freie Tische vorgefunden. Kurz entschlossen hatte Martin einen Notizblock gezückt, ein Blatt davon abgerissen und die Worte »reserviert für die Geschäftsführung« darauf geschrieben. Den hinterließ er auf dem ausgewählten Tisch, bevor er mit Judith zum Büfett ging.

Auch die Imbisshalle hatte in der Berliner Presse bereits für Schlagzeilen gesorgt. Das Prinzip hinter dem Motto *Bedienen Sie sich selbst, zahlen Sie an der Kasse,* das auf Schildern an mehreren Stellen über der Auslage stand, stammte aus den Vereinigten Staaten.

»Meines Wissens ist unsere Imbisshalle das einzige Selbstbedienungsrestaurant in ganz Berlin. Wenn nicht sogar im ganzen Reich«, raunte Martin Judith ins Ohr.

Judith entschloss sich diesmal, Martins prahlerische Worte zu ignorieren. »Schade, dass ich mir nicht zuerst einen Überblick über diese Speisenfülle verschaffen kann. Aber dann müsste ich mich danach ja noch einmal anstellen.« Sie seufzte theatralisch, während sie nach einem Teller mit kaltem Rindfleisch griff, das hübsch mit Kräutern, in Blumenform ausgestochenen Radieschen und einem Klecks Sahnemeerrettich dekoriert war.

Bis sie die Kasse erreicht hatte, waren noch ein Tomatensalat, zwei gefüllte Eier und ein Brotkörbchen hinzugekommen. »Vergiss das Dessert nicht!«, mahnte Martin. Entsprechend der Speisenfolge befand sich die Vitrine mit den verschiedenen Cremes, Tortenstücken und Obstsalaten unmittelbar vor der Kasse. Kurz entschlossen fügte Judith noch ein Schälchen Schokoladenpudding hinzu, der mit einer Kirsche verziert war.

»So viel esse ich mittags normalerweise nie«, seufzte Judith. »Aber diese Vielfalt fordert zur Völlerei geradezu auf.«

Auch viele der Kunden, die vor ihr bezahlten, hatten ihre Servierwagen nahezu überladen.

An der Kasse drängte sich Martin an Judith vorbei. »Die Dame ist mein Gast«, klärte er die Kassiererin auf. Als diese nickte und dennoch begann, die Preise der ausgewählten

Gerichte in die Registrierkasse einzutippen, fügte er mit strenger Miene hinzu: »Ich bin Martin Tietz persönlich.«

Die Kassiererin errötete bis an die Haarwurzeln. »Verzeihen ... verzeihen Sie bitte meine Unaufmerksamkeit, Herr ... Herr Tietz!«

»Es ist gut«, ging Judith rasch dazwischen, um zu verhindern, dass Martin zu einem weiteren Tadel ansetzte. »Das konnten Sie ja nicht wissen. Normalerweise isst die Geschäftsführung ja nicht in der Imbisshalle«, fügte sie in Erinnerung an Martins Vorschlag, die weit vornehmere Silberterrasse aufzusuchen, hinzu.

Der ließ sich tatsächlich beruhigen und folgte Judith an den gemeinsamen Tisch. Während sie das Geschirr mit den Speisen aufstellte, erbot sich Martin, an der gegenüberliegenden Getränketheke zwei Gläser Wein für sie beide zu besorgen.

»Nein danke«, lehnte Judith ab, die am Nachmittag noch eine Lehrveranstaltung hatte. »Für mich bitte nur ein Glas Wasser.«

Während sich Martin an den Verkaufsstand begab, an dem die Kunden der Lebensmittelabteilung alle nur denkbaren Alkoholika auch flaschenweise zum Mitnehmen erwerben konnten, sah Judith sich in der Imbisshalle um.

Diese erstreckte sich in Form eines Gewölbes über zwei Stockwerke, bezog also auch einen Teil des ersten Dachgeschosses mit ein. Mit den schachbrettartig angeordneten roten und weißen Bodenfliesen aus Marmor und den mit gelblichen Kacheln verkleideten Wänden war sie ebenfalls wunderschön ausgestattet. Am besten gefielen Judith die beiden großflächigen Gemälde über den zur Lebensmittelabteilung hin offenen Schmalseiten des Gewölbes.

»Diese Malereien sind sehr originell«, lobte sie die Kunstwerke, als Martin mit einem Glas Rotwein für sich selbst und einer Karaffe Wasser an den Tisch zurückkehrte. »Es sind anscheinend Szenen aus verschiedenen Teilen der Welt.«

Martin lächelte stolz. »Der Maler hat Motive aus dem Abend- und aus dem Morgenland einander gegenübergestellt«, bestätigte er. »Sie alle haben einen Bezug zur Lebensmittelherstellung.«

In der Tat waren Feldarbeit, Viehtrieb und Nahrungsmitteltransporte in den Szenen dargestellt. Besonders beeindruckend fand Judith die beiden Elefanten auf dem Morgenland-Gemälde.

»Es sind Fresken, wie man sie ansonsten eher in Kirchen findet«, erklärte Martin unaufgefordert weiter. »Sie stammen von dem ungarischen Künstler Jósef Bató. Er hat sie direkt auf den Putz aufgetragen.«

»Wirklich ausgesprochen gut gelungen«, wiederholte Judith ihr Lob.

»Auch in der Silberterrasse gibt es Wandgemälde, allerdings von einem anderen Maler. Ich trage mich außerdem mit dem Gedanken, in Zukunft regelmäßig Kunstausstellungen im KaDeWe zu veranstalten.«

Im Gegensatz zu vielem anderen, was Martin heute über die Großartigkeit des KaDeWe gesagt hatte, fand Judith dieses Vorhaben sehr attraktiv.

»Eine wunderbare Idee. Dann gibt es dazu auch Matineen oder Vernissagen. Darauf freue ich mich schon jetzt.«

Den Rest des gemeinsamen Mittagessens plauderten sie über amüsante Belanglosigkeiten. Judith entspannte sich zunehmend und genoss die köstlichen Speisen. Auch wenn es zur Armut großer Teile der Bevölkerung nicht passt, hat Martin etwas Großartiges geschaffen, gestand sie sich schließlich ein.

Doch dann geschah etwas Unerwartetes, das ihre Stimmung nachhaltig trübte. Ein Herr mittleren Alters kam mit seinem Servierwagen an ihrem Tisch vorbei. Ungeschickt stieß er damit gegen die Lehne des dritten freien Stuhls, wobei ihm sein Brotkörbchen auf die Erde fiel.

Eilfertig sprang Martin auf, um dem Gast beim Einsammeln

der Brötchen zu helfen. Denn Kellner gab es in der Imbisshalle ja nicht. Auch der Gast selbst bückte sich. Dabei fiel ihm etwas aus der Jacketttasche.

Judith wollte den Herrn schon darauf aufmerksam machen, als sie den Gegenstand erkannte. Ihr Herz setzte einen Schlag lang aus. Es war eine Anstecknadel mit dem Parteiabzeichen der NSDAP. Das schwarze Hakenkreuz auf weißem Grund stach ihr geradezu ins Auge.

Anstatt den Herrn auf seinen Verlust aufmerksam zu machen, stellte sie unauffällig ihren Absatz auf das Abzeichen, das unter den Tisch gerollt war. Dann drückte sie ihren Schuh auf den Boden und nahm das leise Knirschen der zertretenen Nadel befriedigt zur Kenntnis.

Was für ein Heuchler, dachte sie. Unwillkürlich tauchten die Szenen vor ihrem inneren Auge auf, als sie mit Martin im vergangenen September mitten in die Ku'damm-Krawalle geraten war. Damals hatte der SA-Pöbel jüdische Geschäftsleute als Ausbeuter und Kapitalistenschweine beschimpft, bei denen »kein aufrechter Deutscher« einkaufen würde. Aber zu schade, um im noblen KaDeWe essen zu gehen, ist sich dieses Parteimitglied offenbar nicht.

Um Martin nicht zu beunruhigen, verschwieg Judith ihm ihren Fund und bemühte sich weiterhin um eine fröhliche Miene. Hoffentlich können Martin und seine Familie ihren Erfolg mit dem neuen KaDeWe auch dauerhaft genießen, dachte sie voll böser Vorahnungen.

Tatsächlich würde es nicht einmal ein Jahr dauern, bis der Albtraum für die Familie Tietz und ihre jüdischen Angestellten begann.

Lebensmittelabteilung im KaDeWe

30. März 1932, am späten Nachmittag

»Bitte, Mutter, nun zier dich doch nicht so! Man könnte glauben, du seist zum ersten Mal in deinem Leben im KaDeWe.«

Rieke zog Käthe, die nach der Ankunft im sechsten Stock den Eingang zum Fahrstuhl blockierte, am Arm sanft zur Seite.

»Und wenn ich hier auf alte Bekannte stoße? Was werden die von mir denken, wenn ich Almosen annehme?«

Rieke unterdrückte einen Anflug von Ärger. Sie holte tief Luft. »Erstens, liebe Mutter, ist es jetzt über fünfzehn Jahre her, dass du zuletzt hier gearbeitet hast. Zweitens weiß doch niemand, dass wir beide heute gemeinsam die beiden Lebensmittelgutscheine einlösen, die Peter und ich wie alle Angestellten des KaDeWe zur Feier der Neueröffnung erhalten haben. Dass wir dir und Fritz diese Lebensmittel überlassen möchten, steht uns doch nicht auf die Stirn geschrieben.«

Käthe Krause wirkte zwar noch nicht überzeugt, folgte ihrer Tochter dann aber doch in den ersten Gang der Abteilung.

»Womit kann ich dir denn eine besondere Freude machen? Oder Fritz? Was würdet ihr gerne wieder mal essen oder überhaupt erst mal probieren?«

Als Antwort zuckte Käthe nur die Achseln. Rieke versuchte, sich ihren wachsenden Unmut nicht anmerken zu lassen. »Dort drüben ist der Obststand.« Sie zeigte auf die ausladenden, rechteckig angeordneten Theken rechts vor ihnen.

»Obst ist teuer«, protestierte Käthe. »Wie ich sehe, ist der Gemüsestand gleich daneben. Lass uns erst einmal dorthin gehen!«

Rieke unterdrückte einen Seufzer. So leid ihr das Schicksal ihrer Mutter tat, so sehr verfluchte sie innerlich deren Sturheit.

Seit ihr Lebensgefährte Fritz bei einer Schlägerei zwischen KPD- und SPD-Mitgliedern und der SA vor fünf Jahren so schwer verletzt worden war, dass er nicht mehr gehen konnte, lebte ihre Mutter wieder in überaus ärmlichen Verhältnissen. Sie hatte erneut eine schlecht bezahlte Tätigkeit in der Apparatefabrik der AEG aufgenommen, in der Fritz viele Jahre lang als Vorarbeiter tätig gewesen war. Trotzdem zierte sie sich nach wie vor, Peters und Riekes Unterstützung anzunehmen.

Verstohlen musterte Rieke die übrigen Kunden, denen sie begegneten. Dabei befürchtete sie allerdings nicht, dass jemand ihre Mutter Käthe erkennen könnte. Sie war vielmehr besorgt, dass sich eine der Verkäuferinnen aus den Abteilungen, denen sie als Aufsichtsdame vorstand, über die schäbige Aufmachung ihrer Begleiterin wundern würde.

Denn Käthes ehemals bestes Kleid hatte schon bessere Tage gesehen. Der blaue Wollstoff war an den Ellenbogen fadenscheinig geworden, den Saum hatte Käthe mehrfach umnähen müssen, wenn er auszufransen drohte. Dennoch war das Kleid nach heutigen Maßstäben unmodern geschnitten und selbst für eine ältere Frau zu lang.

Doch Käthe weigerte sich konsequent, sich von Rieke ein neues Kleid kaufen zu lassen. Auch aus dem Stoff, den Rieke ihr zum letzten Weihnachtsfest geschenkt hatte, hatte sie sich noch nichts Neues schneidern lassen.

Mit Absicht hatte Rieke daher den Nachmittag für diesen Einkaufsbummel durch die Lebensmittelabteilung gewählt. Dabei hatte sie von ihrem Privileg Gebrauch gemacht, sich als Aufsichtsdame der Damen- und Kindermodeabteilungen ohne Genehmigung auch einmal eine Freistunde gönnen zu dürfen. Überstunden hatte sie wahrlich genug.

Ihre Verkäuferinnen waren in der Regel bis mindestens sechs Uhr abends im Dienst, sodass sie ihre eigenen Gutscheine frühestens danach einlösen konnten, sofern sie es nicht längst getan hatten. Rieke hoffte also, dass ihr keine ihrer Untergebenen begegnete.

Ohne Käthes vorigen Einwand zu beachten, steuerte Rieke

zuerst den Obststand an und fragte ihre Mutter, was sie sich wünschen würde.

»Höchstens ein paar Äpfel und Birnen«, gab Käthe die erwartete, von ihrer Bescheidenheit zeugende Antwort.

»Und was ist mit Orangen und Bananen? Oder Ananas?« Rieke wies auf eine dieser exotischen Früchte, die verlockend auf der Theke platziert waren.

»Ananas habe ich noch nie gegessen«, wehrte Käthe ab.

»Das ist doch erst recht ein Grund, einmal zu probieren, wie sie schmeckt.«

Käthe starrte auf das Preisschild. »Eine solche Frucht kostet drei Mark«, wandte sie ein.

Rieke hob bewusst gleichgültig die Schultern. »Du weißt doch, dass wir für unsere Lebensmittelgutscheine Esswaren im Wert von hundert Mark kaufen können.« Alle leitenden Angestellten waren großzügig mit je fünfzig Mark bedacht worden. »Und für uns brauchen wir nichts«, fügte sie rasch hinzu. »Peter und ich haben ein gutes Auskommen. Das ist dir ja nicht neu.«

Als Käthe nicht antwortete, sondern stattdessen stur vor sich hinsah, verlor Rieke die Geduld. »Ich nehme zwei Kilogramm Äpfel von diesen rotbackigen dort. Dazu zwei Kilogramm Williams-Christ-Birnen. Außerdem sechs Orangen, sechs Bananen und eine Ananas.«

Ehe Käthe dagegen protestieren konnte, begann die Verkäuferin bereits, die geforderte Ware abzuwiegen. Dann trug sie Gewicht oder Stückzahl sowie den Preis des Obsts in das Sammelbüchlein ein, das Rieke ihr vorlegte.

Die mit den gleichen Angaben wie im Sammelbüchlein etikettierten Tüten legte die Verkäuferin danach auf einen Schlitten, der auf einem Laufband befestigt war. Damit wurden die Einkäufe zur Sammelkasse und Packstation befördert. Dieses aus früheren Zeiten stammende System bewährte sich in der Lebensmittelabteilung noch immer besser als die sonst üblichen Registrierkassen. Es ersparte den Kunden, schwere Einkaufskörbe durch die weitläufige Abteilung bis zur Zahlstelle zu schleppen.

Jetzt wandte sich Rieke zum Gemüsestand. Alle Arten von Grünzeug lagen appetitlich in großen Glaskästen. Wieder wählte Käthe mit fünf Kilogramm Kartoffeln, einem Wirsing- und einem Weißkohl sowie einem Kilogramm Bohnen das preiswerteste Gemüse aus, das ihr zudem vertraut war. Doch wieder stach Rieke der Hafer.

Sie zeigte auf dunkellilafarbene eiförmige Früchte. »Was ist das?«, fragte sie die Verkäuferin.

»Das sind Auberginen«, gab diese bereitwillig Auskunft. »Sie werden aus Frankreich importiert.«

»Und wie bereitet man sie zu?«

»Sie werden in Olivenöl gebraten und mit fremdländischen Kräutern wie Basilikum und Oregano gewürzt. Oder man kann sie panieren und in Olivenöl ausbacken.«

»Geben Sie mir vier Stück!«, orderte Rieke.

Käthe packte sie am Arm. »Bist du meschugge?«, raunte sie ihr ins Ohr. »Das Stück kostet eine Mark fünfzig!«

Rieke beachtete den Einwand ihrer Mutter nicht und ließ das Gemüse erneut in ihr Sammelbüchlein eintragen, bevor es zur Packstation transportiert wurde.

»Wo finde ich denn Olivenöl und diese Gewürze?«

»Ungefähr zwanzig Meter den Gang hinunter und dann rechts abbiegen zum Stand der Kolonialwaren«, wies die Verkäuferin ihnen die Richtung.

Unter »Kolonialwaren« verstand man im KaDeWe aus dem Ausland stammende Produkte aller Art, zumal Deutschland seit dem Ende des Kriegs gar nicht mehr über eigene Kolonien verfügte.

Als Rieke auch dort, ungeachtet der Proteste ihrer Mutter, einen Liter reines Olivenöl und die fremdländischen getrockneten Gewürze gekauft hatte, sah sie sich suchend um.

»Wollen wir jetzt zur Fleischabteilung gehen?«, schlug sie vor.

Ohne die Antwort ihrer Mutter abzuwarten, drehte sie sich um, da sie das Schild mit dem Hinweis *Fleisch* in der entgegengesetzten Richtung gesehen hatte. Auf dem Weg dorthin kamen sie an einem Sonderstand vorbei, auf dem Tomaten pyramidenförmig angeordnet waren.

Tomaten! Als Sonderangebot zum gleichen Preis wie im Jahr 1908! Nur zehn Pfennig das Kilo!

Angesichts dieses sensationell günstigen Preises erhob Käthe diesmal keinen Einspruch, als Rieke ein Kilogramm der Früchte erwarb. »Weißt du noch, was es mit dieser Preisaktion auf sich hat?«, fragte sie ihre Mutter schmunzelnd.

»Natürlich! Als Tietz damals zum ersten Mal Tomaten in der Leipziger Straße anbot, bin ich in meiner Mittagspause eigens vom Wittenbergplatz dorthin gefahren, um zwei Kilo davon zu kaufen. Bis dahin waren Tomaten in Berlin völlig unbekannt. Mit Zwiebeln angemacht haben sie uns allen sehr gut geschmeckt.«

Rieke nickte. Tatsächlich hatte sie sich selbst erst anlässlich dieses Sonderangebots wieder daran erinnert, wann sie zum ersten Mal Tomaten gegessen hatte. In den Hungerjahren während und nach dem Krieg, die ihr noch sehr präsent waren, hatte es jedenfalls keine mehr gegeben.

Käthe schien ihre Gedanken zu lesen. Sie ließ den Blick über die ungeheure Warenfülle ringsum schweifen. »Stell dir einmal vor, mitten im Krieg wäre ein Hungernder vor Schwäche eingeschlafen und dann inmitten dieses Überflusses aufgewacht. Der hätte doch glatt gedacht, er sei entweder verrückt geworden oder im Paradies. Oder in diesem Land«, sie stockte, »wie heißt es doch gleich, wo alles in Hülle und Fülle vorhanden ist?«

»Schlaraffenland«, antwortete Rieke geistesabwesend. An ihre Zeit im KaDeWe während der Hungerjahre hatte sie überwiegend schlechte Erinnerungen. Doch daran wollte sie jetzt nicht denken. Sie schüttelte sich leicht.

»Lass uns noch Käse, Wurst und Fleisch kaufen!« Mit gespielter Munterkeit zog sie Käthe wieder am Arm hinter sich her.

Am Wurststand kam es erneut zu einer Diskussion. »Du willst doch nicht etwa zwanzig Pfennig für ein Viertelpfund Blutwurst oder Sülze ausgeben?«, protestierte Käthe. »So was kriege ich in der Ackerhalle für die Hälfte vom Preis.«

»Natürlich nicht, Mutter«, erwiderte Rieke schlagfertig. »Hier kaufe ich dir ein halbes Pfund von dieser italienischen Wurst, die man Salami nennt. Die hast du wahrscheinlich noch nie gegessen.«

»Ein paar Bockwürste wären mir lieber«, brummte Käthe.

Kurz entschlossen bestellte Rieke auch davon geschlagene zehn Stück.

Als sie schließlich am Fleischstand ankamen, machte Käthe angesichts der riesigen Theken große Augen. »Unser Metzger hat höchstens einmal ein einziges halbes Schwein auf Vorrat«, sagte sie. »Hier hängen mindestens zwanzig Schweinehälften! Diese Lebensmittelabteilung ist ungefähr doppelt so reichhaltig wie die zu meiner Zeit im KaDeWe«, fügte sie hinzu. »Und schon damals war das Angebot sehr beachtlich.«

Auf dem Weg zur Sammelkasse und zur Packstation kamen sie an einem Stand vorbei, an dem Säuglingsnahrung angeboten wurde. Rieke richtete den Blick starr geradeaus, was ihrer Mutter offenbar nicht entging.

Sie drückte tröstend ihren Arm. »Eines Tages ist es auch bei euch so weit«, sagte sie aufmunternd. Rieke ersparte sich eine Antwort und ging weiter.

Eine Weile trottete Käthe schweigend neben ihrer Tochter her. Dann schreckte ihr Ausruf Rieke aus ihren trüben Gedanken. »Wat is dit denn?« Wenn Käthe aufgeregt war, verfiel sie in jüngster Zeit immer wieder in den Berliner Dialekt.

Rieke drehte sich erstaunt um. Ungläubig betrachtete Käthe ein Schild, auf dem mit großen Lettern *Stadtküche* stand. Darunter versprach ein Plakat, dass Bestellungen aller Art für fertig zubereitetes Essen abgegeben werden könnten.

»Wer nimmt denn so was in Anspruch? Gibt es tatsächlich Haushalte in Berlin, in denen nicht mal mehr selbst gekocht wird?« Trotz ihres Erstaunens besann sich Käthe auf ihre Anwesenheit im KaDeWe und sprach mit leiserer Stimme wieder Hochdeutsch.

Unwillkürlich musste Rieke erneut über ihre Mutter schmunzeln. »Schau dir doch die Theke an! Sie ist genauso lang wie die Fleischtheke. Also gehe ich mal davon aus, dass es sogar eine Menge Kunden gibt, die diesen Dienst in Anspruch nehmen.«

Käthe schüttelte noch immer den Kopf über diese Fisimatenten, wie sie es nannte, als sie schließlich an der Sammelkasse angekommen waren. Es zeigte sich, dass Riekes Gutscheine nicht ausreichten, um alle eingekauften Waren zu bezahlen. Sie musste noch fünf Mark siebzig dazulegen.

Derweil stand Käthe, erneut kopfschüttelnd, vor den beiden riesigen Paketen, in denen die Packerinnen ihre Einkäufe verstaut hatten. »Da werden wir schwer zu schleppen haben«, stellte sie resigniert fest.

Rieke widersprach lächelnd. »Die Pakete lasse ich dir natürlich an deine Adresse in Meyers Hof liefern«, versprach sie. Wieder konnte sie der Miene ihrer Mutter entnehmen, dass diese völlig überrascht war. Sich Lebensmittel ins Haus liefern zu lassen, stand außerhalb ihrer Vorstellungskraft.

»Es gibt doch irgend so ein Fremdwort, mit dem man all diesen überflüssigen Luxus bezeichnet«, sagte sie zu Rieke, die sie noch bis zum Ausgang in die Tauentzienstraße begleitete. »Aber ich komme gerade nicht drauf.«

Rieke grinste. »Das Wort, das du suchst, heißt wahrscheinlich *Dekadenz.*«

Ihre Mutter nickte, ohne Riekes Lachen zu erwidern. Bei ihrer Antwort verfiel sie unwillkürlich wieder ins Berlinerische. »Ja, dit hab ick jemeent. Aba ick glob, bei der jroßen Armut im Land jeht dit hier nich mehr lange jut.«

Kapitel 22

Alexanderplatz in Berlin

8. April 1932

»Mein Herr! Entschuldigen Sie bitte, wenn ich Sie belästige! Aber haben Sie vielleicht Arbeit für mich? Ich nehme alles an, gleich welcher Art.«

Paul Bergmann, der vor der heutigen Sitzung der Geschäftsführer von Hermann Tietz noch etwas auf seiner Bank erledigt hatte, war gerade von der U-Bahn-Station auf den Alexanderplatz hinaufgekommen. Er schüttelte bedauernd den Kopf. Wahrscheinlich hatte der Arbeitslose ihn aufgrund seiner Kleidung als Geschäftsmann erkannt und deshalb angesprochen.

»Es tut mir sehr leid, mein Herr. Doch leider gibt es nichts, was ich für Sie tun könnte.«

Der traurige Gesichtsausdruck des Mannes schnitt Paul ins Herz. Er war noch jung und trug einen Uniformmantel mit dazu passender Mütze. Ein Schild mit der Aufschrift *Nehme jede Arbeit gleich welcher Art sofort an* hing um seinen Hals, wie es auch seinem mündlichen Angebot entsprach. Offenbar stammte er keineswegs aus der Arbeiterschaft, sondern seiner gewählten Sprache nach zu urteilen aus dem Mittelstand, möglicherweise sogar mit einer höheren Schulbildung.

Wie hätte er reagiert, wenn ich ihm eine Tätigkeit als Lagerarbeiter oder Putzmann offeriert hätte?, ging es Paul durch den Kopf. Wahrscheinlich hätte er sogar freudig zugestimmt. Im

KaDeWe waren diese Arbeiten nicht gerade beliebt. Dennoch hatte auch dort seit Jahren kein Mitarbeiter gekündigt.

Deshalb konnte Paul auch niemanden einstellen, im Gegenteil. Martin Tietz hatte gerade die Maxime ausgegeben, frei werdende Stellen erst einmal nicht nachzubesetzen. So wie er die Neueröffnung des KaDeWe auch schon benutzt hatte, um die Verantwortungsbereiche aller leitenden Angestellten noch einmal erheblich zu erweitern, um Personal einzusparen. Womöglich war das sein Feigenblatt, mit dem er die immensen Unkosten zu kompensieren versuchte, die gerade in den letzten Wochen noch einmal durch die Inneneinrichtung und die Eröffnungsfeier des KaDeWe entstanden waren.

Auf dem kurzen Weg über den Alexanderplatz wurde Paul noch zwei weitere Male angesprochen. Auch der zweite Herr, der auf ihn zutrat, war gut gekleidet und bot sich für jede erdenkliche Arbeit an. Das Schild, das er zusätzlich auf dem Rücken trug, wies außerdem darauf hin, dass er von keiner Seite Unterstützung erhielt.

Besonders berührte Paul die Offerte einer jungen Frau, deren Aussehen ihn an Judith in diesem Alter erinnerte. Die Frau führte ihre Qualifikationen als Stenotypistin inklusive fließender Fremdsprachenkenntnisse in Englisch und Französisch gleich auf ihrem Plakat auf. Diesen Kenntnissen nach zu urteilen musste sie in einem größeren Unternehmen tätig gewesen sein, das möglicherweise sogar internationale Kontakte pflegte.

Trotzdem erbot sie sich, jede Tätigkeit im Haushalt oder, wie ihre männlichen Leidensgenossen, überhaupt jede Arbeit zu übernehmen. Wahrscheinlich hatte sie ihre Stelle verloren, weil im Zuge der Weltwirtschaftskrise auch in Deutschland viele Firmen in große Schwierigkeiten geraten oder sogar bankrottgegangen waren.

Jedes Mal schüttelte Paul bedauernd den Kopf, und er war erleichtert, als er endlich den Eingang des Warenhauses erreicht hatte. Für einen Freitagnachmittag war recht wenig los, bemerkte er sofort. Noch vor dem Beginn der heutigen Sitzung wurde er schmerzlich daran erinnert, dass auch bei Hermann Tietz die Umsätze weiter beständig sanken.

Pünktlich um fünfzehn Uhr waren alle Herren rund um den Tisch im Konferenzraum versammelt. Während zwei Bürofräulein Kaffee und kalte Getränke servierten, plauderte man über die in zwei Tagen bevorstehende Stichwahl zum Reichspräsidenten. Der greise Paul von Hindenburg war trotz seines hohen Alters von vierundachtzig Jahren ein weiteres Mal angetreten. Ebenso wie Adolf Hitler, der als sein größter Konkurrent galt.

»Hindenburg wird die Wahl gewinnen und Hitler in seine Schranken weisen«, zeigte sich Martin Tietz zuversichtlich, gemäß seiner Art, die Nazis beständig zu unterschätzen. Gunter Perl pflichtete ihm vorbehaltlos bei, während Hugo Zwillenberg die Sorge äußerte, dass Hindenburg aufgrund seines Alters mit diesem verantwortungsvollen Amt überfordert sein könnte.

Sobald die Bürofräulein den Raum verlassen hatten, eröffnete Georg Tietz die Besprechung. »Nun, meine Herren, den einzigen Tagesordnungspunkt habe ich Ihnen ja bereits auf der vorab verteilten Agenda bekannt gegeben. Wir kommen heute zu dieser Sondersitzung zusammen, weil unsere Liquidität aktuell gefährlich niedrig ist und wir daher Auswege aus dieser prekären Situation finden müssen, bevor uns größere Schwierigkeiten daraus erwachsen. Hat jemand von Ihnen noch einen weiteren Punkt?«

Gunter Perl hob als Einziger die Hand. »Ich möchte eine Unklarheit bei der Bezahlung einer Lieferantenrechnung ansprechen. Sie betrifft das Unternehmen von Harald Frowein, unserem führenden Textilanbieter.«

Georg nickte mit einem Ausdruck der Resignation. Wahrscheinlich ahnte er bereits, dass die Unklarheit weitere Kosten bedeuten könnte. Doch vorläufig beschied er Gunter, dass er zu gegebener Zeit auf den Punkt zurückkommen werde.

Dann griff er mit einem hörbaren Seufzer zu einem Aktendeckel mit einem Stapel von Unterlagen, auf dem in Großbuchstaben *RECHNUNGEN UMBAU KaDeWe* stand. Paul ahnte, worum es gehen würde und behielt recht.

»Nachdem die großartigen Eröffnungsfeierlichkeiten nach dem Umbau unseres KaDeWe nun vorbei sind, allerdings ohne den erhofften Umsatzzuwachs erbracht zu haben« – bei seinen letzten Worten fixierte Georg Martin finster – »ist es an der Zeit, auf den Boden der Tatsachen zurückzukehren.«

»Lieber Martin«, wandte er sich dann direkt an seinen Bruder. »Wenn ich alle noch unbeglichenen Lieferantenrechnungen über die Innenausstattung und die Eröffnungsfeier zusammenzähle, ergibt sich die ungeheure Summe von fünfhunderttausend Mark, die wir noch schuldig sind. Du, Hugo, hast bereits ausgerechnet, dass der Umbau des Kaufhauses damit insgesamt um ungefähr zwanzig Prozent teurer geworden ist als geplant.«

Schon rasch nach dem Beginn des Umbaus hatten die anderen beiden Geschäftsführer es aufgegeben, Martin jede größere Ausgabe im Vorfeld erst zu genehmigen, wie Georg es anfangs noch vorgesehen hatte. Dazu war die Materie viel zu komplex. Sie hatten sich lange Zeit darauf verlassen, dass Martin den vereinbarten Kostenrahmen für den Umbau einhalten würde.

Paul war schon seit Längerem der Meinung, dass dies ein Fehler war, hatte aber keine Möglichkeit gesehen, Georg und Hugo darauf hinzuweisen, ohne Martin zu düpieren. Immerhin war dieser nicht nur sein unmittelbarer Vorgesetzter, sondern auch Judiths Verlobter, wenn auch im Augenblick noch informell.

Georg machte eine kleine Pause, während Hugo heftig nickte. »Da wir schon seit einigen Monaten wissen, dass der Umbau mehr Geld verschlingen wird, als wir alle dachten, hatten wir energisch an dich appelliert, bei den Inneneinrichtungsmaßnahmen sorgfältig auf die Kosten zu achten. Das hast du uns am Ende des vergangenen Jahres auch noch versprochen. Darf ich fragen, wie es trotzdem zu dieser exorbitant hohen Summe gekommen ist?« Trotz seiner konzilianten Formulierung klang Georgs Stimme scharf.

Martin errötete leicht. »Was hätten uns die teuren Umbaumaßnahmen denn genutzt, wenn wir bei der Innenausstattung jeden Groschen umgedreht hätten? Schließlich bemerken unsere Kunden ja nicht, wie teuer die Aufstockung des Hauses um vier Etagen war, sondern wie elegant und exklusiv die Verkaufsräume eingerichtet sind.«

»Aber mussten es Marmorpfeiler und -böden sein, sogar in der Lebensmittelabteilung? Die Pfeiler dazu noch umrahmt von echtem Meißener Porzellan?«, mischte sich Hugo Zwillenberg vorwurfsvoll ein. »Und bedurfte es der Anschaffung von Aquarien mit beständiger Frischluftzufuhr im Wert von zehntausend Mark, um lebende Fische vorrätig zu haben?«

»Oder im gesamten zweiten Stockwerk eines Teppichbodens aus dem oberen Preissegment?«, fiel Georg ein, ohne seinem Bruder die Gelegenheit zu einer Erwiderung zu geben. »Zudem noch in hellgrauer Farbe, sodass wir ihn in spätestens zwei Jahren wahrscheinlich auswechseln müssen, da die Flecken nicht mehr zu entfernen sind.« Er zog eine weitere Rechnung aus dem Aktendeckel. »Du hast acht Kronleuchter für die beiden Maßsalons bei der teuersten Glashütte im Erzgebirge bestellt. Jeder davon kostet eintausend Mark.«

»Gar nicht zu reden von …«, hob Hugo erneut zu sprechen an, als Martin ihn zornig unterbrach.

»Ja, ja! Macht nur so weiter und haltet mir jeden Pfennig vor, den ich für die Eleganz des berühmtesten Kaufhauses in ganz Deutschland verwendet habe. Doch das sind überaus gute Investitionen. Unsere Kunden und Kundinnen sind des Lobes voll. Stimmt es nicht, Herr Perl?«

Was hat denn Gunter damit zu tun? Pauls stumme Frage wurde rasch beantwortet.

»Da gebe ich Herrn Tietz sehr gerne recht«, sagte Perl. »Ich habe mir die Innenausstattung angesehen und bin seit der Eröffnung auch schon mit einigen unserer Textillieferanten durch das KaDeWe gegangen. Alle priesen die geschmackvolle Einrichtung in den höchsten Tönen.«

»Hätte man nicht wenigstens auf das Engagement der teuren Künstler verzichten können?«, insistierte Hugo, ungeachtet der Aussage von Gunter Perl. »Warum musste man zwei der teuersten Maler für die Imbisshalle und die Silberterrasse unter Vertrag nehmen, um die Wände mit Fresken zu schmücken? Hätten es nicht auch einige Kunstdrucke bekannter Gemälde getan?«

Martin prustete verächtlich. »Kunstdrucke«, echote er. »So ein billiger Kitsch.«

Paul Bergmann hob begütigend die Hand und mischte sich nun ein. »Darf ich fragen, worauf unsere Diskussion hinauslaufen soll?«

»Das ist in der Tat eine gute Frage«, antwortete Georg sarkastisch. »Die Mehrausgaben für das KaDeWe haben das gesamte Budget verschlungen, das wir eigentlich für die Sanierung unseres Warenhauses in Dresden und unseres Berliner Hauses am Weinberg benötigt hätten.«

»Über Dresden hatten wir ja bereits im Januar gesprochen«, erinnerte sich Paul. »Die Inneneinrichtung des Erdgeschosses wurde vor Weihnachten durch den SA-Pöbel schwer beschädigt. Aber ich dachte, die Erneuerungsarbeiten seien dort längst im Gange.«

»Bis jetzt haben wir uns mit Provisorien begnügt«, erklärte Georg zu Pauls Überraschung. »Wir wollten erst einmal mit teuren Investitionen warten, bis sich die Umsätze dort wieder stabilisieren.«

»Was aber offenbar nicht der Fall ist«, warf Martin ein.

Georg seufzte wieder hörbar. »Damit hast du leider recht. Die Umsätze sind seit Weihnachten sogar um vierzig Prozent im Vergleich zum Vorjahr zurückgegangen. Das liegt hauptsächlich daran, dass die Nazis in Dresden besonders stark sind. Sie haben eine tägliche Mahnwache vor unserem Kaufhaus aufgestellt und belästigen jeden Kunden, der dort eintreten möchte. Sogar unsere Mitarbeiter werden beschimpft und bedroht. Mittlerweile meiden viele Kunden unser dortiges Haus, und die Mitarbeiter würden wahrscheinlich in großer Zahl kündigen, wenn es alternative Stellen für sie gäbe.«

»Dann war es doch sinnvoll, dort kein weiteres Geld hineinzustecken«, sagte Gunter. »Investitionen müssen sich amortisieren. Das scheint mir zumindest im Augenblick in Dresden nicht der Fall zu sein.«

»Trotzdem kann es dort nicht so weitergehen«, widersprach Georg trotzig. »Wo kämen wir hin, wenn wir das Dresdner Haus völlig verwahrlosen ließen? Das würde die Nazis auch in anderen ostdeutschen Städten wie Weimar und Gera, wo sie ebenfalls stark sind, ermutigen, uns derart zu schaden.«

»Da stimme ich dir zu, Bruderherz«, sagte Martin zu Pauls erneutem Erstaunen. »Auch solvente Dresdner Bürger machen Urlaub in Berlin und sollten nicht durch den Zustand unseres dortigen Warenhauses davon abgeschreckt werden, dem KaDeWe einen Besuch abzustatten.«

»Ich würde in diesem Zusammenhang gerne noch auf das Warenhaus am Weinberg hier in Berlin zu sprechen kommen«, lenkte Paul auf ein Thema, das ihm am Herzen lag. »Offenbar war es schon bei der Übernahme der Jandorf-Kaufhäuser am renovierungsbedürftigsten, wie mir der Leiter bei meinem Besuch mitgeteilt hat. Ich habe mich dort ja auf Ihre Bitte hin einmal umgesehen, Georg«, sprach Paul ihn an.

Der nickte. »Und was haben Sie zu berichten?«

»Die Fenster sind in der Tat sanierungsbedürftig und müssten größtenteils ausgewechselt werden. Einige Scheiben sind mittlerweile sogar gesprungen, von den Rahmen blättert die Farbe ab. Auch der Boden, insbesondere in der Lebensmittelabteilung im Erdgeschoss, ist abgetreten und rissig und sollte dringend erneuert werden. Zudem sind alle sanitären Anlagen renovierungsbedürftig. In den Lagerräumen und Speichern sowie den Räumen für das Personal gibt es bis jetzt nicht einmal elektrisches Licht.«

»Man beleuchtet dort noch mit Gas?« Gunter Perls Stimme klang ungläubig.

»Auch im Warenhaus am Weinberg sind die Umsätze, wahrscheinlich aufgrund dieser Mängel, erheblich zurückgegangen, sagte mir der kaufmännische Leiter. Das können Sie sicher bestätigen, Hugo?«

Hugo nickte. »Ebenfalls um fast sechsunddreißig Prozent im Vergleich zum Vorjahr.«

Martin lachte laut auf. »Das ist nun wahrlich kein Wunder und liegt gewiss nicht an der Innenausstattung. Wie ich von Ihrer verehrten Tochter weiß, Paul, ist die Kundschaft im Wedding gerade nicht besonders zahlungskräftig. Daher rühren die Umsatzrückgänge, und deshalb rate ich dazu, hier kein Geld zum Fenster hinauszuwerfen, bis sich die Zeiten wieder geändert haben.«

»Dem kann ich nur zustimmen.«

Allmählich begann Paul sich weidlich über Gunter Perl zu ärgern. Anscheinend wollte der sich wieder einmal bei Martin einschmeicheln.

»Denn ich möchte ja noch auf einen anderen Punkt zu sprechen kommen«, fuhr Gunter fort. Er räusperte sich und wirkte verlegen. »Herr Frowein hat mich gebeten, das heikle Thema heute offen anzusprechen. Seine jüngste Lieferantenrechnung im Wert von über einhunderttausend Mark wurde noch nicht beglichen.«

»Das kann gar nicht sein!«, schnappte Hugo. »Ich habe mich selbst davon überzeugt, dass die Zahlung bereits vor Wochen verbucht wurde.«

»Dann muss wohl ein Missverständnis vorliegen«, griff Georg salomonisch ein. »Bitte prüfe die Sache noch einmal nach, Hugo, und gib mir schnellstmöglich Bescheid. Denn sollten wir wirklich weitere hunderttausend Mark oder sogar mehr an noch zu begleichenden Außenständen haben, würde das unsere Liquidität weiter belasten.«

»Also brauchen wir einen zusätzlichen Kredit«, vermutete Martin forsch. »Darauf willst du doch hinaus, Georg, oder täusche ich mich?«

Georg zog die Augenbrauen zusammen. »Darauf läuft es hinaus, Martin, das hast du richtig erkannt. Es wird uns wahrscheinlich nichts anderes übrig bleiben, als uns erneut an unsere Hausbank Hardy und Co. zu wenden.«

Das war die jüdische Privatbank, die bereits nach der Weltwirtschaftskrise die amerikanischen Kredite zu hohen Zinsen abgelöst hatte.

Pauls Magen begann zu grummeln. Einen Moment lang zögerte er, die Inhalte eines Gesprächs offenzulegen, das er mit dem jüdischen Inhaber der Bank bei der Eröffnungsfeier im KaDeWe geführt hatte. Dann entschloss er sich doch dazu.

»Mit Verlaub gesagt, ich befürchte, dass Herr Hardy senior konsterniert auf eine neue Kreditanfrage reagieren könnte. Ich kam bei der Eröffnungsfeier mit ihm ins Gespräch. Dabei äußerte er sich sehr positiv über den Luxus der Feier. Er nahm es als Zeichen, dass die Geschäfte hervorragend laufen.«

Einen Augenblick lang herrschte betretenes Schweigen rund um den Tisch. Dann ergriff Hugo das Wort. »Schein und Sein«, sagte er sarkastisch. »Die Eröffnungsfeierlichkeiten haben in der Tat siebentausend Mark verschlungen, allein tausend davon für den Auftritt der Comedian Harmonists. Leider war das Geld, über das wir im Moment eigentlich gar nicht verfügen.«

Diesmal zog Martin es vor zu schweigen. Paul wusste, dass er trotz des großen Anklangs der Gesangsgruppe bei der Feier schon unmittelbar danach harsche Kritik von Georg und Hugo über die hohen Kosten hatte einstecken müssen. Ebenso wie über den Preis für das völlig überteuerte Buffet.

Auch die übrigen Herren schwiegen zunächst. Dann seufzte Georg zum dritten Mal hörbar. »Ich werde meine Vorzimmerdame noch heute bitten, einen persönlichen Gesprächstermin für mich mit Herrn Hardy zu vereinbaren. Er kannte schon unseren Vater und war unserem Haus immer sehr gewogen. Ich hoffe, ich kann ihn zu einem weiteren Kredit bewegen.«

»Ich habe alles gerade noch einmal im Geiste überschlagen«, sagte Hugo. »Wenn wir die Lieferantenschulden im KaDeWe begleichen sollen und möglicherweise zusätzlich die Schulden beim Textilfabrikanten Frowein aufgrund eines Buchungsfehlers, außerdem unsere Warenhäuser in Dresden und am Weinberg sanieren müssen und unsere Liquidität wieder auf ein ausreichendes Niveau heben wollen, brauchen wir mindestens zwei Millionen Mark. Zusätzlich zu den fünfzehn Millionen, mit denen wir dort bereits in der Kreide stehen. Alle hier am Tisch wissen, dass wir bisher nur die Zinsen begleichen konnten, und auch das nur mit Ach und Krach. Die Tilgungssumme ist unverändert.«

»Also lassen wir es für heute bei diesem Stand der Dinge bewenden«, beendete Georg die ohnehin nutzlose weitere Diskussion. »Ich halte Sie auf dem Laufenden, ob und was ich bei Hardy erreiche.«

Paul steuerte erst eine Viertelstunde nach dem Ende der Sitzung den Ausgang an, da ihm die Sorgen im Wortsinn auf den Magen geschlagen waren. In den vielen Jahren seiner Zusammenarbeit mit Adolf Jandorf war das Unternehmen nie auch nur in die Nähe einer solchen Schieflage gekommen, wie sie sich jetzt abzeichnete. Trotz der ebenfalls mannigfaltigen Krisen durch den Krieg, die mit den Unruhen nach Kriegsende verbundenen Streiks und die Hyperinflation, die die Bevölkerung damals gebeutelt hatten.

Nicht zum ersten Mal überlegte er, seinen Abschied einzureichen und in den vorzeitigen Ruhestand zu gehen. Obwohl er ursprünglich beabsichtigt hatte, mindestens bis zur Vollendung seines fünfundsechzigsten Lebensjahres im Herbst 1933 berufstätig zu bleiben. Denn ebenfalls im Unterschied zur Ära Jandorf hatte sein Wort im Kreis der Tietz-Geschäftsführung von Anfang an wenig Gewicht gehabt. Diese Situation hatte sich im Lauf der Jahre nicht verbessert, wie er ursprünglich gehofft hatte, sondern im Gegenteil verschlechtert.

Gedankenvoll ging er durch die Textilabteilung im ersten Stock, als er auf einen Tumult in der Herrenkonfektion aufmerksam wurde. Dort stand eine kleine Menge von Kunden im Kreis um etwas herum, das Paul nicht erkennen konnte. Allerdings hörte er die Leute schimpfen.

»Ihr habt doch noch Arbeit, da wisst ihr gar nicht, wie einem Erwerbslosen zumute ist!«, verstand er schließlich die Worte, als er näher kam. Erstaunlicherweise mischte sich Hochdeutsch mit Berliner Dialekt. Die erregten Kunden mussten also aus verschiedenen Gesellschaftsschichten stammen.

»Was ist hier los? Bitte lassen Sie mich durch!«, forderte Paul, woraufhin sich eine Gasse vor ihm öffnete. Die Szenerie, die sich ihm bot, wirkte skurril.

Zwei Wachmänner hielten einen verwahrlost aussehenden Mann fest, dem sie eine zerlumpte Hose bis zu den Knöcheln heruntergezogen hatten. Darunter kam eine Drillichhose zum Vorschein, die offenbar neu war und aus dem Warenhaus stammte. Das Preisschild war noch daran befestigt.

Als Paul sich dem Mann näherte, bemerkte er den durchdringenden Gestank, der von ihm ausging.

Außer den Wachleuten befanden sich auch Gunter Perl im Inneren des Kreises sowie ein Verkäufer aus der Herrenabteilung. »Dieser Mann ist ein Dieb«, hörte Paul Gunter gerade zu dem Verkäufer sagen. »Laufen Sie rasch hinüber zur Polizeiwache, damit er in Gewahrsam genommen wird.«

»Halt!«, rief Paul spontan. Gunter Perl, der ihn bislang nicht bemerkt hatte, drehte sich überrascht um. »Warum wollen Sie den armen Kerl denn festnehmen lassen? Wegen einer Hose im Wert von« – er beugte sich trotz des ekelhaften Geruchs zu der Hüfte des Diebs hinunter und besah sich das Preisschild – »gerade einmal fünf Mark, wie ich sehe. Die Hose ist sogar verbilligt!«

»Das ist doch keine Entschuldigung dafür, sie zu stehlen!«, protestierte Gunter. »Also laufen Sie zur Wache hinüber und bringen Sie gleich einen Schutzmann mit!«, wies er den Verkäufer noch einmal an. Der sah ratlos von einem zum anderen.

»Lassen Sie mich erst einmal ein Wort mit dem Mann reden!«, befahl Paul. »Warum haben Sie es nötig, eine Hose zu stehlen?«, wandte er sich dann an den Dieb.

Das war natürlich eine rhetorische Frage, wie man am Zustand der Kleidung des Mannes erkennen konnte. Trotzdem wollte Paul die Begründung aus dessen eigenem Mund hören.

Der antwortete tatsächlich: »Ick bin schon lange erwerbslos und hab keene feste Wohnung mehr. Deshalb hamm se mir uff'm Amt wegjeschickt, ick krieg keenen Pfennig Stütze. Ooch keene neue Hose, bei der Wohlfahrt hamm se mir ooch verjagt. Aba wat soll ick machen? Meene Hose is kaputt und dit Wetter is mies. Da hab ick mir eben eene von hier jenommen.«

In der Tat war der April bis jetzt regnerisch und kühl. Trotzdem reagierte Gunter Perl ungerührt:

»Wo kämen wir denn hin, wenn jeder sich in einer solchen Situation einfach selbst bedienen würde!« Er warf Paul einen vernichtenden Blick zu. »Denken *Sie* doch nur daran, was wir gerade erörtert haben.«

Pauls Puls begann sich zu beschleunigen. Glauben Sie wirklich, die lächerliche Summe von fünf Mark könnte das Unternehmen Hermann Tietz vor dem Ruin bewahren?, hätte er

Gunter am liebsten entgegengeschleudert. Doch das war in dieser Situation natürlich unmöglich.

Also zückte er demonstrativ seine Börse und nahm fünf Mark heraus. Die Summe streckte er dem Verkäufer entgegen. »Lassen Sie dem Mann die Hose, und bezahlen Sie sie von diesem Geld an der Kasse!«

»Und Sie lassen den Burschen jetzt laufen!«, forderte er die Wachmänner auf, die den Dieb sofort losließen. Der streifte zuerst seine alte Hose ab und nahm dann unter dem Applaus der Umstehenden die Beine in die Hand.

Gunters Gesicht hatte sich dagegen puterrot verfärbt.

»Und nun wünsche ich den Herrschaften noch einen gesegneten Tag!«, verabschiedete Paul sich brüsk und wandte sich ebenfalls zum Gehen.

Freunde waren Gunter und ich ja noch nie, sinnierte er während seiner Rückfahrt ins KaDeWe. Aber heute habe ich ihn mir zum Feind gemacht.

Ein Versammlungssaal im Bezirk Tiergarten

13. April 1932

»Und so schauen wir weiter guten Mutes in die Zukunft, liebe Genossinnen. Ihr werdet sehen, unser Siegeszug ist nicht mehr aufzuhalten!«

Sanni Wolters blickte in die Runde ihrer zahlreichen applaudierenden Zuhörerinnen und hoffte, dass ihr Gesichtsausdruck zuversichtlich genug war. Denn anders, als sie ihre heutige Rede an die Parteigenossinnen formuliert hatte, war sie selbst enttäuscht vom Ergebnis der Reichspräsidentenwahl am vergangenen Sonntag.

Dass der alte Paul von Hindenburg diesmal die absolute Mehrheit gewinnen würde, hatte für sie zwar festgestanden.

Aber auf einen Stimmenanteil von ungefähr vierzig Prozent für Adolf Hitler hatte sie insgeheim schon gehofft. Nun waren es 36,8 Prozent geworden.

Während die Menge immer noch Beifall klatschte, blieb Sannis Blick an einem Gesicht hängen, das ihr bekannt vorkam, ohne dass sie es einordnen konnte. Hoffentlich keine kommunistische Spionin, dachte sie. Allerdings wüsste ich nicht, woher ich eine solche Frau kennen sollte.

Im Geiste ging sie rasch ihre neuen Nachbarinnen durch. Erst vor zwei Monaten war sie mit Hermann in eine helle, geräumige Wohnung in Tiergarten umgezogen. Da die Partei ihr als Bezirksfrauenschaftsleiterin ein Gehalt bezahlte und auch Hermann zum Obersturmführer der SA befördert worden war und daher eine höhere Unkostenpauschale bezog, hatte das Geld endlich zu einem Umzug aus der schäbigen Bleibe in Moabit gereicht.

Hermanns Gehalt als Verkäufer war allerdings immer noch viel zu niedrig. Doch auch hier gab es Licht am Horizont. Da die Mitgliederzahl der NSDAP beständig wuchs, wurden auch immer mehr Ehestandsdarlehen bewilligt, die nur in arischen Geschäften eingelöst werden konnten. Dadurch hatte sich der Umsatz des kleinen Textilwarengeschäfts, in dem Hermann noch immer beschäftigt war, bereits gesteigert. Würde das in den nächsten Monaten so weitergehen, konnte Hermann mit einer Lohnerhöhung rechnen.

Das bekannte Gesicht gehörte auch zu keiner neuen Nachbarin, kam Sanni schließlich zu einem Ergebnis. Als die Zuhörerschaft sich aufzulösen begann, trat die Frau zu Sannis Überraschung auf sie zu und streckte ihr die Hand entgegen. »Kennen Sie mich noch? Mein Name ist Else Lemke.«

Mit einem Mal fiel es Sanni wie Schuppen von den Augen. Else Lemke war die Verkäuferin, die sie damals im KaDeWe denunziert hatte, als sie sich ein Abendkleid ausleihen wollte. Das hatte ihre fristlose Kündigung nach sich gezogen. Entsprechend finster blickte Sanni die Frau an.

Dann entdeckte sie das Parteiabzeichen, das Else am Revers ihrer Kostümjacke trug. »Ja, ich erinnere mich«, sagte sie zögernd. »Sie waren damals doch auch im KaDeWe. Sind Sie jetzt eine von uns geworden?«

»Beides ist wahr«, bestätigte Else. »Ich bin eine glühende Anhängerin unseres hochverehrten Führers, arbeite aber wieder im KaDeWe. Als Erste Verkäuferin in der Damenwäscheabteilung. Meine Vorgesetzte ist Ihre ältere Schwester Rieke.«

Sannis Blick wurde wieder feindselig. »Und was wollen Sie dann von mir? Oder überhaupt hier in dieser Versammlung? Wenn Sie dort nach wie vor eine Magd dieses Judenpacks sind!«

Else ließ sich nicht einschüchtern. »Genau aus diesem Grund bin ich heute hergekommen, Frau Wolters. Ich würde gerne eine nationalsozialistische Betriebszelle im KaDeWe gründen.«

Zuerst war Sanni verblüfft, dann lachte sie laut auf. »Das scheint mir eine abenteuerliche Idee zu sein! Eine Zelle der NSBO mitten in diesem jüdischen Konsumtempel? Wenn das herauskommt, müssen *Sie* diesmal mit Ihrer fristlosen Kündigung rechnen.«

Else nickte. »Deshalb möchte ich erst einmal im Verborgenen beginnen, Mitglieder für unsere Sache zu gewinnen. Unter der arischen Belegschaft werde ich sicher genügend Zuspruch finden. Die trauen sich nur nicht, das Maul aufzumachen, weil die Juden dort überall das Sagen haben.«

»Und wie kann ich Ihnen bei dieser Angelegenheit helfen?«

»Sie kennen dieses Warenhaus und seine Strukturen. Außerdem haben Sie schon Protestaktionen vor dem KaDeWe angeführt. Und Sie sind die hiesige Leiterin der Bezirksfrauenschaft. Wer könnte mich besser beraten, wie ich vorgehen soll, um der Partei auch als Frau von Nutzen zu sein?«

Else streckte Sanni noch einmal die Hand entgegen. »Sofern wir unsere alte Feindschaft begraben, um unserer glorreichen Sache gemeinsam zu dienen.«

Einen Moment lang zögerte Sanni noch. Dann schlug sie ein.

Soziale Frauenschule in Schöneberg

Samstag, 23. April 1932

»Und so überreiche ich Ihnen in Anbetracht Ihrer unschätzbaren Verdienste um die deutsche Volkswohlfahrt die Silberne Staatsmedaille.«

Das Publikum in der bis auf den letzten Platz besetzten Aula applaudierte begeistert, während der Abgesandte des preußischen Staatsministeriums Alice Salomon die an einem roten Band befestigte Medaille um den Hals hängte.

Doch der untersetzte grauhaarige Herr im steifen schwarzen Anzug war noch nicht fertig. Als der Beifall nicht nachlassen wollte, hob er schließlich beide Hände.

»Außerdem möchte ich Ihnen zu Ihrem heutigen Ehrentag, sehr verehrte Frau Dr. Salomon, nicht nur die Glückwünsche des Staatsministers überbringen, sondern auch die Mitteilung, dass die von Ihnen gegründete Soziale Frauenschule in Zukunft Ihren Namen tragen soll.«

Er griff hinter sich und hielt ein Schild in die Höhe, auf das mit schwarzen Lettern *Alice-Salomon-Frauenschule* auf weißem Grund geprägt war. Wieder brach das Publikum in tosenden Applaus aus.

Judith Bergmann, die in der Menge in einer der mittleren Reihen saß, ließ währenddessen ihren Blick über das Auditorium schweifen. Alles, was in der deutschen und sogar internationalen Frauenbewegung Rang und Namen hatte, war heute zur Feier von Alice Salomons sechzigstem Geburtstag versammelt. Sie hatte ihn am vergangenen Dienstag, dem 19. April, begangen und am heutigen Samstag zu der großen Geburtstagsfeier eingeladen.

Gekommen waren die Vorsitzenden der drei deutschen konfessionellen Frauenverbände, nicht nur des jüdischen, sondern auch des evangelischen und katholischen. Gekommen waren fast alle Mitglieder des Internationalen Komitees Sozialer Schulen, das nach dem Pariser Kongress im Jahr 1928 gegründet worden und dessen Vorsitzende Alice war. Judith entdeckte außerdem namhafte Rednerinnen aus halb Europa, die bei diesem Kongress gesprochen hatten.

Ehrengast war Lady Aberdeen, die Vorsitzende des Internationalen Frauenbundes, die eigens aus Großbritannien angereist war und neben Alice auf einer für ausgewählte Gäste eingerichteten kleinen Tribüne in der Nähe des Rednerpults saß. Dort hatte als weiterer Ehrengast auch der Rektor der Friedrich-Wilhelm-Universität Platz genommen, den wahrscheinlich die wenigsten anderen Frauen und Männer im Publikum kannten. Judith wusste, weshalb er heute gekommen war.

Doch zunächst trat die Vorsitzende des Bundes Deutscher Frauenvereine vor. Emma Ender hatte keinen Platz auf der Ehrentribüne erhalten, saß jedoch immerhin in der ersten Reihe. Sie hatte Lady Aberdeen im Jahr 1928 mitgeteilt, dass man ihren Vorschlag, Alice Salomon zu ihrer Nachfolgerin zu machen, aus »rassepolitischen Gründen« nicht unterstützen könne.

Trotzdem stieg jetzt Emma die drei Stufen zum Rednerpodest empor und trat auf Alice zu. »Auch ich möchte Ihnen im Namen aller Mitglieder der deutschen Frauenvereine herzlich zu Ihrem Geburtstag gratulieren und Ihnen die Aprilausgabe unserer Zeitschrift *Die Frau* überreichen. Wie das Titelbild zeigt, ist diese Ausgabe Ihnen aufgrund Ihrer großen Verdienste gewidmet.«

Das war zwar weder für Judith noch für Alice neu, da die Zeitschrift bereits zu Monatsbeginn erschienen war. Dennoch klatschte Judith pflichtschuldigst Beifall, während sich Alice mit einem gerührten Gesichtsausdruck bedankte.

Doch der Höhepunkt ihrer Ehrungen stand noch bevor. Als Emma die Bühne verlassen hatte, erhob sich der Rektor der Friedrich-Wilhelm-Universität. Er hielt eine gerahmte Urkunde in der Hand.

»Sehr verehrte Frau Dr. Salomon. Sie gehören zu den ersten Frauen deutscher Nation, die seinerzeit die Doktorwürde erworben haben. Vom heutigen Tage an dürfen Sie sich nicht nur Frau Dr. phil., sondern zusätzlich Frau Dr. honoris causa Salomon nennen. Ich habe das außerordentliche Vergnügen, Ihnen die Ehrendoktorwürde der Medizinischen Fakultät der Friedrich-Wilhelm-Universität verleihen zu dürfen.«

Nun hielt es das Publikum nicht mehr auf den Sitzen. Während Alice vor Freude errötete, sprang einer nach dem anderen auf und jubelte Alice mit lauten Bravorufen und ohrenbetäubendem Klatschen zu.

Auch Judith freute sich über die Maßen für ihre noch immer aus ganzem Herzen verehrte Mentorin. Dabei fiel ihr Blick zufällig auf Charlotte Dietrich, die Leiterin der jetzt nach Alice benannten Frauenschule. Auch Charlotte hatte den Mund zu einem Lächeln verzogen. Doch ihre Augen sprachen eine andere Sprache. Judith kam es so vor, als würde sie ihre Freude nur vortäuschen.

In Judiths Begeisterung mischte sich ein ungutes Gefühl. Seit ihrer Auseinandersetzung mit Charlotte wegen der schlechten Note der Schülerin Gerlinde vor zweieinhalb Jahren war ihr Verhältnis nur als kühl zu bezeichnen. Judith verdächtigte Charlotte, dass sie ihr in den letzten Schuljahren absichtlich die unbeliebtesten Zeiten für ihre Unterrichtseinheiten zugewiesen hatte. Das waren zum einen sämtliche Samstagvormittage, zum anderen die meisten Freitagabende.

Unter Alices Ägide hatten sich die Lehrkräfte bei diesen unpopulären Unterrichtszeiten abgewechselt. Doch Charlotte hatte, ungerührt von Judiths Protest, auf ihrer Einteilung bestanden und sogar angedeutet, Judith könne die Lehrtätigkeit ja aufgeben, wenn sie damit nicht einverstanden sei. Also hatte sich Judith zähneknirschend gefügt.

Ganz anders war dagegen ihr Verhältnis zu Hilde Lion, der Leiterin der Frauenakademie. Mit ihr verstand Judith sich prächtig. Ihr Forschungsprojekt über die Familienverhältnisse alleinstehender Mütter würde sie in einigen Monaten abgeschlossen haben. Hilde war schon jetzt des Lobes voll und hatte Judith zu ihrer Überraschung und Freude bereits einen Vorschlag für eine Anschlusstätigkeit gemacht:

»Was halten Sie davon, auch als Autorin in die Fußstapfen unserer verehrten Alice zu treten? Ich denke dabei an das erste ausführliche Fachbuch für Psychologie und Pädagogik. Dafür wären Sie von all meinen Wissenschaftlerinnen am besten geeignet.«

Judith hatte natürlich begeistert zugestimmt. Ohne Hilde in ihre privaten Pläne einzuweihen, sah sie in dieser Aufgabe zum ersten Mal eine Möglichkeit, den geliebten Beruf doch noch mit ihrer Familienplanung zu vereinbaren. Denn schreiben und gelegentlich an Kongressen teilnehmen konnte sie auch, wenn sie schwanger oder Mutter sein würde.

Nun trat Alice vor, um ihre Dankesrede zu halten. Judith wusste, dass sie bereits vor drei Jahren für die Ehrendoktorwürde vorgeschlagen worden war. Damals hatte das zuständige Gremium der Universität dies jedoch abgelehnt, da Alices Veröffentlichungen angeblich weder zahlreich noch wissenschaftlich genug gewesen seien.

Warum sich dies nun geändert haben sollte, blieb Judith ein Rätsel. Denn alle ihre bahnbrechenden Werke hatte Alice vor 1929 geschrieben. Aber auch jetzt schlich sich kein Unterton der Verbitterung in ihre Rede ein. Alice wirkte einfach nur überglücklich und sah zehn Jahre jünger aus. Sie erntet die Früchte ihres Lebenswerks, ging es Judith durch den Kopf.

Selbst das Kleid, das Alice bereits zum Pariser Kongress vor vier Jahren getragen hatte, wirkte immer noch elegant an ihr. Zu einem ähnlich kostspieligen Kauf anlässlich ihres sechzigsten Geburtstags wie damals hatte sich Alice trotz Judiths Ermunterung nicht durchringen können.

Immerhin war sie ihrem Rat gefolgt, das kalte Büfett, das im

Anschluss an den Festakt eröffnet werden würde, in der neuen Stadtküche der Lebensmittelabteilung des KaDeWe zu bestellen. Es war natürlich nicht annähernd so außergewöhnlich wie das Büfett zur Eröffnungsfeier. Dennoch hätte es Alices Mittel wahrscheinlich überstiegen. Judith hatte Martin Tietz allerdings zu einem fünfzigprozentigen Preisnachlass überreden können, der nun als Geburtstagsgeschenk der Familie Tietz zu Alices Ehrentag galt.

Nun kam Alice zum Ende ihrer Rede. »Was für ein Fazit möchte ich heute aus meiner jahrzehntelangen beruflichen Laufbahn ziehen? Man darf sich weder mit einem Misserfolg noch mit einem Erfolg zufriedengeben.« Diese Worte würden Judith im Gedächtnis bleiben. »Einen Misserfolg soll man nie hinnehmen, ohne zu versuchen, ihn umzubiegen. Aber noch weniger darf man sich mit einem Erfolg beruhigt schlafen legen. Denn sonst wird aus einem beschwingten Idealismus am Ende ein Brotberuf oder aus dem Streben nach sozialer Gerechtigkeit eine bürokratische Aufgabe. Das gilt es mit allen Mitteln zu verhindern.«

Alice Salomon, wie sie leibt und lebt, dachte Judith gerührt. Sie ist mir wahrlich ein immerwährendes Vorbild.

Nachdem auch der letzte Applaus verklungen war, lud Alice zum informellen Teil ihrer Geburtstagsfeier ein. »Meine Damen und Herren, begeben Sie sich nun in die Halle. Dort erwartet Sie ein köstliches kaltes Büfett. Ich wünsche uns allen, dass wir auch den restlichen Tag in vollen Zügen genießen.«

Eingedenk der Tatsache, dass sie mit Martin am Abend zu einem Kinobesuch verabredet war und vorher keine Gelegenheit mehr haben würde, etwas zu essen, griff Judith tüchtig zu. Sie belud ihren Teller mit olivengespickten Käsewürfeln, gefüllten Eiern und kleinen, knusprig gebratenen Buletten. Doch noch während sie die ersten Bissen zum Mund führte, sah sie plötzlich das Bild von Klara Engwicht vor sich. Es schnürte ihr den Magen zu.

Denn die Familie Engwicht befand sich in Meyers Hof in

größerer Not denn je. Alle Kinder waren Ende März an einem Fieber erkrankt. Statt mit dem Geld für den Verkauf der von Judith geschenkten Lebensmittel aus dem KaDeWe ihre Mietrückstände zu bezahlen, hatte sie Arznei kaufen müssen. Nun war sie die kritischen zwei Monatsmieten im Rückstand, die einen Vermieter nach der jüngsten Rechtsprechung zur fristlosen Räumung der Wohnung befugten.

Judith hatte Frau Engwicht erst besuchen können, nachdem die Kinder zum Glück wieder gesundet waren. Trotzdem hatte sie Klara in nackter Panik vorgefunden. »Man wird mich mit meinen drei Kleinen doch nicht auf die Straße werfen?«, fragte sie Judith weinend. Judith hatte sich gleich an Peter Hauser als Mietersprecher gewandt und ihn gebeten, sich für Frau Engwicht einzusetzen. Doch er hatte ihr wenig Hoffnung machen können.

Um Judith herum schwatzten die Gäste fröhlich und schmausten genüsslich. Doch ihr war der Appetit vergangen. Um die Speisen nicht zu vergeuden, zwang sie sich trotzdem dazu, ihren Teller leer zu essen. Dabei beteiligte sie sich nur noch einsilbig an der Unterhaltung.

Ursprünglich hatte sie erst aufbrechen wollen, nachdem Alice ihr Geburtstagsgeschenk ausgepackt hatte. Doch ein Blick auf den völlig überladenen Gabentisch zeigte Judith, dass Alice womöglich heute gar nicht mehr dazu kommen würde, die zahlreichen Geschenke anzuschauen.

Auch gut, dachte sie. Denn dass ich für eine Erstausgabe von Thomas Manns *Buddenbrooks* nur zehn Mark bezahlt habe, würde Alice nicht vermuten und sich daher wahrscheinlich viel zu überschwänglich bedanken. Es ist besser, wenn ich ihr das später in einem ruhigen Moment gestehe.

Die zweibändige Ausgabe aus dem Jahr 1901 hatte Judith in einem Antiquariat nahe der Universität entdeckt. Sie war schon bei ihrem Erscheinen zwei Mark teurer gewesen, als Judith dafür bezahlt hatte. Doch die verächtlichen Worte des Buchhändlers klangen ihr noch in den Ohren.

»Ich bin froh, wenn ich die Schmierereien dieses Vaterlandsverräters loswerde«, hatte er zu Judith gesagt, als sie sich über den niedrigen Preis wunderte. Erst nachdem sie den Laden verlassen hatte, war ihr klargeworden, dass dem Buchhändler Thomas Manns Kritik an der NSDAP missfiel.

Nun suchte sie Alice, um sich von ihr zu verabschieden. Von der Verabredung mit Martin hatte sie ihr bereits bei ihrem Eintreffen erzählt. Er hatte seit der Neueröffnung des KaDeWe so viel zu tun, dass sie sich entgegen ihren Vorsätzen nur noch am Samstagabend treffen konnten.

»Ich bin wirklich froh, dass Ihnen heute all die Ehrungen zuteilwurden, die Sie schon seit Jahrzehnten verdienen, und wünsche Ihnen, dass der Tag so wundervoll ausklingt, wie er begonnen hat.«

Alice erwiderte Judiths Blick strahlend. »Auch ich wünsche Ihnen einen schönen Abend, liebe Judith. Und dass Sie bald Ihr eigenes Glück finden!«

Während Judith noch verblüfft registrierte, dass Alice mehr von ihrem inneren Konflikt zwischen Beruf und Familie ahnte, als ihr bislang bewusst geworden war, fuhr diese schon fort: »Denn Sorgen müssen auch wir Bürger jüdischer Herkunft uns nicht machen. Dafür ist der heutige Tag der beste Beweis. Unser Land weiß ich in guten Händen. Hindenburg ist wieder Reichspräsident geworden und sein Kanzler Brüning ein ausgezeichneter Politiker.«

Der Hungerkanzler?, dachte Judith konsterniert, als sie in ihrem Mietwagen saß. An dem Mann lässt mein Vater kein gutes Haar! Doch noch mehr bewegte sie Alices Optimismus über die Zukunft der Juden in Deutschland.

Ist Alice etwa so naiv wie Martin und unterschätzt den Einfluss der Nazis?, überlegte sie. Oder bin ich die ewige Pessimistin, die alles nur schwarzsieht?

Als sie Martins Wohnung in Dahlem erreichte, war sie darüber noch zu keiner Entscheidung gekommen.

Kapitel 23

Meyers Hof

Juni 1932

Judith schwante schon Böses, als sie die Menschenmenge erblickte, die sich vor dem fünften Hinterhaus versammelt hatte. Zögernd trat sie näher. Dann bat sie den Taxifahrer, der sie begleitete: »Gehen Sie doch einmal vor und erkundigen Sie sich, was hier los ist.«

Der Mann tippte sich kurz an seine Schiebermütze. »Is jut.«

Schon wenige Minuten später kam er zurück. »Da hat sich 'ne Trulla aus'm fünften Stock gestürzt. Is natürlich mausetot. Ihre drei Kleenen hat det Miststück vorher erstickt, heeßt et.«

Judith fühlte sich vor Schock wie gelähmt. Sie wusste sofort, dass es sich nur um Klara Engwicht handeln konnte. »Was ... was ... wissen Sie den Grund?«, stammelte sie.

Der Taxifahrer zuckte die Achseln. »Nee, weeß ick nich. Se is nich die Erste, die so wat tut. Aba die Kleenen hätt se nich ooch um die Ecke bringen soll'n. So wie dit, wat se noch im Leib trug.«

Obwohl sich der Mann bemühte, ungerührt zu wirken, merkte Judith ihm seine eigene Erschütterung an. Sie wusste, dass die hochschwangere Klara kurz vor der Niederkunft gestanden hatte.

»Ich weiß leider, was hier geschehen ist.« Judith erkannte Peter Hausers Stimme, noch bevor er ihr eine Hand auf die Schulter legte. Auch er sah zutiefst mitgenommen aus. Aber da gab es auch noch ein anderes Gefühl. Seine Augen loderten vor Zorn.

»Der Leichenwagen ist da, um die Toten abzuholen.« Die Leute bildeten eine Gasse, um zwei Männer mit einer Bahre passieren zu lassen.

»Aber ... warum denn nur? Ihr wolltet Klara doch helfen!«

Peter nickte grimmig. »Unbedingt. Als wir wussten, dass sie in der nächsten Woche den Gerichtstermin wegen der Räumungsklage hat, haben wir sogar begonnen, Geld zu sammeln. Doch die Nachbarin hat uns erzählt, dass der Ritter, dieser Schweinehund von Verwalter, heute noch mal in Klaras Wohnung war. Da sie nunmehr seit März mit der Miete im Rückstand war, hat er sie vor die Wahl gestellt, entweder freiwillig auszuziehen oder nach erfolgreicher Räumungsklage von der Polizei rausgeworfen zu werden. Danach hat sie dann wohl die Nerven verloren.«

»Aber ... aber warum denn auch ihre Kinder?«

»Der Ritter hatte schon die Fürsorge benachrichtigt und ihr mitgeteilt, dass die Kinder ins Heim kämen. Da schien es der Klara wohl besser, die Kleinen mit in den Tod zu nehmen. Sie hat sie zuerst mit einem starken Schlafmittel betäubt und dann nacheinander, wahrscheinlich mit einem Kissen, erstickt. Genaueres wird erst die Leichenöffnung ergeben. Aber ich habe die Kinder selbst gesehen. Sie sahen aus, als würden sie schlafen. Die leere Arzneiflasche stand noch auf dem Tisch. Und ein paar Reste von Milchkakao.«

Judith spürte, dass ihr die Tränen über die Wangen liefen. »Wusste dieser Vermieter ... dieser Schweinehund von Tumarkin«, auch sie verlor nun die Contenance, »denn nichts von der Geldsammlung?«

»Das weiß ich nicht. Womöglich wollte er einfach ein Exempel statuieren, damit nicht noch andere auf die Idee kommen, einfach die Miete nicht mehr zu bezahlen.«

Peter holte tief Luft. »Aber ich verspreche dir, das hat jetzt

Konsequenzen. In ganz Berlin ist schon lange von Mieterstreiks die Rede. Ein paar Mietskasernen haben sogar schon damit angefangen. Weil sich die Vermieter überall schamlos bereichern, nichts in die Unterkünfte stecken, aber die Leute auf die Straße werfen lassen, wenn sie ihr Geld nicht kriegen. Das lassen wir uns auch in Meyers Hof nicht mehr länger gefallen.«

Versammlungsraum in Meyers Hof

Juli 1932

Als Peter Hauser die Tischlerwerkstatt im Erdgeschoss des zweiten Hinterhauses betrat, hoffte er, dass man ihm seine Nervosität nicht ansah. Heute fand hier die nächste Sitzung des Mieterrats von Meyers Hof statt. Der Schreinermeister, der in diesem Raum sein Gewerbe betrieb, stellte ihn freundlicherweise schon seit einiger Zeit für diese Treffen zur Verfügung. Keine einzige Wohnung in den sechs Hinterhäusern hätte ausreichend Platz geboten.

Peter war unruhig, weil sich der Mieterrat in der letzten Versammlung vor zwei Wochen heftig gestritten hatte. Zwar waren sich alle einig darüber gewesen, dass der Vermieter Alexander Tumarkin unbedingt sanktioniert werden müsse, da er weiterhin nicht bereit war, selbst die notwendigsten Sanierungsmaßnahmen in Angriff zu nehmen. Doch Peter und die übrigen SPDler hatten lediglich für eine fünfzigprozentige Mietkürzung plädiert, während seine Kollegen von der KPD nun wild entschlossen zu einem totalen Mieterstreik waren und keinen einzigen Pfennig mehr bezahlen wollten, bevor alle Missstände beseitigt waren.

Der Mieterrat war vor einiger Zeit auf neun Mitglieder aufgestockt worden, von denen je drei der KPD und der SPD angehörten. Die übrigen drei waren parteilos und stimmten jeweils mit denjenigen, deren Meinung ihrer eigenen am nächsten kam. Wenigstens war Harald Kuczynski, Peters Freund, von der Mieterversammlung ebenfalls in den Rat gewählt worden. Sprecher und damit Verhandlungspartner des Vermieters waren nach wie vor Peter Hauser und Max Köhler.

Die gemäßigteren Forderungen der SPDler im Mieterrat hatten gute Gründe. Ein Mieterstreik, wie ihn die KPDler nun auch in Meyers Hof forderten, hatte in einer anderen Berliner Mietskaserne, die den verächtlichen, aber verdienten Namen »Wanzenburg« trug, schon zu gravierenden Konsequenzen für die Streikenden geführt. Die Polizei hatte eine Mieterversammlung aufgelöst und sogar alle Mitglieder des Mieterrats verhaftet. Sie waren erst nach mehreren Tagen gegen eine erhebliche Geldbuße wieder freigekommen.

»Haste Schiss wejen deiner Stelle in dem kapitalistischen Konsumtempel?«, hatte Max Köhler Peter, nicht ganz zu Unrecht, spöttisch gefragt. Tatsächlich hätte Peter nicht einschätzen können, welche Konsequenzen eine Verhaftung für ihn und auch Rieke im KaDeWe gehabt hätte. Trotzdem ärgerte er sich über die wiederholte Beschimpfung als »Sozialfaschist«, mit der Max viele an ihn gerichtete Wortbeiträge spickte.

Doch die Zustände in Meyers Hof wurden immer schlimmer. An vielen Stellen waren die Dächer undicht. Dadurch bildeten sich bei Regen große Wasserlachen in den Dachböden, von denen aus es in die darunterliegenden Wohnungen tropfte. Wie in der Wanzenburg gab es häufig Kakerlaken, von den Berlinern »Schwaben« genannt, und anderes Ungeziefer in den Räumen.

Immer weniger Bewohner konnten ihre Miete aufbringen und fürchteten trotz der Schäbigkeit ihrer Bleibe nichts mehr als die Exmittierung. Inzwischen war von neun Parteien die Rede, die demnächst gewaltsam auf die Straße gesetzt werden sollten.

Es musste also endlich etwas geschehen, das sah auch Peter

ein. Die Mitglieder des Mieterrats durften sich wegen ihrer unterschiedlichen politischen Herkunft aus SPD und KPD nicht weiterhin selbst zerfleischen. Insofern begrüßte auch Peter, dass die KPD-nahe Zeitung *Die Rote Fahne* in ihrer morgigen Ausgabe einen Artikel über Meyers Hof bringen würde, dem umfangreiche Recherchen unter den Bewohnern zugrunde lagen.

Weil Peter einer der wenigen noch Erwerbstätigen in der Mietskaserne war, hatten Harald Kuczynski und Max Köhler die Reporter tagsüber durch die Hinterhäuser begleitet. Vor der Veröffentlichung am morgigen Tag sollte der gesamte Mieterrat jetzt über die Ergebnisse der Befragungen informiert werden.

Zu Peters Überraschung hatte Max Köhler bereits ein Exemplar der KPD-Zeitung dabei. »Ick les euch jetz mal vor, wat hier drinsteht«, kündigte er an.

Gesagt, getan. »Mittlerweile sind über achtzig Prozent der Bewohner von Meyers Hof arbeitslos«, hieß es in dem Artikel. »Durch die neuerlichen Kürzungen der Sozialleistungen verfügen auch mehrköpfige Familien nur noch über ein Einkommen von zwölf bis fünfzehn Mark wöchentlich. Das reicht gerade einmal aus, um die billigsten Lebensmittel zu erwerben.«

Max Köhler sah triumphierend in die Runde. »Dit is noch schlimmer, als mer jedacht hamm«, kommentierte er und fuhr dann fort. »Von diesem Einkommen je nach Größe der Wohnung noch fünfzehn bis fünfundzwanzig Mark Miete zu zahlen, ist den Bewohnern nicht möglich.«

»Daran ändert ooch der neue Scheißkerl nüscht«, fiel Max' KPD-Genosse Eberhard, genannt Hardy, ihm ins Wort. Gemeint war der neue Reichskanzler Franz von Papen, den Hindenburg als Nachfolger des glücklosen »Hungerkanzlers« Heinrich Brüning erst Anfang Juni ernannt hatte. Ende des Monats Juli standen erneut Reichstagswahlen an, von deren Ergebnis sich Peter Hauser, anders als die KPDler, nichts Gutes erhoffte. Im Gegenteil befürchtete er einen weiteren Stimmenzuwachs der Nazis.

»Mehr als die Hälfte der Bewohner von Meyers Hof können sich nur noch an jedem zweiten Tag eine warme Mahlzeit leisten«, zitierte Max weiter aus dem Artikel der *Roten Fahne*. »Fleisch kennen vier Fünftel von ihnen nur noch vom Hörensagen.«

Peter fühlte sich zunehmend bedrückt. Dass es schlimm war, hatte er bereits vermutet. Aber nicht, dass das Elend bereits solche Dimensionen angenommen hatte.

Aber Max war noch nicht fertig. »Vor allem bei den unterernährten Kindern grassieren Krankheiten. Viele leiden an Rachitis, im Volksmund besser bekannt als Knochenerweichung, und sterben wie die Fliegen an Masern, Scharlach oder anderen Fieberkrankheiten.

Auch die Selbstmordrate hat erheblich zugenommen. Erst vor wenigen Monaten hat sich eine Mutter samt ihren drei Kindern in Meyers Hof das Leben genommen, weil sie exmittiert werden sollte. So geht es gerade in ganz Berlin zu.«

Wieder schaute Max triumphierend in die Runde, was in krassem Gegensatz zu den schrecklichen Ergebnissen der Umfrage stand. »Also, jetz muss wat passieren!«, forderte er noch einmal energisch. »Bevor dit Arsch von Vermieter die anderen neune ooch uff die Straße schmeißt und sich noch eener dit Leben nimmt.«

Peter holte tief Luft und fasste einen Gedanken in Worte, den er bereits während des Vorlesens des Artikels gehabt hatte. »Ein Mieterstreik hat nur Sinn, wenn sich möglichst viele daran beteiligen. Also sollten wir zuerst unseren Forderungskatalog erstellen und dann damit von Tür zu Tür gehen, um in Erfahrung zu bringen, wie viele Parteien mitmachen wollen. Nur dann können wir unsere Erfolgsaussichten einschätzen.«

Damit waren alle sofort einverstanden. »Wat woll'n mer allet verlangen?«, fragte Max.

Die nächste Stunde verging mit lebhaften, aber friedlichen Diskussionen. Man einigte sich schließlich auf fünf zentrale

Punkte, bis zu deren Erfüllung keine Miete mehr entrichtet werden sollte.

Gleich morgen sollte damit begonnen werden, das Einverständnis der Bewohner zum Mieterstreik einzuholen. Die Arbeitslosen unter den Mieterräten teilten die sechs Hinterhäuser zwischen sich auf.

Zwei Tage später lag das Ergebnis vor: Zweihundertsiebenundzwanzig der zweihundertdreißig Mietparteien würden sich am Streik beteiligen. Lediglich drei als Anhänger der Nationalsozialisten bekannte Familien verweigerten ihre Teilnahme.

Meyers Hof

September 1932

»Was murmelst du denn da beständig vor dich hin, Mutter?«

Käthe Krause richtete sich aus ihrer gebückten Haltung auf und streckte den schmerzenden Rücken.

»Ick hätt nie jeglobt, det ick mal bei so wat mitmachen tät«, antwortete sie ihrer Tochter Rieke.

»Was meinst du denn genau?«

»Na, dass ich mal streiken würde«, erklärte Käthe empört zu Riekes Amüsement. Ihre Mutter wechselte beständig vom Hochdeutschen in den Dialekt, wenn sie sich unterhielten. »Ich hab mein Lebtag noch nie gestreikt!«

»Aber das hier ist doch ein ganz anderer Streik als die, zu denen nach dem Ende des Kriegs aufgerufen wurde«, wandte Rieke ein. »Das waren Streiks von Arbeitern oder Angestellten, die bessere Löhne und Arbeitszeiten forderten. Häufig steckten außerdem Unruhestifter dahinter, wie damals im KaDeWe, wo es überhaupt keinen Grund gab, die Arbeit niederzulegen.«

»Streik ist Streik«, beharrte Käthe störrisch.

»Und warum machst du dann mit?«, fragte Rieke provozierend.

»Wat bleibt mir denn andres übrig?«, schnauzte ihre Mutter sie an und richtete ihren Zorn jetzt gegen ihre Tochter. »Ick hab jetz ooch meene Arbeit verloren und weeß nich mehr, wovon ick allet bezahlen soll. Fritz' Rente is hinten und vorn nich jenug.«

Rieke blieb ruhig. »Ganz genau, Mutter. Wenn das Geld gerade so für das Essen reicht, bleibt nichts mehr für die Miete übrig. Erst recht nicht, wenn es solche Dreckslöcher sind, für die zudem Wucherpreise verlangt werden. Warum soll jemand dafür hungern?«

Sie wies auf das Stück eines Bettlakens, das Käthe gerade mit schwarzer Farbe beschriftet hatte. »Was du da draufschreibst, ist nichts als die reine Wahrheit.«

Käthe knurrte etwas Unverständliches zwischen den Zähnen hervor. Dann beugte sie sich wieder zu ihrem Küchentisch hinunter und vollendete das letzte Wort der Parole, während Rieke das Tuch straff hielt. *Erst die Kinder satt, dann dem Vermieter watt,* stand da in großen Lettern.

»Der Spruch gefällt mir am besten«, kommentierte Käthe ihr Werk.

»Aber die anderen haben auch ihre Berechtigung. Oder etwa nicht?« Rieke trat an den Spülstein in der Wohnküche und drehte den Wasserhahn auf. Spotzend kam ein dünner Strahl dunkelbrauner Flüssigkeit heraus, der durchdringend stank.

»Hör uff!«, schnauzte Käthe Rieke erneut an. »Sonst müfft et hier gleich wie uff'm Lokus.«

»Eben.« Ungerührt drehte Rieke den Hahn wieder zu. Schon seit mehreren Monaten war die Wohnung ihrer Mutter wieder ohne genießbares Trinkwasser. Regelmäßig schleppten Rieke, Peter und Käthe schwere Kanister mit sauberem Wasser aus ihrer eigenen Wohnung in die von Käthe und Fritz. Mittlerweile versorgten sie auch Käthes Nachbarn auf dem gleichen Flur. Sie hatten ihnen erlaubt, sich ebenfalls Trinkwasser aus ihrer eigenen Wohnung im Vorderhaus abzuzapfen.

Zum Teil führte Rieke Käthes Aggressivität ihr gegenüber darauf zurück, dass sie und Fritz inzwischen endgültig finanziell von Peter und ihr abhängig waren. Käthes Arbeit war ohnehin schlecht bezahlt gewesen. Erwerbslosenhilfe stand ihr nicht zu. Denn sie ernährte ja keine Familie und war zudem nicht verheiratet. Deshalb hätte sie sich an die Wohlfahrt wenden müssen, um Unterstützung zu erhalten. Dazu war Käthe jedoch viel zu stolz. Da waren Riekes Zuwendungen das kleinere Übel. Trotzdem empfand sie sie als Almosen.

Jetzt inspizierte Rieke die übrigen Spruchbänder, die sie mit ihrer Mutter am heutigen Sonntag hergestellt hatte, um sie danach aus den Fenstern des dritten Stockwerks im vierten Hinterhaus zu hängen. Auf ihnen standen zentrale Forderungen des Anfang August begonnenen Mieterstreiks:

Wir fordern sauberes Trinkwasser! – Streichen rückständiger Mieten! – Keine weiteren Exmittierungen!

Überall in Meyers Hof hingen solche Plakate an den Wänden der Hinterhäuser. Über jedem Durchgang in den nächsten Hof war zudem ein besonders großes, aus einem ganzen Bettlaken bestehendes Transparent angebracht:

Hier ist Mieterstreik, hieß es da und *Wir fordern 25 Prozent Mietsenkung*. Trotz ihres Unmuts hatte Käthe auch an diesem Plakat mitgewirkt.

Es pochte kurz an der Küchentür, bevor sie aufgerissen wurde. Draußen stand Peter mit Fritz, der bereits in seinem Rollstuhl saß. Er hatte zuvor ein Nickerchen in der Schlafstube gemacht, um den Frauen in der engen Wohnküche nicht im Weg zu sein.

»Nun kommt!«, rief Peter. »Es ist schon fast drei. Die Mieterversammlung beginnt in ein paar Minuten.«

Kurze Zeit später erreichten die vier den ersten Hinterhof. Es hatte sich bereits eine große Menschenmenge versammelt. Rieke schätzte sie auf mehrere Hundert Personen, alles Mietparteien aus Meyers Hof.

An der rechten Hofseite hatte man eine Art Tribüne errichtet. Dort nahm Peter nun gemeinsam mit den übrigen Mitgliedern des Mieterrats Platz. Erst gestern hatte es ein weiteres Gespräch mit Alexander Tumarkin und seinem Verwalter Ritter gegeben. Rieke kannte das unerfreuliche Ergebnis zwar bereits, hatte es gegenüber Käthe und Fritz jedoch bislang für sich behalten.

Peter und Max Köhler hatten gelost, wer über das Gespräch mit dem Vermieter und wer über die allgemeine Situation der übrigen Mieterstreiks in Berlin berichten sollte. Peter hatte die schlechtere Karte gezogen und würde nun die Ergebnisse der jüngsten Unterredung in Meyers Hof bekannt geben.

Er wartete noch eine Viertelstunde, während der unablässig Mieter in den Hof strömten. Dann trat er vor und schwenkte beide Arme, um die Aufmerksamkeit der Menge auf sich zu ziehen.

»Gestern haben wir das nunmehr sechste Gespräch mit dem Vermieter Tumarkin und seinem Verwalter Ritter geführt«, begann er. »Tumarkin hatte noch einen Advokaten dabei, der seinen Standpunkt als rechtens vertreten sollte. Der Kerl war aber eher ein Rechtsverdreher.«

Peter wartete, bis das Gelächter über seinen Scherz verebbt war. Dann wurde auch seine Miene wieder ernst.

»Leider haben wir immer noch nichts erreicht. Unsere Forderungen nach der umfassenden Sanierung aller Gebäude, der Erneuerung aller Wasserleitungen, der Beleuchtung der dunklen Korridore und Höfe bei Nacht, dem Verzicht auf weitere Exmittierungen und der Streichung der rückständigen Mieten wurden rundweg abgelehnt.«

Wieder musste Peter eine kleine Pause einlegen, diesmal bis das Protestgeschrei der Menge nachließ.

»Aber ihr werdet es nicht glauben, liebe Freunde. Gestern verlegte sich unser Vermieter sogar aufs Jammern. Er hätte kein Geld für all diese Reparaturen, im Gegenteil müsste er seine Hypothekenzinsen bezahlen. Als einziges Zugeständnis bot er uns einen Mietnachlass von fünf Prozent an.«

Diesmal reagierte die Menge gemischt: Ein Teil lachte, der andere brüllte vor Zorn.

»Und was ist mit den Waschküchen?« Käthe musste ihren Mund ganz nah an Riekes Ohr bringen, damit die sie in dem Lärm überhaupt verstand.

»Die wurden auch angesprochen. Da kam aber nichts Neues heraus. Tumarkin behauptet, wenn die Mietskaserne seit über fünfzig Jahren mit zwei Waschküchen ausgekommen ist, könne das auch so weitergehen. Jedenfalls sei ihm der Einbau von drei weiteren Waschküchen nicht zuzumuten.«

Aus dem zornigen Gesichtsausdruck ihrer Mutter schloss Rieke verwundert, dass sie sich über diesen Aspekt fast noch mehr ärgerte als über das schmutzige Trinkwasser und die ausbleibende Renovierung der Wohnungen. Die Erklärung für Käthes Wut folgte auf dem Fuß.

»Damit hätte der Kerl wenigstens guten Willen zeigen können«, knurrte sie. »Drei neue Waschküchen sind doch die billigste all unserer Forderungen.«

Während ihres kurzen Wortwechsels hatten sie Peters Rede nicht weiterverfolgt, offensichtlich war er bereits zum Ende gekommen. »Wir schlagen euch also vor, den Mieterstreik unbegrenzt fortzusetzen und dem Vermieter Tumarkin weiterhin keinen Pfennig zu bezahlen, solange unsere Forderungen nicht erfüllt sind. Vor dem Rechtsverdreher müssen wir uns allerdings nicht fürchten, da wird euch der Max gleich drüber berichten. Aber zuerst frage ich euch: Wer will mit dem Streik weitermachen?«

Die Hände aller Anwesenden flogen nahezu gleichzeitig in die Höhe. Als der dabei erneut entstehende Lärm abgeklungen war, bedankte sich Peter und gab dann das Wort an seinen Mitsprecher Max Köhler weiter.

Im Gegensatz zu Peter hatte Max Ermutigendes zu berichten. Rieke und die übrigen Zuhörer erfuhren, dass mittlerweile Hunderte von Mietshäusern in ganz Berlin bestreikt wurden. Es gab auch bereits erste Erfolge.

An einigen Stellen hatten die Mieter verhindert, dass säumige Zahler gewaltsam exmittiert wurden. Polizei und Gerichtsvollzieher waren ergebnislos abgezogen. Auch war es zu keinen weiteren Verhaftungen mehr im Rahmen von Mieterprotesten gekommen. In der »Wanzenburg«, die sich in städtischem Besitz befand, waren die Mieten dagegen um die Hälfte reduziert worden. Man hatte außerdem begonnen, die gröbsten Missstände zu beseitigen.

Als der Jubel über diese guten Nachrichten verebbt war, trat Peter vor. Er verkündete, dass er zwar Sprecher des Mieterrats in den Verhandlungen mit Tumarkin bleiben wolle, die Streikleitung, die er bislang ebenfalls innegehabt hatte, jedoch an seinen Genossen Harald Kuczynski abtreten wolle.

»Und wir brauchen jetzt viele weitere Freiwillige, die uns unterstützen!«, rief er in die Menge. »Denn jede Mietskaserne ist aufgefordert, eine Gruppe von Delegierten zu benennen, die sich mit den Delegierten anderer bestreikter Mietshäuser trifft. Dabei soll gemeinsam besprochen werden, wie man am besten vorgehen kann, um auch voneinander zu lernen. Wer von euch will da mitmachen?«

»Ick!«, rief Käthe Krause zu Riekes Erstaunen lauthals und reckte beide Arme in die Höhe. »Ick will da mitmachen!«

Es meldeten sich so viele weitere Helfer, dass man schließlich beschloss, eine Delegation aus Meyers Hof für jeden Stadtteil zu bilden, in dem Mieterstreiks vorkamen. Als sich die übrige Menge zerstreute, wurden die Freiwilligen gebeten, noch zu bleiben, bis sich die entsprechenden Gruppen gebildet hätten.

»Ick geh nach Friedrichshain«, verkündete Käthe mit sichtlichem Stolz beim gemeinsamen Abendessen, das sie in Riekes Wohnung einnahmen. »Gleich morjen jeht's los.«

Rieke wunderte sich noch immer. »Und was hat diesen Sinneswandel bei dir bewirkt, Mutter? Heute Mittag hast du dich noch geniert, dass du überhaupt an diesem Mieterstreik teilnimmst.«

»Dit war die Sache mit den Waschküchen«, erklärte Käthe. »Daran hab ick erkannt, det es dem Tumarkin nich ums Geld jeht, sondern nur ums Prinzip. Ick hab neulich den Max jefragt, wat die paar Herde und Bottiche für so 'ne Waschküche kosten würden. Er hat jesagt, die Miete von eenem eenzigen Hinterhaus in eenem eenzigen Monat wär jenug. Sogar mehr als jenug. Da könnt man alle dreie von bezahlen und hätt noch übrig. Aba nich mal dit sind mer dem Jeizkragen wert. Lässt uns lieber verlaust rumloofen wie die Affen im Zoo. Also lernt er mir kennen!«

Kapitel 24

Silberterrasse im KaDeWe

September 1932

Judith versuchte, ihre Nervosität zu ignorieren, als sie an diesem sonnigen Septembernachmittag die Silberterrasse im fünften Stockwerk des KaDeWe betrat. Hier war sie um vier Uhr mit Martin verabredet, um die inzwischen längst überfällige Aussprache über die Bekanntgabe ihrer Verlobung zu führen.

Dass Martin sie zu diesem Zweck in den luxuriösesten der drei Erfrischungsräume des umgebauten KaDeWe gebeten hatte, anstatt das Gespräch im privaten Umfeld zu führen, wunderte sie noch immer. Obwohl sie wusste, wie beschäftigt Martin gerade war.

In den vergangenen Monaten hatte er nahezu jedes Wochenende in Dresden verbracht, wo er höchstpersönlich die Renovierung des dortigen Tietz'schen Warenhauses beaufsichtigte. Dazu hatte ihn sein Bruder Georg verpflichtet, als wenigstens kleine Kompensation für die ungeheuren Unkosten, die die Innenausstattung des KaDeWe verursacht hatte. »Damit sparen wir uns die Kosten für den Bauleiter vor Ort«, hatte er dies gegenüber Martin begründet, was Judiths Vater bestätigte.

Für sie und Martin bedeutete das allerdings, dass sie sich seit Längerem kaum mehr gesehen hatten. Auch unter der Woche arbeitete Martin häufig bis spät in die Nacht hinein.

»Die Umsätze im ganzen Konzern gehen weiter zurück, auch die im KaDeWe«, erklärte Paul in der Villa Bergmann von

Woche zu Woche sorgenvoller. »Zudem hat unsere Hausbank Hardy und Co. angekündigt, die nach der Wirtschaftskrise und dem Umbau des KaDeWe gewährten Kredite von insgesamt siebzehn Millionen Mark nur noch bis zum Frühjahr 1933 zu verlängern. Danach muss die gesamte Summe zurückgezahlt werden. Wir brauchen also neue Kreditgeber.«

Auch Paul hatte mit der Aufsicht über die Sanierung des Warenhauses am Weinberg eine zusätzliche Aufgabe übernehmen müssen. Georg Tietz hatte sowohl Martin als auch Paul einen klaren Kostenrahmen für die Bauarbeiten vorgegeben. Jegliche noch so kleine Überschreitung müsse ihm sofort gemeldet werden, hatte er verfügt.

Demgegenüber wirkte die Ausstattung der Silberterrasse angesichts der wirtschaftlichen Sorgen des Tietz-Konzerns und der allgemeinen Armut in Berlin wie aus der Zeit gefallen. Kostspielige Parallelen zur Imbisshalle im sechsten Stockwerk waren unübersehbar.

Mit dem deutschen Maler César Klein hatte Martin auch für die Silberterrasse einen bekannten Künstler engagiert, der die Wände gestaltet hatte. Auf dem silberfarbigen Grund, der dem Erfrischungsraum seinen Namen gab, hatte er mit Lackfarben verschiedene Szenen gestaltet, die allesamt von Lebensfreude zeugten: Dazu gehörten Freude an der Natur, Freude an der Musik, Freude an der Ferienzeit und die Spielfreude von Kindern, nahezu alles Darstellungen, die ebenfalls nicht zu der angespannten Atmosphäre in Berlin und im gesamten Deutschen Reich passten. »Aber die Gemälde machen unseren Gästen Hoffnung auf bessere Zeiten«, hatte Martin die teuren Malereien gegenüber seinen Kritikern in der Geschäftsführung verteidigt, berichtete Paul.

Das Konzept der Silberterrasse war ebenfalls ähnlich wie in der Imbisshalle. Die Kunden konnten sämtliche Konditoreiwaren auch zum Mitnehmen erwerben. Die hübsch dekorierten Gebäckstücke und Torten wurden in Glasvitrinen zur

Schau gestellt, an denen die Gäste sich auch das Kuchenstück aussuchen konnten, das sie in der Teestube vor Ort verzehren wollten.

Nun stieg Judith die beiden Stufen empor, die den Gastraum von den Verkaufsflächen trennten. Obwohl es kurz vor vier Uhr war, also die Hochzeit für einen Nachmittagstee, waren die Tische nur spärlich besetzt. Die Kellnerin, die Judith nach Martins Reservierung fragte, verwies sie zu ihrer Enttäuschung an einen etwas abseits stehenden Zweiertisch in einer Nische. Er war, wie alle Tische und Stühle in der Silberterrasse, in rosa Schleiflack gestaltet, was Judith kitschig fand. Nicht nur deshalb hätte sie an diesem sonnigen Septembernachmittag lieber auf der Außenterrasse des Erfrischungsraums gesessen.

»Dort ist leider alles besetzt«, erklärte die Kellnerin, als Judith sie darauf ansprach. Immerhin scheint das Geschäft zumindest draußen zu florieren, tröstete sie sich.

Da sie noch etwas Zeit hatte, trat sie durch eine der Bronzeschiebetüren hinaus. Von der Außenterrasse hatte man eine fantastische Aussicht auf die Tauentzienstraße bis zur Gedächtniskirche und auf der anderen Seite bis hin zum Wittenbergplatz.

Beim Blick über die Hausdächer fiel Judith plötzlich ein, dass die Ku'damm-Krawalle, in die sie und Martin hineingeraten waren, jetzt fast auf den Tag genau ein Jahr her waren. Unwillkürlich befiel sie ein Schaudern.

Diese Krawalle spielten mittlerweile auch eine Rolle in der Auseinandersetzung unter den Geschäftsführern. »Die Unruhen, die Martin hautnah miterlebt hat, hätten ihm eigentlich Warnung genug sein müssen, das Geld nicht derart zum Fenster hinauszuwerfen, solange die Position jüdischer Warenhausbesitzer so instabil ist, haben Georg und Hugo ihm vorgeworfen«, berichtete Paul nach einer Sitzung im Haus am Alexanderplatz.

Im Geschäftsführungskreis war die Atmosphäre jetzt dauerhaft überaus angespannt, obwohl die immensen Kosten der

Innenausstattung des KaDeWe schon seit Monaten bekannt waren. Aber da die Umsätze immer weniger erwarten ließen, dass diese Kosten in absehbarer Zeit mit Gewinnen zu kompensieren wären, kamen Georg und Hugo unweigerlich ein ums andere Mal auf ihre Kritik an Martin zurück. Besonders seitdem man wusste, dass im nächsten Jahr ein neuer Kreditgeber gebraucht wurde.

»Die Geschäftsführung ist in zwei Lager gespalten, und ich stehe mitten zwischen den Fronten«, berichtete Paul. »Gunter Perl unterstützt Martins Position, gegen die Georg und Hugo wettern. Jede Partei versucht, mich auf die eigene Seite zu ziehen. Doch als kaufmännischer Leiter des KaDeWe kann ich mich schlecht gegen Martin stellen, der ja mein Vorgesetzter ist. Obwohl ich Georgs und Hugos Standpunkt viel besser nachvollziehen kann und Martins Verschwendungssucht innerlich ebenso stark verurteile.«

Judith wusste, dass ihr Vater daher immer öfter mit dem Gedanken spielte, seinen vorzeitigen Ruhestand anzutreten. Aber noch hatte er diese Absicht niemandem aus der Geschäftsführung mitgeteilt.

Umso wichtiger ist es, dass Martin und ich jetzt endlich Fakten schaffen, ging es Judith durch den Kopf. Vielleicht besänftigt unsere überfällige Verlobung den Rest der Tietz-Familie. Zumindest Betty wird sich sehr darüber freuen.

Die Uhr der Gedächtniskirche schlug viermal und zeigte damit an, dass Martin jeden Moment eintreffen müsste. Aber offenbar verspätete er sich wieder einmal, wie so oft in jüngster Zeit, stellte Judith zehn Minuten später fest. Kurz spielte sie mit dem Gedanken, sich ein Kuchenstück an der Theke zu bestellen, dann verwarf die ihn aber, da sie keinen Appetit verspürte. Auch an ihrem langsam kalt werdenden Kaffee nippte sie nur.

Vertrösten lasse ich mich heute allerdings nicht, nahm sie sich vor. Mein Forschungsprojekt ist bereits seit Juli abgeschlossen, die Arbeit an meinem Fachbuch schreitet voran. Hilde Lion möchte wissen, ob und an welchen Kongressen ich im nächsten Frühjahr teilzunehmen gedenke, um beide Projekte vorzustellen. Professor Max Sering braucht wiederum einen Ersatz für meine Lehrveranstaltungen, falls Martin darauf besteht, dass ich gleich nach unserer Hochzeit damit aufhöre. Selbst Charlotte Dietrich in der Sozialen Frauenschule muss ich Bescheid sagen, wenn ich als Dozentin nicht mehr zur Verfügung stehe, zählte Judith im Geiste ihre Argumente auf, Martin trotz seiner angespannten beruflichen Situation jetzt endlich zu einer Entscheidung zu drängen.

Die Zeiger der großen Uhr über der Verkaufstheke waren schon auf zwanzig nach vier vorgerückt, als Martin die Silberterrasse betrat.

»Also, was ist der Grund, dass du mich heute so dringend sprechen wolltest, Judith?«, begann Martin, nachdem er sich ebenfalls einen Kaffee bestellt hatte.

Judiths ungutes Gefühl verstärkte sich. »Kannst du dir das denn nicht denken?«, reagierte sie zunächst mit einer Gegenfrage.

Martin hob die Schultern. »Ehrlich gesagt, nein. Du weißt doch, dass ich im Augenblick überaus beschäftigt bin.« Sein flackernder Blick wich Judith aus. »Ich muss in spätestens einer halben Stunde zurück in meinem Kontor sein.«

Judith holte tief Luft und bemühte sich, ihre stärker werdende Unruhe zu unterdrücken. »Erinnerst du dich an unser Essen auf dem Berliner Funkturm?«

Als Martin lediglich knapp nickte, trat sie die Flucht nach vorn an. »Damals haben wir beschlossen, unsere Beziehung ein weiteres Jahr auf die Probe zu stellen, um danach unsere Verlobung offiziell bekannt zu geben. Diese Frist ist schon um mehrere Wochen überschritten. Daher sollten wir endlich Fakten schaffen. Denn meine eigenen Projekte erfordern …« Angesichts von Martins Blick, mit dem er sie nun fixierte, erstarben Judith die restlichen Worte auf den Lippen.

»Du hast recht, Judith. Wir wollten uns dieses eine Jahr Zeit geben, um unsere Gefühle füreinander zu prüfen. Nun, ich habe meine Gefühle geprüft und bin zu einer Entscheidung gekommen.«

Noch bevor Martin weitersprach, erstarrte Judith bis ins Mark. Wie betäubt vernahm sie seine weiteren Worte.

»Seit einigen Monaten ist mir klar geworden, dass wir nicht wirklich zueinander passen. Du teilst meine Interessen und Vorlieben nicht und ich, offen gestanden, auch nicht die deinen. Wir würden uns daher auf Dauer nur unglücklich machen, insbesondere, wenn du deine wissenschaftliche Laufbahn für unsere Ehe aufgibst. Deshalb möchte ich unsere Beziehung beenden.«

»Be… beenden?«, stammelte Judith entsetzt. Noch konnte sie die volle Bedeutung von Martins letzten Worten nicht ganz erfassen. Dann riss sie sich zusammen. »Wann ist dir das klar geworden?«

Seine Antwort übertraf ihre schlimmsten Befürchtungen. »Seit dem Abend der Eröffnungsfeier, zu der du mit einer lahmen Entschuldigung nicht erschienen bist. Obwohl du gewusst hast, wie wichtig dieser Tag für mich war. Im Nachhinein war es geschäftlich sogar der letzte glückliche Tag dieses Jahres für mich. Doch privat sieht das anders aus. An jenem Tag habe ich die wahre Frau meines Lebens wiedergetroffen. Dies ist mir von Woche zu Woche bewusster geworden. Ich habe Anni inzwischen einen Heiratsantrag gemacht. Wir planen unsere Hochzeit im nächsten Frühjahr.«

»Du meinst … du meinst dieses Model, diese Anni Böning?«

Martin nickte knapp.

Plötzlich verstand Judith. »Ist sie … der Grund, warum du in den letzten Monaten kaum Zeit für uns hattest?« Sie hörte selbst, wie schrill ihre Stimme klang.

»Pscht!«, zischte Martin sie an. »Ich habe eigens diesen Ort für unsere Aussprache gewählt, damit du mir keine Szene machst.«

Judith konnte es nicht fassen. »Du hast mich hier in die Silberterrasse bestellt, damit ich dir keine Vorwürfe mache? Aber …«, sie klammerte sich an einen letzten Strohhalm, »aber was sagt denn deine Familie dazu? Deine Mutter wird ihre Einlagen aus dem Geschäft zurückziehen, wenn du Anni heiratest.«

Martin schnaubte empört und blitzte Judith wütend an. »Im Augenblick weiß noch niemand von unseren Plänen, da ich zuerst mit dir sprechen wollte. Damit habe ich offensichtlich das Richtige getan. Denn ich hatte meiner Mutter ausdrücklich die Bedingung gestellt, dass du nie etwas von ihrem Erpressungsversuch im letzten Jahr erfahren dürftest. Und du hast tatsächlich kein Wort darüber verloren, dass du es wusstest. Da siehst du, wie sehr unsere sogenannte *Beziehung*«, er betonte das Wort spöttisch, »von gegenseitigem Vertrauen geprägt war.«

Judith erkannte, dass sie mit ihrem Einwand alles noch schlimmer gemacht hatte. Oder war das überhaupt möglich? Wie durch Watte hörte sie Martins nächste Worte.

»Heute wird meine Mutter sich tunlichst hüten, ihre Einlagen aus der Hermann Tietz OHG zurückzuziehen. Wie du sicher von deinem Vater weißt, stehen wir ohnedies kurz vor der Insolvenz. Wenn wir keinen Kreditgeber finden, der uns im Frühjahr ein neues Darlehen gewährt, sind wir pleite. Ohne Mutters Einlagen wären wir es jetzt schon.«

»Also ist deine Entscheidung unumstößlich«, fasste Judith Martins Aussagen zusammen.

»Das ist sie. Anni trägt bereits den Verlobungsring, den ich damals für dich gekauft habe.«

Plötzlich spürte Judith, dass sie es keinen Augenblick länger am Tisch aushalten konnte. Sie sprang auf, ergriff in einem letzten Impuls aufschießender Wut ihre Kaffeetasse und schleuderte Martin den Inhalt mitten ins Gesicht. »Du Schuft! Du verlogenes Schwein!«, keuchte sie.

Dann stürzte sie blindlings hinaus.

Aus dem Augenwinkel nahm Judith wahr, dass sich vor den Fahrstühlen im fünften Stock eine kleine Schlange von Kunden gebildet hatte. Da sie es in der engen Kabine ohnehin nicht ausgehalten hätte, schon gar nicht mit weiteren Fahrgästen, rannte sie auf die Treppen zu, die in die unteren Stockwerke führten.

Sie hastete eine nach der anderen hinunter und rempelte dabei jeden an, der ihr im Weg war. Flüchtig bemerkte sie Rieke Hauser im zweiten Stockwerk. Die rief ihr etwas zu, das Judith nicht verstand. Ohne Stopp rannte sie weiter.

Endlich erreichte sie den Ausgang zur Tauentzienstraße und schnappte nach Luft wie eine Erstickende. Es war, als ob sie innerhalb des KaDeWe zu atmen vergessen hätte. Das heftige Seitenstechen bemerkte sie nur unterschwellig.

Ohne sich bewusst für eine Richtung zu entscheiden, lief sie draußen weiter. Alles umsonst, alles umsonst, war der einzige Gedanke, der sich in einer Endlosschleife in ihrem Kopf drehte. Alte Jungfer, für immer eine alte Jungfer, kam hinzu, als sie in letzter Minute einem Kinderwagen auswich, mit dem sie beinahe zusammengeprallt wäre.

Plötzlich knickte sie um und verlor ihren rechten Schuh. Sie bückte sich hektisch danach, kam taumelnd wieder hoch und stieß dabei heftig mit einem Passanten zusammen.

Während sie noch um ein Wort der Entschuldigung rang, packte der Mann sie plötzlich an beiden Oberarmen und schüttelte sie. »Das ist ja die Judensau!«, rief er laut. »Kannst du dich nicht mal entschuldigen für dein blindes Gerempel?«

Judith hob den Kopf. Durch ihren Tränenschleier sah sie das Gesicht des Mannes zunächst nur verschwommen. »Entschuldigen … entschuldigen Sie bitte!«, stammelte sie leise.

Doch der Mann ließ sie nicht los. »Lauter, du Judensau!« Erst bei der erneuten Beschimpfung erwachte Judith aus ihrer Betäubung und erkannte ihn. Es war Melchior Rühl, der Student, der sie schon im Februar in der Vorhalle der Universität derart beleidigt hatte.

Ihre Wut gewann jetzt die Oberhand. »Lassen Sie mich los, Sie Schwein!«, schrie sie. »Sonst rufe ich die ...« Das Wort »Polizei« ging in dem heftigen Schlag unter, den der Kerl ihr auf den Mund versetzte. Ihre Lippe platzte auf und begann sofort zu bluten.

Ohne nachzudenken, schlug Judith mit voller Kraft zurück. Sie traf Rühl mit Wucht auf die rechte Wange. Einen Moment lang stand er wie erstarrt, dann schubste er sie so heftig von sich, dass sie hinterrücks zu Boden fiel und hart mit dem Hinterkopf aufschlug. Benommen nahm sie wahr, dass Rühl unter weiteren lauten Beschimpfungen auf sie einzutreten begann. Kommt mir denn niemand zu Hilfe?, war der letzte Gedanke, der ihr bewusst durch den Kopf ging. In ihrer Verzweiflung rollte sie sich wie ein Embryo zusammen und versuchte, wenigstens Kopf und Gesicht mit Händen und Armen zu schützen. Dann wurde alles um sie herum schwarz.

Daniel Wilson überprüfte noch einmal seine Notizen, als er das KaDeWe verließ und sich in Richtung Wittenbergplatz wandte. Dort wollte er mit der U-Bahn zurück in die Innenstadt fahren, wo die renommierte *London Times*, sein britischer Arbeitgeber, ihr Berliner Büro unterhielt. Sein heutiger Auftrag hatte darin bestanden, einen Bericht über die legendäre Lebensmittelabteilung des KaDeWe zu verfassen und sie in Kontrast zum allgemeinen Elend in Berlin zu setzen.

Auf einmal erregte ein Tumult ungefähr zwanzig Meter vor ihm seine Aufmerksamkeit. Als er sich durch eine weitgehend passive Menge von Männern und Frauen drängte, sah er eine blutende Frau bewegungslos am Boden liegen. Ein Kerl mit einer Hakenkreuzarmbinde trat mit seinem schweren Schnürstiefel auf sie ein.

Ohne einen Augenblick lang nachzudenken, packte Daniel den Schuft von hinten um den Hals, zerrte ihn von der Frau weg und zwang ihn in den Schwitzkasten. Der Kerl trat nach hinten aus, aber Daniel wich ihm geschickt aus. Dabei kam ihm seine Kampferfahrung aus dem Krieg zupass.

»Ruft jemand endlich …«, in seinem Stress fehlte ihm das deutsche Wort, »… die Police?« Er hoffte, dass man ihn auch so verstand.

Doch anstatt endlich zu reagieren, wichen die Gaffer zurück und zerstreuten sich. Möglicherweise, weil sie ihn als Engländer erkannt hatten, möglicherweise aber auch, weil in Berlin kaum mehr jemand es wagte, sich mit einem Nazi anzulegen. Während Daniel noch überlegte, ob er den keuchenden Angreifer, dem er offenbar die Luft abschnürte, gefahrlos loslassen könne, wurde ihm dann doch Hilfe zuteil.

Ein kräftiger Mann packte den rechten Oberarm des Kerls und verdrehte ihn, bis der vor Schmerz aufschrie. Eine Frau im eleganten Kleid einer Aufsichtsdame des KaDeWe bückte sich derweil zu der ohnmächtigen Frau hinunter.

»Es ist wirklich Judith, Peter«, stöhnte sie. »Sie ist anscheinend verletzt.«

»Das ist eine Judensau!«, schrie der Kerl plötzlich. Mit einer einzigen fließenden Bewegung schoss die Faust des Mannes, der Daniel zu Hilfe gekommen war, in sein Gesicht. Daniel hörte Knochen knacken.

Die Frau auf dem Boden öffnete benommen die Augen und setzte sich mithilfe der Angestellten aus dem KaDeWe auf. Unwillkürlich traten Daniel und der zweite Mann auf sie zu, um zu helfen, und lockerten dabei ihren Griff. Der feige Angreifer nutzte sofort die Gelegenheit, riss sich los und gab Fersengeld.

»Lasst ihn laufen!«, keuchte Judith, als Peter Anstalten machte, dem Kerl nachzusetzen. »Ich kenne ihn und werde später Anzeige gegen ihn erstatten. Es ist Melchior Rühl, ein Student aus meiner Fakultät.«

»Brauchst du einen Arzt?«, fragte Rieke ängstlich. »Hat er dich schwer verletzt?«

Judith schüttelte den Kopf. »Ich will nur noch nach Hause«, murmelte sie. »Dort kann meine Mutter einen Arzt rufen. Weißt du, ob mein Vater im KaDeWe ist?«

Rieke verneinte. »Als ich ihn heute Nachmittag traf, sagte er mir, er sei den Rest des Tages im Warenhaus am Weinberg.« Sie blickte Peter ratlos an. »Jemand muss Judith nach Hause bringen. Doch auch David Loewenberger ist nicht da. Wir müssten Martin Tietz fragen, ob sich einer von uns beiden freinehmen darf, um Judith nach Charlottenburg zu bringen.«

»Nein! Nicht Martin!«, rief Judith schrill, was sie sofort mit einem stechenden Schmerz bezahlte, der ihr durch den Kopf schoss. »Wenn von euch beiden keiner mitkommen kann, ruft mir einfach ein Taxi. Ich schaffe es schon allein nach Hause.«

»Ich könnte die Dame begleiten, wenn es recht ist«, bot der Mann an, der Judith zuerst zu Hilfe gekommen war. Er verbeugte sich leicht. »Mein Name ist Daniel Wilson. Ich bin englischer Journalist und Auslandskorrespondent der *London Times* hier in Berlin.«

Rieke und Peter zögerten einen Moment. Doch Judith reagierte bereits: »Haben Sie eine Visitenkarte dabei? Oder sonst etwas, womit Sie sich ausweisen könnten?« Ihre Stimme klang verwaschen.

Wilson zog eine Karte aus der Innentasche seines Jacketts und reichte sie Peter. Der warf einen kurzen Blick darauf und nickte dann. »Bringen Sie unsere Freundin sicher nach Hause!«, bat er. »Und sorgen Sie dafür, dass sich sofort ein Arzt um sie kümmert. Möglicherweise hat sie eine Gehirnerschütterung oder sogar Rippenbrüche davongetragen.«

Villa Bergmann

Silvester 1932

Paul Bergmann stand vor dem großen Spiegel in seinem Ankleidezimmer und kämpfte zum wiederholten Mal mit dem Knoten seiner Krawatte. Aus irgendeinem Grund wollte er ihm heute durchaus nicht gelingen.

Vielleicht lag es an der trüben Stimmung, die in der Villa Bergmann an diesem letzten Abend des alten Jahres herrschte. In den vergangenen Jahren war man an Silvester ausgegangen, hatte ausgelassen gefeiert und das neue Jahr zuversichtlich begrüßt.

Doch damit ist es jetzt wohl vorbei, sinnierte Paul, während er erneut den Krawattenknoten schlang. Ich wäre ein Narr, wenn ich vom kommenden Jahr etwas Besseres erwarten würde als vom vergangenen.

Da war allein die politische Lage, desolater denn je. 1932 hatte drei Reichskanzler gesehen und zwei Reichstagswahlen in weniger als einem halben Jahr. Auch wenn die NSDAP im November ein paar Prozent weniger Stimmen erhalten hatte als im Juli, blieb sie die stärkste Fraktion. Mittlerweile besetzte die ehemalige Splitterpartei im Reichstag sogar den wichtigsten Posten: Seit dem Spätsommer fungierte Hermann Göring, ein ausgesprochener Hasser jüdischer Warenhäuser, als Reichstagspräsident.

Noch mehr belastete Paul die immer schwieriger werdende wirtschaftliche Situation der Hermann Tietz OHG. Schon pfiffen es die Spatzen von den Dächern, dass auch Tietz als zweiter Warenhauskonzern nach Karstadt ins Trudeln geraten und zum Sanierungsfall geworden war. Georg Tietz hatte all seine Überredungskunst einsetzen müssen, um Hardy senior zumindest dazu zu bringen, ihnen eine Kreditsumme von drei Millionen Mark auch über das nächste Frühjahr hinaus zu stunden.

Für die verbleibenden vierzehn Millionen musste ein neuer Geldgeber gefunden werden. Immerhin hatte die Akzept-Bank zuletzt Interesse an einer Geschäftspartnerschaft mit Hermann Tietz bekundet. Aber noch gab es keinen gültigen Vertrag über die Gewährung eines neuen Kredits.

Dies alles wäre jedoch zu verkraften gewesen, hätte sich nicht die Tragödie um Judith abgespielt. Sie war zwar von ihren körperlichen Verletzungen genesen, die sie durch den Angriff jenes nationalsozialistischen Studenten erlitten hatte, nicht jedoch von den seelischen.

Seither verließ sie die Villa Bergmann nicht mehr. Sie hatte alle ihre auswärtigen Verpflichtungen abgesagt, sowohl die Lehrveranstaltungen an der Friedrich-Wilhelm-Universität als auch die Kurse an der Sozialen Frauenschule.

Wenigstens schreibt sie wie besessen an ihrem Fachbuch, dachte Paul, nun endlich zufrieden mit dem Krawattenknoten. Zum Abendessen wurden ohnehin keine Gäste erwartet, man blieb in der Familie unter sich.

Es läutete an der Haustür. Paul sah auf die Uhr. Nur noch fünf Stunden bis zum neuen Jahr. Wer mochte das um diese Uhrzeit wohl sein? Dann fiel ihm ein, dass sich Judith womöglich weitere Bücher in den Bibliotheken der Universität oder der Frauenakademie bestellt hatte, die sie als Quellen für ihr Fachbuch brauchte und regelmäßig von Boten ins Haus bringen ließ.

Paul seufzte. Wenn Judith doch nur mein Angebot annehmen würde, ihr einen privaten Wachmann zu engagieren, in dessen Begleitung sie wenigstens ab und zu vor die Tür käme. Aber bislang hatte sie dies stur abgelehnt.

Genauso stur, wie sich Georg Tietz Pauls Bitte verweigert hatte, ihn zum Jahresende in den Ruhestand zu entlassen. »Ich bedaure die Entscheidung meines Bruders Martin, sich von Ihrer Tochter zu trennen, außerordentlich«, hatte er ihm beschieden. »Aber Sie sind nun mein Lotse im KaDeWe. Schon allein deshalb, weil ich meinem Bruder kein Vertrauen mehr entgegenbringe. Und den Lotsen unseres Flaggschiffs kann ich unmöglich von Bord gehen lassen«, bekräftigte er in Anspielung auf die Abdankung Otto von Bismarcks am Ende des vergangenen Jahrhunderts.

Also blieb Paul nichts anderes übrig, als sich weiterhin mit Martin sowohl im Kreis der Geschäftsführung als auch im KaDeWe zu arrangieren. Natürlich war ihr Verhältnis im höchsten Maß unterkühlt, was sich allein schon dadurch äußerte, dass Paul wieder zur förmlichen Ansprache übergegangen war. Seit der Trennung von Judith titulierte er Martin wieder mit »Herr Tietz«, anstatt ihn wie vorher beim Vornamen zu nennen.

Wenn Paul allerdings ganz ehrlich zu sich war, spürte er tief im Inneren auch ein Fünkchen Erleichterung, dass Judiths Beziehung mit Martin letztlich doch in die Brüche gegangen war. Nur die unehrliche Art, wie sich Martin gegenüber Judith verhalten hatte, verbunden mit den Folgen ihrer kopflosen Flucht aus der Silberterrasse, empfand er als unverzeihlich.

Nun warf er einen Blick auf seine Taschenuhr. Erst kurz nach sieben. Bis zum Beginn des Familiendinners würde noch eine ganze Stunde vergehen müssen. Ingrimmig riss Paul an seinem gerade erst perfekten Krawattenknoten und lockerte ihn wieder. Wen interessierte heute Abend denn schon, ob er korrekt gekleidet war oder nicht.

Nebenan im gemeinsamen Eheschlafzimmer lag Rebekka noch immer im Morgenmantel auf ihrem Bett. Sie konnte sich einfach nicht dazu aufraffen, das schicke Abendkleid anzuziehen, das ihr das Dienstmädchen Lisa vor einer halben Stunde herausgelegt hatte. Das lag nicht nur daran, dass es wie ein Großteil ihrer modernen Garderobe aus der Damenkonfektion des KaDeWe stammte. Obwohl sich Rebekka nach dem schäbigen Verhalten Martins gegenüber Judith vorgenommen hatte, dort nie wieder etwas einzukaufen.

Die Trostlosigkeit des bevorstehenden Silvesterabends wäre bereits ausreichend für sie gewesen, sich, wie nach Johannes' Selbstmord, in ihrem Bett zu verkriechen. »Um Judiths willen müssen wir beide jetzt stark sein«, hörte sie im Geiste erneut Pauls Appelle. Seit ihre Tochter an jenem Septembertag mit zwei angebrochenen Rippen, einer leichten Gehirnerschütterung und einer aufgeplatzten Lippe nach Hause gekommen war, bezwang Rebekka sich jeden Tag mit Mühe.

Wie ein ferner Traum erschienen ihr jetzt die letzten Jahre vor dem Bruch von Martins und Judiths Beziehung. Wie oft und wie gern hatte sie sich mit Betty getroffen, manchmal mehrmals pro Woche. Sie hatten Tee in der Silberterrasse getrunken und sich die köstlichen Kuchen schmecken lassen. Sie waren gemeinsam ins Theater oder ins Kino gegangen, hatten Kunstausstellungen besucht oder sich einfach nur in ihrer jeweiligen Villa getroffen und miteinander geplaudert.

Nun war auch ihre Freundschaft mit Betty an Martins miesem Verhalten gegenüber Judith zerbrochen. Anfangs hatte sie nicht wahrhaben wollen, dass Betty diesmal kein Druckmittel gegen ihren jüngsten Sohn in der Hand hatte, um ihn zum Aufgeben seiner Affäre mit diesem Flittchen Anni Böning zu bringen.

»Dahingehend sind mir die Hände leider völlig gebunden«, hatte Martins Mutter ihr bei ihrem letzten Treffen vor einigen Wochen bedeutet. »Die Hermann Tietz OHG müsste auf der Stelle Insolvenz anmelden, wenn ich meine Einlagen herausziehen würde.«

»Aber könnt ihr Martin nicht wenigstens aus dem Kreis der Geschäftsführung verbannen?«, hatte Rebekka gefordert.

Betty schüttelte traurig den Kopf. »Auch ein Wechsel in der Geschäftsführung, zumal wenn es sich um den Leiter des KaDeWe handelt, würde das Vertrauen der Banken in unser Unternehmen zum jetzigen Zeitpunkt noch weiter erschüttern. Man würde vermuten, dass Martin an unserer schwierigen finanziellen Situation schuld sei.«

»Was aufgrund dieses größenwahnsinnigen Umbaus des KaDeWe ja sogar der Wahrheit entspräche«, schnappte Rebekka.

»Und genau deshalb nicht an die Öffentlichkeit gelangen darf«, erwiderte Betty. Seither hatten sich die Frauen nicht mehr getroffen.

Mittlerweile hatte Martin Tietz seine Verlobung mit Anni Böning auch offiziell über Zeitungsannoncen bekannt gegeben. Zum ersten Mal war Rebekka dankbar dafür, dass Judith und Martin ihre einstigen Heiratsabsichten geheim gehalten hatten. Trotzdem war sie aus Angst vor unangenehmen Fragen in jüngster Zeit kaum mehr aus dem Haus gegangen.

Es klopfte an die Schlafzimmertür. Das Dienstmädchen Lisa trat mit einem silbernen Tablett ein, auf dem ein einzelner Brief lag. »Das ist soeben für die gnädige Frau abgegeben worden.«

Rebekka drehte den Brief um und erkannte am Absender, dass es Neujahrsgrüße von Betty sein mussten. Kurz entschlossen warf sie den Umschlag ungeöffnet in den Kamin. Dann drehte sie sich zu der verblüfften Lisa um.

»Helfen Sie mir nun, mich für das Silvestermenü anzukleiden«, wies sie das Dienstmädchen an. »Martha gibt sich in der Küche damit sicherlich alle Mühe. Wir sollten sie nicht enttäuschen.«

Währenddessen saß auch Judith schon seit einer Weile tatenlos vor ihrem Schreibtisch und überdachte das vergangene Jahr. Trotz aller Bemühungen hatte sie sich heute am Silvestertag nicht mehr auf das aktuelle Kapitel ihres Fachbuchs für Psychologie und Pädagogik konzentrieren können.

Vor ihr lagen diverse Neujahrsgrüße, die Judith jetzt nacheinander zur Hand nahm.

»Ich würde mich außerordentlich darüber freuen, Sie im kommenden Frühjahrssemester wieder an meinem Lehrstuhl begrüßen zu dürfen«, hatte Professor Max Sering geschrieben. »Und sollten Sie sich wohl genug dazu fühlen, könnten Sie sogar im Januar noch das ein oder andere Wochenendseminar anbieten. Natürlich nur mit handverlesenen Teilnehmern«, hatte er umsichtigerweise angefügt.

Immerhin hatte Professor Serings Intervention dazu geführt, dass Melchior Rühl der Universität verwiesen worden war. Dazu hatte Rühl sogar selbst den Löwenanteil beigetragen. Denn trotzig und uneinsichtig hatte er vor einem Disziplinarausschuss sogar eingestanden, Judith Bergmann in der Tauentzienstraße angegriffen zu haben. Ungeachtet seiner weiteren wüsten Drohungen und Beschimpfungen hatte man ihn mithilfe der Wachleute unmittelbar nach der Ausschusssitzung exmatrikuliert.

Nachdenklich nahm Judith ein weiteres Schreiben zur Hand. Es stammte von Hilde Lion, der Leiterin der von Alice Salomon gegründeten Frauenhochschule. »Sie sind eine brillante Wissenschaftlerin, liebe Judith«, hieß es da. »Vergeuden Sie Ihr einzigartiges Talent nicht wegen eines solchen Schufts.« Hilde ließ offen, ob sie damit Martin oder Melchior Rühl meinte.

Am meisten hatte Judith jedoch der Neujahrsbrief von Alice Salomon selbst beeindruckt. »Erinnern Sie sich noch an meine Dankesrede anlässlich der Verleihung der Ehrendoktorwürde an meinem Geburtstag? *Einen Misserfolg soll man nie hinnehmen, ohne zu versuchen, ihn umzubiegen*«, hatte Alice ihre eigenen Worte zitiert, die Judith noch gut im Gedächtnis geblieben waren. »Sich von einem beruflichen Misserfolg unterkriegen zu lassen, ist bereits schlimm genug«, schrieb sie weiter. »Doch wegen eines privaten Misserfolgs alles aufzugeben, was man beruflich bereits erreicht hat, ist nicht nur unverzeihlich, sondern dumm.«

Im ersten Moment hatte Judith bereut, sich außer Max Sering und Hilde Lion auch Alice in ihrem Unglück anvertraut zu haben. Schlug sie es ihr jetzt nicht um die Ohren?

Oder möchte sie dich einfach nur wachrütteln?, kam ihr ein

ganz anderer Gedanke. Warum willst du dein ganzes Leben wegwerfen, nur weil Martin dich mit einem Flittchen betrogen und dieser verkommene Melchior Rühl dich angegriffen hat?

Sehr nachdenklich geworden, griff Judith zum letzten ihrer Neujahrsbriefe. »Ich hoffe sehr, Sie befinden sich inzwischen wieder wohl, Fräulein Bergmann«, hatte Daniel Wilson, der englische Journalist, ihr geschrieben. »Sollte dies der Fall sein, würde ich mich über ein gelegentliches Wiedersehen im neuen Jahr außerordentlich freuen.«

Eine Weile saß Judith noch regungslos an ihrem Schreibtisch, derweil sich die Gedanken in ihrem Kopf schließlich ordneten. Würde sie Martin und Melchior Rühl nicht den endgültigen Triumph bescheren, wenn sie alles, was ihr im Leben bislang wichtig gewesen war, einfach aufgäbe? War der Silvesterabend nicht genau der richtige Zeitpunkt für eine Kehrtwende, allen vergangenen Unbilden zum Trotz?

Beim Gedanken daran, bereits im Januar die Villa Bergmann zum ersten Mal wieder zu verlassen, begann Judiths Herz, schneller zu schlagen. Doch was war mit dem Angebot ihres Vaters, ihr einen privaten Leibwächter zu engagieren, der sie vor Angriffen wie dem von Melchior Rühl zuverlässig schützen könnte? Einen geeigneten Kandidaten zu finden würde in Anbetracht den unzähligen Erwerbslosen, die jeden Tag auf der Straße standen und Arbeit suchten, sicher nicht schwierig sein. Sie beschloss, es damit zumindest einmal zu versuchen.

Und was wäre dabei, wenn sie ihrem Retter Daniel Wilson endlich ihren Dank dafür zum Ausdruck bringen würde, dass er sie aus dieser großen Gefahr errettet hatte? Plötzlich sah sie Daniels Gesicht vor sich. Eigentlich ist er sogar ein recht attraktiver Mann, stellte sie verwundert fest. Und einen Ehering trägt er auch nicht. Ist das in England nicht üblich oder ein Zeichen dafür, dass Daniel ledig ist?

Wieder beschleunigte sich ihr Pulsschlag. Und wieder traf Judith eine zunächst unverfängliche Entscheidung. Mutter liegt mir bereits seit dem Tag, an dem Daniel mich nach Hause gebracht hat, in den Ohren, ihn zum Dank einmal zum Abendessen einzuladen. Warum eigentlich nicht?

Mit in jüngster Zeit ungewohnter Energie stand Judith auf und betrachtete sich im Spiegel. Was sie dort sah, gefiel ihr durchaus. Obwohl sie die Mitte dreißig bereits erreicht hatte, war sie mit ihrem fein geschnittenen Gesicht, ihren schwarzen Locken und blauen Augen und ihrer schlanken Figur immer noch eine attraktive Frau. Warum sollte sie sich im neuen Jahr also wie eine Nonne im Kloster in ihrem Zimmer vergraben?

Obwohl es lange vor Mitternacht war, explodierte genau in diesem Moment draußen der erste Böller. Judith lächelte ihrem Spiegelbild zu. Der Knoten ist geplatzt, dachte sie. Neues Jahr, neues Glück. Ich bin neugierig, was es für mich bereithält.

Teil 4

Macht und Ohnmacht

(1933 bis 1934)

Kapitel 25

Im KaDeWe

Donnerstag, 16. Februar 1933

Vorsichtig lugte Rieke aus einem der Fenster, von dem aus sie die Tauentzienstraße vor dem Haupteingang des KaDeWe sehen konnte. Es war Donnerstag um kurz vor acht Uhr in der diesjährigen Weißen Woche. In wenigen Minuten würde das Kaufhaus öffnen.

Noch wartete kaum Kundschaft vor dem Haupteingang. Allerdings hatten die Mitglieder der NS-Frauenschaft bereits ihre Posten bezogen. Diesmal erkannte Rieke auch wieder ihre Schwester Sanni inmitten der ungefähr zehn Frauen. Sie trug ein Plakat mit der Aufschrift *Wer im Warenhaus kauft, ist ein Lump* um den Hals. Diese Parole war Rieke neu.

Seit der Begegnung mit ihrer jüngeren Schwester am vergangenen Montag dieser Weißen Woche kam Rieke morgens eine ganze Stunde früher ins KaDeWe, um Sanni auszuweichen. In den letzten beiden Tagen war Sanni zwar nicht vor Ort gewesen, wahrscheinlich weil sie an Protesten vor anderen jüdischen Warenhäusern teilnahm. Aber ihre Genossinnen erschienen regelmäßig kurz vor Öffnung des KaDeWe.

Die Aktivitäten der NS-Frauenschaft seien während dieser Sonderverkaufsaktion überall in Berlin noch provokanter und aggressiver geworden als früher, berichteten die Zeitungen. »Das liegt natürlich daran, dass sich das braune Pack immer sicherer wähnt«, meinte Peter resigniert.

In der Tat war die politische Situation im Reich düsterer denn je. Kurt von Schleicher, der letzte von Hindenburg ernannte Kanzler einer bürgerlichen Regierung, war nach weniger als zwei Monaten von seinem Amt zurückgetreten. Daraufhin war das geschehen, wovor sich alle anderen Parteien, gleich welcher Couleur, am meisten gefürchtet hatten: Entgegen seinen früheren Beteuerungen, die NSDAP ebenso wenig zu unterstützen wie linke Parteien, hatte Hindenburg am 30. Januar Adolf Hitler zum Reichskanzler ernannt. Schon am Folgetag war das Parlament aufgelöst worden. Neuwahlen sollten bereits in wenigen Wochen am 5. März stattfinden.

Seit Hitlers Machtergreifung reagierte die Polizei kaum noch bei Übergriffen von Nazis auf jüdische Geschäfte. Belästigungen, wie die der NS-Frauen rund um Sanni Wolters, riefen in Berlin keine Ordnungskraft mehr auf den Plan.

Nicht nur die Parolen auf den Plakaten und Flugblättern der NS-Frauen verdammten die traditionell beliebte Weiße Woche als Lug und Betrug an der ehrlichen deutschen Hausfrau, die mit minderwertiger Ware zu überflüssigem Konsum verleitet werden solle. Nein, die Frauen sprachen auch jede Kundin, die das Kaufhaus betreten wollte, dementsprechend an. Kundenbeschimpfungen, wie Sanni sie heute auf ihrem Plakat zum Ausdruck brachte, waren vor dem KaDeWe allerdings neu und stellten die nächste Stufe der Eskalation dar.

»Frau Hauser, darf ich Sie kurz sprechen?«, ertönte Esther Weinbergs leise Stimme in ihrem Rücken.

Besorgt drehte Rieke sich um. Ist schon wieder etwas vorgefallen?, lag es ihr auf der Zunge, bevor sie diesen Verdacht in die neutrale Frage »Was gibt es denn?« umformulierte.

»Ich würde Ihnen gern einen Vorschlag machen.« Esther blickte sich vorsichtig um, doch niemand sonst war in Hörweite. »Vielleicht sollten wir darauf verzichten, uns vor den Ohren von Kunden beim Vornamen anzusprechen. Dadurch geraten mittlerweile sogar nichtjüdische Verkäuferinnen in Misskredit.«

Riekes Pulsschlag beschleunigte sich. »Was ist denn geschehen?« Sie versuchte, so ruhig wie möglich zu sprechen.

»Gestern Abend kurz vor Ladenschluss hat mich Eva Sperber beim Vornamen gerufen, so wie wir es vereinbart hatten. Als die Kundin, die ich gerade bediente, hörte, dass ich Esther heiße, hat sie sich sofort von mir abgewandt und die Damenkonfektion verlassen, ohne etwas zu kaufen.«

»Hat sie gar nicht gefragt, ob Sie jüdischer Herkunft sind?«

Esther schüttelte den Kopf. »Im Gegenteil. Auch der jungen Ruth Schröder aus der Schuhabteilung ist es so ergangen. Obwohl Ruth evangelisch ist und keine jüdischen Verwandten oder Vorfahren hat.«

Rieke war im ersten Moment entgeistert. Also nutzte ihre Anweisung, sich vor Kunden nicht mehr beim Nachnamen anzusprechen, gar nichts. Damit hatte Rieke Esther und andere Verkäuferinnen mit typisch jüdischen Nachnamen vor Diskriminierung schützen wollen. Doch das war sogar ins Gegenteil umgeschlagen. Jetzt wurden auch Verkäuferinnen abgelehnt, die lediglich einen hebräischen Vornamen trugen, ohne jüdisch zu sein.

»Nur Eva Sperber hatte bislang niemand im Verdacht.« Esther lächelte schief. »Und sie selbst gibt ihr Jüdischsein natürlich auch nicht mehr preis. Warum sollte sie sich ohne Not schmähen lassen?«

Rieke hatte sich inzwischen wieder gefasst und überlegte. »Wie häufig ist das denn in letzter Zeit geschehen?«

Esther zuckte mit den Schultern. »Zum Glück nicht allzu oft. Aber die Vorfälle nehmen zu. Ich verstehe ohnehin nicht, warum Frauen, die die Bedienung durch eine Jüdin ablehnen, überhaupt in einem jüdischen Warenhaus einkaufen.«

Rieke traf eine Entscheidung. »Dann wird uns leider nichts anderes übrig bleiben, als uns vor Kundinnen gegenseitig überhaupt nicht mehr mit Namen anzusprechen. Bitte unterrichten Sie Ihre Untergebenen davon. Ich mache mich auf den Weg, um auch die anderen Ersten Verkäuferinnen entsprechend zu instruieren.«

Auf dem Weg ins erste Stockwerk zu Marianne Böhmer, der Ersten Verkäuferin bei den dort verbliebenen Damenaccessoires, grübelte Rieke über Esthers Frage nach, warum antisemitisch eingestellte Kundinnen noch immer ins KaDeWe kamen. War es etwa nur wegen der Dekoration? Für die der diesjährigen Weißen Woche hatte Martin Tietz mit riesigen Anzeigen geworben. Peter hatte er wiederum großen Spielraum beim Budget eingeräumt. Und den hatte ihr Mann genutzt.

An der Balustrade, die einen ungehinderten Blick vom ersten Stock in die große Halle im Erdgeschoss ermöglichte, nahm Rieke sich einen Moment Zeit, um Peters fantastische Dekoration noch einmal zu betrachten. Das Motto lautete diesmal *Zauberwelt Weiße Woche.*

Eigentlich sollten weiße Waren aller Art im Mittelpunkt der Aufmerksamkeit der Kunden stehen. Doch der Faszination von Peters Ausschmückung der Halle konnte sich kaum jemand entziehen.

Über den Regalen mit preisgünstiger Wäsche, Stoffen, Kittelschürzen und sonstigen Artikeln in Weiß schwebten unzählige glitzernde Girlanden aus silberfarbigem Papier oder Kristallkugeln von der Decke und den Wänden herab, fast bis zur Kopfhöhe der Kunden. Das Licht der überdimensionalen Kronleuchter, für die Weiße Woche noch durch zusätzliche Lampen verstärkt, spiegelte sich darin.

Überall in dieser magischen Welt zeigten sich zauberisch anmutende Gestalten. Fabelwesen wie Einhörner und Wolpertinger oder Feen und Haremsdamen in schimmernden Gewändern. Aber auch grimmig dreinschauende Fratzen und Ungeheuer mit gefletschten Zähnen.

Den Höhepunkt der Dekoration bildete ein Straußenrennen. Die exotischen Vögel, deren Körper Peter aus weißen Stoffen,

Rüschen und Spitzen nachgebildet hatte, waren vor großrädrige Wagen gespannt. Die Zügel hielten modisch gekleidete Damen mit breitkrempigen Hüten. Natürlich gehörte jedes Kleidungsstück, das die Schaufensterpuppen trugen, ebenfalls zu den Angeboten der Weißen Woche und stammte zum größten Teil aus der exklusiven Damenkonfektion.

Die Wagen waren auf den obersten Brettern verschiedener Regale mit Weißwaren befestigt. Vom ersten Stock aus konnte man sie besser sehen als vom Erdgeschoss. Um die australischen Laufvögel exakt nachstellen zu können, hatten Peter und Rieke sogar einen vergnüglichen Nachmittag im Berliner Zoo verbracht, wo Peter die Tiere studierte. Rieke lächelte bei der Erinnerung.

Denn schöne Momente waren auch für sie und Peter in jüngster Zeit rar. Das lag unter anderem an dem mittlerweile nahezu ergebnislos beendeten Mieterstreik in Meyers Hof.

Schon vor Hitlers Machtergreifung war deutlich geworden, dass der Besitzer Alexander Tumarkin die Mietskaserne als reines Spekulationsobjekt erworben hatte. Von vornherein hatte er die Gebäude mit hohen Hypotheken belastet, deren Erlös er wiederum in seine anderen Geschäfte steckte. Die hatten offenbar nur Verluste gezeitigt. Tumarkin verfügte also in der Tat nicht über die Mittel, um den Forderungen der Streikenden nachzukommen. Sein einziges Zugeständnis war daher gewesen, niemanden mehr aufgrund von Mietrückständen zu exmittieren.

Seit Anfang Februar zahlte ein Großteil der Bewohner sogar wieder die reguläre Miete. Denn die Angst vor den Nationalsozialisten, die unmissverständlich bedeutet hatten, dass ihnen die größtenteils von Mitgliedern der KPD und SPD organisierten Streiks ein Dorn im Auge waren, war stärker als der Unmut über die noch nicht beseitigten Missstände.

Insbesondere Anhänger der KPD, allen voran Max Köhler, hatten ihre Ämter im Mieterrat niedergelegt, aus Sorge, ansonsten bald politischer Verfolgung ausgesetzt zu sein. Selbst Peters besonnenem Freund Harald Kuczynski war das Pflaster zu heiß geworden. Er war zurückgetreten. Daraufhin hatte sich die ganze Streikbewegung in Meyers Hof zerschlagen. Was niemand mehr bedauerte als Riekes Mutter Käthe, die sich in den letzten Monaten des vergangenen Jahres tatsächlich als Delegierte der Mieter stark engagiert hatte und immer noch arbeitslos war.

Da sie sich nach wie vor zierte, Riekes Unterstützung anzunehmen, hatte man einen Kompromiss gefunden: Käthe, die sich wegen ihres Wasserbedarfs, den sie noch immer in Riekes Wohnung decken musste, ohnehin häufig dort aufhielt, führte ihnen mittlerweile den ganzen Haushalt. Angesichts ihrer weiter steigenden Arbeitsbelastung bedeutete dies für Rieke eine große Erleichterung. Nicht nur, weil das Abendessen schon auf dem Tisch stand, wenn sie und Peter nach Hause kamen.

Mittlerweile hatte das KaDeWe seit einer halben Stunde geöffnet. Die Kundinnen strömten durch die große Halle im Erdgeschoss und bewunderten die Dekoration. Aber sie kauften nur wenig, fiel Rieke auf. Sie starrten und staunten, doch Umsatz entstand dadurch nicht. Hatte Peter, wenn auch auf Martins Geheiß, diesmal des Guten zu viel getan?

Diesen Verdacht werde ich auf jeden Fall für mich behalten, beschloss Rieke, als sie sich abwandte und sich endlich auf die Suche nach Frau Böhmer machte. Wir haben ohnehin alle schon Sorgen genug.

Wohnung der Wolters in Tiergarten

25. Februar 1933

»Also, Sanni, ick muss sagen, der Rinderbraten hat dufte jeschmeckt. 'nen besseren hab ick noch nie jegessen. Seit wann kannste so jut kochen?« Gregor Eckstein wischte sich mit der Serviette über den Mund und seinen ausladenden Schnurrbart.

Hermann grinste stolz. Bevor Sanni antworten konnte, kam er ihr zuvor. »Dit hat se in so 'nem Kochkurs von der Frauenschaft jelernt. Und du globst et nich, jetzt jibt se selbst so 'ne Kurse. Ooch in Hauswirtschaft. Dit macht se so jut, det se kaum mehr daheem is. Zum Glück is heut Samstag, da kocht se immer für mir.«

Sanni lächelte geschmeichelt. »Solch einen Rinderbraten mit Klößen und Rübchen hätt ich mir damals als Hochzeitsessen gewünscht.« Sie warf Hermann einen Seitenblick zu. »Aber zu der Zeit konnten wir uns das noch nicht leisten«, fügte sie rasch hinzu, als sich die Miene ihres Gatten verfinsterte. »Willst du noch ein Glas Wein, Gregor?«

Der sah auf die Uhr an der Esszimmerwand und schüttelte bedauernd den Kopf. »Ick muss los. Hab noch een wichtiges Treffen mit een paar Kumpanen.«

»Ein Treffen? Worum geht es da?«

Gregor legte den Zeigefinger auf seine dicken Lippen. »Dit is jeheim. Aba ihr erfahrt et noch früh jenug.«

»Hat es was mit der bevorstehenden Wahl zu tun?«

»Alle Weiberleut sind neugierig«, wandte sich Gregor an Hermann, bevor er Sanni antwortete. »So kann man et ooch nennen. Jeheime Wahlhilfe sozusagen.«

»Wie kann Wahlhilfe denn geheim sein?« Sanni blieb hartnäckig. Schließlich hatten sie und viele Parteigenossinnen schon wieder tagelang Plakate geklebt und Flugblätter verteilt.

Am Sonntag in einer Woche war Reichstagswahl. Diesmal rechneten sie alle mit einem überwältigenden Sieg der NSDAP.

Zu ihrer Enttäuschung blieb Gregor standhaft. »Jeheim is jeheim. Aba wie jesagt, ihr erfahrt et noch früh jenug.«

Zwei Tage später, in der Nacht vom 27. auf den 28. Februar 1933 brannte der Reichstag. Der Brandstifter, ein niederländischer Kommunist namens Marinus van der Lubbe, wurde noch am Tatort gefasst. Er bestritt nie, die Tat allein ausgeführt zu haben.

Schon am Morgen nach dem Brand erließ Hindenburg die »Verordnung zum Schutz von Volk und Staat«, eine jener Notverordnungen, wie sie die Weimarer Verfassung in Krisenfällen vorsah. Sie setzte sofort alle Grundrechte in ganz Deutschland außer Kraft und führte zu zahlreichen Verhaftungen von Mitgliedern der KPD. Die Partei wurde von den Nazis als eigentliche Drahtzieherin der Brandstiftung beschuldigt.

Café Kranzler Unter den Linden

Mitte März 1933

Judith spürte, dass ihr das Blut schneller durch die Adern floss, als sie das Café Kranzler betrat, in dem sie heute mit Daniel Wilson verabredet war. Er war bereits vor ihr eingetroffen und winkte ihr von einem Fenstertisch aus zu.

Unwillkürlich blickte Judith zur Theke, um sich noch einmal davon zu überzeugen, dass dort kein Schild mit der Aufschrift *Juden unerwünscht* platziert war. An der Eingangstür hatte kein solches Schild gehangen. Aufgrund von Gerüchten wusste sie, dass neuerdings einige Restaurants und Cafés solche Schilder angebracht hatten. Bislang war ihr selbst das jedoch noch nicht begegnet.

Allerdings war sie heute seit Jahren zum ersten Mal wieder im Café Kranzler. Einige Zeit hatte sie mit dem Gedanken gespielt, sich mit Daniel in jenem Café Reimann zu treffen, das bei den Ku'damm-Krawallen im September 1931 demoliert worden war. Dann hatte sie sich dagegen entschieden, weil mit einem Besuch dieses Cafés unweigerlich die Erinnerung an jenen schrecklichen Tag verbunden gewesen wäre. Folgerichtig hatte sie das Reimann seither gemieden.

Bevor sie auf Daniels Tisch zutrat, wandte sie sich noch an ihren hünenhaften Begleiter. »Wenn Sie möchten, können Sie zwei Stunden für sich haben, Arthur«, bedeutete sie ihrem Leibwächter, den ihr Vater gleich Anfang Januar zu ihrem Schutz engagiert hatte. »Sie können aber auch gern etwas auf meine Rechnung im Café einnehmen.«

Arthur entschied sich erwartungsgemäß für die Freizeit und versprach, pünktlich in zwei Stunden zurück zu sein. Dann ging Judith auf Daniel zu, der sich zu ihrer Begrüßung erhoben hatte, und hoffte, dass er ihr die innere Aufregung nicht ansah.

Anfangs hatte sie sich heftig gegen die Gefühle gewehrt, die der Engländer in ihr auslöste. Seitdem ihre Eltern Daniel im Januar zum Dank für seine Hilfe gegen Melchior Rühl endlich in die Villa Bergmann eingeladen hatten, kämpfte sie bereits dagegen an.

Denn nicht nur Daniels offene sympathische Art gefiel ihr gut, sondern auch sein Aussehen als Mann. Er war groß und schlank, dabei muskulös, da er regelmäßig Sport trieb. Bevor er im Jahr 1917 eingezogen worden war, hatte er im Achter von Cambridge gerudert, wo er damals studierte. Mit leichter Beklommenheit hatte Judith registriert, dass er fast ein Jahr jünger war als sie.

Nicht nur deshalb verbot sie sich bis heute ihre Gefühle für Daniel. Nach der schlimmen Enttäuschung mit Martin wollte sie sich nicht schon wieder an einen Mann binden, mit dem es keine langfristige Perspektive gab. Denn Daniel würde natürlich über kurz oder lang nach Großbritannien zurückkehren.

Bestärkt wurde Judith in ihrer Haltung durch eine heftige Diskussion zwischen ihren Eltern, die sie bereits nach Daniels erstem Besuch in der Villa Bergmann belauscht hatte.

»Ich bitte dich, Rebekka!«, hatte ihr Vater energisch gesagt. »Natürlich ist Daniel nicht nur ein höflicher, sondern auch ein attraktiver Mann und zudem nach einer geplatzten Verlobung wie Judith ungebunden. Dennoch wird er in sein Heimatland zurückgehen, wenn die drei Jahre vorbei sind, die er als Auslandskorrespondent für die *London Times* in Berlin verbringt. Es ist unwahrscheinlich, dass er Judith nach England mitnehmen würde. Denn die Ressentiments gegen die Deutschen sind dort immer noch groß, das hat er uns unmissverständlich bedeutet. Schließlich ist der Krieg erst fünfzehn Jahre her.«

Die leise Antwort ihrer Mutter konnte Judith nur aus der Erwiderung ihres Vaters erschließen. »Nein, damit wäre ich nicht einverstanden. Ehe Judith uns in diesem unwahrscheinlichen Fall für immer verließe und wir sie nur selten wiedersehen könnten, ist es mir lieber, sie bleibt hier in Deutschland als alte Jungfer.«

Judith empfand diese Aussage ihres Vaters wie einen Schlag in den Magen.

»Selbst wenn sich deine irrationale Hoffnung erfüllen sollte und die beiden dauerhaft ein Paar würden, hättest du nichts von deinen Enkelkindern, Rebekka. Du könntest sie nicht aufwachsen sehen, weil sie in einem fremden Land leben würden. Aber viel wahrscheinlicher ist es, dass auch diese Beziehung scheitern und Judith endgültig das Herz brechen würde.«

Trotz dieser Vorbehalte ihres Vaters, die Judith rein verstandesmäßig teilte, trommelte ihr Herz heftig gegen die Brust, als Daniel sie jetzt mit seinen grauen Augen anblitzte und dabei über das ganze Gesicht strahlte.

»Wie schön, dass Sie mir heute keinen Korb gegeben haben, Judith«, sagte er in makellosem Deutsch, wenn auch mit deutlichem britischem Akzent. »Ich wäre untröstlich darüber gewesen.«

Dann ergriff er ihre beiden Hände und küsste sie auf die Wangen. Zu ihrem leichten Ärger spürte Judith, dass sie jetzt auch noch errötete.

»Ich habe wirklich im Augenblick wieder sehr viel zu tun«, wählte sie eine Ausrede, die sogar den Tatsachen entsprach. Seit Arthur sie auf Schritt und Tritt begleitete, hatte sie sowohl ihre Lehrtätigkeit an der Universität als auch an der Sozialen Frauenschule wieder aufgenommen. Nebenbei schrieb sie weiter an ihrem Fachbuch.

Aber es war ihr schwergefallen, Daniels Einladungen immer wieder abzulehnen. In den zwei Monaten, die sie ihn jetzt näher kannte, waren sie nur zweimal in einer Spätnachmittagsvorstellung im Kino gewesen. Unmittelbar danach hatte Arthur sie jedes Mal zurück in die Villa Bergmann gebracht.

Doch heute war ein besonderer Tag, nämlich Daniels Geburtstag. Als er sie bat, ihn am Nachmittag im Café Kranzler zu treffen, hatte sie das unmöglich ablehnen können.

»Was möchten Sie denn bestellen?«, fragte er nun. Um gleich danach eine Empfehlung auszusprechen: »Es gibt heute als besonderes Angebot eine wunderbare Orangentarte. Haben Sie die schon einmal gekostet?«

Beim Stichwort »Orangentarte« rührte sich irgendetwas in Judiths Erinnerung, aber sie kam nicht darauf, was es war.

»Ich kann mich nicht entsinnen«, antwortete sie wahrheitsgemäß. »Ich war schon sehr lange nicht mehr im Kranzler. Früher habe ich mich hier ab und zu mit einer guten Freundin getroffen.« Nach Johannes' Tod war sie mit Rieke häufiger im Kranzler gewesen. »Aber was es damals für Kuchen gab, weiß ich nicht mehr.«

»Dann nehmen Sie ein Stück dieser Torte!«, insistierte Daniel. »Und wenn Sie Ihnen nicht schmeckt, esse ich sie auf«, lachte er sie an und strich sich dabei mit einer für ihn charakteristischen Bewegung seine rötlich blonden Haare zurück, die etwas zu lang waren und ihm bis in die Stirn fielen.

Judith stimmte zu. Nachdem Kaffee und Kuchen serviert worden waren und sie sich davon überzeugt hatte, dass die Orangentarte in der Tat köstlich schmeckte, zog sie ihr Geburtstagsgeschenk aus der Handtasche. Es war ein kostbarer Füllfederhalter aus der Schreibwarenabteilung des KaDeWe. Ihre Eltern hatten sich zur Hälfte an dem Geschenk beteiligt.

Daniel wirkte sichtlich gerührt, als er das Päckchen auswickelte und die Schachtel öffnete. »Aber das wäre doch nicht nötig gewesen, Judith. Sie haben sich ja regelrecht in Unkosten gestürzt.«

»Nehmen Sie es als ein weiteres Zeichen meiner Dankbarkeit und auch der meiner Eltern. Das Geschenk ist von uns dreien zusammen«, lächelte sie. »Darf ich mir die Frage erlauben, woran Sie gerade arbeiten?«, wählte Judith dann ein ihrer Ansicht nach unverfängliches Thema, das sie außerdem tatsächlich sehr interessierte.

Doch Daniels fröhliche Miene trübte sich ein. »Ich schreibe eine Artikelserie über die aktuellen politischen Zustände in Ihrem Land. Dazu gehört auch der zunehmende Antisemitismus. Gerade beschäftige ich mich mit der Diffamierung jüdischer Geschäftsleute. Sicher haben Sie schon von jenem Artikel über Hermann Tietz im *Völkischen Beobachter* gehört?«

»Sie meinen diese unsägliche Verleumdung über eine angeblich an Lepra erkrankte Verkäuferin in der Lebensmittelabteilung des KaDeWe?«

Daniel war verblüfft. »Nein, das meine ich eigentlich nicht. Aber was hat es denn damit auf sich?«

»Das ist eine tragische Geschichte, die mir mein Vater erzählt hat. Die betroffene Frau litt schon seit einigen Jahren an einem heftigen Ausschlag im Gesicht, der periodenweise auftrat und tiefe Narben hinterließ. Die Ursache dafür konnte bis heute nicht ermittelt werden. Vielleicht eine Nahrungsmittelunverträglichkeit, meinte der Arzt, zu dem mein Vater die Frau schließlich schickte.«

»Und warum schreibt dieses Nazischmierblatt dann von Lepra?«, fragte Daniel mit der für einen Journalisten typischen Ungeduld.

Judith hob die Hand. »Dazu komme ich noch. Als sich der Ausschlag nicht besserte, entschloss sich mein Vater als Personalleiter des KaDeWe, die Frau in der Lebensmittelabteilung nur noch im Lager zu beschäftigen. Er befürchtete, dass Kunden Anstoß am Aussehen der Frau nehmen könnten. Doch er wollte ihr ersparen, ihre Stelle zu verlieren, denn sie ist alleinstehend und versorgt mit ihrem Lohn zwei Kinder und ihre alten Eltern.«

»Sehr nobel von Ihrem Vater.«

Judith nickte. »Dann gab es eine Reihe unglücklicher Zufälle. Vor ein paar Tagen brachte die Frau eine Kiste mit Bananen aus dem Lager zur Obsttheke. Das war an einem Tag, an dem sie gerade wieder an einem schlimmen Anfall ihres Ausschlags litt. Ihr ganzes Gesicht war von eitrigen Pusteln übersät. Vor der Theke stand eine Mutter mit ihren zwei Kindern. Der ältere Junge fragte lautstark, ob die Frau aus Indien komme und an Lepra leide. Er habe gerade in der Schule gelernt, dass die Krankheit in diesem Land weit verbreitet sei.«

»Und wie hat das der *Völkische Beobachter* erfahren?«

»Das wissen wir nicht. Möglicherweise stand ein Nazi in der Nähe, hat das Gespräch mit angehört und es genutzt, um die Lebensmittelabteilung des KaDeWe zu diffamieren. Oder es hat sich eine Anhängerin der NS-Frauenschaft dort aufgehalten, um belastendes Material zu sammeln.«

»Das würde in der Tat zu dem Thema passen, an dem ich gerade schreibe. Denn gerade die Erfrischungsräume und Lebensmittelabteilungen in den großen Warenhäusern sind den Nazis ein Dorn im Auge. Sie behaupten, diese Abteilungen seien der Ruin vieler kleiner Einzelhändler und Gastwirte.

Insbesondere eine Organisation, die sich NS-Kampfbund des Gewerbetreibenden Mittelstands nennt, fordert mit diesem Argument, den Verkauf von Lebensmitteln in den großen Kaufhäusern samt und sonders zu verbieten.«

Judith dachte an die immensen Summen, die die luxuriöse Innenausstattung der Lebensmittelabteilung im KaDeWe verschlungen hatte. Sie war erst ungefähr ein Jahr in Betrieb. Von ihrem Vater wusste sie, dass diese Abteilung zwar nach wie vor recht gut besucht war, da es in Berlin offenbar immer noch genügend Leute gab, die sich das leisten konnten. Trotzdem machte die Lebensmittelabteilung beständig Verluste und trug damit zur sich verschärfenden finanziellen Situation des Hermann-Tietz-Konzerns bei.

»Aber diese Episode haben Sie eben gar nicht gemeint, Daniel«, hakte Judith beunruhigt nach. »Gibt es denn ähnliche Verleumdungen, von denen mein Vater mir nichts erzählt hat? Dass er sich in seiner Rolle als kaufmännischer Leiter des KaDeWe und Mitglied der Geschäftsführung von Hermann Tietz zumuten muss, die Nazipresse regelmäßig zu lesen, bedeutet nämlich nicht, dass ich das ebenfalls tue.«

In Wirklichkeit las Judith seit dem Angriff von Melchior Rühl kaum mehr Zeitung, um sich vor den Nachrichten zu schützen, die immer beängstigender wurden.

Daniel seufzte schwer. »Ich komme gleich darauf. Erzählen Sie mir zuerst, was aus der Sache mit der Verkäuferin geworden ist.«

»Martin Tietz, der Leiter des KaDeWe, und mein Vater haben natürlich sofort eine Gegendarstellung verfasst. Doch der *Völkische Beobachter* hat sich geweigert, sie abzudrucken und seine Diffamierung zurückzunehmen.«

»Und die Frau?«

Judith verzog das Gesicht. »Martin Tietz, allzeit darauf bedacht, möglichst wenig anzuecken, hat auf der fristlosen Kündigung der Ärmsten bestanden. Nach zähen Verhandlungen hat mein Vater zumindest einen Kompromiss erreicht. Die Frau arbeitet nach Ladenschluss jetzt als Putzfrau im Warenhaus am Weinberg im Wedding. Dadurch verdient sie natürlich viel weniger als vorher, da die Versetzung ins Lager im KaDeWe nicht mit der Kürzung ihres ehemaligen Gehalts als Verkäuferin verbunden gewesen war. Aber mehr konnte mein Vater nicht für sie tun.«

Daniel seufzte wieder. »Obwohl ich das Schicksal der armen Frau sehr bedaure, beschäftige ich mich gerade mit einer ganz anderen Größenordnung von Diskreditierung.« Er zog eine Ausgabe des *Völkischen Beobachters* vom 6. März aus der Tasche. »Lesen Sie einmal diesen Leitartikel!«

Schon beim ersten Absatz schnürte sich Judiths Magen zu. Die Zeitung hatte die Abbildung eines Briefs der drei Geschäftsführer von Hermann Tietz an das Zentralkomitee der KPD abgedruckt. Darin hieß es, das Unternehmen hätte die Kommunisten mit einer großen Summe bei ihrem Wahlkampf unterstützt.

»Georg Tietz und Hugo Zwillenberg sollen Anhänger der KPD sein?« Judith konnte es nicht fassen. »Selbst Martin Tietz, der schon immer zu unbesonnenen Handlungen neigte, traue ich eine solche Spende nicht zu. Er hat wie alle Mitglieder der Familie Tietz meines Wissens traditionell immer die Zentrumspartei gewählt.« Dann sah sie noch einmal genauer hin. »Und außerdem kenne ich seine Unterschrift. Diese hier ist gefälscht.«

»So ist es. Auch die anderen Unterschriften sind gefälscht. Ich war vorgestern im Warenhaus von Tietz am Alexanderplatz und habe mit Georg Tietz und Hugo Zwillenberg gesprochen. Sie haben mir das bestätigt. Gleichzeitig waren sie jedoch bereits völlig resigniert.«

»Weil ihre Gegendarstellung ebenfalls nicht im *Völkischen Beobachter* abgedruckt wurde?«

»Schlimmer. Eine Klarstellung abzudrucken haben auch

andere Berliner Zeitungen verweigert. Sie wissen doch, dass seit dieser Notverordnung von Hindenburg nach dem Reichstagsbrand keine Pressefreiheit mehr existiert. Die *Rote Fahne,* die Zeitung der KPD, wurde sogar schon ein paar Tage vorher verboten. Aber auch der *Vorwärts,* die Zeitung der SPD, darf nicht mehr erscheinen. Ich halte es daher für keinen Zufall, dass dieser Artikel über das Bündnis zwischen KPD und Hermann Tietz ausgerechnet am gleichen Tag im *Völkischen Beobachter* erschien, an dem der *Vorwärts* verboten wurde.«

Judith ging ein Licht auf. Sie verstand nun, warum ihr Vater über diesen gravierenden Vorfall zu Hause nichts berichtet hatte. Er wollte ihre Mutter und sie nicht beunruhigen.

»Wenn Sie als einzige Zeitung über diesen gefälschten Brief berichten, könnten Sie die Episode mit der angeblich leprakranken Verkäuferin in Ihrer Reportage ebenfalls erwähnen«, schlug sie Daniel vor. »Damit zumindest die Leser der *London Times,* die man ja auch in Berlin kaufen kann, wissen, wie sehr dieses Naziblatt Hermann Tietz verunglimpft.

»Selbstverständlich«, versprach Daniel. »Wie es aussieht, kann nach dem überwältigenden Wahlerfolg der NSDAP am 5. März nur noch die ausländische Presse den Machenschaften dieser Partei etwas entgegensetzen. Allerdings muss man des Englischen mächtig sein, um sie lesen zu können.«

»Was auf einen Großteil der Berliner wahrscheinlich nicht zutrifft. Trotzdem ist es wichtig, darüber zu berichten. Aber Sie hatten vorhin erwähnt, dass Sie eine ganze Artikelserie über die politischen Zustände in Deutschland schreiben. Wovon handeln die anderen Teile?«

»In der ersten Folge, die bereits gedruckt wurde, habe ich mich mit der Rechtsbeugung der Nazis beschäftigt, die unmittelbar nach dem Wahlsieg stärker geworden ist denn je. Hermann Göring, der neue Innenminister, hat in einer Rede am 10. März explizit angekündigt, dass angegriffenen jüdischen Geschäften in Zukunft jeglicher Polizeischutz verweigert wird. Außerdem wurden seit der Einsetzung Hitlers als Reichskanzler Tausende von Menschen verhaftet. Insbesondere nach dem Reichstagsbrand. Darunter selbstverständlich alle jüdischen KPD- oder SPD-Mitglieder, derer man habhaft werden konnte.«

Judith schnappte nach Luft. »Sie müssen mich für völlig ignorant halten, Daniel«, sagte sie zerknirscht. »Von all dem erfahre ich erst von Ihnen. Ich lese in jüngster Zeit kaum Zeitung, müssen Sie wissen.«

»Darin würden Sie auch kaum etwas über diese Ereignisse finden.« Daniel schürzte verächtlich die Lippen. »Den bürgerlichen Gazetten sind sie bislang höchstens eine Randnotiz wert. Weil sie mit an Sicherheit grenzender Wahrscheinlichkeit andernfalls Repressalien befürchten. Und nun heißt es, es steht Deutschland noch ein viel schlimmeres Gesetz als diese Notverordnung bevor.«

»Was meinen Sie?«

»Aus informellen Quellen habe ich erfahren, dass Hitler und die NSDAP ein Gesetz in den Reichstag einbringen wollen, das sie dazu ermächtigt, ohne parlamentarischen Beistand in Zukunft allein zu regieren. Also zum Beispiel Gesetze zu erlassen, wie es ihnen beliebt. Schon in wenigen Tagen soll darüber abgestimmt werden.«

»Aber dafür wird sich doch sicher keine Mehrheit finden? Damit würden sich die übrigen Parteien doch selbst entmachten.«

Daniel nickte mit düsterer Miene. »Hitler braucht sogar eine Zweidrittelmehrheit für dieses Gesetz. Aber er hat erreicht, dass die KPD verboten wurde und ihre Reichstagsabgeordneten nicht mehr abstimmen dürfen. Außerdem sind sie zum größten Teil bereits verhaftet. Daher befürchte ich, die übrigen Parteien sind so eingeschüchtert, dass sie für dieses Gesetz stimmen werden. Höchstens der SPD traue ich Widerstand zu, doch sie bildet im Reichstag nur noch eine Minderheit. Zudem dürften sie mit einem Votum gegen das Gesetz ebenfalls ihr eigenes Todesurteil unterschreiben.«

Judith schlug das Herz bis zum Hals. Sie erkannte, wie sehr sie in den zurückliegenden Monaten aus Selbstschutz verdrängt hatte, wie schlimm es im Land inzwischen stand.

In diesem Moment kehrte ihr Leibwächter Arthur zurück. Sie sah irritiert auf die Uhr. Die beiden Stunden waren tatsächlich wie im Fluge vergangen.

Bedauernd schob sie den halb aufgegessenen Kuchen und ihren erkalteten Kaffee zurück. Ausgerechnet jetzt fiel ihr ein, woher sie die Orangentarte kannte. Harry Jandorf hatte sie in ihrem Beisein am Tag des Attentats von Sarajewo, dem Vorboten des Weltkriegs, empört als »Torte des Erzfeinds« zurückgewiesen. War der Orangenkuchen etwa ein Zeichen dafür, dass schlimme Zeiten bevorstanden?, schoss es ihr abergläubisch durch den Kopf. Der Gedanke erschien ihr zu absurd, um ihn laut zu äußern.

»Ich muss leider gehen, Daniel«, sagte sie stattdessen. »Ich habe heute am späten Nachmittag noch einen Kurs in der Alice-Salomon-Schule. Und ich hätte mir wahrlich gewünscht, an Ihrem Geburtstag über fröhlichere Themen sprechen zu können.«

Daniel legte spontan seine Hand auf die Judiths. »Das hätte ich mir auch gewünscht. Und deshalb müssen Sie mir gleich zwei Dinge versprechen.«

»Zwei Dinge?«

»Zum einen, dass Sie sich sofort an mich wenden, wenn auch Sie oder Ihre Familie antisemitischen Repressalien ausgesetzt sind. Ohne Ihre Namen zu nennen, kann ich zumindest in meinen Reportagen darüber berichten.«

»Und das zweite?«

»Dass ich Sie bald wiedersehen darf, Judith.« Daniels Lächeln durchfuhr sie wie ein Stromstoß. »Mit oder ohne traurige Themen. Denn ich schätze Ihre Gesellschaft sehr.«

Kapitel 26

Auf dem Weg ins KaDeWe

1. April 1933, am frühen Morgen

Mit klopfendem Herzen verließ Rieke die U-Bahn am Bahnhof Wittenbergplatz. Trotz der frühen Morgenstunde – es war erst sieben Uhr – tummelte sich bereits eine beachtliche Menschenmenge auf den Bahnsteigen. Rieke kam es so vor, als sei sie größer als sonst.

»Hier kannst du auf gar keinen Fall ein Plakat aufhängen«, raunte sie Peter ängstlich zu. »Du könntest beobachtet und danach denunziert werden. Außerdem ... «, ihr Herz machte vor Schreck einen Satz, » ... außerdem sind da vorn sogar schon SA-Leute in Uniform. Siehst du sie?«

Peter nickte bedrückt. »Ich sehe sie. Offenbar versammeln sie sich bereits, obwohl die Protestaktionen doch erst in drei Stunden beginnen sollen.«

»Vielleicht kannst du die Plakate in Schaufenstern des KaDeWe aufhängen.« Sobald Rieke diesen Vorschlag gemacht hatte, erkannte sie seine Unsinnigkeit. »Aber nein, womöglich heizt dies die Wut auf das Kaufhaus nur noch an.«

»Wir werden sehen, wie sich die Lage entwickelt«, wiegelte Peter erst einmal ab. »Wenn wir Glück haben, wird es weniger schlimm als befürchtet.«

Das glaubte Rieke zwar nicht, sie wollte sich in der Öffentlichkeit darüber jedoch auf keine Diskussion mit Peter einlassen. Ohnehin fühlte sie sich wie zerschlagen. Sie hatte fast die ganze Nacht wach gelegen und erst ein paar Stunden Schlaf gefunden, nachdem Peter wohlbehalten zurück in die Wohnung gekommen war.

Zuvor hatte er mit einigen Gleichgesinnten im Schutz der Dunkelheit die Plakate, die ihre Mutter Käthe und andere Bewohner von Meyers Hof in den letzten Tagen gemalt hatten, an Laternenpfählen in den Straßen des Wedding und schließlich auch in jedem Hinterhof der Mietskaserne aufgehängt.

Widerstand gegen die Judenhetzer!, lautete die Parole. Sie richtete sich gegen die für den heutigen Tag angekündigte reichsweite Boykottaktion von NS-Organisationen gegen jüdische Geschäfte, aber auch Arzt- und Anwaltspraxen.

»Ick lass mir von dem braunen Jesindel nich ins Bockshorn jagen«, hatte Käthe Krause gesagt, kaum dass der Boykottaufruf bekannt geworden war. »Mir hat noch keen Jud wat Böses jetan, janz im Jegenteil.« Alexander Tumarkin, den ausbeuterischen Vermieter in Meyers Hof, blendete sie dabei aus.

Auf dem Weg zum Bus, der Rieke am Warenhaus am Weinberg an der Ecke Brunnen-/Veteranenstraße vorbeiführte, hatte sie bemerkt, dass vor dem Kaufhaus besonders viele Plakate hingen. Dort hatte ihre Mutter einst als Putzfrau begonnen, die Familie zu ernähren, und war danach viele Jahre lang von Adolf Jandorf gefördert worden, der sie sogar zur Leiterin der Putzkolonne im 1907 neu eröffneten KaDeWe gemacht hatte. Käthes Einfluss verdankte Rieke auch ihre eigene Stelle, auf der sie sich vom Kassenmädchen bis zur Aufsichtsdame emporgearbeitet hatte.

Nun betrat sie beklommen die Tauentzienstraße, dicht an Peter gedrängt. Die ganze Nacht hatten die Bilder der schon seit Tagen mit der nationalsozialistischen Propaganda behängten Litfaßsäulen sie gequält. Obwohl Rieke den Text kannte, warf sie im Vorbeigehen noch einmal einen Blick darauf. *Bis Sonnabend früh zehn Uhr hat das Judentum Bedenkzeit. Dann beginnt der Boykott. Die Juden aller Welt wollen Deutschland vernichten!*

Deutsches Volk! Wehr dich! Kauf nicht beim Juden!, hieß es da, teils in riesigen Lettern.

Auf einmal entdeckte Rieke eine viel kleinere Werbeannonce, gleich unter diesem Pamphlet. Es war eine Reklame für Greta Garbos neuesten Hollywoodfilm *Menschen im Hotel*. Wehmütig erinnerte sie sich an den Besuch der heute weltberühmten Schauspielerin im KaDeWe, kurz nachdem Rieke dort ihren Posten als Aufsichtsdame angetreten hatte. Goldene Zeiten waren das, dachte sie traurig. Wer hätte damals gedacht, dass uns Deutschen schon bald die nächsten Krisen bevorstehen würden?

Da sie unbewusst langsamer gegangen war, als sie die Litfaßsäule passierte, zerrte Peter sie leicht am Arm. »Komm, wir sollten uns beeilen! Die Straßen sind heute nicht sicher.«

Schnelleren Schritts gingen sie weiter die Tauentzienstraße entlang. Viele Geschäfte, an denen sie vorbeikamen, kündigten mit einem Schild an der Eingangstür an, dass sie heute geschlossen blieben. Die meisten davon waren in jüdischem Besitz.

Auch die Tauentzienstraße war so belebt, dass Peter es nicht wagte, seine beiden Plakate irgendwo anzubringen. Außerdem war jeder Laternenpfahl bereits mit nationalsozialistischen Parolen beklebt.

Plötzlich blieb Peter abrupt stehen, sodass Rieke fast ins Straucheln geriet. »Dieser Schuft!«, murmelte er. Rieke folgte seinem Blick und sah das Schild, das im Schaufenster eines Lederwarengeschäfts hing. Umrahmt mit den Farben Schwarz-Weiß-Rot stand dort *Deutsches Geschäft*.

»Die Ratten verlassen das sinkende Schiff«, knurrte Peter. Bislang hatten die Händler in der Tauentzienstraße immer zusammengehalten. Getreu dem Grundsatz, dass sowohl große Warenhäuser als auch kleine Fachgeschäfte ihre Berechtigung besaßen, hatte Adolf Jandorf seine eigenen Einkäufer sogar explizit angewiesen, mit den in der Regel kleinen Firmen, die diese Fachgeschäfte belieferten, keine Verträge abzuschließen. *Leben und leben lassen*, war seine Devise gewesen.

Dabei berücksichtigte er, dass kleine Spezialfirmen die Warenmengen, die er für seinen Konzern benötigte, gar nicht hätten liefern können. Martin Tietz hatte diese Tradition daher fortgesetzt, soweit Rieke wusste. Einmal im Jahr wurden sogar alle Besitzer jener Fachgeschäfte zu einem Empfang ins KaDeWe eingeladen, um die gute Nachbarschaft zu betonen. Auch solche Empfänge hatte es bereits unter Jandorf gegeben.

»Also ist das KaDeWe doch nicht das einzige Geschäft, das am heutigen Samstag im Berliner Westen offen bleibt«, konstatierte Peter.

»Oder der Besitzer hat einfach Angst, dass sein Laden demoliert wird. Dann kann ich sogar verstehen, warum er ein solches Schild aufgehängt hat.«

Peter antwortete Rieke nicht, sondern brummte etwas Unverständliches vor sich hin.

Kurz vor dem Eingang des KaDeWe kamen sie an einer weiteren Litfaßsäule vorbei, deren Plakatierung sie schon gestern gesehen hatten. Erstaunlicherweise war der Text darauf zweisprachig: *Deutsche, verteidigt euch gegen die jüdische Gräuelpropaganda, kauft nur bei Deutschen!*, stand da und gleich darunter in Englisch: *Germans defend yourselves against Jewish atrocity propaganda! Buy only at German shops!*

Den Grund für die Übersetzung der deutschen Parole ins Englische hatte Judith gewusst, die gestern am Spätnachmittag ins KaDeWe gekommen war und bei Rieke auf ihren Vater gewartet hatte. Aus Sorge, Martin Tietz zu begegnen, wollte sie den Bürotrakt nicht betreten. Denn Martin hatte erst vor einer Woche Anni Böning geheiratet. »Zwar hat seine ganze Familie die Hochzeit boykottiert, aber das tröstet mich nicht«, gestand sie Rieke.

Dann hatte sie erläutert, was es mit der englischen Parole auf sich hatte. »Der reichsweite Boykottaufruf richtet sich vor allem gegen die englische Presse, die ausführlich über die Untaten der Nazis berichtet hat, insbesondere über ihre Gewalttätigkeit gegenüber Juden. Dazu gab es sogar eine Debatte im Unterhaus, das ist eine Art englischer Reichstag. Man macht hierzulande nun englische Juden für die Diffamierung der deutschen Regierung in England verantwortlich. Mit der Boykottaktion will man dagegen protestieren.«

Rieke schüttelte verwundert den Kopf. »Zwei Dinge verstehe ich dabei allerdings nicht. Wen möchte man denn mit der englischen Übersetzung erreichen? Es wird in Berlin wohl kaum Nazis geben, die nur Englisch sprechen.«

Judith zuckte mit den Schultern. »Das kann sich selbst Daniel Wilson nicht erklären. Denn auch ausländische Journalisten wie er sprechen Deutsch.« Rieke wusste, dass Judith den Reporter meinte, der sie aus den Klauen von Melchior Rühl errettet hatte. »Aber wir beide verstehen noch weniger, wieso diese Protestaktion, die mit an Sicherheit grenzender Wahrscheinlichkeit zu neuem Unrecht gegenüber jüdischen Geschäftsleuten und Freiberuflern führen wird, eine Verteidigung gegen die im Unterhaus diskutierten Gräuel sein soll. Die ja angeblich gar nicht existieren, weil sie auf jüdische Propaganda zurückzuführen seien. Man will also die Nichtexistenz von Gräueln mit Gräueln widerlegen. Meschugge, sagen die Berliner dazu.« Judith redete sich zunehmend in Rage.

»Das war exakt das zweite, was mich daran irritiert hat.«

»Daniel ist jedenfalls sehr betroffen darüber, dass auch er mit seiner Berichterstattung in der *London Times* zu diesen schlimmen Folgen beigetragen hat. Doch das Naziregime ist völlig unberechenbar, sagt er, und das glaube ich auch.«

Rieke hatte bedrückt genickt. »Daher wäre es mir am liebsten gewesen, auch das KaDeWe bliebe morgen geschlossen.«

»Mir auch«, stimmte Judith zu. »Aber Martin will sich eben nicht einschüchtern lassen, sagt mein Vater. Obwohl alle anderen Warenhäuser von Tietz nicht öffnen werden. Vielleicht hofft Martin deshalb sogar auf einen besonders hohen Umsatz. Nötig hätte er ihn jedenfalls.«

Rieke war erschrocken. »Was willst du damit sagen, Judith?«

Doch die hatte, offenbar ärgerlich über sich selbst, den Kopf geschüttelt. »Gar nichts. Auf jeden Fall nichts, was ich dir weitergeben dürfte. Denn mein Vater hat es mir unter dem Siegel der absoluten Verschwiegenheit anvertraut.«

Die Information war natürlich nicht dazu angetan gewesen, Rieke zu beruhigen. Trotzdem war sie nicht weiter in Judith gedrungen.

Jetzt hatte sie mit Peter endlich den Personaleingang des KaDeWe erreicht und schlüpfte hindurch. »Ich bin wirklich gespannt, was der heutige Tag noch bringt«, seufzte sie.

Im KaDeWe

1. April 1933, ein paar Stunden später

Als der Lärm von der Tauentzienstraße immer lauter wurde, entschloss sich Rieke, wieder an das Fenster im zweiten Stock zu treten und sich über die Vorgänge zu informieren. Mittlerweile war dieser Gang fast schon zur täglichen Routine geworden. Denn die Protestaktionen der NS-Frauenschaft oder des NS-Kampfbundes des Gewerbetreibenden Mittelstands vor dem Hauptportal des KaDeWe häuften sich inzwischen.

»Darf ich mitgehen?« Esther Weinberg war bleich wie die Wand. Rieke winkte ihr zu folgen.

Als sie das Fenster erreichten, erblickten sie eine riesige Menschenmenge, die sich in einer schier endlosen Schlange vom Wittenbergplatz her in Richtung KaDeWe bewegte.

»Schauen Sie doch, Frau Hauser!« Esthers Zeigefinger, mit dem sie auf die Straße wies, zitterte. »Geht da nicht Else Lemke?«

Rieke beugte sich etwas nach vorn, um besser sehen zu können, und zuckte entsetzt zurück. Da ging tatsächlich Else Lemke! Arm in Arm eingehängt bei ihrer Schwester Sanni!

»Also deshalb ist Else heute nicht zum Dienst erschienen«, hörte Rieke Esther wie durch Watte murmeln.

Sanni und Else? Else und Sanni? Rieke konnte es nicht fassen. Ihre Schwester hatte Else, die Rieke vor Jahren bei Johannes Bergmann, dem damaligen Abteilungsleiter der Damenkonfektion, verpfiffen hatte, als diese sich unbefugt ein Abendkleid ausleihen wollte, bittere Rache geschworen. Und nun gingen die beiden dort unten nebeneinanderher und lächelten sich sogar an, als wären sie die besten Freundinnen.

Noch bevor sich Rieke von ihrem Schock erholt hatte, ereilte sie die nächste schlechte Nachricht. »Und da ... da ...!«, rief Esther jetzt laut. »Da geht auch Frau Dehner mit! Und die junge Frau dort ist eine ihrer Verkäuferinnen! Und die da kommt von den Damenaccessoires!«

So ging es noch eine ganze Weile weiter. Insgesamt erkannten Rieke und Esther mindestens zwanzig Angestellte aus der Damenmode und der Kinderkonfektion. Erst dann lasen die Frauen die Parolen, die die Demonstrierenden auf Schildern an Holzstangen in die Höhe hielten oder auf Plakaten an Brust und Rücken um den Hals trugen.

Achtung, Lebensgefahr! – Juda raus! – Achtung, Itzig! – Auf nach Palästina! Juden raus oder nach Jerusalem!, waren noch die harmloseren Sprüche.

Auf anderen Plakaten wurden Juden als *Kriegsgewinnler, Kriegsschieber, Zuchthäusler, Deserteure* oder *kommunistische Landesverräter* beschimpft.

»Was haben die Juden euch denn getan?«, flüsterte Rieke fassungslos.

»Wir haben ihnen gar nichts getan«, antwortete Esther auf Riekes rhetorisch gemeinte Frage bitter. »Wir sind nur die Sündenböcke für alles, was in diesem Land seit Jahren schiefgeht.«

Dann straffte sie die Schultern und wischte sich energisch

die Tränen aus den Augen. »Aber ein paar der *Ratschläge* werden wir demnächst befolgen, Frau Hauser. Das sage ich Ihnen bereits heute im Vertrauen. Mein Mann, meine Eltern und ich haben Ausreisevisa beantragt. Sobald sie bewilligt sind, wandern wir nach Palästina aus.«

»Das tut mir zwar sehr leid zu hören, da ich Sie für eine ausgezeichnete Kraft halte, aber für Ihre Entscheidung habe ich volles Verständnis.« Paul Bergmanns sonore Stimme ertönte in ihrem Rücken.

Die Frauen fuhren herum. Esthers Gesicht färbte sich blutrot. Paul Bergmann ging sofort darauf ein.

»Es werden Ihnen dadurch keine Nachteile entstehen, Frau Weinberg, solange ich hier Personalleiter bin. Ich bin bereit, Ihrer Kündigung auch von einem auf den anderen Tag zuzustimmen, falls Sie die vorgeschriebene Frist nicht einhalten können. Und ich werde mich dafür einsetzen, dass Ihnen Ihr Gehalt trotzdem bis zum Ende der Kündigungsfrist ausgezahlt wird. Letzteres kann ich Ihnen allerdings nicht versprechen, da es von der Zustimmung von Herrn Tietz abhängig ist.« Nun klang er fast zynisch.

Esthers Züge entspannten sich trotzdem. »Ich bin Ihnen sehr dankbar, Herr Bergmann«, beteuerte sie. »Denn ... denn ...«, nun füllten sich ihre Augen wieder mit Tränen, »... mein Mann, er ist Anwalt in einer jüdischen Kanzlei, muss sogar mit einem Berufsverbot rechnen. Man munkelt, Juden dürften in Zukunft keine öffentlichen Gebäude und Gerichte mehr betreten. Also kann er nicht mehr als Anwalt arbeiten.«

Bergmann nickte traurig. »Davon habe ich auch schon gehört. Den Anwälten ergeht es noch schlimmer als den Ärzten. Zwar wurden alle jüdischen Ärzte aus den Berliner Krankenhäusern entlassen. Aber sie dürfen wenigstens noch praktizieren, um ihre Glaubensgenossen zu behandeln.«

Rieke hatte dem Wortwechsel schockiert gelauscht. Da erkannte sie weitere Gesichter in der Menge. In SA-Uniformen gingen Hermann Wolters und Gregor Eckstein einträchtig nebeneinanderher. Beide hielten ein überdimensionales Schild zwischen sich in die Höhe mit der Rieke völlig unverständlichen Aufschrift *Tietz unterstützt Rotmord.* Was soll das denn bedeuten?

Erst als Bergmann ihr antwortete, wurde Rieke bewusst, dass sie laut gesprochen hatte. »Das geht auf eine Verleumdung des *Völkischen Beobachters* zurück, Frau Hauser. Vor ungefähr drei Wochen wurde die Hermann Tietz OHG beschuldigt, den Wahlfonds der KPD, die bei den Nazis ja als Partei von ›Mördern‹ gilt, mit einer beträchtlichen Summe unterstützt zu haben. Der Artikel erschien genau einen Tag nach der von der NSDAP gewonnenen Reichstagswahl.«

»Und so etwas glauben die Leute?« Rieke war erschüttert.

»So etwas und noch viel Schlimmeres. Schauen Sie sich doch die Plakate an! Uns Juden wird auch fünfzehn Jahre nach dem Ende des Kriegs noch immer die Schuld an der Niederlage gegeben. Dabei hat mein eigener Sohn als Frontsoldat für Deutschland gekämpft. Ebenso wie Harry Jandorf, der Sohn unseres ehemaligen Eigners. Und Hugo Zwillenberg aus der Geschäftsführung. Er wurde sogar mit dem Eisernen Kreuz ausgezeichnet.«

»Mein Mann war auch als blutjunger Bursche an der Front«, sagte Esther mit zitternder Stimme. »Bei der Frühjahrsoffensive im Jahr 1918 hat er sich als Siebzehnjähriger freiwillig gemeldet, um das Vaterland zu retten. Und nun ...« Sie konnte den Satz nicht vollenden, da sie zu schluchzen begann.

»Und nun zählt das alles weniger als nichts«, sagte Bergmann, ebenfalls bitter, aber mit fester Stimme. »Doch es hat keinen Zweck, darüber zu weinen. Vielmehr müssen wir uns fragen, wie wir mit dieser Situation umgehen wollen.«

Seine Worte bewirkten unmittelbar, dass Esther zu schluchzen aufhörte. »Da unten sind auch viele Angestellte aus dem KaDeWe dabei«, sagte sie entschlossen. »Bisher hatte ich nur einen Verdacht. Aber jetzt fühle ich mich nicht mehr an kollegiale Solidarität gebunden. Else Lemke von der Damenwäsche und Erika Dehner von den Damenschuhen machen bei den Nazis mit.«

»Danke für Ihr Vertrauen, Frau Weinberg. Aber offen gesagt wusste ich das schon. Eva Sperber von der Hutabteilung hat es mir vor Monaten mitgeteilt. Lemke hat sie aufgrund ihres Namens nicht als Jüdin erkannt und auf eine Mitgliedschaft in einer Nationalsozialistischen Betriebszelle angesprochen, die sie hier im KaDeWe gegründet hat. Seither habe ich Lemke beobachten lassen. Unternommen habe ich auf Anweisung von Herrn Tietz allerdings nichts.« Wieder klang seine Stimme bitter.

Während Rieke zuhörte, beobachtete sie weiter das Treiben auf der Straße. Nun bildete eine Gruppe von SA-Männern einen Halbkreis vor dem Eingang des KaDeWe. Keine Gasse wie früher, durch die die Kunden sich durchdrängen konnten, wenn auch mit einem Gefühl wie bei einem Spießrutenlauf. Sondern eine undurchdringliche Barriere durch die breiten Schilder, die sie zwischen sich hielten.

Darauf tauchten neben den schon bekannten Parolen diesmal sogar Verbote auf: *Es ist untersagt, dieses Warenhaus zu betreten! – Achtung, Juden! Betreten verboten!*

Als einzige Frau stand Sanni mit einem solchen Plakat neben ihrem Ehemann. Rieke wäre vor Scham am liebsten in den Erdboden versunken und hoffte, dass Paul Bergmann ihre Schwester nicht erkannte. Falls er es doch tat, ließ er es sich nicht anmerken.

Hinter dem Halbkreis hatte sich eine kleine Menge von Kunden versammelt. Rieke identifizierte sie daran, dass sie weder Parteiabzeichen noch Uniformen trugen und außerdem ausgesprochen ärgerlich wirkten. Eine kurze Weile warteten sie noch, dann begannen sie mit den SA-Leuten zu diskutieren. Allerdings offenbar ohne Ergebnis. Eine hochgewachsene, noch jüngere Frau, duckte sich schließlich einfach unter dem Schild hindurch, das Eckstein und Wolters hielten.

Mit einem Wutschrei ließ Wolters das Schild los, stürzte der Frau hinterher, packte sie grob am Arm und spuckte ihr mitten ins Gesicht. Die Ärmste schrie auf, würgte vor Ekel, flüchtete sich dann aber durch den Eingang ins KaDeWe.

»Den Kerl kenne ich doch!«, knirschte Bergmann zwischen den Zähnen hervor. »Der war vor vielen Jahren hier mal Verkäufer.«

Rieke kannte Wolters natürlich auch, war vor Kriegsbeginn sogar mit ihm verlobt gewesen. Aber sie hütete sich, auch nur eine Silbe darüber zu verlieren.

»So geht das nicht weiter«, sagte Paul Bergmann energisch. »Wir müssen auch das KaDeWe schließen. Sonst werden unsere Kunden womöglich noch ernsthaft verletzt. Ich werde sofort mit Martin Tietz darüber sprechen.«

Damit drehte er sich auf dem Absatz um und hastete davon.

Ungefähr um die gleiche Zeit starrte Peter mit zu Fäusten geballten Händen auf die Scheibe eines Schaufensters, das er vor ein paar Tagen liebevoll und aufwendig dekoriert hatte. Inzwischen war die ganze Scheibe mit brauner Farbe verschmiert. Zum Teil stammte sie aus Farbbeuteln, die der Mob dagegengeschleudert hatte. Zum Teil konnte er aber auch spiegelverkehrt unsägliche Schmierereien erkennen.

Juda verrecke! – Alle Juden sind Verbrecher! – Tietz unterstützt Rotmord!, las er. Rieke würde ihm später die Bedeutung dieses ihm unverständlichen Hetzspruchs erklären.

Hinter sich hörte er die kleine Tapetentür knarren, durch die man vom Inneren des KaDeWe aus das Schaufenster betreten konnte. Als er sich umdrehte, sah er Martin Tietz, der sich gerade hindurchzwängte. Als der die beschmierte Scheibe sah, verfielen seine Gesichtszüge.

»Sie haben offenbar recht, Bergmann.« Erst jetzt bemerkte

Peter, dass sich der Personalleiter hinter Martin befand und gerade ebenfalls ins Schaufenster trat.

»Ich habe es Ihnen doch gesagt, Herr Tietz. Hier ist mit sinnlosem Widerstand heute kein Blumentopf zu gewinnen. Wir müssen nicht nur unser Haus, sondern auch unsere Stammkundschaft vor diesem Pöbel schützen. Sonst wagt sich in ganz Berlin bald kein Mensch mehr in ein jüdisches Warenhaus.«

Kurz schien Martin Tietz noch mit sich zu kämpfen. Dann stimmte er zu. »Sorgen Sie dafür, dass alle Außenportale sofort verschlossen werden. Vor der Tauentzienstraße soll man auch das Gitter hochfahren. Kunden und Kundinnen, die sich noch im Gebäude aufhalten, bringen wir durch die Lieferanteneingänge in den Hof, durch den sie sich hoffentlich unbemerkt von diesem Mob, der sich hier an der Vorderfront aufhält, hinausbegeben können.«

Paul wandte sich schon zum Gehen, als Tietz ihn noch einmal zurückrief. »Noch etwas, Herr Bergmann. Jeder Kunde darf sich kostenlos Ware im Wert von maximal fünfzig Mark mitnehmen. Als Entschädigung sozusagen. Damit es schnell geht, möglichst aus dem Stockwerk, in dem er sich gerade befindet.«

So viel zum jüdischen Warenhausbesitzer als Betrüger und Volksschädling, dachte Peter sarkastisch, als er Tietz und Bergmann hinterherblickte.

In den nächsten Tagen stellte sich heraus, dass die Umsätze nicht jüdischer Geschäfte am 1. April nicht höher waren als die Umsätze von Geschäften in jüdischem Besitz. Außerdem stiegen die Umsätze jüdischer Geschäfte in Berlin sogar nach dem 1. April kurzfristig an, was man als Solidaritätseinkäufe interpretierte. Dies war zwar ein anderer Trend als im übrigen Deutschen Reich, wo auch Filialen von Hermann Tietz am 1. April stark in Mitleidenschaft gezogen worden waren. Aber noch trotzte offensichtlich ein erheblicher Teil der Berliner Bevölkerung den antisemitischen Bestrebungen der Nazis.

Im Berliner Lustgarten

1. April 1933, am frühen Nachmittag

Obwohl Sanni und Else Lemke mit den übrigen Mitgliedern der NSBO-Betriebszelle des KaDeWe schon gegen halb eins vom Berliner Westen in den Lustgarten auf der Museumsinsel aufgebrochen waren, hatte sich bei ihrer Ankunft bereits eine große Menschenmenge versammelt. Im Lustgarten fand die zentrale Berliner Kundgebung der NSDAP anlässlich des heutigen Boykotts jüdischer Geschäfte statt. Vor der Balustrade, hinter der die Redner der Partei stehen würden, drängten sich bereits Hunderte von Parteianhängern.

»So ein Mist!«, fluchte Else, die das Schild mit der Aufschrift *Betriebszelle Hermann Tietz: Kaufhaus des Westens* und dem Hakenkreuzsymbol in die Höhe hielt. Zur ungefähr fünfzig Meter entfernt stehenden zweiten Betriebszelle von Hermann Tietz aus dem Warenhaus an der Frankfurter Allee gab es kein Durchkommen mehr.

Sanni stellte sich auf die Zehenspitzen und sah sich um. »Gibt es nur zwei Betriebszellen in allen Berliner Warenhäusern von Tietz?« Sie klang enttäuscht. »Es sind doch meines Wissens zehn Kaufhäuser.«

Else zog eine Schnute. »Leider ist das so. Entweder haben die Geschäftsführer in den anderen Warenhäusern bereits unsere ersten Bestrebungen unterlaufen und schlecht verhohlen mit Entlassungen gedroht, sollte die Partei mit der Agitation weitermachen. Oder es haben sich noch nicht genügend Mitglieder gefunden. Aber das wird sich bald ändern«, blieb sie zuversichtlich.

Damit fand ihre Unterhaltung bereits ein Ende. Denn der Lärm der weiter in den Lustgarten strömenden Menschen wurde lauter und lauter, sodass man schließlich sein eigenes Wort nicht mehr verstand. Sanni war das ganz recht. Obwohl

Else sie mittlerweile für eine echte Freundin hielt, war ihre Beziehung für Sanni nur ein Zweckbündnis. Schnell hatte sie erkannt, dass Else recht einfach gestrickt war und kaum über ihren Tellerrand hinaussah. Aber sie war nun einmal eine fanatische Anhängerin der NSDAP und in dieser Rolle vor allem im KaDeWe unverzichtbar.

Die Wartezeit bis zum Beginn der Reden verkürzte Sanni sich mit der Rekapitulation der Inhalte ihres nächsten Hauswirtschaftskurses. Inzwischen war sie als Referentin sehr begehrt und bot überall in Berlin Haushaltskurse in verschiedenen Disziplinen an. Insbesondere ihr Lehrgang »Sparsames Wirtschaften« war sehr beliebt. Sanni überlegte bereits, sich ganz darauf zu konzentrieren, weil es ihr Lieblingsthema war.

Endlich trat der erste Redner an die Balustrade. Sanni kannte ihn nicht. »Wer ist das denn?«, schrie sie Else ins Ohr, um sich trotz des tosenden Beifalls verständlich zu machen.

»Das ist irgendein hohes Tier vom NS-Kampfbund des Gewerbetreibenden Mittelstands«, schrie Else zurück.

Sobald der Redner die Hand hob zum Zeichen, dass er zu sprechen beginnen wolle, wurde es mucksmäuschenstill auf dem Platz. Auch Sanni lauschte aufmerksam. Als der Redner, ein vierschrötiger Mann Mitte vierzig, die Forderung erhob, alle jüdischen Warenhäuser auf der Stelle zu schließen, fiel sie in den begeisterten Applaus ein.

Erst ein zufälliger Seitenblick auf Else zeigte ihr, dass die nicht mitklatschte. »Gefällt dir nicht, was der Parteigenosse sagt?«, fragte sie verblüfft dicht an Elses Ohr.

Die schüttelte den Kopf und antwortete erst, als der Redner die Bühne verließ und es einen Moment lang etwas stiller auf dem Platz wurde. »Da würden doch Hunderttausende im Reich den Arbeitsplatz verlieren«, argumentierte sie. »Auch unsere arischen Kollegen. Es würde die riesige Arbeitslosenzahl weiter in die Höhe treiben. Nein, da müssen andere Lösungen her.«

Während der nächste Redner die Bühne betrat, ließ sich Sanni das durch den Kopf gehen, und sie musste Else widerwillig recht geben. Denn anders als diese überblickte Sanni auch die größeren Zusammenhänge und war sich darüber im Klaren, dass Arbeitsplätze in vielen Fabriken und anderen Zulieferbetrieben ebenfalls gefährdet wären, wenn die großen Warenhäuser schlössen.

Deshalb sprach ihr Johannes Engel, der sich als Leiter der reichsweiten Nationalsozialistischen Betriebszellenorganisation vorgestellt hatte, mit diesem Argument aus der Seele: »Wir fordern die fristlose Kündigung aller jüdischen Mitarbeiter in deutschen Warenhäusern und allen übrigen Geschäften.« Als bereits jetzt der donnernde Applaus einsetzte, hob Engel die Hand, um die Menge zu beschwichtigen.

»Karstadt ist hier in Berlin schon mit gutem Beispiel vorangegangen. Mit Wirkung vom gestrigen Tage sind alle jüdischen Mitarbeiter fristlos entlassen worden.«

Sanni und Else jubelten mit dem Rest der Menge auf. Das hatten beide noch nicht gewusst.

»Siehst du, es geht doch!«, raunte Else Sanni ins Ohr, als der Lärm ein wenig abebbte. Doch der waren zwischenzeitlich Bedenken gekommen. »Karstadt ist ein arisches Unternehmen. Ob das im KaDeWe klappt, bezweifle ich. Denn dort und auch im restlichen Tietz-Konzern sind ja die Juden am Ruder.«

»Das werden wir sehen«, entgegnete Else trotzig. Um sofort danach in einen schwärmerischen Schrei des Entzückens auszubrechen. »Da … da kommt Joseph Goebbels! Ist das nicht ein ganz wunderbarer Mann?«

Sanni lächelte gezwungen und war froh, dass ihr aufgrund des Hitlergrußes, mit der die Menschenmenge den neuen Propagandaminister begrüßte, eine direkte Antwort erspart blieb. Denn sie selbst schätzte Goebbels zwar als wichtige Gallionsfigur der NSDAP. Als Mann gefiel er ihr aufgrund seiner geringen Körpergröße und seines Klumpfußes allerdings überhaupt nicht. Da war ihr Hermann mit seinen ein Meter achtzig und der schlanken, muskulösen Figur ein ganz anderes Kaliber. Gar nicht zu reden von seinem typisch arischen Aussehen mit den blaugrauen Augen und blonden Haaren.

Wüsste ich es nicht besser, hätte ich Joseph Goebbels sogar für einen Juden gehalten, dachte sie respektlos, um sich jedoch gleich danach vorzunehmen, solche Gedanken auf jeden Fall für sich zu behalten.

Immerhin ergab das, was der Mann kundtat, wie üblich Sinn. »Und so sage ich euch, liebe Parteigenossinnen und -genossen, ein Jud bleibt ein Jud. Auch wenn er im katholischen oder protestantischen Gewand einherkommt, weil er sich heuchlerisch taufen ließ, so bleibt er doch biologisch Angehöriger einer minderwertigen, verachtenswerten Rasse.«

Besonders gut gefiel Sanni die folgende Aussage, die sie in dieser Form noch nie gehört hatte: »Als Geschäft in jüdischem Besitz gilt ab sofort auch jeder Laden, dessen vorgeblich christlicher Inhaber jüdisch verheiratet ist. Pfui, welch eine Rassenschande! Solche abartigen Verbindungen müssen in Zukunft verboten werden!«, griff Goebbels den späteren Nürnberger Rassegesetzen vor. »Jeder gute Deutsche muss auch solche Geschäfte meiden!«

Das merke ich mir für meine Kurse, dachte Sanni. Damit ich die Teilnehmerinnen auch davor warne.

Den Rest der Rede hörte sie nur noch mit halbem Ohr. Denn weitere spektakuläre Aussagen, die sie noch nicht kannte, hatte der Propagandaminister nicht mehr zu bieten. Stattdessen gab sie sich ihren Tagträumen hin, wie sie es in der NS-Frauenschaft noch weiter bringen könnte als zur Bezirksleiterin von Tiergarten.

Café Reimann am Kurfürstendamm

7. April 1933

Judith zitterte noch immer am ganzen Körper, als sie das Café Reimann auf dem Ku'damm betrat. Zum Glück war Daniel Wilson schon da.

Nachdem sie mit ihrem Leibwächter Arthur verabredet hatte, wann er sie wieder abholen solle, ging sie auf Daniels Tisch zu und versuchte dabei, die aufschießenden Tränen zu unterdrücken.

Trotzdem bemerkte Daniel ihren Zustand sofort. Er sprang auf und ergriff ihre beiden Hände. »Sie sehen ja furchtbar aus, liebe Judith«, begrüßte er sie, um gleich darauf errötend nachzuschieben: »Natürlich aufgrund der schrecklichen Umstände, vermute ich.«

Mit weichen Knien nahm Judith an dem kleinen runden Tisch Platz. Instinktiv sah sie sich um. Erwartungsgemäß war nirgendwo ein Verbotsschild zu entdecken, das Juden als unerwünschte Gäste bezeichnete. Weil sie dessen sehr sicher gewesen war, hatte sie diesmal das Café Reimann als Treffpunkt mit Daniel vorgeschlagen.

Nachdem er Judith auf ihren Wunsch hin einen heißen Pfefferminztee bestellt hatte, da ihr Magen beim Gedanken an Kaffee zu rebellieren begann, ergriff er erneut ihre beiden Hände. »Nun erzählen Sie einmal in Ruhe, was heute an der Universität geschehen ist.«

Judith schluchzte noch einmal trocken auf. Dann begann sie zu berichten. Sie war heute Morgen eigentlich in die Friedrich-Wilhelm-Universität gefahren, um die Inhalte ihrer Lehrveranstaltungen für das bald beginnende Sommersemester mit Professor Max Sering zu besprechen. Schon als ihr der alte Herr mit trauriger Miene bis zur Tür entgegenkam, ahnte sie, dass er schlechte Nachrichten für sie hatte.

»Liebe Judith«, sprach er sie beim Vornamen an, was ungewöhnlich genug war. »Ich muss Ihnen heute eine überaus unangenehme Mitteilung machen. Leider darf ich Sie als Jüdin an meinem Lehrstuhl nicht mehr länger beschäftigen. Im Gegenteil habe ich die traurige Pflicht, Sie von Ihrer fristlosen Kündigung zu unterrichten.«

Wie gelähmt war Judith auf einen Stuhl gesunken. »Aber ... warum denn nur?«, stammelte sie. Dabei wusste sie, wie sinnlos die Frage war.

Schon am 1. April hatte die Medizinische Fakultät der Friedrich-Wilhelm-Universität angesichts eines drohenden neuen Beamtengesetzes alle jüdischen Mitarbeiter fristlos entlassen. Daher hätte Judith seit dieser Zeit damit rechnen müssen, dass sich auch die anderen Fakultäten dieser Vorgehensweise anschließen würden. Aber weil das Gesetz noch nicht in Kraft getreten war, das unter anderem allen jüdischen Lehrkräften eine Tätigkeit an staatlichen Universitäten verbot, hatte sie sich der irrationalen Hoffnung hingegeben, der Kelch werde noch einmal an ihr vorübergehen.

»Das war natürlich töricht«, sagte sie nun zu Daniel. Ihre Augen begannen schon wieder zu brennen. »Wenigstens hat es mir mein Professor persönlich mitgeteilt. Um mir zum einen die Demütigung zu ersparen, von einem den Nazis gewogenen Universitätsbeamten entlassen zu werden, und um mir zum anderen die Möglichkeit zu geben, meine Sachen geordnet zu packen und mitzunehmen. In der Medizinischen Fakultät haben sie Unterlagen von jüdischen Mitarbeitern zum Teil aus den Fenstern in den Hof geworfen.« Wieder schnürte es ihr die Kehle zu.

Daniel streichelte ihre Hände. »Das tut mir alles unendlich leid, liebe Judith. Doch seit diesem fatalen Ermächtigungsgesetz können die Nazis solche Bestimmungen uneingeschränkt erlassen. Ich bin sehr froh, dass Sie sich in Ihrem Kummer sofort an mich gewandt haben. Zum Glück war ich bei Ihrem Anruf gerade in der Redaktion.«

Mit tränennassen Augen sah Judith zu ihm auf. »Vielleicht können Sie wenigstens einen Zeitungsbericht in der *London Times* über dieses neue Unrecht bringen.«

Jetzt sah auch Daniel traurig aus. »Das kann und das werde ich tun«, versprach er. »Doch es wird Ihnen weder nützen, um Ihre alte Stelle wiederzubekommen, noch jüdische oder politisch andersdenkende Deutsche vor den nächsten Repressalien bewahren. Denken Sie nur an den Boykott aller jüdischen Geschäfte vom vergangenen Samstag!«

»Sie meinen, weil die Berichterstattung in der ausländischen Presse sogar zum Vorwand für diesen Boykott diente und deshalb gar nichts bewirkt hat? Außer neues Elend über jüdische Geschäftsleute im ganzen Reich zu bringen?«

»Ja und nein, Judith. In der Tat haben jüdische Organisationen in Großbritannien davor gewarnt, dass eine negative Darstellung des nationalsozialistischen Regimes in unserer Presse nur zu neuen Unterdrückungsmaßnahmen in Deutschland führen würde. Und damit leider recht behalten. Doch auf der anderen Seite haben schon seit Anfang der Woche unzählige britische, französische und US-amerikanische Firmen ihre Beziehungen zu deutschen Lieferanten gelöst. Sie wollen mit einem Land, in dem eine solche Diktatur herrscht, keine weiteren Geschäfte machen. Das dürfte zumindest vorübergehend zu hohem Druck der hiesigen Wirtschaft auf die Politik führen.«

Als Judith nichts erwiderte, fügte er hinzu. »Immerhin haben die Nazis den Boykott schon nach einem Tag abgebrochen. Ursprünglich sollte er eine ganze Woche dauern.«

Judith fühlte sich ein wenig getröstet. Dann schöpfte sie sogar neue Hoffnung. »Das Berufsverbot für jüdische Wissenschaftler gilt zum Glück nicht für private Universitäten. Vielleicht kann ich neben meiner Lehrtätigkeit an der Alice-Salomon-Schule ja noch eine Dozentenstelle an der von ihr gegründeten Frauenakademie erhalten. Gleich morgen werde ich mit der Leiterin, Frau Dr. Hilde Lion, die mir sehr gewogen ist, darüber sprechen.«

Daniel sah Judith mit einem unergründlichen Gesichtsausdruck an. Später würde er ihr einmal gestehen, dass er ihr den Hoffnungsschimmer nicht nehmen wollte, aber nicht geglaubt hatte, dass private Universitäten von den Repressalien verschont bleiben würden.

Jetzt lächelte er sie stattdessen an. »Ich finde es sehr bewundernswert, dass Sie den Mut nicht sinken lassen. Genauso, wie ich es bedauerlich finde, dass viele deutsche Unternehmen und Institutionen den Nazis bereits in vorauseilendem Gehorsam gefällig sind.«

»Sie meinen, wie Karstadt, wo alle jüdischen Mitarbeiter am Hermannplatz bereits vor dem Boykott fristlos entlassen wurden? Mit der Begründung, dass diese Angestellten den Zorn der Nazis auf sich zögen und damit den Betriebsfrieden stören würden.«

»Tja«, kommentierte Daniel im gleichen sarkastischen Tonfall wie Judith. »So macht man aus Opfern Schuldige.«

»Aber auch nichtjüdische Wissenschaftler sind zumindest an der Friedrich-Wilhelm-Universität von Sanktionen betroffen. Mein verehrter Doktorvater und langjähriger Mentor Professor Sering zahlt ebenfalls einen hohen Preis dafür, dass er sich schon seit Jahren offen gegen die Nazis geäußert hat. Man droht damit, ihm die Mitgliedschaft in der Preußischen Akademie der Wissenschaften zu entziehen, und hat ihm bereits die Teilnahme an einem internationalen Kongress in Zürich versagt. Es gereiche der Friedrich-Wilhelm-Universität nicht mehr zur Ehre, dort von ihm vertreten zu werden, lautete die schriftliche Begründung des Dekans seiner Fakultät. Max Sering denkt daher daran, vorzeitig zu emeritieren.«

»Wie bedauerlich und nebenbei auch wie schädlich für Deutschland. Die Anzahl der Wissenschaftler, die sich ins Privatleben zurückgezogen haben oder sogar emigriert sind, ist mittlerweile Legion. Aber lassen Sie mich etwas anderes fragen, Judith. Warum haben Sie heute diesen Treffpunkt vorgeschlagen?«

»Bisher habe ich das Café Reimann gemieden, da es für mich untrennbar mit den Ku'dammkrawallen vor eineinhalb Jahren verbunden war, in die ich mit meinem damaligen Verlobten hineingeraten bin. Doch heute muss ich überall in Berlin befürchten, als Jüdin unerwünscht zu sein. Im Reimann kann mir das erst mal nicht passieren. Das Café galt schon immer als weltoffen und überkonfessionell und hatte zumindest in früheren Zeiten viele namhafte jüdische Gäste. Carl von Ossietzky zum Beispiel ...«

»Der Herausgeber der *Weltbühne?*«, fiel ihr Daniel ins Wort. »Er ist bereits einen Tag nach dem Reichstagsbrand in sogenannte Schutzhaft genommen worden.«

Judith nickte traurig. »Das weiß ich. Seit Sie mir vor einigen Wochen meinen blinden Fleck bewusst gemacht haben, verfolge ich wieder die jüngsten politischen Entwicklungen und ihre Folgen. Daher weiß ich von Ossietzkys Verhaftung.«

»In ausländischen Journalistenkreisen kursiert die Information, dass Carl von Ossietzky wie viele andere Inhaftierte nicht nur unrechtmäßig festgehalten wird, sondern zwischenzeitlich sogar gefoltert wurde.«

Angesichts von Judiths bestürzter Miene schlug Daniel sich auf den Mund. »Was bin ich nur für ein Idiot! Anstatt Sie zu trösten, überbringe ich Ihnen weitere schlechte Nachrichten.«

Judith lächelte schmallippig. »Schlechte Nachrichten bin ich bereits seit geraumer Zeit gewöhnt, Daniel. Dazu gehört auch meine im vergangenen Herbst geplatzte Verlobung mit Martin Tietz. Ich habe ihn vorhin erwähnt. Er ist Mitglied der Geschäftsführung bei Hermann Tietz und Leiter des KaDeWe.«

Daniel schwieg eine kurze Weile und schien mit sich zu kämpfen. Dann straffte er die Schultern und holte hörbar Luft.

»Darf ich fragen, warum Ihre Beziehung gescheitert ist, Judith? Wenn Ihnen mein Ansinnen zu indiskret ist, vergessen Sie es!«, fügte er angesichts ihres Gesichtsausdrucks sofort hinzu.

»Nein, nein«, wehrte sie ab. »Es war der Beginn meiner seither ununterbrochenen Pechsträhne. Und Sie sind untrennbar damit verbunden.«

Daniels verblüffte Miene amüsierte sie einen Moment lang. »Er hat mir genau an dem Tag den Laufpass gegeben, als ich kopflos auf der Straße mit jenem Rüpel zusammengestoßen bin, vor dem Sie mich gerettet haben.«

»Also darf ich Herrn Tietz sogar dankbar sein«, entfuhr es Daniel, woraufhin er sofort errötete. »Entschuldigen Sie die Bemerkung, sie war taktlos«, fügte er hinzu.

»So taktlos wie Martin könnten Sie gar nicht sein, Daniel«, antwortete Judith und spürte zu ihrem eigenen Erstaunen, dass dies der Wahrheit entsprach. »Er hat mich, sogar zweimal, mit einem für eine Modenschau im KaDeWe engagierten Model betrogen. Beim ersten Mal übte seine Familie wahrscheinlich so viel Druck auf ihn aus, dass er Abstand von dieser *unstandesgemäßen Beziehung* nahm.« Judith betonte die Worte spöttisch. »Nach einiger Bedenkzeit und einer, wie ich glaubte, offenen Aussprache haben wir uns versöhnt und beschlossen, unsere Beziehung ein weiteres Jahr auf die Probe zu stellen. Doch Martin konnte es leider nicht abwarten, bevor er sich erneut mit diesem Model einließ. Bedauerlicherweise setzte er mich erst davon in Kenntnis, als ich unsere Verlobung öffentlich machen wollte.«

Judith schluckte. Die Erinnerung an jenes Gespräch in der Silberterrasse des KaDeWe tat immer noch weh.

»Seine Familie war nach wie vor nicht mit der Verbindung einverstanden, hatte jedoch aufgrund der wirtschaftlichen Schieflage von Hermann Tietz kein finanzielles Druckmittel mehr in der Hand. Immerhin haben sie die Hochzeit boykottiert. Deshalb hat Martin auf eine Eheschließung in Berlin verzichtet. Stattdessen ist er mit seiner Braut zur Trauung nach Boppard am Rhein gefahren und hat die Flitterwoche in genau demselben Hotel verbracht, in dem wir ungefähr ein Jahr zuvor unsere Versöhnung gefeiert hatten.«

»Und das hat Sie besonders gekränkt.« Mit einer liebevollen Geste wischte Daniel Judith eine Träne von der Wange, die sie gar nicht bemerkt hatte.

Dann begann er seinerseits zu erzählen. »In dieser Hinsicht sind wir sogar Leidensgenossen, liebe Judith. Nur dass mich meine langjährige Verlobte Emma unter dem Vorwand verlassen hat, ich wäre aufgrund meiner Tätigkeit als Auslandskorrespondent gar nicht an einer echten Verbindung mit ihr interessiert. Mein Beruf sei mir wichtiger als sie. In Wirklichkeit hatte sie einen sehr reichen und viel älteren Mann kennengelernt, der ihr ein besseres Leben bieten konnte als ein einfacher Journalist.«

Eine kurze Weile schwiegen sie beide. Judith nahm einen Schluck von ihrem Tee, wobei ihre Hände so stark zitterten, dass sie einen Teil der Flüssigkeit auf den Tisch verschüttete. Doch schon sprach Daniel weiter.

»Lange Zeit war ich überzeugt, nie über diese Kränkung hinwegzukommen, und wollte lieber Junggeselle bleiben, als mich noch einmal so innig auf eine Frau einzulassen.« Er machte eine Pause, bis Judith den Kopf hob und ihm ins Gesicht sah. »Doch dann traf ich Sie.«

Seine letzten Worte erschütterten Judith bis ins Mark. Ihre Kehle fühlte sich plötzlich wie ausgetrocknet an. Daniel deutete ihren Gesichtsausdruck falsch. »Damit habe ich Sie jetzt aus heiterem Himmel überfallen. Wie ungeschickt von mir, Ihnen zu all Ihrem heutigen Elend auch noch meine unerwünschten Gefühle aufzudrängen.«

Judiths Herz begann, wie rasend zu schlagen. »Nein, nein, so ist das nicht«, krächzte sie und spürte dabei in aller Klarheit, dass sie Daniels Gefühle erwiderte. »Sie … Sie überfallen mich nicht … Sie sprechen meine geheimsten Wünsche aus … nur wagte ich bislang nicht, sie mir einzugestehen.«

Daniels leidenschaftlicher Blick elektrisierte sie. »Wie schade, dass wir hier in der Öffentlichkeit sind.« Seine Stimme klang heiser. »Ich würde dich jetzt so gerne küssen.«

Die nächsten Worte kamen Judith wie von selbst über die Lippen. »Dann lass uns doch irgendwohin gehen, wo uns keiner stört!« Sie zog ein Notizblatt aus der Tasche und kritzelte etwas darauf.

»Das ist eine Nachricht für Arthur, damit er sich keine Sorgen macht. Bringst du mich später selbst in die Villa Bergmann zurück?«

Als Daniel wortlos nickte, stand sie auf und ergriff seine Hand. »Dann lass uns jetzt gehen, wohin du möchtest. Hauptsache, wir sind dort ein paar Stunden unter uns.«

Kapitel 27

Im KaDeWe

Anfang Mai 1933

»Nun schau doch nicht so unglücklich drein, Peter! Wenn ich nicht wüsste, dass diese Dekoration das Naziideal der Mutterschaft darstellt, würde es mir genauso gut gefallen wie deine anderen Schaufenster.«

Sie hatten sich im Erdgeschoss des KaDeWe getroffen, um Peters neuestes Werk zu begutachten. Noch verdeckte ein Laken die Schaufensterscheibe.

»Du weißt es aber, Rieke«, brummte Peter. »Und jeder andere, ob Nazianhänger oder nicht, weiß es auch, sobald die Szene sichtbar wird. Und ausgerechnet Martin Tietz selbst hat mir befohlen, solche Motive jetzt regelmäßig zu entwerfen.«

Rieke seufzte. »Was bleibt ihm denn anderes übrig, Peter? Judith hat mir im Vertrauen erzählt, dass die Akzept-Bank ihre Kreditzusage erst einmal auf Eis gelegt hat, das weißt du. Die Bank gehört zum Teil dem Staat, und da haben jetzt eben die Nazis das Sagen. Wenn man von ihrem Wohlwollen abhängig ist, wie im Augenblick der ganze Tietz-Konzern, muss man sich anbiedern. Es ist schrecklich, aber so ist es nun einmal. Und ich sage dir noch einmal, dass dieses Fenster viel schöner ist als viele andere, die wir gesehen haben«, fügte sie hinzu, als Peter weiter trübsinnig blieb. »Denk nur an diese lächerliche Verklärung der Jagd im Schaufenster von Wertheim in der Leipziger

Straße. Da sind mir Mütter mit musizierenden und tanzenden Kindern lieber.«

In der Tat hatte Peter sein künstlerisches Talent auch bei diesem ungeliebten Auftrag nicht verleugnen können. Er hatte eine Szene nachempfunden, die zur Stimmung im Monat Mai passte.

Im Grunewald waren eigens für dieses Schaufenster junge Birken geschlagen worden, deren Blätter sich gerade entfalteten. Sie stellten einen Frühlingswald nach. Auf einem mit einem tiefgrünen Teppich simulierten Moosboden tanzten in Trachten gekleidete Jungen und Mädchen Ringelreihen um einen Maibaum. Die Musik dazu lieferte eine an den Maibaum gelehnte Mutter mit einem Akkordeon. Ihr zu Füßen saß ihre blond bezopfte Tochter und spielte Gitarre.

Auf den Querstreben, die am Maibaum befestigt waren, befanden sich Haushaltsgegenstände anstatt der sonst üblichen Figuren oder floralen Motive. Da sah man eine überdimensional große Schere, eine Brezel und mehrere Milchtöpfe. Alles Symbole der Hausfrau und Mutter, die das Schaufenster in den Mittelpunkt rücken sollte.

»Noch mal, ich finde deine Dekoration sehr gelungen«, wiederholte Rieke. Dass ihr die blonde junge Mutter im Vordergrund, die ihre kleine Tochter herzte, einen Kloß im Magen verursachte, behielt sie für sich. Weiterhin wartete sie vergeblich auf eine Schwangerschaft.

»Also gebe ich die Szene frei«, fügte sich Peter jetzt in sein Schicksal. »Zum Glück hat Tietz mir zumindest nicht befohlen, den Nazis mit jedem Schaufenster zu huldigen. Sonst hätte ich gar keine Freude an meiner Arbeit mehr.«

»Hier sind Sie also, Frau Hauser«, ertönte plötzlich Else Lemkes Stimme in ihrem Rücken. Sie war unbemerkt durch die kleine Tür ins Innere des Schaufensters getreten.

Beide fuhren herum. Rieke sah Lemke forschend ins Gesicht. »Was gibt es denn so Eiliges?«, fragte sie barsch.

Tatsächlich handelte es sich um eine völlig unbedeutende Angelegenheit, mit der Else leicht auf Riekes Rückkehr ins zweite Stockwerk hätte warten können.

Noch am Abend vor dem Einschlafen grübelte sie darüber nach, wie viel Else Lemke wohl von ihrer Unterhaltung mit Peter mitgehört hatte.

Alice-Salomon-Schule

9. Mai 1933, gegen Mittag

»Wie schön, dass wir wieder einmal Gelegenheit zu einem ungestörten Gespräch haben, liebe Judith.«

Alice Salomon lächelte sie herzlich an. Judith bemerkte, dass Alice müde und erschöpft aussah. Sie wusste nicht, ob es von einem erst vor Kurzem überstandenen Rückfall in ihre Darmkrankheit herrührte oder von den Sorgen, die auch Alice nach der Machtergreifung der Nazis plagten. Möglicherweise von beidem.

Einen Moment lang überlegte Judith, ob sie Alice hierauf ansprechen sollte, sie entschied sich dann aber dagegen. Zu kostbar war ihr die gemeinsame Zeit, zumal die Begegnung mit Alice für sie ganz unerwartet gekommen war.

Sie hatte sich gerade in der Institutsbibliothek der Frauenakademie mit Werken von Sigmund Freud beschäftigt, die sie als Quelle für ihr Fachbuch der Psychologie und Pädagogik benötigte, als Alice den Raum betrat. An einem Montagmorgen war in der Regel im Lesesaal kaum Betrieb. Deshalb waren die beiden Frauen dort allein.

»Judith!«, begrüßte Alice sie freudig. »Das ist ja eine Überraschung! Um diese Zeit habe ich Sie noch nie hier gesehen.«

Judith fühlte sich traurig und froh zugleich. Zunächst gewann die Traurigkeit die Oberhand. Sie lächelte schmerzlich.

»Normalerweise würde ich montagvormittags eines meiner Seminare an der Universität halten. Aber das ist ja nun vorerst Vergangenheit. Also nutze ich die Zeit, um an meinem Fachbuch zu arbeiten. Ich bin heute hier, weil ich als Jüdin jetzt weder einen Zugang zur Universitätsbibliothek noch zu einer anderen öffentlichen Bibliothek habe.« Sie machte eine ausholende Handbewegung. »Zum Glück ist die Frauenakademie hervorragend mit wissenschaftlicher Literatur bestückt.«

Alice seufzte. »Ja, die Zeiten sind hart geworden. Wer hätte das gedacht?« Judith erinnerte sich daran, wie Alice noch vor ungefähr einem Jahr an ihrem sechzigsten Geburtstag voller Optimismus gewesen war, dass sich Deutschland positiv weiterentwickeln werde. Nun hatte die Realität sie eingeholt.

Alice sah auf ihre Uhr. »Ich habe gleich eine Besprechung mit Hilde Lion. Aber was halten Sie davon, ganz gemütlich in meinem Büro mit mir zu Mittag zu essen? Ich lasse uns etwas aus der Mensa kommen. Dann haben wir genügend Zeit zum Plaudern.«

Judith war natürlich einverstanden gewesen, und so saßen sich die beiden Frauen nun bei Berliner Leber mit Kartoffelpüree gegenüber.

Judith erklärte Alice gerade, worum es im aktuellen Kapitel ihres Fachbuchs ging, als es kurz und heftig an der Tür pochte, die danach sofort aufgerissen wurde. Charlotte Dietrich, die Leiterin der seit dem vergangenen Jahr nach Alice benannten Sozialen Frauenschule, stürmte herein.

»Gut, dass Sie da sind, Alice«, fiel sie grußlos mit der Tür ins Haus. »Ich habe eine wichtige Nachricht für Sie.«

Alice verzog missbilligend den Mund. »Kann das nicht noch eine Weile warten, Charlotte? Sie sehen doch, ich bin mit Judith gerade beim Essen.«

Ohne Judith weiter zu beachten, schüttelte Charlotte heftig den Kopf. »Was ich Ihnen zu sagen habe, duldet in Ihrem eigenen Interesse keinen Aufschub. Darf ich mich setzen?«

Ohne Alices Antwort abzuwarten, zog Charlotte sich einen freien Stuhl heran.

»Das klingt nicht nach guten Neuigkeiten«, stellte Alice fest.

»So ist es leider. Ich bedaure das selbst außerordentlich.« Auf Judith wirkte Charlotte allerdings eher schadenfroh. »Ich habe gerade einen Anruf von einer guten Freundin aus dem Erziehungsministerium erhalten. Dort gehen beständig Beschwerden ein, dass die Frauenakademie eine Brutstätte des Kommunismus sei. Sie rät Ihnen daher dringend, Frau Dr. Lion als wissenschaftliche Leiterin der Frauenhochschule sofort zu entlassen.«

Alice wirkte zunächst verdutzt, dann lachte sie freudlos auf. »Hält man Hilde im Erziehungsministerium etwa für eine kommunistische Agitatorin? Ich versichere Ihnen, liebe Charlotte, soweit ich weiß, hat sie bei jeder der zahlreichen Reichstagswahlen für eine der bürgerlichen Parteien gestimmt.«

Charlotte machte eine wegwerfende Handbewegung. »Das spielt doch überhaupt keine Rolle, Alice. Im Erziehungsministerium wird lediglich wahrgenommen, dass es eine von einer Jüdin gegründete und nur für Frauen zugängliche Hochschule in Berlin gibt, die von einer weiteren Jüdin geleitet wird. Ich muss Ihnen doch nicht erläutern, dass dies nicht in die augenblickliche politische Landschaft passt.«

Alice straffte sich, schob ihren Teller von sich und blickte Charlotte gerade in die Augen. »Ich werde Hilde Lion nicht entlassen. Schon gar nicht, weil sie Jüdin ist. Sie ist eine ausgezeichnete Wissenschaftlerin und daher am besten dazu geeignet, die Frauenakademie zu leiten. Außerdem hat sie einen Vertrag auf Lebenszeit.«

Charlotte hob mit gespielter Gleichgültigkeit die Schultern. »Dann habe ich jedenfalls meine Pflicht getan, Alice. Aber rechnen Sie bitte damit, dass es der Frauenakademie in Kürze genauso gehen könnte wie dem Institut für Sexualwissenschaft dieses dubiosen Dr. Magnus Hirschfeld.«

Während Alice sichtlich erbleichte, begann Judiths Pulsschlag sich immer mehr zu beschleunigen. Zum ersten Mal mischte sie sich ein.

»Sie wollen also damit sagen, dass auch der Frauenakademie ein Überfall dieses SA-Pöbels droht und sie wie das Institut von Hirschfeld verwüstet werden könnte?«

Charlotte fixierte Judith kalt. »Hüten Sie besser Ihre Zunge! Es sind schon Leute wegen größerer Nichtigkeiten in Schutzhaft genommen worden als wegen einer Beleidigung der nationalsozialistischen Hilfstruppen.«

Judith schluckte schwer. Leider hatte Charlottes Drohung Hand und Fuß. Der Schrecken, auch in Erinnerung an die Gewalttätigkeiten, denen Judith selbst ausgesetzt gewesen war, lähmte sie einen Moment lang.

Zum Glück ergriff jetzt wieder Alice das Wort. »Ich wiederhole es noch einmal, Charlotte: Ich werde Hilde nicht entlassen. Das ist mein letztes Wort. Heute kommen Sie wegen Hilde, morgen möglicherweise wegen mir. Lieber schließe ich die Frauenakademie auf der Stelle.«

»Das halte ich für eine gute Idee, Alice«, entgegnete Charlotte ungerührt. »Allerdings sollten Sie sich damit beeilen. Denn schon morgen Abend findet eine große Verbrennung entarteter Bücher auf dem Opernplatz statt. Alle aus der Institutsbibliothek von Hirschfeld stammenden Werke werden dabei vernichtet werden. Ebenso wie zahlreiche weitere Bücher von Schmierfinken wie Karl Marx, Erich Maria Remarque oder Sigmund Freud. Apropos Sigmund Freud. Meines Wissens besitzt die Akademiebibliothek auch Werke von diesem jetzt verbotenen Autor.«

»Mir scheint, werte Charlotte, Sie sind mittlerweile eine Anhängerin Hitlers geworden«, sagte Alice ihr auf den Kopf zu.

Charlotte zeigte nicht die geringsten Anzeichen von Verlegenheit. »Ich bin bereits vor geraumer Zeit in die Partei eingetreten«, bestätigte sie Alices Verdacht.

Ohne Aufforderung fuhr sie danach fort, ihre Pläne für die Soziale Frauenschule offenzulegen. »Natürlich muss ich die Frauenschule, die künftig Ihren Namen nicht mehr tragen wird, Alice, davor bewahren, in diesen Strudel hineingerissen zu werden. Also werde ich hier gravierende Veränderungen in die Wege leiten.«

Judiths Kehle wurde eng. »Und was bedeutet das genau?«, krächzte sie.

Charlotte warf ihr einen unfreundlichen Blick zu. »Zu Ihnen komme ich noch, Judith. Zuerst werde ich allerdings den zugrunde liegenden Ansatz erläutern. Ich stimme mit der Philosophie der nationalsozialistischen Partei mittlerweile vollkommen überein, dass Frauen eine Berufstätigkeit, erst recht im wissenschaftlichen Bereich, nicht zusteht. Sie verfügen nicht über die geistigen Kapazitäten wie ihre männlichen Kollegen, denen sie zudem damit den Arbeitsplatz stehlen.«

Judith schnappte nach Luft. Im Gegensatz zu ihr schien Alice völlig ruhig zu bleiben.

»Ein interessanter Gedanke, liebe Charlotte«, sagte sie mit unüberhörbarem Sarkasmus. »Dann wäre allerdings auch Ihnen Ihre Laufbahn versagt geblieben. Anstatt Leiterin einer renommierten Sozialen Frauenschule zu sein, wären Sie möglicherweise nicht mehr als ein Kindermädchen.«

»Auch darin hätte ich sicherlich meine Berufung gefunden«, antwortete Charlotte kaltschnäuzig. »Aber es ist nun mal anders gekommen. Heute besteht meine Pflicht darin, die zukünftigen Frauengenerationen auf ihre Aufgaben vorzubereiten.«

»Das heißt, Sie wollen unsere Schülerinnen nicht mehr für eine Berufstätigkeit in der öffentlichen Wohlfahrt ausbilden, sondern ...?« Alice ließ den Satz unvollendet.

»Sondern für ihre zukünftige Rolle als Hausfrau und Mutter. Dazu wird der gesamte Lehrplan verändert. Bereits ab morgen werden neue Fächer unterrichtet. Dazu habe ich schon einige von der Partei empfohlene Dozentinnen gewonnen. Zum Beispiel Susanne Wolters, die Bezirksfrauenschaftsleiterin von Tiergarten. Sie wird das Fach ›Sparsames Wirtschaften‹ unterrichten.«

Judith stockte der Atem. Sie wusste natürlich, dass Charlotte Riekes jüngere Schwester meinte, eine mittlerweile überzeugte Nationalsozialistin.

»Und was soll mit den jüdischen Lehrkräften geschehen?«, fragte Alice.

»Kraft meines Amtes als Leiterin werden alle mit sofortiger Wirkung entlassen.« Jetzt wandte sich Charlotte an Judith. »Das gilt natürlich auch für Sie. Bitte räumen Sie Ihren Schreibtisch und Ihren Schrank bis zum Abend aus!«

Während Judith das Blut in den Ohren rauschte und sie zu keiner Entgegnung fähig war, behielt Alice die Contenance.

»Dann bitte ich Sie, mein Kontor nun zu verlassen, Frau Dietrich.« Demonstrativ sprach sie Charlotte wieder mit ihrem Nachnamen an, was sie seit vielen Jahren nicht mehr getan hatte. Sie wies auf ihren halb vollen Teller. »Wie Sie unschwer erkennen können, sind wir gerade beim Mittagessen. Also heben Sie sich hinweg!«

Obwohl Charlotte die Empörung über diesen harschen Rauswurf ins Gesicht geschrieben stand, hatte sie vor Alice noch immer so viel Respekt, dass sie sich widerspruchslos erhob und zur Tür hinausrauschte. Die warf sie krachend hinter sich ins Schloss.

Alice nahm ein Stück Leber in den Mund und kaute eine Zeit lang darauf herum. Dann schluckte sie es hinunter und schob den Teller weit von sich weg. »Wie ich schon sagte, schließe ich die Deutsche Akademie für soziale und pädagogische Frauenarbeit mit sofortiger Wirkung. Daher sollten wir beide jetzt beratschlagen, wie wir unsere kostbaren Dokumente mit den Ergebnissen unserer jahrelangen Forschungsarbeit retten können, Judith«, sagte sie mit ungewohnt energischer Stimme.

»Wir müssen sofort damit beginnen und bis morgen früh fertig werden. Lassen Sie uns überlegen, wen wir dabei zu Hilfe rufen können.«

Judith war vor Entsetzen noch wie gelähmt. Nun hatte sie keine Möglichkeit mehr, ihre Lehrtätigkeit fortzusetzen, schon gar nicht im kommenden Semester an der Frauenakademie, wie sie es mit Hilde Lion vereinbart hatte. Derweil ging Alice mit entschlossenen Schritten zu ihrem Schreibtisch und griff nach dem Hörer des Telefons. »Ich werde zuallererst Hilde benachrichtigen.«

Wohnung der Hausers in Meyers Hof

10. Mai 1933, am späten Abend

»Wer kann das denn um diese Uhrzeit noch sein?«, fragte Rieke erschrocken, als es zum zweiten Mal heftig pochte. Es war bereits nach elf Uhr abends.

Auch Peter wurde blass. In letzter Zeit war Rieke schon häufiger aufgefallen, wie unruhig er war. Wenn sie ihn darauf ansprach, hatte er es jedes Mal auf seine berufliche Anspannung geschoben.

Nun warf er sich seinen Morgenmantel über und legte das Ohr an die Wohnungstür. »Wer ist da?«

»Ich bin es, Judith«, wisperte es von draußen.

Peter öffnete rasch die Tür. Hinter Judith schlüpfte ein hochgewachsener rotblonder Mann herein. Rieke war froh, dass sie ebenfalls ihren Morgenrock übergezogen hatte.

»Daniel Wilson, britischer Journalist der *London Times.*« Daniel streckte Peter seine Rechte entgegen.

Rieke bemerkte sofort, wie aufgelöst Judith wirkte. Sie trug eine schwere Tasche über der Schulter, Daniel in beiden Händen ein kleines Paket.

»Nun kommt erst einmal herein«, sagte Rieke. »Ich koche uns rasch einen schönen Tee.«

Dagegen hatte niemand etwas einzuwenden. Während sie das Getränk zubereitete, hörte Rieke mit, worüber die Neuankömmlinge sprachen.

»Gestern Abend hat Alice Salomon beschlossen, ihre Frauenakademie zu schließen. Charlotte Dietrich, die mittlerweile zu den Nazis gehörende Leiterin der Sozialen Frauenschule, hat ihr die Pistole auf die Brust gesetzt. Wenn sie Hilde Lion, die jüdische Leiterin der Hochschule, nicht entlasse, drohe der Akademie ein Überfall der SA und der Raub aller Forschungsunterlagen mit anschließender Vernichtung. Alice hat Hildes Entlassung trotzdem abgelehnt.«

Riekes Hände zitterten so stark, als sie den Tee aufgoss, dass sie sich fast verbrüht hätte. Dann riss sie sich zusammen, stellte Tassen und Zucker auf den Tisch der Wohnküche und setzte sich zu den anderen.

»Also hat es jetzt auch Alice Salomons Lebenswerk getroffen«, sagte sie erschüttert.

»Eigentlich war ja damit zu rechnen«, antwortete Judith bitter. »Ich muss endlich aufhören, mir dauernd Illusionen zu machen, und den Realitäten ins Gesicht sehen. Natürlich hat Charlotte Dietrich mich als Lehrkraft an der Sozialen Frauenschule entlassen. Stattdessen hat sie eine Dozentin eingestellt, die ...«, sie unterbrach sich und stockte, »aber das spielt jetzt keine Rolle.«

Dann errötete sie plötzlich. »Ihr fragt euch sicher, warum ich heute Abend mit Mr Wilson zu euch gekommen bin.«

Trotz der schlechten Nachrichten, die Judith sicher noch im Gepäck hatte, musste Rieke lächeln. »Eigentlich nicht, liebe Judith. Ich vermute einfach, dass euch beide mehr miteinander verbindet als berufliche Interessen. Schließlich hast du mir bei unserer letzten Begegnung angedeutet, dass es einen neuen Mann in deinem Leben gebe.«

Auch Judith lächelte jetzt und warf Daniel einen zärtlichen Blick zu. »Das ist richtig, Rieke. In dieser Hinsicht bin ich gerade sehr glücklich.«

Daniel, der neben Judith saß, legte den Arm um sie und zog sie an sich. »Doch was Sie sicherlich wundert, Rieke – ich darf Sie doch so nennen? –, ist, warum wir Sie um diese unchristliche Uhrzeit überfallen. Nun, der Anlass ist leider weitaus unerfreulicher als unsere glückliche Beziehung.«

Flüchtig ging es Rieke durch den Kopf, wie virtuos Daniel die deutsche Sprache trotz seines britischen Akzents beherrschte. Dann konzentrierte sie sich wieder darauf, was die beiden hierhergeführt hatte.

»Du sagtest, Alice Salomon hat ihre Frauenakademie geschlossen, Judith«, griff Peter den Faden wieder auf.

»Die Entscheidung fiel gestern Mittag. Sobald alle Anwesenden die Gebäude der Frauenschule und der Akademie verlassen hatten, trafen die Verbündeten ein, die wir bereits vorher kontaktiert hatten. Es waren zahlreiche Helfer, darunter auch meine Mutter Rebekka und Daniel. Wir haben in der Bibliothek und im Archiv der Akademie Papiere geordnet, einiges vernichtet, aber das meiste in kleine Pappkartons verpackt und noch in der Nacht aus dem Gebäude geschafft. Die Helfer haben die Sachen mit nach Hause genommen, um sie dort zu verstecken oder zuverlässigen Freunden anzuvertrauen, bis Daniel einen sicheren Weg gefunden hat, die Papiere nach England zu schicken.«

»Und das war keine Stunde zu früh«, fiel der ein. »Zwar ist bis jetzt niemand in der Frauenakademie erschienen, soviel wir wissen. Aber heute Abend, vor knapp zwei Stunden, fand eine große Bücherverbrennung auf dem Opernplatz statt. Ausgeführt vom Nationalsozialistischen Deutschen Studentenbund und von der Hitlerjugend, beschützt von der SA und begleitet von einer Tirade dieses widerlichen Propagandaministers Goebbels.«

»Der hat angekündigt, weitere Bücherverbrennungen zu organisieren. Deshalb erwarten wir über kurz oder lang, dass der Pöbel auch in der Frauenakademie auftauchen wird. Aber dann gibt es dort nichts mehr zu holen. Charlotte Dietrich wird zumindest mich verdächtigen, mein aktuelles Manuskript und die Ordner über meine beiden abgeschlossenen Forschungsprojekte mitgenommen zu haben. Ich muss damit rechnen, dass sie mich denunziert. Bei mir zu Hause in der Villa Bergmann sind die Unterlagen daher nicht sicher.«

»Und deshalb möchten wir Sie bitten, die Papiere in Ihrer Wohnung für Judith aufzubewahren. Sie stellen einen Großteil ihrer wissenschaftlichen Arbeit dar. Für das Fachbuch werde ich in England sicher einen Verleger finden.«

»Bei euch wird man auf keinen Fall nach meinen Unterlagen suchen«, beendete Judith ihre und Daniels Ausführungen.

Rieke, die mit wachsender Bestürzung zugehört hatte, stimmte sofort zu. »Natürlich kannst du deine Unterlagen bei uns deponieren, Judith. Das ist doch das Mindeste, was wir für dich tun können.«

Peter räusperte sich und hob die Hand. »Das sehe ich leider anders. Nein, nein!«, wehrte er angesichts von Riekes empörter und Judiths bestürzter Miene ab. »Das hat nichts damit zu tun, dass wir Probleme kriegen könnten, wenn man die Unterlagen hier fände. Sondern sie könnten bei einer Hausdurchsuchung den falschen Leuten in die Hände fallen.«

Rieke fuhr der Schrecken in alle Glieder. »Was meinst du denn damit, mein Schatz?« Die Stimme versagte ihr.

Peter holte tief Luft. »Bisher wollte ich dich nicht unnötig beunruhigen, Liebes.« Er griff nach Riekes Hand. »Aber du weißt doch, dass man Max Köhler und alle Mitglieder des Mieterrats, die der KPD angehören, bereits verhaftet hat. Vielleicht sind auch die anderen Mitglieder des Mieterrats bald an der Reihe. In allererster Linie ich als der zweite ehemalige Mietersprecher.«

Riekes Herz setzte einen Schlag aus. »Aber ... du hast doch nichts Unrechtes getan!«

Peter lächelte zynisch. »Haben Judith oder Alice Salomon etwas Unrechtes getan? Du siehst doch, wie es Menschen in diesem Staat ergeht, in dem Recht und Gesetz inzwischen mit Füßen getreten werden.«

»Gefährden wollen wir euch natürlich nicht«, sagte Judith entschlossen, die sich wieder gefasst hatte. Sie blickte Daniel an. »Dann müssen wir uns eben etwas anderes überlegen. Vielleicht kannst du die Papiere mit in die Redaktion nehmen. Ja, ich weiß, dass du dort wenig Platz zur Verfügung hast, aber ...«

»Ich habe nicht gemeint, dass wir dir nicht helfen möchten, Judith!«, unterbrach sie Peter. »Ich denke nur, dass es in Meyers Hof einen sichereren Ort als unsere Wohnung gibt.«

Rieke wusste sofort, was Peter meinte. »Du denkst an die Wohnung von Käthe und Fritz?«

Peter nickte. »Die wird jedenfalls so schnell nicht durchsucht werden.«

»Aber hat sich deine Mutter nicht ebenfalls in den Mieterstreiks engagiert, Rieke? Und sogar noch gegen den Aprilboykott der Nazis?«

»Das ist zwar richtig, aber dabei war sie eine von vielen«, antwortete Peter an Riekes statt. »Und das keineswegs in herausragender Position. Außerdem wird sie der ›rohe Hamburger‹ beschützen und im Zweifelsfall warnen. Er war und ist schon immer ein guter Nachbar gewesen und hilft Fritz bis heute, den Abort zu erreichen und die Treppen hinunterzukommen.«

»Der ›rohe Hamburger‹?«, fragte Daniel verblüfft. »Einen solchen Begriff habe ich noch nie gehört. Was heißt das denn?« Auch Judith wirkte verwirrt.

Wieder lächelte Peter zynisch. »Hamburger ist ein anderes Wort für Bulette. Mit ›rohen Hamburgern‹ bezeichnen wir ehemalige Kommunisten, die zu den Nazis übergelaufen sind.

Egon Tietschke, der Nachbar von Fritz und Käthe, ist so einer. Außen braun, innen rot.«

Einen Augenblick lang schwiegen Daniel und Judith, dann brachen beide in lautes Gelächter aus.

»Also meinen Sie mit jenem Egon jemanden, der seine wahre Gesinnung jetzt unter einem braunen Gewand verbirgt?«

»Bei Egon ist das so, Mr Wilson«, antwortete Peter. »Er wird Käthe auf keinen Fall denunzieren und auch andere daran hindern. Schon allein, weil Fritz seit Jahren aufgrund einer SA-Schlägerei gelähmt ist.«

»Nennen Sie mich doch bitte Daniel! Das ist jedenfalls eine satirische Glosse in meiner Zeitung wert.«

Peter hob erschrocken die Hand. »Um Himmels willen, unterlassen Sie das, Daniel! Am Ende werden alle zu den Nazis übergelaufenen Kommunisten aufgrund solcher Artikel auf Herz und Nieren geprüft, um die Spreu vom Weizen zu trennen.«

»Sie haben natürlich recht«, räumte Daniel zerknirscht ein. »Ich verspreche Ihnen hoch und heilig, kein Sterbenswörtchen über jene ›rohen Hamburger‹« – unwillkürlich musste er wieder lachen – »zu schreiben.«

»Außerdem sind sie auch hier in Meyers Hof recht nützlich«, sagte Rieke. »Denn was alle Mieterstreiks nicht erreicht haben, bewirken nun diese scheinbar oder wirklich zu den Nazis Übergelaufenen. Unser geiziger Vermieter Alexander Tumarkin ist Jude. Egon und seine Gesinnungsgenossen haben ihm gedroht, ihn erneut bei der Baupolizei anzuzeigen, wenn er die Missstände nicht beseitigt. Die Baupolizei wird natürlich wie alle Behörden inzwischen von den Nazis beherrscht. Und plötzlich hat Tumarkin doch das Geld dazu! Zumindest das Trinkwasser ist wieder sauberer, weil schon viele Leitungen repariert worden sind. Außerdem werden gerade zwei neue Waschküchen eingerichtet.«

»Immerhin etwas Gutes.« Judith unterdrückte ein Gähnen.

»Es ist schon sehr spät, und Judith ist erschöpft«, sagte Daniel. »Ich würde sie jetzt gerne nach Hause bringen.«

»Also bist du damit einverstanden, dass wir deine Sachen morgen zu meiner Mutter bringen?«

Judith lächelte Rieke zu. »Natürlich, wenn sie auch damit einverstanden ist. Du bist mir eine wahre Freundin.«

Rieke lag stundenlang wach, nachdem Judith und Daniel längst gegangen waren. Neben ihr schlief Peter friedlich und schnarchte leise. Doch seine Sorgen, die er heute Abend endlich offen gelegt hatte, ließen Rieke die ganze Nacht lang kein Auge schließen.

Im KaDeWe

Ende Mai 1933

»Es ist so weit, Frau Hauser«, sagte Esther Weinberg mit leiser Stimme. »Ich bin gekommen, um mich von Ihnen zu verabschieden. Herr Bergmann hat mich schon für heute freigestellt. Unser Schiff geht in einer Woche von Hamburg nach Palästina.«

Obwohl Rieke seit Längerem damit gerechnet hatte, spürte sie jetzt doch eine große Traurigkeit in sich aufsteigen. Sie ergriff Esthers Hände. »Ich wünsche Ihnen von ganzem Herzen alles Gute, liebe Esther. Sie werden mir fehlen. Nicht nur als ausgezeichnete Verkäuferin, sondern auch als Mensch.«

Esthers Augen wurden feucht. »Auch Sie werden mir fehlen, Rieke, verzeihen Sie mir, Frau Hauser …« Rieke winkte ab. »Ich hätte mir keine bessere Vorgesetzte wünschen können. Und keine schönere Berufstätigkeit als die der Ersten Verkäuferin in der Damenkonfektion des KaDeWe.«

»Wovon werden Sie denn in Palästina leben?«

Esther zuckte mit den Achseln. »Warenhäuser gibt es dort nicht. Ich werde in einem Kibbuz arbeiten. So nennt man die dortigen Siedlungen. Vielleicht werden mein Mann und ich sogar mithelfen, einen solchen Kibbuz zu gründen.« Sie schluchzte trocken auf. »Aber alles ist besser, denn als Jüdin in diesem verfluchten Land zu bleiben. Selbst wenn ich die harte Erde in Palästina mit meinen bloßen Händen aufkratzen muss.«

Rieke wusste nicht, was sie darauf antworten sollte. Sie hätte Esther so gern widersprochen, aber die sagte leider die reine Wahrheit.

»Herr Bergmann hat mir mitgeteilt, dass Frau Rosenheim schon morgen anfangen wird. Er will sie noch heute benachrichtigen. Sie wird sich jedenfalls freuen, meine Stelle antreten zu können, nachdem Karstadt sie Ende März Knall auf Fall entlassen hat. Ich bin überzeugt, sie wird sich gut einfügen.«

Rieke nickte. Innerlich war sie nicht so überzeugt davon wie Esther. Sibylle Rosenheim hatte zwar ebenfalls viel Erfahrung als Verkäuferin, war aber offenbar durch die Ereignisse der jüngsten Zeit eingeschüchtert und hatte in ihrem Vorstellungsgespräch unsicher gewirkt.

Rieke wusste, dass auch Frau Rosenheims Ehemann bei Karstadt entlassen worden war. Die Familie, zu der die Großeltern und zwei halbwüchsige Kinder gehörten, lebte seither von ihren Ersparnissen, da Juden keine Erwerbslosenunterstützung erhielten. Sie vermutete daher, dass Paul Bergmann und David Loewenberger, den Bergmann mit Esthers Einverständnis in ihre Emigrationspläne eingeweiht hatte, Frau Rosenheim eher aus Mitleid einstellen wollten. Wahrscheinlich waren auch sie nicht von ihrer Kompetenz überzeugt. Trotz ihrer Zweifel hatte Rieke keinen Einspruch dagegen erhoben.

Spontan schloss sie Esther in die Arme. Eine Weile hielten sich die Frauen umfangen, bis Esther sich entschlossen löste. An der Tür von Riekes Büro drehte sie sich noch einmal um.

»Wissen Sie schon, dass es heute einen großen Ausverkauf in der Buchabteilung gibt? Dort werden Bücher, die zwar nicht verboten, aber unerwünscht sind, zu verbilligten Preisen abgegeben. Ausschließlich an das Personal. Ich hätte mir gern selbst etwas gekauft, aber ich kann ohnehin nur einen winzigen Teil unserer Sachen mitnehmen. Vielleicht finden Sie dort etwas, das Sie interessiert.«

Mit ihrem Tipp hatte Esther bei Rieke ins Schwarze getroffen. Seit Judiths Bruder Johannes, ihr damaliger Abteilungsleiter, sie dazu ermuntert hatte, gehörte Lesen zu ihren liebsten Freizeitbeschäftigungen. Sobald sie ihre Mittagspause angetreten hatte, ging sie daher nicht ins Souterrain zur Personalkantine, sondern in den vierten Stock in die Buchabteilung, die gleich neben der Leihbibliothek lag.

Ach Gott, fiel Rieke auf dem Weg dorthin ein. Ich muss ja noch das Buch von Vicki Baum zurückgeben.

Sie hatte sich vor einiger Zeit den Roman *Menschen im Hotel* dieser bekannten österreichischen Schriftstellerin ausgeliehen und ihn mit Spannung gelesen, da sie den Kinofilm mit Greta Garbo verpasst hatte.

Im vierten Stock angekommen, fiel Rieke sofort der Roman *Paradies der Damen* von Émile Zola ins Auge. Sie hatte ihn einst auf Empfehlung von Johannes Bergmann, Judiths Bruder, gelesen. Es war eine faszinierende Lektüre gewesen, Rieke erinnerte sich gut daran, wie viel sie über die Prinzipien der Warenhäuser im Unterschied zum herkömmlichen Einzelhandel aus diesem Roman gelernt hatte.

Das Buch war tatsächlich im Preis um die Hälfte reduziert. Warum Zolas Werke bei der Reichskulturkammer unerwünscht waren, konnte sich Rieke zumindest aus dem Inhalt des Romans über das französische Kaufhaus nicht erklären. Vielleicht weil der Autor Franzose ist, überlegte sie.

Spontan nahm sie das Buch an sich und sah dabei, dass auch

weitere Werke von Zola verbilligt angeboten wurden. Nachdem sie die Inhaltsangaben gelesen hatte, entschied sie sich für *Germinal,* ein Buch über das Schicksal einer nordfranzösischen Bergarbeiterfamilie, und *Nana,* die Geschichte einer Pariser Kokotte.

Beladen mit den drei umfangreichen Bänden, betrat sie danach die Leihbibliothek, um sich bei der Bibliothekarin dafür zu entschuldigen, dass sie die Leihfrist für den Roman von Vicki Baum überschritten hatte. Zu ihrem Erstaunen standen überall Bücherstapel auf dem Boden herum. Die Regale wiesen große Lücken auf.

Bis zum Kinn mit einem weiteren Bücherstapel beladen, erschien schließlich Fräulein Neumann, die die Leihbibliothek seit vielen Jahren betreute.

»Was geht denn hier vor sich?«, fragte Rieke.

Fräulein Neumann schnaufte. Sie stellte den Stapel zu den anderen auf den Fußboden und wedelte mit einer mehrseitigen Liste, die auf der Ausleihtheke lag.

»Befehl von Herrn Tietz persönlich. Alle verbotenen Bücher, die hier aufgeführt sind, müssen unverzüglich aus der Leihbibliothek entfernt werden. Angeblich sollen sie noch heute in einem unserer Öfen im Dachgeschoss verfeuert werden.«

»Oh«, machte Rieke überrascht. Dann fiel ihr Blick auf einen schon recht zerlesenen Roman von Vicki Baum, der zuoberst auf einem der Stapel lag. »Aber hier muss es sich um einen Irrtum handeln.« Sie hielt das Buch in die Höhe. »Vicki Baum gehört doch sicher nicht zu den verbotenen Schriftstellerinnen.«

»Sie ist Jüdin«, antwortete Fräulein Neumann lakonisch. »Alle jüdische Literatur ist verboten.«

Rieke wollte sich schon abwenden, ohne preiszugeben, dass sie selbst noch ein Buch von Vicki Baum zu Hause hatte, als Fräulein Neumann sie darauf ansprach. »Sie müssen den Roman *Menschen im Hotel* morgen unbedingt zurückgeben,

Frau Hauser. Ich bin angewiesen worden, auch alle ausgeliehenen verbotenen Bücher zurückzufordern, damit sie vernichtet werden können.«

»Ich denke daran«, versprach Rieke zunächst. Dann kam ihr eine kühne Idee. »Aber warum soll ich diesen dicken Schinken vom Wedding hierherschleppen, wenn ich das Buch, das mir ohnehin nicht gefallen hat, auch in meinem eigenen Herd verbrennen kann?«

Fräulein Neumann überlegte einen Moment lang und stimmte Rieke dann zu. »Da haben Sie natürlich recht, Frau Hauser. Kann ich mich denn darauf verlassen, dass Sie das Buch vernichten? Sonst bekomme ich am Ende noch Ärger.«

»Natürlich«, beteuerte Rieke und legte vorsichtshalber nach. »Jetzt weiß ich wenigstens, warum ich das Buch so schrecklich fand. Wenn ich vorher gewusst hätte, dass es von einer Jüdin ist, hätte ich es erst gar nicht ausgeliehen.«

Dies überzeugte Fräulein Neumann endgültig. Die Frauen hatten sich schon voneinander verabschiedet, als die Bibliothekarin eine dünne Broschüre aus einem Bücherstapel verlor, den sie gerade zum hinteren Ende des Raums trug. Rieke bückte sich rasch und hob sie auf.

Brief einer Unbekannten von Stefan Zweig, las sie. Dann blickte sie sich um. Niemand beobachtete sie. Rasch verbarg sie das Büchlein zwischen ihren Zola-Romanen und verließ die Leihbibliothek.

Am gleichen Abend las sie Stefan Zweigs Novelle und vergoss dabei weidlich Tränen, wie so viele andere Leserinnen vor ihr.

Kapitel 28

Reichswirtschaftsministerium

Juni 1933

Gunter Perl sah auf die Uhr und versuchte, seinen aufkeimenden Ärger zu unterdrücken. Seit einer halben Stunde ließ ihn der gerade erst ins Amt berufene Reichswirtschaftsminister Kurt Schmitt auf diesem zugigen Flur warten. Nicht einmal einen Platz in seinem Vorzimmer hatte ihm Schmitts Sekretärin angeboten.

Aber es hilft ja nichts, sich aufzuregen, rief Gunter sich selbst zur Ordnung. Ich bin der Bittsteller und kann froh sein, dass Schmitt mich überhaupt empfängt.

Um sich abzulenken, ließ Gunter die letzte Geschäftsführungssitzung am Alexanderplatz noch einmal Revue passieren, die zu seinem heutigen Termin im Reichswirtschaftsministerium geführt hatte. Dabei hatten sich die drei Geschäftsführer aus der Familie Tietz beinahe ernsthaft zerstritten.

»Die Lage ist nicht nur unverändert ernst, sondern wird von Tag zu Tag schlimmer«, hatte Georg Tietz die Sitzung eröffnet. »Gestern hat Hardy senior mich angerufen und mir unmissverständlich klargemacht, dass sie ihren Kredit spätestens Ende Juni zurückfordern müssen. Kein Wunder, dass auch Hardy und Co. als jüdisches Bankhaus zunehmend unter Druck gerät. Nicht jüdische Kunden, vor allem Geschäftsleute, ziehen ihre Einlagen ab, sodass die Bank mittlerweile selbst Liquiditätsengpässe hat. Es bleibe ihnen also keine andere Wahl, als die vierzehn Millionen gerichtlich einzufordern, wenn wir nicht zahlen können.«

»Und das würde bedeuten, wir sind bankrott«, fügte Hugo Zwillenberg unnötigerweise hinzu.

Eine Weile hatte betretenes Schweigen im Raum geherrscht. Dann meldete sich Paul Bergmann zu Wort. »Wie sehen die aktuellen Umsatzzahlen aus, Hugo?«

Zwillenberg schnaubte. »Schlimmer denn je. Zwischen 1930 und 1933 sind die Umsätze im gesamten Konzern um sage und schreibe 46,6 Prozent zurückgegangen.«

»Also fast um die Hälfte«, stellte Martin Tietz fest, nach Gunters Auffassung ebenfalls überflüssigerweise.

»Auch dein wunderbares KaDeWe trägt dazu bei«, blaffte Georg. »Wie hoch sind dort die Umsatzrückgänge?«

»21,4 Prozent.«

»Immerhin weniger als die Hälfte der gesamten Umsatzrückgänge.« Zu Gunters Amüsement schien Martin sogar stolz auf das geringere Minus zu sein.

Doch Georg fuhr ihm hart über den Mund. »Dies ist sogar der größte Schlag ins Wasser. Es bedeutet nicht mehr und nicht weniger, als dass sich die riesigen Summen für den Umbau, die wir ins KaDeWe investiert haben, bislang nicht amortisiert haben.«

»Haben sich denn die anderen Investitionen gelohnt?« Martin hatte Paul Bergmann direkt angesprochen.

Der sah unglücklich aus, als er antwortete. »Wenn Sie das Warenhaus am Weinberg meinen, Herr Tietz, leider nein. Dort betragen die Umsatzrückgänge sogar 32,1 Prozent.«

Gunter hatte eine Weile gebraucht, um zu verstehen, warum Bergmann Martin Tietz seit einiger Zeit wieder beim Nachnamen nannte. Als er den Grund schließlich herausgefunden hatte, konnte er seine Schadenfreude kaum bezwingen. Es lag an der geplatzten Beziehung zwischen Judith Bergmann und Martin Tietz, der inzwischen sogar verheiratet war. Mit einem ehemaligen Model!

Ehe er seiner Schadenfreude in der Sitzung innerlich erneut

nachgeben konnte, in der Hoffnung, dass seine Mimik ihn nicht verriet, drohte die Situation zu eskalieren.

»Also was macht ihr mir Vorwürfe, verehrte Kollegen?«, schnauzte Martin die anderen an. »Dahinter steht doch nichts als der blanke Neid. Ich bin für euch der Sündenbock, dabei hast du, Hugo, nicht einmal den Überblick über die Buchhaltung behalten. Oder stimmt es etwa nicht, dass wir nahezu fünfhunderttausend Mark unbezahlte Außenstände bei Lieferanten haben, die als beglichen verbucht worden sind?«

»Was trotzdem nur ein Bruchteil dessen ist, was wir im KaDeWe verschleudert haben.« Hugo blieb ihm nichts schuldig.

»Immerhin ist das KaDeWe noch von niemandem verklagt worden. Da die ersten Lieferanten schon gegen Hermann Tietz vor Gericht ziehen, solltet ihr froh darüber sein, dass wir wenigstens dieses Zugpferd haben, um einen Rest unseres ehemaligen guten Rufs zu bewahren.«

Was für ein erbärmlicher Haufen, fuhr es Gunter durch den Kopf.

In diesem Moment griff Bergmann ein. »Sie wollten doch noch einmal mit der Akzept-Bank sprechen, Georg. Was hat sich denn dabei ergeben?«

»Gar nichts. Die Akzept-Bank sagt weder Ja noch Nein zu unserem Kreditanliegen. Von der ehemals mündlich gegebenen Zusage will man dort nichts mehr wissen. Jetzt versteckt man sich hinter dem Reichswirtschaftsministerium, wo der Ministerposten gerade erst neu besetzt worden ist. Man hat mich aufgefordert, dass wir uns gleich dorthin wenden.«

Gunter kam eine wagemutige Idee. »Und warum tun Sie das nicht, Herr Tietz?«

Ihm hatte noch niemand angeboten, sich gegenseitig beim Vornamen zu nennen, was Gunter weidlich wurmte. Jetzt begann ein vager Plan in ihm Konturen anzunehmen.

Zunächst gab Georg die erwartete Antwort. »Wir sind ein

jüdisches Unternehmen, Herr Perl, das dürfte Ihnen ja nicht entgangen sein. Und die Zerschlagung von Warenhäusern steht im Parteiprogramm der NSDAP. Was glauben Sie denn, was jemand von uns bei diesem Reichswirtschaftsminister ausrichten könnte? Wenn man uns überhaupt vorlässt.«

Gunter beherrschte seinen Zorn über die abfällige Antwort und hoffte, dass seine Stimme ruhig und souverän klang.

»Dann möchte ich Ihnen einen Vorschlag machen, meine Herren.« Er sah in die Runde, bis er sicher war, dass alle Blicke auf ihn gerichtet waren. »Ich bin das einzige Mitglied der Geschäftsführung ohne jüdische Wurzeln. Was halten Sie davon, wenn ich um eine Audienz im Reichswirtschaftsministerium nachsuche, um dort unsere Interessen zu vertreten?«

»Eine ausgezeichnete Idee!«, preschte Martin vor. »Wenn der neue Minister nicht mit Gunter Perl spricht, wird er mit uns anderen sowieso nicht verhandeln.«

Georg und Hugo nickten zustimmend. Lediglich Bergmann blickte skeptisch oder sogar misstrauisch drein, wie es Gunter im Nachhinein vorkam.

»Dann lassen Sie uns doch jetzt gemeinsam die Argumente sammeln, die für eine Erhaltung der Hermann Tietz OHG sprechen«, sagte Gunter und ignorierte seine Abneigung gegen Bergmann.

Das hatten alle in der Folge eifrig getan. Ihre Mühe war nicht umsonst gewesen. Es hatte zwar dreier Anläufe bedurft, aber schließlich war Gunter zum heutigen Termin ins Reichswirtschaftsministerium einbestellt worden.

Nach einer weiteren Viertelstunde öffnete sich endlich die Tür zum Vorzimmer des Ministers. Eine grimmig wirkende ältliche Dame mit einer Frisur, die in ihrer Steifheit einem Wehrmachtshelm glich, winkte Gunter einzutreten. Wenig später saß er dem neuen Reichswirtschaftsminister gegenüber.

Natürlich hatte sich Gunter im Vorfeld ausgiebig über Kurt

Schmitt informiert. Er war Ende vierzig und promovierter Jurist. Vor der Übernahme seines heutigen Postens hatte er als Generaldirektor mehrere Versicherungsunternehmen geleitet, darunter die bekannte Allianz AG. Glaubte man den Zeitungsberichten, die anlässlich seiner Ernennung veröffentlicht worden waren, gehörte Schmitt zum Kreis jener Wirtschaftsmagnaten, die mit Adolf Hitler bereits weit vor dessen Machtübernahme kooperiert hatten.

Schmitt kam Gunter entgegen und begrüßte ihn mit Handschlag. Sein Händedruck war fest, sein Gesichtsausdruck freundlich. Dies hielt Gunter schon einmal für ein positives Signal. Sein Gefühl, nicht gänzlich umsonst hierhergekommen zu sein, verstärkte sich noch, als Schmitt ihm einen Kaffee anbot, den Gunter dankend annahm.

Bis die Vorzimmerdame die Getränke hereingebracht hatte, unterhielt man sich über unverfängliche Themen. Doch sobald Schmitt den ersten Schluck genommen hatte, wurde der Blick, mit dem er Gunter musterte, stechend.

»Also, Herr Perl, Sie kommen heute in der Angelegenheit der Hermann Tietz OHG zu mir. Was erwarten Sie sich von unserem Gespräch?«

Gunter ging sofort in die Offensive. »Der Hermann Tietz OHG wurde zum Jahresbeginn eine mündliche Zusage über einen Kredit von vierzehneinhalb Millionen Reichsmark von der halbstaatlichen Akzept-Bank gegeben.« Spontan hatte sich Gunter entschlossen, die Summe um die fünfhunderttausend Mark Außenstände bei Lieferanten aufzustocken. »Seitdem unser verehrter Reichspräsident von Hindenburg Herrn Hitler zum Reichskanzler ernannt hat, liegt diese Zusage allerdings auf Eis. Sie wurde nie in einen schriftlichen Kontrakt umgewandelt.«

»Aus gutem Grund, Herr Perl. Die Parteibasis der NSDAP, allen voran der NS-Kampfbund des Gewerbetreibenden Mittelstands, hat sich auf die Fahnen geschrieben, alle Warenhäuser zu schließen. Schon die Rettung von Karstadt mit staatlicher

Hilfe hat einen Sturm der Entrüstung hervorgerufen. Obwohl Karstadt ein Unternehmen in arischem Besitz ist. Nennen Sie mir daher einen einzigen guten Grund, warum ich mich für den Erhalt eines jüdischen Warenhauskonzerns einsetzen sollte!«

»Nun, es gibt mindestens vierzehntausend gute Gründe, Herr Schmitt«, antwortete Gunter schlagfertig. »Damit meine ich den Erhalt von vierzehntausend Arbeitsplätzen in unseren fast zwanzig Warenhäusern im ganzen Reich.«

Dass Schmitt ihm mit der von ihm sicher nur rhetorisch gemeinten Frage eine solche Steilvorlage für seine Argumente gab, war ein unerwarteter Glücksfall. »Hinzu kommen Tausende von Arbeitsplätzen bei unseren Zulieferbetrieben, die bei einer Insolvenz von Hermann Tietz in Gefahr wären. Das Gesamtvolumen unserer Wareneinkäufe betrug im vergangenen Jahr mehr als einhundertdreißig Millionen Reichsmark.«

An Schmitts Antwort erkannte Gunter, dass er gleich mit seinem ersten Schuss einen Volltreffer erzielt hatte. »Das spricht in der Tat bei fast sechs Millionen Arbeitslosen im Reich für den Erhalt des Unternehmens.«

Gunter hätte am liebsten gejubelt, bezwang seine Gefühle jedoch mit eiserner Disziplin. Noch war die Verhandlung keineswegs über den Berg.

»Sollte die Akzept-Bank ihre Kreditzusage einlösen, wäre zumindest die aktuelle Krise überwunden. Deshalb bin ich im Auftrag der übrigen Geschäftsführer von Tietz gekommen, um Sie darum zu bitten.«

Schmitt musterte Gunter weiterhin aufmerksam. »Sie sind selbst Mitglied der Geschäftsführung, soweit ich unterrichtet bin.«

»Das ist korrekt. Ich habe im Augenblick die Funktion des leitenden Textileinkäufers für den gesamten Konzern. Und kenne das Unternehmen schon seit der Ära von Adolf Jandorf, dem Gründer des KaDeWe. Er hat seine Warenhäuser im Jahr 1926 an die Hermann Tietz OHG verkauft.«

»Sie sind also von der Pike auf in diesem Unternehmen beschäftigt. Teilen Sie mir doch etwas über Ihren Werdegang mit.«

Darauf war Gunter zwar nicht vorbereitet, er hatte diese Informationen jedoch jederzeit parat. Kurz umriss er seine Laufbahn vom einfachen Verkäufer zum Warenhausleiter mit erst Mitte zwanzig, seine folgenden Funktionen als Abteilungsleiter und schließlich leitender Textileinkäufer im KaDeWe bis zu seiner heutigen Position. Schmitt war sichtlich beeindruckt.

»Der Erhalt so vieler Arbeitsplätze ist in der heutigen Zeit natürlich von großer Bedeutung«, kam der Reichswirtschaftsminister dann zum eigentlichen Thema zurück. »Doch wenn es um die Zustimmung unseres verehrten Führers Adolf Hitler zu einem Kredit geht – ohne die kann ich eine solche Entscheidung nicht verantworten –«, mit diesem Hinweis reagierte er auf Gunters betroffenen Gesichtsausdruck, »muss ich ihm darlegen können, dass das Unternehmen wirtschaftlich eine Zukunftsperspektive hat. Wie können Sie das gewährleisten?«

»Darf ich offen sein?« Gunter holte tief Luft. Jetzt würde er sich auf dünnem Eis bewegen. »Die finanzielle Schieflage von Hermann Tietz geht nicht nur auf die allgemeine Wirtschaftskrise seit dem Börsenkrach in New York zurück. Auch einige Entscheidungen Ihrer verehrten Partei haben dazu beigetragen.«

Schmitt zog finster die Augenbrauen zusammen. »Wie meinen Sie das?«

Gunter trat entschlossen die Flucht nach vorn an. Ein Kredit der Akzept-Bank würde Hermann Tietz nur vorübergehend etwas nutzen, falls sich die Gesamtsituation nicht gravierend veränderte.

»Nun, da sind zum einen die beständigen Proteste der NS-Frauenschaft, teilweise mithilfe der SA, die die Kunden unserer Warenhäuser verschrecken. Zudem dürfen große Teile der Bevölkerung gar nicht mehr bei uns einkaufen. Das ist jedem

Parteimitglied und seit der Übernahme der Regierung durch die NSDAP auch jedem Staatsbediensteten verboten. Auch die Ehestandsdarlehen dürfen nur in arischen Geschäften eingelöst werden. Hinzu tritt das kürzlich ergangene Verbot von Inseraten in allen großen deutschen Tageszeitungen, mit denen wir sonst für unsere Produkte und Sonderaktionen wie die Weiße Woche geworben haben. Werden diese Beschränkungen aufrechterhalten, stellen sie einen beständigen Nachteil für unsere weitere geschäftliche Entwicklung dar.«

Schmitt ließ sich dies eine Weile durch den Kopf gehen. »Sie glauben also, dass die Hermann Tietz OHG durchaus wieder zu einem erfolgreichen Unternehmen werden könnte, wenn diese Beschränkungen wegfielen?«

»Davon bin ich überzeugt.«

»Wenn ich unserem Führer neben der Bitte, den Konzern durch die Kreditzusage überhaupt zu erhalten, außerdem vortragen würde, sämtliche Beschränkungen, die aktuell für jüdische Geschäfte gelten, fallen zu lassen, gäbe es nicht die geringste Aussicht auf eine positive Entscheidung in Ihrem Sinne.«

Auf diesen Einwand hatte Gunter sich sorgfältig vorbereitet. Dann nahm Schmitt ihm seinen eigenen Vorschlag vorweg.

»Ganz anders sähe die Lage aus, wenn wir aus einem Unternehmen in rein jüdischem Besitz eines machen würden, in dem eine arische Geschäftsführung das Sagen hat.«

Gunter tat überrascht. »Das halte ich für eine ganz ausgezeichnete Idee.«

»Stünden Sie selbst in einem solchen Fall zur Verfügung?«, ersparte Schmitt es Gunter ein weiteres Mal, sich aktiv ins Spiel zu bringen.

»Selbstverständlich. Wenn ich damit dem Reich genauso dienen kann wie dem Unternehmen, wäre es mir eine Ehre und Freude.«

»Dann werde ich unserem Führer diesen Vorschlag unterbreiten. Behandeln Sie unsere Gesprächsergebnisse vorläufig diskret!« Auch damit sprach Schmitt Gunter aus der Seele. »Teilen Sie der jüdischen Geschäftsführung lediglich mit, dass ich mit Herrn Hitler sprechen werde. Sobald diesbezüglich eine Entscheidung getroffen wurde, setze ich Sie als Ersten davon in Kenntnis.«

Gunter schlug das Herz noch immer bis zum Hals, als er das Reichswirtschaftsministerium verließ. Dieses Gesprächsergebnis übertraf seine kühnsten Erwartungen. Dass es so einfach sein würde, sich selbst als zukünftigen Geschäftsführer von Hermann Tietz ins Spiel zu bringen, hätte er nicht in seinen forschesten Träumen erwartet.

Meyers Hof

Freitag, 23. Juni 1933

Als Rieke und Peter nach einem anstrengenden Arbeitstag im KaDeWe ihre Wohnung in Meyers Hof erreichten, herrschte bedrücktes Schweigen zwischen ihnen. In der U-Bahn und im Bus hatten sie die Berichte in den verschiedenen Berliner Tageszeitungen studiert.

Wie es bereits gestern Abend im Radio berichtet worden war, war die SPD als Partei am Vortag verboten worden. Ihre bei der Reichstagswahl im März gewonnenen Mandate waren annulliert, das Parteivermögen beschlagnahmt worden. Die Mehrzahl der Abgeordneten sowie weitere Funktionäre der Partei hatte man verhaftet.

Daher waren beide sofort alarmiert, als Käthe ihnen die Wohnungstür öffnete, kaum dass Peter den Schlüssel ins Schloss gesteckt hatte. Normalerweise war Käthe um diese Uhrzeit längst in ihre eigene Wohnung zurückgekehrt, auch weil ihr Lebensgefährte Fritz auf beständige Unterstützung angewiesen war.

»Kommt sofort rein!«, zischte sie Rieke und Peter zu. Dann warf sie noch einen prüfenden Blick ins Treppenhaus des Vorderhauses, das jedoch menschenleer war.

In der Wohnung kam Käthe sofort zur Sache. »Du musst dich verstecken, Peter! Heute haben sie Harald Kuczynski verhaftet.« Das war Peters SPD-Kollege im Bezirksrat des Wedding und im mittlerweile aufgelösten Mieterrat von Meyers Hof gewesen. »Außerdem mindestens zehn weitere Mitglieder der SPD, die hier wohnen. Egon Tietschke hat mich gewarnt.« Käthe sprach von ihrem Nachbar, dem »rohen Hamburger«.

Rieke fuhr der Schrecken in alle Glieder.

»Ich verstecke mich nicht!«, antwortete Peter dagegen entschieden auf Käthes Vorschlag. »Ich lasse Rieke in dieser Situation nicht allein. Am Ende verhaftet man noch sie, wenn man mich hier nicht findet.«

Noch immer fühlte sich Rieke vor Panik wie gelähmt. Dann riss sie sich mit aller Kraft zusammen.

»Doch, Peter! Du musst dich verstecken. Am besten verlässt du noch heute Abend Berlin.«

»Aber wohin soll ich denn gehen? Außerhalb Berlins haben wir weder Verwandte noch Freunde.«

Rieke überlegte einen Moment lang. »Fahr nach Rügen und quartiere dich in unserer Pension *Augusta* ein. Dort kennt man dich und wird keinen Verdacht schöpfen, wenn du behauptest, ein paar Tage Urlaub machen zu wollen.«

Peter schüttelte den Kopf. »Und wie erkläre ich der Pensionswirtin, dass du nicht mitkommst?«

»Sag ihr einfach, im KaDeWe gäbe es im Augenblick eine Urlaubssperre für alle arischen Verkaufsmitarbeiter! Wegen des Personalmangels, weil man auch hier jüdische Mitarbeiter entlassen hätte.« Rieke klang jetzt verzweifelt. »Oder sag ihnen irgendwas, was dir im Zug einfällt!«, flehte sie, als Peter weiter skeptisch dreinsah.

Dann ging sie entschlossen ins Schlafzimmer und riss einen

der Koffer vom Kleiderschrank. Hastig begann sie, Peters Hosen, Hemden, Socken und Unterwäsche hineinzustopfen. Aus der Küche hörte sie Käthes beschwörende Stimme, mit der diese weiter auf ihn einsprach.

Schließlich klappte Rieke den Koffer zu. Dann ging sie zurück in die Küche und öffnete den Wandschrank, in dem noch immer die Blechdose mit ihren Ersparnissen stand, da sie den Banken seit der Krise im Sommer 1931 nicht mehr vertrauten.

Käthe machte große Augen, als Rieke über zweitausend Mark herauszog. Sie hielt Peter die Scheine entgegen. »Nimm das ganze Geld mit! Das hält dich eine Zeit lang über Wasser. Und vielleicht beruhigt sich die Lage ja irgendwann wieder und du kannst nach Berlin zurückkehren.«

»Und wie willst du meine Abwesenheit im KaDeWe erklären?«

»Ich spreche mit Paul Bergmann. Als Personalleiter wird ihm schon irgendeine Begründung einfallen.«

In diesem Augenblick pochte es heftig an die Wohnungstür. Entsetzt sahen sich Rieke, Käthe und Peter an. Peter griff nach dem Geld, stopfte es zurück in die Blechdose und versteckte sie wieder im Wandschrank. Derweil hob Rieke mit Käthes Hilfe den schweren Koffer zurück auf den Kleiderschrank.

Wieder pochte es heftig. »Aufmachen! Sofort aufmachen! Sonst treten wir die Tür ein!«

Alle drei erkannten die Stimme sofort. »Das ist Hermann Wolters!«, flüsterte Rieke verstört.

Peter schien das eher zu beruhigen. »Mit dem werde ich schon fertig!«

Vor vielen Jahren waren Peter und Hermann sogar befreundet gewesen. Sie hatten gemeinsam vier Jahre an der Front verbracht. Vielleicht hoffte Peter, durch diese alte Bekanntschaft mit Hermann noch einmal davonzukommen.

Doch als er die Tür öffnete, erkannte Rieke sofort, dass Peters Optimismus unbegründet war. Denn neben Hermann stand Gregor Eckstein, wie dieser in SA-Uniform, und dazu zwei weitere SA-Männer. Alle vier drängten sich sofort in die Wohnung.

»Was willst du?« Noch ließ sich Peter nicht einschüchtern.

»Wir sind gekommen, um dich in Schutzhaft zu nehmen. Es liegen belastende Aussagen gegen dich vor.«

In ihrer Aufregung fiel Rieke erst später auf, dass Hermann bei diesem offiziellen Akt tadellos Hochdeutsch sprach.

»Was für belastende Aussagen?«

Wolters griff schon nach Peters Arm. »Das wird man dir früh genug mitteilen. Sagt dir der Name Max Köhler was?« Er grinste höhnisch. »Der hat über deine subversiven Aktivitäten gesungen wie eine Lerche.«

»Wo ist euer Haftbefehl?«

Jetzt ergriff Eckstein gleichzeitig mit Peters anderem Arm das Wort. »So wat brauchen wir nich, dit weeßte doch!«

»Wo bringt ihr Peter hin? Hermann, du bist der Mann meiner Schwester, und wir beide waren einmal verlobt. Sag mir um Himmels willen, wohin Peter kommen wird! Und was ich ihm mitgeben soll!«

»Peter braucht nichts«, erklärte Wolters grob, ohne Rieke auch nur eines Blickes zu würdigen. »Da wo er hinkommt, gibt es alles.«

Er nickte Eckstein zu. »Los, nun sollten wir gehen!«

Das Entsetzen überwältigte Rieke. »Nein!«, schrie sie laut. Ohne nachzudenken, stürzte sie sich auf Eckstein und trommelte mit beiden Händen auf seinen Rücken.

Mit dem freien Arm holte Eckstein Schwung und stieß Rieke seinen Ellenbogen hart in den Bauch. Während sich Rieke noch vor Schmerzen krümmte, knurrte er seinen SA-Kumpanen zu: »Schafft mir die Trulla vom Leib! Sonst kann die ooch gleich mitkommen.«

»Rieke!« Jetzt mischte sich Käthe ein und trat schützend vor ihre Tochter. »Heute Abend können wir nichts weiter ausrichten. Aber gleich morgen klappern wir alle Behörden ab, bis wir wissen, wo sie Peter hingebracht haben.«

Zwei Stunden später wurden Riekes Leibschmerzen, die unmittelbar nach Ecksteins Stoß in ihren Bauch begonnen hatten, immer schlimmer. Es war so, als ob ihre Menstruation sie mit aller Macht überfiele. Tatsächlich war sie bereits sechs Wochen überfällig.

Doch als ihr das Blut die Beine hinunterlief und das Laken durchnässte, war Rieke sicher, dass sie gerade das winzige Wesen verlor, das in ihrem Bauch gewachsen war und nun niemals das Licht der Welt erblicken würde.

Peter hatte sie noch nichts davon gesagt, dass sie nach so vielen Jahren glaubte, endlich schwanger zu sein. Sie wollte es erst tun, wenn ihre öfter verspätete Regel mindestens drei Monate lang ausgeblieben war.

Wenigstens bleibt ihm dieser Kummer erspart, war Riekes einziger Trost, während sie sich die ganze Nacht schluchzend in ihrem Bett wälzte. Erst als der Morgen heraufdämmerte, fiel sie in einen kurzen Schlaf der Erschöpfung.

Wohnung der Wolters in Tiergarten

Ende Juni 1933, ungefähr eine Woche später

»Du wirst mich sofort reinlassen, Sanni! Ich bin noch immer deine Mutter! Und die Mutter zu ehren ist ja wohl einer der Grundsätze unserer neuen Regierung.« Käthe stellte energisch ihren Fuß in den Türspalt.

Sanni, die vorgehabt hatte, Rieke und Käthe wortlos die Tür vor der Nase zuzuschlagen, wich tatsächlich verblüfft zwei Schritte zurück. Genug, dass Käthe die Tür aufstoßen konnte.

»Was wollt ihr?«, schnappte Sanni.

»Mit deinem sauberen Göttergatten wollen wir reden. Und tu jetzt nicht so, als sei er nicht da! Wir haben ihn grade heimkommen sehen.«

Über Sannis Gesicht huschte ein spöttisches Lächeln. Sie machte eine einladende Handbewegung. »Dann kommt mal rein, ihr zwei! Wahrscheinlich werdet ihr euer blaues Wunder erleben.«

Am Tisch der großen, gemütlich eingerichteten Wohnküche saß Hermann Wolters in Hemdsärmeln vor seinem Abendessen. Sannis Adresse in Tiergarten herauszufinden war nicht schwer gewesen, da sie als Bezirksfrauenschaftsleiterin überall bekannt war.

Drei Tage lang hatte Käthe dann, hinter den dichten Büschen eines kleinen Parks verborgen, ausspioniert, wann Hermann am wahrscheinlichsten zu Hause sein würde. Währenddessen war Rieke, die sich im KaDeWe krankgemeldet hatte, bei Fritz geblieben.

Heute war es nun endlich so weit, dass beide aktiv werden konnten. Pünktlich wie ein Uhrwerk war Hermann auch an diesem Abend gegen sechs Uhr zum Essen nach Hause gekommen. Ungefähr vor zehn Minuten hatten Käthe und Rieke beobachtet, wie er die Wohnung betrat.

»Oh! Wat verschafft mir denn so 'ne Ehre?«, begrüßte Hermann die Frauen spöttisch nach kurzer Überraschung über ihren unerwarteten Besuch. Weder Sanni noch er boten ihnen einen Platz an.

»Quatsch nich so jeschwollen daher!«, erwiderte Käthe ihm unerschrocken im Dialekt. »Du weeßt jenau, wat wir wollen.«

Hermann räkelte sich genüsslich auf seinem Stuhl. »Willste wissen, wat se mit deinem Schwiegersohn jemacht hamm?«

Rieke entfuhr ein Laut des Entsetzens. Obwohl sie mit ihrer Mutter vereinbart hatte, dass Käthe das Wort führen sollte, konnte sie sich nicht zurückhalten. »Was haben sie mit Peter gemacht? Wohin wurde er gebracht? Wie geht es ihm?«

»Dit weeß ick nich! Und et is mir ooch wurscht. Wenn er een Volksverräter is, wird ihm die Polizei schon uff die Schliche jekommen sein.«

»Bitte!«, flehte Rieke. »Bitte! Kannst du dich denn nicht erkundigen, wie es ihm geht? Ihr habt ihn doch verhaftet!« In ihrer Hilflosigkeit begann sie zu weinen.

»Ihr habt es doch gehört!«, mischte sich Sanni ein. »Hermann kann euch nicht helfen. Oder vielleicht will er es auch gar nicht.«

»Halt die Klappe!«, fuhr Käthe Sanni an. »Sonst fängst du dir eine! Und du reißt dich auch zusammen, Rieke! Und lässt mich reden!«

Tatsächlich fuhr Sanni zurück, instinktiv eingeschüchtert durch Käthes Drohung, die ihre Mutter früher häufig in die Tat umgesetzt hatte. Rieke hörte zu schluchzen auf.

Schon hatte sich Käthe wieder Hermann zugewandt. »Willste Zaster, damit du uns wat verrätst?«

In Hermanns Augen trat ein gieriger Glanz. Bevor er antworten konnte, kam ihm Sanni zuvor. »Hermann ist nicht bestechlich! Wenn Peter sich etwas zuschulden kommen lassen hat, wird er seiner gerechten Strafe nicht entge…«

»Halt die Schnauze, Weib, wie et die Mutter schon eben jesagt hat«, unterbrach Hermann Sanni rüde. »Sonst fängste dir eene von mir!«

Sanni blieb der Mund offen stehen. Trotz ihres Gefühlschaos erkannte Rieke, dass sie eine solche Tonart in ihrer Ehe nicht gewohnt war.

Hermann ignorierte Sanni und fixierte stattdessen Käthe. »Wat haste denn zu bieten?«

»Alles, alles, was du willst«, hob Rieke an, als Käthe wütend zu ihr herumfuhr.

»Pscht!«, zischte sie. »Wir haben vereinbart, dass ich mit ihm rede!«

Auch Rieke wich nun eingeschüchtert zurück. Wie Sanni

erkannte sie in Käthe die Mutter ihrer Kindheit wieder, die die Familie mit eiserner Disziplin und Härte gegen sich selbst und andere von ihrem Lohn als Putzfrau durchgebracht hatte.

»Hundert Mark! Wennste uns sagst, wo der Peter is.« Käthe zog einen Schein aus der Tasche ihres kittelartigen Kleids und wedelte damit vor Peters Nase herum.

»Dit is nich jenug!«

Käthe steckte den Schein ungerührt zurück in die Tasche. »Dann eben nich!« Sie machte eine Bewegung, als ob sie wieder gehen wollte.

Rieke war verblüfft über Käthes Dreistigkeit. Sie hätte Hermann das Doppelte oder noch mehr geboten. Aber diesmal hielt sie sich zurück. Ihre Mutter wusste genau, was sie tat. Das spürte sie.

»Jib mir die Kröten!« Hermann streckte fordernd die Hand aus.

Käthe schüttelte den Kopf. »Erst sagste mir, wat ick wissen will.«

Ihre Taktik ging tatsächlich auf. »Da jibt et so een Lager in Oranienburg. Dort hamm se ihn hinjebracht!«

»Wer?« Käthe blieb unerschütterlich.

»Na, die Jestapo halt. Mer hamm ihn nur im Präsidium abjegeben.«

Die Gestapo! Rieke erstarrte zu Eis. Die *Geheime Staatspolizei*, die Hermann Göring persönlich unterstellt war! Von dieser erst nach der Machtergreifung gegründeten Behörde war auch in den Zeitungen immer wieder die Rede gewesen, wenn es um die vielen Verhaftungen nach dem Verbot der SPD ging. Die Gestapo galt in ihrem Vorgehen als äußerst brutal.

Wenn auch Käthe erschrocken war, zeigte sie es jedenfalls nicht. Sie knallte Hermann den Hundertmarkschein auf den Tisch.

»Kann man Peter in Oranienburg besuchen?«, fragte Rieke schwach.

Wieder streckte Hermann fordernd die Hand aus. »Ick kann mir mal erkundigen. Wennste mir noch mal zwee von den Scheinen jibst!«

»Nix da!«, fuhr Käthe dazwischen, bevor Rieke reagieren konnte. »Erst wennste uns so 'ne Erlaubnis verschaffst, kriegste det Jeld!«

Dann griff sie nach Riekes Arm. »Komm jetzt, Kind! Hier ist alles gesagt. Wir gehen jetzt!«

An der Tür drehte sie sich noch einmal zu Hermann um. »Wennste wat für uns tun kannst, weeßte ja, wo mer sind.«

Dann verließ sie mit Rieke die Wohnung, ohne Sanni noch einmal anzuschauen.

Drei Tage lang hoffte Rieke, dass Hermann ihr eine Besuchserlaubnis besorgen könnte. Dann erreichte sie ein kurzes Briefchen, in dem er ihr und Käthe mitteilte, dass Besuche in Oranienburg nicht erlaubt seien.

Kontor von Gunter Perl am Alexanderplatz

Montag, 24. Juli 1933, vormittags

Das Telefon in Gunters Kontor am Alexanderplatz klingelte exakt zur vereinbarten Uhrzeit. Gunter atmete tief durch und hoffte, dass sein beschleunigter Pulsschlag seiner Stimme nicht anzuhören war. Dann hob er ab.

Die Vorzimmerdame des Reichswirtschaftsministers meldete sich und verband ihn weiter. Wenig später drang Schmitts leicht näselnde Stimme an Gunters Ohr.

»Guten Morgen, Herr Perl. Unter der Voraussetzung, dass die verabredeten Vereinbarungen buchstabengetreu umgesetzt werden, hat unser verehrter Führer Adolf Hitler heute Morgen seine Zustimmung zu unseren Plänen gegeben.«

Gunter brach der Schweiß aus, gleichzeitig vor Freude über Hitlers Zusage und aus Sorge, die drei Geschäftsführer von Tietz könnten das Vorhaben doch noch ablehnen. Heute Nachmittag war eine Sitzung der Geschäftsführung anberaumt, bei der Perl ihnen die Bedingungen unterbreiten wollte, die der Reichswirtschaftsminister und die NSDAP an eine Kreditzusage knüpften. Noch konnte alles scheitern, was sich Gunter inzwischen nicht nur in seinen Träumen ausgemalt hatte, sondern was zum Greifen nah vor ihm lag.

Er läutete nach seiner eigenen Vorzimmerdame. »Ich möchte den Rest des Vormittags nicht gestört werden, Fräulein Eberhard. Sie lassen weder Besucher vor noch stellen Sie Anrufe durch. Kann ich mich unbedingt darauf verlassen?«

Die Sekretärin nickte eingeschüchtert. Gunter war sicher, dass sie sich an seine Vorgaben halten würde. Dann kehrte er an seinen Schreibtisch zurück und schloss die Schublade auf, in der er die Unterlagen über die bisherigen Verhandlungen mit dem Reichswirtschaftsministerium aufbewahrte. Bislang hatte er den Geschäftsführern von Tietz nur kursorisch darüber berichtet. Es sei noch nichts spruchreif, hatte er sich immer wieder herausgeredet.

Doch heute Nachmittag würde er Farbe bekennen müssen. Und darauf wollte er optimal vorbereitet sein.

Konferenzraum im Warenhaus am Alexanderplatz

24. Juli 1933, am Nachmittag

»Meine Herren, ich habe zunächst einmal eine sehr positive Nachricht für Sie.« Gunter Perl machte eine Pause und sah in die Runde. Georg und Martin Tietz strahlten, Hugo Zwillenberg wirkte besorgt. Als ob er ahnt, dass er das Bauernopfer sein wird, dachte Gunter.

Nur Paul Bergmann sah wieder einmal misstrauisch drein. Gunter verdrängte seinen Unwillen darüber, auch weil er auf Bergmann bei seinen Plänen noch eine Zeit lang angewiesen war.

»Der Reichswirtschaftsminister hat mit Zustimmung des Reichskanzlers Adolf Hitler den Banken die Erlaubnis erteilt, den benötigten Kredit in Höhe von vierzehneinhalb Millionen Reichsmark zu bewilligen.«

»Den Banken?«, hakte Hugo sofort nach. »Von welchen Banken sprechen Sie?«

»Der Kredit wird von einem Bankenkonsortium gewährt werden. Die hauptsächlichen Gläubigerbanken werden die Dresdner und die Deutsche Bank sein. Auch Hardy und Co. gehören weiterhin dazu, da das Unternehmen Hermann Tietz dieser Bank ja noch drei Millionen Reichsmark über die jetzt neu bewilligten vierzehneinhalb Millionen hinaus schuldet.«

»Warum ist die Akzept-Bank nicht mehr im Spiel?«, fragte Bergmann.

»Ach, das ist doch völlig wurscht«, schnitt Martin ihm fast das Wort ab. »Die Hauptsache ist doch, wir bekommen endlich das Geld.« Er sah seinen Bruder Georg auffordernd an. »Bestell schon mal eine Flasche Champagner! Es ist zwar erst drei Uhr nachmittags, aber auf diese gute Nachricht sollten wir anstoßen.«

»Ist es denn wirklich *ausschließlich* eine gute Nachricht?«, meldete sich Hugo erneut zu Wort. »Welche Bedingungen sind an die Kreditzusage gebunden?«

Der Fuchs wittert die Falle, ging es Gunter durch den Kopf. »Nun, selbstverständlich gibt es Bedingungen für diese Kreditzusage«, bestätigte er zunächst Hugos Verdacht. Dann sammelte er sich und wählte die Formulierungen, die er sich am Vormittag überlegt hatte.

»Meine Herren, Sie werden sicher verstehen, dass sich die Führung der NSDAP es nicht leisten kann, ihre Parteibasis völlig vor den Kopf zu stoßen«, begann er kryptisch. »Schon gar nicht unser Reichswirtschaftsminister, der erst einige Wochen im Amt ist.«

»Und das heißt?« Auch Georg Tietz wirkte nun alarmiert.

»Ein Unternehmen mit einer rein jüdischen Geschäftsführung kann angesichts der augenblicklichen politischen Verhältnisse nicht mit einem Kredit unterstützt werden, der von reichsnahen Banken gewährt wird.«

»Das hätte mich auch gewundert«, murmelte Paul Bergmann vor sich hin.

»Und was heißt das genau?«

Gunter sprach sich innerlich Mut zu. »Die Kreditzusage gilt nicht für die Hermann Tietz OHG an sich. Sie würde stattdessen einer Beteiligungsgesellschaft mit dem Namen *Hertie Kaufhaus GmbH* gewährt werden, die gleichberechtigt neben die Hermann Tietz OHG treten soll.«

Einen Augenblick lang herrschte entsetztes Schweigen rund um den Tisch. Dann begannen alle gleichzeitig zu reden.

»Woher soll diese Gesellschaft denn kommen?« Das war Georg.

»Dieser Vorschlag ist absolut inakzeptabel«, kam es von Martin.

»Und was bezweckt man damit?«, fragte Hugo.

Nur Paul Bergmann schwieg.

Gunter hob beschwichtigend die Hände. »Lassen Sie mich die Lage doch einmal in Ruhe erläutern, meine Herren.«

Er wartete, bis er sich der Aufmerksamkeit aller wieder sicher sein konnte. Dann begann er mit dem harmlosesten Argument. »Achten Sie zunächst einmal auf den Namen dieser Beteiligungsgesellschaft! Dann werden Sie erkennen, dass sich die Parteiführung hier geradezu verbiegt, um ihre Basis, allen voran den NS-Kampfbund des Gewerbetreibenden Mittelstands, nicht gegen sich aufzubringen. Der Name *Hertie* ist eine Kombination der ersten beiden Silben des jetzigen Unternehmens. Er signalisiert einerseits die Fortführung der Tradition der alteingesessenen Hermann Tietz OHG, andererseits aber auch etwas Neues.«

»Und der umstrittene Begriff des Warenhauses wurde durch den des Kaufhauses ersetzt«, kam Bergmann Gunter zu seinem Ärger zuvor.

Er nickte knapp. »Natürlich, Herr Bergmann. Schließlich hat sich die NSDAP in ihrem Parteiprogramm bereits vor Jahren die Maxime gegeben, alle Warenhäuser zu schließen.«

»Aber was ändert sich denn dadurch, dass man unser Unternehmen jetzt als Kaufhaus- anstatt als Warenhauskonzern bezeichnet?«, fragte Martin fassungslos.

Gunter zuckte die Achseln. »Man verstößt damit nicht gegen das eigene Parteiprogramm.«

»Indem man einen Etikettenschwindel betreibt«, erwiderte Hugo sarkastisch.

»Nennen Sie es, wie Sie wollen, Herr Zwillenberg. Aber vielleicht darf ich meine Ausführungen abschließen, ohne weiter unterbrochen zu werden?« Gunter wollte es jetzt hinter sich bringen.

»Die Hertie-Beteiligungsgesellschaft soll von zwei Geschäftsführern geleitet werden, die gleichberechtigt mit den jetzigen Geschäftsführern der Hermann Tietz OHG agieren. Dieser GmbH wird außerdem ein Beirat aus Vertretern des Bankenkonsortiums, das den Kredit gewährt, zur Seite gestellt. Ein Delegierter dieses Beirats soll an allen zukünftigen Geschäftsführungssitzungen teilnehmen und dabei die Interessen der Gläubiger vertreten.«

»Soll dieser Delegierte auch ein Stimmrecht erhalten?«

Gunter wandte sich an Georg Tietz. »Das ist nicht vorgesehen. Er wird nur ein Rederecht haben.«

»Das ist gut«, sagte Martin. »Wenn es zwei Geschäftsführer der neuen Beteiligungsgesellschaft gibt und drei Geschäftsführer der Hermann Tietz OHG, sind wir von Tietz im Zweifelsfall in der Mehrheit.«

»Darf ich Sie erst einmal fragen, wer denn die Geschäftsführer der Hertie sein werden?« An Bergmanns stechendem Blick erkannte Gunter, dass er die Antwort bereits ahnte.

Er holte tief Luft. »Nun, ich habe die Ehre, Ihnen mitteilen zu dürfen, dass ich einer dieser Geschäftsführer sein soll.« Nun war die Katze aus dem Sack. »Ich habe mich ausschließlich aus Loyalität zu Tietz dazu bereit erklärt«, log er. »Immerhin bin ich weit und breit das einzige Mitglied des jetzigen Geschäftsführungskreises, das vor Angriffen aus rassischen Gründen sicher ist.«

Hugo Zwillenberg brach als Erster das entgeisterte Schweigen rund um den Tisch. »Sie Schuft«, zischte er Gunter an. »Sie haben die ganze Zeit über Ihr eigenes Süppchen gekocht.«

Einen Augenblick lang überlegte Gunter, ob er den Gekränkten spielen sollte. Dann entschloss er sich zu einer anderen Taktik. Er sah provozierend in die Runde.

»Wenn Sie mit dem Vorschlag nicht einverstanden sind, meine Herren, werde ich dies noch heute dem Reichswirtschaftsminister unterbreiten«, pokerte er. »Doch ich darf Ihnen in diesem Fall mitteilen, dass die Firma Hermann Tietz OHG dann mit sofortiger Wirkung für insolvent erklärt wird. Natürlich wird das Reichswirtschaftsministerium einen Insolvenzverwalter einsetzen, sodass die gesamte Geschäftsführung dadurch entmachtet wird.«

Das war ein dreister Bluff. Denn über die Möglichkeit einer Ablehnung des Vorschlags hatte Gunter mit Schmitt nie gesprochen. Trotzdem lag es nahe, dass es so kommen könnte.

Das begriff Paul Bergmann als Erster. »Wer wird der zweite Geschäftsführer der Hertie-Beteiligungsgesellschaft sein?«, kehrte er zu den nüchternen Fakten zurück.

»Der Mann heißt Helmut Friedel. Ich kenne ihn bislang nur flüchtig. Er wurde vom Bankenkonsortium vorgeschlagen.«

Dann fiel Gunter noch etwas ein, das er zu Beginn der Runde vergessen hatte. »Ich habe außerdem noch eine gute Nachricht für Sie mitgebracht, sollte das Unternehmen Hermann Tietz erhalten bleiben. Schon im Lauf der Woche wird der *Völkische Beobachter* die Behauptung, die Firma habe die KPD im letzten Wahlkampf mit Geld unterstützt, zurücknehmen. Damit wäre unser guter Ruf wieder völlig hergestellt.«

Es überraschte Gunter zwar nicht, dass niemand am Tisch auch nur ein Quäntchen Freude über diese Mitteilung zeigte. Trotzdem ärgerte es ihn. Denn er selbst hatte diese Bedingung gegenüber Kurt Schmitt ins Spiel gebracht. Er wolle kein Geschäftsführer in einem Unternehmen sein, das diesem Verdacht ausgesetzt sei.

Außerdem hatte der Kreis die größte Kröte noch nicht geschluckt. Während er noch überlegte, wie er diese schlechteste Nachricht taktvoll kommunizieren könnte, kam ihm zu seinem großen Ärger Paul Bergmann erneut zuvor.

»Eine Frage habe ich noch an Sie, Herr Perl. Wenn ich Ihre bisherige Argumentation richtig verstanden habe, liegt dem Reichswirtschaftsminister und dem Parteiführer der NSDAP vor allem daran, ein arisches Gegengewicht gegen die stimmberechtigten jüdischen Gesellschafter in der Geschäftsführung der Hermann Tietz OHG zu bilden. So ist das doch?«

Gunter nickte widerwillig und hob schon zu einer Antwort an, als Bergmann weitersprach. »Zwei Geschäftsführer der neuen Hertie-Beteiligungsgesellschaft und ein Delegierter des Beirats ohne Stimmrecht bilden jedoch kein Übergewicht im Vergleich zu drei jüdischen Geschäftsführern aus der Familie Tietz.« Jetzt schwieg Bergmann, anstatt den Verdacht auszusprechen, den er wahrscheinlich hegte.

Was für ein gewiefter Taktiker! Gunter war gleichzeitig fasziniert und zornig. Paul Bergmann würde er im neu gebildeten Unternehmen noch brauchen. Das hatte er sich bereits im Vorfeld klargemacht. Aber nur so lange, wie es unbedingt erforderlich ist, beschloss er nun. Der Kerl könnte mir sonst noch gefährlich werden.

Gunter richtete seinen Blick an Georg und Martin vorbei auf die gegenüberliegende Wand, während er auf Paul reagierte. »Natürlich stellt der Reichswirtschaftsminister auch diesbezüglich noch eine Bedingung. Er dringt auf ein stimmiges Gleichgewicht zwischen der Geschäftsführung der Hermann Tietz OHG und der Hertie-Beteiligungsgesellschaft. Deshalb sollte einer der drei Geschäftsführer von Tietz von seinem Posten zurücktreten. Der Reichswirtschaftsminister und ich sind uns einig, dass es derjenige der drei Geschäftsführer sein sollte, dessen Nachname nicht dem Unternehmensnamen entspricht.«

Erst jetzt richtete er seinen Blick auf Hugo. »Damit wären Sie gemeint, Herr Zwillenberg.«

Das erneute fassungslose Schweigen rund um den Konferenztisch nutzte Gunter, um sich zurückzuziehen. »Nun liegen alle Vorschläge zur Erhaltung der Hermann Tietz OHG auf dem Tisch, meine Herren. Ich lasse Sie nun allein, damit Sie in Ruhe beratschlagen können. Doch leider kann ich Ihnen dazu nur wenig Zeit zur Verfügung stellen. Schon für morgen hat das Bankenkonsortium den Termin anberaumt, um die Gründung der Hertie Kaufhaus GmbH durchzuführen. Und der ultimativ letzte Termin für die Unterzeichnung eines sogenannten Auseinandersetzungsvertrags, der von allen jetzigen Geschäftsführern und den beiden stillen Teilhaberinnen der Hermann Tietz OHG unterschrieben werden muss, ist bereits der 29. Juli, also der kommende Samstag.«

»Und was geschieht, wenn wir uns diesem Erpressungsversuch widersetzen?«, begehrte Georg Tietz ein letztes Mal auf.

Gunter behielt die Ruhe. »Dann lassen Sie mich dies ebenfalls bis spätestens heute Abend wissen, Herr Tietz. Ich habe für sieben Uhr ein Telefonat mit Herrn Schmitt vereinbart, um ihm Ihre Entscheidung mitzuteilen. Und gemäß dieser Entscheidung nehmen die Dinge dann ihren Lauf.«

Gunter Perls Pläne gingen vollständig auf. Noch am gleichen Abend erklärte sich die Geschäftsführung der OHG mit dem vorgeschlagenen Vorgehen einverstanden. Bereits am nächsten Tag wurde die Hertie-Kaufhaus-Beteiligungs-GmbH gegründet.

Erst dadurch erfuhren die Eigner des Unternehmens, dass Gunter Perl und Helmut Friedel jeweils nur fünfzigtausend Mark als persönlich haftende Gesellschafter in die neue GmbH einbringen mussten, während die Familie Tietz weiterhin mit ihrem gesamten Vermögen haftete.

Doch damit nicht genug. Als ihnen der sogenannte Auseinandersetzungsvertrag vom Reichswirtschaftsministerium vorgelegt wurde, der das sofortige Ausscheiden von Dr. Hugo Zwillenberg aus der Geschäftsführung vorsah, bekamen sie mitgeteilt, dass bei Stimmengleichheit der verbleibenden vier Geschäftsführer aus beiden Firmenteilen die Stimme der Hertie Kaufhaus GmbH den Ausschlag geben würde.

Dennoch unterzeichneten am 29. Juli 1933 alle Mitglieder der Familie Tietz den Vertrag.

Kapitel 29

Im KaDeWe

Anfang August 1933

Als Rieke an diesem strahlenden Augusttag die Dachterrasse des KaDeWe betrat, wunderte sie sich fast darüber, wie unbeschwert die Sonne vom Himmel scheinen konnte, während ihre Welt rund um sie herum in Trümmer fiel.

Peter war nun bereits seit sechs Wochen in Haft, ohne dass sie auch nur ein Lebenszeichen von ihm erhalten hätte. Unmittelbar nach ihrem Gespräch mit Hermann Wolters hatten Käthe und sie fast jeden Tag im Polizeipräsidium am Alexanderplatz vorgesprochen, um sich nach seinem Wohlergehen zu erkundigen. Man hatte ihnen stets bedeutet, dass man keine Informationen über Verhaftete der Gestapo habe.

Davon, direkt am Sitz der Gestapo in der Prinz-Albrecht-Straße vorzusprechen, riet ihnen ein wohlmeinender Polizeibeamter ab. »Sie könnten selbst in Verdacht geraten, etwas über subversive Aktivitäten Ihres Ehemannes und Schwiegersohnes gewusst zu haben. Bleiben Sie lieber aus der Schusslinie!«

Da sich Käthe an Aktivitäten während des Mieterstreiks beteiligt hatte und zudem an Protesten gegen den Aprilboykott der Warenhäuser, hätte zumindest sie sich möglicherweise in Gefahr gebracht. Und was sollte dann aus ihrem gelähmten Lebensgefährten Fritz Zimmer werden? Rieke hätte sich nicht um ihn kümmern können, wenn sie ihr Einkommen im KaDeWe behalten wollte.

Auch weil ihre Ersparnisse durch Peters Geistesgegenwart nicht in die Hände der SA-Häscher gefallen waren, hatte sie im Augenblick noch keine finanziellen Probleme und konnte auch Käthe und Fritz weiterhin unterstützen. Dies wollte sie auf keinen Fall gefährden.

Doch nun dräute neues Unheil am Horizont. Seit Tagen liefen im KaDeWe wilde Gerüchte um: Angeblich würde die ganze Hermann Tietz OHG und damit auch das KaDeWe verkauft werden, hieß es zum einen. Die Familie sei bankrott oder sogar enteignet worden, demnächst gebe es eine neue Geschäftsführung, verlautete es an anderen Stellen. Niemand wusste etwas Genaues.

Mutige Mitarbeiter, die sich in den Bürotrakt der Geschäftsführung vorwagten, wurden von den hauseigenen Wachleuten abgewiesen. Seit Tagen hatte niemand mehr Martin Tietz gesehen. Paul Bergmann war zwar im Haus, aber nicht zu sprechen, nicht einmal für Herrn Loewenberger, Riekes Chef.

Hinzu kam Riekes tiefe Trauer über das wahrscheinlich verlorene Baby. Zwar hatte sie keinen Arzt aufgesucht, um sich die Fehlgeburt bestätigen zu lassen. Aber ihre Blutungen hatten noch über vierzehn Tage lang angehalten. Rieke konnte sich nicht erinnern, jemals eine so lange Menstruation gehabt zu haben.

Auch das Arbeitsklima im Haus verschlechterte sich seit der Machtübernahme der Nazis immer dramatischer. Der jüdische Teil der Belegschaft hielt sich heutzutage größtenteils vom arischen Teil fern. In der Kantine saß man an getrennten Tischen. Viele jüdische Mitarbeiter verließen das Warenhaus in ihren Pausen sogar.

Doch heute an diesem strahlenden Sommertag hatte Rieke mitbekommen, dass ihre Ersten Verkäuferinnen Sibylle Rosenheim und Eva Sperber die Mittagspause auf dem Dachgarten verbringen wollten, und sich mit ihnen verabredet. Auch die riesige Dachterrasse gehörte zu den Neuerungen im Rahmen des Umbaus. Sie war ausschließlich dem Personal vorbehalten und mit einer großen Anzahl von Liegestühlen versehen. Die Aussicht über Berlin und auf die benachbarte Gedächtniskirche war fast noch spektakulärer als von der Silberterrasse.

Im Vergleich zu der luxuriösen Ausstattung der Verkaufs- und Erfrischungsräume und den exorbitant teuren technischen Neuerungen hatte die Einrichtung der Dachterrasse die Firma sicher am wenigsten gekostet. Dennoch war die Belegschaft begeistert gewesen, als Martin Tietz persönlich den Dachgarten im vergangenen Sommer mit einem kleinen Sektumtrunk eröffnet hatte.

Weil Rieke vor Peters Verhaftung fast jede Mittagspause an sonnigen Tagen gemeinsam mit ihm hier verbracht hatte, mied sie diesen Ort seither. Doch heute war sie entschlossen, Käthes Rat zu befolgen. »Peter geht es nicht besser, wenn du dich quälst«, lag sie Rieke immer wieder in den Ohren. »Du musst stark und gesund bleiben. Wer weiß, wie sehr er dich brauchen wird, wenn sie ihn endlich freilassen.«

Nun sah Rieke sich suchend nach Eva Sperber und Sibylle Rosenheim um. Sie fand sie schließlich, mit dem Rücken an die Brüstung gelehnt. Das verwunderte sie, denn etliche Liegestühle in der Nähe waren unbesetzt.

»Warum haben Sie sich denn nicht schon niedergelegt?«, fragte sie die beiden. »Da sind doch noch viele Plätze frei.«

Sibylle antwortete ihr zuerst. »Uns wurde gesagt, sie seien reserviert.«

»Wer hat das gesagt?« Rieke war empört. »Reservierungen sind ausdrücklich verboten, das wissen Sie doch.«

»Dann sagen Sie das mal denen da!«

Als Rieke Eva Sperbers Zeigefinger mit dem Blick folgte, sah sie Else Lemke und Erika Dehner, die mit einigen arischen Verkäuferinnen an einer besonders schönen Stelle der Dachterrasse lagen. Umgeben von etlichen freien Liegestühlen.

»Wollen Sie mir damit sagen, Lemke und Dehner verwehren Ihnen einen Platz auf diesen Stühlen?«

Sibylle Rosenheim nickte bedrückt. »Sie behaupten, sie hielten die Stühle für ihre Kolleginnen frei. Deshalb haben wir hier auf Sie gewartet, um uns gemeinsam andere Plätze zu suchen.«

»Das wollen wir doch einmal sehen!« Die ganze in Rieke angestaute Frustration brach sich jetzt in einem für sie höchst ungewöhnlichen Wutanfall Bahn. Mit schnellen Schritten ging sie auf die Ersten Verkäuferinnen der Damenwäsche und der Damenschuhe zu.

»Verwehren Sie Ihren Kolleginnen tatsächlich, sich auf diesen Liegestühlen auszuruhen?«, sprach sie sie grußlos an.

Else Lemke starrte ihr herausfordernd ins Gesicht. »Das sind Jüdinnen, sollte es Ihnen entgangen sein, liebe Frau Hauser. Also rassisch minderwertige Subjekte. Auf diesen Stühlen sollten nur reinrassige Arierinnen liegen.« Sie machte eine abfällige Handbewegung. »Sollten *Sie* den Wunsch haben, hier Platz zu nehmen, soll es uns recht sein.«

Rieke sah nun endgültig rot. »Ein solch unverschämtes Verhalten dulde ich nicht in der von mir geführten Abteilung!«, sagte sie so laut, dass auch die weiter entfernt liegenden Kolleginnen aufmerksam wurden. »Daher verfüge ich, dass Ihre Mittagspause auf der Stelle beendet ist. Kehren Sie an Ihre Arbeit zurück, Frau Lemke und Frau Dehner, sonst lernen Sie mich von einer Seite kennen, die Ihnen bislang verborgen war.«

»Dazu haben Sie gar kein Recht, Frau Hauser!«, wehrte sich Lemke. »Unsere Mittagspause steht uns zu.«

»Und mir steht meine Weisungsbefugnis zu«, ließ Rieke sich nicht beirren. »Wollen Sie die etwa hier in aller Öffentlichkeit infrage stellen?«

Während Frau Dehner, schon offensichtlich eingeschüchtert, Anstalten machte aufzustehen, blieb Else Lemke mit trotziger Miene liegen.

»Sie wollen also meine Anweisung missachten, Frau Lemke!«

Rieke war nun so laut, dass etliche Mitarbeiterinnen sogar aufgestanden waren und sich näherten. »Das nähme ich zum Anlass, Sie von unseren Hausdetektiven für heute aus dem KaDeWe entfernen zu lassen. Ihre fristlose Kündigung ginge Ihnen dann morgen zu.«

Triumphierend bemerkte sie, dass ein Ausdruck der Unsicherheit über Lemkes Gesicht huschte. Rieke erriet ihre Erwägungen. Noch war Paul Bergmann der Personalleiter des KaDeWe und Martin Tietz der offizielle Leiter. Und möglicherweise würde es auch auf eine neue Geschäftsführung nicht günstig wirken, wenn eine Erste Verkäuferin sich vor Zeuginnen derart renitent gegenüber ihrer Vorgesetzten verhielt.

Erika Dehner war aufgestanden. »Komm, lass uns lieber gehen, Else«, mahnte sie. Schließlich erhob sich auch Lemke. »Das werden Sie noch büßen, Frau Hauser«, zischte sie.

»Darauf lasse ich es ankommen, Lemke«, erwiderte Rieke und verzichtete dabei bewusst auf die höfliche Anrede.

»Und falten Sie Ihre Decken ordentlich zusammen!«, befahl sie noch, bevor sich die beiden entfernten.

Erst dann holte sie tief Luft und blickte in die Runde. Sibylle Rosenheim und Eva Sperber spiegelten die Stimmung eines großen Teils der übrigen Gruppe wider, die die Szene mitbekommen hatte. Sibylle wirkte betreten und wich Riekes Blick aus. Eva grinste ihr schadenfroh zu. Aber Rieke sah auch in zornige Gesichter.

Deshalb legte sie noch einmal nach. »Damit Sie es alle wissen, meine Damen«, richtete sie das Wort an die Umstehenden. »Jeder Angestellte, gleich welcher Herkunft, hat das Recht, diesen Dachgarten zu benutzen. Ich hoffe, der Vorfall eben ist Ihnen dabei eine Lehre.«

Die Mehrheit der Frauen, die Rieke fixierte, nickte. Doch es gab auch Kolleginnen, die ihre Sachen demonstrativ zusammenpackten und die Dachterrasse verließen.

Obwohl die Sonne weiterhin herrlich von einem azurblauen

Himmel schien, war Rieke der Rest der Mittagspause trotz ihres Triumphs über Lemke verleidet. Denn sie ahnte, dass er nicht von Dauer sein würde.

Kontor von Gunter Perl am Alexanderplatz

Mitte August 1933

»Nun, Herr Bergmann, Sie hatten sich zwei Wochen Bedenkzeit ausgebeten, um über mein Angebot nachzudenken.«

Gunters stechender Blick aus seinen grauen Augen wirkte auf Paul kalt wie Eis. Als er das Schweigen aushielt, ohne zu antworten, fuhr Gunter wohl oder übel fort: »Also, wie haben Sie sich entschieden?«

Paul räusperte sich umständlich und strich seine Unterlagen glatt. Seine Taktik ging auf. Gunter wurde nervös und sprach weiter, ohne die Antwort abzuwarten.

»Für morgen ist endlich die Betriebsversammlung im KaDeWe angesetzt. Sie hat bereits in allen unseren anderen Berliner Warenhäusern stattgefunden, wie Ihnen ja bestens bekannt ist. Nur die Belegschaft unseres Flaggschiffs weiß noch nicht, wie es weitergehen wird.«

Paul ließ sich gemäß seinen Vorsätzen von Gunters Drängen nicht beeinflussen. Tagelang hatte er sich auf diese Aussprache vorbereitet. Schließlich stand nicht nur für ihn, sondern für die gesamte jüdische Belegschaft des KaDeWe viel auf dem Spiel.

»Nun, Herr Perl, Sie wissen, dass ich im Oktober fünfundsechzig Jahre alt werde«, begann er gewollt ausschweifend. »Schon mit dem vorigen Eigner Adolf Jandorf hatte ich vereinbart, dass ich zu diesem Zeitpunkt in den Ruhestand gehen würde. Eigentlich hatte ich daher vor, meinen Posten als kaufmännischer Leiter des KaDeWe zum Jahresende aufzugeben.

Und nicht, einen weiteren in Personalunion anzunehmen.« Er machte eine Pause.

»Ihre Pläne aus der Ära Jandorf interessieren mich nicht, Herr Bergmann«, blaffte Perl und verriet Paul dadurch einmal mehr, wie nervös er war. »Jetzt herrschen andere Zeiten. Sie wissen selbst, wie sehr die neu gegründete Gesellschaft auf ein gut funktionierendes KaDeWe angewiesen ist. Ich würde die Leitung selbst übernehmen, wenn es meine sonstigen vielfältigen Aufgaben zuließen.«

»Sie könnten doch Martin Tietz einfach auf seinem Posten belassen.« Paul wusste, dass dieser Vorschlag für Perl unannehmbar war. Er machte ihn absichtlich, um seine eigene Position für seine Forderungen zu stärken.

»Das lässt die neue Gesellschaftsstruktur nicht zu, Herr Bergmann. Ich hatte es Ihnen doch ausführlich erläutert. Martin Tietz wird mit seinen Verpflichtungen als Geschäftsführer mehr als ausgelastet sein.«

In Wahrheit wollte Perl einen der Haupteigner der OHG nicht in einem solch bedeutenden Posten belassen, vermutete Paul. Es passte nicht zum Konzept der Entmachtung der Familie Tietz, das Perl zweifellos verfolgte.

»Wie bedauerlich. Warum besetzen Sie den Posten dann nicht mit einem Außenstehenden?«, machte Paul einen letzten, für Perl inakzeptablen Vorschlag.

»Ein Außenstehender käme auf keinen Fall infrage«, schnaubte Gunter. »Es gibt niemanden, weder inner- noch außerhalb des Konzerns, der das KaDeWe so gut kennt wie Sie. Deshalb und auch nur deshalb habe ich Ihnen den Posten angeboten.« Dass er Paul nicht persönlich wertschätzte, wusste der ebenfalls seit Langem.

Angesichts von Gunters zunehmender Erregung beschloss er, das Blatt nicht zu überreizen. »Nun gut, für eine im Augenblick noch zeitlich unbefristete Übergangszeit erkläre ich mich dazu bereit, die Leitung des KaDeWe zu übernehmen«, gab er

Gunter endlich die erhoffte Antwort. »Aber daran knüpfe ich gewisse Bedingungen.«

»Was für Bedingungen?«, fauchte Gunter.

»Das KaDeWe beschäftigt fast ausschließlich langjährige Mitarbeiter mit ausgewiesener Fachkompetenz. Dies gilt auch für die gesamte jüdische Belegschaft. Viele dieser Mitarbeiter habe ich als Personalleiter selbst eingestellt. Deshalb erwarte ich, dass im KaDeWe unter meiner Ägide als Leiter kein einziger jüdischer Mitarbeiter entlassen wird.«

Gunter schnappte nach Luft. »Sie haben doch auf unserer ersten Geschäftsführungssitzung nach der Gründung der Hertie die neue Maxime mitbekommen. Unsere Gläubigerbanken verlangen einen eisernen Sparkurs. Dazu gehören auch Entlassungen, um Personalkosten einzusparen.«

Paul wusste natürlich, dass Gunter schon zu Beginn des Monats darauf gedrungen hatte, vor allem jüdischen Mitarbeitern in allen Hermann-Tietz-Warenhäusern zu kündigen.

Mit seinem nächsten Vorschlag pokerte er daher hoch. »Wenn Entlassungen auch im KaDeWe unerlässlich sind, sollten sie unsere nicht jüdischen Mitarbeiter betreffen. Denn diese finden in Berlin leichter eine andere Stelle als die jüdischen Angestellten.«

Gunter schnaubte empört. »Das ist ausgeschlossen. Es würde unsere Geldgeber gewaltig verärgern.«

Paul zuckte die Achseln. »Sollten Sie meine Bedingung nicht erfüllen wollen, darf ich Ihnen an dieser Stelle mitteilen, dass ich als jüdischstämmiger kaufmännischer Leiter meinen Posten mit sofortiger Wirkung zur Verfügung stelle. Damit sparen Sie zumindest mein beachtliches Gehalt schon einmal ein.«

Gunters Gesicht färbte sich rot. Aber er zügelte seine offensichtliche Wut. »Nun gut«, knurrte er. »Ich akzeptiere Ihre Bedingung.«

Paul musterte Perl kühl. »Es ist allerdings nicht die einzige. In der letzten Geschäftsführungssitzung sprachen Sie auch von Gehaltskürzungen um bis zu fünfzig Prozent. Auch hiervon wird die jüdische Belegschaft des KaDeWe ausgenommen. Zudem behalten alle jüdischen Vorgesetzten ihre Posten.«

Gunter presste die Lippen so fest zusammen, dass sie weiß wurden. Eine Weile herrschte Schweigen im Raum. Schließlich stimmte er auch diesen Bedingungen zu.

Café Reimann am Kurfürstendamm

Oktober 1933

»Wie schön, dass wir endlich einmal wieder die Zeit und die Gelegenheit gefunden haben, uns zu treffen.« Judith griff herzlich nach Riekes Händen.

»Ich bin auch froh darüber, Judith. Und es bringt mich zumindest ein wenig auf andere Gedanken.« Bevor Judith nachfragen konnte, kam ihr Rieke zuvor. »Aber erzähl mir doch erst einmal von dir! Für meine traurige Geschichte ist danach Zeit genug. Wobei es ja gar nichts Neues gibt.«

Judiths Lächeln brachte ihr schmal gewordenes Gesicht zum Strahlen. Rieke wusste natürlich, dass Judith ihre Berufstätigkeit nicht mehr ausüben konnte und als Jüdin schon mehrmals Anfeindungen ausgesetzt gewesen war. Doch nun wirkte sie sogar glücklich.

»Mir geht es gut, um die Wahrheit zu sagen. Daniel und ich passen wunderbar zusammen. Solche Gefühle wie mit ihm habe ich vorher noch nie erlebt. Nicht mit Martin und schon gar nicht mit diesem Schuft Gunter Perl.«

Dann erlosch ihr Lächeln plötzlich. »Aber was schwärme ich dir von meiner neuen Beziehung vor, wo du doch im Augenblick so voller Sorgen bist.«

Rieke drückte Judiths Hand. »Nur weil es mir nicht gut geht, darf es bei dir doch anders sein. Schreibst du denn noch weiter an deinem Buch?«

Judith hatte schon vor einiger Zeit ihr Manuskript aus Käthes Wohnung abgeholt und es mit in die Villa Bergmann genommen. Nach der Schließung hatte niemand in Alices Hochschule nach Dokumenten gesucht.

»Ich arbeite jeden Tag daran. Bis auf wenige Kapitel bin ich damit fertig. Daniel besorgt mir sogar die nötige Hintergrundliteratur. Meistens auf Englisch, aber diese Sprache beherrsche ich ja zum Glück gut.« Sie zwinkerte Rieke zu. »Und wenn ich wirklich einmal etwas nicht verstehe, habe ich in ihm den perfekten Übersetzer.«

»Das ist natürlich praktisch. Ich freue mich sehr für dich, dass du damit ein wenig an deine Berufstätigkeit anknüpfen kannst.«

»Aber es kommt noch besser! Stell dir vor, Daniel hat vielleicht einen britischen Verleger für das Buch gefunden. Die endgültige Zusage steht zwar noch aus, aber ich bin sehr optimistisch.« Jetzt strahlte sie wieder über das ganze Gesicht. »Meine Beziehung zu Daniel bedeutet für mich gerade das pure Glück.«

»Wollt ihr denn auf Dauer zusammenbleiben?«

In Judiths Augen trat ein versonnener Blick. Dann atmete sie hörbar aus. »Du bist die Erste, die es erfährt. Vor zwei Wochen hat mir Daniel einen Heiratsantrag gemacht. Ich habe ihn angenommen. Aber im Augenblick halte ich unsere Pläne noch geheim. Denn meine Eltern haben, wie alle Juden im ganzen Land, gerade Kummer genug. Ich möchte sie nicht auch noch damit belasten, dass ich mit Daniel im nächsten Jahr nach England gehe, wenn seine Zeit als Auslandskorrespondent der *London Times* in Berlin vorüber ist.«

»Meinen ganz herzlichen Glückwunsch«, sagte Rieke leise. Dabei kämpfte sie mit den Tränen. »Ich werde dich sehr vermissen.«

Judith schlug sich auf den Mund. »Ich bin heute einfach ein taktloses Stück, Rieke. Verzeih mir bitte! Aber weder die Beziehung zu meinen Eltern noch unsere Freundschaft ist zu Ende, wenn ich mit Daniel auf die Insel gehe. Ich kehre oft zurück, das verspreche ich.« Sie erwiderte Riekes Händedruck. »Aber nun kommen wir endlich zu dir. Hast du noch immer nichts von Peter gehört?«

Rieke schüttelte den Kopf. »Leider nicht.« Nun konnte sie die Tränen nicht länger zurückhalten. Bei ihren nächsten Worten liefen sie ihr in Strömen über die Wangen. »Ich weiß nicht einmal, ob er noch lebt. Max Köhlers Frau hat vor zwei Wochen die Nachricht erhalten, ihr Mann sei an einer Lungenentzündung gestorben. Wegen der Ansteckungsgefahr habe man ihn gleich im Lager eingeäschert. Es gibt noch nicht mal ein Grab, an dem sie weinen könnte.«

»Du glaubst nicht an einen natürlichen Tod«, schlussfolgerte Judith betroffen.

Rieke schüttelte noch einmal leise schluchzend den Kopf.

Eine Weile saßen sich die Frauen schweigend gegenüber, nippten an ihrem Tee und hielten sich immer wieder an den Händen.

»Und dein Nazischwager, dieser Hermann Wolters, kann wirklich gar nichts für dich tun?«

»Ich war noch zweimal in seiner Wohnung. Er kann mir keine Besuchserlaubnis verschaffen, sagt er. Besuche in Oranienburg seien grundsätzlich verboten.«

»Das ist merkwürdig. Soviel du mir erzählt hast, ist er doch seit Jahren bei der SA. Sogar mittlerweile als Obersturmführer.«

»An der Regel, dass Besuche in diesem Lager verboten sind, kann er wohl tatsächlich nichts ändern. Anderenfalls hätte er bestimmt längst das Geld genommen, das ich ihm für die Besuchserlaubnis geboten habe.«

»Aber er muss doch viele Kontakte zu seinen Parteigenossen

haben!«, insistierte Judith. »Gehören die Wachleute in diesen Lagern nicht auch zur SA?«

Rieke hob die Schultern. »Vielleicht will er mir auch nicht helfen. Im zivilen Leben ist er immer noch in seinem kleinen Laden als Verkäufer beschäftigt. Womöglich neidet er mir und Peter unseren Aufstieg im KaDeWe. Immerhin war er vor dem Krieg auch einmal dort beschäftigt. Damals waren wir alle noch Freunde. Im Vergleich zu Peter und mir hat Hermann es nicht weit gebracht.«

Judith überlegte eine Weile. »Wo war dieser Hermann denn damals beschäftigt?«

Rieke sah verwundert auf. »In der Herrenkonfektion. Warum willst du das wissen?«

»Das ist gut«, äußerte Judith kryptisch, ohne Riekes Frage zu beantworten. »Glaubst du, dieser Hermann könnte etwas für Peter tun, wenn man ihm genügend dafür bieten würde?«

»Das weiß ich nicht, Judith. Meine Mutter hat mir streng verboten, Hermann meine gesamten Ersparnisse zu geben. Sie ist sicher, er würde mich nur übers Ohr hauen. Erst das Geld nehmen und dann trotzdem nichts für Peter tun.«

»Dann muss man den Korb eben höher hängen. Und diesem Wolters etwas in Aussicht stellen, das ihn einerseits sehr reizt, das er andererseits aber nur bekommt, wenn er Peter zur Freiheit verhilft.«

Sie tätschelte wieder Riekes Hand. »Hör mir zu! Vielleicht habe ich ja schon einen Plan.«

Wohnung der Wolters in Tiergarten

Oktober 1933, ungefähr zwei Wochen später

»Das glaube ich jetzt nicht!«, kreischte Sanni. »Wie kannst du mir und der Partei das antun?«

»Halt's Maul, Weib«, erwiderte Hermann grob. »Biste meschugge jeworden? Der Rudolf Heß, dit is der zweethöchste Mann in der Partei, der Stellvertreter vom Führer, hat im Juli verboten, det die Warenhäuser boykottiert werden. Haste dit verjessen?«

»Das habe ich nicht vergessen und finde es schlimm genug! Nur wegen der Arbeitsplätze! Davon gäbe es auch woanders genug! Aber dass du mir jetzt so in den Rücken fällst, dass ich in Zukunft nicht mal mehr vor einem Warenhaus protestieren kann, schon gar nicht vor dem KaDeWe, das fasse ich einfach nicht.«

»Dann lass et sein!« Völlig ungerührt von Sannis Geschrei wandte sich Hermann wieder Rieke zu.

Die hatte dem Streit schadenfroh zugehört und setzte nun noch einen drauf. »Ich kann dich im KaDeWe nur empfehlen, Hermann, wenn du hochdeutsch sprichst. Dialekt ist absolut verpönt. Das ist heute nicht anders als zu deiner Zeit.«

Hermann wirkte einen Moment lang verblüfft, begann dann aber zu grinsen. »Diese Bedingung erfülle ich allemal. Sogar mit links, wie du gerade hörst.«

»Umgangssprachliche Ausdrücke sind ebenfalls schon beim einfachen Verkäufer nicht gern gesehen. Erst recht nicht beim mächtigsten Abteilungsleiter im ganzen Kaufhaus!«

»Ist ja gut. Ich reiß mich ja schon zusammen. Also erklär mir das noch mal, was du mir vorschlagen willst.«

»Vielleicht weißt du von Sanni, dass ich seit Jahren mit der Tochter von Paul Bergmann befreundet bin. Du müsstest ihn noch kennen, er war damals Konzernjustiziar, aber auch schon Personalleiter im KaDeWe. Nun hat mir Judith erzählt, dass ihr Vater, der zuletzt kaufmännischer Leiter war, vom Geschäftsführer der neuen Hertie GmbH nach dem Ausscheiden von Martin Tietz gebeten wurde, auch die Leitung des KaDeWe zu übernehmen. Doch Judiths Vater wird in wenigen Tagen fünfundsechzig und hat gemerkt, dass ihm das alles zu viel wird. Deshalb will er Gunter Perl, so heißt der leitende Geschäftsführer, vorschlagen, meinen jetzigen Abteilungsleiter David Loewenberger zum Leiter des KaDeWe zu machen. Er selbst will weiterhin kaufmännischer Leiter bleiben und Loewenberger bei seiner Einarbeitung unterstützen. Also wird die Stelle des Abteilungsleiters der Damenmode demnächst frei.«

Sie machte eine bedeutungsvolle Pause.

»Und du würdest mich dafür vorschlagen, wenn ich deinem Peter zur Entlassung verhelfe?«, versicherte sich Hermann noch einmal.

»Da so viele jüdische Mitarbeiter entlassen wurden, werden Fachkräfte im Verkauf in Berlin gerade händeringend gesucht«, antwortete Rieke sogar wahrheitsgemäß. »Aber man kann es sich natürlich nicht leisten, einen Juden für so einen wichtigen Posten im KaDeWe neu einzustellen. Es wird gerade so toleriert, dass Juden, die schon vor der Gründung der Hertie dort beschäftigt waren, hohe Führungspositionen einnehmen. Für Neubesetzungen braucht man arische Fachkräfte.« Rieke verabscheute sich innerlich selbst für ihre Worte. Aber der Zweck heiligt die Mittel, sagte sie sich. »Da könnte ich dich zumindest ins Spiel bringen.«

Hermanns Blick wurde argwöhnisch. »Und was ist, wenn ich nicht genommen werde? Es ist gar nicht so leicht, jemanden aus dem KZ Oranienburg loszueisen. Da muss ich eine Menge Beziehungen spielen lassen.«

»Judith und ich haben bereits mit Paul Bergmann über die Möglichkeit gesprochen, dich einzustellen. Er war davon ganz angetan. Über Peter haben wir natürlich nicht geredet.« Der erste Teil von Riekes Antwort entsprach der Wahrheit, der zweite nicht.

Wahr war ebenfalls, dass Paul Bergmann die Doppelfunktion als kaufmännischer und Gesamtleiter des KaDeWe schon nach wenigen Wochen zu viel geworden war. Auf die Idee, David Loewenberger für den Posten des KaDeWe-Leiters zu empfehlen, war er schon selbst gekommen, wie er Rieke und Judith bei ihrem Planungsgespräch in der Villa Bergmann mitgeteilt hatte.

Allerdings befürchtete er, Gunter Perl könne seinen Vorschlag ablehnen, wenn er ihm keinen akzeptablen Abteilungsleiter für die Nachfolge in der Damenmode präsentierte.

»Hermann Wolters entspräche zumindest auf den ersten Blick dem geforderten Profil. Er war Kriegsteilnehmer, ist Obersturmführer der SA und überzeugter Nazi. Allein damit könnte Perl sich beim Beirat der Hertie einschleimen und darauf verweisen, dass auch im KaDeWe bald ein neuer Wind wehen wird. Außerdem hat Wolters schon einmal als Verkäufer in einer Modeabteilung des KaDeWe gearbeitet, wenn auch in der Herrenkonfektion. Ich könnte ihm also eine fiktive Empfehlung geben und behaupten, er wäre mir schon vor dem Krieg durch sein verkäuferisches Talent aufgefallen.«

»Und wie würdest du begründen, dass sich Wolters nach Kriegsende nicht wie Peter Hauser erneut im KaDeWe beworben hat, Vater?«

Paul hatte nur kurz überlegt. »Nun, das KaDeWe war immer in jüdischem Besitz. Und Wolters einer der ersten Anhänger der NSDAP. Daher wollte er nicht mehr in einem großen Warenhaus arbeiten, schon gar nicht unter einem jüdischen Eigner.«

Rieke fiel etwas ein. »Ich glaube, Peter hat mir einmal erzählt, dass Wolters in den frühen Zwanzigerjahren nach München gegangen ist, um bei den Nazis mitzumachen.«

»Wunderbar! Dann wird dies auch in seinem Lebenslauf

auftauchen, den sich Perl möglicherweise anschaut. Wenn ich Wolters dazu ein gutes Leumundszeugnis ausstelle, was seine verkäuferischen Fähigkeiten angeht, wird Perl hoffentlich erst recht mit seiner Einstellung einverstanden sein. Außerdem war Wolters dauerhaft als Verkäufer in einem Textilgeschäft tätig.«

»Und bis auf Karstadt gehört jeder Warenhauskonzern in Berlin einer jüdischen Familie«, spann Judith den Faden weiter. »Das würde auch erklären und entspricht wahrscheinlich sogar den Tatsachen, warum sich Wolters nie woanders beworben hat.«

»Als SA-Mitglied hätte ihn auch kein jüdischer Eigner genommen«, ergänzte Rieke mit einem Anflug von Spott.

Paul Bergmann sah sie an und runzelte die Stirn. »Aber der große Pferdefuß ist Ihnen hoffentlich bewusst, Frau Hauser? Wenn ich Sie richtig verstanden habe, ist Hermann Wolters in Wirklichkeit unfähig. Er wird Ihnen also alles andere als ein hilfreicher Vorgesetzter sein.«

Rieke hatte genickt. »Das nehme ich in Kauf, wenn Peter endlich wieder zu Hause ist. Und vielleicht steht mir ja auch Herr Loewenberger zur Seite, wenn mir alles doch irgendwann über den Kopf wächst.«

»Fachlich wird Herr Loewenberger das sicher tun, und notfalls auch disziplinarisch. Dafür verbürge ich mich als Personalleiter.«

Also hatten die drei den Plan gefasst, Peter auf diese Weise zur Freilassung zu verhelfen, wenn es möglich war.

»Und was ist, wenn ich die Stelle kriege, aber dein Mann trotzdem nicht freikommt?« In Hermanns blaugraue Augen trat etwas Lauerndes.

Doch Rieke war gut darauf vorbereitet. »Sobald es ein Entlassungsdatum gibt, wird der Personalleiter Paul Bergmann dich auf meine Empfehlung hin zum Vorstellungsgespräch einladen. Als Aufsichtsdame der Damenmode und Kinderkleidung werde ich am Gespräch teilnehmen. Danach wird man sich erst einmal Bedenkzeit ausbitten, weil es natürlich auch andere Bewerber gibt«, bluffte sie. »Aber Bergmann hat mir bereits versprochen, dass meine Empfehlung den Ausschlag dafür geben wird, wie seine Einstellungsentscheidung ausfällt. Am Tag, an dem Peter nach Hause kommt, werde ich diese Empfehlung für dich aussprechen.«

»Und was ist, wenn die sich nicht daran hält?« Sanni machte einen letzten Versuch dazwischenzugrätschen, und zeigte vorwurfsvoll auf Rieke.

»Ganz einfach«, antwortete Hermann. »Dann sorge ich dafür, dass Peter schon am nächsten Tag wieder im Bau ist.«

Rieke holte tief Luft. »Genauso, wie ich dafür sorge, dass du deine Stelle sofort verlierst, wenn Peter nach seiner Freilassung noch mal verhaftet wird«, drohte sie.

So entstand genau die Pattsituation, die Rieke mit Judith und Bergmann geplant hatte. Sie und Hermann starrten sich gegenseitig in die Augen. Rieke klopfte das Herz bis zum Hals, aber sie bemühte sich um eine unbewegte Miene.

Hermann gab zuerst nach und streckte Rieke die Hand entgegen. »Dann ist der Handel so abgemacht. Lass es uns also angehen! Ich geb dir Bescheid, sobald ich etwas für Peter tun konnte.«

Wohnung der Hausers in Meyers Hof

Anfang November 1933

Als die Klingel endlich schrillte, sprangen Rieke und Käthe gleichzeitig auf. Draußen war es schon dunkel.

Vom Treppenabsatz aus spähte Rieke in den unteren Hausflur. Dann flog sie die Stufen hinunter und warf sich so fest in

Peters Arme, dass beide ins Straucheln gerieten und beinahe gestürzt wären.

»Peter«, hauchte Rieke. »Ich bin so unendlich froh, dass du wieder zu Hause bist.«

»Und ich erst, meine Liebste.«

»Aber lass uns rasch nach oben gehen, ich will nicht gesehen werden«, bat Peter.

Als beide eng umschlungen die Treppe hinaufstiegen, bemerkte Rieke bereits, wie mager Peter geworden war. Die Knochen stachen ihm durch die Haut. Im Licht der Wohnküche erkannte sie dann, dass graue Strähnen seine rötlich braunen Haare durchzogen. Sein Gesicht wirkte eingefallen und faltig, tiefe Ringe lagen um seine Augen.

»Was hast du nur alles durchmachen müssen, mein Geliebter.« Rieke war von Peters Aussehen erschüttert.

»Wenig im Vergleich zu dem, was andere erleiden mussten und täglich erleiden müssen. Erinnerst du dich an jenen Journalisten Carl von Ossietzky, den Judith uns vor ein paar Jahren im Café Reimann gezeigt hat? Der wurde ständig schikaniert und misshandelt. Die Wachen hatten es regelrecht auf ihn abgesehen.«

»Und wie erging es dir?«

Peter schüttelte den Kopf. »Eigentlich ist es mir streng verboten, über meine Erfahrungen in Oranienburg zu sprechen. Das musste ich bei der Entlassung sogar unterschreiben. Und daran will ich mich halten, um euch alle nicht zu gefährden«, sagte er, auch mit einem Blick auf Käthe.

Die hatte sich bislang im Hintergrund gehalten. Nun trat sie auf Peter zu und schloss ihn ebenfalls in die Arme. »Wenn du morgen auch einmal bei Fritz hereinschaust, würde der sich sehr freuen.« Käthe klang ungewohnt schüchtern.

»Das mache ich gerne. Aber jetzt möchte ich etwas essen, hier riecht es köstlich! Und mich danach erst einmal gründlich in meinem eigenen Bett ausschlafen.«

Käthe verstand den Wink sofort. »Dann lasse ich euch zwei jetzt allein. Ich hoffe, der Eintopf auf dem Herd ist noch nicht verkocht. Ich habe Kartoffelsuppe mit Speck und Rindswurst gemacht. Du siehst aus, als hättest du es nötig.«

Während Rieke der Magen wie zugeschnürt war, schaufelte Peter den Eintopf wie ein Verhungernder in sich hinein.

»Was habt ihr denn dort zu essen bekommen? Oder darfst du darüber auch nicht sprechen?«

»An sich nicht. Aber du erzählst es ja niemandem weiter?« Sein Blick flackerte.

»Niemandem«, beteuerte Rieke.

»Zweimal am Tag gab es eine dünne Suppe und einen Kanten Brot. Manchmal etwas verkochtes Gemüse dazu oder ein verschrumpeltes Stück Obst. Das war alles.«

An Peters Miene erkannte Rieke, dass sie jetzt besser nicht weiterfragte. Es würde ihn nur belasten und ihm den ersten Abend zu Hause mit schrecklichen Erinnerungen verleiden. Mit der Zeit wird er mir schon erzählen, wie es ihm ergangen ist, dachte sie. Schweigegebot hin oder her.

Peter war beim dritten Teller Kartoffelsuppe angelangt, als er wieder zu sprechen begann. »Weißt du, was merkwürdig ist? In den letzten Wochen habe ich Hermann Wolters ein paarmal im Lager gesehen. Einmal kam er sogar gerade aus dem Büro des Kommandanten. Glaubst du, er hat etwas mit meiner Entlassung zu tun?«

Rieke seufzte. »Das hat er. Zum Glück und gleichzeitig leider.« Dann erzählte sie dem staunenden Peter von dem Plan, den sie mit Judith und Paul Bergmann ausgeheckt hatte und dem er seine Freiheit verdankte.

»Fast wären wir aber schon an der ersten Hürde gescheitert«, berichtete sie. »Hermann Wolters als neuen Abteilungsleiter der Damenmode zu installieren war gar nicht das größte Problem. Da ist Paul Bergmanns List völlig aufgegangen. Viel schwerer fiel es ihm, Perl davon zu überzeugen, ihn als Leiter des KaDeWe wieder gehen zu lassen und David Loewenberger an seine Stelle zu setzen. Damit war Perl anfangs partout nicht einverstanden.«

»Und wie habt ihr dieses Problem gelöst?«

»Paul Bergmann hat Gunter Perl gedroht, auch seine Stelle als kaufmännischer Leiter sofort zu kündigen. Daran hätte Perl ihn nicht hindern können. Und damit seinen erfahrensten Mann im KaDeWe verloren. Deshalb ließ er sich schließlich auf den Kompromiss ein, David Loewenberger zum Leiter zu ernennen. Aber nur unter der Voraussetzung, dass Paul Bergmann ihm jederzeit zur Seite steht. Als Bergmann ihm dann klarmachte, dass mit Hermann Wolters auch schon ein geeigneter Nachfolger für Loewenberger in der Damenmode gefunden war, hat Perl sich dafür kaum mehr interessiert. Es reichte ihm, zu hören, dass Hermann SA-Obersturmführer ist und schon einmal als Verkäufer im KaDeWe gearbeitet hat.«

»Also ist Wolters jetzt dein Chef?« Peter betrachtete Rieke besorgt.

»Alles hat seinen Preis.« Sie zuckte demonstrativ gleichgültig die Achseln, bestrebt, ihre Sorge zu verbergen, dass Wolters ihr das Leben nicht leicht machen würde. »Mit dem komme ich schon zurecht. Wenn er Erfolg haben will, ist er auf mich als langjährige Aufsichtsdame angewiesen.«

Doch Peter durchschaute sie. Er legte den Löffel nieder und umfasste ihr Gesicht mit beiden Händen. »Ich liebe dich, Rieke. Und werde niemals vergessen, was du für mich getan hast und weiter zu tun bereit bist. Heute Abend bin ich der glücklichste Mann der Welt.«

Kapitel 30

Konferenzraum im Warenhaus am Alexanderplatz

31. Januar 1934

Beklommen betrat Paul Bergmann den Konferenzraum im Warenhaus am Alexanderplatz. Schon mit der Übernahme der Jandorf-Häuser durch Hermann Tietz hatte die Teilnahme an den Sitzungen der Geschäftsführung nicht mehr zu seinen Lieblingsbeschäftigungen gehört.

Doch seit Gunter Perl anstelle von Georg Tietz den Vorsitz innehatte, hasste er diese Zusammenkünfte von Mal zu Mal mehr. Anders als früher gab es keine Agenda, sodass er nie wusste, welche Tagesordnungspunkte besprochen werden sollten. Außer dass die Mehrzahl oder sogar alle davon unangenehm sein würden. Weil diese Sitzungen ihm im Wortsinn auf den Magen schlugen, hatte er auch heute auf sein Mittagessen verzichtet.

Außer Gunter Perl waren bereits alle anderen Mitglieder des Geschäftsführungskreises anwesend. Die Mienen von Georg und Martin Tietz spiegelten Pauls Gemütszustand wider. Sie starrten trübsinnig auf ihre mitgebrachten Aktenmappen.

Freiherr von der Tann, der Delegierte des Hertie-Beirats, plauderte mit dem farblosen zweiten Gesellschafter der Hertie GmbH über Belangloses. Helmut Friedel pflegte nur das Wort zu ergreifen, wenn Gunter Perl ihn direkt ansprach. Und das tat der lediglich, wenn er Friedels Zustimmung brauchte.

Der Freiherr, der wie Paul in diesem Kreis kein Stimmrecht

hatte, machte umso mehr von seinem Rederecht Gebrauch. Natürlich lag er ebenfalls zu hundert Prozent auf der Linie Gunter Perls. Der wiederum behauptete permanent, nicht die Interessen des Unternehmens, schon gar nicht seine eigenen, sondern in erster Linie die der Gläubigerbanken zu vertreten.

Wie so häufig fünf Minuten zu spät – Paul hatte Perl im Verdacht, dass es ihm Genugtuung bereitete, die anderen Mitglieder des Kreises auf sich warten zu lassen – betrat Gunter den Raum. Sein mürrischer Gesichtsausdruck verhieß nichts Gutes.

Doch zunächst lobte er seine eigenen Erfolge. Auch diese Reihenfolge der Tagesordnungspunkte war mittlerweile üblich. »Meine Herren, ich habe Ihnen zunächst die erfreuliche Mitteilung zu machen, dass der Beirat der Hertie, in dem alle Gläubigerbanken vertreten sind, uns ein großes Kompliment dafür ausgesprochen hat, dass unsere Sparmaßnahmen bereits erste Erfolge zeitigen.

Insgesamt hat Hertie inzwischen landesweit ungefähr achthundert Mitarbeiter entlassen, davon fünfhundert jüdische und dreihundert nichtjüdische. Die Mehrzahl von ihnen war in unseren Warenhäusern außerhalb Berlins beschäftigt. Nur siebenundachtzig Personen haben ihren Arbeitsplatz in einem Berliner Kaufhaus geräumt. Dies waren ausschließlich Juden.« Er machte eine kleine Pause. »So weit, so gut.« Perl zog finster die Augenbrauen zusammen. »Nur Sie, verehrter Freiherr von der Tann, wussten in jener Beiratssitzung, dass wir unsere selbst gesetzten Sparziele dennoch nicht erreicht haben. Ich bin Ihnen überaus dankbar dafür, dass Sie darüber kein Wort verloren haben.«

Der Freiherr nickte huldvoll und zwirbelte seinen ausladenden grauen Schnurrbart.

Jetzt fixierte Perl die Gebrüder Tietz. »Natürlich hätte ich es sehr begrüßt, wenn ich auch Ihre Listen von Mitarbeitern der Hertie-Warenhäuser in Berlin, die wir im nächsten Schritt freisetzen wollen, hätte vorlegen können. Doch leider war mir dies nicht möglich.«

Er kramte einige Blätter aus seiner Aktentasche und warf sie brüsk auf den Tisch. »Ich habe persönlich überprüft, wen Sie zur Kündigung vorgeschlagen haben. Ich hatte zum einen darum gebeten, nahezu ausschließlich jüdische Mitarbeiter zu benennen. Von den geforderten einhundertzwanzig von Ihnen genannten Personen sind jedoch mehr als die Hälfte arischen Ursprungs. Wie erklären Sie sich das?«

Georg Tietz hob trotzig den Kopf. »Die Hermann Tietz OHG wurde von meinem jüdischen Vater gegründet und seit ihrem Bestehen von jüdischen Geschäftsführern geleitet«, betonte er. »Trotzdem haben wir nie einen Unterschied zwischen jüdischen und nichtjüdischen Mitarbeitern gemacht. Die arischen zählten genauso viel wie die jüdischen und wurden mit den gleichen Maßstäben gemessen. Deshalb haben mein Bruder und ich nach Rücksprache mit den kaufmännischen Leitern der Berliner Warenhäuser Personen ausgewählt, deren Leistungsfähigkeit nicht mehr zufriedenstellend ist. Dazu gehören selbstverständlich auch *reinrassige* Angestellte.« Er betonte das Wort spöttisch.

Das kann ja wieder heiter werden, dachte Paul. Schon in den ersten fünf Minuten der Besprechung wurden die Klingen gekreuzt. Das wurde allein dadurch deutlich, dass Perl und seine Verbündeten das Unternehmen, wie bereits seit einiger Zeit, ausschließlich »Hertie« nannten, während Georg und Martin stets von der »Hermann Tietz OHG« sprachen. Schneller als üblich bezog sich die Kontroverse heute allerdings auch auf die Inhalte.

Freiherr von der Tann schüttelte missbilligend sein mächtiges, nur noch spärlich von grauen Haaren bedecktes Haupt. »Sehr verehrte Herren Tietz«, begann er mit der für ihn typischen vordergründigen Höflichkeit. Nur um gleich danach einen gezielten Hieb unter die Gürtellinie zu platzieren. »Es betrübt mich außerordentlich, in der nächsten Beiratssitzung erneut berichten zu müssen, dass es keine einheitliche Meinung im Geschäftsführungskreis der Hertie gibt. Bedenken Sie bitte, wem unsere Geldgeber verpflichtet sind! Natürlich dem deutschen Volke und der Partei, die es mit großem Erfolg regiert. Es wird den Herren daher nicht gefallen zu hören, dass Deutsche ihre Stelle verlieren, während Juden sie behalten dürfen.«

Pauls Magen krampfte sich zusammen. »Auch wir Juden sind Deutsche, Herr von der Tann«, konnte er sich nicht zurückhalten. »Viele von uns haben im letzten Krieg für das Vaterland gekämpft und dabei sogar ihr Leben gelassen.«

Paul konnte nicht wissen, dass er mit jener Bemerkung Gunter die Steilvorlage für seine nächste Kritik an den Gebrüdern Tietz gab. »Und genau um dieser Verdienste willen sollen jüdische Mitarbeiter, die Kriegsteilnehmer waren, vorläufig noch besonderen Schutz genießen.« Perl studierte scheinbar noch einmal die vor ihm liegende Liste. »Doch bei den von Ihnen zur Kündigung vorgeschlagenen jüdischen Angestellten sind gleich fünfzehn ehemalige Weltkriegskämpfer, die wir ja gar nicht entlassen dürfen. Denn dann würden wir uns dem Wunsch des Reichswirtschaftsministers widersetzen, den übrigens auch unser verehrter Führer Adolf Hitler teilt. Was haben Sie dazu zu sagen, Herr Tietz?«

Georg ließ sich nicht einschüchtern. »Das Gleiche wie vorher, Herr Perl. Mein Bruder und ich haben die Liste nicht nach rassischen Gesichtspunkten zusammengestellt, sondern wegen teilweise eklatanter Leistungsmängel der Betroffenen.«

»Dann gebe ich Ihnen die Zusammenstellung hiermit zurück.« Schroff warf Perl die Papiere über den Tisch. »Heute ist Mittwoch. Ich erwarte bis Samstagabend eine korrigierte Liste.«

Georg schüttelte den Kopf. »Damit rechnen Sie vergeblich.«

Gunter lächelte süffisant. »Also müssen wir, so leid es mir tut, bereits für diese unerhebliche Angelegenheit wieder einen

Geschäftsführungsbeschluss herbeiführen. Lassen Sie uns also abstimmen! Wer ist dafür, dass eine korrigierte Liste zu kündigender Berliner Mitarbeiter erstellt wird, die zu mindestens neunzig Prozent jüdischer Herkunft sind?«

Paul musste einen Würgereiz unterdrücken. Zum wiederholten Mal nutzte Gunter auf perfide Weise die Tatsache aus, dass bei Stimmengleichheit der vier offiziell bestallten Geschäftsführer die Hertie-Stimmen den Ausschlag gaben. Jetzt hatte er diese Übermacht sogar dazu ausgenutzt, um die Kriterien für die Kündigungsliste der Angestellten noch zu verschärfen.

Natürlich hob neben Gunter auch Helmut Friedel die Hand. Georg und Martin Tietz stimmten dagegen.

»Ts, ts, ts«, machte Freiherr von der Tann, der jede Sitzung für den Beirat protokollierte, während er das Ergebnis notierte. »Jetzt haben wir es ein weiteres Mal sogar offiziell, dass es keine einheitliche Meinung in der Geschäftsführung darüber gibt, was der Hertie guttut.«

»Quatschen Sie nicht so geschwollen daher!« Martin Tietz verlor die Contenance.

Doch Gunter rief ihn sogleich zur Ordnung. »Ich darf doch sehr bitten, Herr Tietz. Höflichkeit sollte in diesem Kreis mit Höflichkeit vergolten werden. Sonst sehe ich mich gezwungen, die heutige Sitzung abzubrechen.«

Auch dazu hatte Gunter Perl die Macht. Denn er war vom Beirat der Hertie zum Vorsitzenden der Geschäftsführung ernannt worden.

Wo soll das alles nur enden?, ging es Paul wieder einmal durch den Kopf. Wahrscheinlich ist es ohnehin nur eine Scharade, die bald zu Ende ist. Sobald sich herausstellt, dass es kein Tietz'sches Vermögen im Ausland gibt, das zur persönlichen Haftung der OHG-Gesellschafter herangezogen werden kann, wirft man Martin und Georg auch hinaus.

Diesen Verdacht hatte Georg Tietz bei einem Besuch in der Villa Bergmann vor einigen Tagen geäußert. Im Kreis der ehemaligen Mitglieder des Geschäftsführungskreises der OHG traf man sich nur noch im privaten Umfeld, um sich abzustimmen, gemeinsame Strategien zu überlegen oder, wie in jüngster Zeit immer häufiger, einander lediglich sein Leid zu klagen.

»Wenden wir uns nun wieder erfreulicheren Themen zu«, setzte Gunter die Sitzung fort. Er zog eine aktuelle Ausgabe des *Völkischen Beobachters* aus seiner Aktentasche und wedelte damit. »Hier und in jeder anderen seriösen Tageszeitung kann man es wortwörtlich nachlesen. Nach dem Stellvertreter des Führers, Rudolf Heß, der dies bereits im vergangenen Juli verkündet hat, hat nun auch sein Stabschef Martin Bormann noch einmal offiziell wiederholt, dass alle Aktionen gegen Warenhäuser im ganzen Reich zu unterlassen seien. Mit Ausnahme der Einlösung der Ehestandsdarlehen sind auch alle Einkaufsverbote für Parteimitglieder und Beamte aufgehoben. Dies entspricht dem Willen des Führers, der keine weiteren deutschen Arbeitsplätze aufs Spiel setzen möchte, und eröffnet uns ungeahnte neue Möglichkeiten.«

Als niemand die von Gunter erwartete Nachfrage stellte, wandte er sich an Helmut Friedel. »Möchten Sie denn gar nicht wissen, welche Möglichkeiten ich meine?«

»Selbstverständlich gerne«, antwortete Friedel pflichtschuldigst.

»Ihnen allen ist bekannt, dass unserem Wunsch, im Februar eines jeden Jahres weiterhin eine Weiße Woche durchzuführen, schon im Dezember entsprochen worden ist.«

»Schon im Dezember«, äffte Martin Gunter nach und fiel ihm dabei ins Wort. »Wir haben monatelang nicht gewusst, ob wir auf der bereits ein Jahr im Voraus bestellten Ware sitzen bleiben würden.«

Gunter fixierte ihn kühl. »Der Bescheid ist rechtzeitig ergangen, um die Werbung vorzubereiten. Ich habe mir dazu etwas ganz Besonderes einfallen lassen.« Erneut zog er ein Papier aus seiner Aktentasche und faltete es auseinander. Es war ein Plakat.

Kauft
Deutsche
Wertarbeit
im KaDeWe,
stand in großen Lettern darauf.

Während die Brüder Tietz und Paul die Stirn runzelten, klatschte der Freiherr begeistert in die Hände. »Eine fantastische Idee, Herr Perl! Die Abkürzung für das Kaufhaus des Westens auf diese Weise zu nutzen ist geradezu genial!«

»Mit diesem Werbespruch dürfen wir außerdem wieder Anzeigen schalten, um auf unsere Weiße Woche aufmerksam zu machen. Auch das ist ein Entgegengekommen des Reichswirtschaftsministeriums.«

Tatsächlich waren im vergangenen Jahr Inserate von Warenhäusern in allen großen deutschen Tageszeitungen verboten worden.

»Außerdem werden solche Plakate in jedem unserer Schaufenster und an jeder unserer Säulen in den Innenräumen hängen. Das wird unsere Kunden hoffentlich zu mehr Käufen animieren als die protzige Dekoration im vergangenen Jahr.« Gunter warf Martin einen grimmigen Blick zu.

Der wehrte sich erwartungsgemäß. »Die von unserem damaligen Chefdekorateur entworfene ›Zauberwelt‹ hat mehr Kunden ins KaDeWe gelockt als jede andere Weiße Woche zuvor.«

»Aber leider nicht mehr Umsatz erbracht als je zuvor«, konterte Perl. »Die Kunden kamen zum Glotzen, nicht zum Kaufen.«

Leider ist das sogar wahr, musste Paul innerlich wehmütig eingestehen. Bloß gut, dass Peter Hauser die Innengestaltung im heutigen KaDeWe nicht mehr miterleben muss.

Riekes Mann hatte sich nach seiner Haft im Lager Oranienburg dafür entschieden, sich weder im KaDeWe noch in irgendeinem anderen Warenhaus wieder als Dekorateur zu betätigen. »Ich habe keine Lust, den Nazis mit meiner Kreativität schönzutun«, hatte er dies gegenüber Paul begründet. »Lieber arbeite ich wieder als einfacher Tischlermeister.«

Paul hatte diese Entscheidung zwar sehr bedauert, aber nachvollziehen können. Mittlerweile hatte Peter einen kleinen Schreinerbetrieb in Meyers Hof übernommen, in dem er – wie in seinen Anfangszeiten als Tischler – Möbel herstellte und reparierte.

»Er nimmt auch wieder kleine Aufträge an, die mit Dekoration zu tun haben«, hatte Rieke Paul einmal erzählt. »Aber das sind nur hölzerne Büsten, um Kleidung zu drapieren, Hutständer oder einfache Ausstellungsregale.«

»Herr Bergmann? Sind Sie noch bei uns?« Gunters schneidende Stimme riss Paul aus seinen Grübeleien. »Mein letztes Thema für heute richtet sich nämlich explizit an Sie.«

Bevor Paul reagieren konnte, ging Georg Tietz dazwischen. »Ein Thema habe ich auch noch, Herr Perl. Ich hätte es ja gerne in eine Agenda eingebracht, wenn es dieses wertvolle Hilfsmittel zur Struktur unserer Sitzungen noch gäbe.«

Ob des Seitenhiebs entgleisten Gunter einen Augenblick lang die Gesichtszüge. Dann wurde seine Miene wieder ausdruckslos. »Sprechen Sie!«, sagte er barsch.

»Einige Mitarbeiter, sowohl jüdische als auch *reinrassige*«, betonte Tietz das Wort wieder spöttisch, »haben sich bei mir und meinem Bruder darüber beklagt, dass ihr Lohn nach der fünfzigprozentigen Gehaltskürzung, die Sie bereits im vergangenen Jahr verfügt haben, nun nicht mehr ausreicht, um ihre Bedürfnisse des täglichen Lebens vollständig zu bestreiten. Ich möchte daher nachdrücklich dafür plädieren, den Lohn aller Angestellten auf wieder mindestens siebzig Prozent ihres ehemaligen Gehalts anzuheben.«

»Aber ich bitte Sie«, empörte sich von der Tann, bevor Gunter antworten konnte. »Wovon soll das denn bezahlt werden? Sie wissen doch, wie es um unsere Hertie steht.«

»Ihre Hertie kümmert mich nicht«, schnauzte Georg.

»Ebenso wenig wie Ihr verfluchter Beirat. Ich vertrete die Werte der Hermann Tietz OHG. Und die ließ ihre Mitarbeiter noch nie verhungern.«

Obwohl von der Tann im ersten Moment erschrocken zurückprallte, wusste Paul sofort, dass dieser Ausbruch Georgs zwar verständlich, aber unklug gewesen war.

»Nun, ich werde dem Beirat Ihre Ansichten nicht vorenthalten.« Von der Tann machte sich demonstrativ eine Notiz.

Jetzt griff Gunter ein. »Die Sanierungsbedürftigkeit Ihrer OHG und damit die Existenzberechtigung der Hertie dürften ja wohl allein auf Ihr eigenes Verschulden zurückgehen, werte Herren Tietz. Ihre ehedem vierzehntausend Mitarbeiter müssten ihren Lebensunterhalt von weit weniger als den fünfzig Prozent ihres früheren Gehalts bestreiten, die ich ihnen noch bewillige, wenn die OHG bankrottgegangen wäre. Darauf darf ich an dieser Stelle mit allem Respekt hinweisen.«

Dass du jahrelang durch überteuerte Textileinkäufe von Luxuswaren, für die zum großen Teil kein Rückgaberecht existierte, zu dieser schwierigen finanziellen Situation beigetragen hast, lässt du natürlich unter den Tisch fallen, dachte Paul grimmig. Schon lange war er überzeugt, dass sich Gunter im Rahmen dieser Einkaufsaktivitäten auch persönlich bereichert hatte. Leider war dem Mann nie etwas nachzuweisen gewesen.

»Aber ich mache Ihnen ein Angebot, Herr Tietz.« An Gunters Tonfall war bereits zu hören, dass es nichts für die OHG Vorteilhaftes sein würde. »Wem sein Gehalt bei Hertie nicht passt, der kann ja gehen. Und für jeden, der freiwillig kündigt, dürfen Sie einen anderen Entlassungskandidaten von Ihrer Liste streichen.«

Ohne Georg eine Möglichkeit zu lassen, seinem perfiden Vorschlag zu widersprechen, wandte er sich nun an Paul. »Doch nun komme ich zu Ihnen, Herr Bergmann, denn Zeit ist Geld. Auch das KaDeWe muss endlich seinen Beitrag zu den Sparmaßnahmen leisten.«

Paul durchfuhr es heiß und kalt. Unter dem Tisch ballte er die Hände zu Fäusten und versuchte, möglichst besonnen zu antworten. »Wir waren uns aber einig darüber, Herr Perl, dass das KaDeWe als Flaggschiff des Unternehmens« – Paul selbst vermied es sorgfältig, einen der beiden Namen Hertie oder Hermann Tietz OHG zu verwenden – »eine besondere Stellung einnimmt und keinen seiner erfahrenen und bewährten Mitarbeiter verlieren sollte.«

Gunter musterte ihn kühl. »Wir waren uns auch über eine bestimmte Voraussetzung für dieses Anliegen einig, Herr Bergmann.« Er drückte sich bewusst kryptisch aus, damit ihn keiner der übrigen Anwesenden verstand. Paul wusste natürlich, dass damit sein, Pauls, Rückzug von der Position des KaDeWe-Leiters gemeint war.

»Aber wie dem auch sei, Veränderungen tun auch hier not. Herr Wolters, der von Ihnen selbst empfohlene Abteilungsleiter der Damenmode, hat sich mehrfach bei mir darüber beklagt, dass die Erste Verkäuferin der Damenkonfektion, eine Jüdin namens Rosenheim, ihren Aufgaben nicht gewachsen ist. Sie, Herr Bergmann, haben die Frau erst im vergangenen Jahr eingestellt, nachdem ihr bei Karstadt gekündigt worden war. Daher erwarte ich, dass Sie sie mit sofortiger Wirkung wieder entlassen. Außerdem möchte ich Sie auffordern, mir weitere zwanzig Mitarbeiter, allerdings nicht aus dem Verkauf und möglichst jüdischer Herkunft, zur Kündigung vorzuschlagen. Sie haben bis zum Ende der Woche dafür Zeit.«

Er hob die Hand, um Pauls Protest im Keim zu ersticken. »Außerdem kann zumindest auf der untersten Vorgesetztenebene kein jüdisches Personal im Amt bleiben. Sind die Damen und Herren fähig genug, insbesondere die im Verkauf, können sie meinethalben als einfache Mitarbeiter weitermachen. Aber sie sollten unbedingt arische Vorgesetzte bekommen. Dabei bevorzuge ich die Methode, den jetzigen Verantwortungsbereich einer arischen Führungskraft um einen zusätzlichen

Verantwortungsbereich zu erweitern. Schließlich sind Vorgesetzte im KaDeWe nicht von der nun ebenfalls dort geplanten Gehaltskürzung betroffen. Alle anderen Angestellten erhalten ab dem nächsten Monat nur noch fünfzig Prozent ihres derzeitigen Salärs.«

Er sprang ein wenig zu hastig auf. »Damit erkläre ich die heutige Sitzung für beendet, meine Herren. Ich werde Sie rechtzeitig wissen lassen, wann ich die nächste Besprechung anberaume.«

Paul Bergmanns Kontor im KaDeWe

31. Januar 1934, etwas später

Als Paul in sein Büro im KaDeWe zurückkehrte, klopfte ihm das Herz noch immer vor Zorn. Obwohl er seit dem Frühstück nichts gegessen hatte, verspürte er keinen Appetit. Den kalten Imbiss, den seine Vorzimmerdame für ihn bereitgestellt hatte, rührte er nicht an.

»Dieser Kretin!«, sprach Paul halblaut vor sich hin, während er sein Kontor mit großen Schritten durchquerte. »Ich habe dem Kerl noch nie getraut, aber jetzt zeigt er sein wahres Gesicht.«

Kurze Zeit erwog Paul, doch seine Kündigung einzureichen. Doch dann machte er sich klar, dass er Rieke Hauser sowie David Loewenberger und die anderen jüdischen Mitarbeiter nicht im Stich lassen konnte. Mit der Einstellung von Hermann Wolters hatte er sich selbst eine Laus in den Pelz gesetzt.

Dass Gunter Perl sich nach Pauls Rücktritt entschlossen hatte, ab dem neuen Jahr neben David Loewenberger die Leitung des KaDeWe zu übernehmen, hatte Paul zwar überrascht. »Aber das war eigentlich zu erwarten. Schließlich war das KaDeWe schon immer sein Steckenpferd. Allerdings hätte Perl vielleicht auf Dauer auch mir misstraut, oder er wollte einfach nur abwarten, bis er sich in seiner neuen Rolle als Hauptgeschäftsführer sicher genug fühlte, um Zusatzaufgaben zu übernehmen.«

Aber es war sinnlos, über verschüttete Milch zu jammern, sagte sich Paul, während er weiter durch sein Büro marschierte. Hermann Wolters hätte Perl mit seinen Klagen auch dann erreichen können, wenn der keine wöchentliche Sprechstunde für die leitenden Führungskräfte des KaDeWe angeboten hätte, wie es im Augenblick der Fall war.

Dass Rieke erwartungsgemäß immer wieder mit Wolters aneinandergeriet, hatte Paul bislang größtenteils abfedern können. Und David Loewenberger war dank seines Beistands bisher noch gar nicht in Perls Schusslinie geraten. Da David aber nur über einen Bruchteil von Pauls Erfahrung mit dem KaDeWe verfügte, würde sich dies mit an Sicherheit grenzender Wahrscheinlichkeit ändern, falls Paul jetzt das Unternehmen verließe.

»Womöglich halst Perl ihm dann sogar noch meine sämtlichen Aufgaben als kaufmännischer und Personalleiter auf«, mutmaßte Paul. Denn hatte Gunter nicht soeben in der Sitzung angekündigt, Personal auf der Leitungsebene einsparen zu wollen, indem er Verantwortungsbereiche zusammenlegte?

»Aber Peter Hausers Freiheit ist das alles wert.« Mit diesem Fazit setzte sich Paul endlich hinter seinen Schreibtisch und griff nach der bereits vorsortierten Post. Dabei fiel ihm ein einzelner Brief ins Auge, der zu keinem der übrigen Stapel gehörte.

Mit ungelenk wirkenden Druckbuchstaben stand seine Adresse auf dem Umschlag, der Absender fehlte. Mit einer bösen Vorahnung riss Paul das Schreiben auf.

JUDEN RAUS AUS DEUTSCHLAND!, war in Großbuchstaben zu lesen. *Haut ab in die Wüste, wo IHR hingehört!* Doppelt so groß und in Rot prangte noch *Juda verrecke* auf dem unteren Drittel des billigen Papiers.

Erschüttert legte Paul das Blatt aus der Hand. Dass die Gebrüder Tietz solche anonymen Schreiben bereits erhalten hatten, wusste er. Hier im KaDeWe war es das erste, soweit ihm bekannt war.

Eine Weile starrte Paul blicklos auf die restlichen Briefe. Dann richtete er sich auf und zerriss den Wisch in kleine Fetzen.

So leicht lasse ich mich nicht ins Bockshorn jagen, beschloss er. Doch tief im Inneren spürte er, dass dieser Brief erst der Anfang war.

Damenkonfektion im KaDeWe

März 1934

»Das ist nicht zu fassen!« Rieke ballte vor Wut die Hände zu Fäusten. Sie winkte Eva Sperber zu sich, die gerade eine Kundin bedient hatte. »Schauen Sie sich das einmal an!«

Eva zuckte spöttisch mit den Achseln. »Das Werk von Else Lemke. Wie üblich verursacht sie nur Chaos.«

»Aber damit lasse ich sie nicht davonkommen«, schwor Rieke. »Seien Sie so lieb, und holen Sie sofort Frau Lemke her.«

Eva Sperber machte sich auf den Weg, um Else zu suchen. Nachdem Paul Bergmann mit großem Bedauern Sibylle Rosenheim bereits Anfang Februar entlassen hatte, sah er sich danach gezwungen, Lemke zusätzlich zu ihrer Position als Erste Verkäuferin der Damenwäsche zu Sibylles Nachfolgerin in der Damenkonfektion zu machen. Rieke hatte vergeblich dagegen protestiert und stattdessen Eva Sperber vorgeschlagen.

»Ich fürchte, ich kann Ihrem berechtigten Anliegen nicht stattgeben«, sagte Judiths Vater traurig. »Im Gegenteil habe ich sogar noch eine schlechte Nachricht für Sie. Fräulein Sperber wird zwar zum Glück nicht entlassen, darf jedoch als Jüdin nicht weiter als Erste Verkäuferin bei den Damenhüten tätig sein. Das ist eine Anordnung von höchster Stelle, der ich mich leider nicht widersetzen kann.«

Wenigstens hatte Rieke erreicht, dass Eva zu ihr in die Damenkonfektion wechseln konnte. »Das zu erreichen war kein Hexenwerk«, hatte ihr Paul augenzwinkernd mitgeteilt. »Im Gegenteil. Als ich Hermann Wolters darauf hingewiesen habe, dass Eva nicht nur eine ausgezeichnete Verkäuferin ist, sondern aufgrund ihres arischen Aussehens auch von antisemitisch eingestellten Kundinnen nicht als Jüdin erkannt wird, war er sofort mit ihrer Versetzung einverstanden. Schließlich ist die Damenkonfektion die umsatzstärkste Abteilung der Damenmode. Und Wolters' Bonus besonders abhängig von diesem Umsatz. Frau Böhmer, die nun neben den Accessoires auch wieder Erste Verkäuferin in der Hutabteilung ist, hat vergeblich dagegen protestiert.«

Seither war Eva nicht nur Riekes rechte Hand geworden, sondern die Zusammenarbeit mit ihr war einer der wenigen Lichtblicke im zunehmend schlechter werdenden Arbeitsklima im KaDeWe. Nun kam sie mit der missmutig dreinschauenden Else Lemke im Schlepptau zurück.

»Was hat dies hier zu bedeuten, Lemke?« Rieke hatte sich seit dem Vorfall auf der Dachterrasse angewöhnt, Else bei kritischen Auseinandersetzungen nur noch mit ihrem Nachnamen anzusprechen. Doch diesmal zahlte die es ihr heim.

»Ich weiß nicht, was Sie meinen, Hauser«, konterte sie.

Rieke atmete tief durch, um in der Öffentlichkeit des KaDeWe nicht in zorniges Geschrei auszubrechen.

»Ich hatte Ihnen befohlen, diese sechs Schaufensterpuppen mit Garderobe aus unserer Frühjahrs-Tageskollektion bekleiden zu lassen. Aus welchem Grund haben Sie sich eigenmächtig für die Abendroben entschieden?« Sie standen zwischen den Gängen der Damenkonfektion vor dem Podest mit den seinerzeit noch von Peter hier platzierten Schaufensterpuppen.

»Das erschien mir angemessener«, antwortete Else schnippisch.

»Und warum haben Sie dann nicht auch die entsprechenden Kleiderständer mit Abendroben bestückt?« Rieke wies mit dem Zeigefinger über Lemkes Schulter. »Denn dort hängt noch die Frühjahrsgarderobe, die Sie eigentlich dekorieren sollten. Die Abendroben sind mindestens dreißig Meter von den Schaufensterpuppen entfernt. Unsere Kundinnen werden dadurch verwirrt, wenn nicht sogar ärgerlich, wenn sie eine der Roben suchen, da sie eine andere Ordnung gewohnt sind. Schlimmstenfalls beschweren sie sich sogar.«

»Ich bin hier die Erste Verkäuferin.« Else sah Rieke trotzig in die Augen. »Garderobe umzuräumen ist eine Sache für Lehrmädchen.«

»Und warum haben Sie kein Lehrmädchen damit beauftragt?«

»Es war gerade keins in der Nähe«, behauptete Else. »Aber wenn Ihnen meine Arbeit nicht passt, können Sie sich ja wieder bei Herrn Wolters über mich beschweren.«

»Das wird nicht nötig sein, Frau Hauser«, griff jetzt Eva ein, die offensichtlich merkte, dass Rieke kurz vor einem Wutausbruch stand. »Ich räume die Abendroben um, damit unsere Kundinnen nicht vergeblich danach suchen. Bitte!«, fügte sie noch mit einem beschwörenden Blick auf Rieke mit leiser Stimme hinzu.

Else grinste höhnisch. »Eine ausgezeichnete Idee«, stimmte sie Eva ironisch zu. »Eine Jüdin mit dieser Aufgabe zu betrauen ist weit sinnvoller als ein arisches Lehrmädchen.« Damit drehte sie sich auf dem Absatz um und stolzierte davon.

»Ich helfe Ihnen, Eva«, beschloss Rieke. »Allein schon, um zu zeigen, dass ich mir als Aufsichtsdame für eine solche Tätigkeit nicht zu schade bin.«

Die eintönige Arbeit des Umräumens, zudem verbunden mit den erforderlichen Wegstrecken im langen Flur der Damenkonfektion, führte rasch dazu, dass Riekes Zorn verrauchte und einer tiefen Resignation wich. Sie wusste inzwischen, dass sie mit keiner Klage über eine arische Verkäuferin bei Hermann Wolters Erfolg haben würde.

»Mir scheint, Sie haben Ihre Abteilung nicht im Griff, Frau Hauser«, hatte er ihr beim letzten Mal entgegengehalten. »Vielleicht sollte ich auch diesbezüglich einmal bei Herrn Perl vorsprechen.«

Damit spielte er sofort seine höchste Trumpfkarte aus. Denn seit Perl seine wöchentliche Sprechstunde eingerichtet hatte, wandte Wolters sich weder an Paul Bergmann noch an David Loewenberger, wenn er etwas monieren wollte. »Warum soll ich zum Hänschen gehen, wo der Hans zur Verfügung steht?«, entgegnete er mit unnachahmlicher Frechheit sogar Paul Bergmann, als der ihn deswegen zur Rede stellte.

Also war Vorsicht geboten. Denn Gunter hatte Rieke seinerzeit ebenfalls schikaniert und könnte nur zu bereit sein, sie rauszuwerfen, falls Wolters ihm einen Grund dafür lieferte.

Erst nach Feierabend legte sich ihre Aufregung ein wenig. »Ich halte es schon weiter dort aus«, versicherte sie Peter, wenn er sie darauf ansprach. »Dass du wieder bei mir bist, macht alles mehr als wett.«

Tatsächlich hätten es sich die Hausers auch nach Peters Rückkehr nicht leisten können, Riekes Stelle im KaDeWe zu verlieren. Denn seine Auftragsbücher waren selten voll, da ein großer Teil seiner Kundschaft in Meyers Hof wohnte und kaum über Mittel verfügte. Auch deshalb waren ihm viele Leute den Lohn für Möbelreparaturen oder kleine Neuanfertigungen bislang schuldig geblieben.

Trotzdem war er glücklich, wie er Rieke gegenüber beteuerte. Die Einzelheiten seiner Haft in Oranienburg kannte sie noch immer nicht. Aber fast jede Nacht schreckte er aus einem Albtraum hoch und schrie »Nicht schlagen! Ich tu ja alles!« oder Ähnliches. Das gab ihr eine Ahnung davon, was er wohl durchgemacht hatte.

Wenn sie ihn endlich wach in ihren Armen wiegte, weigerte sich Peter weiterhin, ihr von seinen Erlebnissen zu berichten. »Glaub mir, Rieke! Das willst du nicht wissen«, pflegte er ihre Fragen abzuwehren.

Ich lasse mich hier nicht unterkriegen, beschloss Rieke jetzt zum hundertsten Mal, während sie erneut einen Armvoll Kleider zum passenden Ständer trug. Doch kaum hatte sie die Stücke sorgfältig nach Größe geordnet aufgehängt, als ihr die nächste unangenehme Überraschung bevorstand.

Eben betrat Frau von Auer, die Gattin des ostpreußischen Großgrundbesitzers, die Damenkonfektion. An ihrer Seite ein weit jüngerer Mann in Uniform.

Rieke huschte rasch in eine Nische hinter einem mannshohen Kleiderständer, um nicht gesehen zu werden. Eva Sperber, die das ungleiche Paar ebenfalls bemerkt hatte, drängte sich neben sie.

»Die hat mir heute gerade noch gefehlt«, murmelte Rieke. »Mich schon wieder mit dieser grässlichen Baronin auseinanderzusetzen übersteigt meine Kräfte.«

Denn zu befürchten stand nicht nur, dass Frau von Auer, die seit Riekes letzter Begegnung mit ihr wohl nicht mehr im KaDeWe gewesen war, ihr den überteuerten Verkauf des völlig unpassenden Abendkleids vorhielt. Viel bedenklicher war es, dass der Mann an ihrer Seite gegen eine Vorschrift verstieß, die die Nazis für Warenhäuser erlassen hatten. Niemand durfte in eine Uniform gekleidet hier einkaufen.

Den Sinn dieser Vorschrift hatte Rieke zwar nie verstanden. Hermann Wolters' diesbezügliche Instruktionen waren jedoch unmissverständlich gewesen. Rieke wusste, dass sie schon wieder zwischen die Fronten geraten würde, egal ob sie auf die Einhaltung der Vorschrift bestand oder es unterließ.

Während Frau von Auer sich suchend nach einer Verkäuferin umsah, musterte Rieke aus ihrem Versteck heraus die Uniform ihres Begleiters. Sie hatte eine solche noch nie gesehen. »Das ist bestimmt jemand von der Marine«, raunte ihr Eva ins Ohr. In der Tat glich die Kopfbedeckung einer Kapitänsmütze. Über dem Schirm war ein silbernes Abzeichen angebracht, in dessen Mitte Rieke eine Art Schiff zu erkennen glaubte. Der Uniformmantel selbst war dunkelgrau und mit zwei Reihen heller Knöpfe besetzt.

Genau in diesem Augenblick kehrte Else Lemke in die Damenkonfektion zurück. Als sie den Uniformierten erblickte, blieb sie zunächst wie angewurzelt stehen. Dann trat sie mit einem entschlossenen Gesichtsausdruck auf ihn zu.

»Verehrter Herr, ich muss Sie leider bitten, das KaDeWe sofort zu verlassen. Unser Führer hat untersagt, dass Kunden in Uniform in Warenhäusern einkaufen dürfen.«

Der Mann musterte Else kühl. »Davon hat mir unser verehrter Führer bei unserem gerade stattgefundenen Treffen allerdings nichts gesagt.«

Für Else zählte es wahrscheinlich zu ihren Wunschträumen, Adolf Hitler einmal zu begegnen. Da dies für eine unbedeutende Parteigenossin wie sie nahezu ausgeschlossen war, vermutete sie offenbar, dass der Mann bluffte. »Das könnte ja jeder behaupten«, sagte sie frech. »Ich fordere Sie noch einmal auf, das Haus sofort zu verlassen. Wenn Ihre verehrte Begleiterin etwas in der Damenmodeabteilung erstehen möchte, stehe ich ihr als Erste Verkäuferin gern persönlich zur Verfügung.«

Frau von Auer schnaubte. »Die Frechheit des Personals in diesem Kaufhaus war schon früher unerträglich. Aber eine solche Impertinenz habe ich trotz aller schlechten Erfahrungen noch nicht erlebt. Wo ist Ihre Aufsichtsdame?«

Sie sah sich suchend um, während sich Rieke tiefer in ihre Nische drückte.

»Unsere Aufsichtsdame ist nicht vonnöten, um Sie auf

eine Verletzung unserer Vorschriften hinzuweisen.« Gerade kam eines der Lehrmädchen den Gang herunter. Else winkte sie heran. »Luise, lauf ins Erdgeschoss und bitte zwei unserer Wachmänner heraufzukommen, um diesen Herrn hier zum Ausgang zu geleiten.« Sie drehte sich wieder zu dem Paar um. »Und wenn Sie sich auch dieser Weisung widersetzen, werden wir Anzeige gegen Sie erstatten.«

Frau von Auer wurde puterrot im Gesicht, was Rieke von ihren vorherigen Auftritten kannte. »Ich verlange sofort, den Abteilungsleiter zu sprechen«, forderte sie. »Der Herr heißt Gregor Perl, soweit ich mich erinnere.«

»Herr *Gunter* Perl, augenblicklich unser oberster Geschäftsführer, hat die Vorschrift der Partei persönlich weitergegeben und würde Ihnen auch nichts anderes sagen als ich.«

»Unerhört«, schnaubte Frau von Auer. Sie wies auf den jüngeren Mann. »Das ist mein Sohn, Baron Hans von Auer. Kennen Sie diese Uniform überhaupt? Es ist die der ehemaligen Marinebrigade Ehrhardt.«

Rieke beobachtete mit Genugtuung, dass ein Ausdruck der Unsicherheit über Elses Gesicht huschte. Vielleicht hatte sie schon einmal von dieser Einheit gehört, wusste sie aber nicht einzuordnen.

Kein Wunder, grinste Rieke in ihrem Versteck in sich hinein. Zu Zeiten, als die Marinebrigade Ehrhardt die rechtsradikalen Umsturzversuche in den ersten Jahren der Weimarer Republik anführte, sympathisierte Else Lemke ja noch mit den Linken.

»Und wenn schon«, blieb die weiter frech. »Wenn es wenigstens eine SA-Uniform wäre, würde ich vielleicht Gnade vor Recht ergehen lassen. Aber irgendeine mottenzerfressene Wehrmachtsuniform lasse ich nicht durchgehen.«

Gerade sah Rieke das Lehrmädchen mit den beiden Wachmännern vom einen Ende des Gangs herankommen, als Hermann Wolters sich von der anderen Seite her näherte.

»Wunderbar!«, freute sich Else. »Hier kommt sogar unser

Abteilungsleiter. Er wird Ihnen die gleiche Auskunft erteilen wie ich.«

Anstatt Empörung zeigte sich jedoch so etwas wie Ehrfurcht in Wolters' Gesicht, als er Frau von Auers Sohn musterte, beobachtete Rieke erstaunt. Möglicherweise war *ihm* die Uniform bekannt. »Darf ich Sie fragen, worum es hier geht, Fräulein Lemke?«

Noch bevor sie antworten konnte, trat der uniformierte Mann vor. »Oberstleutnant a. D., Baron Hans von Auer. Ehemals Mitglied der Marinebrigade Ehrhardt. Gerade zu Besuch in Berlin auf persönliche Einladung des Führers.«

Spontan schlug Wolters die Hacken zusammen und salutierte. Dann besann er sich auf seine Rolle im KaDeWe und verneigte sich tief. »Hermann Wolters, Abteilungsleiter der Damenmode«, stellte er sich vor. »Obersturmführer der SA.«

Hans von Auer betrachtete ihn abschätzig. »Dann sollten Sie als Mitglied der Sturmabteilung Ihr weibliches Personal besser im Griff haben.« Er wies verächtlich auf Else.

Wolters wurde käsebleich. »Was ist denn vorgefallen, Herr Oberstleutnant?«

»Diese … diese Person!«, kreischte seine Mutter und zeigte auf Else. »Diese Person wollte uns von den gerade anrückenden Wachleuten aus dem KaDeWe werfen lassen! Weil mein Sohn in dieser Ehrenuniform angeblich gegen Ihre Vorschriften verstoßen würde! Er kommt gerade von einem Veteranentreffen mit unserem Führer Adolf Hitler. Seien Sie versichert, ich werde im Reichskanzleramt zur Kenntnis geben, wie man uns hier behandelt hat.«

Jetzt bildeten sich hektische rote Flecken auf Wolters' bleichen Wangen. Wie eine Natter zischend fuhr er zu Else herum. »Was fällt Ihnen ein, Fräulein Lemke, ein Mitglied dieser ehrenwerten Brigade, die unsere Partei von Anfang an unterstützt hat, derart zu behandeln? Haben Sie nicht den geringsten Respekt vor den Freunden unseres Führers?«

Auch Else wurde blass wie eine gekalkte Wand. »Es ... es war wegen ... wegen der Uniform«, stotterte sie. »Sie selbst haben doch verboten, Kunden in Uniform zu bedienen.«

»Aber doch nicht Mitglieder der Marinebrigade Ehrhardt!«, schnauzte Hermann sie an. »Wann soll ich Ihnen einen so unsinnigen Befehl gegeben haben? Wann?«, brüllte er, als die zitternde Else nicht antwortete.

In ihrem Versteck krümmten Rieke und Eva sich vor unterdrücktem Lachen, sodass der Kleiderständer ins Wanken geriet, hinter dem sie sich versteckt hielten. In letzter Minute griffen sie nach den daran hängenden Abendroben und zogen ihn zurück. Zum Glück hatte niemand etwas bemerkt.

Jetzt verbeugte sich Wolters noch einmal vor Frau von Auer und ihrem Sohn. »Ich kann Ihnen gar nicht sagen, wie sehr ich dieses Verhalten meiner Angestellten bedaure. Betrachten Sie sie einfach als subalterne Untergebene, die ihre Kompetenzen weit überschritten hat. Darf ich Ihnen anbieten, dass unsere Aufsichtsdame persönlich Ihre Wünsche erfüllt?«, fragte er die Baronin. Er sah sich suchend um. »Ich bin sicher, ich kann sie in wenigen Minuten zu Ihnen senden. Sie wird Sie ausgezeichnet bedienen.«

Rieke verging das Lachen. Zum Glück lehnte Frau von Auer Wolters' Vorschlag sofort ab. »Das darf ich in diesem Hause bezweifeln.« Hochmütig hob sie die Nase in die Luft. »Hier wurde ich noch nie von irgendjemandem gut bedient.«

Sie griff nach dem Arm ihres Sohnes und hängte sich ein. »Lass uns gehen, Hans! Dieses Kaufhaus werde ich jedenfalls nie wieder betreten.« Damit drehte sie sich auf dem Absatz um und stolzierte davon.

Verdattert schauten Wolters und Lemke den beiden nach. Rieke fiel dagegen ein Stein vom Herzen.

Als die ostpreußischen Gutsbesitzer aus Wolters' Blickfeld verschwunden waren, ließ er seine Wut an den Wachleuten und dem Lehrmädchen aus. »Was steht ihr hier noch herum und haltet Maulaffen feil? Habt ihr heute nichts mehr zu tun?«

Die drei entfernten sich, so schnell sie konnten. Als auch sie außer Hörweite waren, blickte Wolters sich um. Im Gang der Damenkonfektion hielt sich gerade niemand mehr auf. Rieke und Eva entdeckte er nicht in ihrem Versteck.

Er griff Else an beiden Oberarmen und schüttelte sie. »Biste meschugge jeworden?« In seiner Aufregung verfiel er sogar in den Dialekt. »Dit kann mir in jroße Schwierigkeiten bringen, wenn die zwee wirklich zum Führer latschen und sich beschweren. Dann kriegt erst der Perl die Hucke voll. Und dann wir beede.«

»Aber ... aber«, stammelte Else, die jetzt am ganzen Körper zitterte.

»Eens is auf jeden Fall klar«, fuhr Hermann sie noch einmal an. »Deine Ambitionen auf den Posten der Aufsichtsdame kannste vorerst verjessen! Ick rühr keenen Finger für dir.«

Daniel Wilsons Wohnung in Berlin

April 1934

Als Daniel nach Hause kam, sah er sich erstaunt um. Judith hatte den Tisch im kleinen Esszimmer festlich gedeckt. Aus der Küche duftete es verführerisch nach gebratenem Hähnchen. Überall brannten Kerzen.

Mit einem geheimnisvollen Lächeln kam ihm Judith entgegen. Wie wunderschön ihr Gesicht in diesem sanften Licht aussieht, dachte er, als er sie zärtlich küsste. Dann hielt er sie mit beiden Armen von sich ab und sah ihr forschend ins Gesicht.

»Was ist los? Heute ist ein ganz normaler Mittwoch. Du hast zwar versprochen, abends für uns zu kochen, aber ich habe höchstens mit einem Eintopf oder ein paar Buletten gerechnet. Zumindest nicht mit ... Champagner?« Stirnrunzelnd zog er die Flasche aus dem Kühlbehälter.

»Große Ereignisse erfordern festliche Umstände«, antwortete Judith geheimnisvoll. »Vom Champagner darf ich leider nur einen kleinen Schluck kosten. Das hat mir der Arzt so geraten.«

Daniels Herz begann, schneller zu schlagen, während sein Mund gleichzeitig trocken wurde. »Welcher Arzt? Etwa … der Frauenarzt?«

Judith nickte. »Ich habe es schon eine Weile gespürt, und es ist wirklich wahr!« Nun strahlte sie über das ganze Gesicht. »Im November bekommen wir unser erstes Kind.«

Kapitel 31

Englische Botschaft in Berlin

Ende Mai 1934

Der Hochzeitsmarsch wurde nur von einer Schallplatte abgespielt, es gab keine Kapelle, wie es sich Judith und ihre Eltern sicher einst vorgestellt hatten. Dennoch wirkte Judith, als sie am Arm ihres Vaters auf den britischen Botschaftsmitarbeiter zuschritt, so glücklich, wie Rieke sie nie zuvor gesehen hatte.

Sie stand als Judiths Trauzeugin gemeinsam mit Daniel und dessen Trauzeugen, seinem jüngeren Bruder Rob, schon vor dem Stehpult des Botschaftsangehörigen, der heute die Rolle des Standesbeamten einnahm. Die Zeremonie fand in einem kleinen Saal des Palais Strousberg statt, in dem die Britische Botschaft in Berlin residierte.

Während Judith und ihr Vater näherkamen, beglückwünschte sich Rieke noch einmal zum Verkauf des zartblauen Seidenkostüms mit dem plissierten knielangen Rock, zu dem sie Judith geraten hatte. Wehmut mischte sich mit ihrer Freude darüber, wie gut Judith das Ensemble stand, zu dem noch ein gleichfarbiges Hütchen gehörte. Denn es sollte die letzte Garderobe sein, zu der sie ihr im KaDeWe geraten hatte.

Wenigstens war es ein Volltreffer, dachte Rieke. Das Kostüm betonte Judiths blaue Augen und kaschierte geschickt die etwas fülliger gewordenen Brüste und den Bauchansatz. Niemand, dem sich Judith nicht anvertraut hatte, hätte vermutet, dass sie im vierten Monat schwanger war.

Die wenigen zur Trauung geladenen Gäste wussten allerdings Bescheid. Auch darüber, dass Judith schon in wenigen Monaten mit ihrem Mann nach London ziehen würde.

Wir werden uns nur noch sehr selten sehen, ging es Rieke unwillkürlich durch den Kopf, und ihre Kehle wurde eng. Eigentlich hatte sie sich vorgenommen, an diesem für Judith so freudigen Tag nicht an den bevorstehenden Abschied zu denken.

Abschied zu nehmen galt es für Rieke auch von ihrer einst so geliebten Stelle im KaDeWe. Außer ihr wussten bislang nur Peter und Paul Bergmann darüber Bescheid. »Ich habe mich bei Wertheim beworben und werde auch Eva Sperber mitnehmen«, hatte sie Bergmann erst gestern gestanden.

Trotz seiner Betroffenheit rang sich Judiths Vater ein Lächeln ab. »Ich verstehe Sie gut«, hatte er gesagt, ohne Rieke nach ihren Gründen zu fragen. »Wahrscheinlich hat es mit Hermann Wolters zu tun. Er ist so unfähig wie arrogant. Unter einem solchen Vorgesetzten könnte ich auch nicht arbeiten.«

»Sie haben recht, Herr Bergmann. Aber das ist es nicht allein. Gehe ich nicht selbst, werde ich über kurz oder lang gehen müssen. Else Lemke begehrt meine Stelle als Aufsichtsdame und hätte sie vielleicht schon inne, wenn sie sich vor einiger Zeit nicht bis auf die Knochen blamiert hätte.«

Sie erzählte Paul von Elses Auseinandersetzung mit dem Sohn der Frau von Auer, der in der Gardeuniform eines Offiziers der Marinebrigade Ehrhardt im KaDeWe erschienen war. »Else wollte ihn wahrhaftig hinauswerfen lassen.« Bei der Erinnerung an diese skurrile Szene musste sie erneut lachen. Paul Bergmann stimmte ein.

»Und es kommt noch besser«, erklärte Rieke, während Bergmann sich die Lachtränen abwischte. »Hans von Auer hat sich tatsächlich über das KaDeWe beschwert.« Sie hatte ein weiteres Gespräch belauscht, in dem Wolters Else wegen des Rüffels abgekanzelt hatte, den Perl ihm deshalb gerade erteilt hatte. Erneut brachen beide in Gelächter aus.

Bergmann fasste sich zuerst wieder. »Aber Perls Groll auf Wolters wird nicht von Dauer sein. Und da Perl Sie noch nie leiden konnte, sind Sie bei der nächsten Kündigungswelle wahrscheinlich dabei, wenn Wolters Sie rechtzeitig davor anschwärzt.«

Rieke hatte genickt. »Genauso wie Eva Sperber. Sie ist eine der wenigen jüdischen Angestellten, die es im KaDeWe noch gibt. Wertheim ist ja ebenfalls ein Warenhauskonzern in jüdischem Besitz. Eine Jüdin, die zudem noch arisch aussieht, war ihnen willkommen, als ich vorschlug, sie mitzubringen.«

»Wusste Fräulein Sperber vorher gar nichts davon?«, schloss Bergmann aus Riekes Worten.

»Nein«, gestand Rieke verlegen. »Aber da es nur die Position einer Ersten Verkäuferin in der dortigen Damenkonfektion war, auf die ich mich beworben hatte, wusste ich nicht, ob man meinem Vorschlag folgen würde. Daher wollte ich Eva keine falschen Hoffnungen machen.«

Paul hatte genickt. »Ich werde Sie beide sehr vermissen. Für das KaDeWe bedeutet Ihr Weggang einen großen Verlust. Wann werden Sie anfangen?«

»Ich könnte schon zum 1. Juni gehen, aber es gibt ja eine Kündigungs…«

»Dann stelle ich Sie bereits zu diesem Datum frei«, war Paul ihr ins Wort gefallen. Also würde Rieke in wenigen Tagen bei Wertheim in der Leipziger Straße beginnen.

Die mit der Kündigung verbundene Herabstufung von der Aufsichtsdame zur Ersten Verkäuferin machte ihr nichts aus. Aber bei dem Gedanken an den Abschied vom KaDeWe, in dem sie ihr gesamtes bisheriges Arbeitsleben verbracht hatte, wurde sie unendlich traurig. Sie verdrängte das Gefühl gewaltsam, um Judiths Freude an ihrem Ehrentag nicht zu trüben, und erwiderte ihr herzliches Lächeln.

Nun trat Judith zwischen sie und Daniel und strahlte ihren Bräutigam an. Dann reichte sie Rieke ihren Brautstrauß aus weißen Teerosen und dunkelblauen Vergissmeinnicht. Als Rieke ihn hinter sich auf einen Stuhl legte, erhaschte sie einen Blick auf Peter. Auch er wirkte traurig. Rieke erriet den Grund.

Noch vor dem Jahresende würde Judith Mutter werden. Daniel und sie würden nach nicht einmal zwei Jahren Zusammensein das Glück erleben, das er und Rieke sich schon so lange vergeblich wünschten.

Rieke durchfuhr ein Stich. Vom Verdacht ihrer Fehlgeburt am Tag von Peters Verhaftung hatte sie ihm noch immer nichts erzählt. Aber auch dieser schmerzliche Gedanke sollte Judiths Hochzeitstag nicht überschatten.

Sie riss sich zusammen und konzentrierte sich auf die Trauungszeremonie, die gerade begann.

Judith hätte am liebsten vor Freude laut gejauchzt, als sie Daniel und den Trauzeugen am Arm ihres Vaters entgegenging. Anders als ihre Mutter Rebekka vermisste sie die protzige Feier nicht, mit der die Bergmanns die Hochzeit ihrer einzigen Tochter zu anderen Zeiten im Adlon oder im Kaiserhof begangen hätten.

So blieb es bei einer schlichten standesamtlichen Trauung in einem kleinen Saal der britischen Botschaft, dem sich ein Empfang für die wenigen Gäste in der Villa Bergmann anschließen würde. Trotzdem konnte sich Judith nicht erinnern, jemals so glücklich gewesen zu sein wie heute.

Im Vorbeigehen lächelte sie Alice Salomon zu, die neben Hilde Lion und Professor Max Sering in der Reihe hinter ihren Eltern saß und das gleiche Ensemble trug wie bei jenem legendären Pariser Kongress im Sommer 1928. Es wirkte zeitlos und kleidete sie immer noch gut.

Ein winziger Anflug von Traurigkeit mischte sich in Judiths Freude. Diese Menschen hatten ihr zu ihrem geliebten Beruf verholfen, den sie wie auch die drei heute nicht mehr ausüben konnte. Als Jüdinnen war es Alice und Hilde wie Judith verboten, weiter zu lehren und zu forschen. Max Sering war freiwillig vorzeitig emeritiert, da ihm die NSDAP-freundliche Leitung der Friedrich-Wilhelm-Universität das Leben zunehmend schwer gemacht hatte.

Dennoch stellte Judiths bevorstehende Emigration zumindest für Alice und Hilde auch einen Hoffnungsschimmer dar. Der Londoner Verleger, dem Daniel Judiths Manuskript des Fachbuchs der Psychologie und Pädagogik angeboten hatte, hatte ihr schon vor Monaten zugesagt. Das Buch würde im Herbst noch vor der Geburt des Kindes erscheinen.

Aber es war noch besser gekommen. »Sollten Sie weitere Fachbücher veröffentlichen wollen, sprechen Sie mich gerne an«, hatte ihr der Verleger persönlich geschrieben. »Denn die Qualität Ihrer Arbeit hat mich vollkommen überzeugt.«

Judith hatte es anfangs gar nicht glauben wollen und sich den in englischer Sprache verfassten Brief vorsichtshalber von Daniel übersetzen lassen. Dann hatte sie, überschäumend vor Freude, Alice Salomon aufgesucht und um die Erlaubnis gebeten, dem Verleger die Berichte über ihre jüngsten Forschungsprojekte an der Frauenakademie anzubieten.

Alice hatte keine Sekunde überlegt. »Aber natürlich bin ich damit einverstanden, Judith.« Dann stockte sie einen Moment lang und fuhr zögernd fort: »Und falls der Verleger auch Interesse an den übrigen Veröffentlichungen des Forschungszyklus ›Bestand und Erschütterung der Familie in der Gegenwart‹ hat, wäre ich sehr glücklich. Denn in Deutschland dürfen sie ja nicht mehr verbreitet werden und wurden aus allen wissenschaftlichen Bibliotheken entfernt.«

Natürlich hatte Judith begeistert zugestimmt, den Verleger darauf anzusprechen, wobei es sich als Glücksfall erwies, dass sich ein Großteil der Unterlagen bereits in England befand. Die am Vorabend der Schließung aus der Bibliothek der Frauenakademie geretteten Dokumente hatten Daniel und andere Vertraute nach und nach per Post nach Großbritannien gesandt.

Nun erreichte Judith die Stuhlreihe, in der ihre Mutter Rebekka neben Riekes Mann Peter saß. Er war als Ehemann ihrer Trauzeugin ebenfalls zur standesamtlichen Hochzeit geladen worden. In der Villa Bergmann wurden später noch weitere Gäste erwartet, die Judith weniger nahestanden, aber zur Feier herzlich willkommen waren.

Riekes Mutter Käthe und ihr Lebensgefährte Fritz gehörten dazu. Ebenso wie einige Kollegen Daniels, unter anderem sein Chefredakteur.

Auch aus dem KaDeWe, in dessen Lebensmittelabteilung ihr Vater das kalt-warme Büfett bestellt hatte, wurden Gäste erwartet. Unter ihnen waren David Loewenberger mit Gattin und ein paar weitere noch verbliebene jüdische Angestellte wie Eva Sperber aus der Damenkonfektion. Paul hatte Judith gebeten, sie einladen zu dürfen.

»Denn sie können ja kaum mehr irgendwo hingehen«, hatte er das begründet. Viele Theater, Kinos und Restaurants verweigerten Juden den Eintritt. Der Besuch von öffentlichen Schwimmbädern oder Bibliotheken war ihnen sogar offiziell verboten.

»Sie sind mir von Herzen willkommen«, hatte Judith sofort zugestimmt.

Sie und Paul hatten den Geladenen nur eine Bedingung gestellt, nämlich die Hochzeit diskret zu behandeln. Die Bergmanns hatten sie auch nicht annonciert, was wiederum besonders Rebekka schwergefallen war.

Die lächelte ihr nun mit einer Mischung aus Rührung und Schmerz zu, als Judith und Paul vorbeischritten. Der bevorstehende Abschied von Judith tat ihr unendlich weh. Während Judiths Vater dem aufgrund seiner jüngsten Erfahrungen mittlerweile offen gegenüberstand, lehnte Rebekka es rundweg ab, an eine Emigration auch nur zu denken.

Jetzt hatte Judith Daniel erreicht, sie warf ihm einen zärtlichen Blick zu, den er liebevoll erwiderte. Der Botschaftsmitarbeiter trat vor und begrüßte das Brautpaar. Mit Abschluss der

Trauung würde Judith die deutsche Staatsbürgerschaft gegen die britische eintauschen. Auch das machte ihr nicht das Geringste aus. Im Gegenteil, als britische Jüdin würde sie sich in den verbleibenden Monaten in Deutschland sicherer fühlen denn als deutsche Jüdin.

Die Zeremonie nahm ihren Fortgang. In nüchternen Worten belehrte sie der Beamte über einige Formalia. Dann stellte er zunächst Daniel die entscheidende Frage, zunächst in Englisch.

Daniels jüngerer Bruder Rob war als einziges Mitglied ihrer neuen englischen Familie nach Berlin gekommen, um an der Hochzeit teilzunehmen. Seine Eltern hatten sich geweigert, einen Fuß in das »naziverseuchte« Deutschland zu setzen, wie sie sich ausdrückten.

Zum Glück war ihnen Judith als Schwiegertochter willkommen. Sie hatten sogar angeboten, eine zweite Hochzeitsfeier mit vielen Gästen auszurichten, wenn beide erst einmal in England waren. Judith war sich noch nicht im Klaren darüber, ob sie das Angebot annehmen sollte, hielt es aber für ein gutes Zeichen. Sie war zuversichtlich, dass sie die ihr noch unbekannten Schwiegereltern mögen würde. Rob war ihr jedenfalls auf Anhieb sympathisch gewesen.

Vor Glück wie in Trance lauschte sie der englischen Trauungsformel. Ihr Herz machte einen Satz, als Daniel mit kräftiger Stimme »I will« sagte.

Dann war die Reihe an ihr. Mit deutlichem britischem Akzent sprach der Standesbeamte Judith auf Deutsch an: »Judith Bergmann, wollen Sie Daniel Wilson zu Ihrem Mann nehmen? Wollen Sie ihn lieben, ihn trösten, ihn ehren und beschützen und ihm treu sein, so lange, als Sie beide leben?«

»Ich will.«

»Dann geben Sie sich nun das Eheversprechen«, forderte der Beamte sie auf.

Daniel begann, wieder auf Englisch. Dann folgte Judith. Die Worte kannte sie bis aufs i-Tüpfelchen auswendig.

»Ich, Judith, nehme dich, Daniel, zu meinem Mann, zu dem ich von diesem Tag an treu stehe in besseren und schlechteren, in reicheren und ärmeren Tagen, in Krankheit und Gesundheit. Dich liebe und ehre ich, bis der Tod uns scheidet.«

Pauls Augen wurden feucht, als er die Inbrunst wahrnahm, mit der sich Judith und Daniel ihr Eheversprechen gaben. Hoffentlich bleiben sie so glücklich miteinander, wie sie es heute sind, wünschte er ihnen aus ganzem Herzen. Denn er wusste, dass es Judith auf Dauer großen Kummer bereiten würde, wenn ihre Eltern in Deutschland blieben.

Darauf, dass sich das Schicksal der jüdischen Bevölkerung noch einmal zum Besseren wenden würde, gab Paul schon seit dem vergangenen Sommer keinen Pfifferling mehr. Die Wirklichkeit hatte seine schlimmsten Befürchtungen sogar noch übertroffen.

Aufgrund der beständigen Schikanen hatten die Brüder Tietz schon vor Wochen ihr Ausscheiden aus der Geschäftsführung des Konzerns angeboten. Es war abgelehnt worden, aber nicht, weil man Wert auf ihre Fachkompetenz legte. Nein, wie Georg es schon öfter geäußert hatte – die Prüfung, ob die Brüder Tietz Vermögen im Ausland hatten, das sie als persönlich haftende Gesellschafter ins Unternehmen einbringen müssten, war noch nicht abgeschlossen. Freiherr von der Tann, der arrogante Delegierte des Hertie-Beirats, hatte es Georg und Martin neulich offen ins Gesicht gesagt.

Anders als die Familie Tietz, die tatsächlich keine Bankkonten oder Immobilien außerhalb Deutschlands besaß, hatte Paul schon im vergangenen Sommer begonnen, seine beträchtlichen Rücklagen auf englische Konten zu transferieren. Ein weiteres Mal kam ihm dabei zugute, dass er sein Guthaben bei der amerikanischen Bank nie aufgelöst hatte, das schon seit Beginn der Inflation existierte. Natürlich unterhielt diese Bank auch Filialen in diversen britischen Städten. Paul hatte ein Konto in

London eröffnet und Judith bereits ohne deren Wissen Vollmacht darüber erteilt.

»Wenn wir in Deutschland bleiben, soll zumindest unsere Tochter von unserem ehemaligen Wohlstand profitieren«, hatte er dies Rebekka gegenüber begründet.

»Nun sieh doch nicht beständig so schwarz!«, hatte Rebekka erneut reagiert, wie immer, wenn er die Möglichkeit ansprach, Judith nach London zu folgen. »Dass die Familie Tietz ihr Unternehmen durch Leichtsinn ruiniert und sich dadurch von den Nazis abhängig gemacht hat, heißt doch nicht, dass es anderen jüdischen Unternehmen ebenso ergehen wird.«

Paul dagegen war sicher, dass die Arisierung von Tietz nur die Blaupause für ähnliche Vorgänge in der Zukunft war. Außerdem rechnete er nicht mehr damit, seine Pension lebenslang ausbezahlt zu bekommen.

Doch Rebekka war auf diesem Ohr taub. »Deutschland ist meine Heimat«, argumentierte sie hartnäckig. »Und außerdem spreche ich kaum ein Wort Englisch.«

Kurz hatte Paul überlegt, ob er seiner Frau von den unflätigen Briefen erzählen sollte, die ihn im KaDeWe nun nahezu täglich erreichten. Doch er wollte ihr nicht noch mehr Kummer bereiten.

»Es ist schlimm genug für mich, dass ich meine einzige Tochter nur noch selten sehen werde und nicht miterleben kann, wie meine Enkel aufwachsen«, weinte sie oft. »Da will ich zumindest in unserer Villa in Charlottenburg bleiben und nicht auch noch mein Heim verlieren.«

Nicht einmal Pauls Bericht, dass einem jüdischen Kollegen aus einem anderen Berliner Warenhaus nach einer Geschäftsreise nach London die Rückkehr nach Deutschland verweigert worden war, konnte sie dazu bewegen, sich mit der eigenen Emigration auseinanderzusetzen. »Wir werden Judith ja nur als Privatleute in England besuchen, nicht als Geschäftsreisende.

Wir sind und bleiben Deutsche. Warum sollte man uns an der Grenze abweisen?«

Kurz bedauerte Paul, dass Rebekka nach einigem Überlegen Abstand davon genommen hatte, Betty Tietz zur Hochzeit einzuladen. Doch es hätte einfach nicht gepasst und Judiths Freude womöglich getrübt. Denn Betty tat es noch immer leid, dass sich Martin und Judith getrennt hatten, hatte ihm Georg Tietz anvertraut, den Paul natürlich von der Hochzeit unterrichtet hatte. »Sie wird mit Anni einfach nicht warm. Auch keiner von uns anderen«, gab Georg bei dieser Gelegenheit zu.

»Aber Mutter trägt sich mit dem Gedanken auszuwandern«, hatte er Paul außerdem anvertraut. »Sie will nicht länger mitansehen müssen, wie ihr Lebenswerk und das meines Vaters Oscar den Bach runtergeht.«

Vielleicht wären die Frauen ja heute darüber ins Gespräch gekommen, sinnierte Paul, und Betty hätte etwas bei Rebekka bewirkt.

Doch es war müßig, darüber zu grübeln. Kommt Zeit, kommt Rat, gab Paul die Hoffnung noch nicht auf, als er mit Rebekka an seiner Seite auf Judith und Daniel zutrat, um dem Brautpaar als Erste zu gratulieren. Wenigstens Judith hat die Chance, ein glückliches Leben zu führen.

SS-Kaserne in Berlin-Lichterfelde

1. Juli 1934

Als sich die Tür seiner Zelle öffnete, blickte Gregor Eckstein erwartungsvoll auf. Bei seiner Verhaftung heute am frühen Morgen in seiner Wohnung in Moabit konnte es sich nur um einen Irrtum handeln.

»Jut, det ihr endlich kommt, Jenossen«, versuchte er sich mit einem schiefen Grinsen an einem Scherz. »Habt mir am heilijen Sonntag in aller Herrjottsfrühe jeweckt. Und een Frühstück habt ihr mir ooch nich jebracht.«

»Du brauchst kein Frühstück mehr«, fiel ihm der SS-Scharführer, der den Trupp der drei SS-Leute anführte, rüde ins Wort. »Steh auf und komm mit!«

Als Gregor, dem es jetzt doch mulmig zumute wurde, nicht gleich reagierte, packte er ihn grob am Arm und riss ihn von der Pritsche hoch, auf der er gesessen hatte.

»He, Jenossen, wat soll dit? Ick hab nüscht verbrochen!«

Ungerührt winkte der Scharführer seinen Leuten, die Gregor Handschellen anlegten.

Sie trieben ihn einen langen Gang entlang. Plötzlich hörte er den Befehl eines Erschießungskommandos. Kurz danach krachten Schüsse.

Nun überfiel Gregor Panik. Er riss vergeblich an seinen Fesseln und handelte sich damit einen harten Tritt gegen das Schienbein ein.

»Das ist ein riesiges Missverständnis!« Da der SS-Scharführer ihn auf Hochdeutsch angesprochen hatte, verzichtete er – seit Jahren zum ersten Mal – auf seinen Dialekt, aus Sorge, sonst nicht verstanden zu werden. »Ich stehe unter Hermann Görings persönlichem Schutz!«

Der Scharführer grinste verächtlich. »Das wüsste ich aber.«

»Doch! Doch!«, beteuerte Gregor verzweifelt. Die Bilder des Reichstagsbrands tauchten vor seinem inneren Auge auf. Wie er sich mit zwei SA-Kameraden durch den engen Tunnel gezwängt hatte, der vom Reichsinnenministerium Görings ins Reichstagsgebäude führte. Gekleidet in die verhasste Montur der Rotfront, falls der naive Holländer, der für die Brandstiftung später hingerichtet worden war, ihnen begegnen sollte. Wie er in der Kantine und dem Sitzungssaal Spiritus vergossen und angezündet hatte, sodass das Gebäude an mehreren Stellen gleichzeitig zu brennen begann. Die Brandwunde, die sich Gregor damals durch eine Stichflamme an der linken Hand zugezogen hatte, schmerzte ihn manchmal noch heute.

Jetzt reckte er die gefesselten Hände, so gut es ging, in die Höhe. »Schaut her, Kameraden. Hier seht ihr noch die Narbe. Sie stammt vom Reichstagsbrand. Hermann Göring selbst hat mich beauftragt, diesem niederländischen Schweinehund, der das Attentat geplant hat, Schützenhilfe zu leisten. Mich und zwei andere SA-Genossen. Sie heißen Werner Göbel und Bernhard Sauer. Ihr könnt sie fra ...« Die Worte blieben ihm im Halse stecken, als er die beiden SA-Leute am Eingang zum Innenhof stehen sah. Genauso gefesselt wie er selbst.

Seine entsetzliche Vermutung wurde zur Gewissheit. Aus irgendeinem Grund wollte man die Mitwisser an dieser von der Partei unterstützten Brandstiftung im Reichstag zum Schweigen bringen. Dabei war man ihm die versprochene Belohnung, seine Beförderung zum SA-Sturmführer, bis heute schuldig geblieben.

Wieder ertönte das Erschießungskommando, wieder dröhnten Schüsse. Gregor sträubte sich mit allen Kräften dagegen weiterzugehen, doch gegen die drei SS-Leute hatte er keine Chance.

»Ick ... wir hamm dem Führer jeholfen«, brüllte er. »Ohne uns dreie wär er nich da, wo er jetz is! Und wir hamm unser Maul jehalten, wie et der Göring verlangt hat!«

Er hätte seine Worte genauso gut in den Wind schreien können. Eine Binde wurde ihm über die Augen gelegt, dann stießen ihn die drei SS-Leute gegen die Mauer des Innenhofs.

Wenig später krachten die Schüsse.

Gregor Eckstein würde nie erfahren, dass die Erschießungen in Berlin, denen auch er zum Opfer fiel, Teil einer gezielten Aktion Hitlers gegen seinen parteiinternen Konkurrenten Ernst Röhm, den Leiter der SA, waren. Röhm drohte ihm und seinem absoluten Machtanspruch gefährlich zu werden.

Hitler nutzte die angeblich zur Verhinderung des sogenannten Röhm-Putsches notwendigen Gegenmaßnahmen gleich mit dazu, andere unliebsame Personen loszuwerden. Dazu gehörten unter anderem alle Mitwisser der wahren Umstände des Reichstagsbrandes vom 27. Februar 1933.

Danach versank die SA in der Bedeutungslosigkeit.

Villa Bergmann in Charlottenburg

Juli 1934

Paul sah schon von Weitem, was sich rund um die Villa ereignet hatte, als er mit seinem Mercedes-Automobil in die normalerweise ruhige Wohnstraße einbog.

Am Telefon hatte Rebekka so hysterisch geschluchzt, dass er kaum ein Wort verstanden hatte. Sofort ließ er im KaDeWe alles stehen und liegen und eilte nach Hause.

Rebekkas Terrakottatöpfe mit den Petunien und Geranien, die sie so liebte, lagen zerschmettert auf dem Weg zum Haus. Der Mob hatte sie offenbar von der Treppe, auf der sie zu beiden Seiten gestanden hatten, hinuntergeworfen.

Zwei Fensterscheiben im Erdgeschoss wiesen Spuren von Steinwürfen auf. Sie waren gesplittert, ohne zu zerbrechen. Aber am schlimmsten waren die Schmierereien, die die ganze vordere Hauswand bedeckten.

JUDENSAU stand da in großen roten Lettern. *JUDENHURE* und *JUDA VERRECKE*. Besonders bedrohlich war der Satz: *HAUT AB – SONST BRENEN WIR EUCH DIE BUDE AB!*

Aus dem Rechtschreibfehler schloss Paul sofort, dass es Jugendliche waren, die den Überfall auf die Villa verübt hatten.

Das Dienstmädchen Lisa und die Köchin Martha, noch immer bleich vor Schrecken, bestätigten es. »Das waren Hitlerjungen, höchstens dreizehn bis vierzehn Jahre alt.«

Martha hatte die Polizei gerufen. Aber die Beamten waren erst erschienen, nachdem die Täter längst über alle Berge waren, und hatten daher auch nichts unternommen. »Es ist ja keinem ein Leid geschehen«, hatte der Wachtmeister zu Marthas Empörung erklärt.

Im Schlafzimmer fand Paul seine noch immer völlig aufgelöste Frau auf dem Bett liegend vor. Auf dem Nachttisch stand eine unberührte Kanne Melissentee, den ihr Martha gekocht hatte. »Was ... was haben wir denen denn nur getan?«, schluchzte sie wieder und wieder, als er sie tröstend in die Arme nahm.

»Das waren Halbstarke«, versuchte Paul vergeblich, sie zu beruhigen. »Es war wahrscheinlich eine Mutprobe oder etwas Ähnliches.«

»Aber wenn schon Kinder zu so etwas fähig sind, was kommt dann noch alles auf uns zu! Außerdem ...« Rebekka schluchzte wieder so stark, dass Paul sie zuerst gar nicht verstand. »Außerdem hat Lisa heute Morgen gekündigt. Unsere Lisa! Sie ist schon über zwanzig Jahre in unserem Haushalt beschäftigt.«

»Warum?«, fragte Paul betroffen.

»Ihre Familie hat ihr Druck gemacht, weil sie bei Juden beschäftigt ist. Lisa hat nur noch ihre Eltern und einen Bruder. Ihr Verlobter ist damals im Krieg gefallen, erinnerst du dich?«

Paul nickte. »Das ist überaus schade. Hoffentlich bleibt uns wenigstens Martha treu.«

Rebekka lächelte unter Tränen. »Sie hat Lisa gehörig die Meinung gesagt. Aber genutzt hat es nichts«, fügte sie nun wieder weinend hinzu. »Denn Lisa geht ja nicht gern. Ihre Familie hat damit gedroht, sie zu verstoßen. Außerdem hat ihr Vater, der Parteimitglied ist, behauptet, es würde arischen Dienstboten sowieso demnächst verboten, in jüdischen Haushalten zu arbeiten.«

Paul kämpfte mit sich, ob er Rebekka erneut auf das Thema

Emigration ansprechen sollte. Dann baute sie ihm selbst die Brücke dazu. »Meinst du, das ist heute ein Einzelfall, oder geht das jetzt immer so weiter?«

Schweigend griff Paul in die Innentasche seines Jacketts und zeigte Rebekka die beiden Schmähbriefe, die mit der Morgenpost im KaDeWe eingetroffen waren. Fassungslos las sie die Anwürfe und Beleidigungen.

»Wie lange bekommst du solche Machwerke schon?«

Paul zuckte mit den Achseln. »Seit ungefähr einem halben Jahr. Die Familie Tietz schon viel länger.«

Rebekka starrte eine Weile ins Leere. Dann richtete sie sich entschlossen auf.

»Ich habe mich umentschieden. Lass uns Daniels Angebot annehmen, uns Visa für Großbritannien zu verschaffen, und noch vor der Geburt ihres Kindes mit Judith und ihm nach London ziehen.«

Sie schluchzte noch einmal auf und lächelte dann unter Tränen. »Dann lerne ich mein erstes Enkelkind wenigstens von Anfang an kennen.«

Konferenzraum im Warenhaus am Alexanderplatz

18. August 1934

Gunter Perl sah Betty, Elise Zwillenberg, Martin und Georg Tietz ungerührt zu, als sie nach der Vertragsunterzeichnung, die das Ausscheiden der gesamten Familie aus der nunmehr nur noch Hertie genannten Firma besiegelte, den Konferenzraum verließen. Dass Georg Tietz seine ausgestreckte Hand zum Abschied ignoriert hatte und seine Verwandten dies natürlich nachahmten, ließ ihn kalt. Die unfreundliche Geste schmälerte seinen Triumph nicht.

Heute war er endgültig am Ziel seiner Wünsche. Kurz vor

dem Verkauf der Jandorf-Warenhäuser hatte er sich Ende 1926 im Kontor von Adolf Jandorf geschworen, sich nie wieder so demütigen zu lassen, wie es ihm damals widerfahren war. Jandorf hatte ihn nicht einmal als kaufmännischen Leiter des KaDeWe vorschlagen wollen.

Auch Martin Tietz hatte ihn anfangs schäbig behandelt. Bis ihm Gunter beständig nach dem Munde geredet und ihn auf diese Weise für sich gewonnen hatte.

Heute, nach weniger als acht Jahren, also einem Bruchteil der Zeit, den er unter der Ägide Jandorfs gearbeitet hatte, war er gerade dauerhaft zum Hauptgeschäftsführer der gesamten ehemaligen Hermann Tietz OHG, der heutigen Hertie GmbH, aufgestiegen. Und hatte damit die höchste Position in einem Konzern erreicht, der doppelt so groß war wie der von Jandorf.

Während er die Glückwünsche des Beiratsdelegierten von der Tann und seines Kollegen Helmut Friedel entgegennahm, leistete Gunter innerlich einen Schwur:

Diese Position würde ihm niemand streitig machen, solange er lebte.

Vor dem KaDeWe

23. August 1934

Obwohl sich Martin Tietz trotz der sommerlichen Temperaturen in einen unförmigen Mantel gehüllt und den Hut tief in die Stirn gezogen hatte, erkannte Judith ihn sofort, als sie das KaDeWe verließ.

Dort hatte sie in der Silberterrasse mit ihrem Vater zu Mittag gegessen und ihm den Stand von Daniels jüngsten Aktivitäten im Rahmen ihrer bevorstehenden Auswanderung nach England mitgeteilt.

Jetzt trat sie spontan auf Martin zu. »Guten Tag«, begrüßte sie ihn. »Was tust du hier vor dem KaDeWe?«

Martin sah auf. Judith bemerkte, dass er sich das Hitlerbärtchen, das sie nie hatte leiden können, abrasiert hatte. Er sah unendlich traurig aus.

»Ich betrachte das ehemalige ›Haus meiner Träume‹, das schließlich zum ›Haus meiner Wünsche‹ geworden ist«, antwortete er kryptisch. »Die nun unerfüllbar sind.«

»Was meinst du damit?«

Martin schüttelte den Kopf. »Das ist keine Geschichte, die sich zwischen Tür und Angel erzählen lässt.«

Judith überlegte kurz und fragte dann: »Möchtest du im Café Reimann einen Kaffee mit mir trinken?« Als Martin zögerte, fügte sie hinzu: »Dort weisen sie Juden nach wie vor nicht die Tür.«

»Na gut«, stimmte Martin zu. Sie gingen die kurze Wegstrecke über den Ku'damm schweigend nebeneinanderher. Nach »Small Talk«, wie die Briten seichtes Geplauder nannten, war beiden nicht zumute.

Vor dem Eingang zum Café drehte sich Judith zu ihrem Leibwächter um, der sie nach wie vor außerhalb der Villa Bergmann auf Schritt und Tritt begleitete. »Holen Sie mich doch in einer Stunde hier wieder ab, Arthur!«

Der Hüne nickte und ging seines Weges. »Ist er Jude?«, fragte Martin.

»Nein. Aber wie unsere Köchin Martha hält uns Arthur eisern die Treue. Mein Vater hat ihn zu Beginn des vergangenen Jahres vom Fleck weg engagiert, als er Arbeit suchte. Und das werde er ihm nie vergessen, hat er Papa gesagt, als der ihn neulich darauf ansprach, ob er weiter für einen Juden arbeiten wolle. Zum ersten Mal hat Arthur dabei erwähnt, dass er mit dem Vorschuss, den ihm mein Vater damals gewährt hat, Medizin für seine kranke Tochter kaufen konnte. Sie ist heute wieder völlig gesund.«

»Schön«, murmelte Martin, als er Judith an einen Tisch in einer Nische folgte. »Fast unser gesamtes arisches Hauspersonal hat gekündigt. Aber es war leicht, jüdischen Ersatz zu finden, denn immer mehr von uns stehen ja mittlerweile auf der Straße.« Seine Stimme klang bitter und sarkastisch zugleich.

Judith war versucht, tröstend Martins Hand zu ergreifen, hielt sich dann aber zurück. »Dir macht der Verlust eurer Firma sehr zu schaffen«, startete sie einen Versuchsballon, nachdem die Kellnerin ihnen den Kaffee gebracht hatte.

Martin starrte trübsinnig in seine Tasse und nickte nur.

Als er nichts weiter sagte, fragte Judith nach. »Was meintest du denn eben mit deiner Bemerkung über Träume und Wünsche und das KaDeWe?«

Martin seufzte und rührte in seinem Kaffee, ohne Judith anzublicken. »Das KaDeWe war schon das ›Haus meiner Träume‹, als ich noch ein halbwüchsiger Bursche war. Es war schöner als jedes unserer eigenen Warenhäuser und in kürzester Zeit in der halben Welt bekannt und berühmt geworden. Schon damals habe ich mich danach gesehnt, es einmal leiten und noch größer und schöner machen zu können.«

»Das hast du ja auch getan«, sagte Judith, als Martin erneut schwieg.

Er seufzte wieder, nahm einen Schluck Kaffee und schob die Tasse mit einem angewiderten Ausdruck zurück.

»Ist der Kaffee nicht gut?« Judith selbst war nichts daran aufgefallen.

Martin schüttelte den Kopf. »Nein, seit Samstag ist mir der Magen wie zugeschnürt. Seit diese Schufte unsere Unterschriften unter diesen Knebelvertrag erzwungen haben.«

Dann sprach er weiter. »Ich war überglücklich, als wir die Jandorf-Häuser erwarben und ich zum Leiter des KaDeWe wurde. Und es nach meinen Vorstellungen gestalten konnte.«

Judith erinnerte sich an den ungeheuren Luxus nach dem Umbau, der angesichts des allgemeinen Elends in Berlin wie aus der Zeit gefallen gewirkt hatte. Doch heute war sie nicht mehr abgestoßen von dieser gigantischen Verschwendung, sondern empfand nur tiefes Mitgefühl für Martin. »Endlich konntest du dir alle Wünsche erfüllen, die du einst mit dem KaDeWe verbunden hattest.«

»Ja, so ist es. Es gibt keinen einzigen, den ich mir versagt habe. Und ist es nicht wirklich prächtig geworden? Marmorböden, Gemälde zeitgenössischer Künstler an den Wänden der Erfrischungsräume, spektakuläre Dekorationen, die allerneueste Technik.« Einen Moment lang blitzte Martins frühere Großmannssucht auf. Auch das stieß Judith nicht mehr ab. Sie erkannte, wie wichtig ihm der Umbau des KaDeWe trotz der immensen Kosten gewesen war.

Wie tragisch, dass dies einer der Sargnägel für Hermann Tietz geworden ist, ging es ihr durch den Kopf. Nach der Neueröffnung hatte es nicht einmal ein Jahr gedauert, bis Hitler an die Macht kam und Martins Träume und Wünsche rasch zerstörte.

Sie suchte noch nach den richtigen Worten, als Martin abrupt das Thema wechselte.

»Aber wenigstens dir geht es gut.« Mit einem Blick auf ihr jetzt deutlich erkennbares Bäuchlein fragte er. »Wann ist es denn so weit?«

»Im November. Aber da sind wir alle längst in England.«

»Deine Eltern gehen also wirklich mit?«

»Mein Vater war schon länger dafür. Meine Mutter wollte anfangs nicht, hat es sich dann aber anders überlegt. Daniel hat Visa für sie beantragt, die gerade bewilligt wurden. Jetzt geht es nur noch darum, wie viel meine Eltern von ihrem Vermögen retten können.«

»Ja, ja, die Reichsfluchtsteuer ist hoch. Uns wurde sie zwar erlassen, aber das ist nur ein Trostpflaster«, erwiderte Martin.

»Wollt ihr denn ebenfalls emigrieren?«

Martin hob die Schultern. »Ich weiß es noch nicht, Georg

auch nicht. Hugo will sogar unbedingt in Deutschland bleiben. Am ehesten ist meine Mutter entschlossen, das Land zu verlassen. Sie trägt sich mit dem Gedanken, in die USA auszuwandern.«

Judith holte tief Luft. Ihre nächste Frage war heikel, das wusste sie. »Könnt ihr wenigstens euer Privatvermögen retten, allem voran den Verkaufserlös für die OHG?«

»Den Verkaufserlös für die OHG«, äffte Martin sie zornig nach. »Du meinst das Almosen, das man uns lässt, nachdem es *aus politischen Gründen*« – er betonte die Worte verächtlich – »unabdingbar war, die Arisierung der Geschäftsführung abzuschließen.«

Judith schwieg betroffen und unterdrückte erneut den Impuls, nach Martins Hand zu greifen.

»Georg hat ausgerechnet, dass die Firma auch nach Abzug aller Verbindlichkeiten ungefähr einundzwanzig Millionen Mark wert ist. Und sie geben uns gerade einmal eineinhalb Millionen dafür.« Er spuckte die letzten Worte geradezu aus.

Judith verzichtete darauf, nach dem Zustandekommen dieser Abfindungssumme zu fragen. Die nackten Zahlen waren ihr nicht neu, da sie sie schon von ihrem Vater kannte. Aber die komplizierten Winkelzüge, die ihnen angeblich rechnerisch zugrunde lagen, hatte selbst er nicht nachvollziehen können.

»Das ist hart«, murmelte sie stattdessen. »Aber wenigstens entfällt die Reichsfluchtsteuer, wenn ihr doch noch auswandern wollt. Sonst würdet ihr ja ein weiteres Viertel davon verlieren.«

Die Reichsfluchtsteuer stammte noch aus den letzten Jahren der Weimarer Republik. Schon in der Originalversion des Gesetzes wurde ab einer bestimmten Höhe des Vermögens ein Viertel davon als Abgabe an den Staat fällig, wenn jemand seinen Wohnsitz ins Ausland verlegen wollte. Die Nazis hatten die Freibeträge drastisch gesenkt, sodass keineswegs nur noch reiche Emigranten davon betroffen waren.

»Du kennst dich ja gut damit aus«, bemerkte Martin und musterte Judith. »Wie sieht es bei euch diesbezüglich aus?«

»Im Augenblick ganz günstig.« Judith kämpfte einen Moment lang mit sich, beschloss aber dann, sich an das Daniel gegebene Versprechen zu halten und niemandem von seinem Vorgehen zu erzählen. Er hatte einen alten Freund seines Vaters, der Mitglied des Internationalen Olympischen Komitees war, gebeten, seinen Einfluss geltend zu machen, um die Bergmanns von dieser Steuer zu befreien.

Den Nazis lag immens viel daran, die Spiele im Sommer 1936 in Berlin ausrichten zu können. Wegen des zunehmenden Antisemitismus gab es von internationaler Seite jedoch mehr und mehr Aufrufe zum Boykott. Großbritannien war einer der mächtigsten Kritiker. Deshalb war Daniel sehr zuversichtlich, dass ein diesbezüglicher Wink mit dem Zaunpfahl durch den Freund seines Vaters zum gewünschten Ergebnis führen würde.

Aber selbst wenn dieser Plan scheiterte, ginge es zum Glück nur noch um den Erlös für die Villa und ihr Interieur. Pauls Rücklagen bei der amerikanischen Bank waren längst sicher in die Londoner Filiale transferiert worden. Auch darüber hatten die Bergmanns Stillschweigen vereinbart.

Doch Martin wartete gar nicht auf weitere Auskünfte, sondern wechselte das Thema erneut. »Hätte ich nur geahnt, welche Schlange ich jahrelang an meinem Busen genährt habe«, knurrte er.

Judith verstand ihn sofort. »Du meinst Gunter Perl?«

Martin nickte grimmig. »Der ist jetzt Hauptgeschäftsführer dieser Hertie GmbH und hat uns eiskalt abserviert.«

Judith zuckte mit den Schultern. »Dass Perl zu so etwas fähig ist, hätten mein Vater und ich dir schon früher sagen können.« Diese Bemerkung konnte sie sich nun doch nicht verkneifen. »Gunter ist ein abgefeimter Schuft, das wussten wir schon lange. Auch Adolf Jandorf wusste es. Ist euch denn nie aufgefallen, dass Jandorf Perl bei der Übernahme nicht, wie viele andere Vorgesetzte, besonders empfohlen hat? Obwohl Gunter schon damals als leitender Textileinkäufer des KaDeWe eine bedeutende Position innehatte.«

»Nein, das ist mir nicht aufgefallen. Aber wenn du es wusstest, warum hast du mich nie gewarnt?«

Judith seufzte. »Ihr zwei schient immer ein Herz und eine Seele zu sein. Du hast alle Vorschläge Gunters gutgeheißen. Doch er hat sich schon unter der Ägide von Jandorf …« Sie stockte und biss sich auf die Lippen. Diese alte Wunde wollte sie eigentlich nicht aufreißen.

Doch Martin war nun alarmiert. »Was hat er sich schon zu Jandorfs Zeiten zuschulden kommen lassen?«

»Er hat meinen Bruder auf dem Gewissen.« Die Worte waren heraus, bevor Judith darüber nachgedacht hatte.

»Deinen Bruder? Wie das?«

Judiths Kehle wurde eng. Aber sie wollte Martin nicht ein weiteres Mal abblocken. In dürren Worten berichtete sie ihm von der Intrige, mit der Gunter ihren Bruder Johannes als Konkurrent um die Position des leitenden Textileinkäufers des KaDeWe zum Rückzug gezwungen hatte. Johannes hatte sich daraufhin das Leben genommen.

»Warum hast du mir nie etwas davon gesagt?«, wiederholte Martin, sichtlich erschüttert.

»Meine Eltern wissen bis heute nichts von Johannes' unseliger Affäre mit jenem Alfred, der ihn an Gunter verraten hat. Seine Homosexualität hat er ihnen erst in seinem Abschiedsbrief gestanden. Er hat seine große Liebe Sebastian vor Verdun verloren und ist nie darüber hinweggekommen. Das hat er als Grund für seinen Selbstmord genannt.«

Eine Weile schwiegen sie beide. Dann fragte Martin: »Wann werdet ihr gehen?«

»Daniel und ich schon Ende August, sobald seine Zeit als Auslandskorrespondent der *London Times* beendet ist. Meine Eltern wollen folgen, sobald die Villa verkauft ist.«

Sie atmete tief ein. »Aber so oder so noch vor dem Jahresende. Seit dieses Monstrum nach Hindenburgs Tod nun Reichskanzler und Reichspräsident in einer Person ist, kann es nur jeden Tag schlechter werden, meint mein Vater.«

»Psst!« Martin sah sich erschrocken um. »Auch hier im Reimann könnte es Denunzianten geben.«

»Du hast recht«, gab Judith kleinlaut zu. Auch sie blickte sich nun um. »Aber ich hoffe, in dieser abgelegenen Nische hat uns niemand belauscht.«

Wieder schwiegen sie eine Weile. Judith sah Arthur schon den Ku'damm entlangkommen, um sie abzuholen, als ihr Martin eine überraschende Frage stellte. »Bist du glücklich mit deinem Daniel?«

»Wie kommst du darauf, dass es anders sein könnte?«, fragte sie ein wenig gereizt zurück.

»Nun«, Martin druckste sichtlich herum. »Er ist Engländer und gibt euch allen daher die Möglichkeit, Deutschland relativ unbeschadet zu verlassen.«

Judith bedeutete Arthur, der mittlerweile eingetreten war, noch ein wenig zu warten. Dann hob sie den Kopf und sah Martin gerade in die Augen. »Und du meinst, das wäre der Grund für unsere Verbindung? Nein, da irrst du dich. Ich bin glücklicher mit Daniel, als ich es je in meinem Leben mit einem anderen Mann war«, betonte sie mit fester Stimme. »Wärst du bei unserer Hochzeit gewesen, hättest du dich selbst davon überzeugen können.« Erst als die Bemerkung heraus war, wurde Judith ihre Taktlosigkeit klar.

»Ich wurde nicht eingeladen«, sagte Martin denn auch. »Niemand von uns Tietz wurde eingeladen. Meine Mutter hat sich sehr darüber gegrämt.«

»Das tut mir leid.« Judith war betroffen. »Aber wir dachten, es wäre ihr vielleicht peinlich, weil sie sich doch so gewünscht hat, dass wir beide …« Sie stockte wieder, weil ihr auch das Ende dieses Satzes taktlos vorkam. »Jedenfalls danke ich dir für das wunderschöne Bukett, das ihr geschickt habt. Das hätte ich dir schon längst persönlich sagen sollen«, wich sie aus.

Martin winkte ab. »Keine Ursache. Selbst, wenn ihr meine Mutter eingeladen hättet, wäre es für mich unmöglich gewesen, mitzukommen. Mit oder ohne Anni unmöglich.«

Judith überlegte einen Moment, was sie erwidern sollte, und entschied sich dann für eine ehrliche Antwort. »Du hast recht. Das hätte wirklich nicht gepasst.« Dann stellte sie die Frage, die ihr trotz ihrer erfüllten Beziehung mit Daniel schon lange auf der Seele lag. »Seid ihr denn glücklich miteinander?« Angesichts von Martins Gesichtsausdruck ruderte sie schnell zurück. »Oh, du musst mir nichts darüber sagen.«

»Die Wahrheit gegen die Wahrheit«, entgegnete er jedoch, ungeachtet ihres Angebots. »Ich war anfangs besessen von Anni, dem Widerstand meiner ganzen Familie zum Trotz. Doch jetzt weiß ich nicht, ob Anni die Heirat mit mir nicht bereut. Sie hat sich das alles sicher ganz anders vorgestellt, als es nun gekommen ist.«

Judith wusste darauf nichts zu erwidern. Sie spürte, dass Martin drauf und dran war einzugestehen, dass er die Trennung von ihr bereute. Das wollte sie auf gar keinen Fall riskieren.

Denn bei ihr war inzwischen das Gegenteil der Fall. Sie war nur allzu froh, mit Daniel anstatt mit Martin zusammen zu sein. Aber das wollte sie Martin nicht sagen. Es wäre ihr so vorgekommen, als ob sie einem Mann, der ohnehin schon am Boden lag, einen weiteren Tritt versetzte.

Deshalb stand sie nun auf. »Ich muss gehen, Martin. Ich mache heute Nachmittag meinen Abschiedsbesuch bei Alice Salomon.«

In Wirklichkeit war Judith mit Daniel verabredet, aber auch das wollte sie Martin nicht sagen.

Der zückte seine Börse und warf ein paar Münzen auf den Tisch. »Ich begleite dich noch hinaus.«

Vor der Tür des Cafés ergriff er Judiths Hände. »Ich wünsche dir aus ehrlichem Herzen alles Glück dieser Erde, Judith.« Seine Stimme zitterte.

Spontan nahm Judith ihn in die Arme. »Das wünsche ich dir auch, Martin«, flüsterte sie. »Und ich danke dir für die schönen Zeiten, die wir miteinander erlebt haben.«

Dann löste sie sich von ihm. »Grüße auch die Deinen ganz herzlich von mir. Vor allem deine liebe Mama.«

Martin nickte. Seine dunklen Augen waren feucht.

Judith straffte sich. »Leb wohl!« Entschlossen wandte sie sich um und ging an Arthurs Seite den Ku'damm hinunter. Sie spürte Martins Blick zwischen ihren Schulterblättern wie eine körperliche Berührung.

Doch sie drehte sich nicht mehr um.

Epilog

Ehemalige Wohnung der Jandorfs in der Tiergartenstraße

August 1936

Judith wurde das Herz schwer, als sie nach so vielen Jahren die ehemalige Wohnung der Jandorfs in der Tiergartenstraße zum ersten Mal wieder betrat. Durch einen reinen Zufall hatte sie erfahren, dass das gesamte zurückgelassene Mobiliar heute versteigert werden sollte.

Helene Jandorf, Adolfs zweite Frau, war mit Harry und dessen Gattin Charlotte schon im vergangenen Jahr in die Niederlande emigriert. Natürlich hatten sie nur das Nötigste mitnehmen können.

Das Landhaus am Wannsee hatte der Schauspieler Heinz Rühmann erworben. Die Wohnung in der Tiergartenstraße war jedoch immer zur Miete gewesen. Jetzt hatten die Nazis ein bekanntes Auktionshaus damit beauftragt, das Interieur zu versteigern. Der Erlös würde natürlich in die Staatskasse fließen.

Mit Rieke an ihrer Seite, die sie bei der Besichtigung der Wohnung begleitete, betrat Judith das Esszimmer. Die Erinnerungen überwältigten sie fast.

»An diesem Tisch habe ich mit meinen Eltern und Harry viele Male gesessen.« Sie strich mit den Fingern über das polierte Nussbaumholz. »Hier haben unsere Mütter Harrys und meine Verlobung geplant. Hier habe ich mich nach seiner

Rückkehr aus dem Krieg entschlossen, sie wieder zu lösen«, erklärte sie Rieke.

»Du warst einmal mit Harry Jandorf verlobt?« Rieke war erstaunt. »Das hast du mir nie erzählt.«

Judith machte eine wegwerfende Handbewegung. »Als wir zu Freundinnen wurden, spielte das längst keine Rolle mehr.« Sie holte tief Luft und griff nach Riekes Hand. »Aber ich bin sehr froh, dass du heute mitgekommen bist. Obwohl es unser letzter gemeinsamer Tag ist.«

Schon morgen, gleich nach der Schlussfeier, würde Judith mit ihrem Mann Daniel, der als Berichterstatter für die *London Times* zu den Olympischen Spielen nach Berlin gekommen war, nach London zurückkehren.

Rieke erwiderte Judiths Händedruck. »Aber das tue ich doch gern. Zumal ich noch nie hier gewesen bin. Zu der Zeit, als du mit Harry verlobt warst, war ich eine unbedeutende Verkäuferin. Dennoch habe auch ich Adolf Jandorf immer verehrt. Möchtest du denn heute Nachmittag etwas ersteigern?«, fragte sie neugierig.

Judith zögerte. »Vielleicht. Wenn ich einen kleinen Gegenstand finde, der leicht in unser Gepäck passt und keine umständlichen Zollformalitäten zur Folge hat.«

Mittlerweile waren sie im Rauchsalon angekommen. Es roch noch immer schwach nach Zigarren und Zigaretten. »Oh!«, rief Judith plötzlich. »Siehst du das silberne Kästchen dort?« Sie trat an eine Kommode und nahm es in die Hand. »Das war ein Geschenk meines Vaters an Jandorf. Schau her! Er hat es damals im KaDeWe erstanden und Adolfs Initialen eingravieren lassen.«

»Ich erkenne es wieder«, sagte Rieke. »Hatte Herr Jandorf es nicht in seinem Kontor im KaDeWe stehen? Auf dem runden Besprechungstisch in der Ecke?«

Judith nickte und drehte das Kästchen um. »Was soll es denn kosten? Ach ja, hier steht es. Das Anfangsgebot beträgt einhundert Mark.«

»Das ist recht teuer. Leider könnte ich mir das nicht leisten. Aber wenn es ein Erinnerungsstück ist und ein Geschenk deines Vaters?« Rieke ließ den Satz in der Luft hängen.

»Mitbieten möchte ich auf jeden Fall«, sagte Judith entschlossen. »Das würde allerdings bedeuten, dass ich am Nachmittag noch einmal herkommen müsste. Unseren kleinen Ausflug an den Wannsee könnten wir dann nicht mehr machen. Wärst du denn damit einverstanden?«

Rieke nickte lächelnd. »Natürlich, liebe Judith. Wir suchen uns einfach zum Mittagessen ein nettes Café in der Nähe. Und kommen rechtzeitig zum Beginn der Auktion wieder hierher.«

Judith nahm Rieke spontan in die Arme und drückte ihr einen Kuss auf die Wange. »Du bist die beste Freundin der Welt!«

Dann sah sie sich im Raum um. »Vielleicht findest du ja auch ein Andenken an Adolf Jandorf.«

»Ich fürchte, es gibt nichts, was zu meinem Geldbeutel passt«, erwiderte Rieke zögernd.

»Ach was«, wiegelte Judith ab. »Wir schauen uns einfach weiter um, vielleicht ist doch etwas für dich dabei.«

Tatsächlich wurde Rieke im übernächsten Raum fündig. Es war das ehemalige Damenzimmer von Margarete Jandorf. In einer großen Glasvitrine stand ihre Sammlung von Figurinen aus Meißener Porzellan.

»Wie hübsch!« Begeistert stand Rieke vor der Vitrine. »Meinst du, ich darf sie aufmachen?«

»Natürlich«, schmunzelte Judith. »Wie solltest du sonst erfahren, was die Figürchen kosten?« Sie ahnte, dass Rieke von den Preisen schockiert sein würde, hatte aber einen bestimmten Plan.

Rieke öffnete die Tür der Vitrine und griff zuerst nach einer Figurengruppe, die aus zwei Schäferinnen bestand. Sie saßen gemeinsam auf einem Felsen, vor dem drei Schafe grasten. »Die Mädchen sehen aus, als seien sie gut befreundet. Schau einmal! Eines hat blonde Haare, das andere schwarze! Wie wir beide.«

Erst jetzt drehte Rieke die Skulptur um. Erwartungsgemäß erstarrten ihre Gesichtszüge. Judith erhaschte einen Blick auf das Einstiegsgebot. Es betrug zweihundert Mark.

Sichtlich enttäuscht stellte Rieke die Schäferinnen zurück an ihren Platz. Auch alle weiteren Figurinen, selbst die preiswerteren, seien für ihre Börse zu teuer, erklärte sie seufzend, nachdem sie sie geprüft hatte.

Da Rieke nach wie vor als Erste Verkäuferin bei Wertheim beschäftigt war und ihr Mann Peter seine kleine Schreinerwerkstatt in Meyers Hof betrieb, hätte es Judith unter anderen Umständen gewundert, dass Rieke selbst einhundert Mark zu viel waren, um ein Andenken an Adolf Jandorf zu erwerben. Aber sie ahnte bereits, dass es dafür einen bestimmten Grund gab. Am Nachmittag hoffte sie, endlich mehr darüber zu erfahren.

Eine Stunde später saßen sich die beiden Frauen in einem Café gegenüber, das einige Tische auf die Straße gestellt hatte. Zum Glück war der Tag nicht so kühl und regnerisch wie viele andere in diesem August.

Rieke hatte in der Tat vor, Judith von ihrem großen Geheimnis zu berichten, das außer ihr bislang nur wenige Eingeweihte kannten. Da ihre gemeinsame Zeit wegen der Auktion am Nachmittag nun kürzer war als geplant, suchte sie nach einem Anknüpfungspunkt.

»Ich bin sehr froh, dass du Daniel nach Berlin begleitet hast und wir uns deshalb noch einmal treffen konnten«, begann sie. »Auch wenn du deine Kinder in London zurücklassen musstest.«

Judith lächelte. »Oh, John und die kleine Vivian weiß ich in bester Obhut. Sowohl meine Mutter als auch Nancy, meine Schwiegermutter, sind ganz vernarrt in sie.« Dann wurde ihre Miene mit einem Mal wieder ernst. »Trotzdem ist das

Wiedersehen mit dir der einzige Grund, dass ich mitgekommen bin. Als englische Staatsbürgerin könnte mir heutzutage in Deutschland zwar nichts mehr geschehen. Aber ich hätte schweren Herzens auf unser Treffen verzichtet, wenn Berlin während der Olympischen Spiele genauso judenfeindlich geblieben wäre wie vorher.«

Rieke seufzte. »Sie haben eigentlich nur die Schilder entfernt, die Juden verbieten, zum Beispiel Parks oder Theater zu besuchen. Und verzichten während der Spiele auf antisemitische Propaganda. Aber ihre Gesinnung hat sich nicht geändert.«

»Das weiß ich, Rieke. Und hoffe jeden Tag, dass es nicht noch schlimmer wird.«

»Zwar stirbt die Hoffnung zuletzt, aber daran glaube ich schon lange nicht mehr«, erwiderte Rieke resigniert. Dann fiel ihr etwas ein. »Aber ab und zu schlägt das Schicksal diesen Nazis doch mal ein Schnippchen.«

»Erzähl mir davon!«

»Da gibt es gleich ein paar Dinge zu berichten. Ich habe nicht gewagt, dir dies in meinen Briefen zu schreiben, aus Sorge, sie könnten abgefangen werden und mir oder den Betroffenen schaden. Aber ich habe dir, glaube ich, letztes Jahr mitgeteilt, dass Eva Sperber im Frühjahr 1935 geheiratet hat.«

»Einen arischen Mann«, erinnerte sich Judith.

»Genau. Eva hat bei Wertheim ihre große Liebe gefunden. Es ist der Erste Verkäufer der Herrenkonfektion. Sie haben noch vor Inkrafttreten der Nürnberger Rassegesetze geheiratet. Ich war Evas Trauzeugin.«

»Da hast du mir ebenfalls geschrieben. Aber was weiß ich denn noch nicht?«

Rieke grinste. »Der Standesbeamte hat Evas Mann Matthias fast eine halbe Stunde lang darüber belehrt, dass es unklug sei, eine jüdische Frau zu ehelichen. Matthias hat sich dies stoisch angehört und kaum etwas darauf erwidert. Außer, dass er an der Hochzeit mit Eva festhalten möchte. Schließlich musste der Standesbeamte die Trauung mit saurer Miene vollziehen. Seine Abschiedsworte an das Ehepaar waren, dass sie beide das sicher eines Tages bitter bereuen würden.«

Judith runzelte die Stirn. »Lustig finde ich das eigentlich nicht.«

»Auch mich hat der Standesbeamte aufgefordert, von meiner Rolle als Evas Trauzeugin zurückzutreten. Es war ein ganz wunderbares Gefühl, dies abzulehnen.« Rieke spürte noch immer den Triumph des damaligen Tages.

»Und du hattest gar keine Angst, dass der Mensch dich denunziert?«

»Doch, eine Weile hatte ich Angst«, räumte Rieke ein. »Deshalb habe ich dir auch nichts über die näheren Umstände der Trauungszeremonie geschrieben. Aber auf Dauer war es ein gutes Gefühl, zumindest etwas Zivilcourage gezeigt zu haben. Ich bereue es nicht und werde demnächst sogar davon profitieren.«

»Inwiefern profitieren?«

»Weil Eva Schneider, wie sie jetzt heißt, mich bald vertreten wird«, antwortete Rieke zunächst geheimnisvoll.

Doch sie hatte Judiths Beobachtungsgabe unterschätzt. Mit freudiger Miene ergriff sie Riekes Hände. »Und wann ist es bei dir so weit?«, fragte sie zu Riekes Überraschung.

»Woher weißt du das?« Rieke war völlig verblüfft.

»Immer, wenn ich dir von John und Vivian erzählt habe, hast du über das ganze Gesicht gestrahlt. Da begann ich zu ahnen, dass es auch bei dir und Peter endlich passiert ist.«

Rieke war gerührt. Obwohl sich die beiden Freundinnen seit nahezu zwei Jahren nicht mehr gesehen hatten, kannte Judith sie immer noch so gut.

»Nächstes Jahr im Januar erwarten Peter und ich unser erstes Kind.« Sie lächelte ein wenig schief. »Dann bin ich fast vierzig Jahre alt. Ich hätte nie geglaubt, dass ich einmal eine so alte Mutter sein würde.«

»Besser spät als nie«, sagte Judith herzlich. »Und was hat Eva Schneider damit zu tun?«

»Ich habe außer Peter, meiner Mutter und Fritz nur den Personalleiter des Wertheim-Warenhauses in der Leipziger Straße eingeweiht. Er ist ebenfalls jüdischer Herkunft. Nach Rücksprache mit dem Eigner hat er zugestimmt, dass ich mich schon im Herbst, wenn die Schwangerschaft nicht mehr zu verbergen ist, krankmelden darf. In Wirklichkeit ist das natürlich ein unbezahlter Urlaub, aber das soll niemand wissen. Während meiner Abwesenheit wird mich Eva als Erste Verkäuferin vertreten. Einen Monat nach der Geburt komme ich dann als genesen zurück. So kann ich verhindern, wegen meiner Schwangerschaft gekündigt zu werden oder selbst kündigen zu müssen.«

Noch immer war es bedauerlicherweise ein Ding der Unmöglichkeit, als Schwangere im Verkauf eines großen Warenhauses weiterzuarbeiten. Unter den Nazis, die die Berufstätigkeit von Frauen kategorisch ablehnten, war diese Haltung sogar noch extremer geworden.

»Und wer kümmert sich um das Kleine, wenn du wieder arbeiten gehst?«

»Meine Mutter«, antwortete Rieke. »Sie freut sich so sehr auf ihr erstes Enkelkind, dass sie es sicher besser umsorgen wird als uns damals.«

In Riekes Freude mischte sich ein Schuss Traurigkeit. Käthe hatte sich aufgrund ihrer Berufstätigkeit und weiterer Belastungen nach Kriegsausbruch nicht groß um das Gefühlsleben ihrer Kinder kümmern können. Vor allem Sanni hatte das zu spüren bekommen. Das war Rieke im Lauf der Jahre klargeworden und erklärte ihr, wenigstens zum Teil, warum ihre jüngere Schwester sich zu der Frau entwickelt hatte, die sie heute war.

Wie aufs Stichwort fragte Judith spontan nach: »Was ist eigentlich aus den Wolters' geworden?«

Unwillkürlich musste Rieke wieder grinsen. »Das ist die zweite Episode, von der ich dir berichten wollte. Sanni und

Hermann sind schon seit über einem Jahr geschieden. Sanni hat Hermann noch während seiner Zeit als Abteilungsleiter im KaDeWe verlassen. Anlass war angeblich seine Affäre mit Else Lemke, behauptet meine Mutter, die das Ganze über fünf Ecken erfahren hat. Aber ich glaube, Hermann stand Sannis Karriereplänen im Wege. Immerhin ist sie auf dem Weg zur Gaufrauenschaftsleiterin von Berlin und predigt nach wie vor, dass eine gute deutsche Hausfrau Warenhäuser aller Art tunlichst meiden sollte. Dazu passte kein Ehemann, der als leitender Vorgesetzter im KaDeWe beschäftigt war.«

Judith hörte aufmerksam zu. »Was heißt denn, ›beschäftigt war‹?«

»Tja, Gunter Perl hat Hermann schließlich rausgeworfen. Und Else Lemke gleich mit. Wegen erwiesener Unfähigkeit. So hat es zumindest David Loewenberger berichtet, als ich ihn neulich zufällig traf.«

»Und woher wusste Gunter Perl von dieser Unfähigkeit? Hat sich Loewenberger über Hermann und Else bei ihm beschwert?«

Rieke schüttelte den Kopf. »Alte Liebe rostet nicht. Ich glaube, du weißt noch, dass sich Gunter Perl schon vor Jahren neben Loewenberger zum Geschäftsführer des KaDeWe gemacht hat. Daher konnte er sich aus erster Hand davon überzeugen, wie unfähig Else und Hermann als Leiter der Damenmodeabteilung waren. Als der Umsatz sogar zurückging, anstatt zu wachsen, und sich Kundinnen immer wieder über die schlechte Beratung beschwerten, hat er schließlich beide fristlos entlassen.«

»Das geschieht ihnen recht«, pflichtete Judith Rieke bei. »Und was ist aus Wolters geworden?«

Rieke musste schon wieder grinsen. »Er arbeitet jetzt wieder als kleiner Angestellter in demselben Weißwarengeschäft, in dem er vorher tätig war. Seine Mitgliedschaft bei der SA nützt ihm auch nichts mehr, weil die Organisation seit dem

Röhm-Putsch keine Rolle mehr spielt. Und da Perl ein strammes Parteimitglied geworden ist, kommt Hermann nicht gegen ihn an.«

»Das ist natürlich gut! Aber Perl selbst kommt weiter unbeschadet davon«, sagte Judith mit grimmiger Miene. »Im Gegenteil ist er sogar auf die Füße gefallen.«

Sie griff in ihre Tasche und zog ein Exemplar der Olympiabeilage des *Berliner Tageblatts* heraus. »Hast du das schon gesehen? Daniel hat es heute Morgen in unserem Hotel entdeckt.« Dann schlug sie den Mittelteil auf und wies auf eine ganzseitige Annonce.

Wer Berlin besucht, muss das KaDeWe gesehen haben!, hieß es da, nicht nur in Deutsch, sondern auch in Englisch und Französisch. Und gleich darunter: *Was für New York MACY, was für Paris GALERIES LAFAYETTE, was für London HARRODS … ist für Berlin das KaDeWe.*

Rieke nickte. »Die Anzeigen kenne ich. Sie erscheinen in jeder Olympiabeilage aller Berliner Zeitungen.«

»So weit ist nicht einmal Martin Tietz gegangen«, schimpfte Judith. »Wahrscheinlich, weil er seine Mitbewerber in Berlin nicht vor den Kopf stoßen wollte. So profitiert nun nicht er, sondern Perl von dem kostspieligen Umbau, der mit zum Ruin von Hermann Tietz beigetragen hat.«

Sie erinnerte sich an ihr letztes Gespräch mit Martin kurz vor ihrer Emigration. »Aber womöglich hätte auch Martin solche Annoncen früher oder später geschaltet. Denn es war ja sein Traum, mit diesen berühmten Warenhäusern mithalten zu können oder sie sogar zu überflügeln.«

»Ich erinnere mich, du hast es mir damals erzählt. Stattdessen erfüllt sich nun Gunter Perl seine Träume. David Loewenberger sagt, er habe bereits fünfzig Prozent der Anteile an Hertie erworben. Und wie ich schon gesagt habe, ist er dabei zu einem überzeugten Nazi geworden. Oder tut zumindest so.«

Auch Rieke zog nun eine Zeitschrift aus ihrer Tasche. »Das

ist die vor einiger Zeit gegründete Betriebszeitung des KaDeWe. Sie nennt sich *Die Betriebs-Trommel* und besteht aus einer einzigen Lobeshymne auf die Partei«, sagte sie verächtlich. »Außer David Loewenberger arbeiten nur noch ganz wenige Juden bei Hertie. Wenigstens habe ihm dies erspart, an der letzten Weihnachtsfeier teilnehmen zu müssen, hat mir Loewenberger erzählt. Dafür hat Perl eigens den Berliner Sportpalast gemietet und die gesamte arische Belegschaft von Hertie in Berlin eingeladen. Die Veranstaltung begann und endete mit dem Hitlergruß.«

Eine Zeit lang brüteten die Freundinnen schweigend vor sich hin und stocherten in ihrem Mittagessen. Dann beschloss Rieke, das Thema zu wechseln.

»Peter und ich diskutieren schon eine ganze Weile über den Vornamen unseres Kindes. Bislang ohne Ergebnis. Wie seid ihr denn auf John und Vivian gekommen?«

Judith lächelte schmerzlich. »John ist die englische Version von Johannes. Ich habe unseren Ältesten also nach meinem Bruder benannt.« Sie wischte sich mit einer ungeduldigen Geste eine Träne von der Wimper. »Weil Daniel mir dabei freie Hand ließ, durfte er dann Vivians Vornamen aussuchen. Sie heißt nach seiner Patentante, die er vergöttert hat und die leider viel zu früh verstorben ist.«

»Und wie bringst du deine Familie mit deiner Berufstätigkeit unter einen Hut?«

Jetzt lachte Judith fröhlich. »Oh, das ist ganz einfach. Ich habe dir doch erzählt, dass meine Kinder zwei geradezu fanatische Großmütter haben. Sie reißen sich darum, die Kleinen zu betreuen, wenn ich meinen Lehrauftrag an der englischen Sozialen Frauenschule wahrnehme, von dem ich dir geschrieben habe. Und sie sorgen auch dafür, dass ich ungestört an meinen neuen Forschungsprojekten arbeiten kann. Interessanterweise sind die Familienverhältnisse der Armen in London gar nicht so anders als in Berlin.«

In der nächsten halben Stunde erzählte Judith begeistert von ihrer Arbeit, die sie einerseits erfüllte, ihr andererseits aber genügend Zeit für ihre Kinder ließ. Rieke spürte einen leichten Kloß im Magen. Sie selbst würde es sich nicht leisten können, weniger als Vollzeit zu arbeiten. Dazu verdiente Peter mit seiner kleinen Schreinerwerkstatt zu wenig, zumal sie auch weiterhin Käthe und den aufgrund seiner Querschnittslähmung immer gebrechlicher werdenden Fritz von ihrem Lohn unterstützten. Trotzdem gönnte sie Judith ihr Glück von Herzen.

»Auch meine Eltern haben sich wunderbar in England eingelebt«, erzählte die gerade. »Meine Mutter, die sich so vor der fremden Sprache gefürchtet hat, spricht mittlerweile ein ganz veritables Englisch. Das muss sie auch, um sich mit ihren Enkeln verständigen zu können. Wir sprechen mit den Kindern ausschließlich Englisch, denn gegen meine Muttersprache haben wir eine regelrechte Aversion.«

»Wie schade«, bedauerte Rieke. »Wenn auch allzu verständlich. Arbeitet dein Vater noch immer bei Harrods?«

»Mit Leib und Seele sogar. Er ist dort wieder als Personalleiter tätig. Damit hofft er, sich doch noch ein Anrecht auf ein Ruhegehalt zu erwerben. Denn seine Pension in Deutschland ist natürlich nach seiner Emigration verfallen. Und du weißt, dass wir für unsere Villa nur einen Bruchteil ihres Werts bekommen haben. Daniels Eltern sind zwar begütert, aber mein Vater ist viel zu stolz, um etwas von ihnen anzunehmen. Immerhin macht ihm die Arbeit wieder richtig Spaß«, fügte sie hinzu. »Mehr als in all den Jahren der Ära Tietz.«

Die Uhr einer nahe gelegenen Kirche begann zu schlagen. Erschrocken sah Judith auf. »Du meine Güte, es ist schon drei. Gerade beginnt die Auktion. Wir sollten zusehen, dass wir rasch wieder in die Tiergartenstraße kommen.«

Erst zwei Stunden später kam das silberne Kästchen zur Versteigerung, das Judiths Vater Paul einst Adolf Jandorf geschenkt hatte. Zu Judiths Erstaunen fand sich dafür allerdings kein einziger Interessent.

Auch sie selbst hatte noch nichts geboten, da sie abwarten wollte, wie sich der Preis entwickeln würde. Ihr Limit lag bei zweihundert Mark.

»Vielleicht liegt es an den Initialen«, raunte ihr Rieke ins Ohr, während der Auktionator ratlos über die Menge blickte. Bislang hatten alle Möbelstücke, Gemälde, das Porzellan und sogar die Bodenbeläge Käufer gefunden.

»Das könnte sein«, stimmte Judith zu. Sie wollte gerade die Hand heben, um das Kästchen für den Einstiegspreis von hundert Mark zu erwerben, als der Auktionator mit dem Preis heruntergging. Auch bei neunzig, achtzig und siebzig Mark hob sich keine Hand. Schließlich wagte Judith nicht, länger zu warten. »Ich biete sechzig Mark für das Kästchen«, rief sie. Schon wenige Minuten später hielt sie es in den Händen. »Damit werde ich meinem Vater eine riesige Freude machen«, strahlte sie.

»Nun kommen wir zu einer Reihe von wertvollen Meißener Figurinen«, kündigte der Auktionator nach einer weiteren Viertelstunde an. Nachdem die ersten beiden Figuren ersteigert worden waren, griff er nach der Gruppe mit den beiden Schäferinnen.

»Dies ist ein besonders kunstfertiges Stück. Das Einstiegsgebot beträgt daher zweihundert Mark«, verkündete er. »Wer bietet diese Summe?«

Mehrere Hände schnellten in die Höhe, darunter auch Judiths. Sie ignorierte Riekes erstaunte Blicke und ersteigerte die beiden Schäferinnen schließlich für dreihundert Mark.

»Jetzt habe ich alles erworben, was ich haben wollte«, flüsterte sie Rieke zu. »Wenn du willst, können wir jetzt gehen. Die Atmosphäre hier bedrückt mich zusehends. Es ist furchtbar zu sehen, wie das Eigentum einer Familie, die einst zu unseren engsten Freunden zählte, unter fremde Leute gebracht wird.«

Rieke war sofort einverstanden. »Auch ich finde es schrecklich, dass die Vertreiber sich auf Kosten der Vertriebenen schamlos bereichern«, gestand sie Judith, kaum dass sie auf die Tiergartenstraße hinausgetreten waren.

Mit blitzenden Augen drehte sich Judith zu ihr um. Sie hielt Rieke die in Seidenpapier eingewickelte Meißener Figurengruppe entgegen. »Ein Gutes hatte es trotzdem. Ich kann dir ein Abschiedsgeschenk überreichen, das dich immer an unsere Freundschaft erinnern wird.« Die Kehle wurde ihr eng. »Auch wenn wir uns vielleicht nie wiedersehen.«

Wahrheit und Fiktion

Obwohl Band 2 meines Romans im Schwerpunkt nur insgesamt acht Jahre von 1927 bis 1934 umfasst, mit einem Epilog im Jahr 1936, stellte sich für mich die bewegte Geschichte des KaDeWe und Deutschlands ähnlich vielschichtig dar wie im weitaus längeren Zeitraum, den ich in Band 1 beschrieben habe.

Allerdings waren die Quellen über die Entwicklung des KaDeWe in der Ära Tietz noch spärlicher als die Quellen über die Ära Jandorf. Dies liegt hauptsächlich daran, dass die Familie Tietz nach ihrer Rückkehr aus der Emigration nach Deutschland selbst keine Informationen über ihr Schicksal preisgab.

Dankenswerterweise hat die Wissenschaftlerin Dr. Simone Ladwig-Winters in ihren beiden ausführlichen Büchern über die Kaufhausdynastie Wertheim auch auf den Arisierungsprozess der Hermann Tietz OHG Bezug genommen. Er war tatsächlich der erste dieser Art nach der Machtergreifung Hitlers Ende Januar 1933. Diesen Werken verdanke ich daher meine wichtigsten Tatsachen-Informationen, wobei allerdings auch Ladwig-Winters betont, dass sie bei ihren Recherchen oft an Grenzen stieß.

Der Historie entsprechen die Entstehung und die Entwicklung der Hermann Tietz OHG unter ihrem Gründer Oscar Tietz, der beim Erwerb der Jandorf-Kaufhäuser durch seine Söhne und seinen Schwiegersohn allerdings bereits verstorben war. Für mich stellt sich Oscar Tietz in der Retrospektive als ein genauso beeindruckender Unternehmer dar wie Adolf Jandorf.

Mit Ausnahme einiger weniger nüchterner Fakten ist über die Söhne Georg und Martin Tietz sowie den Schwiegersohn Dr. Hugo Zwillenberg dagegen kaum etwas bekannt. Ihre Charaktere habe ich daher hauptsächlich intuitiv nachgestellt. Alle drei wurden noch zu Lebzeiten des Unternehmensgründers Oscar in die Geschäftsführung aufgenommen.

Ob Georg Tietz, der als Erster zum Mitgeschäftsführer ernannt wurde, im Vergleich zu seinem jüngeren Bruder Martin eher seriös war oder Hugo Zwillenberg als der älteste der drei eher konservativ, bleibt letztlich dahingestellt. Dies habe ich anhand weniger Fakten aus der realen Biografie der beiden so konstruiert.

Auch über Martin Tietz ist lediglich bekannt, dass er im Jahr 1933 gegen den Wunsch seiner Familie das Model Anni Böning heiratete. Davon erfuhr ich allerdings im Rahmen meiner Recherchen erst spät. Seinen im Vergleich zu den beiden anderen Geschäftsführern eher leichtsinnigen Charakter habe ich daher anfangs aus einigen Zeilen eines Briefs von Harry Jandorf abgeleitet, der einzigen (wenn auch recht fehlerbehafteten) Quelle aus erster Hand über die Entstehung und den Verkauf des KaDeWe. In diesem Brief lässt sich Harry Jandorf auch über den Niedergang der Hermann Tietz OHG aus und erwähnt eine Begegnung mit Martin Tietz nach dessen Emigration.

Dramaturgisch war es daher für mich ein Glücksfall, als ich herausfand, dass meine Skizzierung von Martins Charakter durch die Umstände seiner Heirat mit Anni Böning untermauert wurde. Wie sich die beiden kennengelernt haben, ist jedoch nicht bekannt, meine diesbezüglichen Szenen sind fiktiv.

Von Anfang an hatte ich dramaturgisch die Idee, Judith Bergmann und Martin Tietz über lange Strecken des Romans hinweg zum Liebespaar zu machen, dessen Beziehung letztlich aber scheitert. Denn ich wusste, dass Martin 1933 geheiratet hatte, wenn auch nicht, wen.

Da ich über den echten Leiter des KaDeWe nach dem Verkauf an Tietz keine Informationen fand, habe ich Martin zum fiktiven Leiter des Kaufhauses bis zur Arisierung gemacht und damit (neben Peter Hauser und Paul Bergmann) zu einer der tragenden männlichen Figuren.

Martins im Roman erwähnten Nachfolger David Loewenberger gab es zwar wirklich, allerdings konnte ich der einzigen Quelle (wieder von Ladwig-Winters) nicht entnehmen, wann genau er die Leitung des KaDeWe übernahm und wie lange er sie innehatte.

Zusammenfassend entspringt meine Charakterisierung der drei Geschäftsführer der Hermann Tietz OHG also eher meiner Fantasie, als dass sie auf Fakten beruht.

Wahrscheinlich geriet die Hermann Tietz OHG schon rasch nach der Übernahme der Jandorf-Kaufhäuser in finanzielle Schwierigkeiten, die durch die Weltwirtschaftskrise noch verschärft wurden. Womöglich hat sich die Firma bereits durch die Übernahme des Jandorf-Konzerns stark verschuldet. Der luxuriöse Umbau des KaDeWe und weitere Renovierungsmaßnahmen in den übernommenen Häusern (Harry Jandorf beziffert die Kosten dafür auf zwanzig Millionen Reichsmark) mögen ein Übriges dazu beigetragen haben.

Der Umbau muss auf jeden Fall auf einem Geschäftsführungsbeschluss gefußt haben. Wer welche Rolle im Lauf der Jahre dabei spielte, war jedoch meiner schriftstellerischen Fantasie überlassen.

Tatsache ist, dass die ungeheuren Investitionen ins KaDeWe nicht mit den rückläufigen Umsätzen der OHG nach der Weltwirtschaftskrise vereinbar waren, wie ich sie, gemäß den vorliegenden Zahlen, aus den Büchern von Ladwig-Winters zitiert habe. Natürlich trugen zu den Umsatz- und Gewinneinbußen auch die schon Ende der Zwanzigerjahre beginnenden Protestaktionen der Nazis beträchtlich bei, die oft mit Beschädigungen der Tietz'schen Warenhäuser im ganzen Reich verbunden waren.

Aber andere jüdische Warenhauskonzerne, zum Beispiel Leonhard Tietz (später Kaufhof), gegründet vom älteren Bruder von Oscar Tietz, oder Wertheim, gerieten durch solche Aktionen nicht in ähnliche wirtschaftliche Turbulenzen. Deshalb war es bei der Hermann Tietz OHG wohl das Zusammentreffen vieler unglücklicher Faktoren, die im Jahr 1933 zur drohenden Insolvenz und damit verbundenen Abhängigkeit von den Nationalsozialisten und ihnen hörigen Banken führte.

Genaueres weiß man bis heute leider nicht darüber, auch weil sich die Familie Tietz (wie erwähnt) darüber nach ihrer Rückkehr nach Deutschland ausschwieg. Doch bereits in meinem Nachwort zu Band 1 erwähne ich ein Forschungsprojekt, das von der Karg-Stiftung in Auftrag gegeben wurde und die Geschichte der Hertie von der Übernahme der Jandorf-Warenhäuser bis zum Ende der Ära Georg Karg erhellen soll. Ergebnisse werden für das Jahr 2024 in Aussicht gestellt.

So wenig über die damit verbundenen Kosten in den Quellen zu finden ist, so eindrücklich wird das KaDeWe nach Umbau und Neueröffnung im Jahr 1932 in der Jubiläumsfestschrift von Max Osborn beschrieben. Jedes Detail, das ich über die luxuriöse Inneneinrichtung, die teuren technischen Neuerungen und den Umbau selbst erwähnt habe, entspricht den Fakten.

Die aufwendige Eröffnungsfeier ist dagegen meiner eigenen Fantasie entsprungen.

Was sich für mich bei meinen ersten Recherchen über das KaDeWe noch las wie ein modernes, wahr gewordenes Märchen, erschütterte mich im Lauf meiner späteren Recherchen über das Elend großer Teile der Berliner Bevölkerung nach der Weltwirtschaftskrise zutiefst. Insbesondere nach dem Umbau wirkte das KaDeWe für mich wie aus der Zeit gefallen. Meine eigene Ansicht über diesen Kontrast zwischen Luxus und Elend habe ich an vielen Stellen meiner fiktiven weiblichen Hauptfigur Judith Bergmann in den Mund gelegt.

Leider gibt es (anders als aus der Ära Jandorf) ab der Übernahme durch Tietz nur wenige Berichte über Episoden, die sich tatsächlich so im KaDeWe abgespielt haben oder rund um das KaDeWe ranken. Dazu zählt die Lichtreklame mit ihrem Höhepunkt beim Festival *Berlin im Licht* im Oktober 1928 ebenso wie das dazu gehörige Platzkonzert auf dem Wittenbergplatz.

Schon in der Nazizeit fand am 1. April 1933 der Boykott der jüdischen Geschäfte und Warenhäuser statt, bei dem Tietz vor den Toren des KaDeWe beschuldigt wurde, den Wahlkampf der KPD mitfinanziert zu haben. Die Behauptung *Tietz unterstützt Rotmord* beruhte dabei auf einer Verleumdung im Nazihetzblatt *Völkischer Beobachter* vom März 1933, wie ich es auch im Roman beschrieben habe.

Ob die Schauspielerinnen Greta Garbo und Marlene Dietrich je im KaDeWe einkauften, ist nicht bekannt, aber denkbar. Die im Roman geschilderten Episoden sind fiktiv, nicht jedoch die Fakten über den Werdegang der späteren Hollywooddiven.

Viele andere Episoden basieren zwar auf Fakten, haben sich allerdings in anderen Kaufhäusern abgespielt. Ich habe sie aus dramaturgischen Gründen ins KaDeWe verlagert. Dazu zählen die verleumderische Behauptung über eine leprakranke Bananenverkäuferin (die sich in Wahrheit in einem Nürnberger Warenhaus abgespielt hat) ebenso wie der Diebstahl der Taschenmesser durch Hitlerjungen ohne jegliches Unrechtsbewusstsein.

Dass sich Kundinnen vor dem Hintergrund des zunehmenden Antisemitismus geweigert haben, sich von jüdischen Verkäuferinnen bedienen zu lassen, mag sich im KaDeWe genauso abgespielt haben wie in anderen Warenhäusern. Auch die geschilderten Protestaktionen vor dem KaDeWe entsprechen der Beschreibung solcher Protestaktionen in meinen Quellen und sind sogar durch zahlreiche Fotografien dokumentiert.

Daneben habe ich so manche unsinnig anmutende Vorschrift aus der Nazizeit als Grundlage einer Szene verwendet:

unter anderem das Verbot, uniformiert in Warenhäusern einzukaufen. Die Szene über die Aussonderung verbotener oder zumindest unerwünschter Bücher ist einer wahren Begebenheit aus einem Wertheim-Warenhaus nachgestellt.

Ob der Naturalist Émile Zola zu den unerwünschten Schriftstellern gehörte, weiß ich nicht. Aufgrund seiner sozialkritischen Werke ist es jedoch zumindest denkbar.

Den Fotografien aus der Festschrift von Max Osborn entsprechen die meisten Schaufenster und Dekorationen, die ich im Roman durch meine fiktive Figur Peter Hauser entwerfen lasse. Das Schaufenster mit den tanzenden Kindern rund um den Maibaum nach der Machtergreifung der Nazis ist allerdings der Fotografie eines Schaufensters von Wertheim nachgestellt.

Tatsächlich gab es in den Zwanzigerjahren den Beruf des Dekorateurs in der späteren Form noch nicht. Stattdessen übten oft talentierte Handwerker diese Funktion aus. So kam ich auf die Idee, Riekes Ehemann diese Rolle zu übertragen.

Rieke Hausers Tätigkeit als Aufsichtsdame gemäß der Führung begabter weiblicher Vorgesetzter darzustellen, die ich in meiner Zeit als Unternehmensberaterin kennengelernt habe, machte mir besonders viel Spaß.

Lassen Sie mich nun noch auf die Figur des Gunter Perl eingehen. Sie ist zwar (wie schon im Nachwort von Band 1 betont) teilweise fiktiv, teilweise entspricht ihr Handeln jedoch dem realen Handeln von Georg Karg. Dessen dubiose Rolle bei der Arisierung der Hermann Tietz OHG soll jenes bereits erwähnte Forschungsprojekt näher beleuchten. Auf die Ergebnisse bin ich sehr gespannt.

In wesentlichen Teilen gleicht den historischen Fakten die Entdeckung von Gunter Perl, dass Textillieferanten mit Adolf Jandorf vereinbarte Rabatte der Hermann Tietz OHG zunächst vorenthielten. Anschließend handelt Perl (wie ehedem auch der reale Georg Karg) eine diesbezügliche finanzielle Kompensation für Tietz aus. Ebenfalls gemäß den Fakten wird Gunter Perl (Georg Karg) aus diesem Grund zum leitenden Textileinkäufer der gesamten Hermann Tietz OHG ernannt.

Ob Georg Karg auch schon vor der Arisierung Mitglied der Geschäftsführung war, wie ich es meinem fiktiven Gunter Perl zuschreibe, weiß ich nicht. Dass ich Perl im Vorfeld der Arisierung eine tragende Rolle bei der Gewährung des zunächst rettenden Kredits für die Hermann Tietz OHG spielen lasse, entspringt daher ausschließlich meiner schriftstellerischen Fantasie. Wie genau Georg Karg in die Position des Hauptgesellschafters der Hertie kam, lässt sich keiner meiner Quellen entnehmen.

Wie sich Perl bei der Arisierung verhalten hat, entspricht dagegen relativ authentisch dem, was von Georg Karg bekannt ist. Dies betrifft insbesondere die Maßnahmen gegen jüdische Mitarbeiter und die fünfzigprozentigen Gehaltskürzungen, die ich im Roman erwähne.

Auch die einzelnen Stationen der Zwangsarisierung habe ich entsprechend den bekannten historischen Tatsachen dargestellt. Dass die Hermann-Tietz-Geschäftsführer schikaniert wurden, erwähnt Ladwig-Winters, allerdings nur auf Grundlage einer einzigen, nicht näher bezeichneten Quelle. Meine Szene einer derart schikanösen Geschäftsführungssitzung im Januar 1934 ist daher fiktiv, könnte sich aber in der Realität ähnlich abgespielt haben.

Außer dem Elend der Berliner und der gesamten deutschen Bevölkerung, die nach der gerade erst überwundenen Hyperinflation durch die Weltwirtschaftskrise schon wieder in große Not gerieten, hat mich erschüttert, wie intensiv und von den Behörden nur lax oder gar nicht verfolgt der Naziterror bereits lange Zeit vor der Machtergreifung begann.

Die Schlacht in den Pharussälen zwischen NSDAP- und KPD-Anhängern hat es wirklich gegeben, wenn auch der Zwischenruf, der Goebbels verspottete, an einem anderen Ort eine Saalschlacht auslöste. Tatsächlich wurde die SA in Berlin danach für circa neun Monate verboten.

Wesentlich geringere Konsequenzen, nämlich die im Roman beschriebenen, gab es für einige wenige Täter aus der SA als Folge der Ku'dammkrawalle im September 1931. Davon hatte ich vorher noch nie etwas gehört. Sie tauchen auch (anders als der Boykott am 1. April 1933) in keiner mir bekannten TV-Dokumentation über die zunehmende Gewalttätigkeit der Nazis gegen jüdische Geschäftsleute und Mitbürger auf, obwohl die Krawalle schon alle Merkmale des späteren SA-Terrors aufweisen.

Desgleichen war mir in jener Drastik nicht bekannt, wie rasch die Nazis schon unmittelbar nach der Machtübernahme zahlreiche Maßnahmen gegen deutsche Juden auf den Weg brachten, darunter Berufsverbote für jüdische Wissenschaftler und Anwälte.

Daher beruhen sämtliche von mir in den Roman eingearbeiteten Unrechtstaten der Nazis gegenüber politisch Andersdenkenden und Juden auf Tatsachen, auch wenn ich den Kontext natürlich immer wieder verfremden musste, um meine fiktiven Figuren einbauen zu können.

Auch wie rasch sich das Bild von der Rolle der Frau unter den Nationalsozialisten vom vorher Konservativen ins extrem Reaktionäre steigerte, war mir in dieser Form neu. Im Roman konnte ich nur Ansätze davon unterbringen, und ich verbinde sie mit meiner fiktiven Figur der Sanni Wolters. Die Inhalte ihrer in einer Szene geschilderten Rede entsprechen realen Aussagen von Mitgliedern der NS-Frauenschaft. Ebenso wie die Reden von Elsbeth Zander, der Gründerin des NS-Frauenordens.

Wahr ist auch, dass Ehemänner die Stellen ihrer Frauen ohne deren Einverständnis kündigen konnten, wie es meiner fiktiven Ersten Verkäuferin Gitta Schubert im KaDeWe geschieht.

Strittig ist bis heute, ob es tatsächlich Mittäter aus der NSDAP beim Reichstagsbrand in der Nacht vom 27. auf den 28. Februar 1933 gab. Einige Wissenschaftler, die diese Hypothese vertreten, sind auch der Auffassung, dass diese Mitwisser im Rahmen des Röhm-Putsches gleich mit liquidiert wurden.

Aus dramaturgischen Gründen habe ich mich natürlich für die Variante entschieden, in der größeres Spannungspotenzial steckte. Außerdem verschaffte sie mir die schriftstellerische Genugtuung, mich an meinem Oberschuft Gregor Eckstein quasi »rächen« zu können.

Ebenfalls nicht fiktiv ist die Tatsache, dass wegen der Entlassung zahlreicher jüdischer Fachkräfte frei werdende Stellen mit SA-Angehörigen besetzt wurden, die sich den Anforderungen nicht gewachsen zeigten. Der Aufstieg des fiktiven Hermann Wolters zum Abteilungsleiter der Damenmode im KaDeWe hätte sich also wirklich so oder ähnlich abspielen können. Ebenso wie sein späterer Fall.

Auch jenseits der Geschichte des KaDeWe habe ich viele weitere historische Fakten verarbeitet:

Die geschilderten Ereignisse rund um die Schließung der Frauenakademie von Alice Salomon haben sich genau so abgespielt, ebenfalls die Ehrungen anlässlich ihres sechzigsten Geburtstags ein Jahr zuvor. Auch ihre Rolle auf jenem Pariser Kongress über Soziale Arbeit im Jahr 1928 habe ich weitgehend historisch korrekt beschrieben.

Charlotte Dietrich, die von Alice selbst ernannte Leiterin der von ihr gegründeten Sozialen Frauenschule, trat tatsächlich in die NSDAP ein und leitete die Schule bis zum Jahr 1945. Ihren Charakter und ihre Handlungen habe ich demgemäß nachgestellt, wenn auch fiktiv.

Um nicht noch weitere Personen einführen zu müssen, legte ich Charlotte Dietrich zwei kritische Aussagen gegenüber Alice Salomon in den Mund, die in Wahrheit von anderen Frauen stammen. Dazu gehört ihre von der Naziideologie geprägte Ansicht über die Berufstätigkeit von Frauen, die sie ungeachtet ihrer eigenen wissenschaftlichen Karriere verdammt. Außerdem machte ich Charlotte zur Überbringerin der Forderung der Entlassung der jüdischen Leiterin der Frauenakademie, Dr. Hilde Lion, die Salomon zum Anlass nahm, ihre Frauenhochschule auf der Stelle zu schließen.

Die Ereignisse rund um den Verfall der Mietskaserne Meyers Hof und die nachfolgenden Mieterstreiks sind zum allergrößten Teil ebenfalls authentisch. Im Gegensatz zu den Quellen über das KaDeWe gibt es davon hervorragende Beschreibungen bis hin zu Zeitungsartikeln über die dortigen Zustände, die elenden Lebensumstände vieler Bewohner und die Streiks. Besonders erschüttert hat mich das Schicksal der Klara Engwicht, das ich allerdings aus einer anderen Berliner Mietskaserne nach Meyers Hof verlagert habe.

An dieser Stelle sei erwähnt, dass ich Judith Bergmanns Forschungsaktivitäten realen Projekten an der Frauenakademie nachgestellt habe.

Einer realen Quelle entspricht auch die Versteigerung des Mobiliars der Wohnung von Helene Jandorf im Jahr 1936. Adolfs zweite Frau war zu diesem Zeitpunkt schon emigriert. In Wirklichkeit fand die Auktion allerdings im März dieses Jahres statt. Der Dramaturgie zuliebe habe ich sie in den August verlagert.

In diesem Zusammenhang möchte ich betonen, dass auch die weiteren Schilderungen des Lebens von Adolf Jandorf nach dem Verkauf des KaDeWe und die seines Todes am 12. Januar 1932 weitgehend mit den historischen Fakten übereinstimmen.

Zum Abschluss dieses Nachworts folgt nun noch ein kurzer Ausblick auf das weitere Schicksal meiner historischen Protagonisten:

Es gibt Zeugnisse dafür, dass Georg Karg im Lauf seiner

Übernahme der Hertie den Nationalsozialisten angehörte oder ihnen zumindest gefällig war: Die im Epilog beschriebene Weihnachtsfeier fand zwar in Wirklichkeit erst im Jahr 1938 statt, entspricht aber ebenso wie die KaDeWe-Betriebszeitung *Die Betriebs-Trommel* den vorliegenden Quellen.

Während der Bombardierungen Berlins wurde im November 1943 auch das KaDeWe getroffen, das Gebäude brannte völlig aus. Nach dem Krieg baute Georg Karg sein Imperium wieder zu der beachtlichen Größe auf, die der Hertie-Konzern in der Nachkriegszeit besaß. Auch das KaDeWe eröffnete im Mai 1950 erstmals wieder am selben Standort und erstrahlte im Jahr 1956 im alten Glanz.

Wie ich es meinen fiktiven Gunter Perl schwören lasse, gab Georg Karg zu seinen Lebzeiten die Macht über Hertie nicht mehr aus der Hand. Diese Alleinherrschaft gereichte seinem Imperium nach seinem Tod allerdings nicht zum Vorteil: Hertie gehörte zu den ersten Kaufhauskonzernen in Deutschland, die ohne ihren »Lotsen«, der offenbar keinen fähigen Nachfolger installiert hatte, ins Trudeln geriet. Schon 1993 verschwand Hertie nach der Übernahme durch Karstadt als eigenständiger Warenhauskonzern von der Bildfläche.

Zu meiner großen Erleichterung entkamen meine historischen jüdischen Protagonisten alle dem Naziterror, überwiegend durch Emigration. Wahrscheinlich wanderte Betty Tietz als eine der Ersten aus, sie gelangte in die USA, wo sie 1947 in New York verstarb. Im Jahr 1936 folgten die Söhne Georg und Martin ihrem Beispiel, sie kamen über zahlreiche Zwischenstationen im europäischen Ausland schließlich ebenfalls in die USA. Nur Hugo Zwillenberg blieb in Deutschland und überlebte die Gefangenschaft im KZ.

Nach dem Krieg kehrte die Familie Tietz nach Deutschland zurück und verlangte eine Entschädigung für die viel zu niedrige (im Roman korrekt benannte) Summe, mit der sie bei der Arisierung abgefunden worden war. Perfiderweise versuchte

Georg Karg, die Ansprüche zunächst abzuwehren, indem er nicht von einer Arisierung, sondern einer durch ihn erfolgten notwendigen Sanierung des Unternehmens sprach. Zum Glück folgten die US-Restitutionsbehörden dieser Auffassung nicht.

Die Familie erhielt eine Abfindung in Form von drei ihrer ehemals fast zwanzig (!) Warenhäuser, die zunächst weiterhin von Hertie gegen die Zahlung einer Umsatzbeteiligung an die Familie geführt und schließlich von ihr an die Hertie zurückverkauft wurden. Möglicherweise ging mit dieser Abfindung ein Schweigegebot einher, an das sich die Familie Tietz bis in die jüngste Zeit gehalten hat.

Alice Salomon wurde im Jahr 1937 aus Deutschland ausgewiesen und emigrierte in die USA. Zwei Jahre später wurden ihr die Doktorwürde und sogar die deutsche Staatsbürgerschaft aberkannt. Leider gelang es ihr nie, in den USA als Wissenschaftlerin Fuß zu fassen und an ihre früheren Erfolge anzuknüpfen. Sie starb im Jahr 1948 einsam in New York.

Posthum wird ihr Lebenswerk bis heute in Deutschland gewürdigt. Alice Salomon gilt als Urmutter der Sozialarbeit und der dazugehörigen Berufsausbildung.

Wieder bin ich vielen Menschen zu Dank verpflichtet, die mich bei der Entstehung dieses Romans unterstützt haben.

Diesmal möchte ich an erster Stelle meine beiden Lektorinnen erwähnen:

Marion Voigt hat auch Band 2 der KaDeWe-Dilogie mit ihrer großen Fachkompetenz und Herzlichkeit begleitet. Ich verdanke ihr einige unschätzbare Hinweise, interessante Diskussionen und die Zuversicht, wieder ein Buch geschrieben zu haben, das meinen immer zahlreicher werdenden Leserinnen und Lesern gefallen wird.

Das gilt nicht minder für Dr. Barbara Heinzius, Senior Editor beim Goldmann Verlag, die mich von Anfang an bestärkt und die Geschichte sehr gelobt hat. Ihr verdanke ich auch einen wertvollen und leicht umsetzbaren Tipp zum Einstieg in den Roman.

Wie bei jedem meiner Bücher gebührt mein Dank auch meinem wunderbaren Literaturagenten Thomas Montasser, der alle meine bisherigen Buchprojekte vermittelt hat und jederzeit ansprechbar ist, wenn mich etwas bewegt.

Bedanken möchte ich mich außerdem bei den Mitarbeiterinnen und Mitarbeitern des Goldmann Verlags für ihre Pressearbeit, das Veranstaltungsmanagement, die Herstellung, das Marketing und alles, was sie sonst noch für mich als Autorin tun.

Auch meine beiden Männer daheim, mein Ehemann Jürgen und unser Kater Mirko, haben wieder lebhaften Anteil am Entstehen des Buchs genommen. Vielen herzlichen Dank dafür! Ihr seid die Besten!

Ein großer Wermutstropfen mischt sich trotzdem in die Freude über den Abschluss dieses Romans: Mein sehnlicher Wunsch, der furchtbare Krieg in der Ukraine möge bereits Geschichte sein, wenn ich den zweiten Band der Dilogie beendet habe, hat sich leider nicht erfüllt.

Dennoch widme ich dieses Buch meinem 86-jährigen Vater, der nicht nur einer meiner ersten Leser gewesen ist, sondern mich als ehemaliger Deutschlehrer auf einige Rechtschreibfehler aufmerksam gemacht hat, allen vorherigen Korrekturen zum Trotz.

Glossar

Agitation	Begriff für die aktive politische Tätigkeit der Sozialisten
ASTA	Abkürzung für Allgemeiner Studentenausschuss
Bredullje	berlinerisch: Schwierigkeiten
Bulette	berlinerisch: Frikadelle
Fisimatenten	berlinerisch: Unfug, Unsinn
Itzig	abfällige Bezeichnung für Jude
Joldelse	Berliner Spottausdruck für die Göttin Viktoria auf der Siegessäule
Joppe	Jacke
Kogge	Segelschifftyp der Hanse
Kontor	alter Begriff für Büro
Lude	umgangssprachlich: Zuhälter
Matrone	ältere, lebenserfahrene Frau
meschugge	umgangssprachlich: verrückt
Ringverein	Verband organisierter Krimineller im Berlin der Zwanzigerjahre
Schickse	berlinerisch: verächtliches Wort für Frau
schnieke	berlinerisch: schick, vornehm
Schwindsucht	alter Begriff für Tuberkulose
Siam	altmodischer Begriff für Thailand
Signet	altmodischer Begriff für Logo, Wahrzeichen
Souper	französisch: festliches Abendessen

Stütze	umgangssprachlich: Arbeitslosengeld
Stulle	berlinerisch: belegtes Brot
Trulla	abfälliger Begriff für Frau
weiland	alter Begriff für damals

Verzeichnis der wichtigsten Quellen

Vorbemerkung: Aufgrund der Fülle des verwendeten Materials können nur die wichtigsten Quellen genannt werden. Der Umfang recherchierter Literatur ist weitaus größer.

Über das KaDeWe

Meiners, A.: *100 Jahre KaDeWe*. Berlin: Nicolaische Verlagsbuchhandlung. 2007.

Osborn, M.: *KaDeWe. Kaufhaus des Westens. 1907–1932*. Berlin. 1932.

Über die Geschichte der Hermann Tietz OHG und die Arisierung

Busch-Petersen, N.: *Oscar Tietz. Von Birnbaum / Provinz Posen zum Warenhauskönig von Berlin*. Jüdische Miniaturen, Band 13. Berlin: Hentrich & Hentrich. 3. Aufl. 2013.

Ladwig-Winters, S.: *Wertheim. Geschichte eines Warenhauses*. Berlin: be.bra verlag. 1997.

Ladwig-Winters, S.: *Wertheim – ein Warenhausunternehmen und seine Eigentümer. Ein Beispiel der Entwicklung der Berliner Warenhäuser bis zur »Arisierung«*. Anpassung – Selbstbehauptung – Widerstand, Band 8. Münster: LIT Verlag. 1997.

Über die Familie Jandorf

Busch-Petersen, N.: *Adolf Jandorf. Vom Volkswarenhaus zum KaDeWe.* Jüdische Miniaturen, Band 32. Berlin: Hentrich & Hentrich. 2008.

Jandorf, H.: »Erinnerungen an meinen Vater Adolf Jandorf«. In: *Leo Baeck Institute.* Center for Jewish History. New York City. 1967.

Über Alice Salomon

Berger, M.: *Alice Salomon. Pionierin der sozialen Arbeit und der Frauenbewegung.* Frankfurt a. M.: Brandes & Apsel Verlag. 4. Aufl. 2018.

Über das Leben in Berlin zwischen 1927 und 1934

AEG Mitteilungen: Berlin im Licht. Heft 10. Berlin. 1928.

Berliner Zeitung: Chronik Berlin. München: Chronik Verlag. 3. Aufl. 1997.

Boegel, N.: *Berlin: Hauptstadt des Verbrechens. Die dunkle Seite der Goldenen Zwanziger. München: DVA.* 2018.

Über die Weltwirtschaftskrise und ihre Folgen in Deutschland

Pressler, F.: *Die erste Weltwirtschaftskrise. Eine kleine Geschichte der Großen Depression.* München: C. H. Beck. 2. Aufl. 2019.

Über die Not der (Berliner) Bevölkerung nach der Weltwirtschaftskrise

Kuczinsky, J.: *Geschichte des Alltags des Deutschen Volkes,* Band 5: 1918–1945. Köln: Pahl-Rugenstein Verlag. 1982.

Longerich, P.: *Deutschland 1918–1933. Die Weimarer Republik.* Hannover: Fackelträger Verlag. 1995.

Schartl, M.: »Ein Kampf ums nackte Überleben. Volkstumulte und Pöbelexzesse als Ausdruck des Aufbegehrens in der Spätphase der Weimarer Republik«. In: Gallus, M. (Hrg.):